Beschäftigungstherapie

Band I

Beschäftigungstherapie

Grundlagen und Praxis

In 2 Bänden

Herausgegeben von G. Jentschura und H.-W. Janz

Band 1

Grundlagen, Orthopädie, Traumatologie, Neurologie, Tuberkulose, Geriatrie, berufliche Rehabilitation, Technik, Gesetze

Herausgegeben von G. Jentschura

Band 2

Psychiatrie, Pädiatrie

Herausgegeben von H.-W. Janz

Georg Thieme Verlag Stuttgart

Band 1

Grundlagen, Orthopädie, Traumatologie, Neurologie, Tuberkulose, Geriatrie, berufliche Rehabilitation, Technik, Gesetze

Herausgegeben von G. Jentschura

3., neubearbeitete und erweiterte Auflage

Mit Beiträgen von J. Böger, A. G. Handrack, G. Jentschura, W. Langer, M. Lehmann, E. Nevermann, E. Rauterberg, E. Wiedemann

70 Abbildungen, 18 Tabellen

Georg Thieme Verlag Stuttgart 1979

CIP-Kurztitelaufnahme der Deutschen Bibliothek

Beschäftigungstherapie : Grundlagen u. Praxis ; in 2 Bd. / hrsg. von G. Jentschura u. H.-W. Janz. – Stuttgart : Thieme.

NE: Jentschura, Günter [Hrsg.]

Bd. 1. Grundlagen, Orthopädie, Traumatologie, Neurologie, Tuberkulose, Geriatrie, berufliche Rehabilitation, Technik, Gesetze / hrsg. von G. Jentschura. Mit Beitr. von J. Böger ... – 3., neubearb. u. erw. Aufl. – 1979.
ISBN 3-13-572203-1

NE: Böger, Josef [Mitarb.]

1. Auflage 1959
2. Auflage 1974

Printed in Germany – Satz und Druck: Allgäuer Zeitungsverlag GmbH, Kempten
Gesetzt auf Linotronic
ISBN 3-13-572203-1 5 4 3 2 1 0

Vorwort zur 3. Auflage

Wenn die 2. Auflage, erstmals in Taschenbuchformat, bereits nach 4 Jahren vergriffen war, so bedeutet diese Tatsache einen Hinweis für Herausgeber und Mitarbeiter, daß sie sich wohl auf dem richtigen Weg befinden. So mußte auch die vorliegende 3. Auflage den Fortschritten angepaßt und nicht nur redaktionell überarbeitet werden.
Durch die Aufnahme der Beschäftigungstherapie in der Neurologie und in der Pädiatrie, die Umgestaltung eines Teiles der psychiatrischen Beiträge sowie deren Erweiterung durch pädagogische Aspekte und Freizeitaktivitäten ergab sich für die Herausgeber die Notwendigkeit einer Teilung, so daß die nunmehr vorliegende 3. Auflage in 2 Bänden erscheint. Durch die Zusammenfassung der Beschäftigungstherapie bei somatischen Erkrankungen im 1. Band und bei psychiatrischen Erkrankungen sowie in der Pädiatrie im 2. Band glauben wir, dem Interesse der Leser zu entsprechen, zumal durch das Entgegenkommen des Verlages sonst notwendige Kürzungen der Kapitel unterbleiben konnten. Alle Mitarbeiter haben sich durch eine straffe, jedoch ausführliche und differenzierte Darstellung ihres Themas bemüht, die Fortschritte der Beschäftigungstherapie in den vergangenen Jahren zu verdeutlichen.
Die Neubearbeitung der 3. Auflage mit ihrer Unterteilung ist u. E. in vollem Umfang geeignet, nicht nur Schülern der Beschäftigungstherapie, sondern gerade auch Fortgeschrittenen sowie Ärzten, Psychologen, Sozialarbeitern, Pädagogen und Verhaltenstherapeuten ein solides Hilfsmittel für ihre tägliche Arbeit und deren theoretische Grundlagen zu gewährleisten.
Die zwischenzeitlich erfolgte bundesweit gültige gesetzliche Regelung der Ausbildung der Beschäftigungstherapeuten hat uns veranlaßt, auch für diese Auflage noch die alte Bezeichnung „Beschäftigungstherapie“ beizubehalten, da sie der gesetzlichen Berufsbezeichnung in der Bundesrepublik entspricht.

Wedemark und
Mannheim, im Januar 1979

Hans-Werner Janz
Günter Jentschura

Anschriften

Böger, J., Dr., Chefarzt des Malteser-Krankenhauses, Pillkaller Allee 1, 1000 Berlin 19

Handrack, A. G., Beschäftigungstherapeut, Zähringerstr. 11–12, 1000 Berlin 31

Janz, H.-W., Prof. Dr. med., Natelsheideweg 16, 3002 Wedemark 2

Jentschura, G., Prof. Dr. med., Direktor der Orthopädischen Klinik und Fakultät für klinische Medizin Mannheim der Universität Heidelberg, Meerfeldstr. 69, 6800 Mannheim 1

Langer, W., Dr. med., Medizinaldirektor a. D., 2139 Griemshop/Post Lauenbrück

Lehmann, Monika, Beschäftigungstherapeutin, Treitschkestr. 9, 1000 Berlin 41

Nevermann, E., Dr. med., Chefarzt der Neurologischen Abteilung der Städtischen Karl-Bonhoeffer-Nervenklinik, Oranienburger Str. 285, 1000 Berlin 26

Rauterberg, Elisabeth, Dr. med., Medizinaldirektorin, An der Urania 12–14, 1000 Berlin 30

Wiedemann, E., Prof. Dr. med., Leitender Arzt der Stiftung Rehabilitation, Bonhoefferstr., 6900 Heidelberg

Inhaltsverzeichnis

Inhaltsübersicht von Band II

1. Grundlagen der funktionellen Beschäftigungstherapie

Von G. Jentschura

Allgemeine Grundlagen

Im Rahmen der Behandlung von Patienten mit Erkrankungen oder Verletzungen des Stütz- und Bewegungssystems hat die Beschäftigungstherapie ihre festumrissene Stellung. Ihre Aufgabe ist gerade in den letzten 10 Jahren gewachsen, da durch die umfassende Rehabilitation der Grundgedanke von der Behandlung erkrankter oder verletzter Menschen eine erhebliche Erweiterung mit sich gebracht hat.
Natürlich bleibt nach wie vor die medizinische Wiederherstellung des Patienten primär zentraler Punkt. Andererseits sollen gleichzeitig alle Maßnahmen laufen, die dem Menschen seine volle Reintegration in die Gesellschaft, sei es beruflicher, sozialer oder psychischer Natur nach Möglichkeit gewährleisten. Hierzu bedarf es der Mitarbeit einer großen Zahl geschulter Fachkräfte, wie z.B. der Krankengymnastin, des Sozialarbeiters, des Psychologen, des Berufsberaters, um nur einige zu nennen. Die Beschäftigungstherapeutin gehört für die Erfüllung beider Aufgaben unbedingt in dieses Team. Einmal ist ihr Einsatz für die Wiederherstellung von verlorengegangenen oder behinderten Funktionen unerläßlich und zum anderen kann sie im Rahmen der beruflichen und sozialen Konditionen in der Rehabilitation mitwirken.

Spezielle Aufgaben der Beschäftigungstherapie in der Orthopädie und Unfallheilkunde

Wenn wir dieses Gebiet der Beschäftigungstherapie umreißen wollen, dann steht die Frage im Vordergrund, welche Störungen im funktionellen Ablauf für die Behandlung von Bedeutung sind. Zusammengefaßt handelt es sich dabei um Lähmungen, Gelenksteifen, Störungen im Muskelgleichgewicht und Sensibilitätsveränderungen infolge Narben oder nervaler Veränderungen.
Früher stand bei den Lähmungen die Poliomyelitis mit ihren schlaffen Paresen im Vordergrund. Paralytische, also total gelähmte Muskeln waren der funktionellen Behandlung nicht zugänglich. Hierfür kam dann das Training verpflanzter, noch funktionstüchtiger Muskeln in Betracht. Durch den Rückgang der Erkrankungen an Poliomyelitis infolge der Schutzimpfungen ist die Zahl der Patienten heute nicht mehr von wesentlicher Bedeutung. Hier stehen jetzt eindeutig die schlaffen Lähmungen infolge peripherer Nervenläsionen im Vordergrund. Die spastischen und extrapyramidalen Lähmungen des Gehirns und der Leitungsbahnen des

Rückenmarkes, wie z. B. bei frühkindlichen Hirnschäden, der Enzephalitis usw., haben gegenüber den Poliofolgen eindeutig an Gewicht gewonnen.
Gelenkversteifungen können aus verschiedenen Erkrankungen oder Verletzungsfolgen resultieren. Wenn auch die Beschäftigungstherapeutin nicht die Grundkrankheit der Gelenksteife zu behandeln hat, muß sie jedoch wissen, woher die Gelenksteife resultiert (z. B. Folge einer intraartikulären Fraktur, einer Sudeckschen Dystrophie, einer Gelenkentzündung o. ä.). Sie muß die Beanspruchungsfähigkeit des kontrakten Gelenkes kennen, ehe sie mit ihrer Behandlung beginnt. Sie darüber zu orientieren, ist Sache des behandelnden Arztes (S. 25 ff).

Grundlagen der funktionellen Anatomie

Die deskriptive oder beschreibende Anatomie beschäftigt sich mit der Form der Organe des menschlichen Körpers, ihren Lagebeziehungen und Verbindungen zueinander. Funktionelle Vorgänge werden hierbei außer Betracht gelassen; jedoch bilden die Kenntnisse der normalen Anatomie unter Berücksichtigung mechanischer Gesetze die Voraussetzung für die funktionelle Anatomie. Die funktionelle Anatomie unterscheidet die *Gelenkmechanik* und die *Muskelmechanik*. Die Gelenkmechanik stellt die Kinematik des menschlichen Körpers dar und befaßt sich mit der Lehre von den Gelenken. Sie untersucht die Bewegungsmöglichkeiten eines Gelenkes aufgrund seiner Form, seiner Achsen und stellt nach Fick eine Geometrie der Gelenkbewegungen dar.
Die Muskelmechanik bildet die Kinetik des Körpers, die Lehre von den Bewegungen in bezug auf die Kraft und ist in Statik (Lehre vom Gleichgewicht) und Dynamik (Lehre von den Kräften) zu unterteilen. Damit wird zum Ausdruck gebracht, daß jeder Muskel auf zweierlei Art arbeiten kann: dynamisch und statisch. Seine dynamische Funktion hat Gelenkbewegungen zur Folge, wobei gleich hier zum Ausdruck gebracht werden muß, daß die Leistungsfähigkeit des Muskels bei dynamischer Beanspruchung wesentlich größer ist als bei statischer. Die dynamische Arbeit entspricht seinem Wesen; es folgt hier einer Arbeitsphase jeweils eine Ruhephase. Die Durchblutung der Muskulatur wird gefördert und dementsprechend ist das Angebot an sauerstoffreichem Blut größer, wie auch der Abtransport von Ermüdungsstoffen schneller vonstatten geht. Bei der statischen Beanspruchung des Muskels resultiert aus seiner Arbeit keine Bewegung, sondern eine Haltefunktion. Der Muskel verkürzt sich also nicht und dehnt sich nicht aus, sondern er erhöht seinen Tonus. Damit kommt es zu einer gewissen Kompression der Gefäße und daraus resultiert eine mindere Sauerstoffversorgung und ein schlechterer Abtransport der Ermüdungsstoffe. Deshalb sind auch alle diejenigen Muskeln sehr schnell schmerzhaft, die selten statisch beansprucht werden, wenn dies einmal von ihnen verlangt wird.

Wenn wir nun in den nächsten Abschnitten die Gelenkmechanik, die Statik und Muskelmechanik getrennt betrachten, so müssen wir uns darüber im klaren sein, daß dies eine gewaltsame Trennung ist, die durchaus nicht den physiologischen Gegebenheiten entspricht. Einige grundsätzliche Dinge müssen jedoch getrennt besprochen werden, damit anschließend auf das funktionelle Zusammenspiel aller Faktoren bei statischen und dynamischen Vorgängen eingegangen werden kann.

Gelenkmechanik

Ausgehend von der beschreibenden Anatomie sind uns nach verschiedenen mechanischen Grundsätzen konstruierte Gelenke bekannt. Ich erinnere an das Scharniergelenk, das Kugelgelenk, das Drehgelenk, so daß wir grundsätzlich immer nach ein- und mehrachsigen Gelenken unterscheiden müssen. Der Funktionsausschlag ist von der mechanischen Achse abhängig. Das Ende eines jeweiligen Bewegungsausschlages ist zunächst einmal durch die knöchernen Gegebenheiten festgelegt. Wir kennen darüber hinaus jedoch weitere Sperren. Dazu gehören einmal die Gelenkkapsel und zum anderen der Bandapparat. Beispielsweise verhütet die Gelenkkapsel des Kniegelenkes seine Überstreckung. Der Bandapparat wirkt oftmals ebenfalls hemmend, wie z.B. am Hüftgelenk, an dem die stärksten Bänder des menschlichen Körpers vorkommen. Dementsprechend hat jedes Gelenk seinen natürlichen Bewegungsausschlag, der von den anatomischen Gegebenheiten des knöchernen Baues, d.h. seiner Mechanik, und im Band-Kapsel-Apparat begrenzt ist. Wir dürfen aber nicht vergessen, daß häufig Kombinationsbewegungen vorhanden sind, an denen mehrere Gelenke beteiligt werden. Als Beispiel sei das Ellenbogen-Handwurzel-Gelenk genannt. Die Pro- und Supination ist stets eine Kombinationsbewegung aus Ellenbogengelenk und Handgelenk. Das bedeutet nun für den pathologischen Bewegungsablauf, daß eine Sperre auch nur in einem dieser Gelenke den Bewegungsausschlag beider Gelenke einschränken kann. Hier ist für die funktionelle Therapie wichtig, zumindest zu wissen, an welchem Gelenk das Hemmnis vorhanden ist, damit evtl. durch zusätzliche gezielte Therapie dieses Gelenk gelockert werden kann. Im besonderen Maße wird dieses Zusammenspiel mehrerer Gelenke am Becken demonstriert. Beim Ausfall oder der Funktionseinschränkung eines Hüftgelenkes muß das gegenseitige Hüftgelenk dessen Funktion teilweise übernehmen. Aber diese kompensatorische Tätigkeit geht nur im Verein mit einer zusätzlichen LWS-Bewegung einher. Ist beispielsweise ein Hüftgelenk völlig kontrakt, so kann das betreffende Bein durchaus vorwärts gehoben werden und auch rückwärts geführt werden im Sinne des Abrollvorganges. Diese Bewegung wird aber nur scheinbar aus dem erkrankten Hüftgelenk durchgeführt, sie spielt sich vielmehr in einer ständigen Hyperlordosierung und Kyphosierung der LWS mit gleichzeitiger Drehbewegung um das gesunde Hüftgelenk ab.

Aus dem gleichen Grunde wird eine Beugestellung des kontrakten Hüftgelenkes immer zu einer Hyperlordosierung der LWS führen. Eine Änderung der Mechanik eines Gelenkes kann auch durch krankhafte Vorgänge im Kapselbandapparat erfolgen. Es sei an die Überstreckung des Kniegelenkes erinnert, wo der Anschlag in Nullstellung, also bei voller Streckung, durch die normale Kapsel garantiert wird. Liegt aber eine Überdehnung der Kapsel vor, so resultiert der Anschlag erst 10 oder mehr Grad nach der Nullstellung, d.h. es wird das Kniegelenk erst bei Überstreckstellung festgestellt. Auch durch eine Störung des statischen Aufbaues beispielsweise der unteren Extremitäten kann die Gelenkmechanik erheblich irritiert werden. Es sei an das X-Bein oder das O-Bein erinnert, wobei es mit der Zeit zu einer Überdehnung des jeweilig betroffenen Bandes kommt, so daß letzten Endes ein Wackelknie resultiert, also eine Bewegung eintritt, die normalerweise dem Gelenk nicht eigen ist.

Muskelmechanik

Für den Ablauf von Bewegungen gelten nun nicht nur die bereits oben angedeuteten Vorgänge im Muskel, sondern hier wirken sich eine Reihe von physikalischen Gesetzen aus, die wir uns kurz noch einmal ins Gedächtnis zurückrufen müssen. In der Physik gilt zur Berechnung von Bewegungen um Achsen das *Drehmoment,* das sich als das Produkt aus Kraft und Kraftarm darstellt. In Abb. 1 ist ein Wiegebalken in dem Drehpunkt a aufgehängt. An den Enden befinden sich in gleicher Entfernung (e und e_1) von Punkt a gleich schwere Gewichte (G und G_1). An diesem Balken herrscht also Gleichgewicht, da das Drehmoment auf beiden Seiten gleich ist. Kraft × Kraftarm = Last × Lastarm. In Abb. 2 ist nun ein Wiegebalken mit asymmetrischen Armen ($e_1 = 2e$) im Punkt a aufgehängt, d.h. der Lastarm links ist doppelt so groß wie der Kraftarm rechts. Um nun ein Gleichgewicht zu erzielen, muß das Drehmoment auf der linken Seite gleich dem Drehmoment der rechten sein. Da der Lastarm doppelt so lang ist wie der Kraftarm, ist nur die Hälfte des Gewichts (Last) notwendig ($g_1 = {}^1/_2\,G$) wie auf der rechten Seite.

Den drei Grundbegriffen der physikalischen Mechanik – Kraft, Hebel und Rolle – entsprechen an einem Bewegungsarm des Körpers Muskel,

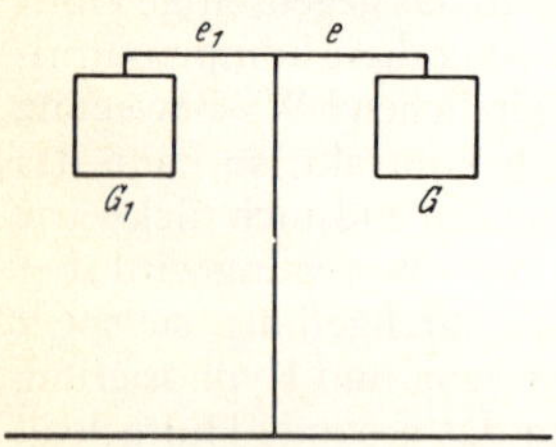

Abb. 1

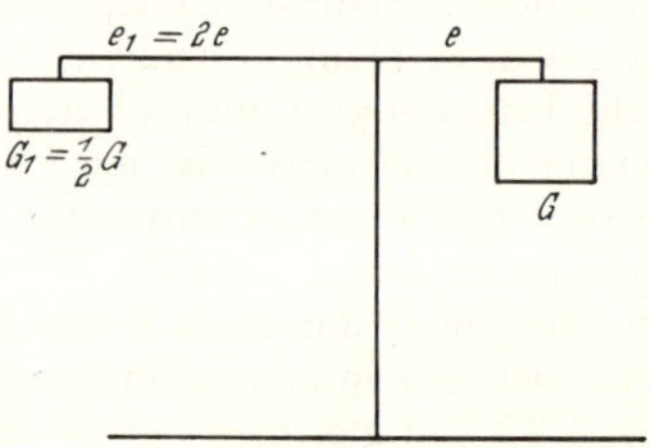

Abb. 2

Knochen und Gelenk (Storck). Es soll nun versucht werden, das Gesetz von Kraft × Kraftarm = Last × Lastarm auf vereinfachte Konstruktionen am menschlichen Körper zurückzuführen, wobei ganz bewußt weitere physikalische Vorgänge, wie z.B. Reibung usw. unberücksichtigt gelassen werden. In der Muskelmechanik wird nun die Kraft durch die Arbeitsleistung des Muskels dargestellt, die dem Muskelquerschnitt und seiner relativen Verkürzung bei der Kontraktion entspricht. Mit anderen Worten heißt es, je größer der Muskelquerschnitt und je ausgiebiger die Verkürzung eines Muskels im Verhältnis zu seiner Länge ist, um so größer ist auch die Arbeitsleistung.

Um die Zugrichtung eines Muskels darzustellen, verwenden wir den Begriff der *Muskelresultante,* die der Verbindungslinie zwischen Ursprung und Ansatz des Muskels entspricht. In Abb. 3 stellt die Strecke

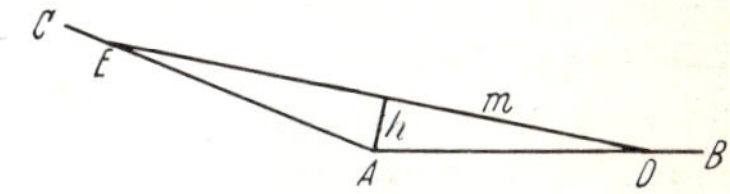

Abb. 3

A–B einen Knochen dar, der fixiert ist und die Strecke A–C den zweiten. Beide sind im Drehpunkt A, nämlich der Gelenkachse, miteinander beweglich verbunden. Die Strecke E–D entspricht der Muskelresultante, d.h. der Zugrichtung des Muskels von seinem Ursprung zu seinem Ansatz. Das Drehmoment, das an den Knochen A–C angreift, läßt sich folgendermaßen errechnen: Die Kraft, d.h. die Arbeitsleistung des Muskels – gleich m – mal der Länge des Hebelarmes. Dieser Hebelarm läßt sich durch das Lot errechnen, das vom Drehpunkt A, nämlich der Gelenkachse auf die Muskelresultante gefällt wird. Sie wird mit h bezeichnet. Das Drehmoment ist also m × h. Für die Berechnung setzen wir nun stillschweigend voraus, daß die Wirksamkeit der Muskelkontraktion in den verschiedenen Gelenkstellungen gleich bleibt. Die Kraft m ändert sich also nicht. Trotzdem sehen wir, daß der konstruierte Hebelarm h um so größer wird, je weiter der Knochen A–C um seine Gelenkachse im Sinne der Beugung gedreht wird (Abb. 4). Das Drehmoment als Produkt aus Kraft m × Kraftarm h (hier Hebelarm genannt) wird also mit zunehmender Beugung bis zu einem bestimmten Winkel größer werden. Praktisch bedeutet es, daß mit Zunahme der Länge des Hebelarmes h die Kraft des Muskels m abnehmen darf, um den Knochen A–C mit gleicher

Abb. 4

Intensität zu bewegen. Mit anderen Worten wird mit zunehmender Beugung eine geringere Muskelkraft nötig. Ein praktisches Beispiel läßt sich leicht anführen: Wenn der im Ellenbogen ausgestreckte Arm flach auf dem Tisch liegt, so wird im Beginn der Beugung eine stärkere Kontraktion der Beugemuskeln des Ellenbogengelenkes notwendig sein als später. Je mehr sich der Unterarm der Senkrechten nähert, um so mehr wird die Kontraktion der Beugemuskeln nachlassen. Daraus resultiert, daß die Kraftleistung der Muskulatur bei der Beugung eines Gelenkes in dem Maße gemindert wird, wie das bewegte Glied der Senkrechten näher kommt.

Bei diesen Berechnungen ist bisher nicht berücksichtigt worden, daß die Arbeitsleistung des Muskels jedoch zusätzlich die Schwerkraft des bewegten Gliedes überwinden muß. Diese ist mit Hilfe des Drehmomentes nachweisbar. Storck hat die Bedeutung des Drehmomentes der bewegten Extremität am Kniegelenk beschrieben und auf die Tatsache hingewiesen, daß die Erhebung des im Kniegelenk gestreckt gehaltenen Beines von der Oberschenkelstreckmuskulatur mehr Kraft erfordert als die Streckung des herabhängenden Oberschenkels. Es kommt jetzt der Begriff des *Schwerpunktes* für unsere Beurteilung hinzu. Das Drehmoment der Schwerkraft setzt sich nämlich zusammen aus dem Hebelarm und der Kraft, d. h. dem Gewicht des Unterschenkels, das im sogenannten Schwerpunkt vereinigt ist. Braune u. Fischer (1889) haben für die einzelnen Gliedmaßen die Lage ihrer Schwerpunkte bestimmt. Der Hebelarm wird dargestellt durch die Entfernung des Drehpunktes (Gelenkachse) von der Schwerpunktlinie. Bei der Streckung des Kniegelenkes wird dieser Hebelarm aber immer größer, was aus den folgenden Abbildungen ersichtlich ist. In Abb. 5 b ist ein Drehmoment von 60 cm Kilogramm zu überwinden,

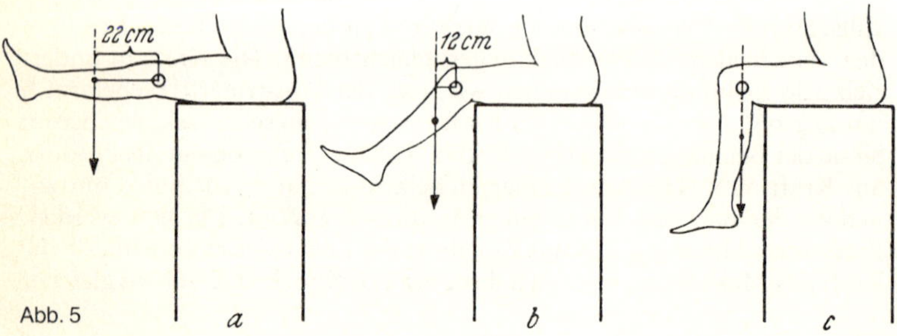

Abb. 5

bei völliger Streckung (Abb. 5 a) ein solches von 110 cm Kilogramm. Es kommt also nicht allein auf das Gewicht des Unterschenkels an, sondern auf die Lage des Schwerpunktes bzw. der Schwerpunktlinie von der Drehachse. Diese Beobachtungen bestätigen uns die Patienten, die immer

wieder darauf hinweisen, daß die Streckung eines herabhängenden Unterschenkels um so schwieriger wird, je weiter der Unterschenkel sich von der rechtwinkligen Beugung entfernt. Daraus erklärt sich auch die Schwierigkeit des muskelplastischen Ersatzes einer Quadrizepslähmung. Selbst wenn relativ kräftige Beugemuskeln auf den Quadrizeps verpflanzt werden, kann der herabhängende Unterschenkel immer nur bis zu einem gewissen Winkel gestreckt werden, aber selten bis zur Horizontalen. Die Kraft der verpflanzten Muskulatur reicht unter den gegebenen Hebelgesetzen unter Berücksichtigung der Schwerpunktverlagerung nicht aus.
Daraus lassen sich für die funktionelle BTh praktische Anweisungen ableiten, nämlich die, welche Ausgangslage eines Gelenkes unter den gegebenen Bedingungen für die Übung der Muskulatur am günstigsten ist. Bei Lähmungen wird es beispielsweise zweckmäßig sein, daß im Anfang der Behandlung das frei bewegliche Teil der Extremität möglichst im rechten Winkel steht, da hier das *Drehmoment* der Schwerkraft am geringsten ist und eine weniger *starke* Muskelkontraktion notwendig ist, um eine Bewegung herbeizuführen, als wenn der Schwerpunkt in der horizontalen Lage weit entfernt liegt.
Kompliziert wird die Berechnung dadurch, daß Muskel und Sehnen nicht immer in einer geraden Richtung verlaufen, sondern daß die Sehne durch einen Vorsprung, wie beispielsweise bei der Patella, abgeknickt wird. Für die Berechnung des Drehmoments, speziell des Hebelarmes, ist die Richtung nur dieses Teiles der Sehne maßgeblich, der von der Knickung bis zur Ansatzstelle verläuft.

Statik

Unter Statik verstehen wir die *Lehre vom Gleichgewicht der Kräfte.* Diese haben auch für den menschlichen Körper Gültigkeit, und es gelten die gleichen Gesetze wie in der Physik. Ein Zylinder mit gerader Unterstützungsfläche wird dann im Gleichgewicht sein, wenn das Lot von seinem Schwerpunkt durch die Unterstürzungsfläche geht. Abb. 6 zeigt drei Zylinder, bei denen sowohl in a als auch in b das Lot vom Schwerpunkt die Unterstützungsfläche trifft. Dabei ist es nicht von Bedeutung, daß das Lot immer in der Mitte der Unterstützungsfläche liegt; entscheidend ist vielmehr, daß es noch in den Rahmen der Unterstützungsfläche überhaupt fällt. Bei dem dritten Zylinder ist dies nicht mehr der Fall; hier gerät das Lot vom Schwerpunkt außerhalb der Unterstützungs-

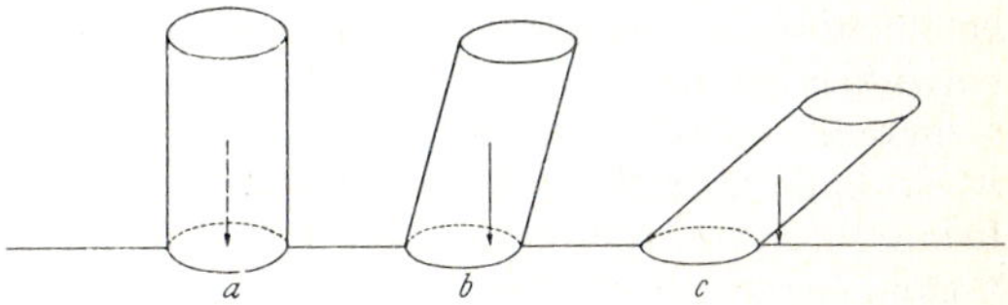

Abb. 6

fläche. Dadurch besteht keine Standfestigkeit mehr, und der Zylinder kippt um.
Auch für den menschlichen Körper gelten die gleichen physikalischen Bedingungen. Nur müssen wir bei ihm den Gesamtschwerpunkt des Körpers und den Oberkörperschwerpunkt unterscheiden. Der *Gesamtschwerpunkt* des Körpers im Stand ist von Fischer berechnet worden und liegt innerhalb des kleinen Beckens. Der *Oberkörperschwerpunkt* liegt etwa in der Mitte der Bauchblase. Wenn also im aufrechten Stand ein Gleichgewicht bestehen soll, so muß das Lot von dem Gesamtschwerpunkt im kleinen Becken innerhalb der Unterstützungsfläche für den Fuß fallen, d. h. vor dem Hüft-, Knie- und oberen Sprunggelenk liegen. Dieses ist eine Voraussetzung für den sicheren Stand (Abb. 7).

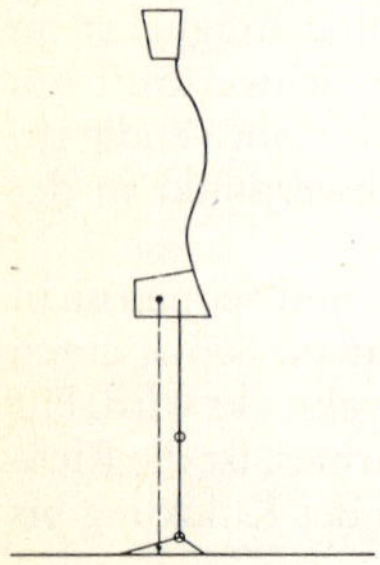

Abb. 7

Nun stellt weder das Bein noch der gesamte menschliche Körper einen starren Stab dar: Die einzelnen Teile sind vielmehr durch Gelenke mehrfach miteinander verbunden und bilden eine *Gliederkette*. Theoretisch wäre es nun möglich, die einzelnen Glieder dieser Kette so aufeinander zu stellen, daß ein Gleichgewicht besteht. Der menschliche Körper besitzt aber darüber hinaus Sicherungen, die ein Einknicken der Gelenke im Stand verhüten. Es treten bei dieser Tätigkeit sowohl die Muskulatur als auch die Sperrvorrichtungen an den Gelenken in Kraft. Auf diese Sperrvorrichtungen sind wir oben schon eingegangen. Ein Körper befindet sich also dann im Gleichgewicht, wenn das Lot von seinem Gesamtschwerpunkt in die Unterstützungsfläche des Fußes fällt (äußere Kräfte) und die Stellung der Gelenke durch Bandapparat, Gelenkform und Muskelspannung gewährleistet ist (innere Kräfte). Diese Anspannung der Muskulatur geschieht beim Menschen automatisch, und nur bei plötzlich von außen einwirkenden Kräften, wie z. B. durch einen Stoß, kontrahieren sich weitere Muskeln und die bisher tätigen verstärken ihre Kontraktion. Die Auslösung dieser Maßnahme geschieht zum großen Teil aufgrund von Erfahrungen und Übung so schnell, daß sie uns nicht zum Bewußtsein kommt (reflektorische Angleichung).

Die Sperrung eines Gelenkes gegen weitere Bewegungen wird besonders im Kniegelenk deutlich. So ist das Kniegelenk beim aufrechten Stand ohne Anspannung der Oberschenkelstrecker durch den Bandapparat dann gesichert, wenn es relativ überstreckt ist. In dieser Stellung, nämlich der vollen Streckung, ist die Kniescheibe seitlich beweglich, ein Anzeichen für die Entspannung des M. quadriceps.
Wie wichtig die Lage des Schwerpunktes des Körpers für den aufrechten Stand ist, ergibt sich bei Armamputierten. Eigentlich sollte man annehmen, daß der Rumpf eines Armamputierten durch das Übergewicht des erhaltenen Armes nach der gesunden Seite abweicht. In Wirklichkeit aber besteht eine Verlagerung des Rumpfes nach der amputierten Seite – so entsteht auf die Dauer eine echte statisch bedingte Skoliose –, weil durch dieses Überhängen das Gewicht der nicht amputierten Seite ausgeglichen wird und durch die Verlagerung des gesamten Schwerpunktes nach der amputierten Seite das Gleichgewicht in statischer Hinsicht wieder hergestellt wird.

Auswirkungen von Gelenk- und Muskelmechanik sowie der Statik am Körper

Haben wir bisher eine Funktionsanalyse betrieben, d.h. die einzelnen Faktoren nach ihren verschiedenen mechanischen Gesichtspunkten betrachtet, so müssen wir jetzt auf den tatsächlichen Funktionsablauf eingehen, der ja immer aus einem Zusammenspiel aller Faktoren besteht. Darüber hinaus müssen wir bedenken, daß bei dem Funktionsablauf niemals ein Gelenk allein für sich existiert, sondern daß wir im menschlichen Körper stets ein Gelenksystem vor uns haben, eine Kombination mehrerer hintereinandergeschalteter Gelenke, die als *kinematische Kette* bezeichnet wird. Man spricht von einer *offenen Gelenkkette,* wenn ein Ende dieser Kombination frei ist, und von einer *geschlossenen Kette,* wenn beide Enden fixiert sind. Wird ein Glied dieser Kette, also ein Gelenk, bewegt, so wird sich diese Bewegung auch auf andere Gelenke dieser Kette auswirken. von Bayer (1933) hat das alles in seiner Publikation „Die Synapsis in der allgemeinen Gliedermechanik" eingehend beschrieben. Man kann die Gliederketten in der Gelenkmechanik nur dann verstehen, wenn man die Gelenke nicht einzeln betrachtet, sondern wenn das Skelett oder wenigstens der größere Teil des Körpers als Ganzes untersucht werden. So könnte man beispielsweise das Bein oder den Arm jeweils als eine motorische Einheit ansehen. Aber auch dieser Blickpunkt ist nicht ganz richtig, denn die Verkettung kann sich auch über diesen Körperabschnitt hinaus auf die Nachbarschaft erstrecken. Dazu muß der Begriff der offenen und geschlossenen Gelenkkette kurz für die praktische Anwendung erläutert werden. Eine offene Gelenkkette liegt dann vor, wenn ein Ende der Kombination frei ist: beispielsweise der hängende Arm. Bei einer geschlossenen Kette sind beide Enden fixiert: Beim Gehen ist das Standbein mit dem Boden verbunden und bildet mit ihm ein weiteres Gelenk. Hier besteht eine geschlossene Kette, die einerseits durch den Stand auf dem Boden und andererseits durch die Schwerkraft, die zwischen dem Gewicht und der Erde herrscht, geschlossen ist.

Die Beweglichkeit einer geschlossenen Kette hängt von der Zahl ihrer Glieder und von der Art der Gelenke ab. Diese hintereinandergeschalteten Gelenke, *die kinetische Kette,* stellen eine motorische Einheit dar. Durch den Stand auf dem Boden ist die Kette vom Boden bis zum Körper geschlossen und wir haben hier insgesamt 4 größere Gelenke zu unterscheiden: das Hüftgelenk, das Kniegelenk, das obere Sprunggelenk und das Bodengelenk. Aber auch am Arm liegt eine geschlossene Kette dann vor, wenn z.B. eine Kugel geworfen wird, da das Schwergewicht der Kugel, wie beim Stemmen eines Gewichtes, den Schluß dieser Kette bildet.

Die Gliederkette hat aber noch eine andere funktionsmechanische Wirkung, nämlich insofern, als Muskeln Funktionen auf ein Gelenk ausüben können, das sie gar nicht überspannen. Der M. soleus entspringt ja unterhalb der Kniegelenkachse und setzt mit den beiden Mm. gastrocnemii am Fersenbein an. So bekommt der M. soleus im Stand eine kniestreckende Wirkung. Dies ist möglich, weil das Bein mit dem Fuß am Boden fixiert ist und andererseits durch das Hüftgelenk am Körper. So zieht der M. soleus den Unterschenkel dorsalwärts und führt daher eine kniestreckende Wirkung aus. Am Arm wird bei Fixation der Schulter und gleichzeitiger Fixation der Fingerspitzen der M. biceps nicht nur das Ellenbogengelenk beugen, sondern auch gleichzeitig eine Dorsalflexion der Hand vollführen. Es tritt also hier infolge Fixation beider Enden der Gliederkette eine Fernwirkung an einem Gelenk auf, zu dem der Muskel keine direkten Beziehungen hat.

Den Funktionswandel eines Muskels infolge gelenkmechanischer Bedingungen im Rahmen der Gliederkette hat von Bayer (1930) sehr eindrucksvoll an seinem Adduktorenmodell nachgewiesen (Abb. 8):

Wird das Bein bei gestrecktem Kniegelenk mit seiner Fußspitze nicht aufgesetzt, bleibt also die Gliederkette offen, so vollführen die Adduktoren eine rein adduzierende Wirkung um die Hüftgelenksachse (Abb. 8, I). Wird die Fußspitze bei gestrecktem Kniegelenk auf dem Boden an einer Stelle aufgesetzt, die unter oder hinter dem Hüftdrehpunkt des Beines liegt, so ist die Gliederkette geschlossen, und der Ansatzpunkt der Adduktoren liegt hinter der Drehachse des Beines, die durch das Hüftgelenk und den Drehpunkt der Fußspitze verläuft. Die Adduktoren haben dadurch eine auswärtsdrehende Wirkung, da ihr Ansatzpunkt jetzt hinter der Drehachse des Beines liegt (Abb. 8, II).

Wird aber das Kniegelenk gebeugt, wenn die Fußspitze aufgesetzt ist, so gerät der Ansatz der Adduktoren vor die Drehachse und die Adduktoren werden das Bein einwärts rotieren (Abb. 8, III).

Infolge dieser Änderung der äußeren Bedingungen, die durch die veränderte Stellung in der Gliederkette gegeben ist, wird der Muskel also zu

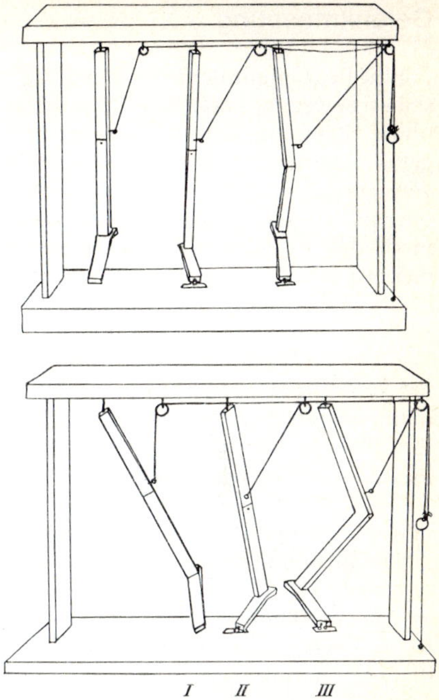

Abb. 8

seinem eigenen Antagonisten. Diese Beispiele sollten zeigen, daß die Muskelwirkung von dem Verlauf seiner mittleren Zugrichtung zur Achse des Gelenkes abhängig ist. Den Grad seiner Wirksamkeit bestimmt dann der Abstand des Muskels von der Achse, also der Hebelarm.

Aus diesen Untersuchungen läßt sich schon ablesen, daß die Begriffe *Synergist* und *Antagonist* nur dann zutreffen, wenn bestimmte Voraussetzungen gegeben sind. Aus zahlreichen anderen Untersuchungen wissen wir aber, daß bei Gelenkbewegungen meist auch die Antagonisten innerviert werden, also mitarbeiten, wenn auch im Sinne einer bremsenden Wirkung. Es sei in diesem Zusammenhang auf das Zusammenspiel mehrerer Muskeln bei der Ausführung einer Funktion hingewiesen, deren antagonistische Wirkung bekannt ist. So hat FÖRSTER als erster auf den Synergismus der Dorsalflektoren und Hand und der Fingerbeuger hingewiesen, der beim Faustschluß zu beobachten ist. Die Arbeitsleistung der Flexoren wird erst durch die gleichzeitige Kontraktion ihrer Antagonisten, der Dorsalflexoren, soweit gesteigert, daß die Faust kräftig geschlossen werden kann. Daraus ergibt sich beispielsweise, daß auch die funktionelle Ausgangsstellung für das Greifen die leicht dorsalflektierte Hand mit leicht gebeugten Fingern darstellt.

Gelenkmessung

Für die Beurteilung der Funktionsfähigkeit eines Gelenkes ist die Messung seines Bewegungsausschlages erforderlich. Dabei ist zu unterscheiden, ob der Bewegungsausschlag aktiv erreicht wird oder nur passiv durchgeführt werden kann. Grundsätzlich ist deshalb bei jeder Messung zu vermerken, wie weit der erzielte Ausschlag durch aktive Maßnahmen oder passiv gewonnen wurde. Zur Zeit werden noch verschiedene Meßmethoden angewandt: jedoch ist gerade aus den Bedürfnissen der Dokumentation eine einheitliche Meßmethode anzustreben. Diese ermöglicht auch Vergleichswerte von verschiedenen Untersuchern, verschiedenen Kliniken usw. Im Rahmen des Arbeitskreises „Dokumentation" der Deutschen Gesellschaft für Orthopädie und Traumatologie hat Debrunner (1971) ein einheitliches Verfahren der Gelenkmessung, die sogenannte *Neutral-Null-Methode* erarbeitet. Es ist anzustreben, daß grundsätzlich jetzt von allen Kliniken und Ärzten nach dieser Methode gemessen wird. Deshalb sollten hier auch die Grundsätze dieser Methode auszugsweise wiedergegeben werden. Zur weiteren Orientierung empfehle ich die Lektüre der Originalarbeit.
Die Bezeichnung *Nullstellung* bezieht sich auf die *„anatomische Normalstellung":* Der Patient steht aufrecht, mit hängenden Armen, nach vorn gehaltenen Daumen, geschlossenen und parallel gehaltenen Füßen. Diese Stellung wird als Null- oder Ausgangsstellung für alle Gelenkmessungen definiert. Grundsätzlich sollten immer Vergleichsmessungen zu dem anderen Gelenk erfolgen. Für die Messung ist ein genauer Winkelmesser erforderlich. Das Protokollieren sollte sich aber auf eine Genauigkeit von ca. 5 Grad begrenzen. Meßwerte mit 1–2 Grad Differenz beruhen meistenteils auf einem Meßfehler. Um die Längsachse der jeweiligen Extremitätenabschnitte zu erkennen, sollten nach Möglichkeit eindeutig gekennzeichnete Körperstellen als Bezugspunkte gewählt werden, d.h. prominente, durch die Haut gut tastbare Knochenvorsprünge. Leider ist dies häufig nicht möglich, so daß man die Längsachse schätzen muß, wobei allerdings auf die asymmetrische Verteilung der Muskulatur geachtet werden sollte.
Protokolliert werden jede Bewegung und Gegenbewegung aus der Nullstellung. Wir brauchen also *drei* Zahlen: die beiden *Endausschläge* und die *Null* als die Neutralstellung. Nach den Regeln der *Null-Durchgangsmethode* wird bei Bewegungsausschlägen in entgegengesetzter Richtung von der Normalstellung zuerst der eine Bewegungsausschlag, darauf beim Durchgang die Neutralstellung (die Null) und als dritte Zahl der Endausschlag der Gelenkseite notiert. Am Beispiel der Beugung und Streckung des Hüftgelenkes sähe die Dokumentation folgendermaßen aus:
Flexion/Extension: 130 °/0 °/10 °.
Das würde bedeuten, daß das Hüftgelenk aus voller Streckung um

130 Grad gebeugt werden und nach Durchgang durch die volle Streckung, d. h. die Nullposition, um 10 Grad überstreckt werden kann. Liegt nun eine Beugekontraktur vor, kann also das Hüftgelenk nicht ganz gestreckt werden, würden die Werte z. B. folgendermaßen aussehen: Flexion/Extension: 90 °/30 °/0 °.
Damit wird zum Ausdruck gebracht, daß die Nullinie nicht passiert wird, sondern daß das Hüftgelenk nur zwischen 90 und 30 Grad Beugung bewegt werden kann. Nachfolgend sollen nun die wesentlichen Gelenke der oberen und unteren Extremitäten einzeln besprochen werden.

Schultergelenk

Bei der Messung der Beweglichkeit des Schultergelenkes muß grundsätzlich berücksichtigt werden, daß das Gesamtbewegungsausmaß des Armes nicht nur aus dem Schultergelenk resultiert, sondern zu einem wesentlichen Teil, nämlich über 90 Grad hinaus, aus dem Mitgehen des Schultergürtels. Es sind also zwei Meßvorgänge erforderlich, wenn man sich über Kontrakturen im Schultergelenk selbst vergewissern will. Dazu ist es unbedingt wichtig, daß der Schultergürtel durch die aufgelegte Hand des Untersuchers auf die Schulterhöhe fixiert und der Bewegungsausschlag vom Patienten sofort angehalten wird, wenn das Mitgehen des Schulterblattes tastbar wird. Im zweiten Meßdurchgang wird dann der Arm soweit wie möglich gehoben, ohne Rücksicht auf das Mitgehen des Schulterblattes, da ja der Gesamtbewegungsradius festgestellt werden soll. Hierbei ist es vorteilhaft, beide Arme gleichzeitig elevieren zu lassen, um ein Ausweichen des Oberkörpers zu vermeiden.

Neutral-Null-Stellung des Armes (Abb. 9 a–d):
Im Stehen hängt der Arm seitlich herab, der Daumen ist nach vorn gerichtet.

a) *Vorwärts-Rückwärtsheben* (Abb. 9 a):
Normales Bewegungsausmaß: 90°/0°/40°.
b) *Seitwärtsheben (Ab-Adduktion)* (Abb. 9 b):
Normales Bewegungsausmaß: 90°/0°/20–40°.
c) *Rotation im Schultergelenk* (Abb. 9 c u. d):
Die Rotationsbewegungen werden in zwei verschiedenen Ausgangsstellungen gemessen, einmal am hängenden Arm und einmal am um 90 Grad abduzierten Arm.
Normales Bewegungsausmaß bei hängendem Arm
Hierbei wird der Arm in der Neutral-Null-Stellung des Oberarmes belassen, der Unterarm im Ellenbogen rechtwinklig angebeugt und nach vorn gerichtet:
40–60°/0°/95°.
Für die Außen-Innen-Rotation bei abduziertem Arm (diese Messung erfolgt nur ausnahmsweise) wird der Oberarm in Abduktionsstellung

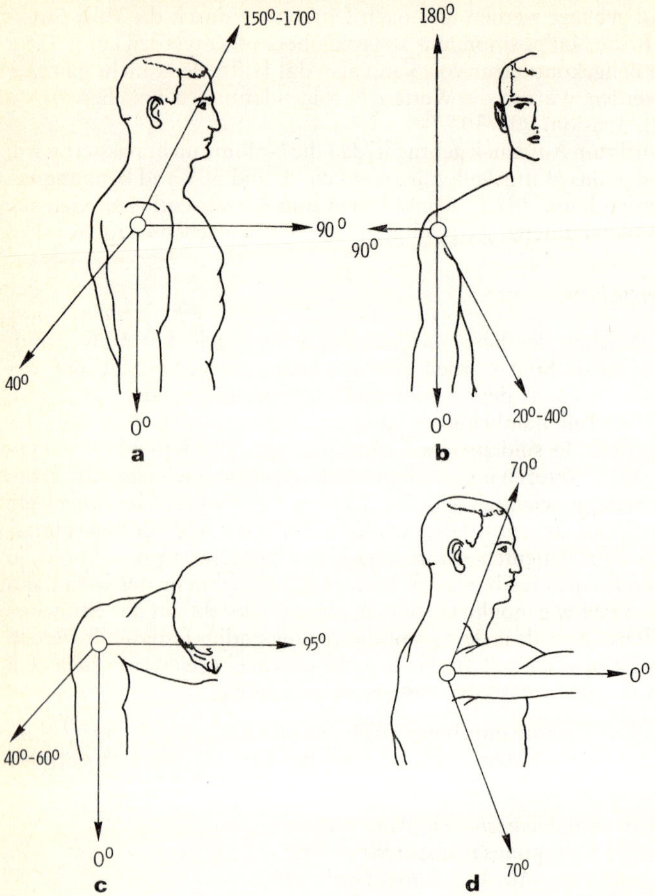

Abb. 9

von 90 Grad gehalten und der zum Ellenbogen rechtwinklig gebeugte Unterarm dient als Zeiger:
Normales Bewegungsausmaß: Außenrotation/Innenrotation 70°/0°/70°.

d) *Heben des Armes unter Einschluß des Schultergürtels.*
Normales Bewegungsausmaß:
Abduktion/Adduktion: 180°/0°/20–40°,
Vorwärts-Rückwärtsheben: 170°/0°/40°.

Ellenbogengelenk

Neutral-Null-Stellung (Abb. 10):

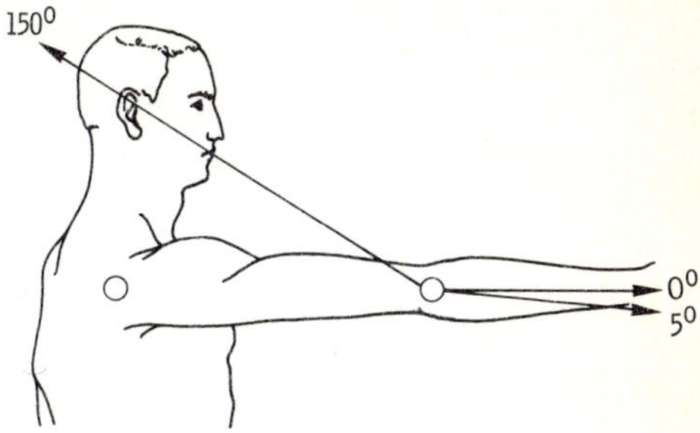

Abb. 10

Bezugspunkte: Die Längsachsen des Ober- und Unterarmes sind in der Regel leicht zu finden, ohne daß allzu große Abweichungen auftreten.

Normales Bewegungsausmaß:
Flexion/Extension: 150°/0°/5°.
Dabei ist zu beachten, daß in der Regel die Überstreckung, also Bewegung über die Neutral-0-Stellung hinaus, nicht gegeben ist. Sie ist allerdings physiologischerweise häufig bei Frauen in einem Ausmaß von 5 – 15 Grad vorhanden.

Unterarmgelenke

Neutral-Null-Stellung:
Bei aufrechter Körperhaltung wird der Ellenbogen am Körper angeschlossen und um 90 Grad gebeugt, der Unterarm ist horizontal nach vorn gerichtet, das Handgelenk gestreckt und der Daumen nach oben gerichtet.

Normales Bewegungsausmaß im Sinne der Pro- und Supination:
90°/0°/90°.

Handgelenk

Neutral-Null-Stellung (Abb. 11a u. b):
Das Handgelenk liegt gestreckt in der Achse des Unterarmes.

Normales Bewegungsausmaß:
Flexion/Extension: 35 – 60°/0°/50 – 60°,
Radialabduktion/Ulnarabduktion: 25 – 30°/0°/30 – 40°.

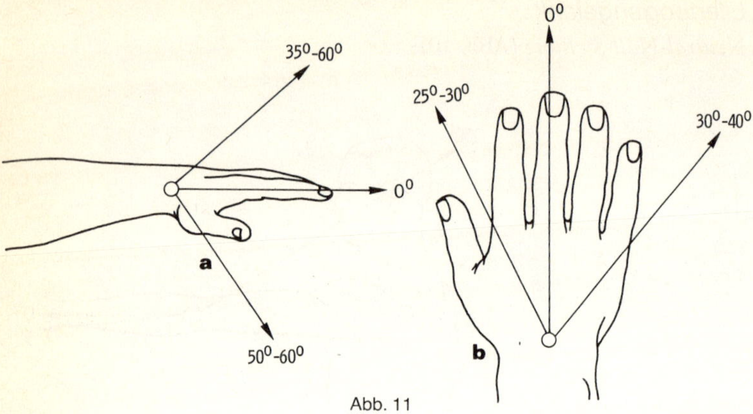

Abb. 11

Fingergelenke

Unter den Fingergelenken verdient die Beweglichkeit des *Daumens* besondere Aufmerksamkeit. Die wichtigsten Bewegungen des Daumens erfolgen im Karpometakarpalgelenk; sie werden kombiniert mit Bewegungen im Metakarpalgelenk und im Interphalangealgelenk. Die meisten Daumenbewegungen sind komplex und setzen sich zusammen aus Ab-Adduktion, Flexion und Extension sowie Zirkumduktion und Rotation.

Neutral-Null-Stellung (Abb. 12 a u. b):
Der Daumen liegt bei flach aufgelegter Hand dem Zeigefinger an.

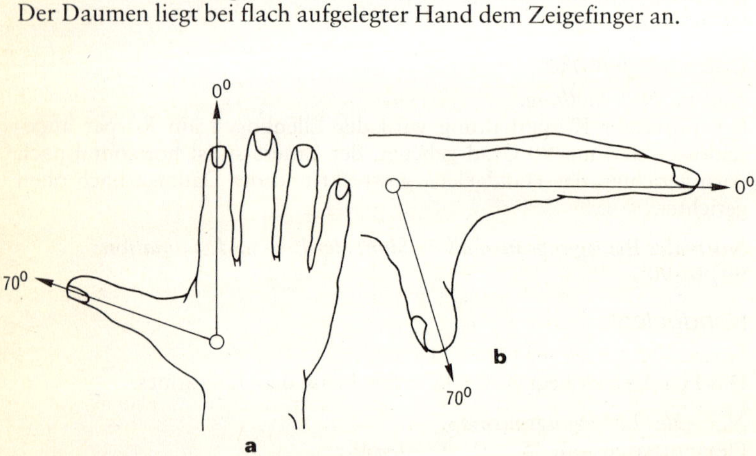

Abb. 12

Normales Bewegungsausmaß:
Abduktion/Adduktion (gemessen wird zwischen den Achsen des Metakarpale 1 und Metakarpale 2): 70°/0°.
Eine weitere reine Adduktion ist nicht möglich; dann folgt schon eine Kombinationsbewegung.
Palmere Abduktion und Adduktion:
Die Bewegung erfolgt senkrecht zur Palmaebene nach volar: 70°/0°.
Die Opposition ist schwer zu messen, deshalb ist es vorteilhafter, die Oppositionsfähigkeit wie bisher nach dem weitmöglichsten Ausschlag zu beurteilen. Die Opposition ist dann vollständig, wenn die Daumenkuppe die Basis des Kleinfingers berührt. Gemessen wird bei Einschränkung der Opposition die Distanz zwischen der Daumenkuppe und der Kleinfingerbasis.
Für die anderen Fingergelenke sollte man einen Miller-Goniometer benützen, dessen Schenkel sich an die Streckseiten der Fingerglieder anlegen lassen.

Normales Bewegungsausmaß:

distale Interphalangealgelenke:	0°/90°.
proximale Interphalangealgelenke:	0°/100°.
Grundgelenke:	0°/90°.

Hüftgelenk

Bei Prüfung der Hüftgelenksbeweglichkeit ist darauf zu achten, daß die Lordose der Lendenwirbelsäule während der Messung nicht zu stark ausgeprägt ist. Normalerweise entspricht sie einer Beckenneigung nach vorn von 12 Grad. Für den Ablauf der Messung ist es empfehlenswert, daß der Patient das gegenseitige Bein in Hüft- und Kniegelenk beugt und mit beiden Händen an den Leib heranzieht, und zwar so weit, daß die Beckenneigung von 12 Grad gerade ausgeglichen ist.

Neutral-Null-Stellung (Abb. 13 a–c):
Das Hüftgelenk ist völlig gestreckt, die Kniescheibe sieht genau nach vorn. Die Prüfung erfolgt in Rückenlage.

Normales Bewegungsausmaß (Abb. 13 a):
Flexion/Extension: 130–140°/0°/10°.
Für die Messung der Überstreckung sollte der Patient das Knie der Gegenseite soweit an den Körper heranziehen, daß das Becken aufgekippt wird. Bleibt dann das zu messende Bein auf der Unterlage liegen, ist der gemessene Winkel reelle Überstreckung.
Ab-Adduktion: Hier ist darauf zu achten, daß bei der Abduktion oder Adduktion das Becken nicht mitgenommen wird. Deshalb müssen die beiden Spinae iliacae anteriores superiores als Bezugspunkte fixiert werden.

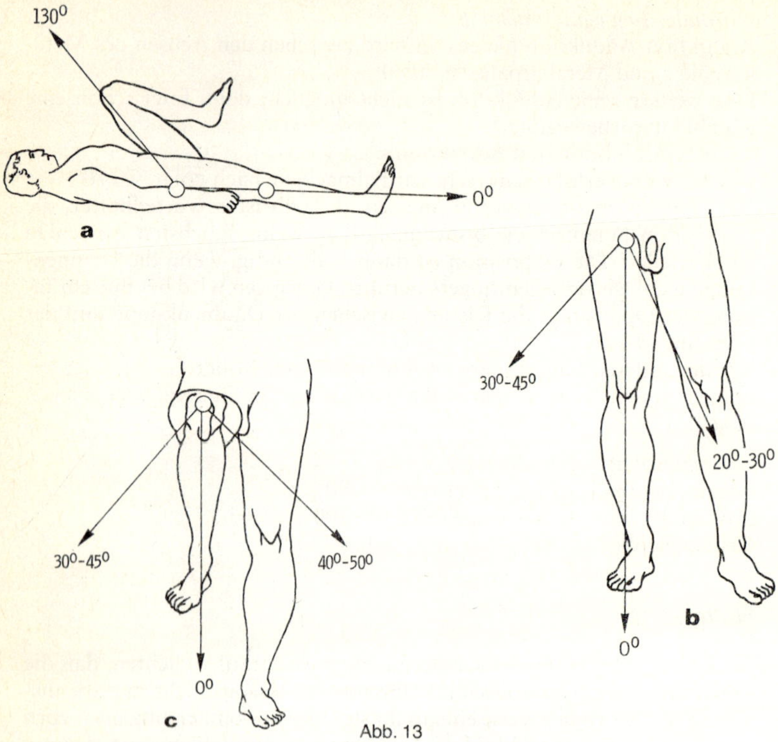

Abb. 13

Normales Bewegungsausmaß (Abb. 13 b):
30–45°/0°/20–30°.
Außen-Innen-Rotation: Es wird in Rückenlage gemessen, das Bein ist im Knie- und Hüftgelenk rechtwinklig gebeugt. Die Rotation wird in bezug auf die quere Spinaachse gemessen.

Normales Bewegungsausmaß (Abb. 13 c):
30–45°/0°/40–50°.

Kniegelenk

Neutral-Null-Stellung:
Die Neutral-0-Stellung für das Kniegelenk ist die volle Streckung.

Normales Bewegungsausmaß:
Flexion/Extension: 120–150°/0°/5–10°.

Oberes Sprunggelenk

Neutral-Null-Stellung:
Der Fuß steht gegen den Unterschenkel rechtwinklig gebeugt wie beim aufrechten Stand. Zu beachten ist, daß beim freihängenden Fuß der Rückfuß einen etwas geringeren Bewegungsausschlag vorweist als der Vorfuß, weil auch im Chopart'schen Lisfranc'schen Gelenk eine Flexion bzw. Extensionsbewegung mit erfolgt.

Normales Bewegungsausmaß:
Plantarflexion/Dorsalextension: 40–50°/0°/20–30°.

Untere Sprunggelenke

Neutral-Null-Stellung:
Die Messung des Bewegungsausschlages der unteren Sprunggelenke im Sinne der Supination und Pronation bzw. der Verwindung des Fußes in sich sind etwas diffizil und in der Regel für die Beschäftigungstherapeutin nicht erforderlich.

Längen- und Umfangsmessungen der Extremitäten

Bei der Längen- und Umfangsmessung ist von Bedeutung, daß man jederzeit reproduzierbare Fixierungspunkte auswählt, um echte Vergleiche erhalten zu können. So hat sich beispielsweise der obere Patellarand als Fixierungspunkt als nicht geeignet erwiesen, weil die Stellung der Patella durch krankhafte Veränderungen variabel sein kann. Hier ist es besser, den äußeren oder inneren Gelenkspalt als gleichbleibenden Bezugspunkt zu wählen.

Arm

Gemessen wird:
1. Gesamte Armlänge: Distanz zwischen Akromionspitze und Processus styloideus radii.
2. Oberarmlänge: Akromionspitze bis Epicondylus lateralis humeri.
3. Unterarmlänge: Epicondylus lateralis humeri bis zum Processus styloideus radii.
4. Ellenlänge: Olekranonspitze bis zur Spitze des Processus styloideus ulnae bei mittlerer Pro- und Supination.

Die *Umfangmaße werden bei locker herabhängenden, nicht gespannten Armen vorgenommen:*
25 cm und 15 cm oberhalb des Epicondylus lateralis humeri, direkt auf der Höhe des Olekranon in Streckstellung, 10 und 20 cm unterhalb des Epicondylus lateralis humeri für den Unterarm. Der Handgelenksumfang wird direkt distal der Processus styloidii ulnae et radii gemessen. Das Maß für die Mittelhand gewinnt man direkt über den Köpfen der Ossa metacarpalia 2–5.

Bein

Die *Beinlänge* wird beim liegenden Patienten in entspannter Stellung genommen. Gemessen wird von der Spina iliaca anterior superior bis zur Spitze des äußeren Knöchels. Die Oberschenkellänge ergibt sich aus der Distanz zwischen der Spitze des Trochanter major und dem lateralen Kniegelenkspalt. Gelegentlich ist es sehr schwierig, die Spitze des Trochanter major sicher zu tasten, dann empfiehlt sich auch hier die Messung von der Spina iliaca anterior superior zum lateralen Kniegelenkspalt. Die Unterschenkellänge wird vom lateralen Kniegelenkspalt bis zur Spitze des Malleolus lateralis gemessen.
Der *Umfang* wird an folgenden Meßstellen abgenommen:
15 cm, 20 oder 25 cm oberhalb des medialen Kniegelenkspaltes, direkt über dem Kniegelenkspalt, 15 und 25 cm unterhalb des medialen Kniegelenkspaltes. Der Fuß hat 3 Meßstellen:
Fersenmaß: über die Ferse und den Rist,
Ristmaß: quer über das Navikulare,
Ballenmaß: über den Großzehenballen quer.

Muskel- und gelenkphysiologisches Training

Die Auswahl der geeigneten Beschäftigung für den einzelnen Patienten wird von mehreren Faktoren beeinflußt. Unter Würdigung aller Umstände sollte die Therapeutin sich für jeden Patienten einen Behandlungsplan aufstellen. Die infrage kommenden Arbeiten werden sowohl nach dem speziellen Befund als auch nach dem Alter und Geschlecht, den geistigen Fähigkeiten und der seelischen Situation sowie dem Beruf des Kranken zusammengestellt. Keineswegs darf die beschäftigungstherapeutische Behandlung darin gipfeln, daß lediglich ein mechanischer Vorgang mit Regelmäßigkeit wiederholt wird. Die geistige Anregung steht mit im Vordergrund unseres Bemühens. Sie kann auf verschiedenem Weg erreicht werden. Ein schwerfälliger Patient wird am Webstuhl zu Beginn ausreichend beansprucht sein, wenn er sich auf ein leicht zu arbeitendes Muster konzentrieren muß. Ist die ihm aufgetragene Beschäftigung so kompliziert, daß er mit ihr nicht fertig wird, dann läßt sich sicher das erstrebte Behandlungsziel nicht erreichen. Der geistig wendigere Patient stellt höhere Anforderungen. Sein Interesse läßt sich sofort ansprechen, wenn er nicht gleich an den Webstuhl gesetzt wird, sondern nach einer kurzen Einführung aufgefordert wird, sein Muster selbst zu entwerfen.
Der Beruf des Patienten spielt im allgemeinen für die Wahl der Technik eine untergeordnete Rolle, sofern nicht sein spezielles Training zum Behandlungsziel gehört.

Klinischer Befund und Behandlungsplan

Maßgeblich entscheidend für den Behandlungsplan ist der klinische Befund. Deshalb sollte die Beschäftigungstherapeutin vor Beginn der Behandlung und vor Festlegung der Behandlungsart selbst den klinischen Befund prüfen und eintragen. Durch die genaue Beobachtung ergibt sich für die Therapeutin ein wesentlich anschaulicheres Bild von der Behinderung als beim Ablesen eines vom Arzt eingetragenen Maßes. Liegt eine Bewegungseinschränkung eines Gelenkes vor, so soll die Therapeutin selbst den aktiven, schmerzfrei ausführbaren Bewegungsausschlag kontrollieren. Zugleich kann sie durch ihre Beobachtung festlegen, wie die Bewegung ausgeführt wird:

- kraftvoll oder mit mäßiger Kraft,
- schnell oder langsam,
- sicher oder unsicher,
- gleichmäßig oder stufenweise,
- koordiniert oder unkoordiniert,
- mühsam oder leicht,
- versucht der Patient tatsächlich die Bewegung aus dem betroffenen Gelenk allein auszuführen oder nimmt er Hilfsbewegungen benachbarter Gelenke in Anspruch?

Darüber hinaus muß die Therapeutin den Ausfall wichtiger Muskeln vermerken, wie auch die Beschaffenheit der Haut beobachten. Dies trifft vor allen Dingen für Patienten mit Sudeckscher Dystrophie zu wie auch für Patienten mit Narben nach Verbrennungen oder Verletzungen an Fingern und Händen sowie Durchblutungsstörungen. Der Narbenbefund ist gerade dann wichtig, wenn die beschäftigungstherapeutische Behandlung außer der Wiedererlangung der Gelenkigkeit zugleich der Abhärtung der Narben dienen soll.

Hat sich die Beschäftigungstherapeutin so einen Überblick über die spezielle Situation des Patienten verschafft, dann gilt es unter den verschiedenen Arten der handwerklichen Fertigkeiten diejenigen auszuwählen, die für Erreichung des Behandlungszieles die besten Voraussetzungen geben. Es sind hierbei einige grundsätzliche Forderungen zu beachten.

Für die Mobilisation teilversteifter Gelenke und das Training atrophierter Muskeln gilt als erste Regel, daß es niemals Sinn der beschäftigungstherapeutischen Maßnahmen ist, isolierte Bewegungsvorgänge in den Mittelpunkt zu stellen. Dies ist auch praktisch unmöglich, worauf bereits S. 9 ff eingegangen wurde. Der gewählte Arbeitsgang soll vielmehr dem physiologischen Bewegungsablauf entsprechend das behinderte Gelenk im Zuge der Gesamtbewegung bevorzugt beanspruchen. Gelegentlich verlangt jedoch die Schmerzhaftigkeit oder die Muskelschwäche, daß sich die Therapeutin zunächst auf Umwegen dem eigentlichen Behandlungsziel nähert. Ist etwa als Folge eines entzündlichen Prozesses am

Handgelenk noch eine schmerzhafte Funktionsbehinderung verblieben, die durch die beschäftigungstherapeutische Behandlung behoben werden soll, so wäre es falsch, den Patienten sogleich an einen Beuge-Streck-Webrahmen zu setzen, bei dem also die Umstellung der Fächer durch extreme Beugung oder Streckung des Handgelenkes erfolgt. Die dabei auftretenden vermehrten Schmerzen verleiten den Patienten zwangsläufig zu Ausgleichsbewegungen, wobei das Handgelenk in der Regel völlig geschont wird. Wesentlich vorteilhafter dagegen ist, dem Patienten Arbeiten zu geben, bei denen ein fester Faustschluß erforderlich ist. Der kraftvolle Faustschluß führt zwangsläufig zu einer Dorsalextension des Handgelenkes von etwa 30 Grad. Somit kommt der physiologischen Begleiterscheinung die eigentliche Hauptaufgabe zu. Sie steht jedoch nicht im Blickpunkt des Patienten, und der Bewegungsausschlag ist verhältnismäßig klein. Er ist aber groß genug, um den eingeschränkten Bewegungsablauf zu fördern. Erst nach Eintritt einer gewissen Lockerung des erkrankten Gelenkes kommt die Beschäftigung am Beuge-Streck-Webrahmen zu ihrem Recht.

Die gleichen Regeln gelten für das Muskeltraining. Es gibt keine Einzelinnervation eines Muskels. Stets werden Muskelgruppen betroffen und ferner erfolgt regelmäßig eine gleichzeitige Innervation der Antagonisten. Das Beugen und Strecken des Ellenbogengelenkes führt unter physiologischen Bedingungen zu gleichzeitiger Bewegung des Schultergürtels und des Handgelenkes und bedingt somit eine Tätigkeit aller Muskeln vom Schultergürtel nach der Peripherie. Diese muskelphysiologischen Grundlagen für die Beschäftigungstherapeutin sind von H. von Bayer in seinem Buch „Der lebendige Arm“ hervorragend dargestellt. In diesem Zusammenhang sei noch auf das Training von Hilfsmuskeln hingewiesen. Ist als Folge einer Lähmung beispielsweise der Bizeps als Hauptbeuger des Ellenbogengelenkes in seiner Leistungsfähigkeit bleibend stark gemindert oder vollkommen ausgefallen, so kann seine Funktion durch die Unterarmbeuger teilweise ersetzt werden. Die Therapeutin wird also die Wahl der Beschäftigung mit unter diesem Gesichtspunkt treffen.

Arbeitsgangsanalyse

Die Beschäftigungstherapeutin muß aber auch die verschiedenen Beschäftigungsarten analysieren: welche Bewegungen sie erfordern, wie groß der notwendige Kraftaufwand ist und welche Besonderheiten ihm zu eigen sind. So verlangt z.B. der Faustschluß zunächst eine Handöffnung mit Streckung der Finger. Bei der Betätigung des Hammers ist das Anheben des Gerätes für den Patienten der schwerere Teil des Arbeitsvorganges als das nachfolgende Zuschlagen. Die erfahrene Therapeutin hat diese Arbeitsgangsanalyse nur noch vom Einzelfall bewußt durchzuführen, während die Anfängerin gut tut, sich für die verschiedenen Techniken regelmäßig die Reihenfolge der erforderlichen Bewegungen

aufzuschlüsseln. Dabei sind noch einige grundlegende Erkenntnisse zu beachten.
Die *Lockerung eines Gelenkes* kann z.B. nur so erreicht werden, daß der Arbeitsgang nicht die bestehende Beweglichkeit voll ausnützt. Am Beispiel des besonders empfindlichen Ellenbogengelenkes, das infolge einer suprakondylären Fraktur kontrakt wurde und nun gelockert werden kann, bedeutet die festgestellte Bewegungsfreiheit zwischen 90°/30°/0°, daß nur aktive Bewegungen zwischen 85 und 35 – besser noch zwischen 80 und 40 Grad – ausgeführt werden dürfen. Innerhalb dieser Maße ist dann allerdings dem Tempo und damit der Häufigkeit der Bewegung keine Grenzen gesetzt. Es kommt im Gegenteil darauf an, innerhalb dieses Rahmens den Bewegungsablauf zu lockern, das Gelenk gleichsam „auszuleiern". Die regelmäßige Messung im wöchentlichen Abstand wird dann erstaunlicherweise eine Zunahme des Bewegungsgrades ergeben. Wird dagegen das Gelenk von Beginn an immer bis zum jeweiligen Anschlag beansprucht, so resultieren daraus ständige, ruckartige Spannungen der Gelenkkapsel und der umgebenden Weichteile, die zwangsläufig zur schmerzhaften Reizung des Gelenkes führen. Damit tritt fast ebenso regelmäßig eine Verschlechterung des Bewegungsausmaßes ein.

Funktionelle Ausgangsstellung der Gelenke

In diesem Zusammenhang sei auf die Bedeutung der funktionellen Ausgangsstellung der Gelenke hingewiesen, die von der Beschäftigungstherapeutin in jedem Fall beherrscht werden muß. Bei vielen Erkrankungen wird es nicht möglich sein, die volle Freiheit des betroffenen Gelenkes wieder herzustellen. Bei diesen Patienten wird die Therapeutin besonders bemüht sein, aus der funktionell wichtigen Ausgangsstellung die für den täglichen Gebrauch entscheidende Beweglichkeit zu erreichen.
Für die *Fingergelenke* stellt eine leichte Beugestellung die Ausgangsposition dar. Das volle Strecken ist für das Greifen und den Faustschluß von geringerer Bedeutung. Beim Daumen steht die Oppositionsfähigkeit aus leichter Abspreizstellung im Vordergrund. Auf die absolute Streckung und Adduktion kann notfalls verzichtet werden, während der Spitzgriff und der Faustschluß ohne ausreichende Opposition nicht möglich sind.
Das *Handgelenk* sollte dagegen stets in leichter Dorsalextension von etwa 30 Grad stehen. Am besten läßt sich die Ausgangsstellung zum Greifen an der eigenen Hand ablesen, wenn sie zur Faust geschlossen wird. Die Kraftleistung der Finger beim Zugreifen ist erheblich gemindert, wenn das Handgelenk in Beugestellung kontrakt ist.
Im *Ellenbogengelenk* muß die Bewegung aus einer Mittelstellung von etwa 80 Grad vor allem im Beugesinn gelockert werden. Zum Essen und Trinken, Waschen und Kämmen ist eine ausreichende Beugefähigkeit unumgänglich, während die Beanspruchung in Steckstellung im täglichen Leben weitaus seltener ist.

Die Ausgangsstellung des *Schultergelenkes* ist in der Regel die Abduktion von 30 Grad, aus der nach Möglichkeit die weitere Abduktion und Vorwärtsbewegung im gleichen Maße zu fördern ist.
Für die *untere Extremität* herrschen die Forderungen der Statik vor. So erhält im *oberen Sprunggelenk* eine leichte Spitzfußstellung von 10 Grad die Stabilität des Beines wesentlich sicherer als die geringste Neigung zum Hackenfuß. Der angedeutete Spitzfuß wirkt zugleich streckend auf das Kniegelenk und erlaubt das Abrollen des Fußes selbst bei einer Ankylose, wenn die Sohle des Schuhes mit einer Abrolleiste versehen ist. In Hackenstellung kann der Fuß dagegen nur stapfend beim Gehen benutzt werden.
Für das *Kniegelenk* ist die volle Streckfähigkeit wichtiger als die Vermehrung des Beugewinkels. Eine Streckhemmung von 10 Grad erfordert sowohl im Stand als auch beim Gang eine erhebliche Mehrleistung des M. Quadriceps, wobei zu berücksichtigen ist, daß die Kontraktur stets mit einer Atrophie des Streckapparates verbunden ist, also eine Minderung der Leistungsfähigkeit vorliegt.
Das gleiche gilt für das *Hüftgelenk*, wenn auch bei ihm eine Streckhemmung zum Teil von der Lendenwirbelsäule kompensiert werden kann.
Damit soll jedoch keineswegs der Eindruck erweckt werden, daß die Verbesserung der Beugefähigkeit im Knie- und Hüftgelenk unwichtig ist. Für die Stabilität des Standes und Ganges hat die Streckung jedoch Vorrang. Ist also ein Kniegelenk zwischen 60°/20°/0° aktiv beweglich, so soll die Verbesserung der Streckfähigkeit auf 0 Grad wichtiger sein, als eine um 20 Grad bessere Beugung.

Muskeltraining

Beim Training atrophierter Muskeln müssen die physiologischen Grundlagen der Muskelbewegung berücksichtigt werden, wie sie S. 4ff beschrieben worden sind. In der Regel ist die Bewegung der Muskeln die natürlichere Leistungsart. Diese müssen wir dementsprechend für die Kräftigung des Muskels ausnützen. Die Möglichkeit hierzu ergibt sich aus der Anpassungsfähigkeit der Muskelkraft an die geforderte Leistung. Bei einer Inaktivität des Muskels, beispielsweise durch Ruhigstellung im Gips, kommt es auffallend rasch zu einer quantitativen Verminderung des Sarkoplasmas der Fibrillen. Es treten dabei keine degenerativen Veränderungen auf. Wird dagegen die Aktivität des gesunden Muskels erhöht, wie es beim Leistungstraining des Sportlers der Fall ist, tritt eine voluminöse Hyperplasie mit Vermehrung des Sarkoplasmas ein. Eine numerische Hyperplasie ist dagegen niemals nachgewiesen worden. D. h.: Mit Erhöhung der Leistungsforderung wird der Muskel durch Vergrößerung seines Umfanges kräftiger, aber nicht durch Vermehrung der Zahl seiner Zellen. Dabei wirkt in der Regel die dynamische Beanspruchung effektvoller als die statische. Auf die BTh angewandt werden wir also

für die Kräftigung atrophischer Muskeln solche Arbeiten bevorzugen, bei denen die Muskulatur dynamisch beansprucht wird. Als Beispiel betrachten wir einmal das Sägen. Durch die Sägebewegung werden die Ellenbogengelenkbeuger und -strecker sowie die Muskeln des Schultergürtels dynamisch beansprucht. Die Muskulatur des Handgelenkes und der Finger werden dagegen statisch beansprucht, weil die um die Säge geschlossene Faust ständig in der gleichen Lage verharrt.
Der wesentliche Unterschied in den einzelnen Funktionen der Muskelarbeit ist darin zu erblicken, daß bei vorwiegend dynamischer Beanspruchung auf eine kurz dauernde hohe Arbeitsleistung eine Entspannungsphase erfolgt, in der sich der Muskel erholen kann. Diese Erholungsphase ist gerade für den leistungsgeminderten, atrophierten Muskel bedeutsam, weil er sonst nicht seine sich rasch ansammelnden Ermüdungsprodukte abtransportieren bzw. regenerieren kann. Noch wichtiger ist diese Ruhepause für gelähmte Muskeln, da die Ermüdbarkeit der einzelnen Fibrillen wie des ganzen Muskels noch wesentlich größer ist als im Gefolge einer einfachen Inaktivitätsatrophie.

Verordnung der Beschäftigungstherapie

Die Verordnung der Beschäftigungstherapie erfolgt durch den Arzt. Er entscheidet, wann beschäftigungstherapeutische Maßnahmen im Rahmen des gesamten Behandlungsplanes beginnen. Für die Einstellung des Patienten zur Beschäftigungstherapie ist es wichtig, daß diese Anordnung in der gleichen Form geschieht, wie für alle klinische Behandlungsarten. Deshalb ist zu empfehlen, eine besondere *Behandlungskarte* bei der Verordnung am Krankenbett zu verwenden. Sie dient gleichzeitig den persönlichen Angaben des Patienten sowie als Kontrolle über die durchgeführten Maßnahmen zur Feststellung des Erfolges der beschäftigungstherapeutischen Behandlung. Selbst eine genau definierte Diagnose wird manchmal nicht ausreichend sein. Es ist auf einer gesonderten Rubrik der bisherige Behandlungsgang kurz aufzuzeichnen. Hierher gehören beispielsweise die durchgeführten Operationen und ruhigstellenden Verbände. Gelegentlich wird es notwendig sein, die Stellung der Extremitäten während der Fixationsperiode und ihre Dauer genau anzugeben, damit die Therapeutin diese Faktoren bei der Behandlung berücksichtigen kann. Da die Beschäftigungstherapeutin *neben den allgemeinen Daten* die besondere Situation des Patienten berücksichtigen muß, sind zusätzliche Vermerke nötig. Hierzu gehören beispielsweise *besondere Behandlungsziele, die allgemeine Belastungsfähigkeit des* Patienten und die *Belastbarkeit der erkrankten* bzw. *verletzten Körperabschnitte*. Darüber hinaus sollten auch Vermerke über die bisher durchgeführten krankengymnastischen Maßnahmen eingetragen werden, unabhängig davon, daß sich Krankengymnastin und Beschäftigungstherapeutin bei der

Visite oder am Krankenbett persönlich im Gespräch über die Situation des Patienten orientieren.

Ist im Zuge des Wiedereingliederungsverfahrens im Heilplan vorgesehen, daß mehrere operative Eingriffe aufeinander folgen sollen, die durch zwischenzeitlich eingeschobene physikalische Maßnahmen ergänzt oder vorbereitet werden müssen, so verlangt dieser Plan eine sehr eingehende Orientierung der Beschäftigungstherapeutin. Besteht beispielsweise bei einem Patienten der Zustand einer partiellen Plexuslähmung eines Armes, so wird zunächst die Kräftigung der Schulterblattmuskulatur nach erfolgter operativer Versorgung des Schultergelenkes als erstes Behandlungsziel gelten. Eine Verpflanzung des Ursprungs des M. brachioradialis nach proximal zur Unterstützung des M. biceps verlangt ein ausgiebiges Training der Beuger des Ellenbogengelenkes als Behandlungsziel. Ein weiteres Beispiel für die vorbereitende Beschäftigungstherapie ist die Perthes-Plastik bei Ausfall der Hand- und Fingerstrecker. Die beschäftigungstherapeutische Übungsbehandlung der Armmuskulatur mit besonderer Berücksichtigung der zu verpflanzenden Beuger dient der Operationsvorbereitung bzw. der besseren Funktionsfähigkeit der zu verpflanzenden Muskeln. Nach erfolgter Operation ist dann die Funktionsumstellung der ehemaligen Beuger auf Streckfunktion als Innervierungsübung das nächste Behandlungsziel. Für einen sinnvollen Einsatz der Beschäftigungstherapie ist also eine möglichst genaue Verordnung durch den Arzt unbedingt erforderlich. Nicht nur die geplanten operativen Maßnahmen, wenn sie in mehreren Sitzungen erfolgen, sind als Behandlungsziele anzugeben; auch bei der Wiederherstellung von Lähmungspatienten erscheint es angebracht, das Behandlungsziel abzugrenzen und abzustufen, d. h. zu differenzieren.

Nicht minder von Bedeutung ist der Eintrag über die Belastungsfähigkeit des Patienten. Hier sind zwei Dinge zu unterscheiden: die allgemeine Belastungsfähigkeit des Patienten und die Belastbarkeit des erkrankten bzw. verletzten Körperabschnittes. Die Beschäftigungstherapeutin muß vor Beginn ihrer Behandlung darüber informiert sein, ob bei dem Patienten eine allgemeine Einengung der Leistungsfähigkeit vorliegt. Dies trifft beispielsweise für Unfallverletzte zu, die zugleich eine Commotio erlitten haben. Es ist für die Therapeutin ferner wichtig, zu wissen, ob der Patient im Sitzen oder nur stehend arbeiten darf. Bei Patienten nach Wirbelsäulenoperationen wird gelegentlich auch die Dauer der Sitzfähigkeit begrenzt sein, um eine Schädigung oder Schmerzentstehung zu vermeiden.

Hinweise für die begrenzte Belastbarkeit einzelner Gelenke, Muskeln oder Sehnen, sind dann vonnöten, wenn die Beschäftigungstherapeutin über die kritischen Punkte, die bei der Behandlung beachtet werden müssen, informiert werden soll. Am Beispiel der Verpflanzung von Beugesehnen auf die Streckseite der Hand wäre also eine Beschäftigung auszuwählen, die auf keinen Fall eine aktive oder passive Handgelenks-

beugung stärkeren Ausmaßes im Arbeitsgang enthält. Der Eintrag müßte also demnach lauten: Handbeugung vermeiden.
In der Regel wird dem verordnenden Arzt die nötige Kenntnis fehlen, um zugleich auch die Beschäftigungsart vorzuschreiben. Dies wäre auch nicht im Sinne der gemeinsamen Arbeit in der Gruppe. Es wird immer der Therapeutin überlassen bleiben, den Patienten entsprechend einzusetzen. Im Interesse einer guten Zusammenarbeit ist es unbedingt erforderlich, daß die Beschäftigungstherapeutin mindestens einmal wöchentlich an der Visite teilnimmt, wobei zwischen Arzt, Krankengymnastin und Beschäftigungstherapeutin die verordneten Maßnahmen am Krankenbett aufeinander abgestimmt werden können.

Literatur

v. Bayer, H.: Die Synapsis in der allgemeinen Gliedermechanik. In: Verhandl. 2. Intern. Orthop. Kongreß 1933

v. Bayer, H.: Der lebendige Arm. Fischer, Jena 1930

Braune, W., O. Fischer: Die Rotationsmomente der Beugemuskeln am Ellenbogengelenk des Menschen. Abh. kgl. sächs. Wiss. math.-phys. Kl. 15, Nr. 3 (1889) 242

Braune, W., D. Fischer: Über den Schwerpunkt des menschlichen Körpers. Hirzel, Leipzig 1889

Debrunner, H. U.: Gelenkmessungen (Neutral-0-Methode) Längenmessung, Umfangmessung. In: Bulletin (Offizielles Organ der Arbeitsgemeinschaft für Osteosynthesefragen) 1971

Fick, R.: Handbuch der Anatomie und Mechanik der Gelenke, Band II: Allg. Gelenk- und Muskelmechanik, Band III: Spezielle Gelenkmuskelmechanik. Fischer, Jena 1910, 1911

Förster, O.: Die Physiologie und Pathologie der Koordination. Fischer, Jena 1902

Storck, H.: Über die Kräfte in der Orthopädie. Enke, Stuttgart 1943

Storck, H.: Die Anwendung der Statik auf den menschlichen Bewegungsapparat. Enke, Stuttgart 1951

2. Beschäftigungstherapie in der Orthopädie und Traumatologie

Von M. Lehmann und E. Rauterberg

Allgemeine Grundlagen

In der Orthopädie und Traumatologie werden operative und konservative Behandlungen durchgeführt. Dabei bringt die Operation häufig nur bessere Voraussetzungen für die konservativen Behandlungen. Bei den operativen Eingriffen werden wiederherstellende Maßnahmen (Osteosynthesen nach dem AO-Verfahren, mit Küntscher-Nagel, Rush-pin, Kirschner-Draht oder -Schrauben usw.) und funktionsverbessernde bzw. stellungskorrigierende Verfahren (Gelenkplastiken, Achsenkorrekturen) vor allem bei sog. präarthrotischen Deformitäten unterschieden.

Zu den konservativen Methoden gehören die verschiedenen Verbandtechniken mit unterschiedlichen Materialien, die die Fixierung eines oder mehrerer Gelenke zum Ziel haben, ggf. auch unter Verwendung bestimmter Schienen (Braun-Schiene, Volkmann-Schiene für das Bein, Tölzer Schiene für den Arm, usw.).

Bei Gelenkkontrakturen kommen spezielle Quengel- oder Redressionsverbände in Anwendung. Dabei wird auf das betroffene Gelenk über einen bestimmten Zeitraum ein Zug ausgeübt, der individuell zu dosieren ist.

Im weiteren gehören zu den konservativen Verfahren die *Maßnahmen der physikalischen Therapie*

- Licht- und Luftbehandlung,
- elektrophysikalische Behandlung (Gleichstrom und niederfrequente Wechselströme oder Hochfrequenzströme, Ultrakurzwelle, Mikrowellen),
- Ultraschallbehandlung,
- Hydro- oder Thermotherapie (Teil- oder Vollbäder mit bestimmten Temperaturen und Zusätzen, Wickel, Packungen usw.),
- Krankengymnastik und Massage (aktive und passive Bewegungsübungen im Wasser, Entspannungsübungen, Atemgymnastik, Bindegewebsmassage, Muskelmassage),
- balneologische Methoden (Klimakuren, Badekuren, Diät ...),

die *orthopädietechnische Versorgung* durch Orthopädietechniker, Orthopädieschuhmacher oder Bandagisten:

- Stützapparate, Prothesen,
- orthopädische Schuhe,
- Stützkorsetts, Spreizhosen usw.

und die *Beschäftigungstherapie.*

Die Vielfalt der Krankheitsbilder in der Orthopädie und Traumatologie stellt je nach Schwere der Erkrankung und Ausmaß der Folgezustände die Beschäftigungstherapeutin vor unterschiedliche Aufgaben. Es sind Kenntnisse aus allen medizinischen Bereichen nötig, da neben kombinierten Verletzungen auch Traumafolgen bei bestehenden Grundkrankheiten sowie Folgeerkrankungen aus anderen medizinischen Bereichen behandelt werden.

Körperliche Behinderungen als Folge einer Erkrankung oder eines Unfalls sowie langandauernder Klinikaufenthalt werden individuell unterschiedlich seelisch verarbeitet.

Folgende *Symptome* und *Reaktionen* sind häufig anzutreffen:

Physisch: Bewegungseinschränkungen der Gelenke, Inaktivitätsatrophie der Muskulatur, Teillähmungen (sowohl motorisch als auch sensorisch), Durchblutungsstörungen, Schmerz sowie Fehlhaltungen, Hautveränderungen, Fehlbildungen oder Amputationen von Extremitäten und den damit verbundenen Veränderungen der äußeren Erscheinung.

Psychisch: Angst und Unsicherheit, Beeinträchtigung des Selbstwertgefühles, Unselbständigkeit, Mutlosigkeit, Passivität, Resignation und Isolation.

Bei Säuglingen und kleinen Kindern kann die verminderte Zuwendung zu einer Reihe von körperlichen und seelischen Schäden führen, die als Deprivationssyndrom zusammengefaßt werden.

Entsprechend vielfältig sind die *Behandlungsziele,* die den Gesamtzustand der Persönlichkeit berücksichtigen. Funktionell steht die Wiedererlangung der Gebrauchsfähigkeit geschädigter Extremitäten im Vordergrund, damit verbunden Gelenkmobilisation, Muskelkräftigung und Sensibilitätsschulung.

Wie aus Seite 8 hervorgeht, bedingt eine isolierte Funktionsstörung jeweils eine Störung der gesamten Gliederkette. Verbliebene Restfunktionen müssen bewußt gemacht und trainiert sowie der Umgang mit Hilfsmitteln und Körperersatzteilen geschult werden. Das Erreichen größtmöglicher Selbständigkeit und Unabhängigkeit von fremder Hilfe wird angestrebt.

Individuell angefertigte Handschienen tragen dazu bei, die Wiederherstellung der Handfunktionen zu beschleunigen. Die Rehabilitation eines Handverletzten kann ebensoviele Probleme mit sich bringen wie die eines Polyarthritikers. Es ist ein wesentlicher Unterschied, ob ein Mensch eine Behinderung von Geburt an oder erst später erworben hat, nachdem er schon die Erfahrung des Nichtbehindertseins gemacht hat. Der Schweregrad einer Behinderung ist nicht davon abhängig, ob ein oder mehrere Extremitäten betroffen sind, sondern von dem jeweiligen Grad der individuellen Beeinträchtigung, an „normalen" Lebensprozessen teilzunehmen. Die Beschäftigungstherapie hat hier außer der funktionellen Behandlung im wesentlichen die Aufgabe einer psychologischen Betreuung des Patienten, um zu verhindern, daß sekundäre Verbildungen als gesamtpersonale Reaktionen des Behinderten auf das mit der Behinderung verbundene Handikap entstehen. Grundsätzlich laufen funktionelle Behandlung und phsychologische Betreuung parallel.

Ausführung der Behandlung

Nach Kenntnisnahme von Diagnose und Verlauf der Erkrankung aus Verordnung und Krankenblatt, erhebt die Beschäftigungstherapeutin einen Befund. Es werden vergleichende Beobachtungen zwischen gesunder und kranker Seite angestellt und beschrieben. Je nach Behinderung werden Gelenk- und Muskelstatus erhoben. Umfangsmessungen vorgenommen sowie Prüfungen der Greifformen und der Handkraft. (Geräte für Gelenkmessungen und Vigorimeter sind im Fachhandel erhältlich.) Die Sensibilität der Hand wird nach der Weberschen Zweipunkt-Unterscheidungsmethode mit einer Büroklammer getestet. Befragung und Reaktion des Patienten geben Auskunft über vorhandene Schmerzgrenzen bei Gelenkbewegungen und legen die Dosierung der Behandlung fest. Nach mehreren Behandlungen und zum Abschluß werden zur Erfolgskontrolle Funktionstests und Messungen wiederholt.
Eine funktionelle Einzelbehandlung dauert in der Unfallnachbehandlung in der Regel eine halbe Stunde; in Einzelfällen, postoperativ oder nach frischen Verletzungen, auch kürzer oder von Pausen unterbrochen. In vielen Fällen, beispielsweise bei haushalts- oder Selbsthilfetraining, bei Prothesenschulung und der Behandlung von Kindern ist eine Verlängerung der Behandlungszeit nötig. Im übrigen schließt sich an die eigentliche Behandlungszeit häufig noch eine kurze Zeitspanne des selbständigen Übens einer erlernten Technik (z.B. Handschreibübungen) oder auch freies Spiel des Kindes an. Die Behandlung findet in der beschäftigungstherapeutischen Abteilung in Gegenwart anderer Patienten statt. Ist besonders konzentriertes Arbeiten nötig (z.B. Befunderhebung, Schreiben auf der Schreibmaschine) oder kann lautes Arbeiten (z.B. Holz- oder Metallbearbeitung) die Mitpatienten stören, so wird auf einen Nebenraum ausgewichen. Selbsthilfe- und Haushaltstraining können in Übungsbad oder -küche durchgeführt werden.
Mit leichten Lockerungsübungen, Kneten oder einfachen Greifübungen wird die Behandlung begonnen, der Therapeut fordert zu einzelnen Übungen auf und gibt manuelle Hilfe oder Widerstand. Eine oder mehrere handwerkliche, künstlerische oder musische Techniken schließen sich an, bei deren Auswahl Zustandsbild, Therapieziel und Interessen des Patienten zu berücksichtigen sind. Zur Erhöhung der Effektivität der Behandlung werden technische Hilfsgeräte eingesetzt wie Entlastungsschlingen, bimanuelles Werkzeug, adaptierte Webrahmen und verstellbare Arbeitsplätze, deren Funktion und Verwendung der Therapeut kennen muß.

Selbsthilfe

Im Selbsthilfetraining wird angestrebt, durch Übung Selbstversorgung

bei persönlicher Hygiene, Essen, Trinken, Bekleiden und Versorgen der Kleidung zu erreichen. Hilfsmittel werden erprobt und bei Bedarf eingesetzt.
Außerdem können die Patienten an einem Haushaltstraining teilnehmen, in dem die zur Haushaltsführung nötigen Arbeiten in der Praxis durchgeführt werden. Hierzu wie auch für die Planung von Veränderungen an Hauszufahrt, Eingang und Einrichtung der Wohnung von Behinderten, beispielsweise nach der Versorgung mit einem Rollstuhl, sind Hausbesuche möglich.

Rehabilitation

Bei der Vorbereitung auf berufliche Eingliederung, Wiedereingliederung und Umschulung wird das Arbeitsverhalten des Patienten beobachtet. Gespräche über Berufswünsche, Angaben zu Arbeitstempo und Genauigkeit, Sorgfalt und Ausdauer sowie zu beruflichen Neigungen können bei der Berufsberatung hilfreich und klärend sein (s. Kap. Rehabilitation und Arbeitstherapie). Bei bevorstehender Entlassung ist es möglich, die Arbeitsanforderungen durch Aufgabenstellung und Dauer der Behandlung zu steigern.

Allgemeine, ablenkende Beschäftigungstherapie

Die bei langandauerndem Krankenhausaufenthalt häufig auftretenden Verstimmungszustände der Patienten können durch allgemeine, ablenkende Beschäftigungstherapie gebessert werden. Es wird Anregung gegeben zu geistigen, manuellen und musischen Betätigungen. Das Arbeiten in Gruppen führt zu Begegnungen und ermöglicht Kontaktaufnahmen.
Bei kleinen Kindern können tägliche Pflegestunden durch die Bezugsperson in der Klinik, Verkürzung der Liegezeiten und Erweiterung ambulanter Behandlungsmöglichkeiten dazu beitragen, Sekundärschäden durch Aufenthalt in Massenpflegeinstitutionen herabzusetzen. Im übrigen sind heilpädagogische Maßnahmen im Sinne einer Entwicklungstherapie nötig.
Die folgende Darstellung der beschäftigungstherapeutischen Behandlung von Patienten mit Erkrankungen und Unfallfolgen am Stütz- und Bewegungsapparat gibt im ersten Teil eine Übersicht über die typischen Funktionsausfälle einzelner Wirbelsäulen- und Extremitätenabschnitte bei lokalen angeborenen bzw. konstitutionell bedingten Erkrankungen nach Verletzungen sowie bei degenerativen Gelenkerkrankungen. Der zweite Teil enthält eine Schilderung der Krankheiten, bei denen eine generalisierte körperliche Behinderung vorliegt.

Typische Funktionsausfälle einzelner Wirbelsäulen- und Extremitätenabschnitte

Wirbelsäule

Haltung ist „gehaltene Bewegung“.
Die Wirbelsäule als Achsenorgan des Skelettsystems korrigiert mit Hilfe ihres aktiven und passiven Halteapparates durch den Einfluß der Gleichgewichtsreaktionen automatisch jede Haltungsänderung. Haltungsschwäche fällt durch eine Störung der Harmonie auf: Der Kopf wird nach vorn geneigt, die Brustwirbelsäule ist stärker gerundet, die Schultern fallen nach vorn, gleichzeitig besteht oft eine Beckenkippung nach vorn bei schlaffer Bauchmuskulatur. Die Ursache ist meist der schlechte Trainingszustand der Rücken- und Bauchmuskulatur. Schlechte Haltungen finden sich auch bei Intelligenzstörungen.
Nach Staffel werden vier Haltungstypen unterschieden:
1. Normalrücken,
2. hohlrunder Rücken,
3. totalrunder Rücken,
4. Flachrücken.
Die sagittale doppelte S-Form der Wirbelsäule gibt ihr die Wirkung einer Feder bei Belastungen, die in der Längsrichtung erfolgen. Diese Federwirkung wird bei den beschriebenen Haltungstypen zwei bis vier aufgehoben bzw. abgeschwächt wirksam; infolgedessen entstehen im Laufe der Zeit strukturelle Veränderungen an Knochen, Bändern und Muskeln als sog. Haltungsschaden. Bei lokalisierten Veränderungen einzelner Wirbelsäulenabschnitte resultieren kompensatorische Gegenkrümmungen in lateraler oder ventraler bzw. dorsaler Richtung der darüber- und darunterliegenden Segmente der Wirbelsäule. So entsteht z. B. durch eine Beinlängendifferenz eine Skoliose, durch eine vermehrte Beckenkippung nach vorn bei Hüftbeugekontraktur eine verstärkte Lendenlordose usw. Hieraus ergibt es sich, daß bei Behandlung einzelner Wirbelsäulenabschnitte stets der gesamte Haltungsapparat berücksichtigt werden muß.

Halswirbelsäule

Angeborene und konstitutionell bedingte Veränderungen

Als angeborene Veränderungen bestehen im Bereich der Halswirbelsäule häufig Block-, Keil-, Spalt- oder Schmetterlingswirbel. Sie führen zu mehr oder weniger störenden Bewegungseinschränkungen und können auch vorzeitige degenerative Veränderungen der benachbarten Segmente mit Beschwerden zur Folge haben.
Beim Säugling können sich diese Fehlbildungen als *Schiefhals* zeigen.
Die häufigste Ursache für den Schiefhals beim Säugling ist jedoch nicht eine knöcherne (ossäre) Fehlbildung, sondern eine angeborene Veränderung in einem der Kopfdreher-Muskeln (M. sternocleidomastoideus).

Die dadurch bedingte Schiefhaltung des Kopfes läßt sich durch frühzeitige Lagerung im Gipsbett, krankengymnastische Übungsbehandlung und Beschäftigungstherapie (s. S. 35, Säuglingsskoliose) meistens beseitigen. In einigen Fällen wird nach dem ersten Lebensjahr eine operative Behandlung (Durchtrennung des M. sternocleidomastoideus) erforderlich.
Als mögliche Ursachen für einen Schiefhals kommen außerdem einseitige Seh- oder Hörstörungen in Frage (okulärer und otogener Schiefhals).

Posttraumatische Veränderungen

Distorsionen der Halswirbelsäule (Schleudertrauma bei Verkehrsunfall) bewirken nicht selten schon bei jüngeren Patienten langwierige Beschwerden. Komplikationen und Funktionsausfälle beobachtet man vor allem bei in Fehlstellung verheilten Luxationsfrakturen.
Die Behandlung besteht meist in vorübergehender Fixierung mit der Schanz-Krawatte. Bei schwereren Verletzungen, z. B. Verrenkungen oder Verrenkungsbrüchen, wird eine Reposition mittels Extension durch Anlegen einer Glisson-Schlinge durchgeführt und anschließend ein Thoraxdiademgipsverband angelegt (mindestens 12 Wochen). Nach der Gipsentfernung kann eine weitere Stabilisation der Halswirbelsäule mittels Halsstütze erforderlich sein. Nach Abschluß der Fixierung ist die Mobilisierung und Kräftigungsbehandlung mit Hilfe physikalisch-therapeutischer Maßnahmen angezeigt.

Degenerative Veränderungen

Das Durchschnittsalter der Patienten mit Zervikalsyndrom liegt zwischen 35 und 55 Jahren. Das Röntgenbild zeigt in diesen Fällen eine vermehrte Sklerosierung der Deck- und Grundplatten der Wirbelkörper, eine Verschmälerung des Zwischenwirbelraumes sowie Veränderungen an den Wirbelgelenken und der Foramina intervertebralia. Die Erscheinungen sind vielfältig durch die gleichzeitige Irritation der motorischen, sensiblen und sympathischen Nervenfasern einerseits und der A. vertebralis andererseits. Als lokale Beschwerden entstehen durch die Lockerung der Bandscheiben Nackenmuskelschmerzen, vor allem bei Tätigkeiten, die über längere Zeit ein Vorneigen des Kopfes erfordern (Autofahren, Schreiben, Lesen) oder auch Wirbelgelenkblockierungen mit akuter Schiefhalshaltung. Je nach Ausmaß der knöchernen Veränderungen können zusätzlich Kopfschmerzen, Schwindelerscheinungen oder auch Tendopathien in beiden Armen mit Schmerzen an typischen Punkten (Ansatz des M. deltoideus, Epicondylus radialis und ulnaris humeri, Processus styloideus radii) oder Muskelatrophien vor allem der Handmuskulatur infolge von Nervenwurzelirritationen auftreten. Die Schmerzen führen zur Schonhaltung mit Verspannung der Muskulatur und nachfolgend zu Kontrakturen vor allem im Bereich des Schultergelenkes (Periarthrosis humeroscapularis).

Bei lokalen Beschwerden werden vor allem krankengymnastische Übungsbehandlung und Massage nach Heißluft verordnet oder eine Extensionsbehandlung in der Glisson-Schlinge. Damit wird gleichfalls eine Fernwirkung bei bestehenden Tendopathien erreicht. Tendopathien am Ellenbogen (sogenannter Tennisellenbogen) werden zunächst durch lokale Injektionen behandelt, in hartnäckigen Fällen operativ durch Abtrennung der Sehnenansätze (Hohmann-Diszision). Bei schweren neurologischen Ausfallserscheinungen kommen in seltenen Fällen neurochirurgische Eingriffe an der Halswirbelsäule in Frage.
Die *beschäftigungstherapeutische Behandlung* beschränkt sich bei lokalen Beschwerden auf die Beratung in Hilfsmittelfragen. Der Arbeitsplatz sollte besichtigt werden, eventuell kann eine Veränderung hier bereits Besserung bringen. Anstelle des üblichen Arbeitstisches kann ein schrägstellbarer großer Zeichentisch wirkungsvoll sein. Die Vorneigung des Kopfes wird bei guter Einstellung weniger beansprucht. Gleiches gilt für Schreibmaschinentische (Fa. Leuwico, s. Anhang). Ein physiologisch richtiger Stuhl, auf die Arbeitshöhe angepaßt, wird gegebenenfalls durch eine Fußbank ergänzt. Entspanntere Haltung beim Autofahren ist häufig allein durch Verstellung von Autositz und Nackenstütze zu erreichen.
Auf Handarbeiten, die wie Stricken, Häkeln und Sticken verkrampfte Haltungen der Nackenmuskulatur begünstigen, muß verzichtet werden.
Bestehen Beschwerden durch Nervenleitungsstörungen, so ist die beschäftigungstherapeutische Behandlung derjenigen bei peripheren Nervenschädigungen gleich (S. 142). Die Mobilisierung einzelner Abschnitte der oberen Extremität s. dort.

Brust- und Lendenwirbelsäule

Angeborene konstitutionell bedingte Veränderungen

Rundrücken. Morbus Scheuermann – Adoleszentenkyphose

Aufgrund von Wachstumsstörungen der Wirbelkörper sowie Veränderungen der Deck- und Grundplatten der Wirbelkörper mit Einbrüchen von Bandscheibengewebe in die Wirbelkörperspongiosa (Schmorl-Knorpelknötchen) vor allem im Bereich der Brustwirbelsäule, kann es während des Wachstumsalters zu einer vermehrten Kyphose der mittleren und unteren Brustwirbelsäule kommen, die auf eine schmerzbedingte Schonhaltung zurückzuführen ist; die Lendenwirbelsäule ist seltener beteiligt. Die Erkrankung tritt zwischen dem 9. und 13. Lebensjahr auf, bei Knaben häufiger als bei Mädchen. Die Veränderungen sind mit Abschluß des Wachstums ausgeheilt. Nur 20% der Betroffenen haben im floriden Stadium Beschwerden. Schmerzen treten häufig später auf als Ausdruck der Insuffizienz der Rückenmuskulatur, die durch die Kyphose ständig überdehnt wird.
Wichtig ist bei frühzeitiger Diagnose die Kräftigung der Rücken- und

Bauchmuskulatur durch Krankengymnastik, um vor allem eine Aufrichtung der Brustwirbelsäule zu erreichen. In Einzelfällen werden die Kinder mit einem sogenannten aktiven Korsett versorgt oder es wird auch eine nächtliche Gipsbettlagerung durchgeführt. Die Kräftigung der Muskulatur wird durch aktive krankengymnastische Übungsbehandlung und Schwimmen unterstützt.

Skoliose

Skoliosen sind fixierte seitliche Verbiegungen der Wirbelsäule. Man unterscheidet (links- und rechtskonvexe) Totalskoliosen (bei Säuglingen) von S- und doppel-S-förmigen Skoliosen (bei Kinder, Jugendlichen und Erwachsenen). Mit jeder Seitabweichung ist auch eine Torsion der Wirbelkörper verbunden. Dadurch entsteht jeweils auf der konvexen Seite im Bereich der Brustwirbelsäule ein Rippenbuckel und im Bereich der Lendenwirbelsäule ein Lendenwulst. Diese Torsion der Wirbelsäule wird besonders deutlich bei Vorneigen des Oberkörpers.
Die Skoliosen haben je nach Ursache einen unterschiedlichen Verlauf:
1. myopathische Skoliosen (Dystrophia musculorum progressiva),
2. neuropathische Skoliosen (Poliomyelitis, infantile Zerebralparese, Syringomyelie),
3. osteopathische Skoliosen (kongenitale Mißbildungen, posttraumatische Frakturfolgen, Knochendystrophien),
4. idiopathische Skoliosen,
5. statische Skoliosen (Beinverkürzung),
6. Narbenskoliosen (Hautverbrennung),
7. Schmerzskoliosen (Ischias).

Die sogenannte Säuglingsskoliose unterscheidet sich von den übrigen Skoliosen einmal dadurch, daß sie C-förmig und nicht S-förmig verläuft, zum anderen dadurch, daß sie sich im Liegen unabhängig von den statischen Funktionen der Wirbelsäule, dem Sitzen oder Stehen entwickelt. Säuglinge zeigen oft eine asymmetrische Lage. Auf die Dauer kann es dann zu sog. „Schräglagedeformitäten" kommen. Überwiegend wird eine Rechtslagerung eingenommen, dabei kommt es zu einer Schädelasymmetrie mit Abplattung der rechten Hinterkopfseite und der linken Gesichtsseite und in einigen Fällen auch zu einem linksseitigen Schiefhals, damit verbunden ist dann eine linkskonvexe Totalskoliose. Die Säuglingsskoliose hat, wie langfristige Untersuchungen zahlreicher Autoren zeigen, überwiegend eine gute Prognose. Sie kann Ausdruck einer zerebralen Bewegungsstörung sein, nur in wenigen Fällen wurde ein Übergang in die idiopathische Skoliose beobachtet.
Die Behandlung erfolgt durch Bauchlagerung, Umkrümmungsbandagen oder Gipsbett in Verbindung mit Krankengymnastik, wobei wesentlicher Faktor die Stimulierung der Extremitäten, die der Hinterkopfseite entsprechen, ist, da diese eine Retardierung der motorischen Entwicklung zeigen; dazu kommt eine Orientierung des Kopfes zur Gegenseite.

Beschäftigungstherapie bei Säuglingsskoliose und Schiefhals

Das Ziel der funktionellen Behandlung ist die Aktivierung und Kräftigung der schwächeren Körperseite.

Ausführung der Behandlung. Es werden über alle Bereiche der Wahrnehmung Sinnesreize gegeben, die den Säugling aktivieren, zu der bisher vernachlässigten Seite zu schauen, dorthin zu greifen, sich nach Spielzeug, Licht- oder Geräuschquelle zu wenden. Ebenso führt Berührung, Überstreichen und leichtes Massieren der Haut an Kopf, Hals, Arm, seitlichem Rumpf und Bein zu verstärkter Beachtung der entsprechenden Körperseite.

Diese Übungen sollten beim Säugling mehrmals täglich wiederholt werden. Zusätzlich ist das Kinderbett ständig so zu plazieren, daß Hauptlichtquelle, Geräusche und visuelle Reize das Kind auf der behinderten Seite erreichen. Bei pflegerischen Maßnahmen, wie Füttern, Wickeln und Baden, gelten die gleichen Grundsätze. Die Behandlung stützt sich auf die entwicklungsphysiologischen Reifestufen im Säuglingsalter (Kiphard 1973, Painter 1975).

Die Behandlung der *myo- und neuropathischen Skoliosen* erfolgt überwiegend konservativ durch Krankengymnastik und Korsettversorgung. Bei den Fällen, bei denen eine Operation in Frage kommt, entspricht die Behandlung der bei der idiopathischen Skoliose (s. u.). Im allgemeinen wird die Progredienzneigung der Skolioseformen mit sekundären Funktionseinschränkungen von Herz und Lunge durch die starken Thoraxveränderungen gefürchtet.

Fast 90% aller Skoliosen sind *idiopathische Skoliosen*. Ihre Häufigkeit beträgt 4 pro 1000. Mädchen sind häufiger betroffen als Knaben (4 : 1). Bemerkt werden sie vielfach bei der Einschulung bzw. zwischen dem 8. und 10. Lebensjahr. Typisch für die idiopathische Skoliose ist die Progredienz in der präpuberalen Wachstumsphase mit der stärksten Längenzunahme. Rein physikalische Maßnahmen haben nur geringen Einfluß auf den Skoliosenverlauf. Um die Progredienz zu verhindern bzw. um eine relativ normale Wirbelsäulenstellung zu erreichen, werden zusätzlich spezielle Korsettbehandlungen (nach Blount oder Cotrel) Operationen (nach Harrington) oder Kombinationen dieser beiden Möglichkeiten angewandt.

Konservative Behandlung. Bei rechtzeitigem Behandlungsbeginn kann im Milwaukee-Korsett nach Blount, unterstützt durch krankengymnastische Übungsbehandlung eine Aufrichtung der Skoliose erzielt werden. Das Korsett darf nur während der täglichen Krankengymnastik und beim Schwimmen abgelegt werden. In der übrigen Zeit muß es ständig, auch beim Schlafen, getragen werden bis zum Abschluß des Wachstums. In vielen Fällen wird die Korsettbehandlung auch zur Überbrückung bis zur Operation durchgeführt.

Operative Behandlung nach Harrington. Meistens ist eine intensive präoperative Behandlung erforderlich, um den bereits fixierten Skoliosenwinkel aufzurichten. Eine Besserung des Befundes läßt sich außer im Röntgenbild u. a. auch durch Bestimmung der Vitalkapazität objektivieren. Einen wichtigen Teil der Behandlung bildet die Atemgymnastik. Nach Auflockerung der fixierten Wirbelsäule durch Extension im Skoliosenstreckbett und unterstützt durch gezielte krankengymnastische Behandlung wird präoperativ noch ein Gipskorsett angelegt, in dem eine weitere Redression der Skoliose möglich ist. Die operative Behandlung nach Harrington besteht darin, daß an der Konkavseite die Krümmung durch Einsetzen eines Distraktionsstabes aufgerichtet wird. Außerdem werden die Wirbelgelenke entknorpelt und nach Anfrischen der Dornfortsätze wird hier Beckenkammspongiosa angelagert. Postoperativ liegen die Patienten bis zum Abschluß der Wundheilung in einer Gipsliegeschale, danach wird ein zirkulärer Liegegipsverband angelegt, der drei Monate später durch einen Rumpfgips nach Risser ersetzt wird, in dem die Patienten mobilisiert werden. Dieser Gips wird wiederum drei Monate belassen und durch einen neuen Gipsverband oder ein Korsett ersetzt. Auch nach der Operation ist über Jahre die krankengymnastische Behandlung erforderlich. In einigen Fällen kann auch auf eine Korsettdauerversorgung nicht verzichtet werden.

Beschäftigungstherapeutische Behandlung von Kindern und Jugendlichen bei Erkrankungen der Wirbelsäule

Alle konservativen therapeutischen Maßnahmen zielen ab auf die Kräftigung des muskulären Stützapparates für die Wirbelsäule unter Vermeidung der pathologischen Haltungsmuster, sowie die Aktivierung der Atmung.

Ausführung der Behandlung. In der funktionellen Behandlung ist als Ausgangslage das Liegen auf dem Bauch auf einer Matte oder Behandlungsbank zu empfehlen. Wenn möglich, sollte der Oberkörper zur besseren Beobachtung der Wirbelsäulenbewegungen frei sein. Die Dornfortsätze können auf der Haut farbig markiert werden. Zur Vermeidung von Ausweichbewegungen kann das Becken mit einem Gurt oder manuell fixiert werden. Die Behandlung im Liegen ist derjenigen im Sitzen vorzuziehen, da Ermüdungserscheinungen geringer sind.

Als Behandlungsmittel eignet sich altersentsprechendes Spiel- und Übungsmaterial sowie das Arbeiten am Webrahmen. Bauklötze und Spielsteine können so angereicht werden, daß zum Erreichen wie zum Spiel maximale Streckung nötig ist, und zwar aus der Seitenverbiegung heraus zur Seite der Konvexität hin. Ständig wechselnd sollten kurzen Arbeits- und Anspannungsphasen kurze Entspannungspausen folgen. Weitausholende Bewegungen bei gestreckten Armen sind günstig. Hantieren mit größeren und schwereren Gegenständen erhöht den Widerstand.

Das Arbeiten am Webrahmen ist als Behandlungstechnik auch im Sitzen

oder Stehen optimal. Webrahmen- und -arbeitsstück sollten breit sein und hochgehängt werden.
Für die Behandlung in Gruppen eignen sich Spiele mit Hand- und Stabpuppen, ferner Wettspiele, Singen, Wattepusten und Seifenblasen zur Aktivierung der Atmung.
Selbsthilfe. Das Ziel der Versorgung mit Hilfsmitteln sowie des Selbsthilfetrainings ist es, bei vorübergehenden und bleibenden Bewegungseinschränkungen, beispielsweise während Gipsbehandlungen oder Korsettversorgung, für Unabhängigkeit von fremder Hilfe zu sorgen. Es kann Beratung in kosmetischen und Kleidungsfragen erfolgen. Als Hilfsmittel sind gegebenenfalls ein langer Schuhlöffel, Greifzange und Strumpfanzieher nötig. Besonders zu berücksichtigen ist die psychische Situation der behinderten Kinder und Jugendlichen.

Spondylolisthesis

Bei angeborenen oder durch extreme Beanspruchung (Leistungssport) entstandenen Spaltbildungen im Bereich des Zwischenwirbelgelenkstückes an der unteren Lendenwirbelsäule kann es zum Wirbelgleiten kommen. Diese Instabilität kann zu therapieresistenten Kreuzschmerzen führen und in einigen Fällen zu Ischiasbeschwerden mit Teillähmung der unteren Gliedmaßen. In diesen Fällen ist, ggf. kombiniert mit einer Bandscheibenoperation, eine partielle Wirbelsäulenversteifungsoperation angezeigt, die mittels Spannung oder durch Verschraubung erfolgt. Nach dieser Versteifungsoperation ist eine Lagerung im Gipsbett erforderlich. Die Dauer richtet sich nach der Operationsmethode.

Posttraumatische Veränderungen der Brust- und Lendenwirbelsäule

Im Bereich der Brust- und Lendenwirbelsäule kommen Frakturen insbesondere am dorsolumbalen Übergang vor. Ursache dieser Frakturen ist meist eine direkte Gewalteinwirkung, z. B. Sturz aus großer Höhe auf das Gesäß oder die Füße. Es kommen daher auch Kombinationen mit Fersenbeinbrüchen vor.
Als leichteste Form der Wirbelkörperfraktur sieht man im Röntgenbild Vorderkantenabsprengungen und Keilwirbel, als schwere Veränderungen Kompressionsfrakturen mit oder ohne Hinterkanteneinbruch sowie Luxationsfrakturen.
Klinisch finden sich als Folgeerscheinung der Keilwirbelbildung mehr oder minder starke Gibbusbildung, bei Verletzung des Rückenmarks eine Querschnittlähmung (partiell oder total); s. S. 103 f.
Die Behandlung der Frakturen ohne Rückenmarksverletzungen erfolgt entweder durch Lagerung (Flachlage im Bett mit Lordosierungskissen) oder durch Aufrichtung in Narkose mit nachfolgender Fixierung in einem Gipskorsett (Tab. 1).

Tabelle 1. Wirbelsäulenfrakturen.

Lokalisation	Behandlung	Ruhigstellung Dauer	Belastung nach	Komplikationen primär	sekundär
HWS	*ohne Dislokation*	7–10 Wochen			HWS-Syndrom
	Schulterkopfgips und	4–6 Wochen			
	Schanz-Krawatte	3 Wochen			
BWS/ LWS	*ohne RM*-beteil. Bettruhe Flachlage	2 Wochen	12 Wochen	Keilwirbel Gibbus Skoliose	Lumbalgien Interkostalneuralgien

Degenerative Veränderungen der Lendenwirbelsäule

Die physiologischen Alters- und Verschleißerscheinungen der Wirbelsäule werden durch verschiedene primär nicht degenerative Erkrankungen mitbestimmt. Hierzu gehören einmal die statischen Fehlformen, wie z. B. Achsenabweichungen, Kyphose, Lordose, Skoliose, zum anderen ein Mißverhältnis zwischen Körpergewicht oder zu tragenden Lasten und muskulärem Halteapparat sowie Stoffwechselstörungen und entzündliche Veränderungen. Hierbei handelt es sich um Veränderungen des Bandscheibengewebes, dessen Elastizität im Alter abnimmt; damit resultiert eine Verringerung des Zwischenwirbelraumes bei gleichzeitiger Instabilität. Es folgen reaktive Veränderungen an den Randleisten der Wirbelkörper (Spondylose) sowie an den Wirbelgelenken (Spondylarthrose). Besondere Prädilektionsstellen für diese degenerativen Veränderungen sind die Abschnitte der Wirbelsäule, die sich an Übergängen der beweglichen zu eingebauten Abschnitten befinden, wie z. B. untere Halswirbelsäule/Thorax oder untere Lendenwirbelsäule/Sakrum. Vor allem im unteren Lendenwirbelsäulenbereich kann es auch zu starken Lockerungen der Synchondrose mit Verschiebung nach vorn oder hinten oder auch einer Blockierung in den Wirbelgelenken kommen. Wie bei der Halswirbelsäule bringt die Lockerung des Bandscheibengewebes eine zusätzliche Belastung der Rückenmuskulatur mit sich, abgesehen von den möglichen Irritationen der Rückenmarksnerven. Der Rückenschmerz kann sich als Dauerschmerz äußern oder akut als Hexenschuß, bzw. als Ischias mit ausstrahlenden Schmerzen in die Beine, auftreten. Bei älteren Menschen kommt vielfach zu den beschriebenen Wirbelkörperveränderungen eine Osteoporose hinzu, die mit einem Stabilitätsverlust der Wirbelkörper einhergeht (Keilwirbel, Fischwirbel, Spontanverformungen) und Ursache für den sogenannten Altersrundrücken ist.

Außer den medikamentösen und physiotherapeutischen Maßnahmen (Elektrotherapie, Bäder, Packungen) ist vor allem aktive krankengymnastische Übungsbehandlung zur Kräftigung der Rückenmuskulatur und

Bauchmuskulatur wichtig, um ein Muskelkorsett zu schaffen. Nur in Ausnahmefällen sind äußerlich stabilisierende Maßnahmen, z.B. ein Stützkorsett, notwendig (Leibbinde-Kreuzbandage, Hohmann-Überbrückungsmieder, u.a.). Allen Patienten mit Wirbelsäulenbeschwerden wird stets geraten, häufig zu schwimmen (Bandscheibenprolaps, Nukleotomie s. S. 122 ff).

Obere Extremitäten

Schultergelenk

In den Schultergelenken kommt es häufig zu Kontrakturen. Dies ist auf die besonderen anatomischen Verhältnisse des Gelenkes zurückzuführen. Wegen der relativ kleinen Pfanne wird der Humeruskopf in weiten Segmenten von der Gelenkkapsel umspannt. Die Gelenkfläche der Pfanne beträgt nur ein Viertel der Gelenkfläche des Oberarmkopfes. Bei Ruhigstellung können aufgrund von Verklebungen der Kapsel rasch Kapselkontrakturen mit nachfolgenden muskulären Atrophien im Bereich des M. Deltoideus sowie Kontrakturen der Mm. subscapularis und pectorales entstehen. Eine Fixierung des Schultergelenkes, z.B. mittels Mitella bei Unterarmgipsverbänden, ist daher unbedingt zu vermeiden.

Ellenbogengelenk

Die Kapsel des Ellenbogengelenkes umfaßt drei Gelenke. Eine Störung der Gelenkfunktion wirkt sich daher einmal als Einschränkung der Scharnierbewegung „Beugung – Streckung" zwischen Humerus und Ulna bzw. Radius und zum anderen als Behinderung der Rotationsbewegung zwischen Radius und Ulna aus (Pronation/Supination).

Hand und Finger

Die Hand ist die wichtigste Hilfe des Menschen. Über das Tasten und Greifen werden Gegenstände erkannt. In Worten, wie „begreifen" und „ergreifen", wird der Zusammenhang zwischen der geistigen Entwicklung und der Handfunktion deutlich. Die Handfunktion ist jedoch wesentlich gestört, wenn eine der beiden Eigenschaften fehlt. Ohne Tastvermögen ist die Gebrauchsfähigkeit herabgesetzt. Die Bewegungseinschränkung der Finger bedeutet ebenfalls eine Einschränkung der Leistungsfähigkeit.

Angeborene und konstitutionell bedingte Veränderungen

Habituelle Schulterluxation

Bei konstitutionell bedingten Gelenkveränderungen (flache Gelenkkapsel, Mißverhältnis von Kopf und Pfanne) tritt relativ häufig schon bei Jugendlichen eine Verrenkung des Oberarmkopfes nach vorn unten auf.

In bestimmten Gelenkstellungen gleitet der Kopf ohne stärkere Gewalteinwirkung aus der Pfanne. Wenn dies mehrmals in kürzeren Zeitabständen geschieht, leidet die Gelenkstabilität, auch ist mit vorzeitigen Abnützungserscheinungen zu rechnen. Daher ist die operative Behandlung erforderlich. In Frage kommt die Operation nach Max Lange-Eden-Hybinette (Span-Implantation am vorderen Pfannenrand und Verlagerung des M. subscapularis nach lateral bei Innenrotation des Schultergelenkes). Anschließend erfolgt die Fixation im Thorax-Arm-Gipsverband (Abduktion 60 Grad, Anteversion 30 Grad, leichte Innenrotation) für drei Wochen. Danach wird der Gips zur Schale geschnitten und es beginnt die krankengymnastische Übungsbehandlung sowie die Mobilisierung des Ellenbogengelenkes. Nach einer weiteren Woche wird der Gips entfernt, evtl. eine Tölzer Schiene angelegt (Möglichkeit der Mobilisation des Ellenbogengelenkes) und zusätzlich Beschäftigungstherapie (s. S. 49) verordnet. Die Schultermobilisation erfolgt stufenweise. Erst nach 12 Wochen sind Außenrotations- und Retroversionsbewegungen erlaubt. Vorher sind nur leichte Abduktionsbewegungen zu üben (Gefahr der Spanlockerung und der Überdehnung des M. subscapularis).

Fehlbildungen der Hände

Die Syndaktylie ist eine Hemmungsmißbildung mit einer mehr oder weniger vollständigen Verschmelzung der Finger miteinander. Die Finger sind entweder teilweise durch sogenannte Schwimmhäute verbunden oder mehrere Finger (die ganze Hand = Löffelhand) sind total miteinander verwachsen. Dabei können entweder nur die Weichteile oder auch die Knochen betroffen sein. Nach der Auswirkung der Kombination auf das Knochenwachstum richtet sich der Zeitpunkt der operativen Intervention. Die aufgrund der einschnürenden Wirkung der Weichteile früh entstehenden knöchernen Deformitäten werden durch rechtzeitige chirurgische Maßnahmen verhindert. Allerdings liegt der früheste Operationszeitpunkt erst nach dem ersten Lebensjahr. Es sind häufig mehrzeitige Eingriffe notwendig. Nach Abschluß der Wundheilung (ca. 14 Tage) ist außer der aktiven und passiven Mobilisation die Narbenabhärtung wichtig. Bei der operativen Trennung der Löffelhand müssen die einzelnen Finger in mehreren Sitzungen getrennt werden, wobei Hauttransplantationen erforderlich werden (Abb. 1a–c).
Die Polydaktylie ist eine Überschußbildung, sie kann kombiniert mit der Syndaktylie auftreten. Meist besteht eine Verdoppelung des radialen (doppelter Daumen) oder ulnaren (doppelter kleiner Finger) Handstrahles. Der überschüssige Finger kann in seiner Größe vom voll ausgebildeten Finger bis zum kleinen Hautzipfel variieren.
Die Oligodaktylie ist ebenfalls eine Hemmungsmißbildung (Fehlen eines oder mehrerer Finger). Sie kann kombiniert mit Syndaktylie auftreten bzw. bei Radius- oder Ulnadefekten. Bei Daumenaplasie kommt im Kleinkindesalter eine Daumenersatzoperation in Frage.

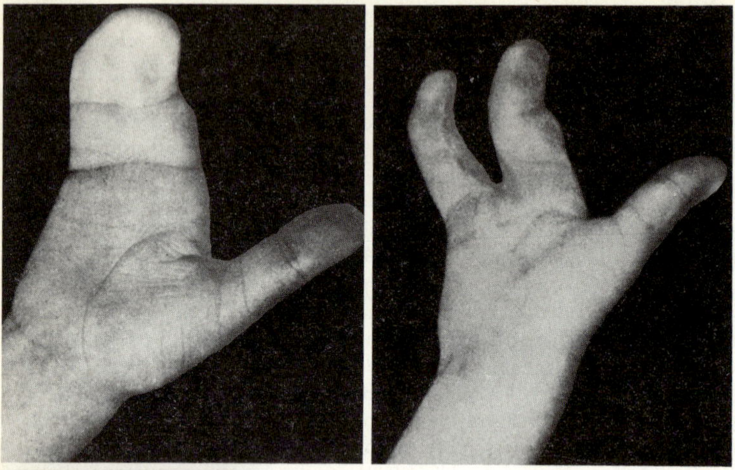

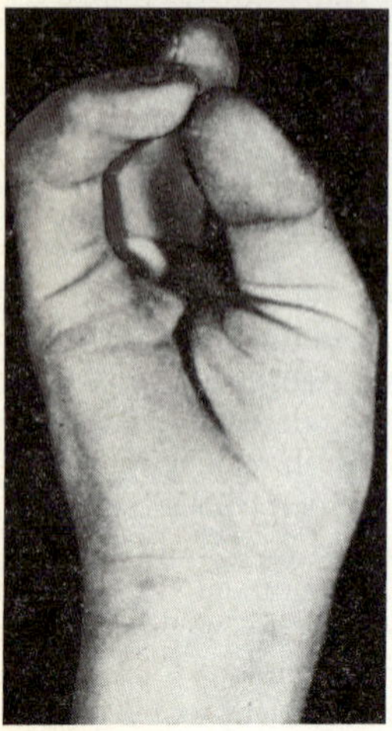

Abb. 1 a–c. Syndaktylie der Langfinger, prä- und postoperative Zustandsbilder (Fotoarchiv Oskar H. Heim).

Die Spalthand ist eine typische Form der Finger- und Handmißbildung im Sinne der Oligodaktylie. Diese Mißbildung ist dominant erblich und oft gleichzeitig an den Füßen anzutreffen. Es besteht ein Defekt in der Mitte der Hand, der bis zur Handwurzel reicht. Der radiale und ulnare Anteil der Finger zeigt meist eine Kombination von Syndaktylie, Oligodaktylie oder Polydaktylie. Die Behandlungsindikation ergibt sich aus dem Grad der Funktionsbehinderung und aus dem Röntgenbild. Die Fehlbildung betrifft gleichzeitig Muskeln, Knochen und Gelenke. Die operative Behandlung zur Beseitigung des Defektes der Mittelhand wird jenseits des Säuglingsalters durchgeführt. Anormale Verhältnisse erfordern eine subtile Operationstechnik und langwierige Nachbehandlung, die die Mobilisation der Finger zur Herstellung der Greiffunktion sowie die Abhärtung der Narben zum Ziel hat.

Beschäftigungstherapie

Operative Korrekturen angeborener Handfehlbildungen zielen ab auf die Ausbildung einer funktionell wie kosmetisch „normalen" Hand. Für die konservative Nachbehandlung besteht dieses Ziel fort, es bedeutet, dem Kind Spielmöglichkeiten zu geben, bei denen es seine Hände physiologisch richtig einsetzen kann und muß. Ist nur eine Extremität betroffen, soll das Spiel Beidhändigkeit erfordern. Wird die behinderte Hand stets nur als Haltehand benutzt, kann die Durchführung feinmotorischer Übungen erschwert sein. Es wird nur widerstrebend ertragen, wenn die gesunde Hand fixiert wird. Die Ausprägung der Handdominanz erfolgt normalerweise erst nach dem dritten Lebensjahr. Das Spielmaterial wird alters- und entwicklungsentsprechend eingesetzt.
Die Nachbehandlung sollte zur Vermeidung von psychischen Schäden der ohnehin körperlich behinderten Kinder ambulant erfolgen und der Klinikaufenthalt so kurz als möglich sein. Bei Primärheilung, guter Anleitung und intensiver Mitarbeit der Eltern sollte die 3 – 5 × wöchentlich stattfindende ambulante Behandlung ausreichend sein.

Dupuytren-Kontraktur

Bei der Dupuytren-Kontraktur besteht eine knotige Verdickung der Palmaraponeurose, die mit der Haut des Handtellers verwächst. Der eigentliche Beginn des Prozesses wird selten bemerkt. Nach und nach kommt es zu einer narbigen Schrumpfung der Haut und zunehmender Verdickung der Knoten mit sekundären Beugekontrakturen zunächst der Fingergrundgelenke, später auch der Mittelgelenke. Am häufigsten werden der IV. und V. Finger betroffen. Die Dupuytren-Kontraktur kommt bei Männern häufiger als bei Frauen vor (es besteht eine erbliche Häufung). Die Veränderungen sind bei 50% der Fälle doppelseitig, jedoch unterschiedlich in ihrem Schweregrad. Die Behandlung besteht darin, operativ das pathologische Gewebe zu entfernen und – falls erforderlich (wenn die Schrumpfung der Haut eine spannungsfreie Wunddeckung nicht mehr zuläßt) – eine Hautplastik mit oder ohne freies Transplantat durchzuführen. Anschließend wird die Hand auf einer Gipsschiene ruhiggestellt, am 3./4. Tag wird dann jedoch schon mit vorsichtiger Mobilisierungsbehandlung begonnen. In der Regel beginnt die Beschäftigungstherapie 7 – 10 Tage nach der Operation.

Beschäftigungstherapie

Liegt der Beginn der beschäftigungstherapeutischen Behandlung noch vor dem Abschluß der Wundheilung, so beschränkt sich die Behandlung zunächst auf die Mobilisierung der betroffenen Finger und Übungen zu aktiver Fingerstreckung. Für eine störungsfreie Wundheilung soll auf der Handinnenfläche kein Druck entstehen. Gesamtziel ist die Wiederherstellung der Gebrauchsfähigkeit von Hand und Fingern.

Ausführung der Behandlung. Aktive Streckung der Finger erfolgt im Normalfall zur Öffnung der Hand vor Greifvorgängen. Übungen für die aktive Streckung sind daher oft unphysiologisch übertrieben. Es soll bewußt weit geöffnet werden, ehe zugefaßt wird. Die „paradoxe Zange" (s. Abb. 22b, S. 274) wurde zur aktiven Fingerstreckung entwickelt. Durch Verbindung der beiden Zangenbacken mit einem passenden Gummiband wird sie gegen Widerstand geöffnet. Steck- und Greifspiele sind geeignetes Übungsmaterial. Eine weitere spielerische Übung besteht im Fortrollen einer vor die Fingerspitzen gelegten Kugel oder Knetrolle durch Fingerstreckung (Unterarm oder Hand manuell fixieren). Kann und soll nach abgeschlossener Wundheilung die Handinnenfläche belastet werden, so bietet auch Knetmaterial, das in der Hand und an den Fingerspitzen haftet (z. B. Gymnastikknetmasse, Reeduc) einen Widerstand bei der Handöffnung.

Zur Gebrauchsschulung der Hand sind alle handwerklichen Techniken geeignet, die kräftiges Zufassen und Halten von Werkzeug oder Werkstoff fördern (z. B. Holz- und Metallbearbeitung sowie Flechtarbeiten).

Handschienen

Um das postoperative Ergebnis zu erhalten und gegebenenfalls durch Dehnung der Weichteile noch zu verbessern, ist es angezeigt, Hand und Finger nachts weiterhin in Streckung zu lagern. Als Versorgung tagsüber hat sich die lockere Aufhängung der Finger in einer Streckquengelschiene bewährt (Abb. 2). Je nach Weichteilspannung der Beugerseite kann die Spannung der Gummizügel angepaßt werden. Da die Handinnenflächen von der Schiene nicht berührt werden, kann sie auch postoperativ sofort verordnet werden.

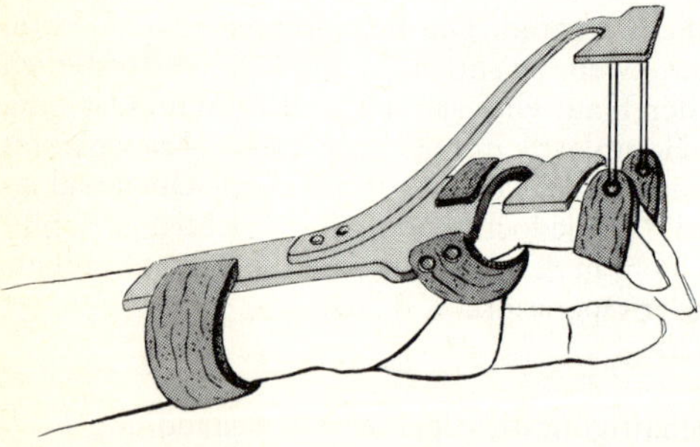

Abb. 2. Handschiene zur Streckung der Finger IV und V bei Dupuytren-Kontraktur.

Posttraumatische Veränderungen

Frakturen und Luxationen

Eine Fraktur ist eine Kontinuitätstrennung eines Knochens. Unterschieden werden einerseits unvollständige Frakturen, wie z.B. Fissuren oder Sprünge, Infraktionen oder Einbrüche und Grünholzfrakturen, bei denen das Periost erhalten bleibt, und vollständige Frakturen, andererseits geschlossene und offene Frakturen (d.h. ein Frakturende durchbohrt die Haut). Nach der Frakturursache werden Spontan- oder pathologische Frakturen (Frakturen bei inadäquatem Trauma infolge Minderwertigkeit des Knochengewebes – Osteoporose – oder bei destruierenden Prozessen) und traumatische Frakturen unterschieden.
Nach dem Unfallmechanismus differenziert man:
Biegungsbrüche, Scherungsbrüche, Rißbrüche, Drehbrüche und Kompressionsbrüche. Die Fraktur kann direkt, d.h. unmittelbar am Ort der Gewalteinwirkung oder indirekt, d.h. fern der Gewalteinwirkung, wie z.B. die Ellenbogen- oder Schlüsselbeinfraktur bei Sturz auf die Hand entstehen.
Ein Knochenbruch heilt bei absoluter Ruhigstellung durch enchondrale und perichondrale Kallusbildung mit sekundärer Verknöcherung aus. Dabei ist zu beachten, daß die Menge des im Röntgenbild sichtbaren Kallus (u.U. als sog. Kugelkallus) nichts darüber aussagt, ob ein Knochenbruch fest ist oder nicht. Auch der im Röntgenbild sichtbare knöcherne Durchbau des Frakturspaltes ist nicht das einzige Kriterium für die Frakturheilung, in Zweifelsfällen muß zusätzlich die klinische Festigkeit durch den Arzt geprüft werden. Die Dauer des Heilungsprozesses ist bei einzelnen Knochen unterschiedlich und auch abhängig vom Alter. Im klinischen Sprachgebrauch werden in der Nachbehandlung verschiedene Festigkeitsgrade angegeben:
Übungsstabilität, d.h. in diesem Stadium dürfen die benachbarten Gelenke – ohne Beanspruchung des Frakturbereiches – mobilisiert werden.
Belastungsstabilität, d.h. in dieser Phase können Belastungen und auch Übungen gegen Widerstand erfolgen.

Komplikationen der Frakturheilung sind:
- verzögerte Knochenbruchheilung
- Pseudarthrose = unzureichende Kallusbildung mit bindegewebiger Überbrückung des Frakturspaltes unter Bildung eines „falschen Gelenkes“
- vermehrte Kallusbildung (Callus luxurians) mit der Gefahr der Druckschädigung in der Umgebung auf Nerven und Gefäße oder der Bildung einer knöchernen Brücke zwischen zwei Knochen (vor allem zwischen Radius und Ulna!).
- Sudeck-Dystrophie (s. S. 61)
- Osteomyelitis, vor allem bei offenen Frakturen

- Volkmann-Kontraktur (s. S. 63)
- Myositis ossificans: Einlagerung von Kalksalzen in die geschädigte Muskulatur in der Umgebung der Fraktur mit nachfolgender Bewegungseinschränkung.

Bei den Gelenkverletzungen werden unvollständige und vollständige Verrenkungen (Subluxationen und Luxationen) unterschieden. Bei einer Gelenkverrenkung durch ein Trauma ist immer mit einer Verletzung der Gelenkkapsel und des Bandapparates zu rechnen, so daß nach der Einrenkung eine Ruhigstellung des betreffenden Gelenkes bis zur Abheilung notwendig ist. Die häufigste Luxation ist die Schulterluxation, es kommen aber auch Kniescheibenluxationen, Finger- und Ellenbogengelenksluxationen vor.

Allgemeine Angaben zur beschäftigungstherapeutischen Behandlung von Patienten mit Frakturen

Zur optimalen Betreuung von Patienten mit Frakturen im Bereich der oberen Extremität ist es sinnvoll, den Behandlungsbeginn auf eine Woche nach Unfallereignis festzulegen.

Das Ziel der Behandlung während der Ruhigstellung im Gipsverband ist die Erhaltung der Beweglichkeit der angrenzenden, von der Gipsbehandlung nicht betroffenen Gelenke sowie die Förderung der Durchblutung.

Ausführung der Behandlung. Der Patient wird unterwiesen, die verbliebenen Restfunktionen an Arm und Hand auszunutzen. Die Selbständigkeit bei allen täglichen Verrichtungen wird geübt, eventuell werden ihm vorübergehend, für die Dauer der Ruhigstellungszeit, Hilfsmittel zur Selbsthilfe überlassen (Hilfen für Einhänder, Handwaschbürste, Frühstücksbrett, s. S. 275).

Im allgemeinen sind für die nicht fixierten Gelenke alle Bewegungsrichtungen erlaubt, eine Ausnahme bildet gelegentlich die Umwendbewegung am Unterarm, die, wenn auch begrenzt beim Unterarmgips funktionell möglich, so doch häufig nicht erwünscht ist (z.B. Radiusbasisfraktur).

Andererseits engen dicke und weitreichende Gipse oftmals die Bewegungen unnötig ein und begünstigen Kontrakturen, vor allem im Daumen- und Fingergrundgelenksbereich. Nach Rücksprache mit dem Arzt kann hier unter Umständen Erleichterung gegeben werden.

Bei leichten Greifübungen, Kneten und Hantieren sollte eine schräggestellte erhöhte Arbeitsfläche benutzt werden (Hand über Ellenbogenhöhe!). Die Pumpwirkung bei Muskelarbeit sowie die Hebung der Arme helfen venösen Rückstau abzubauen. Bei Patienten mit Thorax-Abduktionsgips ist eine sorgfältige Anpassung der Arbeitshöhe nötig.

Nach Gipsabnahme zielt die Behandlung ab auf eine Funktionsschulung der gesamten Gliederkette, mit dem Schwerpunkt auf der Mobilisation der eingeschränkten Extremitätenabschnitte (s. jeweils dort). In den ersten 4 Wochen der Nachbehandlung sollten passive Maßnahmen (vor allem redressierende Behandlung) sowie stauchende Arbeiten vermieden werden (z.B. Sägen, Hobeln, Hämmern wirken stauchend). Umfangsmessungen machen Schwellneigung der Gelenke objektivierbar. Kontrollmessungen werden jeweils vor und nach der Behandlung durchgeführt, und im Falle einer Zunahme der Schwellung ist die Behandlungsintensität herabzusetzen. Diese Messungen, wie auch Fortschritte an Gelenkbeweglichkeit und Muskelkraft, werden protokollarisch vermerkt.

Klavikulafraktur

Die Klavikulafraktur kommt besonders häufig bei Kinder vor. Sie wird im allgemeinen konservativ (Rucksackverband) behandelt und heilt folgenlos aus. Bei Erwachsenen ist manchmal eine verzögerte Knochenbruchheilung bzw. Pseudarthrosenbildung zu beobachten, hier ist die operative Versorgung (AO-Plattenosteosynthese mit Span) erforderlich mit 6–10 Wochen postoperativer Ruhigstellung im Thorax-Abduktionsgips.

Traumatische Schulterluxation

Bei einem großen Teil der Patienten mit wiederholten Luxationen trat die erste nach einem Unfall auf. Die Verrenkung erfolgt meist nach vorn unten, seltener nach hinten, häufig sind Männer zwischen 20–30 Jahren betroffen. Ursache für das Rezidiv ist eine mangelhafte Erstbehandlung. Diese sollte mindestens drei Wochen Ruhigstellung im Desault-Verband betragen. Die operative Behandlung der posttraumatischen Schulterluxation entspricht der habituellen Schulterluxation.

Subkapitale Humerusfraktur

Diese Fraktur tritt besonders häufig bei älteren Menschen auf, bei denen die Gefahr der Schultergelenkkontraktur durch Immobilisation besonders groß ist. Statt einer Ruhigstellung im Desault-Verband wird daher die funktionelle Behandlung nach Poelchen bevorzugt, die allerdings eine 3wöchige stationäre Behandlung erfordert:

- Anlage einer dorsalen Gipsschale, die von der Schulter bis zum Handgelenk reicht, nachdem direkt auf die Haut ein Gurt an beiden lateralen Armseiten mit Mastix befestigt wurde, an dem ein Gewicht eingehängt werden kann. Die Gipsschale wird nach 48 Stunden tagsüber abgenommen und es beginnt die aktive krankengymnastische Übungsbehandlung, die durch beschäftigungstherapeutische Maßnahmen unterstützt werden kann. Die Bewegungsexkursionen werden täglich gesteigert. Im allgemeinen werden am 1. Tag nur Pendelübungen mit Gewicht (1,5 kg) durchgeführt, an den folgenden Tagen werden zunächst Ante- und Retroversion, dann Ab- und Adduktion geübt, am 5. Tag Zirkumduktionsbewegungen durch kreisende Bewegungen vor

Tab. 2. Übersicht über die Behandlungsmaßnahmen und die Komplikationen bei Frakturen und Luxationen der oberen Gliedmaßen.

Fraktur	Behandlung	Dauer der Ruhigstellung	Komplikationen primär	Komplikationen sekundär
Klavikula	Rucksack-Verband	3 Wochen (Ki.: 2 Wochen)	Plexus-parese	Callus lux. Plexusparese
	op. Rushpin oder Druckplatte	keine		Hautnekrose
Humerus				
Schulter-luxation	Reposition Desault-Verband	3 Wochen	Plexus-parese	habit. Luxation
	Op. nach Lange Thorax-Abduktionsgips	3 Wochen		Schulter-kontraktur
Subkapitale	Desault-Verband Poelchen-Verband	2–3 Tage	N. axillaris Schädigung	Schulter-kontraktur
	1,5 kg für 3 Wochen	keine		
	Op. Osteosynthese	3 Wochen		
Schaft-	Hanging-Cast	keine	N. radialis Schädigung	Pseudarthrose
	1,5 kg für 6 Wochen			Schulter-kontraktur
	Op. Osteosynthese	keine		
Kondylen	Thorax-Abduktionsgips oder Oberarmgips, Osteosynthese	4–6 Wochen (Ki.: 3 Wochen)	Verletzung d. Armnerven und A. brach.	Volkmann-Kontraktur
Olekranon	Zuggurtung Verschraubung	(3 Wochen)		Kontraktur
Monteggia	Osteosynthese der Ulna, Reposition Radiusköpfchen	3–4 Wochen	Schädigung N. radialis und ulnar	Kontraktur
Radius-köpfchen	Oberarmgips	3–4 Wochen		Kontraktur
	Op. Kirschner-Draht	2–3 Wochen		Fehlwachstum
	Resektion	1 Woche		(bei kindlicher Fraktur)
Unterarm komplett	Oberarmgips	6–8 Wochen (Ki.: 3–4 Wochen)		Brücken-kallus, Sudeck-Dystrophie
	Op. Osteosynthese	4–6 Wochen		
Radiusbasis	Unterarmgips	4–6 Wochen (Ki.: 3 Wochen)		Kontraktur Fehlstellung Sudeck
Navikulare	Unterarmgips mit Daumeneinschluß,	12–16 Wochen		Pseudarthrose
	Op. Osteosynthese eventuell mit Span	12 Wochen		Sudeck
Metakarpale	Unterarmgips,	5–6 Wochen		
	Op. Kirschner-Draht	3–4 Wochen		Pseudarthrose
Phalangen	Volarer Unterarmgips (ggf. Schale)	3 Wochen		

dem Rumpf. Nachts wird der Arm in Extension mit Gewicht (1,5 kg) gelagert. Nach 1 Woche Beginn mit Übungen ohne Gewicht und Einsetzen der Beschäftigungstherapie.

Bei spezieller Indikation (Luxationsfraktur mit Kopfzertrümmerung) kommen auch operative Maßnahmen (Stabilisierung mit T-Druckosteosyntheseplatte oder Endoprothese, selten die Kopfresektion) in Frage. Die postoperative Ruhigstellung dauert drei Wochen im Gipsverband, danach erfolgt eine Lagerung auf einer Abduktionsschiene.

Oberarmschaftfraktur

Die Oberarmschaftfraktur findet sich häufig in der Mitte des Oberarmes, wobei häufig der N. radialis und Gefäße gleichzeitig verletzt werden können. Als konservative Behandlung, außer der Ruhigstellung im Thorax-Arm-Abduktionsgips, kommt die Behandlung im sogenannten „Hanging-Cast" in Frage. Als Hanging-Cast wird ein zirkulärer Oberarmgipsverband mit 135 Grad Beugung im Ellenbogengelenk angelegt. Am Gips wird außen, in Höhe des Ellenbogengelenkes, eine Öse angebracht, an die ein Gewicht zur Extension gehängt werden kann. Die Ruhigstellung, bis zur knöchernen Konsolidierung der Fraktur, beträgt ca. 6 Wochen. Vorteil dieser Methode ist das Freibleiben des Schultergürtels und damit die Einschränkung der Gefahr einer Schulterkontraktur. In besonderen Situationen, z.B. bei verzögerter Knochenbruchheilung oder besonderer Frakturform bzw. Pseudarthrose oder N. radialis-Irritation, wird eine operative Revision des Nervengebietes oder eine stabile Osteosynthese notwendig (AO-Druckplattenosteosynthese, Küntschernagelung, Spanung). Die postoperative Ruhigstellung richtet sich nach dem angewandten Verfahren.

Beschäftigungstherapie bei Bewegungseinschränkungen im Schultergürtel- und Schultergelenk

Ziel der Behandlung: Mobilisation der Schultergürtelgelenke sowie des Schultergelenkes; Kräftigung der Schultergürtel-, Schulter- und Armmuskulatur.
Hilfen zur Selbsthilfe.

Ausführung der Behandlung. Auf alle Schultergürtelanteile mobilisierend und kräftigend wirken handwerkliche Techniken wie: Weben am hochgehängten Rahmen oder Hochwebstuhl, bildnerische Techniken wie Malen, Zeichnen und Drucken an erhöhter, schräggestellter Arbeitsfläche. Isotonische Muskelarbeit ist für den Schulterbereich isometrischen Übungen vorzuziehen. Ermüdungserscheinungen beim Arbeiten mit erhobenen Armen sind häufig. Es sollten Entspannungspausen eingelegt werden. Die Arme können dabei hängend geschwungen werden.

Während der Behandlung ist auf gute Körperhaltung zu achten. Bilaterales Arbeiten erleichtert den Bewegungsablauf und verhindert weitgehend

unphysiologische Ausweichbewegungen, vor allem im Bereich der Wirbelsäule. Beim Arbeiten im Stehen ist gutes Schuhwerk wichtig (Absatzhöhe beachten), für das Sitzen ein angepaßter Stuhl. Der Rücken muß im oberen Teil der Lendenwirbelsäule und im Brustwirbelbereich unterstützt werden, ohne die Schultergürtelbewegung zu behindern. Es ist zu beachten, daß jede über 90 Grad Elevation und Abduktion hinausgehende Armhebung die Schultergürtelmitbewegung beansprucht. Ferner wird beim Hantieren auf einer Arbeitsfläche in Frontalebene Außenrotation nötig. Bei einigen Erkrankungen sind Retroversion und Außenrotation zu Beginn der Nachbehandlungsphase auszuschalten.
Soll bei partieller Schultergelenksteife kompensatorische Mitbenutzung des Schultergürtels verhindert werden, so sollte der Therapeut im Schultergürtelbereich manuell fixieren (Druck auf Akromion oder Skapula); so kann die Mitbewegung bewußt gemacht und durch aktive Kontrolle ausgeschaltet werden (Beobachtung im Spiegel).
Bei Abduktoren- und Elevatorenschwäche können Entlastungschlingen benutzt werden. Sie sind in an der Decke verlaufenden Schienen befestigt und halten den Arm leicht federnd zur Überwindung der Schwerkraft. Der Arm wird in die breiten Stoffschlingen gelegt, die verbliebenen Muskelfunktionen können wirksam werden. Bei zunehmender Muskelstärke kann die Zugwirkung vermindert werden.
Selbsthilfe. Besteht eine fixierte Kontraktur oder Arthrodese des Schultergelenkes nur auf einer Körperseite, so sollte völlige Unabhängigkeit von fremder Hilfe durch Selbsthilfetraining möglich sein. Bei doppelseitigen Behinderungen sind Hilfsmittel für die Körperpflege nötig, im Fachhandel sind Haarpflegegeräte und beispielsweise eine Badebürste mit verlängertem und abgewinkeltem Griff (s. Abb. 26, S. 278) erhältlich.

Suprakondyläre Oberarmfraktur

Diese Frakturform kommt vor allem im Kindesalter vor, meist als Überstreckungsfraktur. Meist gelingt eine Reposition mit konservativen Methoden (Extensionsbehandlung in Narkose). Anschließend Gipsfixation. Besondere Aufmerksamkeit ist in der ersten Woche nach Reposition den Durchblutungsverhältnissen der Hand und Finger sowie der Sensibilität zu widmen, da vor allem die Nn. ulnaris und medianus durch Fragmente oder Stauungen geschädigt werden können. Die gefährlichste Komplikation ist das Auftreten einer sogenannten Volkmann-Kontraktur. Die Gipsbehandlung dauert meist vier Wochen, danach ist die Mobilisation des Ellenbogengelenkes möglich.

Diakondyläre Frakturen (T- oder Y-Bruchform)

Die überwiegend beim Erwachsenen auftretenden diakondylären Frakturen sind als komplizierte Frakturen anzusehen. Diese Frakturen müssen möglichst primär operativ reponiert und mittels stabilisierender Osteosynthese versorgt werden. Auch bei den diakondylären Frakturen ist mit neurologischen Komplikationen zu rechnen, vor allem N. ulnaris-Irritationen. Die Dauer der Frakturheilung und der erforderlichen Ruhigstellung ist unabhängig von der angewandten Methode. Durchschnittlich 6–8 Wochen Ruhigstellung im Oberarmgips oder, wenn die Drehbewegung ausgeschaltet werden soll, Fixierung im Thorax-Arm-Abduktionsgips. Häufige Komplikation ist eine Ellenbogenbeugekontraktur, die nur durch Quengelung oder letztlich durch operative Arthrolyse zu beseitigen ist.

Olekranonfraktur

Durch Sturz auf das gebeugte Ellenbogengelenk kommt es zur Olekranonfraktur. Die Trizepssehne führt zu einer Distraktion der Fragmente und vermindert damit die knöcherne Konsolidierung der Fragmente. Im allgemeinen wird operativ durch Zuggurtung die Osteosynthese durchgeführt. Danach ist mindestens 3 Wochen Ruhigstellung im Oberarmgipsverband erforderlich. Olekranonfrakturen können mit einer Einschränkung der Beugefähigkeit ausheilen, da die Fixierung im Gipsverband in 30 Grad Beugestellung erfolgt.

Radiusköpfchenfraktur

Die Radiusköpfchenfraktur kann sowohl im Kindesalter als auch im Erwachsenenalter isoliert vorkommen. Sie wird häufig übersehen und führt dann im Kindesalter zu Wachstumsstörungen, im Erwachsenenalter zu Funktionsstörungen (Rotationseinschränkung). Nach Reposition in Narkose wird in einigen Fällen eine Fixierung mittels Kirschner-Draht notwendig, die Ruhigstellung beträgt ca. 3 Wochen. Bei spät erkannter und in Fehlstellung verheilter Radiusköpfchenfraktur kommt bei Erwachsenen eine Resektion des Radiusköpfchens, ggf. mit prothetischem Ersatz desselben, in Frage.

Monteggia-Fraktur

Bei dieser Fraktur handelt es sich um eine Fraktur der Ulna im proximalen Drittel und um eine Radiusköpfchenluxation; sie kommt als sogenannte Parierfraktur zustande durch Schlag oder Stoß gegen den Unterarm bei gebeugtem Ellenbogengelenk. Die Kombination der Frakturen bringt es mit sich, daß auch diese Fraktur meist operativ reponiert und fixiert werden muß (Ulna: Osteosynthese mit Druckplatte oder Rush-pin).

Beschäftigungstherapie bei Bewegungseinschränkungen im Ellenbogengelenk

Das Ziel der Behandlung ist die Mobilisation der betroffenen Gelenke innerhalb der Gliederkette.

Ausführung der Behandlung. Es handelt sich um funktionelle Einzelbehandlung zur Gebrauchsschulung des Armes vor allem bei alltäglichen Verrichtungen, sowie zur Übung von Einzelbewegungen. Bei Muskel-

schwächen sollten propriozeptive Erleichterungen ausgenutzt werden, im Sinne einer Dehnungsreizung durch Endausschlagübungen sowie Widerstand mit leichtem Handdruck durch die Therapeutin auf der Seite der die Bewegung ausführenden Muskulatur.
Als Behandlungsmittel eigenen sich funktionelle Spiel- und Übungsgeräte sowie Knetmaterial. Spezielle adaptierte Webrahmen gibt es im Fachhandel (s. S. 256) zur isolierten Übung einzelner Funktionen. Für die Kräftigung der Muskulatur sind verschiedene Techniken der Holzbearbeitung gut geeignet (beispielsweise Sägen, Hobeln, Feilen).
Redressionsbehandlung mit Quengelschienen ist vor allem bei kindlicher Strecksteife nur bei stationärer Behandlung, unter ständiger Beobachtung und größter Vorsicht, möglich. Gelenkreizung soll unbedingt vermieden werden.
Selbsthilfe. Bei doppelseitigen Behinderungen und bleibenden Bewegungseinschränkungen können abgewinkelte Griffe und Stielverlängerungen an Eßgeräten, Bürste, Kamm und Kosmetikgeräten nötig sein. Kleidung sollte vorn zu schließen sein und schweres Handgepäck – außer dem Tragegriff – einen Schulterriemen erhalten.

Frakturen der Unterarmknochen (komplett)

Bei Frakturen beider Unterarmknochen im Kindesalter ist meist eine konservative Behandlung möglich, da es sich um Grünholzfrakturen handelt, während im Erwachsenenalter eine Osteosynthese beider Knochen erforderlich wird. Es besteht im Laufe der Frakturheilung die Gefahr der sogenannten Brückenkallusbildung, die zur Einschränkung der Pro- und Supination führt. Die Ruhigstellung beträgt bei Kindern 3–4 Wochen, bei Erwachsenen 4–6 Wochen im Oberarmgips.

Radiusbasisfraktur

Diese Fraktur ist eine der häufigsten Unterarmfrakturen und kommt im Kindes- wie im Erwachsenenalter vor als Ausdruck der positiven Stützreaktion. Da fast immer das distale Radioulnargelenk verletzt ist, ist später auch mit Pro- und Supinationsbewegungseinschränkung zu rechnen. Bei Kindern (distale Radiusepiphysenlösung) beträgt die Ruhigstellung meist drei Wochen, bei Erwachsenen vier bis sechs Wochen.
Eine Komplikation der distalen Radiusfraktur ist die Sudeck-Dystrophie (s. S. 61).

Navikulare-Fraktur

Die Navikularefraktur entsteht bei Sturz durch die Abstützfunktion der Hand (mittleres Lebensalter). Die knöcherne Konsolidierung ist erst nach 12- bis 16wöchiger Ruhigstellung im Unterarmgipsverband mit Daumeneinschluß zu erwarten. Je nach Frakturform besteht die Gefahr der Pseudarthrosenbildung trotz Gipsverband. Dann ist ein operativer Eingriff notwendig, bei dem eine Osteosynthese mittels Schraube und/oder

Spanung durchgeführt wird, danach ist wiederum eine 12wöchige Ruhigstellung im Gipsverband erforderlich.

Lunatummalazie

Die Lunatummalazie gehört zu den aseptischen Nekrosen, tritt jedoch im Gegensatz zu anderen aspetischen Nekrosen (Morbi Perthes, Schlatter, Köhler usw.) im Erwachsenenalter auf, und es besteht anscheinend ein direkter Zusammenhang mit einer ständigen Traumatisierung des Handgelenkes im Gegensatz zu den aseptischen Nekrosen des Jugendlichen, bei denen meist kein ursächlicher Zusammenhang mit Traumen gegeben ist. Häufig ist die Lunatummalazie bei Preßluftarbeitern (anerkannte Berufskrankheit). Durch gestörte Blutversorgung des Mondbeines kommt es zu Herabsetzung der Widerstandsfähigkeit dieses Knochens mit Zusammensintern, nachfolgenden Reizzuständen und frühzeitiger Arthrosis deformans. Durch Ruhigstellung kann eine Minderung der Beschwerden erzielt werden. Bei anhaltenden heftigen Beschwerden kann die Exstirpation des Lunatum mit oder ohne Ersatz durch Lunatumendoprothese durchgeführt werden. Da bei Patienten mit Lunatummalazie oft eine Radiusverkürzung gefunden wird, die zusätzlich ein ursächlicher Faktor sein kann, kommt operativ auch die Verkürzungsosteotomie der Ulna in Frage.
Als Ultima ratio, d. h. bei Therapieresistenz (Schmerzen und Funktionseinschränkung), wird auch eine Handgelenksarthrodese oder interkarpale Arthrodese nach Graner oder transnavikulo-lunare Resektionsarthroplastik nach Steinhäuser durchgeführt.

Metakarpalfrakturen

Die häufigsten Metakarpalfraktur ist die Fraktur der Basis des Metakarpale I, die sog. Benett-Fraktur, die nach Sturz auf den abgespreizten und opponierten Daumen auftritt. Die Behandlung besteht in der Reposition konservativ oder operativ (Kirschner-Drahtung oder Verschraubung) und nachfolgender Ruhigstellung im Unterarmgipsverband mit Daumeneinschluß. Bei den Metakarpalia II–V treten oft subkapitale Frakturen und auch Schaftfrakturen auf. Die Fixierung wird im Unterarmfingergipsverband durchgeführt für die Dauer von 5–6 Wochen. Es besteht die Gefahr der Pseudarthrosenbildung.

Fingerfrakturen

Bei den Fingerfrakturen werden Basis-, Schaft- und Subkapitale Frakturen unterschieden, außerdem kommen Frakturen des Processus unguicularis als Folge einer Quetschverletzung vor. Fingerfrakturen und Gelenkverletzungen sind besonders häufig als Sportverletzungen, vor allem bei allen Ballspielarten, Boxen und Turnen zu finden. Frakturen der Finger- und Mittelhandknochen kommen im allgemeinen durch konservative Behandlung zur Ausheilung. Lediglich im Fall einer verzögerten

Frakturheilung oder Pseudarthrose – wie z.B. bei Mittelhandknochenfrakturen häufiger – kommt eine stabilisierende Osteosynthese in Frage. Dagegen wird bei Kapsel- und Bandverletzungen der Gelenke häufiger primär eine Operation (Bandplastik) notwendig, vor allem am Daumengrundgelenk. Die Ruhigstellung nach Frakturen beträgt im allgemeinen 4–6 Wochen, nach Bandplastik 3–4 Wochen.

Fingeramputationen

Bei Fingeramputationen treten besondere Probleme auf, vor allem bei totalem Verlust eines Langfingers oder bei Daumenverlust. Auch aus kosmetischen Gründen kommt bei Amputationen eines Langfingers eine Handverschmälerungsoperation (nach Adelmann) in Frage, sofern es sich nicht um einen Handarbeiter handelt, da mit einem Kraftverlust zu rechnen ist. Der Verschmälerungseffekt wird erreicht durch die operative Resektion des Metakarpalköpfchens II oder V. Bei der Daumenamputation ist operativ einmal die sogenannte Phalangisation (Vertiefung des Interdigitalraumes zwischen dem I. und II. Strahl) angezeigt, zum anderen das Aufsetzen eines autologen Knochenspanes auf den verkürzten I. Strahl, der mit dem gestielten Bauchhautlappen gedeckt wird. Dabei bleibt die Funktion jedoch gemindert durch das Fehlen der Sensibilität im Hauttransplantat. Bei völligem Verlust des I. Strahles kann ein Langfinger in Oppositionsstellung auf den Metakarpalstumpf I oder auf das Trapezium gesetzt werden (Pollisation). Wichtig ist dabei, daß bei der Präparation Nerven und Gefäße erhalten bleiben.
In der Nachbehandlung sind Stumpftraining, Gelenkmobilisation und Krafttraining erforderlich. Der Beginn der Beschäftigungstherapie richtet sich nach der Operationsmethode. Bei einigen Patienten kommt als Daumenersatz eine Schienenversorgung in Frage bzw. die prothetische Versorgung (überwiegend aus kosmetischen Gründen).

Beschäftigungstherapeutische Behandlung bei posttraumatischen Hand- und Fingerverletzungen

Handverletzungen als Unfallfolge an Maschinenteilen, Walzen, Pressen oder Sägen ziehen in der Mehrzahl der Fälle kombinierte Schädigungen der verschiedenen Gliedmaßenanteile nach sich. Je nach Verletzungsmechanismus sind die Folgen so unterschiedlich, daß nur verallgemeinernde Behandlungsbeschreibungen an dieser Stelle möglich sind. Einige Verletzungsfolgen an Haut, Sehnen und Nerven (siehe Neurologie) sind gesondert behandelt.
Das Ziel der Beschäftigungstherapie ist die Wiederherstellung der Handfunktionen in Grob- und Feinmotorik, Geschicklichkeit, Koordination und Gestik. Gleichbedeutend ist die Wiedererlangung einer normalen Berührungs- und Druckempfindlichkeit.
Ausführung der Behandlung. Unter Beachtung der Heilungszeiten einzelner Gliedmaßenanteile und Schonung während der Zeiten der Ruhig-

stellung, wird vorsichtig dosiert die Behandlung im Sinne einer Gebrauchsschulung durchgeführt. Aktives Fassen, Greifen, Halten sowie Loslassen, Drehen und Wenden aller nur denkbaren kleinen Gegenstände in und zwischen Hand und Fingern übt den Gebrauch und die Geschicklichkeit. Als Behandlungsmittel dienen Greif- und Steckspiele, für die, neben Holzfiguren, auch Kugeln, Steinchen, Schrauben, Geldstücke oder Stecknadeln benutzt werden können. Als handwerkliche Techniken eignen sich Flechten und Knüpfen, Nähen, Sticken, Keramikarbeiten. Der direkte Hautkontakt zum Material schult die Berührungsempfindung. Der Kraftaufwand ist dosierbar durch die Auswahl von Werkstoffen, deren Bearbeitung mehr oder minder großen Widerstand bietet. Beim Umgang mit Werkzeugen und Geräten sind eventuell Handgriffe anzupassen. Handschreibtraining sowie Schreiben auf mechanischer und elektrischer Maschine gehen parallel. Der Patient kann selbständig arbeiten, wird durch die Therapeutin angeleitet.

Selbsthilfe. Bei den alltäglichen Verrichtungen soll der Handverletzte unabhängig werden. Speisen zubereiten und essen, Körperpflege, Kosmetik und der Umgang mit Haushaltseinrichtungen wird bei Bedarf gübt, ebenso ggf. bei Hilfsmittelversorgung.

Hand- und Fingerschienen. Bei der Planung und Herstellung von Schienen für Handverletzte kann selten auf Standardversorgungen Bezug genommen werden. Die individuelle Anpassung erfordert Spezialkenntnisse und Erfahrung, ebenso Korrekturen und Nachsorge.

Die Schienen können helfen, Handstellungen zu verbessern und somit Funktionsstellungen für die Übungsbehandlung zu erreichen, beispielsweise bis zur endgültigen Regeneration der Nerven (s. Handschienen); oder es kann als Übergangslösung bei Daumenverlust eine Handschiene als passiver Gegenhalt für die Langfinger physiologische Greifformen ermöglichen. Häufig sind redressierende Behandlungen bei Kontrakturen.

Hautverletzungen

Verbrennungen oder Verätzungen führen zu besonders schweren Folgeerscheinungen an den Händen, wenn sie nicht sachgerecht behandelt werden. Einen wesentlichen Teil der Behandlung übernehmen dabei die Krankengymnastinnen und Beschäftigungstherapeutinnen. Vor allem nach Verbrennungen III. Grades der Hände ist mit langdauernden Funktionsstörungen zu rechnen durch schrumpfende Narbenbildung unter Beteiligung der unter der Haut liegenden Gewebe, wie Sehnen, Kapseln usw. Dies zu verhindern ist Ziel der modernen Verbrennungstherapie. Es werden Verbände vermieden und möglichst Luftbehandlung durchgeführt. Außerdem kommen frühzeitig Transplantationen in Frage. Wichtig ist, daß die Mobilisation rechtzeitig erfolgt. Die Hauttransplantationen werden, je nach Lokalisation, mit verschieden dicken Lappen durchgeführt. Je nach der Dicke der Haut unterscheidet man 1. dünne

Epidermislappen (Thiersch), die aus Epidermis und Stratum papillare, 2. dickere Epidermislappen (Epidermis und eine etwas dickere Schicht des Korneums), 3. Vollhautlappen (Krause-Wolffe), die aus Epidermis und der ganzen Kutis bestehen. Außerdem werden freie und gestielte Lappenplastiken unterschieden. Die entnommene Haut wird entweder zur vollen Deckung des Defektes verwendet und am Rande fixiert oder als sogenannte Bügellappenplastik (z.B. nach Reverdin), bei größeren Defekten über die betroffene Fläche mosaikartig mit Zwischenräumen von ca. 0,5 cm verteilt ohne Fixierung. Insbesondere bei großflächigen Narbenbildungen an der Hand kommen Stiellappenplastiken in Frage (Schwenklappen, Muffplastik usw.). Zur Nachbehandlung von Narbenkontrakturen nach Verbrennungen sind nicht in allen Fällen Hauttransplantationen erforderlich, es reichen häufig Hautplastiken durch geeignete Schnittführung (Z-Plastik) (Abb. 3).

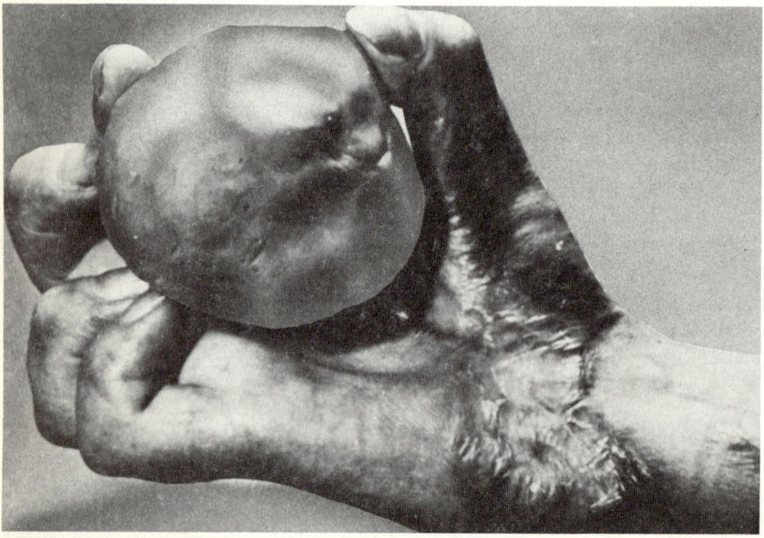

Abb. 3. Fingerbeugekontrakturen bei ausgedehnter Narbenbildung nach Verbrennung (Fotoarchiv Oskar H. Heim).

Beschäftigungstherapeutische Behandlung nach Hautverletzungen und Verbrennungen

Für eine ungestörte, primäre Wundheilung sollen Verbände von frischen Wunden oder Operationsnähten nicht vor dem 10. Tag entfernt werden. Sofern der Verband genügend Bewegungsfreiheit läßt, können bis dahin bereits leichte aktive Greifübungen durchgeführt werden; ebenso bei

Frischluftbehandlung. Es sollte unter keimarmen Bedingungen gearbeitet werden, keinesfalls im allgemeinen Beschäftigungstherapie-Behandlungsraum. Spiel- und Übungsmaterial kann gegebenenfalls, in Tücher gehüllt, im Sterilisator keimfrei gemacht oder nur in Desinfektionslösung gewaschen werden. Jeder Druck von außen, auch auf die Verbände, soll vermieden werden. Eventuell können einzelne Hautpartien durch Auflage auf Ringkissen geschont werden. Ist die Wundheilung abgeschlossen, so können zu der nun folgenden Übungsbehandlung die Schutzverbände abgelegt werden (Mobilisierungsbehandlung s. einzelne Extremitätenabschnitte). Berührungsreizung der Hautoberfläche fördert die Regenerationsgeschwindigkeit der Haut, sie wirkt abhärtend auf Narben und Haut sowie auf die Oberflächensensibilität.

Ausführung der Behandlung. Die betroffenen Hautpartien werden, sofern sie an volaren Handinnenflächen liegen, durch Berührungsreize beim Ergreifen verschiedener Gegenstände, beim Betasten und dem Umgang mit unterschiedlichen Werkstoffen abgehärtet.

Aus einer Schüssel mit Wasser, Watteböllchen oder Schaumstofflocken, später aus Sand, Kies oder Erbsen werden weiche, feine glatte, runde aber auch harte, rauhe, spitze und spröde Gegenstände herausgesucht, ertastet und benannt. Es werden Werkstoffe unterschiedlicher Oberflächenbeschaffenheit und Härte verformt und bearbeitet. Werkzeuggriffe können zur Abhärtung beispielsweise mit Sisalfäden oder Sandpapier umspannt werden.

Liegen die geschädigten Hautbereiche an anderen Stellen des Armes, so kann durch Bestreichen mit Stoffen (beispielsweise Samt, Leinen, Rupfen, Kokosmatte), mit hartem, weichem sowie verschieden temperiertem Material abgehärtet werden.

Zur Förderung der Geschmeidigkeit und Elastizität von Narbengewebe bieten pharmazeutische Firmen cremeartige Präparate an.

Wundheilungsstörungen und Wundinfektionen wirken sich äußerst störend auf den gesamten Heilerfolg aus. Verlängerter Klinikaufenthalt, Schmerz und Ungewißheit führen gelegentlich zu passivem oder aggressivem Verhalten des Patienten.

Sind medizinische Bäder (beispielsweise in Kamillosan oder Kaliumpermanganat) angezeigt, so ist es günstig, im Handbad die Bewegungs- und Greifübungen durchzuführen. Neben der Förderung der Beweglichkeit ist der Wundreinigungseffekt wesentlich größer und der Patient wird abgelenkt, was zur Verringerung der Schmerzempfindung beiträgt.

Es können Gegenstände aus dem Wasser gefischt, Schwämmchen ausgedrückt oder kleine Bälle untergetaucht werden.

Sehnenverletzungen

Sehnenverletzungen werden bei offenen (Schnitt-, Stich-, Quetschwunden) oder geschlossenen Verletzungen (subkutane Rupturen, Quetschungen) beobachtet.

Als chirurgische Behandlungsmöglichkeiten kommen primäre und sekundäre Sehnennähte, Reinsertionen, Verlängerungsplastiken, Tenodesen in Frage sowie, zu späteren Terminen, Tendolysen, Sehnenraffungen und Verlagerungen.
– Eine sekundäre Sehnennaht wird vor allem dann durchgeführt, wenn die Wunde verschmutzt war oder auch bei Verletzungen im sog. Niemandsland der Hand. –
Die Dauer der Ruhigstellung nach Sehnennähten bzw. Sehnenplastiken beträgt 3–4 Wochen, nach Tenodesen (= Fixierung der Sehne am Knochen, um das Gelenk in einer bestimmten Stellung zu fixieren) 4–6 Wochen.

Bizepssehnenrisse

Am häufigsten ist der gedeckte Riß der langen Bizepssehne (im Sulcus intertubercularis). Bei jüngeren Patienten wird operativ der distale Sehnenstumpf mit dem Kopf der kurzen Bizepssehne vereint, während bei älteren Patienten auf die Operation verzichtet werden kann, da die völlige Wiederherstellung auch durch die Operation nicht erreicht wird. Seltener wird auch ein Riß der kurzen Bizepssehne beobachtet, allerdings häufig als offene Verletzung durch Schnitt- oder Stichverletzung. Die operative Wiederherstellung ist hier grundsätzlich angezeigt, da es sonst zu einer erheblichen Schwächung der Ellenbogenbeugung kommt. Anschließend ist die Ruhigstellung für drei Wochen im Oberarmgips notwendig.
Während der Nachbehandlung wird auf Muskelkräftigung und Gelenkmobilisation Wert gelegt.

Sehnenverletzungen im Bereich der Hand

Diese Verletzungen treten häufig kombiniert mit Verletzungen von Gefäßen und Nerven auf. Die funktionelle Wiederherstellung gehört zum Problemfeld der Handchirurgie, die sich in den letzten Jahren zu einem eigenen Gebiet innerhalb der Chirurgie entwickelt hat.
Beugesehnen. Die Beugesehnenwiederherstellung hatte und hat auch heute noch häufig eine schlechte Prognose. Das ist zurückzuführen auf die schwierigen anatomischen Verhältnisse der Hohlhand. Lange Zeit waren die Nähte innerhalb des sogenannten Niemandslandes verboten. Auch heute sind die Meinungen über Operationen in diesem Bereich geteilt. Das Problem der Beugesehnennaht ist, daß es bei Verheilung der beiden Sehnenenden miteinander gleichzeitig zu Verwachsungen mit der Umgebung und damit zur Aufhebung der Gleitfähigkeit kommt. Damit resultiert ein Funktionsverlust. Im allgemeinen sind die Ergebnisse bei sekundärer Sehnennaht und Überbrückung des Niemandslandes durch ein freies Sehnentransplantat der Palmaris- oder Plantarissehne nach wie vor besser. Bei schweren Verwachsungen ist eine Nachoperation erforderlich, in der z. B. bei der Resektion der Tiefen- oder Oberflächenbeugesehne ein Silikonkautschukkabel eingebracht wird und distal an der

Beugeseite der Endphalanx verankert und proximal bis zur Unterarmbeugeloge hochgeführt wird. Dieses Kabel wird drei Monate belassen. In dieser Zeit wird eine passive Übungsbehandlung durchgeführt, dadurch bildet sich eine „Sehnenscheide" aus. In zweiter Sitzung wird nunmehr eine frei verpflanzte Sehne eingezogen, die dann entsprechend verankert wird. Die Gefahr der Verwachsung ist danach im allgemeinen geringer. Die Nähte benötigen bis zur Heilung ca. 5–6 Wochen. Zu den verschiedenen Techniken der Sehnennaht wird auf entsprechende Fachliteratur hingewiesen. Bei der distalen Durchtrennung der Profundussehne wird im allgemeinen eine Tenodese des Endgelenkes durchgeführt.

Postoperativ soll nach Entfernung des Gipsverbandes 2 Wochen lang nur aktiv geübt werden, erst dann sind vorsichtige passive Mobilisierungsmaßnahmen (nach ärztlicher Anordnung!) erlaubt. Bis dahin wird auch meist der zur Schale geschnittene Gipsverband außerhalb der Übungszeiten getragen.

Strecksehnen. Strecksehnenrisse kommen häufig am Endglied vor, z.B. durch den Aufprall eines Balles auf den gestreckten Finger. Um das Überwiegen des M. flexor digitorum profundus auszuschalten, wird das Endgelenk in Überstreckung auf einer Maikäferschiene gelagert; in einigen Fällen wird eine transkutane Kirschner-Draht-Fixation i.S. einer temporären Arthrodese für die Dauer von 6 Wochen durchgeführt.

Bei Schnittverletzungen mit Sehnendurchtrennungen am Handrücken ist bei geeigneten Wundverhältnissen die primäre Sehnennaht möglich. Postoperativ wird das Handgelenk 30–40 Grad dorsalextendiert und die Finger gestreckt im Gipsverband ruhiggestellt.

Beschäftigungstherapeutische Nachbehandlung operativ versorgter Sehnenverletzungen

Das Behandlungsziel ist die Wiederherstellung von Funktion, Bewegung und Geschicklichkeit von Hand und Fingern.

Nach postoperativer Ruhigstellung von mindestens drei Wochen kann die beschäftigungstherapeutische Behandlung beginnen. Die Sehnennaht ist in ihrer Funktion der aktiven Bewegung gewachsen (volle Beugung bei Beugesehnennähten, volle Streckung bei Strecksehnennähten). Mechanisch stärkere Beanspruchung wie Dehnung darf erst nach frühestens 5 Wochen postoperationem erfolgen, ebenfalls erst zu diesem Zeitpunkt Übungen gegen Widerstand. Vielfach werden die Patienten auch erst dann zur Beschäftigungstherapie geschickt.

Beugesehnen: Besonders bei den stark zu Verklebungen neigenden Beugesehnenverletzungen sollte jedoch jede aktive Behandlungsmöglichkeit unbedingt genutzt werden. Sind Ursprung und Ansatz der Sehne genähert – wird also beispielsweise auf Volarflexion im Handgelenk geachtet –, während mit den Fingern leichte Greifübungen, Steckspiel, Mosaik oder Fadenlegen ausgeführt werden, so wird die Sehnennaht nicht gefährdet. Es ist sogar denkbar, die dorsale Handschale beim Üben – am Unterarm fixiert – zu belassen, sofern Volarflexion und Fingerbeugung dann noch frei sind.

Die Frühmobilisation nach Beugesehnennähten durch die passive Bewegung der Sehne in ihrem Gleitgewebe kann bereits nach dem 5. postoperativen Tag beginnen, um Verklebungen zu verhindern (Prollius 1976). Auf einer volaren Unterarm-/Handschiene ist das Handgelenk in Volarflexion ruhiggestellt, der entsprechende Finger wird elastisch in Beugestellung gezogen, gegen die er aktiv strecken kann.

Eine andere Möglichkeit ist, die Hand auf einer *dorsalen* Schiene zu fixieren, die dem Finger in Streckstellung einen passiven Gegenhalt bietet und Bedienungsfehlern vorbeugt. Die Behandlung nach Abnahme ist derjenigen nach Entfernung der Gipsschale gleich, was die Übung der Beugefähigkeit angeht, die Streckfähigkeit und gesamte Mobilität sind wesentlich besser, als nach Ruhigstellung herkömmlicher Art.

5–6 Wochen nach Operation kann das volle Bewegungsausmaß aktiv, wie auch passiv ausgenutzt werden, nur extreme Dehnung (beispielsweise Aufstützen auf die gestreckte Hand) ist noch zu vermeiden. Zur Kräftigung der Beugung können alle Arbeiten durchgeführt werden, bei der Griffe fest umfaßt und gehalten werden müssen oder auch gegen leichten Widerstand zusammengedrückt. Laubsäge, Werkzeuge der Holzbearbeitung, Hammer, Schere und Lederlochzange seien erwähnt. Adaptierte Griffe an Linoldruckmodellen oder Schleifklötzen (s. Abb. 10 u. 12, S. 261, 264) sowie funktionelle Webarbeitsplätze sind weitere Mittel zur Behandlung.

Bei der Beugesehnennaht am Daumen sind Ruhigstellung und Nachbehandlung im Prinzip gleich. Abduktion des Daumens, sowohl nach radial wie ulnar, vor allem in Verbindung mit Dorsalextension und Ulnarabduktion des Handgelenkes, muß bis zur vollen Belastungsfähigkeit der Nervennaht unterbleiben.

Bei der *Tendolyse* besteht die Behandlung ebenfalls in einer Frühmobilisation. 24 Stunden nach der Operation wird begonnen, aktiv wie passiv das volle Bewegungsausmaß in Beugung und Streckung zu üben. Die Hand soll bei Dorsalextension zum vollständigen Faustschluß, bei Volarflexion zu Streckung der Finger gebracht werden. Trotz Wundschmerzen muß die Behandlung täglich mindestens zweimal durchgeführt werden.

Die Nachbehandlung von **Strecksehnennähten** ist weniger langwierig und verläuft im allgemeinen komplikationslos. Auch hier wird nach 3 Wochen Ruhigstellung (im volaren Unterarmgips) begonnen mit aktiver Übungsbehandlung von Beugung wie Streckung, wobei die Beugung zunächst nur bei dorsalextendiertem Handgelenk stattfinden soll. Nach 5 Wochen (post OP) können das volle aktive Bewegungsausmaß genutzt sowie auch aktive Maßnahmen hinzugenommen werden. Sofern Streckübungen, über die aktive Handöffnung zum anschließenden Zufassen hinaus, noch vorgenommen werden sollen, so sind Behandlungsmittel wie die „paradoxe Zange“ nötig. Weitere Hilfen sind das Bunnelbrett und das adaptierte Rundholz (alle Abb. 5, 6 und 22b, s. S. 254, 274).

Schienenbehandlung bei Sehnenverletzungen. Die Achterschlaufe (Abb. 4) verbindet den erkrankten Finger mit dem benachbarten gesunden,

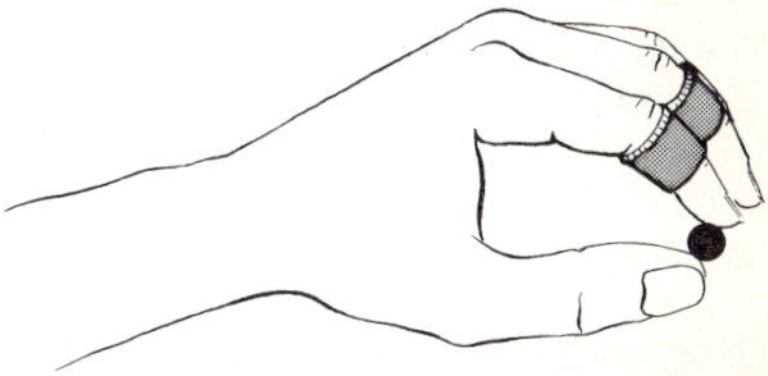

Abb. 4. Die Achterschlaufe zur passiven Mitnahme eines Fingers.

so daß er bei jeder Fingerbewegung passiv mitgenommen wird. Die kleine Schiene wird nach Maß aus thermoplastischem Material oder aus Leder gefertigt, sie kann zur Vorbehandlung bei geplanter Sekundärnaht und während der Übungsbehandlung bei implantiertem Silikonkautschukkabel benutzt werden sowie zur Spreizhemmung bei Ruptur von Seitenbändern. Fingerquengelschienen zur Extension oder Flexion, sowie der Flexionshandschuh sind als passive Maßnahmen bei Kontrakturen anwendbar.

Durchblutungsstörungen

Sudeck-Dystrophie – Sudeck-Syndrom

Das Syndrom entsteht als Folge peripherer und zentraler Regulationsstörungen, die anscheinend auf Veränderungen des hormonalen Gleichgewichtes und des vegetativen Nervensystems zurückzuführen sind. Als auslösende Faktoren kommen mechanische, reflektorische und humorale Faktoren in Frage. Zu den mechanischen Faktoren zählen Traumen, operative Eingriffe, Strahlenschäden, Venenthrombosen und andere, wie z.B. auch eine Massage nach frischer Fraktur; zu den reflektorischen Faktoren zählen neurovertebragene und auch neurovaskuläre Prozesse, die Disposition und psychische Komponenten. Betroffen sind am häufigsten Hand oder Fuß. Zu den humoralen Faktoren rechnen unspezifische und spezifische Entzündungen sowie Gefäßerkrankungen. Es werden drei Stadien unterschieden: Im ersten Stadium (akute Entzündung) besteht eine Stoffwechselsteigerung mit ödematöser Schwellung, Glanzhaut, Aufhebung der natürlichen Hautfältelung, Rötung, Störung der Schweißsekretion, des Nagel- und Haarwuchses bei hochgradiger Schmerzempfindlichkeit, die zu Bewegungsunfähigkeit der Finger und Handgelenke führen kann. In diesem Stadium wird eine absolute Ruhigstellung durchgeführt und medikamentös durchblutungsfördernd behandelt. Im zweiten Stadium (chronische Entzündung mit Dystrophie) lassen die Schmerzhaftigkeit und Schwellung nach. Es bestehen teilweise Stoffwechselsteigerung und teilweise -minderung; röntgenologisch ist eine fleckige Entkalkung zu erkennen. Es können vorsichtige aktive Bewegungsübungen in warmem Wasser erfolgen. Dieses Stadium kann sich über lange Zeit erstrecken, und es können trotz Behandlung Kontrakturen entstehen. Nur bei Schmerzfreiheit ist die Behandlung zu intensivieren. Die Abheilung ist im 2. Stadium möglich. Das dritte Stadium (Atrophie) wird nicht in jedem Fall erreicht. Hier finden wir irreversible trophische Störungen der Haut, Kontrakturen der Gelenke und Muskeln sowie röntgenologisch feststellbare Demineralisation des betroffenen Skelettabschnittes.

Beschäftigungstherapeutische Behandlung bei Sudeck-Dystrophie

Im ersten Stadium sollte der Arm in guter Gebrauchsstellung gelagert werden. Anstelle von Gipsschale oder Kramer-Schiene kann eine leichte, gepolsterte Unterarm-Hand-Schiene gegeben werden. Sie muß druckfrei anliegen und darf die Zirkulation nicht beeinträchtigen.
Wegen der Neigung zu starrer gedanklicher Fixierung auf das eigene Krankheitsgeschehen kann allgemeine, ablenkende Beschäftigungstherapie günstig sein.
Im Selbsthilfebereich ist die vorübergehende Versorgung mit Einhänderhilfen (beispielsweise Frühstückbrett, Handwaschbürste, Seifenhalter und Kartenhalter) angezeigt.
Im zweiten Stadium kann aktive Mobilisation erfolgen, Schmerz und Reizung sollen vermieden werden. Es wird mit erhobenen Armen (Hand über Ellenbogenhöhe) an verstellbarer Arbeitsfläche hantiert; geeignete Behandlungsmittel sind funktionelle Spiele, leichte künstlerische Arbeiten. Übungen mit Knetmasse, vorsichtig dosiert, sollten ständig parallel gehen, geeignet ist die Silikonknetmasse, die bewegungsfördernd wirkt (Reeduc). Zum besseren Halten sollten die Griffe von beispielsweise Pinsel, Druckmodell und Geräten weich und elastisch verdickt werden. Für die Schulung der Sensibilität wird unterschiedliches Werkmaterial betastet, und es werden Übungen ohne Augenkontrolle durchgeführt. Abkühlung der Haut sollte vermieden werden, daher wird empfohlen, keine kühlen und feuchten Substanzen zu benutzen (z.B. Ton, Peddigrohr). Im Winter sind warme Fellhandschuhe ein guter Schutz.
Im dritten Stadium können zur Mobilisation auch passive Maßnahmen angewandt werden. Das Erreichen möglichst aller Handfunktionen wird angestrebt. Als Behandlungsmittel ist praktisch jede handwerkliche Technik anzuwenden.
Bei unvollständigem Faustschluß werden Griffe adaptiert und Beugehandschuhe benutzt. Die Erfolgsaussichten redressierender Maßnahmen in Form von Quengelschienen zur Beugung der Finger sind günstig (s. Abb. 40, S. 292). Die Schienen müssen ständig kontrolliert, korrigiert

und gegebenenfalls neu angepaßt werden. Für die Rehabilitation im häuslichen Bereich werden alle im Haushalt vorkommenden Arbeiten geübt. Bei bleibenden Bewegungseinschränkungen sind Griffadaptationen an Geräten nötig. (Bestecke, Schreibgerät, Rasierer, Besen, Küchengeräte). Bei beruflicher Wiedereingliederung oder Umschulung ist zu überprüfen, ob Arbeitserleichterungen und Arbeitsplatzanpassungen nötig sind.

Volkmann-Kontraktur

Vor allem als Komplikation der kindlichen supra- oder diakondylären Humerusfraktur wird die ischämische Kontraktur gefürchtet, die durch eine anhaltende Unterbrechung der arteriellen Blutversorgung der Unterarmbeugemuskulatur und der -nerven entstehen kann. Als Ursache sind Druck eines Fragmentes, des Gipsverbandes oder eines subfaszialen Hämatoms möglich. Die Folge ist eine Hand- und Fingerbeugekontraktur (Mittel- und Endgelenke) sowie Sensibilitätsstörungen. Durch eine frühzeitige Faszienspaltung kann die Ausbildung der Kontraktur in einigen Fällen verhindert werden. Bei Spätzuständen kommt eine Quengelbehandlung in Frage oder letztlich eine operative Verlängerung der Beugesehnen.
Ziel der Behandlung ist die Gelenkmobilisierung. Nachts sind Lagerungsschienen anzulegen. Bei Beginn der Behandlung ist auf die gestörte Gefäßregulation, die zu Schwellneigung führt, zu achten.

Beschäftigungstherapie

Wie jedem im therapeutischen Team Tätigen, obliegt es auch der Beschäftigungstherapeutin, durch Beobachtung der distalen Gliedmaßenanteile auf Verfärbung, Schwellung und sensible Störungen, sowie durch Beachtung der Äußerungen des Patienten dazu beizutragen, Anzeichen von Mangelversorgung zu erkennen. Auf die Einleitung von Schritten zur Prophylaxe sollte gedrängt werden.
Schwere und Ausmaß der Erkrankung bestimmen Dauer und Verlauf der Therapie. Das Ziel der Behandlung ist in der optimalen Wiederherstellung aller Arm- und Handfunktionen zu sehen.
Ausführung der Behandlung. Im Vordergrund stehen Dehnungsübungen der kontrakten Beugemuskulatur und redressierende Maßnahmen zur Streckquengelung. Die Hand- und Fingerinnenflächen sollen zum Abstützen und Festhalten benutzt werden. Es kann zunächst auf gerader, später auf schräger Arbeitsfläche (s. auch Abb. 11, S. 262) hantiert werden. So wird die Dorsalextension zunehmend beansprucht. Als Behandlungsmittel ist altersentsprechendes Spielzeug zu wählen, Malen mit Fingerfarben, Kneten, ausrollen von Ton und Aufbaukeramik, Papierfalten und funktionelle Spiele. Die „paradoxe Zange" bietet die Möglichkeit, aktive Fingerstreckung zu üben (s. Abb. 22b, S. 274). Zur Vergrößerung der Handöffnungsweite eignen sich zunehmend stärkere

Griffverdickungen an Spielzeug und Arbeitsgeräten, bei gleichzeitiger Stabilisierung des Handgelenkes in Dorsalextension.
Für die *redressierende Behandlung* mit Handschienen hat sich die von dorsal angelegte Quengelschiene bewährt. Das Handgelenk wird in Mittelstellung bis Dorsalextension unterstützt und die Finger einzeln in Lederschlaufen aufgehängt nach dorsal extendiert (s. Abb. 40, S. 292). Wird das Extensionsstück für die Streckquengelung abnehmbar gestaltet, so kann das Hauptschienenteil auch bei Nichtbenutzung der Quengelvorrichtung an Unterarm und Hand verbleiben. Die konservative Nachbehandlung ist langwierig und sollte ununterbrochen und intensiv fortgeführt werden.
Selbsthilfe. Ist die dominante Hand von der Erkrankung betroffen, so werden gelegentlich Hilfen zum Halten des Schreibgerätes und Adaptationen an Pinsel, Zirkel und Lineal für den Schulbedarf nötig (s. S. 265). Eine Umgewöhnung auf die Benutzung der anderen Körperseite beim Schreiben sollte vermieden werden.

Degenerativ bedingte Veränderungen

Arthrotische Veränderungen sind in den Gelenken der oberen Extremitäten seltener als in den Gelenken der unteren Extremitäten, die die Körperlast tragen. Ursache ist meist eine in Fehlstellung verheilte Fraktur, die zu einer Inkongruenz der Gelenkflächen führt, seltener eine Überanspruchung des Gelenkes bei bestimmten gleichförmigen wiederholten Bewegungen oder angeborene erbliche Wachstumsstörungen des Knochens (wie z. B. die enchondrale Dysostose oder die Chondrodystrophie).

Schultereckgelenkarthrose

Die Schultergelenkarthrose wird häufig nach Trauma (Schultereckgelenksprengung) beobachtet. Es entsteht eine schmerzhafte Bewegungseinschränkung im Schultergelenk mit sekundären Verspannungen im Bereich der Muskulatur. Zur Beeinflussung des Reizzustandes werden intraartikuläre Injektionen verabfolgt, außerdem kommen physikalisch therapeutische Maßnahmen (Wärme, Elektrotherapie, Bestrahlungen usw.) in Frage. Bei Therapieresistenz wird operativ die Resektion des lateralen Klavikulaendes durchgeführt und bald nach der Operation mit der Mobilisierungsbehandlung begonnen.

Periarthrosis humeroscapularis Duplay

Bei der Periarthrosis humeroscapularis handelt es sich nicht um eine Veränderung innerhalb des Schultergelenkes, wie schon aus dem Namen hervorgeht. Sie steht in engem Zusammenhang zum Zervikalsyndrom. Sie äußert sich jedoch als eine Bewegungseinschränkung des Schultergelenkes, die sich langsam oder akut schmerzhaft entwickeln kann.

Röntgenologisch ist in einigen Fällen eine verkalkte Bursa subacromialis feststellbar. Nach physikalischer Behandlung, paraintraartikulären Injektionen kommt es im allgemeinen zum Abklingen der Beschwerden, und die Mobilisierung der Schulter wird durch krankengymnastische Übungsbehandlung erreicht.

Ellenbogengelenkarthrose

Die Ellenbogenarthrose findet sich vor allem als Folgeerscheinung der Osteochondrosis dissecans im Jugendalter oder der Chondromatose. Bei der Osteochondrosis dissecans liegt eine aseptische Nekrose eines subchondral gelegenen Teils der Epiphyse (am Humerusköpfchen oder Trochlea humeri) vor. Durch die Abscherwirkung der Gelenkbewegung können ein oder mehrere Knorpelstückchen abgestoßen werden, die sekundär verkalken und sog. Gelenkmäuse bilden. Diese Gelenkmäuse führen zu Einklemmungserscheinungen mit Druckläsionen im Bereich des Gelenkes i.S. einer präarthrotischen Deformität, sofern sie nicht operativ entfernt werden. Die Gelenkchondromatose ist eine Erkrankung des Erwachsenenalters, bei der besonders häufig das Ellenbogengelenk betroffen ist. In der Gelenkkapsel bilden sich durch Metaplasie des Bindegewebes Knorpeleinschlüsse, die teilweise sekundär verkalken und erbs- bis pflaumengroß werden können. Es wurden bis zu hundert solcher freien Gelenkkörper gezählt. Operativ wird die Synovektomie durchgeführt außer der Entfernung der freien Körper. Der Gelenkknorpel zeigt jedoch stets degenerative Veränderungen. Als weitere Ursachen für die Ellenbogenarthrose kommen die auf den Seiten 50 ff beschriebenen gelenknahen Frakturen in Frage, sofern sie in Fehlstellung verheilen. Linderungen der Beschwerden werden durch physikalische Behandlungsmaßnahmen und intraartikuläre Injektionen bei einem Teil der Fälle erreicht. Außerdem kommen apparative oder operative Fixierungen (Arthrodese) des Gelenkes in Betracht.

Handgelenkarthrose

Arthrotische Veränderungen im Handgelenk mit stark schmerzhafter Funktionsbehinderung entstehen vor allem nach in Fehlstellung verheilten distalen Radiusfrakturen. Schmerzfreiheit läßt sich durch Ruhigstellung des Gelenkes mittels Schiene oder in hartnäckigen Fällen durch eine Arthrodese erzielen.

Daumensattelgelenkarthrose

Die Daumensattelgelenkarthrose tritt in vielen Fällen doppelseitig auf. Schmerzhafte Reizzustände können zu einer Funktionsbeeinträchtigung der ganzen Hand führen. Durch Bandagen kann das Gelenk ruhiggestellt werden oder es kommen Operationen in Frage, wie z.B. die Entfernung des Os trapezium oder die Arthrodese des Gelenkes.
Beschäftigungstherapie: S. Hinweise S. 54.

Untere Extremitäten

Hüftgelenk

Das Hüftgelenk ist ein Kugelgelenk. $^2/_3$ der Oberfläche des Hüftkopfes werden von der Gelenkpfanne umfaßt. Das Ausmaß der Bewegung im Hüftgelenk ist durch die Kraft der Muskel- und Kapselzüge zugunsten der Statik eingeschränkt. Zur Erzielung von Schmerzfreiheit im Hüftgelenk wird oft spontan eine Beugehaltung eingenommen, da sich dann die Kapsel entfaltet und Raum für die vermehrt produzierte Gelenkflüssigkeit entsteht. Das Kniegelenk wird infolge einer solchen Hüftfehlstellung – meist Beuge-Adduktionskontraktur – statisch ungünstig belastet und reagiert mit Reizerscheinungen, sodaß häufig eine Hüftgelenkerkrankung vom Patienten als Erkrankung des Kniegelenkes verkannt wird. Dazu kommen kompensatorische Gegenregulationen der Wirbelsäule: Hyperlordose, die ebenfalls zu Beschwerden führen können.

Kniegelenk

Die Schonhaltung des Kniegelenkes (Scharniergelenk) ist wie beim Hüftgelenk die Beugestellung. Die Beugekontraktur wird jedoch im allgemeinen früh erkannt, da meist gleichzeitig Schmerzen und eine Schwellneigung (Kniegelenkerguß) bestehen und die Beugestellung des Gelenkes beim Laufen zu Instabilität führt. Eine Streckkontraktur tritt in einigen Fällen nach langer Ruhigstellung auf.
Sprunggelenke und Zehengelenke spielen für die Beschäftigungstherapie keine Rolle und werden daher nicht gesondert behandelt. Es finden sich Hinweise auf operative Maßnahmen im Kapitel zerebrale Bewegungsstörungen.

Angeborene und konstitutionell bedingte Veränderungen

Die Hüftdysplasie bzw. sogenannte angeborene Hüftluxation ist im Rahmen der Kinderorthopädie die häufigste Fehlbildung. Bei der Geburt besteht in diesen Fällen eine dysplastische Gelenkanlage (mit Steilstellung des Pfannendaches und Veränderung der Schenkelhalsstellung i. S. einer Coxa valga antetorta), die sich ohne Behandlung unter dem Einfluß des Muskelzuges zur Subluxation bzw. Luxation entwickeln kann. Wichtig ist die Erkennung dieser Fehlanlage im 3./4. Lebensmonat (durch Röntgenaufnahme), da dann bei dem größten Teil der Säuglinge durch eine Spreizhosenbehandlung eine Normalisierung des Befundes erreicht werden kann. Bei bestehender Luxation ist eine Einrenkungsbehandlung erforderlich, die im allgemeinen stationär durchgeführt wird. (Pavlik-Bandage, Overhead-Extension, ggf. offene Reposition). Anschließend sind Gips- oder Schienenfixierungen für 6–8 Wochen erforderlich, die zu Hause durchgeführt werden können. Bei einem Teil der Kinder wird im Alter von 3–6 Jahren eine Korrektur des Schenkelhalswinkel sowie des Pfannendaches notwendig (Derotations-Varisierungs-Osteotomie), um eine Frühartrose zu verhindern (s. S. 69). Nach diesen operativen Eingriffen sind Ruhigstellungen im Gipsverband erforderlich. Die Beschäftigungstherapeutin hat mit diesen Kindern weniger aus funktionellen Gründen zu tun als die Aufgabe, die kindliche Entwicklung zu überwachen und zu unterstützen, da durch das Bewegungsdefizit Störungen auftreten können.

Morbus Perthes

Es handelt sich um eine aseptische Nekrose des Hüftkopfes auf Grund einer lokalen Durchblutungsstörung, die vorwiegend zwischen dem 10. und 14. Lebensjahr auftritt. Der Beginn ist schleichend. Die Diagnose erfolgt durch ein Röntgenbild. Die Behandlung besteht in einer Entlastung durch Bettruhe und BBF-Gipsverband bzw. durch zusätzliche Operation (Derotationsvarisierungsosteotomie), damit kann eine völlige Wiederherstellung des Hüftkopfes erreicht werden. Auch bei diesen Kindern ist wegen der längeren Immobilisation die psychische Entwicklung zu beachten. Im Stadium des Wiederaufbaues des Hüftkopfes wird ein Apparat getragen, der das Hüftgelenk beim Laufen entlastet (Thomas-Schiene). Die Dauer bis zur Normalisierung der Knochenstruktur kann insgesamt 1–2 Jahre betragen.

Kniegelenk

Habituelle Patellaluxation, Scheibenmeniskus, X- und O-Beine. Bei diesen Krankheitsbildern werden vielfach korrigierende Operationen durchgeführt, deren Ziel einmal die Stabilisierung des Kniegelenkes ist, zum andern vor allem auch das Verhindern einer Fehlbelastung durch Fehlstatik zur Beseitigung der präarthrotischen Deformität. Schwerpunkte der Nachbehandlung sind Mobilisation und Muskelkräftigung.

Posttraumatische Veränderungen

Aus der Tab. 3 sind die häufigsten Frakturen der unteren Extremitäten zu ersehen. Für die Beschäftigungstherapie ergeben sich aus der Spalte „Komplikationen" die Behandlungsschwerpunkte, außerdem eine Orientierung über die Dauer der Ruhigstellung bei Mehrfachverletzten. Die Frakturheilung erfordert an den unteren Extremitäten allgemein längere Zeit als an den oberen Extremitäten. Vielfach wird zunächst im Anschluß an strenge Bettruhe bzw. Entlastung, Teilbelastung erlaubt, dann sind meist auch schon Übungen bzw. Tätigkeiten gegen dosierbaren Widerstand möglich (Kufenwebstuhl).

Degenerative Veränderungen

Die häufigsten Gelenkerkrankungen im Alter sind auf stärkeren Verschleiß bestimmter Gelenkflächen zurückzuführen. Diese als Abnutzungserscheinungen oder Arthrose bezeichneten Veränderungen des

Tabelle 3. Übersicht über die Behandlung und die Komplikationen der Frakturen und Gelenkverletzungen der unteren Extremitäten.

Fraktur Verletzung	Behandlung	Dauer der Ruhigstellung	Komplikationen primär	Komplikationen sekundär
Hüftgelenk Zentrale Luxation	Extension Reposition, Verschraubung	10–12 Wochen 10–12 Wochen		Koxarthrose
Schenkelhals medizinisch	Nagelung/AO-Platte Endoprothese	2 Wochen		Hüftkopfnekrose Beinverkürzung
Pertroch. Femurfraktur	Endoprothese AO-Platte	 2 Wochen		Beinverkürzung Koxarthrose
Femurschaft-fraktur	Nagelung AO-Platte bei Kindern: Vertikalextension	 2 Wochen 4 Wochen	Gefäß/Nerven-verletzungen Fettembolie	Beinverkürzung Pseudarthrose Thrombose Osteomyelitis
Suprakon-dyläre Femur-fraktur	Extension BBF-Gips AO-Platte	 12 Wochen 2 Wochen		Kontraktur des Kniegelenks Arthrose
Meniskus-verletzung	Extension Tutor Meniskektomie	 4–6 Wochen 1 Woche		Rezidiv Arthrose Kontraktur
Patellafraktur	ohne Dislokation Tutor sonst: Zuggurtung Teil- oder Total-exstirpation	 4–6 Wochen 2 Wochen 6 Wochen		 Kontraktur Arthrose
Tibiakopf-fraktur	OS-Gips/ Verschraubung Kondylenplatte (Unterfütterung)	10–12 Wochen 10–12 Wochen 2 Wochen		X- oder O-Bein Kontraktur Arthrose
Tibiaschaft-fraktur	OS-Gips/Extension Nagelung AO-Platte	10–12 Wochen 2 Wochen		Fehlstellung Pseudarthrose Verkürzung
Knöchel-fraktur	Reposition/OS-Gips AO-Platte Rushpin	8–12 Wochen 2 Wochen		Kontraktur Arthrose
Kalkaneus-fraktur	Extension OS-Gips	12–16 Wochen		Plattfuß Arthrose
Metatarsalia	US-Gips Osteosynthese	4–6 Wochen		Plattfuß

Knochens und Knorpels entstehen durch ein Mißverhältnis zwischen Beanspruchung und Beschaffenheit bzw. Leistungsfähigkeit der einzelnen Gelenkanteile und -gewebe mit nachfolgenden Hörnungen des Knorpelstoffwechsels. Dabei beeinflussen sich Form und Funktion gegenseitig. Eine Funktionsänderung kann eine Formabweichung, eine Formabweichung eine Funktionsbeeinträchtigung nach sich ziehen. Zu arthrotischen Gelenkveränderungen kann es damit auch schon bei jüngeren Menschen (nach Abschluß des Wachstums) kommen. Zu den wesentlichen Behandlungsmaßnahmen gehört vor allem die Beseitigung einer angeborenen oder erworbenen Fehlstatik, die eine unphysiologische Belastung eines Gelenkes zur Folge hat, z.B. durch Korrekturosteotomien.
Die Entwicklung der Technik hat auch für die operative Behandlung der Arthrose neue Möglichkeiten gebracht. So sind fast für alle Körpergelenke Gelenkteile oder ganze Gelenke entwickelt worden, die an Stelle des arthrotischen Gelenkes eingesetzt werden können. Das Material ist entweder Edelstahl (V 4 A Stahl), Kunststoff oder Keramik bzw. Kombinationen dieser Materialien. Allerdings ist das Problem der „Abnutzung" dieser technischen Gelenke auch noch nicht gelöst, da eine materialgerechte Gelenkschmierung nicht möglich ist.

Koxarthrose

Als häufigste Ursachen für die Koxarthrose sind Hüftdysplasien, Morbus Perthes und in Fehlstellung verheilte Frakturen anzusehen, wobei die Hüftdysplasie den größten Anteil bedingt. Zur Beseitigung dieser sog. präarthrotischen Deformität wird beim Kind, Jugendlichen oder beim jungen Erwachsenen (bis 40 Jahre) die Korrekturosteotomie des Schenkelhalswinkels durchgeführt (Varisierungsosteotomie oder Derotations-Varisierungsosteotomie), damit wird der Hüftkopf gut in die Hüftgelenkpfanne eingestellt und eine gleichmäßige Belastung erzielt.
Zu den konservativen Verfahren gehören physikalische Behandlungsmaßnahmen sowie intraartikuläre Injektionen. Übergewichtige Patienten werden auf eine entsprechende Diät hingewiesen. Auch die Benutzung einer Stockstütze kann zur Entlastung des gegenseitigen Hüftgelenkes beitragen. In einigen Fällen wird auch eine apparative Versorgung mit einer sog. Rotationsbandage durchgeführt.
Zur operativen Behandlung des arthrotischen Hüftgelenks wurden eine große Zahl verschiedener Gelenkersatz-Modelle entwickelt. Bei der Totalendoprothese werden Hüftkopf und -pfanne ersetzt. Allerdings sollte das Operationsalter nicht unter 60 Jahren liegen, wegen der begrenzten Lebensdauer der künstlichen Gelenke, die auch bei Kombination verschiedener Materialien nicht höher als 10–15 Jahre ist.
Die Operation stellt eine große Hilfe für die Patienten mit einer Koxarthrose dar, die vorher u.U. jahrelang nur mühsam unter großen Schmerzen gehen konnten. Sehr oft wird in einer 2. Sitzung das andere Hüftgelenk auch operiert. Schon am Tage nach der Operation beginnt

die Mobilisierung und nach Abschluß der Wundheilung das Belastungstraining und die Gehschulung. Wichtig ist auch die Muskelkräftigung der teilweise jahrelang fehlbeanspruchten Muskulatur.

Gonarthrose

Auf Grund angeborener, konstitutionell bedingter oder posttraumatischer Kniegelenkveränderungen kann sich hier eine Arthrose entwickeln. Akute Reizzustände führen zu einer starken Schwellung des Kniegelenkes mit schmerzhafter Bewegungseinschränkung. Die konservativen Behandlungsmaßnahmen entsprechen den bei der Koxarthrose beschriebenen. Prophylaktisch kommen bei Fehlstellungen der Beinachse Umstellungsosteotomien in Frage. Bei schweren Veränderungen werden ebenfalls gelenkplastische Eingriffe (als Teil- oder Totalplastiken) durchgeführt.

Beschäftigungstherapeutische Möglichkeiten zur Behandlung der unteren Extremitäten

Für die funktionelle Übungsbehandlung zur Mobilisation und Kräftigung der unteren Extremitäten gibt es in der Beschäftigungstherapie einige spezielle Übungsgeräte. Ein Teil der mechanischen Vorgänge zum Weben an einem Rahmen können durch entsprechende Zusatzgeräte und Bewegung eines oder beider Beine ausgelöst werden. So können die Ab- und Adduktion der Hüfte, die Beugung und Streckung im Kniegelenk und Fußgelenk, Dorsal-Plantar-Flexion sowie Pro- und Supination isoliert geübt werden. Mit einer Bandage oder verstellbarem Lederköcher versehen, ist auch die Mobilisierung bei Amputationsstümpfen möglich (Kufenwebstuhl s. Abb. 8, S. 258). Weitere Möglichkeiten bieten sich durch pedalgetriebene Sägen, auch die „Fahrradsäge“, und Drehbank. Für den mechanischen Antrieb von Töpferscheiben wird mit den Beinen Schwung gegeben. Die statischen Funktionen der unteren Extremitäten werden beim *Stehtraining* geübt. Bei Lähmungsbildern oder prothetischer Versorgung ist anfänglich Fixierung im Stehständer an Rumpf, Becken, Oberschenkel oder Knie möglich. So ist handwerkliche Tätigkeit beider oberen Extremitäten möglich. Kann zunehmend freihändig gestanden werden, so entfallen die stützenden Haltegurte und die Gleichgewichtsreaktionen des Körpers werden bei grobmotorischer Arbeit im Stand beansprucht.
Da die funktionelle beschäftigungstherapeutische Arbeit sich überwiegend mit der Behandlung der oberen Extremität befaßt, werden weitergehende Einzelheiten hier nicht bearbeitet.
Selbsthilfe. Bewegungseinschränkungen an Hüfte oder Knie machen häufig eine Versorgung mit Hilfsmitteln nötig. Waschen und Bekleiden der Füße ist erschwert sowie Nagel- und Fußpflege. Eine lange Badebürste, festsaugbare Handwaschbürste (für Einhänder) sowie Strumpfanzieher (s. Abb. 26 u. 31, S. 278, 282) sind nützliche Hilfsmittel. In Bad und WC sind zusätzlich angebrachte Griffe zur Erhöhung der

Sicherheit ebenso wichtig wie ein rutschfester Bodenbelag und Badematte.
Hilfsmittelversorgung bei Patienten mit Hüftgelenkversteifungen:
Folgende *Hilfen zur Selbsthilfe* bei bleibenden Schäden im Bereich der Hüfte sind im Fachhandel (s. Anhang) erhältlich: Spezialstühle mit teilweise abklappbarer Sitzfläche, ebensolche Sitzkissen, Sitzkoffer sowie Sitzerhöhungen. Ist durch Muskelschwäche das Aufstehen erschwert, so kann ein Katapultsitz erleichternd wirken. Auch für den WC-Sitz gibt es erhöhende Aufsätze oder Zusatzgestelle mit Festhaltemöglichkeit. Zu den kleineren Hilfen zählen der Verlängerte Schuhanzieher, Badebürste, Greifzange und Strumpfanzieher (s. Abb. und Text, S. 278 ff). Allen Gehbehinderten seien noch eine rutschfeste Matte für Badewanne und Duschkabine sowie rutschfester Bodenbelag in allen Räumen empfohlen.

Beschäftigungstherapie bei einzelnen orthopädischen oder posttraumatischen Krankheitsbildern

Multiple Extremitätenmißbildungen (Dysmeliesyndrom)

Dysmelien sind angeborene Fehlbildungen der Extremitäten. Bei einem Teil der Fälle liegen genetische Störungen vor, bei anderen sind pränatale Schädigungen als Ursache bekannt. In die letztgenannte Gruppe gehört das sogenannte Dysmeliesyndrom, das gehäuft als Thalidomidschädigung (1959 bis 1962) beobachtet wurde und charakterisiert ist durch bestimmte Arten von Extremitätenfehlbildungen (s. Klassifikationsschema Tab. 4, Abb. 5). Gleichzeitig bestehen bei einem Teil der Patienten mit Thalidomidschäden Mißbildungen an anderen Organen:
Schädel- und Gesichtsasymmetrie, Sattelnase, angewachsene Zunge, Fehlbildungen des äußeren und inneren Ohres, Hämangiome der Gesichtshaut, Fehlbildungen des Herzens und der großen Gefäße, atypische Lappung der Lungen, Fehlbildungen des Verdauungstraktes sowie der ableitenden Harnwege (Zystenniere), Fehlbildungen der inneren und äußeren Genitalien. Außerdem kommen Fehlbildungen einzelner Wirbelkörper vor.
Die Entwicklungsstörungen der Gliedmaßen folgen nach Willard einem bestimmten Muster. Je nach Schweregrad können an allen vier Extremitäten Veränderungen auftreten, die von der leichtesten Form der Daumenhypoplasie bis zur Amelie klinisch in Erscheinung treten (s. Tab. 4 und Abb. 5).

Obere Extremitäten

Als häufigste Form der Dysmelie sehen wir den Radiustyp der distalen Form der Ektromelie mit totaler Radiusplasie (Ellenbogenstreckkontraktur, Klumphandstellung). Seltener sind die Stummelextremitäten =

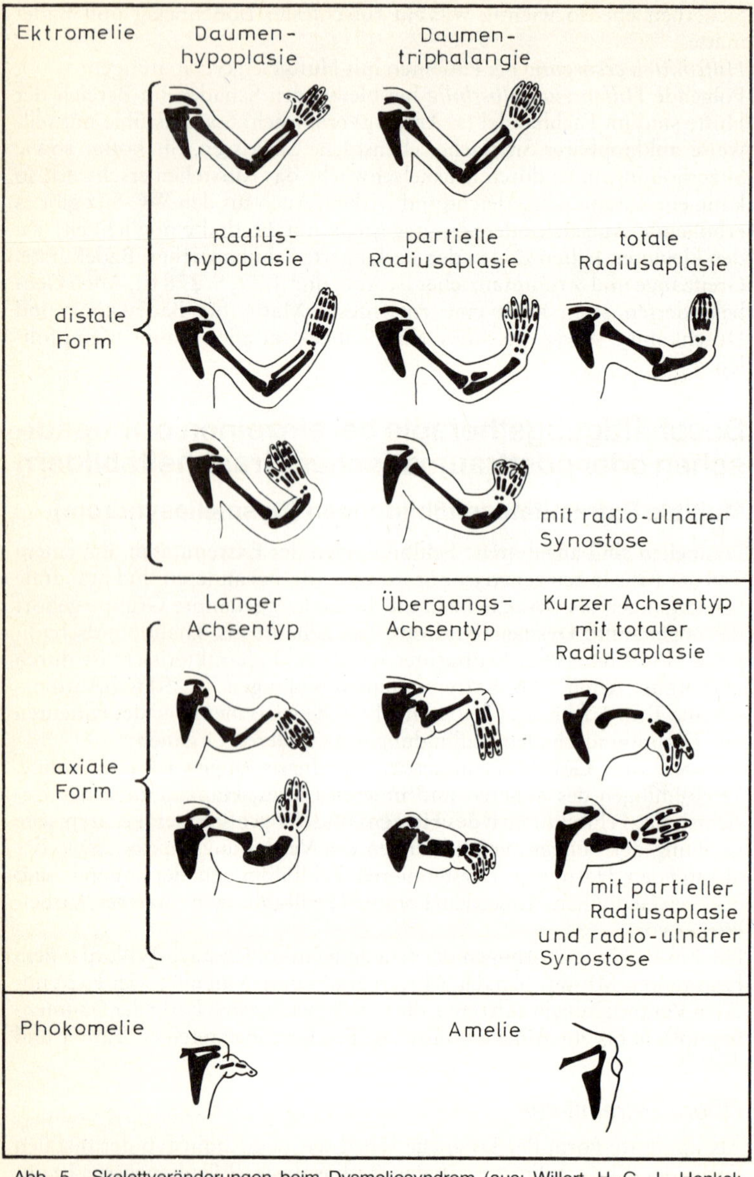

Abb. 5. Skelettveränderungen beim Dysmeliesyndrom (aus: Willert, H.-G., L. Henkel: Klinik und Pathologie der Dysmelie. Springer, Berlin 1969).

Tabelle 4. Klassifizierung der Armdysmelien.

I. Distale Form der Ektromelie
   A. Daumentyp
      1. Dreigliedrigkeit des Daumens
      2. Hypoplasie des Daumens.

   B. Radiustyp (kombiniert mit Fehlbildung 1. Handstrahl)
      1. Radiushypoplasie (ohne und mit radioulnärer Synostose)
      2. Partielle Radiusaplasie (ohne und mit radioulnärer Synostose)
      3. Totale Radiusaplasie.

II. Axiale Form der Ektromelie
   (distale und proximale Gliedmaßen fehlgebildet, Entwicklungsstörung am Radius, rad. Handstrahl und Humerus = Fehlbildungsachse)
   Je nach Schweregrad der Humerusfehlbildung wird unterschieden
   1. Langer Achsentyp mit Hypoplasie oder partieller Aplasie des Humerus bei
      a) totaler Radiusaplasie,
      b) radioulnärer Synostose.
   2. Übergangsachsentyp mit subtotaler Aplasie des Humerus bei
      a) totaler Radiusaplasie,
      b) radioulnärer Synostose.
   3. Kurzer Achsentyp bei
      a) totaler Radiusaplasie,
      b) radioulnärer Synostose.

III. Phokomelie
   Humerus, Radius und Ulna fehlen.
   Rest: 1- bis 3strahlige Finger oder Handskelett an hypoplastischem Schultergürtel.

IV. Amelie
   Arm fehlt, Schulterskelett unterentwickelt.

Phokomelie, bei denen kurze Robbenhände mit 2 oder 3 Fingern ohne Schaltstück unmittelbar am Schultergürtel ansetzen. Auf Grund der knöchernen Fehlbildung bestehen fast stets, je nach Ausprägung, auch Fehlbildungen der Weichteile. Ganze Muskelsysteme können fehlen oder die Ansätze und Ursprünge sind infolge der knöchernen Hypo- oder Dysplasie unzweckmäßig. Dazu kommen Änderungen der Verlaufsrichtung von Nerven und Gefäßen, die zu Schwierigkeiten bei operativen Maßnahmen führen können. Störungen dieses Muskelgleichgewichtes lassen frühzeitig Kontrakturen erwarten, die häufig auch schon bei der Geburt bestehen.

Typische Fehlstellungen, Fehlhaltungen und Kontrakturen, die eine intensive Behandlung erfordern, sind:

1. Schulteradduktionskontrakturen,
2. Ellenbogenstreckstreifen bzw. Einschränkung der Pro- und Supination,
3. Klumphandstellung bei vorhandenem funktionsfähigem Ellenbogengelenk sowie bei fehlendem Ellenbogengelenk,

4. Fingerkontrakturen (Streckkontrakturen, fehlende Beugefähigkeit) bei erhaltenem Arm oder Phokomelie,
5. Daumenadduktionsstellung (fehlende Opposition).

Die Schulterkontrakturen werden passiv durch eine Gipsschalenlagerung, aktiv durch Greifübungen sowie frühzeitiges Schwimmen behandelt.

Die Ellenbogenstrecksteifen lassen sich häufig schwer beeinflussen wegen der oben beschriebenen atypischen Muskelverhältnisse und den entsprechenden schon in utero veränderten Gelenkverhältnisse.

Eine kosmetisch störende Klumphandstellung bedarf vor jeglicher Korrekturbehandlung – sei es operativ oder durch intensive Schienenredressionsbehandlung – einer genauen funktionellen Untersuchung und Betrachtung der Gesamtsituation des Armes, da die Korrektur unter Umständen wertvolle Funktionen verlieren läßt, wie z.B. die Hand-zu-Mund-Funktion oder den Zweihandgriff, vor allem bei fehlendem Ellenbogengelenk. Da gleichzeitig die Fingerfunktion häufig sehr gestört ist, dient die radiale Adduktion unterstützend als Greiforgan.

Fingerstreckkontrakturen bestehen häufig schon bei der Geburt und lassen sich durch vorsichtige Redressionsverbände beeinflussen. Schwierigkeiten bleiben aber bestehen, wenn nicht gleichzeitig viel Wert auf die Kräftigung der ebenfalls geschwächten Beugemuskeln gelegt wird.

Die Daumenfehlstellung läßt sich durch eine operative Korrektur beseitigen (oder bei Fehlen des Daumens durch Transplantation eines Fingers herstellen). Die funktionelle Nachbehandlung ist allerdings für den Erfolg dieser Operation ausschlaggebend.

In Fällen einer sogenannten distalen Form der Ektromelie (Radiustyp) bewährt sich die Versorgung mit der sog. stabilisierenden extendierenden Schreib-Eß-Hilfe, die den großen Vorteil hat, daß sie von den Kindern selbst angelegt und ausgezogen werden kann und direkt aktiv durch die Armmuskulatur desselben Armes betätigt wird, dabei sogar noch einen funktionellen Reiz auf die vorhandene Muskulatur ausübt (Abb. 6–8).

Bei der Phokomelie wird die prothetische Versorgung mit einer Prothese schon vor Abschluß des 1. Lebensjahres angestrebt. Ziel dieser Frühestversorgung wäre es, zu verhindern, daß sich falsche Ersatzbewegungen im kindlichen Gehirn manifestieren. Die Art der Versorgung richtet sich nach der Ein- und Doppelseitigkeit. In Frage kommen Eigenkraft- und Fremdkraftprothesen, bei letzteren erfolgt – pneumatische und myoelektrische Prothesen – die Steuerung entweder aktiv durch die fehlgebildeten Finger (wie bei der pneumatischen Prothese) oder durch Muskelaktionspotentiale (wie bei der sog. bioelektrischen oder myoelektrische Prothese). Das Prothesentraining wird gleich nach der Erstversorgung, möglichst stationär, zunächst als Einzelbehandlung durchgeführt; später erweisen sich Gruppenbehandlungen als günstig. Die Dauer der täglichen Übungszeit ist individuell verschieden und richtet

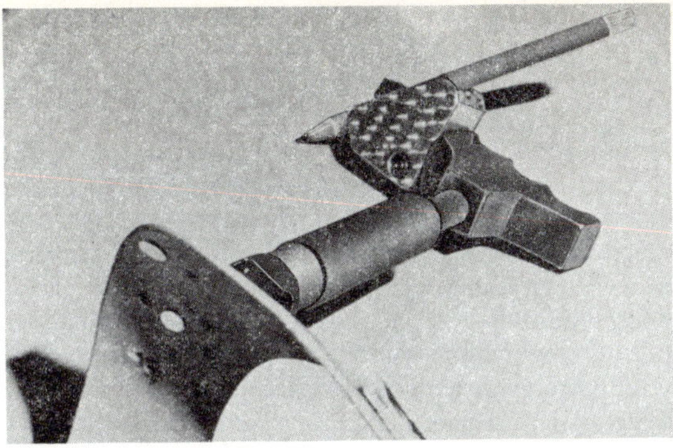

Abb. 6. Extendierende, stabilisierende Schreib- und Eßhilfe (Fotoarchiv).

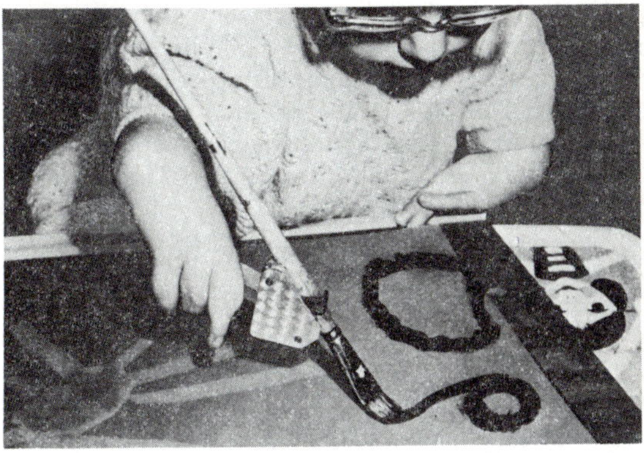

Abb. 7. Das Arbeiten mit der stabilisierenden, extendierenden Schreib-Eß-Hilfe gewährleistet den physiologischen Augenabstand beim Schreiben und Malen und verhindert eine vermehrte Krümmung der Wirbelsäule.

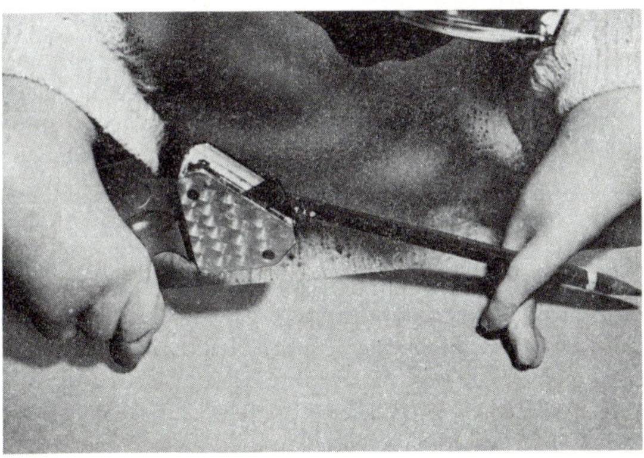

Abb. 8. Die Schreib-Eß-Hilfe ist vom Kinde selbständig zu betätigen: Hier das Einsetzen eines Bleistiftes.

sich nach den geistigen Anforderungen der entsprechenden psychischen Entwicklungsstufe.

Untere Extremitäten

Bei Fehlbildungen der unteren Extremitäten droht eine Verzögerung der motorischen Entwicklung (verspätetes Sitzen, Stehen und Laufen), u.U. mit Rückwirkung auf die geistige Entwicklung. Um dies zu verhindern, werden jeweils im entsprechenden Alter Stützen und Sitzhilfen (Stubbies, Stehschienen, Kufen usw.) verordnet, die zunächst die senkrechte Position vorbereiten und in allmählich gesteigerten Zeiträumen während der funktionellen Behandlung angewandt werden. Je nach Art der Fehlbildung der unteren Extremitäten werden diese belastet oder meist entlastet und evtl. mit Federzügen an dem Stehapparat fixiert, um z.B. Hüftgelenkfehlstellungen zu beeinflussen. Bei kurzen Stummeln der unteren Extremitäten ist die Einbettung in einer Gießharzschale möglich. Grundsätzlich ist als Vorbereitung für dieses Stehen und Sitzen jedoch die Kräftigung der Rückenmuskulatur und das Training des Gleichgewichtsapparates durch krankengymnastische Behandlung erforderlich. Gute Balancefähigkeit ist letztlich die Voraussetzung für die prothetische Versorgung der unteren Extremitäten, die so früh wie möglich erfolgt, um dem Kind die Möglichkeit zu geben, altersentsprechende Umwelterfahrungen zu sammeln.

Wirbelsäule

Bei einem großen Teil der Betroffenen bestehen Keilwirbel. Abgesehen davon neigen vor allem die Kinder mit kurzen oberen Extremitäten zu Haltungsschäden, da die z.B. beim Essen oder Spielen Gewohnheitshaltungen einnehmen, die eine Kyphose bedingen. Wichtig ist hier die kompensatorische Kräftigung und die Hilfsmittelversorgung für Tätigkeiten, wie Lesen und Schreiben.

Spina-bifida-Kind

(Spina bifida aperta oder cystica; Myelomeningozele, Myelomeningozystozele.)

Bei der Spina bifida aperta besteht eine Hemmungsmißbildung der Wirbelsäule und des Rückenmarks, mehrere Wirbelbögen weisen eine weite Spaltbildung auf und das Rückenmark tritt hernienartig dorsal als Meningozele, Meningozystozele oder Myelomeningozele hervor. Durch eine verbesserte operative Technik der Neurochirurgen gelingt es auch, große Defekte zu schließen und durch eine Hirnventrikel-Herz-Drainage den Begleithydrozephalus zu beherrschen. Je nach Höhe und Ausdehnung der Myelomeningozele finden wir das Bild einer subtotalen oder totalen Querschnittlähmung gleich bei der Geburt (Lähmung der Extremitätenmuskulatur, der Blasen-Mastdarm-Muskulatur und Sensibilitätsausfall).

Das bedeutet, daß die orthopädische Behandlung in guter Abstimmung mit den anderen erforderlichen Maßnahmen (durch Urologen, Neurochirurgen und Pädiater) erfolgen muß. Hier hat sich die Betreuung durch ein Team bewährt, dem Neurochirurg, Pädiater, Urologe, Psychologe, Sozialarbeiter, Krankengymnastin und Beschäftigungstherapeutin angehören sollten. Ausmaß der Lähmungen und Art der Deformitäten werden von der Höhe des Defekts bestimmt.

Folgende Deformitäten bestehen bei der häufigsten Form der Spaltbildung im LWS- bzw. unteren BWS-Bereich:

1. Wirbelsäule: Kyphose, Lordose oder Skoliose;
2. Beine: Hüftgelenksluxation, Kniestrecksteife, Klumpfuß oder Hakkenfuß.

Bei einem Teil der Kinder bestehen diese Deformitäten schon bei Geburt, bei anderen kommt es erst im Laufe des weiteren Wachstums in den ersten Lebensjahren durch das Ungleichgewicht der Muskelkräfte zu Gelenkfehlstellungen. Nach der entsprechenden Redressionsbehandlung (Klumpfußgips) oder auch Operation der Fußdeformitäten wird frühzeitig eine Apparatversorgung eingeleitet, d.h. daß die Kinder spätestens im Alter von 2 Jahren mit einem Apparat versorgt werden, um sekundäre psychische Schäden, die durch verspätetes Laufenlernen entstehen, zu verhindern. Allerdings werden viele dieser Kinder nur in der Lage sein, kurze Strecken mit Hilfe dieser Apparate und Gehstützen zu laufen und zusätzlich auf eine Versorgung mit einem Selbstfahrer angewiesen sein.

Komplikationen. Durch die geringe Belastung und fehlende Bewegung kommt es zu einer Entkalkung der Knochen im Bereich der Beine. Dadurch wird auch deren Stabilität herabgesetzt, so daß mit einer Knochenbruchgefahr zu rechnen ist. Auch können Druckstellen an all den Orten auftreten, an denen die Sensibilität gestört ist. In vielen Fällen besteht außerdem ein Übergewicht, das seinerseits neben funktionellen Schwierigkeiten die genannten Komplikationen verschlimmert.

Arthrogryposis multiplex congenita (angeborene Gliederstarre)

Es handelt sich um eine primäre Erkrankung der Muskulatur unbekannter Ursache, bei der sich Gelenkkapsel und Bandapparat sekundär verkürzen. Im allgemeinen beschränken sich die Veränderungen auf die Extremitäten, die häufig symmetrisch befallen werden (Streckkontrakturen der Arme und Beine und Hüftgelenkluxation, Klumpfuß, Klumphand). Durch die Störung des Muskelgleichgewichtes bleiben nur geringe Restfunktionen mit herabgesetzter Kraftleistung erhalten. Das Leiden ist nicht progressiv.

Ziel der Behandlung ist es, frühzeitig die Kontrakturen zu beseitigen und die großen Gelenke in Gebrauchsstellung zu bringen, evtl. mit Hilfe von Quengelschienen. Meist müssen die Kinder mit Apparaten versorgt werden, um ihnen das Laufen zu ermöglichen, bzw. mit Schienen, um ihnen die Benutzung der oberen Extremitäten zu erleichtern. Hierzu ist ständig Funktionsschulung sowie Muskelkräftigung notwendig.

Beschäftigungstherapeutische Behandlung bei Kindern mit Gliedmaßenfehlbildungen und anderen Systemerkrankungen

Es handelt sich um eine Langzeittherapie, die je nach Schwere und Ausmaß der Behinderung, Alter des Kindes und Stand der Eingliederungsmaßnahmen, Teilziele und unterschiedliche Aufgabenstellungen mit sich bringt. Die psychische Situation der Kinder und ihrer Angehörigen muß besonders berücksichtigt werden. Aufklärung, Beratung und Hilfe für die Eltern sowie die Einbeziehung in das Therapieprogramm sind unerläßlich. Nur bei guter Zusammenarbeit aller im Behandlungsteam Tätigen: Eltern, Arzt, Pflegepersonal, Krankengymnast, Beschäftigungstherapeut, Orthopädiemechaniker, Sozialarbeiter, Psychologe oder Psychagoge und Lehrer ist eine optimale Förderung der behinderten Kinder möglich.
Das Behandlungsziel ist es, die Voraussetzungen zu schaffen, die eine Angleichung in entwicklungspsychologischer und -physiologischer Hinsicht an die altersentsprechende Entwicklung erreichen. Dazu stellen sich neben der geistigen, emotionalen und sozialen Förderung folgende *funktionellen Ziele:* Das Mobilisieren und Auftrainieren der geschädigten Extremitäten und Erlernen von Ersatzfunktionen; beispielsweise das Ausnutzen der Klemm-, Halte- und Greiffunktionen der Extremitäten sowie Kopf, Kinn, Mund und Rumpf. Vor korrigierenden Operationen wird mit Hilfe von Funktions- und Geschicklichkeitskontrollen die optimale Versorgung ausgetestet.
Ausführung der Behandlung. Als Behandlungsmittel eignet sich alters- und entwicklungsentsprechendes Spiel- und Beschäftigungsmaterial (s. auch „Funktionelles Spielzeug", S. 268 ff). Im Spiel soll das Kind, möglichst unbewußt, seine psychomotorischen Fähigkeiten üben.
Zum Erreichen bestimmter funktioneller Ziele, ist es nötig, das Spiel zu lenken, es sollte dem Kind neben den sich wiederholenden Übungsprogrammen Gelegenheit zu eigenem freien und kreativem Spiel gegeben werden sowie zur Auseinandersetzung mit anderen Kindern in Gruppen.
Dauer und Häufigkeit der Behandlung reicht von 1–2mal täglich, z. B. bei postoperativer kurzer Behandlung, über 1–2mal wöchentlich stundenweise während ambulanter Weiterbehandlung, bis hin zu routinemäßigen Kontrollübungen, um beispielsweise Sitz und Funktion von Prothesen zu überprüfen. Im *Selbsthilfebereich* wird größtmögliche Unabhängigkeit bei alltäglichen Verrichtungen angestrebt (Körperpflege, Toilette, Kleiden, Essen und Trinken). Es werden Trainingsprogramme durchgeführt, um die erlernten Ersatzfunktionen, den Umgang mit Prothesen und Hilfsmitteln zu üben (z. B. verschiedene Toilettenhilfen, automatisches WC, Anziehhaken, Strumpfanzieher, angepaßte Griffe und Haltungen für Besteck und Schreibgeräte).

Schienen für Hand und Finger. Neben orthopädischen Apparaten und Prothesen werden kleinere Hand- und Fingerschienen gefertigt, die durch Stabilisierung oder Redression funktionsverbessernd wirken. Kombiniert mit Klemm- oder Einspannvorrichtungen für Besteck oder Schreibgerät ermöglichen sie selbständige Tätigkeiten.

Die *Versorgung mit Fahrgeräten* soll dem Kind eine altersentsprechende motorische Betätigung und die selbständige Fortbewegung ermöglichen. Individuelle Anpassungen und Änderungen sind vor allem an Art und Sitz der Antriebsmöglichkeit und an die Position der Lenkvorrichtung nötig.

Die Versorgung mit adaptierten Hilfen zum Schreiben, Malen und Zeichnen in der Schule, gegebenenfalls auch einem Spezialstuhl und -tisch sollen dem Kind den Besuch einer Normal- oder Körperbehindertensonderschule ermöglichen. Sein Verbleib soll gesichert sein und ein Übergang auf weiterführende Schulen vorbereitet werden. Schreibmaschinentraining zum „Blindschreiben" mit allen zur Verfügung stehenden Fingern oder Zehen wird durchgeführt. Die Maschine kann zum Schreiben mit den Zehen mit einer Orientierungshilfe versehen werden.

Siehe auch Neff 1974; Wetzel 1976.

Infantile Zerebralparese (IZP)

(s. Kap. Neurologie, S. 106)

Orthopädische Behandlung. Da beim Spastiker durch das gestörte Muskelgleichgewicht häufig Kontrakturen entstehen, werden sowohl an den oberen als auch an den unteren Extremitäten Operationen notwendig. Sie schaffen allerdings im allgemeinen nur bessere Voraussetzungen für die in jedem Fall fortzuführenden konservativen Behandlungen.

Obere Extremitäten; Ellenbogen

Beugekontrakturen des Ellenbogens und Pronationsstellung finden sich vor allem bei Halbseitenlähmungen, kombiniert mit einer Kontraktur der langen Fingerflexoren und der Flexoren des Handgelenkes. In diesen Fällen kommt eine Ablösung der Flexoren – Pronatorengruppe – am Epicondylus medialis humeri in Frage (Operation nach Silfverskiöld).

Hand

Bei Patienten, die im Handgelenk eine Beuge- und Pronationsstellung haben, wird die Transposition des M. flexor carpi ulnaris auf die Sehnen der Mm. extensor carpi radialis longus und brevis empfohlen. Auch eine Handgelenksarthrodese kann zu einer Funktionsverbesserung führen. Es sollte allerdings eine präoperative Gipsfixation des Handgelenkes in geeigneter Stellung mit Prüfung der Handfunktion durch Beschäftigungstherapie erfolgen.

Im allgemeinen lassen sich durch Handoperationen beim Spastiker nur geringe funktionelle Verbesserungen erzielen; daher wird auch meistens große Zurückhaltung geübt.

Untere Extremitäten

Die Zahl der in der Literatur angegebenen Operationen für die unteren Extremitäten ist bedeutend höher als für die oberen Extremitäten. Dies rührt einmal daher, daß die unteren Extremitäten meist stärker betroffen sind als die oberen, und die Beine und Füße auch verantwortlich sind für eine stabile Tragfunktion und die Fortbewegung. Am häufigsten werden Operationen bei spastischen Fußdeformitäten durchgeführt. Hier vor allem die Beseitigung des spastischen Spitzfußes. (Achillessehnenverlängerung, Gastroknemiuskopfablösung nach Scaglietti, Gastroknemiusrezession nach Strayer u. a.) Außerdem kommen Operationen zur Beseitigung der Kniebeugekontrakturen (Operation nach Eggers: Verlängerung der Kniebeugesehnen bzw. Verlagerung der Ansätze) und die Adduktorentenotomie zur Verhinderung der Adduktorenkontraktur, die Durchtrennung der Spinamuskulatur bei Hüftbeugekontrakturen und auch Korrekturen am proximalen Femurende sowie an der Hüftgelenkspfanne (Deroationsvarisierungsosteotomie, Chiari) in Frage. Nach jeder Operation ist eine Ruhigstellung von 4–6 Wochen erforderlich. Dies bedeutet besonders für das spastische Kind häufig einen Rückschritt in seiner motorischen Entwicklung. Daher ist der Einsatz der Beschäftigungstherapie während der postoperativen Phase unbedingt notwendig. Die Kinder können auch im Gips kurzzeitig hingestellt werden oder sich auch auf einem Rollbrett liegend fortbewegen.
Beschäftigungstherapie s. Kap. Neurologie, S. 159 ff.

Entzündliche Erkrankungen des Bewegungsapparates

Osteomyelitis

Die Osteomyelitis beruht auf einer bakteriellen Infektion, die entweder auf dem Blutweg aus einer Infektionsquelle verschleppt wurde oder durch direkten Kontakt der Erreger mit dem Knochen entsteht. Der Verlauf der Erkrankung ist abhängig von der Reaktionslage des Organismus und der Virulenz der Erreger. Es wird die akute und die chronische Osteomyelitis unterschieden. *Die akute Osteomyelitis* betrifft vor allem Säuglinge und Kinder, sie entsteht hämatogen und geht mit einem septischen Allgemeinzustand einher. Es können einer (in der Mehrzahl der Fälle) oder mehrere Knochen (lange Röhrenknochen im Bereich der Metaphyse) betroffen sein. Unter gezielter antibiotischer Behandlung mit gleichzeitiger Ruhigstellung ist eine Heilung zu erreichen. Die meist mehrere Monate dauernde Therapie findet teils in der Klinik teils zu Hause statt.
Komplikationen. Die Hüftgelenkosteomyelitis des Säuglings kann zu einer Versteifung (Ankylose) des Gelenkes und zu Wachstumsstörungen (Verkürzung) des Oberschenkels führen, sofern die Epiphysenfuge zer-

stört wurde. Bei Jugendlichen kann es infolge einer Osteomyelitis auch nach Ausheilung zu Wachstumsstörungen mit Verlängerung der betr. Extremität kommen.
Die chronische Osteomyelitis, die vor allem im Erwachsenenalter nach Knochenverletzungen oder -operationen entsteht, ist therapeutisch schwerer zu beeinflussen. Häufig handelt es sich um Mischinfektionen. Durch die Infektion wird die Fraktur oder Osteotomieheilung gefährdet und es entwickelt sich eine Pseudarthrose. Nach anfänglicher Wundheilung kann es zum sekundären Eiterabfluß durch Fistelkanäle kommen. Im Knochen selbst führt der Prozeß zu Knochennekrosen und -neubildungen (Sequester). Orale und auch humorale Antibiotika erreichen nicht immer den Herd, so daß eine operative Herausräumung mit nachfolgender lokaler Antibiotikaspülung erforderlich werden kann, um bessere Heilungschancen zu erzielen. Bleibt die Heilung aus, wird zur Stabilisierung der Fraktur eine Apparatversorgung notwendig; die chronische Fisteleiterung bedarf ständiger Kontrolle mit regelmäßigem Verbandwechsel. Durch die lange Ruhigstellung atrophiert die Muskulatur und die Gelenke werden kontrakt; nach Abheilung des Prozesses ist daher intensive krankengymnastische Behandlung notwendig. Sowohl in der Phase der Ruhigstellung als auch in der Nachbehandlungsphase (vor allem bei Osteomyelitis im Bereich der oberen Extremitäten) ist der Einsatz der Beschäftigungstherapie zusätzlich erforderlich.

Knochen- und Gelenktuberkulose

Durch den Rückgang der Tuberkulosehäufigkeit allgemein ist auch die Skelettuberkulose seltener geworden; auch ihr Verlauf hat sich geändert. Nach unterschiedlicher Latenzzeit bei klinisch oft symptomlosem Primäraffekt der Lunge können Herde in verschiedenen Skelettabschnitten auftreten. Bevorzugt betroffen sind Wirbelkörper, Hüftgelenk, Kniegelenk, Schultergelenk sowie im Kleinkindalter die kurzen Röhrenknochen. Am Handgelenk kommt außerdem eine Form einer Weichteiltuberkulose als sog. „Reiskörperhygrom“ vor.

Spondylitis tuberculosa

Die Beschwerden sind meist uncharakteristisch, es können einer oder mehrere Wirbel (Gelenke, Bögen oder Wirbelkörper) betroffen sein. Erst die Röntgenaufnahme der Wirbelsäule deckt die für die Tuberkulose charakteristischen Veränderungen auf: Verschmälerung des Zwischenwirbelraumes mit oder ohne beginnende Destruktion der angrenzenden Wirbelkörper. In späteren Stadien entstehen Destruktionen der betroffenen Wirbelkörper mit Einschmelzungserscheinungen. Der tuberkulöse Eiter kann im Bereich der Lendenwirbelsäule in die Psoasscheide eindringen und in der Leistenbeuge als kalter Tumor erscheinen. Bei ventraler Destruktion der Wirbel entsteht ein Gibbus. Die Behandlung besteht in hochdosierter kombinierter Chemotherapie bei gleichzeitiger Ruhigstellung im Gipsbett. Dauer ca. 1–1½ Jahre. In bestimmten Fällen wird operativ der Herd ausgeräumt und anschließend eine lokale Drainage mit Chemotherapeutika angelegt. Zur Stabilisierung des betroffenen Wirbelsäulenabschnittes wird in diesen Fällen eine Spanverriegelung durchgeführt. Nach Abschluß der Liegezeit im Gipsbett wird jeweils ein Stützkorsett verordnet, das meist mindestens ein Jahr lang getragen werden muß. Während der Gipsbettlagerung ist die Kreislauf- und Atemaktivierung wesentliches Element der krankengymnastischen Therapie. Das Stützkorsett kann nach der langen Zeit der Muskelinaktivität des Wirbelsäulenhalteapparates nur sukzessive entfernt werden, schon während der Korsettbehandlung ist daher eine Kräftigung der Muskulatur durch Krankengymnastik notwendig.

Koxitis-Tbc

Wegen der uncharakteristischen Beschwerden ist bei dieser Erkrankung die Diagnose auch nur röntgenologisch zu stellen. Beschwerden bei Bewegungen, Belastungen mit allmählich auftretender Bewegungseinschränkung kommen auch bei anderen Hüftgelenkerkrankungen (z.B. Koxarthrose) vor. Es kommt durch den tuberkulösen Prozeß zunächst zu einer Zerstörung des Gelenkknorpels, später u.U. auch des Kopfes und der Pfanne. Die Prognose ist abhängig vom Zeitpunkt der Diagnostik und Therapie. Wie bei der Spondylitis-Tbc wird häufig neben der Chemotherapie durch die Herausräumung mit nachfolgender Ruhigstellung erforderlich. Bei früh einsetzender Therapie kann das Gelenk erhalten bleiben, in fortgeschrittenen Fällen bei Beginn der Therapie kann eine Ausheilung u.U. nur durch Ankylose erreicht werden. In allen Fällen ist die Behandlung langwierig und erfordert monatelangen Krankenhausaufenthalt.

Gonitis-Tbc

Bei einem therapieresistenten Kniegelenkerguß besteht der Verdacht auf eine tuberkulöse Infektion, die Diagnose wird durch Röntgenbild und Gelenkpunktion erhärtet. Tuberkulostatische Therapie und Gelenkruhigstellung bringen den Prozeß bei rechtzeitigem Therapiebeginn unter Erhalt der Gelenkfunktion – bei schon bestehender Destruktion des Gelenkes durch Ankylose – zur Abheilung.

Tuberkulose des Schultergelenkes

Die Tbc des Schultergelenkes tritt vorwiegend bei älteren Menschen als sog. Caries sicca auf. Es besteht eine schmerzhafte Bewegungseinschränkung wie bei der Periarthrosis humeroscapularis, nur im Röntgenbild finden sich typische Zeichen. Die außer der Ruhigstellung und der tuberkulostatischen Behandlung operativen Maßnahmen richten sich nach dem Einzelfall. Nach dem Behandlungsresultat, partielle oder totale

Schultersteife, richten sich auch die Maßnahmen der Krankengymnastik und der Beschäftigungstherapie.

Beschäftigungstherapeutische Behandlung bei Langliegern

Die allgemeine, ablenkende Beschäftigungstherapie richtet sich neben den hier nur zu erwähnenden körperlich aktivierenden Maßnahmen, wie allgemeine Kräftigung und Kreislaufstärkung, vor allem auf die Persönlichkeit des Patienten.

Die Beschäftigungstherapie soll ihm Vergnügen bereiten, ihn entspannen und ablenken von Verstimmungen. Seine Aufmerksamkeit soll wenigstens zeitweise auf andere, als die von Krankheiten und körperlichen Vorgängen bestimmten Themenkreise gerichtet sein.

Einzelne handwerkliche Tätigkeiten haben bestimmte Wirkungsweisen, die therapeutisch zu nutzen sind. *Beruhigend und entspannend* wirken Zeichnen, Malen, freies Gestalten und Modellieren; *aufmunternd und antriebssteigernd* sind Arbeiten, die schnell zu einem Erfolgserlebnis führen, wie Lederarbeiten und Flechten mit Peddigrohr. *Konzentration und Ausdauer* fordern und fördern beispielsweise Schriftzeichen, Musterweben, – sticken oder – häkeln. *Gemeinschafts- und kontaktfördernd* sind Gruppenarbeiten und gemeinsame Spiele. Das Herstellen von Geschenken für Angehörige und Freunde hilft, bestehende Kontakte zu erhalten und sich zu bedanken, es erleichtert die Vorbereitung auf die Entlassung.

Bei ausgeprägtem geistigen Interesse kann der Therapeut helfen, geeignete Literatur zu finden, gegebenenfalls unterstützend wirken, wenn Wünsche zu Fort- und Weiterbildung bestehen.

Für Tätigkeiten im Bett sei auf Hilfsgeräte wie Bettisch, Buchstützen, Prismenbrille und Lesegestell hingewiesen (Bezugsquellen finden sich im Anhang, weitere Hinweise s. S. 245 ff.).

Progredient chronische Polyarthritis

Die progredient chronische Polyarthritis betrifft Frauen häufiger als Männer, im Alter von 35 bis 45 Jahren (4% der Erdbevölkerung sind an PCP erkrankt). Die Prognose der Erkrankung ist relativ ungünstig (25% Remission, 10% vollständige Invalidisierung, 15% Teilinvalidität). Der Verlauf ist bei schleichendem Beginn allmählich progredient. Zunächst kommt es zu leichten Gelenkschwellungen mit mehr oder weniger schmerzhafter Bewegungseinschränkung durch eine Veränderung der Gelenkkapseln (Autoaggressionskrankheit). Dem folgen durch Störung des Knorpelstoffwechsels eine zunehmende Zerstörung des Gelenkes und gleichzeitig reaktive Veränderungen auch der Umgebung, d.h. in den Knochen und Weichteilen. Die durch Schmerzen verursachte Schonhaltung bedingt zudem eine Muskelinaktivitätsatrophie und eine Inaktivitätsosteoporose der Knochen mit Frakturgefahr. Die typischen Fehlstellungen sind besonders gefürchtet im Bereich der Hände, wo die Erkrankung meist ihren Anfang nimmt. In späteren Stadien greift der Prozeß auch auf die größeren Gelenke – Handgelenk, Ellenbogengelenk, Schulter-, Kniegelenk, Sprunggelenk, Hüfte – über und gelegentlich wird auch die Wirbelsäule befallen.

Typische Veränderungen im Verlauf der Krankheit:

Obere Extremitäten

Hand:

1. Schwellung der Fingergelenke
2. Fehlstellung der Fingergrundgelenke,
3. Beugekontraktur im Grundgelenk, Überstreckung der Fingermittelgelenke,
4. Versteifung des Handgelenkes in Bajonettstellung.

Ellenbogen:
Beugekontraktur und Einschränkung der Pro- und Supination.

Schultergelenk:
Adduktionskontraktur.

Untere Extremitäten

Hüftgelenk:
Beugeadduktionskontraktur.

Kniegelenk:
Beugekontraktur mit Achsenfehlstellung.

Füße:
Zehenfehlstellungen mit Reizzuständen.
Ziel der Therapie ist es, einmal die Schmerzen zu lindern durch Antirheumatika, zum anderen den entzündlichen Prozeß zu beeinflussen. Dies gelingt in gewissem Umfang durch die Synovektomie (damit wahrscheinlich Einschränkung der Autoantikörperproduktion). Zusätzlich kommen Gelenkersatzoperationen in Frage, z.B. an den Grund- und Mittelgelenken der Finger (Vitallium- oder Elastic-Endoprothesen) sowie für Hand-, Ellenbogen-, Knie und Hüftgelenke. Je nach funktioneller Behinderung vor der Op. werden auch an einzelnen Gelenken Arthrodesen durchgeführt (z.B. der Fingermittelgelenke, eines Kniegelenkes usw.). In der Nachbehandlung ist die Kräftigung der Muskulatur zur Förderung der Gelenksbeweglichkeit und die Versorgung mit Hilfsmitteln zur Förderung der Selbständigkeit wichtig.

Spondylitis ankylopoetica (Morbus Bechterew)

Die Spondylitis ankylopoetica verläuft schleichend oder in Schüben und führt im Laufe von Jahrzehnten (Beginn im 16. bis 18. Lebensjahr) zu einer mehr oder weniger vollständigen knöchernen Versteifung der Wirbelsäule. Der Prozeß beginnt in den Iliosakralfugen und kann außer der Wirbelsäule auch die großen Gelenke befallen. Männer sind häufiger betroffen als Frauen. Es handelt sich um eine primär chronische, destruierende Entzündung, der die Verknöcherung als sekundärer reparativer Prozeß folgt. Die Patienten klagen zunächst über starke Bewegungsschmerzen, die nach Versteifung verschwinden. Nicht bei allen Patienten kommt es zur völligen Versteifung, d.h. zum ständigen Fortschreiten des Prozesses, da der Prozeß plötzlich unterbrochen werden kann. Ziel der Behandlung ist es, durch Gymnastik vor allem die Thoraxmuskulatur zu kräftigen und die Gelenke der Extremitäten zu mobilisieren, während eine Versteifung der Wirbelsäule in möglichst günstiger Stellung in vielen Fällen angestrebt wird, um die Schmerzen einzudämmen. Bei Ankylosierung der Hüftgelenke kommen Endoprothesen in Frage. Medikamentös werden Antirheumatika verabfolgt. Außerdem werden ständig physikalische Behandlungsmaßnahmen durchgeführt.

Gicht (Arthritis urica)

Es handelt sich um eine erbliche Stoffwechselstörung, die manchmal schon in der Pubertät besteht, mit Verminderung der Harnsäureausscheidung der Nieren und Harnsäurekristallablagerung in Gelenkknorpel, Sehnenbändern und Haut sowie Ohrknorpel. Männer sind häufiger betroffen als Frauen. Charakterisiert ist die Gicht durch anfallsartige Schmerzattacken in bestimmten Gelenken, z.B. im Großzehengrundgelenk oder in den Mittelfußgelenken sowie auch in den Wirbelsäulengelenken oder Kniegelenken. Während des Anfalles finden sich eine Rötung, Schwellung, Überwärmung und starke Schmerzen. Der Anfall kann ausgelöst werden durch übermäßige Nahrungsaufnahme, Alkohol, Kaffee (purinreiche Kost). Die Behandlung hat zum Ziel, die Beweglichkeit der Gelenke zu erhalten. Außerdem werden Medikamente verabreicht, die den Harnsäurespiegel niedrig halten und die Schmerzen lindern (Antirheumatika).

Beschäftigungstherapie

Konservative Maßnahmen beschränken sich bei diesem Krankheitsbild im allgemeinen darauf, die vorhandene Beweglichkeit zu erhalten und durch unterstützende Lagerungen weitere Deformierungen zu verhindern. Die kleine Handspange (Abb. 9) korrigiert die Abweichung der Finger nach ulnar, indem jedem Finger einzeln in Höhe der Grundphalangen ein Gegenhalt geboten wird. Funktion und Kraft der Finger sind mit Schiene verbessert (s. Fußnote, S. 271). Als weiteres Beispiel der Handschienenversorgung sei eine Schiene zur Ruhigstellung des Handgelenkes erwähnt, die hilft, den Bewegungsschmerz auszuschalten (Abb. 10). Ein Daumenteil zur Immobilisierung des Daumensattelgelenkes ist einbezogen.

Zum weiteren ist die Beratung und Übung der Selbsthilfe wichtig sowie die Versorgung mit Hilfsmitteln. Von Adaptationen zur Hebelverlängerung, beispielsweise bei Schlüsseln, Klinken oder Wasserhahn, Konser-

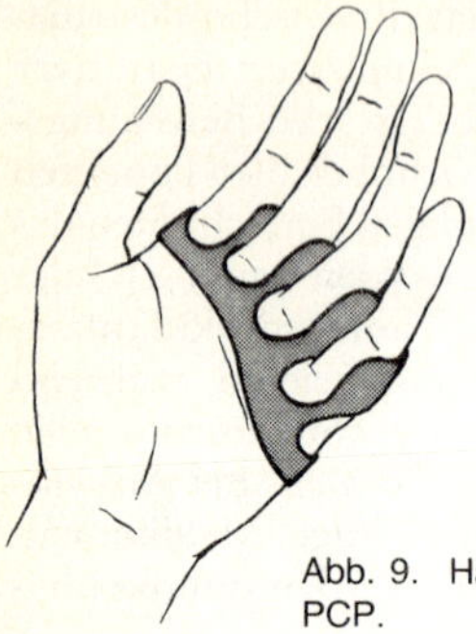

Abb. 9. Handspange zur Verhinderung der ulnaren Abweichung bei PCP.

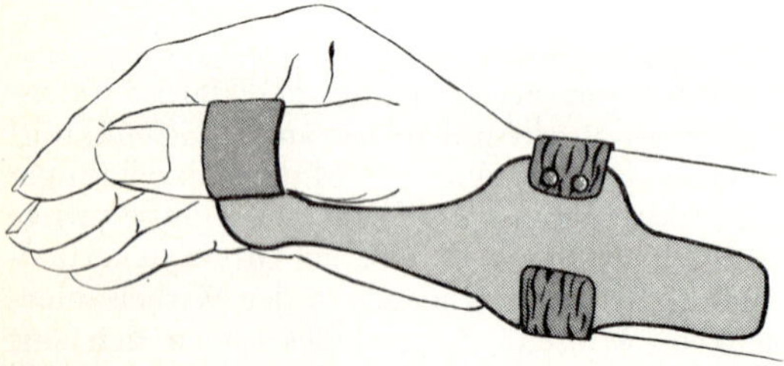

Abb. 10. Hand- und Daumenschiene zur Fixierung von Hand- sowie Daumensattelgelenk bei PCP.

vendosenöffner oder Griffanpassungen an Hilfen zur Körperpflege ist dieser Bereich sehr umfassend (s. auch Kapitel Selbsthilfe, S. 274 ff.).
Bei *postoperativer Behandlung* nach Synovektomie oder Gelenkersatz steht die Sofortmobilisation im Vordergrund der Behandlung. Im ständigen Wechsel und mit raschen Bewegungen werden Beugung-Streckung sowie Spreizung und Schließung der Finger geübt, sowie alle anderen Hand- und Fingerfunktionen als Gesamtleistung. Kneten mit Silikonknetmasse sowie Umgang mit warmen und trockenen Werkstoffen und mobilisierende Techniken sind angezeigt. Die Abb. 11 zeigt eine dynamische Schiene zur Unterstützung a) der Flexion und b) der Extension der Fingergrundgelenke IV und V mit gleichzeitiger Stützung gegen Ulnarabweichung.

Amputationen

Die Abnahme eines Teiles einer Gliedmaße kann erforderlich werden bei schweren Unfallverletzungen, bei Durchblutungsstörungen, bei bösartigen Geschwülsten, bei schweren Fehlbildungen und bei chronischer Osteomyelitis.
Die Operationstechnik wurde in den letzten Jahren entscheidend weiterentwickelt. In vielen Fällen ist die prothetische Sofort- bzw. Frühversorgung möglich. Bei der *Sofortversorgung* wird noch auf dem Operations-

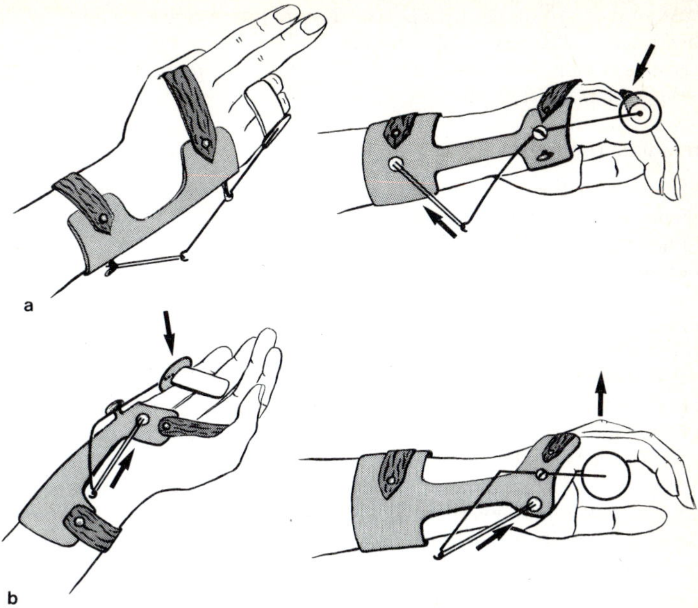

a b

Abb. 11 a u. b. Schienenversorgung nach Refior zur Mobilisierung postoperativer PCP-Behandlung.

tisch ein Gipsköcher anmodelliert; an dem Gipsköcher wird der fehlende Gliedmaßenteil (Greifarm oder Bein) anmodelliert, mit dem bereits am Tag nach der Operation geübt werden kann. Die *Frühversorgung* – Anmodellieren des Gipsköchers nach Abschluß der Wundheilung – erfolgt bei ungünstigen Wundverhältnissen mit Infektionsgefahr. Vorteil dieser frühen Versorgung liegt darin, daß die Patienten sich nicht erst durch Ersatzbewegungen an das Fehlen der Gliedmaße gewöhnen. Voraussetzung ist allerdings, daß die krankengymnastische und beschäftigungstherapeutische Nachbehandlung in Zusammenarbeit mit dem Orthopädiemechaniker gewährleistet ist. Allgemeine Komplikationen an Amputationsstümpfen sind: Druckstellen, Neurome, Phantomschmerzen, Kausalgien sowie als Folge falscher Lagerung bzw. Nutzung: Kontrakturen der benachbarten Gelenke.

Obere Extremitäten

Prothesentypen

Eigenkraftprothesen – mechanische Prothesen

Bei diesen Prothesen dient die eigene Körperkraft als Kraftquelle. In Frage kommt hierfür die Schultergürtelmuskulatur oder auch der Bizeps (Bizepskanal nach Sauerbruch). Die Kraft wird durch eine Kraftzugbandage übertragen (dabei geht allerdings ein Teil der Kraft verloren). Als Greiforgan kommen verschiedene Handpaßteile in Frage: Der Hook, die Berliner Hand, Bocksystem-Hand u. a.

Fremdkraftprothesen

Hierbei wird die körpereigene Steuerbewegung verstärkt durch Zwischenschaltung anderer Kraftquellen.
a) Pneumatische Armprothese:
Hier wird flüssige Kohlensäure in einem drucksicheren Stahlbehälter dazu verwandt, über Schläuche und Ventile, die durch Tastendruck zu betätigen sind, bestimmte Prothesenbewegungen durchzuführen. Dieser Prothesentyp wurde vor allem bei Dysmelien verwandt. Er ist bei doppelseitigen hohen Armamputationen indiziert. Nachteile bestehen allerdings darin, daß die Prothese (durch die Flasche) sehr schwer und die Funktionsdauer durch den relativ geringen Flascheninhalt begrenzt ist und Reparaturanfälligkeit besteht.
b) Bioelektronisch gesteuerte Armprothese (Myoelektrische Prothese):
Bei dieser Prothese werden die Muskelaktionspotentiale bestimmter Muskeln, bei Kontraktionen derselben, von Kontaktelektroden als Spannungsdifferenz abgegriffen und elektronisch verarbeitet. In der Vorbehandlung schon ist es notwendig (wenn möglich), isolierte Muskelanspannung der Agonisten und Antagonisten zu üben, sowie Mitbewegungen bei anderen Bewegungen zu vermeiden. Indikation für die myoelektrische Prothese ist nur bei Schreibtischberufen gegeben bzw. vor allem auch bei Doppelarmamputierten auf der einen Seite, während auf der anderen Seite eine Eigenkraftprothese gegeben wird. Auch bei dieser Prothese bestehen gewisse Nachteile in dem großen Gewicht, der Reparaturanfälligkeit und der Abhängigkeit von der Kraftquelle, sowie in langsamen Bewegungsmöglichkeiten und Motorengeräusch.

Krukenberg-Arm

Bei doppelseitig Unterarmamputierten oder einseitig unterarmamputierten blinden Patienten kommt die Versorgung mit einer Open-end-Prothese (Abb. 12) oder der Krukenberg-Arm in Frage. Hierbei wird der Unterarm operativ zu einer Greifzange durch Spaltung von Ulna und Radius umgeformt.
Die Behandlung des Amputierten setzt unmittelbar nach der Operation ein; sowohl bei Frühversorgungen und Sofortversorgungen das Prothesentraining als auch bei Spätversorgungen die Narbenabhärtung und das spätere Prothesentraining. Häufig erweist sich günstig eine Gruppenarbeit, wobei Patienten mit verschiedenen Geschicklichkeitsgraden und verschiedenen Stadien der Nachbehandlung gleichzeitig behandelt werden sollten.

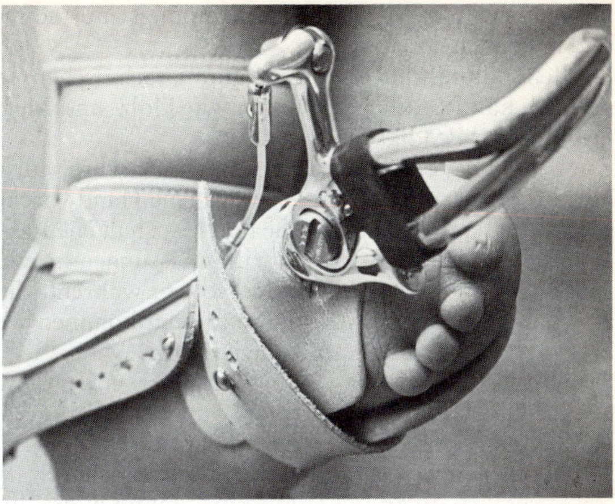

Abb. 12. Open-end-Prothese: Der Stumpf wird nicht voll in die Prothese eingebettet, damit die sensiblen Funktionen genutzt werden können.

Beschäftigungstherapeutische Behandlung nach Amputationen an der oberen Extremitäten und Prothesenversorgung

Größer als nach anderen Unfallereignissen ist nach einer frischen Amputation die Schockwirkung, die eine Verstümmelung hinterläßt. Neue Zielsetzungen, wie zunächst Abhärtungsmaßnahmen für den Stumpf zur Vorbereitung auf eine Prothese und, bei Verlust der dominanten Hand, Geschicklichkeitstraining und Schreibübungen im Hand- und Maschineschreiben für Einhänder (s. Anhang) können helfen, die veränderte Lebenssituation schneller zu bewältigen.

Die Tragweite der Behinderung wird erneut bei der Benutzung der Prothese bewußt, deren mechanische Leistung häufig überbewertet wird. Das Ziel der Prothesenschulung ist es, den Kunstarm als funktionell wie kosmetisch unentbehrliches Hilfsmittel zu akzeptieren.

Das *Stumpftraining* besteht aus Pflege und Bandage des Stumpfes, aus abhärtenden Maßnahmen durch Haut- und Narbenreizung und aus der Benutzung zu Stütz- und Haltefunktionen.

Die *Prothesenfunktionen* werden einzeln und im Zusammenspiel vor einem Spiegel und in Anwendung bei spielerischen und handwerklichen Tätigkeiten geübt. Für das Geschicklichkeitstraining sind Gesellschaftsspiele gut geeignet, die Greifhand muß dazu in verschiedenen Armstellungen mehr oder minder weit geöffnet werden, auch Spontanität der Bewegung und Beidhändigkeit kann im Spiel gelernt werden. Über die Prothesenbandagen wird bedingt eine „Rückmeldung“ beispielsweise über die vorhandene Öffnungsweite der Greifhand wahrgenommen. In

Blindversuchen wird diese Wahrnehmungsempfindung durch „Ertasten“ und benennen geschult.
Als Behandlungsmittel zur Aneignung technischer Geschicklichkeit eignen sich handwerkliche Arbeiten, wie Holz- und Metallbearbeitung und Flechten mit Peddigrohr.
Zur *Selbsthilfe* benötigen einseitig Armversehrte nur wenige Hilfsmittel. Für die Körperpflege beispielsweise eine Handwaschbürste, Nagelknipser und Seifenhalter, für Küche und Haushalt ebenfalls für die Einhänder gebräuchliche Hilfen sowie Griffanpassungen an Geräten, die mit der Prothesenhand gehalten werden sollen, während die andere Hand arbeitet. Bei doppelseitig Armamputierten kommen weitere Hilfen hinzu und sind individuelle Anpassungen nötig.
Armschulungskurse für Prothesenträger werden gerne in kleinen Gruppen durchgeführt. Die Patienten können bei stationärer Behandlung täglich über mehrere Stunden Prothesentraining haben, Stumpfabhärtung und Kräftigungsbehandlung sowie Schwimmen in der Krankengymnastik zusätzlich und das Trainingsprogramm in drei bis vier Wochen (bei einseitiger Oberarmamputation als Beispiel) abschließen.
Auf eine detaillierte Beschreibung eines Prothesentrainings soll unter Hinweis auf „Die Armschulung“, von Trebes u. Mitarb. (1970) verzichtet werden (s. Lit. S. 93).

Untere Extremitäten

Prothesentypen

Je nach Stumpflänge, Funktion (Beruf, Sport) und Lebensalter kommen verschiedene Prothesentypen in Frage:
Bei Amputationen im Fußbereich reicht eine Versorgung mit orthopädischen Schuhen aus.

1. Unterschenkelkunstbein
   - mit Oberschenkellederschaft oder
   - mit Kniescheibenband (Patella-Tending-Bearing-Prothesis = P.T.B.-Prothesis)

   und verschiedenen Sprunggelenken und Fußteilen.
2. Oberschenkelkunstbein mit Oberschenkelschaft aus Leder, Holz oder Fiber, die beiden letzteren als sog. Haftprothesen, bei kurzem Stumpf ist zusätzlich ein Beckengurt erforderlich.
   Für das Kniegelenk stehen verschiedene Modelle (Kugellager oder durchgehende Achse zur Verfügung).
3. Hüftgelenkexartikulationsprothese
   Beckenkorb mit verschiedenen Typen von Oberschenkelkunstbeinen.

Für alle drei Prothesen kommen für den Unterschenkel-Kniegelenk-Teil auch Paßteile des Modularsystems in Frage.
Als Hilfsmittel beim Baden bzw. Schwimmen wird eine Badeprothese

verordnet, mit der die Patienten leichter ins Wasser gehen können (die allerdings nicht beim Schwimmen benutzt werden muß).
Bei sämtlichen Patienten, die mit Prothesen versorgt werden, ist die Rollstuhlfrage zu klären. Auch ist daran zu denken, daß PKW-Fahrer ihren Wagen ggf. umrüsten lassen müssen (Versehrtenhilfsgerät).
Für die Nachbehandlung – sowohl bei Sofortversorgung als auch für die Spätversorgung – steht die Krankengymnastik im Vordergrund, wobei die Stumpfabhärtung, die Gelenkmobilisation, Muskelkräftigung, Gleichgewichtstraining und Gehschulung wichtige Elemente bilden.

Literatur

Bauer, R.: Erkrankungen der Wirbelsäule. Diagnose und Therapie. Orthopädisches Symposium in Innsbruck 1974. Thieme, Stuttgart 1975

Baumann, J. U.: Operative Behandlung der infantilen Zerebralparesen. Thieme, Stuttgart 1970

Bellers, G., U. Kalbe: Zur Anpassung von Hilfsmitteln bei zerebralparetischen Kindern. Rehabilitation 16 (1977) 81–84

Blauth, W.: Mißbildungen der unteren Gliedmaßen und ihre Behandlung. MEFA GmbH, Bonn 1966

Brussatis, F.: Klinik der Sponylolystesis. Orthop. Prax. 11 (1975) 211–213

Buck-Gramcko, D.: Sehnenverletzungen/Nervenverletzungen, Eingriffe an der Hand, I. Teil, Ergänzung 20. In: Operationslehre, Bd. VI, hrsg. von F. Gschnitzer, E. Kern, L. Schweiberer. Urban & Schwarzenberg, München 1976

Chappius, D.: Kinder mit Armprothesen in der Beschäftigungstherapie. Beschäft.-Ther. Rehab. 1967/II, 20–22

Cotrel, Y.: Die Skoliosenbehandlung mit der EDF-Technik. Verhandl. Wiss. Sommertagung 1970 der Vereinigung der Orthop. Österreichs. 1971 (S. 43)

Cotta, H., W. Heipertz, H. Teirich-Leube: Lehrbuch der Krankengymnastik, Bd. III: Chirurgie, Unfallheilkunde, Orthopädie, Frauenheilkunde. Thieme, Stuttgart 1975

Dihlmann, W.: Spondylitis ankylopoetica, die Bechterewsche Krankheit. Thieme, Stuttgart 1968

Dunton jr., W. R., S. Licht: Occupational Therapie, 2. Aufl. Thomas, Springfield/Jll. 1956

Feldkamp, M.: Die Hand des zerebralparetischen Kindes – Voraussetzungen und Möglichkeiten der medizinischen Rehabilitation. Rehabilitation (Stuttg.) 15 (1976) 137–149

Friedländer, G.: Arthrogryposis. J. Bone Jt. Surg. 50-A (1968) 89–112

Fröhlich, A.: Frühförderung behinderter und von Behinderung bedrohter Kinder aus pädagogischer Sicht. Beschäft.-Ther. Rehab. 1977/II, 112–115

Gardiner, M. D.: Grundlagen der Übungstherapie. Thieme, Stuttgart 1968; 2. Aufl. 1974

Geldmacher, J.: Fortschritte in der Handchirurgie. Fortschr. Med. 88 (1970) 365–370

Gillmann, H.: Physikalische Therapie. Grundlagen und Wirkungsweisen, 4. Aufl. Thieme, Stuttgart 1975

Golding, D. N.: Rheumatische Erkrankungen, 2. Aufl. Thieme, Stuttgart 1971

Gressmann, C.: Die Systematik der Hilfsmittel. MOT 3 (1976) 49–51

Groher, W.: Die Entstehung der Spondylose. Orthop. Prax. 11 (1975) 214–219

Gschwend, N.: Die operative Behandlung der progressiv chronischen Polyarthritis. Thieme, Stuttgart 1968

Hauberg, G., H. John: Die Orthesen für den Rumpf. In: Technische Orthopädie, hrsg. von F. Blohmke. Thieme, Stuttgart 1973

Heine, J., J. Sebbel: Die Beschäftigungstherapie im Rahmen der operativen Behandlung der Skoliose. Beschäft.-Ther. Rehab. 1972/II, III, 16–21

Heine, J., R. Meister, J. Kreuz: Die Indikation zur operativen Behandlung der Skoliose aus orthopädischer und internistischer Sicht. Orthop. Prax. 12 (1976) 461–469

Hertel, E.: Sudeck. Entstehung, Klinik und Therapie. Beschäft.-Ther. Rehab. 1972/II, 80–84

Hertel, E., J. Sebbel: Die polyarthritische Hand. Beschäft.-Ther. Rehabil. 1973/III, 48–53

Heyne, S., H. Röttgen: Amputationen-Prothesentraining. Beschäft.-Ther. Rehabil. 1976/II, 71

Hoepke, H.: Das Muskelspiel des Menschen. Fischer, Stuttgart 1961

Idelberger, K.: Lehrbuch der Orthopädie. Springer, Berlin 1970

Jäger, M., H. v. Velsen-Zerweck, G. Huskes, H. Haeusler: Extendierende, stabilisierende Schreib- und Eßhilfe. Beschäft.-Ther. Rehab. 1969/I, 10–12

Jentschura, G.: Beschäftigungstherapie (obere Extremitäten). In: Handbuch der Orthopädie, Bd. III. Hrsg. von G. Hohmann, M. Hackenbroch, K. Lindemann. Thieme, Stuttgart 1959

Jentschura, G., E. Marquardt, E.-M. Rudel: Behandlung und Versorgung bei Fehlbildungen und Amputationen der oberen Extremität. Thieme, Stuttgart 1963

Jones, M. S.: An Approach to Occupational Therapie. Butterworths, London 1960

Kersten, H.: Gehschule für Beinamputierte, 2. Aufl. Thieme, Stuttgart 1975

Kiphard, E.: Wie weit ist ein Kind entwickelt? Modernes Lernen, Dortmund 1973

Knott, M., D. Voss: Komplexbewegungen. Darstellung einer krankengymnastischen Methode. Fischer, Stuttgart 1962

Koch, M.: Das TOWER-System, Beitrag zur Berufsfindung und Leistungsüberprüfung. Rehabilitation (Stuttg.) 2 (1968) 55

Köchling, J., H. Nedelmann: Beschäftigungstherapie bei angeborenen Mißbildungen der Extremitäten. Beschäft.-Ther. Rehab. 1963/III, 1–11

Kuhn, G. G.: Hilfen für Körperbehinderte. Das behinderte Kind 2 (1972) 83–86

Küsswetter, W.: Frakturen im Schulter- und Ellenbogenbereich. Beschäft.-Ther. Rehab. 1976/III, 116–118

Lohnes, H.: Das ABC des Rheumatismus. Schnetztor, Konstanz 1967

MacDonald, E. M., G. MacCaul, L. Mirrey: Occupational Therapie in Rehabilitation. Baillière, Tindall & Cassell, London 1970

Marquardt, E., F. Koch: Praktische Hilfen für Funktionsstörungen der oberen Extremitäten, MOT 3 (1976) 58–61

Marquardt, E., K. Popplow: Das Dysmeliekind im Rahmen der Gesamtrehabilitation. In: Rehabilitation von mehrfachbehinderten und Dysmelie-Kindern. Bartmann, Frechen 1971 (S. 52–104)

Matthiaß, H.-H.: Untersuchungstechnik und Diagnose der infantilen Zerebralparese im Säuglings- und Kindesalter. Thieme, Stuttgart 1966

Mielke, K., D. Wessinghage: Entzündlicher Rheumatismus. Springer, Berlin 1976

Moberg, E.: Dringliche Handchirurgie, 3. Aufl. Thieme, Stuttgart 1972

Mohing, W.: Die Synovialektomie an der oberen Extremität. Orthop. Prax. 11 (1975) 889–892

Näder, M.: Myobock – ein optimales System für myoelektrisch gesteuerte Unterarmprothesen. Orthop. Technik 2 (1976) 17–19

Neff, G.: Greifformen bei radialer Klumphandbildung. Beschäft.-Ther. Rehab. 1974/IV, 24–26

Nikolai, N.: Handchirurgie in der täglichen Praxis. Nachbehandlung verletzter Hände. IV. Fortsetzung. Dtsch. Ärztebl. 15 (1964) 865–967

Painter, G.: Baby-Schule, Rowohlt, Hamburg 1975

Parsch, K., K.-P. Schulitz: Das Spina-bifida-Kind. Klinik und Rehabilitation. Thieme, Stuttgart 1972

Pfenninger, B.: Ergotherapie in der Handchirurgie. Basel 1976; erschienen im Selbstverlag, zu beziehen über den Schweizerischen Berufsverband der Ergotherapeuten (s. Anhang)

Plank, E.: Hilfen für Kinder im Krankenhaus. Reinhardt, München 1973

Prollius, S.: Beschäftigungstherapie nach handchirurgischen Eingriffen. Beschäft.-Ther. Rehab. 1975/II, 72–77

Prollius, S.: Entwicklung einer Übungsschiene zur postoperativen Versorgung nach Beugesehnennähten. Beschäft.-Ther. Rehab. 1976/III, 123–128

Rathke, F. W., H. Knupfer: So helfe ich dem spastisch gelähmten Kind im Alltag. Thieme, Stuttgart 1969

Refior, H.-J., W. Pförringer: Die Möglichkeiten und Grenzen prothetischer Sofortversorgung. Orthop. Prax. 11 (1976) 513–516

Rieble, R., N. Seemann, R. Volkert: Beinamputierte und ihre Rehabilitation. Pflaum, München 1974

Rompe, G.: Die Arthrogryposis multiplex congenita und ihre Differentialdiagnose. Thieme, Stuttgart 1968

Rudel, E. M.: Erfahrungsbericht über die Selbsthilfe bei Dysmeliekindern. Das behinderte Kind 6 (1970) 219–224

Rudel, E. M., F. Schönberger: Das Dysmelie-Kind in der Schule. Das behinderte Kind 1 (1969) 58–62

Rusky, A.: Rehabilitation Medicine. Mosby, St. Louis 1964

Scheithauer, G. C.: Beitrag zur Entwicklung der Handfunktion. Beschäft.-Ther. Rehab. 1971/I, 3–6

Schink, W.: Handchirurgischer Ratgeber. Springer, Berlin 1960

Schücking, B., G. Huchthausen: Leitfaden der Beschäftigungs- und Arbeitstherapie. Steinkopff, Darmstadt 1961

Sebbel, J.: Sudeck-Syndrom, Beschäftigungstherapeutische Maßnahmen. Beschäft.-Ther. Rehab. 1975/II, 69–71

Schwetlinck, W.: Orthopädische Erkrankungen des Säuglings und Kindes. Goldmann, München 1972

Steinhäusser, J.: Der gegenwärtige Stand in der operativen Behandlung der Mondbeinnekrose. Beschäft.-Ther. Rehab. 1975/IV, 192–196

Sto, S.: Klinik und Therapie der Skoliose im Säuglings- und Kindesalter. Krankengymnastik 29 (1977) 266–269

Talke, M., M. Weigert: Die operativen Behandlungsmöglichkeiten der Lunatum-Malazie. Orthop. Prax. 12 (1976) 141–144

Trebes, G., U. Wolff, H. Röttgen, I. Groth: Die Armschulung. In: Technische Orthopädie, hrsg. von F. Blohmke. Thieme, Stuttgart 1970

Treml, H.-M.: Behandlung und Habilitation cerebral geschädigter Kinder. Beschäft.-Ther. Rehab. 1968/I, 5–17

Veigel, B., M. Renz-Bäumer: Hüftgelenksprothesen. Thieme, Stuttgart 1975

Weigert, M.: Wiederherstellende Maßnahmen an der Hand. Beschäft.-Ther. Rehab. 1975/II, 69–71

Wessinghage, D.: Der Fingerersatz bei entzündlich-rheumatischen Erkrankungen. Orthop. Prax. 11 (1975) 911–915

Wetzel, G.: Dysmelien sind kein Hindernis für perfektes Schreibmaschineschreiben. Beschäft.-Ther. Rehab. 1976 a/IV, 187–190

Wetzel, G.: Dysmelie-Behandlungen. Indikationskatalog. Beschäft.-Ther. Rehab. 1976 b/IV, 176–177

Willert, H.-G., H. L. Henkel: Klinik und Pathologie der Dysmelie. Springer, Berlin 1969

Witt, A. N., H. Cotta, M. Jäger: Die angeborenen Fehlbildungen der Hand und ihre operative Behandlung. Thieme, Stuttgart 1966

Zrubecky, G.: Der Ersatz von Arm und Hand – heute und in Zukunft. Symposium „Biomedizinische Technik in Österreich". Graz 1975

3. Neurologie

Von E. Nevermann

Allgemeiner Teil

Vorgeschichte

Voraussetzung und Grundlage einer Diagnose ist die Erhebung einer Vorgeschichte (Anamnese). Die Anamneseerhebung soll so umfassend sein, daß es möglich ist, nach der Befragung die Richtung der körperlichen Untersuchung und den evtl. notwendigen Einsatz diagnostischer Hilfsmittel bestimmen zu können. Die Erhebung erfordert Sachkenntnisse (Aufbau und Funktion des Nervensystems, Krankheitserscheinungen, Krankheitsverläufe), Geduld und Einfühlungsvermögen. In vielen Fällen kann der Neurologe mit Hilfe einer systematisch erhobenen Eigenanamnese, ergänzt durch eine Fremdanamnese in Verbindung mit dem neurologischen Untersuchungsbefund zu einer Diagnose kommen.
Bei der Erhebung sollten nachfolgende Fragen beantwortet werden:

- Wie kam es zur Erkrankung? (Anamnese)
- Was stellt man fest? (Befund)
- Wo sitzt die Läsion, die solche Symptome bewirken kann? (Lokaldiagnose)
- Warum erkrankt der Patient? (ätiologische Diagnose)
- Wohin führt der Krankheitsprozeß? (Prognose)
- Womit behandelt man? (Therapie)

Dabei ist es von Interesse, ob in der Familie, bei Eltern, Großeltern usw. Nervenerkrankungen, epileptische oder psychische Reaktionen beobachtet wurden. Bei der Eigenanamnese interessieren Geburtsverlauf, Entwicklung in der Kindheit und Pubertät. Im Mittelpunkt steht die Entwicklung der jetzigen Erkrankung, die Art und Weise ihres Beginns, die Aufeinanderfolge der einzelnen Symptome, evtl. Begleit- und Folgeerscheinungen. Dabei ergeben sich häufig Hinweise auf bestimmte Verlaufsformen, z. B. ob sich Lähmungserscheinungen in einer bestimmten Körperregion langsam zunehmend verstärkt haben, ob weitere Ausfallerscheinungen hinzugekommen sind oder die Lähmungserscheinungen plötzlich aufgetreten sind, ob äußere Gewalteinwirkungen dabei eine Rolle gespielt haben oder ob Vergiftungszustände in Frage kommen könnten, z. B. Alkohol-, Medikamentenmißbrauch. Allgemein kann man sagen, daß alles, was akut auftritt, in erster Linie als gefäßabhängig oder traumatisch bedingt anzusehen ist; aber auch entzündliche Erkrankungen können akut und subakut ablaufen. Eine chronische Entwicklung machen die Annahme eines langsam sich ausdehnenden Prozesses wahrscheinlich, zumal dann, wenn die Symptome sich nacheinander

entwickeln, z.B. bei einem Hirn- oder Rückenmarktumor, bei einer Muskelerkrankung.
Die Erhebung der Vorgeschichte, ihre Zuverlässigkeit und Vollständigkeit kann durch die Art und Schwere der Erkrankung begrenzt oder gar aufgehoben sein, z.B. bei Bewußtseins-, Sprach- und Gedächtnisstörungen, bei unterentwickelter Intelligenz (Debilität, Imbezillität) oder abgebauter Intelligenzfunktion (Demenz). In solchen Fällen sind die Beobachtungen der Angehörigen, der Arbeitskollegen, die Befunde der früher behandelnden Ärzte von besonders großer Bedeutung (Fremdanamnese).

Neurologische Untersuchung

Am Anfang steht die Beurteilung des Körper- und Kräftezustandes. Erfaßt werden dabei Körpergröße und Gewicht, Beschaffenheit der Haut, der Schleimhäute, Funktion von Atmung, Herz- und Kreislauftätigkeit, Tastbefund der Bauchorgane, nicht zu vergessen die Blutdruckmessung.
Zu Beginn der neurologischen Untersuchung ist der *Bewußtseinszustand* zu prüfen. Bei klarem Bewußtsein ist eine ungestörte Aufnahme von Wahrnehmungen und äußeren Reizen möglich, erkennbar an entsprechenden Reaktionen. Der Patient kann sinngemäß verschiedenen Aufforderungen Folge leisten. *Veränderungen des Bewußtseins* bestehen bei Verwirrtheits- und Dämmerzuständen. Bei *Bewußtseinstrübungen* lassen sich mehrere Schweregrade unterscheiden. Der leichteste Grad ist *die Benommenheit,* die sich in einer leichten Verlangsamung des Denkablaufes, einer erschwerten Auffassung äußert; entsprechend sind die Reaktionen langsam, die Angaben lückenhaft, häufig unpräzise. Bei der *Somnolenz* kann der Patient immer wieder durch äußere Reize geweckt werden, die Aufmerksamkeit ist herabgesetzt, die Auffassung erschwert, das Orientierungsvermögen in bezug auf Raum, Zeit und Ort eingeschränkt. Der Patient ist schwer besinnlich. Der Zustand hinterläßt im Abklingen eine Erinnerungslücke. Im *Sopor* kann der Patient nur durch starke Reize kurzdauernd aus dem schlafähnlichen Zustand geweckt werden, er beantwortet Schmerzreize mit gezielten Abwehrbewegungen, ist jedoch zu keiner spontanen Aktion mehr fähig. Im *Koma* besteht eine tiefe Bewußtlosigkeit, der Kranke reagiert nicht auf Anruf; auf stärkste Schmerzreize reagiert er entweder durch unkoordinierte Abwehrbewegungen oder überhaupt nicht. In einem tieferen Stadium des Komas Erlöschen der Reflextätigkeit. Zunächst sind Spontanatmung, Herz- und Kreislaufregulation noch intakt. In einem weiteren Stadium setzt die spontane Atemtätigkeit aus, der Patient muß beatmet werden, gleichzeitig bestehen Kreislaufregulationsstörungen, eine Kreislaufstützung ist erforderlich. Die Kenntnis der einzelnen Stadien der Bewußtseinsstörung

ist notwendig, z. B. für die Beurteilung schwerer Verkehrs- und Arbeitsunfälle mit Hirnbeteiligung.
Nicht selten gehen die Auswirkungen einer *organischen Hirnerkrankung* mit vorübergehenden oder gar bleibenden Störungen psychischer Funktionen einher. Diese erfordern eine gesonderte Untersuchung. Dabei sind folgende Punkte zu beachten:

1. Ist der Patient z. B. zeitlich, örtlich und zur Person orientiert?
2. Bestehen Störungen der Merkfähigkeit, des Neu- bzw. Frischgedächtnisses oder gar des Altgedächtnisses?
3. Besteht ein Nachlassen der Zuwendung, d. h., findet sich eine Störung der Konzentrationsfähigkeit, eine vorzeitige Ermüdbarkeit, finden sich Hinweise auf eingeengtes oder mangelndes Interesse, sind Änderungen im Verhalten aufgetreten, die von Angehörigen oder Drittpersonen beobachtet wurden?
4. Liegen Sprachstörungen vor?

Nach der körperlichen folgt die eigentliche neurologische Untersuchung. Sie beginnt meistens am Kopf. Hier achtet man auf Verletzungsfolgen, auf eine Druck- oder Klopfempfindlichkeit, ferner prüft man, ob eine Nackensteife vorhanden ist (siehe meningiales Syndrom).
Die einzelnen *Hirnnerven* werden geprüft. Man stellt fest, ob der Kranke riechen, sehen und hören kann. Dabei ist der Nervenarzt häufig auf die Mitarbeit der Augen- und Hals-Nasen-Ohrenärzte angewiesen (s. Aufstellung über Hirnnerven, Tab. 1).
Übriger neurologischer Befund. Im weiteren Verlauf erfolgt die Untersuchung des übrigen Körpers. Beurteilt werden vor allem Muskelfunktionen, Sensibilität – Berührung, Schmerz/Temperatur sowie Lage- und Vibrationssinn, Koordination (s. S. 101–105).

Hilfsuntersuchungen in der Neurologie

Ambulant durchführbare Untersuchungen

Vor jeder weiterführenden und eingreifenden Untersuchung werden Röntgenaufnahmen angefertigt. Diese lassen Beschaffenheit der Knochenstruktur erkennen, man sieht u. U. Verdichtungen oder Aufhellungen, Defekte oder Frakturlinien. Form und Beschaffenheit ergeben Hinweise auf Anomalien, Defekte. Unter Umständen können an den Schädelaufnahmen Hirndruckzeichen erkannt werden, z. B. Wolkenschädelbildung, Nahtsprengungen bei Kindern und Jugendlichen oder Verlagerung der sonst mittelständig gelegenen verkalkten Glandula pinealis (Zirbeldrüse). Die Röntgenaufnahmen der einzelnen Abschnitte der Wirbelsäule ergeben z. B. Hinweise auf eine degenerative Wirbelsäulenerkrankung, Traumafolgen.
Echoenzephalographie. Durch einen Schallkopf (Impulsgerät) wird ein Ultraschallbündel durch den Schädelknochen hindurchgesandt. Das Schallbündel gelangt von einem Medium in ein anderes mit unterschiedlicher Dichte. An den Grenzflächen werden Schallwellen teilweise reflek-

Tabelle 1. Die Hirnnerven, ihre Funktion, Ausfallerscheinungen und Erkrankungen.

Name des Nerven		Funktion	a) Ausfallerscheinungen b) Erkrankungen
I.	N. olfactorius	Wahrnehmung von aromatischen Geruchsstoffen	a) Anosmie b) frontobasale Schädelhirnverletzung, Olfaktoriusmeningeom
II.	N. opticus	Sehen	a) Sehstörungen, Gesichtsfeldausfälle b) Stauungspapille bei Hirngeschwülsten, Sehnervenentzündung bei multipler Sklerose, partielle oder totale Optikusatrophie bei MS oder Neurolues
III.	N. oculomotorius	versorgt bis auf 2 alle äußeren Augenmuskeln: M. rectus superior M. rectus inferior M. rectus medialis M. obliquus inferior M. levator palpebrae sowie die inneren Augenmuskeln: M. sphincter pupillae M. ciliaris	Das Auge kann nicht nach innen und oben bewegt werden, das Oberlid hängt herab (Ptose) weite lichtstarre Pupille – Anisokorie –
IV.	N. trochlearis	versorgt den M. obliquus superior	schräg übereinanderstehende Doppelbilder
V.	N. abducens	M. rectus lateralis	Doppelbilder – nebeneinanderstehende – Beeinträchtigung bei entzündlichen, traumatischen und tumorösen Erkrankungen des Gehirns
VI.	N. trigeminus	besteht aus 3 Ästen: 1. Ast: N. ophthalmicus – sensible Versorgung von Stirn, Nasenrücken und Hornhaut –	sensible Störungen im Versorgungsgebiet, Kornealreflex!
		2. Ast: N. maxillaris – sensible Versorgung von Nasenwurzel, Oberlippe, Haut des Oberkiefers	sensible Störung im Versorgungsgebiet
		3. Ast: N. mandibularis – sensible Versorgung der Unterlippe, Haut des Unterkiefers	sensibler Ausfall im Versorgungsgebiet
		motorisch wird die Kaumuskulatur versorgt	Schwäche der Kaumuskulatur, Abweichung des Unterkiefers zur gelähmten Seite beim Öffnen des Mundes

Name des Nerven		Funktion	a) Ausfallerscheinungen b) Erkrankungen
			Tic doloureux (Trigeminusneuralgie) Plötzlich einschließende Schmerzen in einen oder mehreren Ästen, ausgelöst z. B. durch Zähneputzen, Waschen, Rasieren. Symptomatisch. Zahn- und Nebenhöhlenerkrankungen multipler Sklerose, Hirngeschwülste
VII.	N. facialis	mimische Gesichtsmuskulatur Geschmack für das vordere $^2/_3$ der Zunge	a) periphere Lähmung – durchgehende Lähmung der gesamten Gesichtshälfte. Bei der zentralen Lähmung bleibt der Stirnast intakt, der Kranke kann die Stirn runzeln b) rheumatische Fazialislähmung (peripher), apoplektischer Insult (zentral)
VIII.	N. statoacusticus	Gleichgewichts-, Hörorgan	a) Gleichgewichtsstörungen Nystagmus Schwerhörigkeit bis Taubheit b) Innenohrschädigung entzündlicher oder traumatischer Natur Akustikusneurinom
IX.	N. glossopharyngeus	motorisch: Gaumensegel- und Rachenmuskulatur Geschmack: hinteres Zungendrittel sensible: Rachenhinterwand (Würgereflex)	a) Schluckstörungen, Geschmacksstörung im hinteren Zungendrittel b) Bulbarparalyse, postdiphterische Gaumensegellähmung
X.	N. vagus	motorische Versorgung der Rachen- und Kehlkopfmuskulatur. Als Parasympathikus Gegenspieler des Sympathikus	Schluckstörungen Heiserkeit
XI.	N. accessorius	M. trapezius M. sternocleidomastoideus	Schwäche der Schulterhebung Kopfbewegung zur Gegenseite unvollkommen
XII.	N. hypoglossus	Bewegung der Zunge nach allen Seiten	a) herausgestreckte Zunge weicht zur gelähmten Seite ab. Bei doppelseitiger Lähmung kann die Zunge nicht mehr herausgestreckt werden b) einseitige Verletzung bei Operation am Halse Bulbärparalyse.

tiert. Diese reflektierten Anteile werden als Echo von einem Empfänger registriert, in elektrische Schwingungen umgesetzt und auf einem Oszillographen dargestellt. Das normale Echoenzephalogramm ist durch ein Initialecho und ein Endecho charakterisiert. In der Mitte zwischen beiden befindet sich das Mittelecho, welches von den mittelstrukturen des Gehirns erzeugt wird. Unter normalen Umständen wird es von beiden Seiten aus an gleicher Stelle registriert. Raumfordernde Prozesse, die mit einer Verschiebung der Mittellinie einhergehen, führen zu einer Verlagerung des Mittelechos.

Doppler-Ultraschall-Sonographie. Hier wird ein Signal von einer sich bewegenden Oberfläche – in diesem Fall dem Blutstrom in einem Gefäß – reflektiert; es verändert durch den Blutstrom seine Frequenz. Mit dieser Methode können Gefäßstenosen im Verlauf von Arterien nachgewiesen werden.

Elektroenzephalogramm. Dabei werden Potentialschwankungen registriert, die von den Nervenzellen des Gehirns ausgehen. Gemessen werden Schwingungen mit Hilfe von Elektroden, die auf die Kopfhaut aufgesetzt werden. Die Ableitung erfolgt nach einem schematisierten Ableitungsmuster. Aus Veränderungen der Wellenfolge und Wellenform lassen sich Schlußfolgerungen ableiten. Das EEG ist eine wichtige Hilfsuntersuchung bei allen unklaren zerebralen Prozessen bei Verdacht auf solchen. Besondere Bedeutung kommt dem EEG bei der Diagnostik und Verlaufsuntersuchung der Hirnkrampfanfälle (Epilepsie) zu.

Die Szintigraphie hat in den letzten Jahren breite Anwendung gefunden. Durch Einbringung eines Stoffes kann dessen Verteilung im Organismus, in Organen – so auch im Gehirn – verfolgt und aufgezeichnet werden. Gewisse Stoffe werden von den Zellen bestimmter Organe gespeichert, angereichert. Sind diese Substanzen mit Radionukleiden, deren Strahlung meßbar ist, bestückt, so kann man mit geeigneten Apparaten ein Abbild dieses Organes herstellen. Anhand der szintigraphischen Aufnahmen können Funktionsausfälle und Überfunktionen in schwächer oder stärker strahlenden Bezirken nachgewiesen werden.

Elektrodiagnostik. Die Funktionen der peripheren Nerven können mit Hilfe elektrischer Meßregistrierverfahren geprüft werden, z.B. durch Prüfung der Erregbarkeit für faradische und galvanische Ströme. Änderungen der elektrischen Erregbarkeit in quantitativer und qualitativer Hinsicht geben Hinweise auf eine Degeneration oder eine Regeneration. Differenzierter kann die Funktion des peripheren Nervensystems durch die *Elektromyographie* geprüft werden. Bei Kontraktionen einer Muskelfaser treten Potentialschwankungen auf, die registriert werden können. Die mit Hilfe einer Nadelelektrode vom Muskel abgeleiteten Aktionsströme werden verstärkt und auf dem Bildschirm eines Kathodenstrahloszillographen sichtbar gemacht. Mit dieser Methode kann man auch die Leitungsgeschwindigkeit der Nerven messen, sie eignet sich sehr gut für die Beurteilung aller Schädigungen im Bereich der peripheren Nerven.

In den vergangenen Jahren ist eine neue Untersuchungsmethode hinzugekommen: die
Computer-Tomographie. Der Apparat ist so konstruiert, daß die Aufnahme den Schädel mit Gehirn in mehreren Schichten darstellt. Dabei werden die Dichteunterschiede des Hirngewebes außerordentlich exakt wiedergegeben. Mit dieser Methode gelingt eine gute Lokalisation der verschiedenen Knochen und Hirnerkrankungen, wie z.B. Frakturen, Knochengeschwülste, Erweiterung der Liquorräume, intra oder extrazerebrale Blutungen, Geschwülste, Erweichungsherde nach Hirninfarkt.

Stationär durchführbare Untersuchungen

Die nachfolgenden neuroradiologischen Untersuchungen können nur in einer Klinik durchgeführt werden. An erster Stelle steht die zerebrale *Angiographie,* entweder als selektive Angiographie – direkte Punktion der Halsschlagader –, als Gegenstromangiographie – Punktion der A. brachialis am Arm, oder als Femoralis-Katheter-Angiographie – Punktion der A. femoralis in der Leistenbeuge. Durch diese Gefäßuntersuchung werden vorderer und hinterer Hirnkreislauf mit allen Gefäßen dargestellt.
Durch die neuen Untersuchungsmöglichkeiten mit der Computer-Tomographie sind die Luftdarstellungen des Ventrikelsystems *(Pneumenzephalographie)* in den Hintergrund getreten. Bei dieser Untersuchung wird durch Lumbal- oder Subokzipitalpunktion ein Luft/Liquoraustausch durchgeführt. Dadurch werden die inneren und äußeren Liquorräume auf Röntgenaufnahmen, die in mehreren Ebenen angefertigt werden, dargestellt. Eine derartige Untersuchung darf nicht bei Verdacht auf erhöhtem Hirndruck durchgeführt werden, besonders dann nicht, wenn der Verdacht auf einen raumfordernden Prozeß in der hinteren Schädelgrube besteht. In diesen Fällen erfolgt die Luftfüllung der inneren Liquorräume direkt durch eine Ventrikelpunktion *(Ventrikulographie).* Dabei werden beiderseits am Hinterhaupt 2 Bohrlöcher angelegt; durch Punktion der Seitenventrikel mit einer stumpfen Kanüle kann der Luft/Liquoraustausch durchgeführt werden, ohne daß infolge des erhöhten Hirndrucks Einklemmungserscheinungen am Hinterhauptloch zu befürchten wären.
Die Kontrastmitteluntersuchung des Spinalkanals – *Myelographie* – ist mit positiven Kontrastmitteln oder Luft möglich. Nach einer Lumbal- oder Subokzipitalpunktion werden wasserlösliche oder nicht resorbierbare Kontrastmittel injiziert. Die Liquorräume des Spinalkanals und des Gehirns können auch – s. oben – durch eine *Szintigraphie* dargestellt werden. Nach einer Lumbal- oder Subokzipitalpunktion wird eine radioaktive Substanz in den Liquorraum injiziert.

Neurologische Syndrome

Bei der neurologischen Untersuchung kommt der Erfassung von Syndromen eine besondere Bedeutung zu, da sie eine genauere Lokalisation der vorliegenden Schädigungen ermöglichen.

Störungen der Willkürmotorik

Die Unterbrechung der Pyramidenbahn – Tractus cortico – spinalis – führt zu einer spastischen Lähmung. Diese Funktionsstörung führt nicht nur zu Ausfallserscheinungen, sondern ermöglicht u. a. auch eine unvollständige Restsituation auf einem niedrigen Niveau. Bei einer Halbseitenlähmung durch eine Unterbrechung der Pyramidenbahn in der inneren Kapsel – Kapsellähmung – kommt es zu einer Beugehaltung im Arm und einer Streckstellung im Bein. Bei diesen Haltungen können differenzierte Bewegungen nicht oder nur noch ungeschickt durchgeführt werden, dafür aber Massenbewegungen. Es können auch Mitbewegungen auftreten, z. B. kommt es bei passiver Beugung der Zehen zu einer reflektorischen Beugung des gelähmten Beines. Das Verteilungsmuster der Lähmungen gibt Hinweise auf den Ort der Störung (Lokalisation), erlaubt aber keine Schlußfolgerung auf einen bestimmten Krankheitsprozeß (Ätiologie). Beispiele: Hirn- und Rückenmarktumor, MS, Apoplexie.
Erkrankungen im Bereich der Vorderhornzelle, an der vorderen Wurzel, am peripheren Nerv bewirken schlaffe Lähmungen, ohne Synergien bzw. Mitbewegungen. Beispiel: Poliomyelitis, Plexusschädigungen, Erkrankungen der peripheren Nerven (s. Tab. 2).

Tabelle 2. Störungen der Willkürmotorik.

	Unterbrechung des *1.* motorischen Neurons (Pyramidenbahn)	Unterbrechung des *2.* motorischen Neurons
Kraft und Beweglichkeit	vollständige, unvollständige Lähmung – Paralyse/Parese	vollständige, unvollständige Lähmung – Paralyse/Parese
Tonus der Muskulatur (Muskeleigenwiderstand)	erhöht = spastisch =	abgeschwächt/erniedrigt
Eigenreflexe	gesteigert	erloschen bzw. abgeschwächt
Trophik der Muskulatur	normal	Atrophie (neurogen)
elektr. Erregbarkeit	normal	qualitative, quantitative Änderung
Mitbewegungen	vorhanden	fehlen
spezifische Symptome	erschöpfliche, unerschöpfliche Kloni. Zeichen der Babinski-Gruppe	keine
Beispiele	Hirn- und Rückenmarkgeschwülste, thrombotischer Verschluß einer Hirnarterie MS, traumatischer Hirnschaden, I.Z.P. spastische Spinalparalyse	Poliomyelitis, spinale Muskelatrophie, Plexus-brachialis-Lähmung, Lähmung peripherer Nerven, z. B. Radialislähmung, Polyneuropathien

Störungen der unwillkürlichen Motorik

Aufgabe des extrapyramidalen Systems sind Impuls-, Ausdruck-, Reaktiv- und Mitbewegungen. Das extrapyramidale System ist verantwortlich für die Bewegungsmuster, es kann erlernte, dann automatisiert-ablaufende Bewegungen übernehmen, wie z.B. Schreiben, Radfahren. Das heißt, durch das extrapyramidale System werden auch die Willkürbewegungen beeinflußt, sie geben ihr das individuelle Gepräge, gleichzeitig findet eine Beeinflussung des Muskeltonus statt. Entwicklungsgeschichtlich unterscheiden wir bei den Stammganlien mehrere Kerngruppen:

1. Das Striatum, bestehend aus Nucleus caudatus und Putamen,
2. entwicklungsgeschichtlich älteren Datums sind das äußere und innere Pallidumglied, die Substantia nigra und der Nucleus subthalamicus. Eine Mittelstellung nimmt dabei das Pallidum ein, es erhält Fasern aus dem Striatum, dem Nukleus subthalamicus und der Substantia nigra. Hinzukommen noch weitere Kerne, die untereinander mit der Hirnrinde und mit den Umschaltstellen im Rückenmark (Motoneuronen) in Verbindung stehen. Die Kerngruppen sind nicht nur entwicklungsgeschichtlich unterschiedlich, sondern haben auch unterschiedliche Funktionen. Das Striatum übt auf die Motorik einen hemmenden Einfluß und auf den Muskeltonus einen fördernden Einfluß aus, bewirkt also Bewegungsverlangsamung und Muskeltonuserhöhung. Pallidum und Substantia nigra – also das entwicklungsgeschichtlich ältere System beschleunigen den Bewegungsablauf und mindern den Tonus der quergestreiften Muskulatur. Zwischen beiden Funktionskreisen besteht ein gegensätzlicher Wirkungsausgleich.
   Störungen im Bereich des extrapyramidalen Funktionssystems führen demzufolge zu Veränderungen des Muskeltonus und der Motorik im Sinne eines Zuviel oder Zuwenig.

Die klinischen Symptome lassen sich in 2 Gruppen unterteilen, das

a) hypokinetische-hypertone Syndrom:
   Das Bewegungsvermögen ist eingeschränkt, es besteht eine A- oder Hypokinese. Der Tonus der Muskulatur ist erhöht (Rigor).
   Beispiel: Parkinson-Syndrom.
b) hyperkinetische-hypotone Syndrom:
   Ein „Zuviel" an unwillkürlichen Bewegungen ist vorhanden, es treten unregelmäßig wechselnd lokalisierte Bewegungen auf. Der Ruhetonus der Muskulatur ist herabgesetzt.
   Beispiel: Die verschiedenen Formen der Chorea, Athetose, siehe auch IZD – Ballismus Dystonien, Wilsonsche Erkrankung.

(s. Tab. 3.)

Zerebelläre Bewegungsstörungen

Das Kleinhirn beeinflußt den Funktionsablauf von Muskelgruppen. Es reguliert den Ruhetonus der Muskulatur, koordiniert das Zusammenspiel von Muskelgruppen (Agonisten, Antagonisten), stabilisiert und dosiert den Bewegungsablauf. Das Kleinhirn schafft hiermit die Voraus-

Tabelle 3. Extrapyramidale Syndrome.

Sitz der Erkrankung	Substantia nigra	Putamen Nucleus caudatus	Putamen Nucleus caudatus Pallidum
Art der Störungen	Hypokinese Rigor Tremor *Parkinson-Syndrom*	überschießende, rasch ablaufende Bewegungen *Chorea-Syndrom*	athetotische Bewegungs-störungen, wurmförmige Bewegungen mit Hyperextension und Hyperflexion
ursächliche Faktoren	Enzephalitis hereditär Intoxikation ungeklärt	Enzephalitis hereditär Gefäßprozesse Infektionen	frühkindliche Hirnschädigung

setzung für die Durchführung von ziel- und zweckgerichteten Bewegungen.

Störungen führen zu einer Hypotonie der Muskulatur, zu einer Ataxie (Koordinationsstörungen durch fehlendes Zusammenspiel), zur Hypermetrie, weil für den Bewegungsablauf, für Ausgiebigkeit und Tempo der Bewegung das Maß fehlt. Es kommt zu überschießenden Bewegungen, die zielgerade Ausführung auf kürzestem Wege ist nicht möglich. Stand und Gang sind unsicher. Die Sprache klingt abgehackt, z. B. skandierende Sprache bei MS. Die Schrift ist unregelmäßig, zum Teil überschießend und immer größer werdend – im Gegensatz zum Schriftbild des Parkinsonkranken.

Beispiel: MS, Kleinhirngeschwülste, degenerative Kleinhirnerkrankungen.

Rückenmarkssyndrome

Totales Querschnittssyndrom

Die Höhe der Unterbrechung der motorischen und sensiblen Rückenmarksbahnen bestimmt das klinische Bild. Halsmarksprozesse führen zu einer spastischen Tetraplegie; Schädigungen im Bereich des Brustmarks führen zu einer spastischen Lähmung – im Bereich der Lendenwirbelsäule ab 1./2. WK – zu einer schlaffen Lähmung der Beine (Kaudasyndrom). Die Höhenlokalisation erfolgt durch die Begrenzung der Sensibilitätsstörungen. Bei der akut aufgetretenen Querschnittslähmung in Hals- und Brustmark bestehen zunächst schlaffe Lähmungen mit abgeschwächten bzw. aufgehobenen Reflexen. Es besteht ein totaler Sensibilitätsausfall aller Qualitäten. Blase und Mastdarm sind gelähmt. In den

folgenden Tagen und Wochen entwickelt sich eine zunehmende Spastik.
Beispiel: traumatische Rückenmarksschädigung, Geschwülste des Rükkenmarks, entzündliche Erkrankungen, MS.

Partielle Querschnittslähmung – Brown-Séquard-Syndrom

Wegen des anatomischen Verlaufes des Tractus spinothalamus – Kreuzung der Bahn im eintretenden Segment auf die Gegenseite – entsteht auf der Gegenseite der Schädigung – also der nicht gelähmten Seite – eine dissoziierte Sensibilitätsstörung (aufgehobene Temperatur und Schmerzempfindung bei erhaltener Tastempfindlichkeit) *auf der Herdseite,* eine spastische Monoparese oder Hemiparese sowie sensible Hinterstrangausfälle.
Beispiel: traumatische Schädigung des Rückenmarks, Geschwülste.

Hinterstrangsyndrom

Dabei entsteht eine Störung der Tast-, Berührungs- und Tiefensensibilität. Es kommt zu einer Abschwächung bzw. zum Ausfall der Muskeleigenreflexe. Der Muskeleigenwiderstand ist erniedrigt (Hypotonie). Durch Ausfall der Tiefensensibilität (Lagesinnstörung) entsteht eine spinale Ataxie. Diese Koordinationsstörung ist teilweise durch optische Kontrolle korrigierbar.
Das Romberg-Zeichen ist positiv.
Beispiel: Tabes dorsales, Tumoren des Rückenmarks.

Meningeales Reizsyndrom

Art und Intensität bestimmt die Grundkrankheit. Unter anderem treten neben Fieber folgende Symptome auf:
Kopfschmerzen, häufig als Nacken- und Hinterkopfschmerzen, aber auch als Stirn- und Augenkopfschmerzen.
Nackensteifigkeit, der Versuch, den Kopf nach vorn zu beugen, führt zu verstärktem Nackenschmerz, es erfolgt eine reflektorische Beugung in Hüft- und Kniegelenk. Als typische Kopfhaltung imponiert Beugung des Kopfes nach rückwärts (Opisthotonus).
Vegetative Störungen machen sich durch Erbrechen bemerkbar. Überempfindlichkeit der Haut bei Berührung, Licht- und Geräuschempfindlichkeit.
Liquorbefund. Zell- und Eiweißvermehrung sprechen für infektiöse Prozesse, blutige Verfärbung, Gelbfärbung (Xanthochromie) für eine Subarachnoidalblutung.
Beispiele: Die ätiologisch unterschiedlichen Entzündungen der Hirnhäute – akuteitrige, aseptische, chronische Meningitis. Zusätzliche psychische Störungen sprechen für eine Meningoenzephalitis (Erregernachweis durch bakterielle, virologische Untersuchungen).

Kommunikationsstörungen

Sprachstörungen

Sprechen, im Sinne von artikulieren, reden, setzt eine normale Funktion jener Muskeln voraus, die für Phonation und Artikulation verantwortlich sind. Diese Funktionsstörungen nennt man *Dysarthrien.*
Beispiele: Ermüdungslähmung der Gaumensegelmuskulatur bei der Myasthenia gravis pseudoparalytica, Gaumensegellähmung bei Diphtherie, verwaschene, näselnde Sprache bei Bulbärparalyse.
Bei Kleinhirnerkrankungen fehlt die regulierende und koordinierende Funktion. Die Sprache wirkt abgehackt, skandierend. *Beispiel:* MS.
Bei den extrapyramidalen Erkrankungen sind Harmonie und koordinierter Ablauf gestört. Die Sprache wirkt monoton leise, verwaschen. *Beispiel:* Parkinson.
Bei der progressiven Paralyse ist die Sprache unsauber, verwaschen, es bestehen Silbenstolpern, Silbenschmieren, besonders deutlich bei „Zungenbrechern".
Bei nicht-organischen Störungen ist die Muskelfunktion intakt, z.B. Stimmlosigkeit (Aphonie) bei Hysterie, Stottern, schizophrene Sprachstörungen.
Die Sprache ist eine komplexe, typisch menschliche Leistung. Sie dient der zwischenmenschlichen Kommunikation. Sie setzt Verstehen und Verständnis unterschiedlicher Aussagen voraus. Sprachstörungen – *Aphasien* – sind demnach eine Störung höchster menschlicher Leistungen und damit Kommunikationsstörungen.
Nach der klassischen Aphasielehre gibt es u. a. folgende Sprachstörungen (unvollständige Aufstellung):
Motorisch oder expressive Aphasie: = Verlust der Ausdrucksfähigkeit für Sprache, Schrift und Geste. Die Fähigkeit des Nachzusprechens und Abzuschreibens ist erhalten.
Sensorische oder rezeptive Aphasie: = fehlendes Verständnis von Sprache, Schrift und Geste. Das Nachsprechen ist gestört. Die Patienten fallen durch einen Rededrang auf.
Gemischte – motorisch – sensorische Aphasie: (expressiv – rezeptiv) Mischung aus beiden s. oben.
Amnestische Aphasie: Patienten können Namen von Gegenständen nicht angeben. Sie können aber deren Funktion beschreiben.

Weitere Störungen

Agraphie: = Schreibstörungen, d.h. die Patienten sind unfähig, Wörter zu schreiben und zu drucken.
Alexie: = Störung des Schriftverständnisses, d.h., der Patient ist unfähig, geschriebene oder gedruckte Worte zu verstehen.
Agnosie: = Bei erhaltener Sensibilität kann der Patient nicht die Be-

deutung und die Natur eines Gegenstandes durch Betasten erfassen (taktile Agnosie).
Apraxie: = die Unfähigkeit, sinnvolle Zweckbewegungen auszuführen, z.B. Zuwinken, Geldzählbewegungen oder andere differenzierte Bewegungen, sie werden ungeschickt ausgeführt, selbst wenn sie vorgeführt wurden. Z.B. Einfädeln einer Nadel, Türöffnen, Zuknöpfen, Schuhe anziehen und binden.

Frühkindliche Hirnschädigung (ICP)

Unter dem Bild der zerebralen Bewegungsstörungen fassen wir Endzustände einer größeren Gruppe von Krankheiten zusammen, die auf das Zentralnervensystem während seiner Entwicklung und Reifung eingewirkt haben. Wir unterscheiden zwischen prä-, peri- und postnatalen Schädigungen, also Schäden, die vor, während und nach der Geburt auftreten können. Häufigste Ursache *vor der Geburt* ist ein Sauerstoffmangel, der durch Kreislaufstörung der Mutter, Störung des Plazentarkreislaufes oder durch eine Nabelschnurumschlingung entstehen kann.

Entwicklungsstörungen, z.B. unvollständiger Schluß des Neuralrohrs bewirken verschiedene Fehlbildungen, die später als Defekte imponieren, z.B.:
a) unvollständiger Knochenschluß = Spina bifida occulta.
b) Austreten von Hirnhäuten durch den Knochendefekt, der von Haut überdeckt wird = Meningozele.
c) Durch den Defekt treten Hirnhäute und Hirnsubstanz aus, im Bereich des Gehirns bildet sich eine Enzephalomeningozele, im Bereich des Rückenmarks eine Myelomeningozele.

Weitere Schäden können *während der Geburt* auftreten. Dabei kann das Gehirn durch venöse und arterielle Zirkulationsstörungen gefährdet werden. Die häufigste geburtstraumatische Schädigung ist das Subduralhämatom; die Blutungsquelle ist in den meisten Fällen ein Riß im Längsblutleiter (Sinus sagittalis superior) oder in einer zuführenden Vene. Derartige Komplikationen stellen sich meistens bei einer schweren Geburt, einer Zangengeburt ein. Dabei kann auch eine intrazerebrale Blutung auftreten, also ein intrazerebrales Hämatom. Größere Blutungen mit Ventrikeleinbruch verlaufen in der Regel tödlich, kleinere führen zu dem Bild einer zerebralen Kinderlähmung.
Bei einer rhesus-negativen Mutter können sich durch eine vorausgegangene Geburt oder durch Bluttransfusionen von rhesus-positivem Blut, Rhesusantikörper gebildet haben. Diese Antikörper dringen durch die Plazenta in den Fetus (Rh positiv) ein. Dabei werden die rhesus-positiven roten Blutkörperchen des Feten zerstört. Bei der Geburt bzw. innerhalb weniger Tage entwickelt sich eine rasch zunehmende Gelbsucht (Ikterus). Bestimmte Hirnanteile werden von gelbem Pigment durchsetzt, besonders Stammganglien, Teile des Kleinhirns, Kerngebiete am Boden der Rautengrube. Überleben diese Kinder, dann weisen sie Störungen im

Sinne einer zerebralen Kinderlähmung auf mit motorischen Ausfallserscheinungen und extrapyramidalen Störungen, ferner bestehen bei ihnen Schwerhörigkeit und Intelligenzstörungen.
Nach Subarachnoidalblutungen können sich Verklebungen der Hirnhäute bilden, die die Liquorzirkulation beeinträchtigen. Auf diese Weise kann ein Hydrocephalus occlusus entstehen (Okklusiv-Hydrozephalus) – entweder schon vor oder erst nach der Geburt. Die Diagnose stützt sich auf einen zunehmenden Kopfumfang, Fontanelle und Nähte werden weit, die Fontanelle kann sich auch vorwölben! Bei einer Liquorabflußbehinderung durch einen Okklusiv-Hydrozephalus kann durch eine Drainageoperation nach Torkildsen die gestörte Liquorzirkulation wieder hergestellt werden. Bei einem communizierenden Hydrozephalus wird durch ein Spitz-Holter-Ventil der Liquor aus dem Seitenventrikel in die V. jugularis bzw. V. cava abgeleitet. Geschieht das nicht, werden körperliche und geistige Entwicklung zunehmend weiter gestört. Es entstehen Intelligenzstörungen, spastische Lähmungen, Krampfanfälle usw.
Bei den Schädigungen *nach der Geburt* spielen Infektionskrankheiten eine wichtige Rolle. Embolien oder Thrombosen können Erweichungen im Versorgungsgebiet der jeweiligen Gefäße bewirken. In gleicher Weise können chronische Ernährungsstörungen des Säuglings und des Kleinkindes das Gehirn schädigen.
Bei den zerebralen Bewegungsstörungen finden sich neurologisch spastische und extrapyramidale Bewegungsstörungen (Athetose, Chorea-Athetose, Torsionsdystonie, Tremor), ferner Ataxie und Rigor (S. 102/103). Außerdem bestehen psychisch: Intelligenzdefekt, Verhaltensstörungen und nicht selten auch Hirnkrampfanfälle (s. S. 129ff).
Man kann davon ausgehen, daß etwa bei 25% der Fälle spontan eine Besserung auftritt, 50% können durch eine frühzeitige Behandlung gebessert werden, 25% behalten ihre schwere Schädigung. Deswegen ist die Früherfassung von großer Bedeutung, sie ist notwendig, damit die Kinder rechtzeitig in eine geeignete Behandlung kommen.
Bei den spastischen Lähmungen treten verschiedene Lähmungstypen hervor. Am bekanntesten ist die spastische Paraplegie der Beine *(Little'sche Erkrankung)*. Dabei steht die spastische Tonuserhöhung im Vordergrund, sie ist stärker ausgeprägt als die Lähmung. Betroffen sind vor allem die Adduktoren der Beine, die Strecker im Kniegelenk und die Muskeln, die die Plantarfunktion des Fußes bewirken. Die Oberschenkel sind nach innen rotiert, die Kniee sind aneinandergepreßt, häufig überkreuzen sich die Oberschenkel scherenförmig; es besteht ein doppelseitiger Spitzfuß. Die Gangstörung ist so charakteristisch, daß man schon auf Entfernung die Diagnose stellen kann (S. 101). Diese Kinder sind häufig geistig normal entwickelt.
Bei der *Hemiplegie* des Kindes ist der Arm häufig stärker betroffen als das Bein. Die Extremitäten bleiben im Längen- und Dickenwachstum zurück. Die Finger sind in den Gelenken überstreckbar, sie haben häufig

eine Bajonettstellung mit leichter Beugung im Grundgelenk und einer Überstreckung in den übrigen Fingergelenken. Die Bewegungsstörung ist so ausgeprägt, daß die Hand keine Greiffunktion ausüben kann. Die Mitbewegungen sind behindert; man findet häufig eine Kombination mit einer Athetose (S. 112). Diese Kinder sind schwer geschädigt, da jeder Versuch der Bewegung von extrapyramidalen Hyperkinesen begleitet ist. In dieser Gruppe findet man häufig epileptische Anfälle – fokaler oder generalisierter Natur – und geistig einen Intelligenzdefekt. In gleicher Weise kann es zu einer *Tetraparese* kommen, d.h. einer Lähmung aller vier Extremitäten. Bei den Hemiplegien stehen Sprachentwicklungsstörungen im Vordergrund, seltener werden Aphasien beobachtet, häufiger dagegen eine Schreib- und Leseschwäche.
Kleinhirnschädigungen führen zu einer zerebellären Ataxie (S. 102). Bei den Koordinationsstörungen macht sich besonders ein Intentionstremor bemerkbar; ferner bestehen unkoordinierte motorische Bewegungen, Artikulationsstörungen, Kombinationen mit anderen motorischen Störungen sind vorhanden.
Die *Intelligenzdefekte* entsprechend dem Bild einer Debilität. Bei Verhaltensstörungen stehen psychomotorische Unruhezustände, aggressive Verhaltensweisen im Vordergrund.

Neurologische Untersuchung des Kleinkindes

Da die Untersuchungstechnik der neurologischen Untersuchung Erwachsener nur bedingt auf Säuglinge und Kleinkinder angewendet werden kann, müssen andere Untersuchungskriterien herangezogen werden. Im Vordergrund stehen Beobachtungen des spontanen Verhaltens, der reflektorischen, motorischen Reaktionen. Die kindliche Motorik wird von einer Reihe von Reflexmechanismen gesteuert; dabei gewährleisten die Haltungsreflexe die Stellung des Körpers zur Unterlage und der einzelnen Körperteile zueinander; sie haben tonisch-statische Aufgaben, der Bewegungsapparat ist Reizort und Erfolgsorgan. Die Lagerreflexe sorgen dafür, daß der Körper aus verschiedenen Lagen wieder in Normalstellung gebracht wird. Gleichgewichtsreaktionen dienen dazu, daß der Körper durch adäquate Abwehr und Ausgleichsbewegungen geschützt und gestützt wird.
Da beim Neugeborenen und beim Kleinkind die Mitarbeit fehlt, erfolgt die Untersuchung unter anderen Untersuchungsbedingungen. Die Untersuchung stützt sich auf eine Beobachtungs- und eine aktive Untersuchungsperiode, bei der das Kind unbekleidet auf dem Untersuchungstisch liegt. Beobachtet wird der Verhaltenszustand des Kindes, ob es z.B. die Augen geschlossen hält, regelmäßig atmet, keine Bewegungen macht, und wenn, welche Bewegungen es macht, ob sie spontan oder reflektorisch erfolgen.

Normale motorische Entwicklung des Säuglings und Kleinkindes

Im ersten Lebensjahr ist die Gehirnentwicklung am stärksten (Verdopplung des Gehirngewichts in den ersten 4 Monaten, Verdreifachung in den ersten 13 Monaten). Die neurologische Untersuchung geht davon aus, daß eine Reihe von Reflexen, Reaktionen und motorischen Verhaltensweisen bestehen, die dem Neugeborenen eigentümlich sind. Im ersten Drittel erlernt das Kind die Kontrolle der Augen, im zweiten die des Kopfes, der Arme, im dritten Vierteljahr die Kontrolle über Rumpf und Hände und im letzten Vierteljahr die Kontrolle über Beine und Füße.

Degenerative Erkrankungen

Hierbei handelt es sich um unterschiedliche Krankheitsbilder, denen nur gemeinsam ist, daß Nervengewebe zugrundegeht – Leitungsbahnen degenerieren. Es handelt sich um verschiedenartige Erkrankungen, ohne eine einheitliche Ursache.

Parkinson-Syndrom

Das klinische Bild wird durch die drei Kardinalsymptome Akinese, Rigor und Tremor geprägt. Der Tremor ist nicht obligatorisch – s. S. 103. Die motorischen Störungen werden gekennzeichnet durch eine Verlangsamung bzw. ein Erstarren der Bewegungen, durch eine Verminderung der spontanen und der Mitbewegungen einschließlich des Mimikspiels (Mimikstarre), durch seltenen Lidschlag. Es besteht ferner ein Verlust der Gleichgewichtsreaktion, d.h. der Kranke kann durch entsprechende Gegenbewegungen sein Gleichgewicht nicht schnell genug wieder herstellen; durch Propulsionen und Retropulsionen Gefahr des Hinfallens. Folge der Bewegungsarmut ist auch eine Mikrographie, die Schrift ist nicht wie bei der zerebellären Ataxie zittrig, sie wird zunehmend kleiner und dadurch undeutlicher; die Sprache ist leise, monoton, sie zeigt eine geringe Artikulation. Diese Bewegungsstörungen können unter dem Einfluß heftiger Emotionen verschwinden (paradoxe Kinese).
Der Muskeleigentonus ist erhöht = Rigor. Dieser äußert sich durch einen teigigen, wächsernen Widerstand während der passiven Bewegungen; Zu- und Abnahme des Widerstandes, z.B. bei passiver Bewegung im Bereich des Handgelenkes macht sich als Zahnradphänomen bemerkbar. Da Halte- und Antagonistentonus ebenfalls erhöht sind, besteht bei den Patienten eine typische Kopf- und Körperhaltung mit nach vorn gebeugtem Oberkörper, die Arme sind angewinkelt, die Beine leicht in den Kniegelenken gebeugt, der Gang ist kleinschrittig, schlürfend. Der rhythmische Ruhetremor macht sich besonders an der Hand und den Fingern durch charakteristische Bewegungen bemerkbar, die als Geldzähl- bzw. Pillendreherbewegungen beschrieben werden. Emotionen können das Zittern verstärken, im Schlaf verschwindet der Tremor.

Als Folge von vegetativen Störungen findet sich ein vermehrter Speichel-Tränen-Fluß, eine vermehrte Schweiß- und Talgsekretion (Salbengesicht), beim postenzephalitischen Parkinson kommen Blick- und Schaukrämpfe hinzu mit zwanghafter Blickwendung, die Minuten bis Stunden anhalten können.
Psychisch sind die Kranken häufig depressiv, stimmungslabil. Wenn die Kranken auch äußerlich nicht selten abgestumpft wirken, entwickelt sich bei ihnen im allgemeinen keine Demenz. Die Patienten erleben bewußt die Zunahme der Bewegungsstörungen und empfinden deutlich ihre motorische Bewegungsbehinderung. Anders ist dies bei einem arteriosklerotisch bedingten Parkinson-Syndrom. Dort bestimmt die zugrundeliegende Hirnarteriosklerose das Ausmaß der psychischen Störungen, wie z.B. Gedächtnisstörungen, Affektlabilität bzw. Affektinkontinenz mit Wein- und Lachzwang, ferner Ausmaß von Reizbarkeit und Erregungszuständen.
In der Bundesrepublik leben ungefähr 250 000 Parkinsonkranke, dabei erkranken Männer häufiger als Frauen im Verhältnis 3 : 2. Die Zunahme der Krankheitserscheinungen ist unterschiedlich: Nach etwa 5 Jahren können bereits 25% arbeitsunfähig sein, nach 5 bis 9 Jahren steigt dieser Anteil auf 66%, und wer länger als 10 Jahre krank ist, hat nur noch eine geringe Aussicht, einer Erwerbstätigkeit nachzugehen, d.h., 80% sind zu diesem Zeitpunkt arbeitsunfähig. Das mittlere Erkrankungsalter hängt von der Grundkrankheit ab, beim postenzephalitischen Parkinson beträgt es etwa 30 Jahre, bei der idiopathischen Form zwischen 50 und 60 Jahren, beim artiosklerotischen um 70 Jahre.
Ätiologisch spielen folgende Erkrankungen eine Rolle:
1. Der **postenzephalitische Morbus Parkinson** ist die Folge der Enzephalitisepidemie (Encephalitis lethargica) von 1917 bis 1927. Nach einem Intervall von Monaten bis zu mehreren Jahrzehnten entwickelte sich ein Parkinson-Syndrom; es besteht keine Beziehung zwischen der Schwere der Enzephalitis und der Wahrscheinlichkeit, später an einem Parkinson-Syndrom zu erkranken. In etwa 60% der Fälle trat nach dieser Erkrankung das Parkinson-Syndrom auf. Aber auch nach anderen Enzephalitiden können diese Störungen auftreten. Bei dem postenzephalitischen Parkinson findet sich häufig eine halbseitige Betonung der Störungen, besonders stark sind sie im Bereich der Kopf- und Nackenmuskulatur zu finden. Die vegetativen Symptome sind sehr stark ausgeprägt, Blick- und Schaukrämpfe sind für einen postenzephalitischen Parkinson typisch. Die psychischen Störungen hängen mit der Grundkrankheit zusammen.
2. Die *hereditäre Form* – **Paralysis agitans** *(Schüttellähmung)* – wurde 1817 von James Parkinson beschrieben. Es handelt sich um eine degenerative Erkrankung im Bereich der Stammganglien bei einem autosomal-dominanten Erbgang, jedoch mit geringer Penetranz, d.h., nur etwa bei 30% schlägt die Erbanlage durch. Das Manifestationsalter liegt zwischen

50 und 60 Jahren, Männer erkranken häufiger als Frauen. Die Symptome können zunächst asymmetrisch auftreten, werden aber bald symmetrisch und befallen dann beide Körperseiten. In diese Gruppe gehört eine auf der Insel Guam besonders bei Männern im Alter von 30 bis 65 Jahren auftretende Erkrankung, bei der sich das Parkinson-Syndrom zusammen mit einer Demenz entwickelt – mit oder ohne myatrophische Lateralsklerose.
3. Der **arteriosklerotische Morbus Parkinson** stellt sich in der Regel nach dem 60. Lebensjahr ein, er tritt auch halbseitig auf, häufig in Verbindung mit psychischen Störungen im Sinne einer Zerebralsklerose.
4. Weitere Formen des Parkinson-Syndroms sind toxisch bedingt, z.B. Zustand nach Mangan-, Kohlenoxydgiftungen oder nach schweren Narkosezwischenfällen, nach Strangulationen.
5. Der **medikamentöse Morbus Parkinson** entwickelt sich nach einer Langzeittherapie mit Psychopharmaka, insbesondere bei der Behandlung mit Phenothiazinen und mit Reserpin. *Akut* in Form von Blick-, Zungen- und Schlundkrämpfen, *chronisch* als akinetisches Parkinson-Syndrom.

Chorea

Das Neostriatum – s. extrapyramidales Syndrom, s. Tab. 3 – übt einen bremsenden Einfluß auf die übrigen Anteile der Basalganglien aus. Läsionen führen nach dessen Ausreifung zu plötzlich einschießenden unwillkürlichen Bewegungen (Hyperkinesen), die beim Gehen zunehmen, ferner zu grimmassierenden Bewegungen der Gesichtsmuskulatur mit Schnauz- und Schnalzbewegungen zu einer ständigen Unruhe im Bereich der Kau-, Zungen- und Lippenmuskulatur. Die Sprache wird dadurch verwaschen, undeutlich. Diese hyperkinetischen Bewegungsabläufe sind manchmal nur diskret nachweisbar, leichte „Verlegenheitsbewegungen“ der Hände, kurzdauernde, einschließende Bewegungsunruhe im Bereich der Zehen.

Verlaufsformen

1. **Chorea minor.** Es handelt sich um eine Erkrankung im Kindesalter. Das Manifestationsalter liegt zwischen dem 6. und 14. Lebensjahr. Mädchen erkranken dreimal häufiger als Jungen. Häufig besteht ein Zusammenhang mit Infektionskrankheiten, Rheumatismus, Halsentzündungen, Endokarditis (Chorea rheumatica oder – infektiosa). Die Blutsenkung ist beschleunigt, der Antistreptolysintiter erhöht. Der Bewegungsunruhe gehen uncharakteristische Allgemeinbeschwerden voraus, z.B. psychischer Art: Reizbarkeit, Launenhaftigkeit und Ängstlichkeit. Die Kinder klagen über Mattigkeit, Kopf- und Gliederschmerzen, sie haben keinen Appetit. Die anschließend auftretenden Bewegungsstörungen werden zunächst als Nervosität, Verlegenheitsbewegungen oder als Unarten bewertet. Die Krankheitserscheinungen bilden sich innerhalb von Wochen oder Monaten wieder vollständig zurück.

2. Bei Frauen, besonders bei der ersten Schwangerschaft zwischen 3. bis 5. Schwangerschaftsmonat entwickelt sich eine **Chorea gravidarum.** Sie unterscheidet sich im Verlauf nicht von der Chorea minor – nach der Entbindung klingen die Bewegungsstörungen ab.
3. Anders bei der **Chorea major** oder **Chorea Huntington:** Dies ist eine chronisch fortschreitende Erkrankung. Sie wird dominant mit hoher Durchschlagskraft (Penetranz) vererbt. Manifestationsalter: zwischen dem 30. bis 50. Lebensjahr. Häufig beginnt sie mit uncharakteristischen psychischen Auffälligkeiten, wie allgemeiner Reizbarkeit, Launenhaftigkeit, depressiven Verstimmungen. Im weiteren Verlauf entwickeln sich allmählich die Bewegungsstörungen, nicht so rasch wie bei der Chorea minor. Hinzukommen später psychisch-intellektuelle Störungen, es entwickelt sich eine Demenz. Die Prognose ist schlecht, eine ursächliche Behandlung ist nicht möglich. Die durchschnittliche Krankheitsdauer beträgt 10 bis 20 Jahre.
4. **Symptomatische Formen:** Choreatische Bewegungsstörungen können vereinzelt als Folgeerscheinungen anderer Hirnerkrankungen auftreten: z.B. nach postvakzinaler Enzephalitis, Kohlenoxyd-, Mangan- oder Schwefel-Kohlenstoff-Vergiftungen, bei zerebralen Gefäßkrankheiten in Form einer postapoplektischen Hemichorea, selten auch als Hemichorea bei einem Hirntumor.
Medikamentös entwickeln sich nach Langzeittherapie mit Neuroleptika Hyperkinesen im Gesichtsbereich, in der Mund-, Kinn-, Kau- und Zungenmuskulatur – „Fliegenfängerzunge" oder „Terminalsyndrom".

Athetose

Wird das Neostriatum vor seiner Ausreifung geschädigt, dann entsteht eine andere Form der Hyperkinese, die Athetose (Tab. 3). bei einseitiger Läsion tritt sie als kontralaterale Hemiathetose, bei doppelseitiger Schädigung als Athetose doubel auf. Die Mehrzahl der doppelseitigen Athetosen gehen auf eine frühkindliche Hirnschädigung zurück infolge eines Kernikterus, eines Sauerstoffmangels (s. S. 103, 106/108).
Diese Bewegungsstörungen laufen langsam ab. Es sind Bewegungen im Bereich der Agonisten und Antagonisten, dabei wechseln Hyperreflektion und Hyperextension einander ab. Es kommt zu langsamen bizarren Bewegungsabläufen, besonders im Bereich der distalen Extremitätenmuskulatur, zu einer abnormen Lockerung in den Gelenken, die zu Überstrecken und einer Überbeugung führt, so daß Hand- und Fingergelenke häufig eine Bajonettstellung einnehmen. An den Beinen werden Hyperreflektionen der Zehen beobachtet. Alle willkürlichen Bewegungsabläufe werden dadurch erheblich beschwert und verändert. Die Sprache ist nicht normal; häufig werden einzelne Laute oder Worte explosionsartig ausgestoßen.

Weitere hyperkinetische Bewegungsstörungen

Bei den ballistischen Störungen, die häufig halbseitig als Hemiballismus auftreten, kommt es zu weit ausfahrenden Schleuderbewegungen der Arme und Beine. Diese Hyperkinesen finden sich vorwiegend im Bereich des Schulter- und Beckengürtels. Die Gewalt des Bewegungsablaufes kann so stark sein, daß die Kranken davon mitgerissen werden. Während im Schlaf die athetotischen Bewegungsstörungen aufhören, bleiben die ballistischen Störungen im Schlaf bestehen.
Die Dystonien und die distorsionsdystonischen Bewegungsstörungen machen sich als Haltungsanomalien bemerkbar, und zwar durch wiederkehrende Zwangshaltungen. Es kommt zu langsam einsetzenden Tonussteigerung in einzelnen Muskeln oder Muskelgruppen bzw. zu langsam ablaufenden Drehbewegungen des Kopfes und des Rumpfes, besonders im Bereich der Hals- und Rumpfmuskulatur. Die distorsions-dystonischen Störungen sind im Gegensatz zu den anderen Hyperkinesen nur untergeordnet von affektiven Einflüssen abhängig, sie verstärken sich bei Willkürbewegen, Beispiel: spastischer Schiefhals.

Myatrophische Lateralsklerose (ALS)

Bei dieser Erkrankung finden sich

1. Zeichen einer typischen Vorderhornerkrankung im Sinne einer spinalen Muskelatrophie (S. 101),
2. Zeichen einer spastischen Lähmung im Sinne einer spastischen Spinalparalyse (S. 101).

Die Erkrankung beginnt entweder unter dem Bild einer spastischen Spinalparalyse –, sie kann aber auch mit bulbären Symptomen beginnen, z.B. mit Schluckstörungen. Der Erkrankungsbeginn liegt zwischen dem 40. und 60. Lebensjahr, Männer erkranken häufiger als Frauen, Verhältnis 3 : 1. Die Erkrankung nimmt einen fortschreitenden Verlauf, der nicht aufzuhalten ist. 80% der Patienten sterben innerhalb der ersten drei Jahre, ein kleinerer Prozentsatz zeigt einen verzögerten Verlauf über viele Jahre. Eine Häufung dieses Krankheitsbildes beobachtet man bei Eingeborenen auf der Insel Guam in der Südsee, häufig kombiniert mit einem Parkinson-Syndrom und einer Demenz (S. 109/110).

Spastische Spinalparalyse

Es ist eine Erkrankung der Pyramidenbahnen. Sie beginnt im Kindes- bzw. Jugendalter. Charakteristisch sind schleichend einsetzende, langsam zunehmende Lähmungen in beiden Beinen mit Tonuserhöhung (Spastik). Bevorzugt treten dabei Adduktorenspasmen auf. Die Erkrankung schreitet langsam innerhalb von Jahrzehnten fort, selten greift sie auf die oberen Extremitäten über (Tetraspastik). Hinter dieser Symptomatik können sich eine Reihe anderer Erkrankungen verbergen, z.B. ein

Rückenmarktumor, die spinale Verlaufsform einer Multiplen Sklerose (S. 115). Es kann aber auch der Beginn einer myatrophischen Lateralsklerose sein (S. 113). Bei der idiopathischen Form handelt es sich um eine dominant vererbbare Erkrankung. Das Manifestationsalter ist in den einzelnen Familien unterschiedlich. Die histologische Untersuchung ergibt eine Degeneration der Pyramidenseitenstränge unterhalb der Pyramidenkreuzung. Trotz der starken Behinderung bleibt die Arbeitsfähigkeit in den meisten Fällen erhalten.

Neurale Muskelatrophie

Die neurale Muskelatrophie stellt eine Systemerkrankung der peripheren Nerven dar. Es kommt zu einer Degeneration der Markscheiden und der Neuriten. Das Leiden wird dominant vererbt. Bei der peronäalen Form ist die Krankheitsentwicklung zwischen dem 5. und 25. Lebensjahr meistens schleichend, zunächst unbemerkt. Kennzeichnend ist ein Muskelschwund im Bereich der Peronäusmuskulatur. Es entsteht eine Fußheberschwäche, es kommt zum Steppergang. Die atrophische Unterschenkelmuskulatur und die erhaltene Oberschenkelmuskulatur vermitteln den Eindruck von „Storchenbeinen". Im späteren Verlauf kommt es zu einem Muskelschwund im Bereich der kleinen Handmuskulatur. Aufgrund des Muskelschwundes entwickeln sich Deformationen im Bereich der Füße und Hände, wie Hohlfuß, Krallenstellung der Zehen, Krallenhand. Die Krankheitsentwicklung verläuft langsam, es besteht ein erhebliches Mißverhältnis zwischen dem Ausmaß des Muskelschwundes und der motorischen Funktionen. Daher bleiben die Kranken lange Zeit gehfähig. Leichte Sensibilitätsstörungen vervollständigen den Befund, besonders im Bereich der unteren Gliedmaßen. Andere neurologische Ausfälle treten selten hinzu.

Spinale Muskelatrophie

Bei den spinalen Muskelatrophien handelt es sich um eine degenerative Erkrankung der Vorderhornzellen. Dadurch entstehen schlaffe, motorische Lähmungen, neurogene Muskelatrophien und Faszikulationen im Bereich der befallenen Muskeln. Unterschieden werden eine infantile Form von einer erwachsenen Form. Die infantile Form entwickelt sich im ersten Lebensjahr, befallen ist die beckengürtelnahe Muskulatur – also die Oberschenkelmuskulatur. Weiter aufsteigend führt die Erkrankung in den ersten Lebensjahren zum Tode.
Die spinale Muskelatrophie der Erwachsenen manifestiert sich zwischen dem 20. und 40. Lebensjahr, Beginn der Erkrankung in der kleinen Handmuskulatur, besonders im Bereich des Daumens, dann übergreifend auf die Unterarmmuskulatur, danach auf die Schultermuskulatur. Rumpf- und Beinmuskulatur werden im Verlauf von mehreren Jahr-

zehnten ebenfalls befallen. Daher auch der Name „chronische Poliomyelitis".

Entzündliche Erkrankungen

Siehe dazu auch meningeales Reizsyndrom 6 mit den verschiedenen Formen einer Meningitis (Erkrankung der harten Hirnhäute), Meningoenzephalitis, wenn die Entzündung auch auf das Gehirn übergegriffen hat. Die Ätiologie dieser verschiedenen Erkrankungen ist unterschiedlich. Gleiches gilt für die Ätiologie der verschiedenen Enzephalitiden.

Multiple Sklerose

Sie ist die häufigste neurologische Erkrankung in Mitteleuropa. In diesen geographischen Breiten erkranken im Durchschnitt 25 bis 35 Menschen auf je 100000 Einwohner. Südlich des 46. Breitengrades in Europa und des 38. in USA sinkt die Erkrankungsrate auf 5 bis 15 Erkrankungen herab. Nördlich dagegen steigt sie bis auf 60 an. Feldstudien in Deutschland und der Schweiz haben an einzelnen Orten eine unterschiedliche Verteilung feststellen können; familiäre Häufung und schlechte sanitäre Verhältnisse erklären diese Beobachtung nicht.
Pathologisch-anatomisch handelt es sich um eine demyelinisierende Erkrankung, es kommt zum Markscheidenzerfall. Die intakte Myelinscheide ist die Voraussetzung für eine normale Leitfähigkeit der Neuriten, des Axon. Myelinzerfall verändert daher die Erregungsleitung, Folge sind: Ausfallerscheinungen wie z.B. Lähmungen oder sensible Störungen. Durch Remyelinisierung kann die Leitungsfähigkeit des Axons wieder hergestellt werden und damit die Voraussetzung für die Rückbildung von Ausfallerscheinungen erbringen. Sind dagegen die Neuriten durch den akuten Krankheitsprozeß zerstört oder bleibt die Remyelinisierung aus, können sich die Ausfallerscheinungen nicht zurückbilden. Die verschiedenen Herde – nur die älteren sehen grau und sklerotisch aus – finden sich überall im zentralen Nervensystem, es gibt aber bestimmte Lieblingsstellen (Prädilektionsstellen), wie z.B. Fasciculus opticus (Abschnitt des Sehnerven zwischen Austritt aus dem Auge und der Sehnervenkreuzung), die äußeren Ecken der Seitenventrikel, den Hirnstamm, den Bereich der Brücke, das Rückenmark, das Kleinhirn.
Verlauf: Bei fast der Hälfte der Patienten besteht ein schubförmiger Verlauf, entweder mit vollständiger Rückbildung der Symptome (totale Remission) oder mit unvollständiger. Kommt es nicht zur Rückbildung der Symptome, dann können sich nach unterschiedlich langen Intervallen weitere Schübe aufpfropfen, so daß ein stufenförmiger Verlauf entsteht. Die Erkrankung kann aber auch primär chronisch fortschreitend beginnen und weitergehen, entweder langsam schleichend, gelegentlich aber auch sehr schnell und dramatisch verlaufend. In der Regel geht der primär schubförmige Krankheitsverlauf nach einer gewissen Zeit in eine chronische Verlaufsform über. Je älter der Patient bei der Erkrankung ist,

um so eher entwickelt sich eine chronische Verlaufsform, je jünger, um so eher eine schubförmige. Die Schubhäufigkeit nimmt mit zunehmender Krankheitsdauer ab, das heißt, je länger die Erkrankung besteht, um so seltener treten neue Schübe auf. Bei der Beurteilung des Verlaufes und der durchgeführten Therapie ist die Häufigkeit von Spontanremissionen von Bedeutung; sie liegt bei 40 bis 45%, kann bei Einzelsymptomen sogar auf 80% ansteigen; auch Lähmungen können sich spontan zurückbilden (25–40%).

Das Manifestationsalter liegt zwischen 20 und 40 Jahren, seltener erkranken Jugendliche und Menschen über 50 Jahren. Unter Blutsverwandten entwickelt sich die Erkrankung 5 bis 10mal häufiger als in der Gesamtbevölkerung, aber auch bei nicht-blutsverwandten Familienmitgliedern und im Bekanntenkreis von Multiple-Sklerose-Patienten macht sich die Erkrankung häufiger bemerkbar als unter der Gesamtbevölkerung. Geschlechtsverteilung: Männer/Frauen 2 : 1.

Als Erstsymptome findet man am häufigsten eine Schwäche an den unteren Extremitäten, dann kommen Seh- und Sensibilitätsstörungen hinzu. Die Sehnervenentzündung (retrobulbäre Neuritis) kann einem Schub lange Zeit – sogar bis zu Jahrzehnten – vorausgehen. Subjektiv macht sie sich innerhalb von Stunden und Tagen durch unterschiedlich starke Sehstörungen bemerkbar, die bis zur Erblindung führen können; später findet man bei manchen Patienten eine temporale Ablassung. Im weiteren Verlauf können Doppelbilder auftreten als Folge einer Augenmuskellähmung. Augenmuskellähmungen und Erkrankungen am Sehnerven treten bei jedem zweiten Kranken auf. An erster Stelle – zu 80% – stehen spastische Lähmungen.

Nimmt man alle Sensibilitätsstörungen einschließlich der Mißempfindungen (Parästhesien) zusammen, treten diese genau so häufig auf. Die Charcot-Trias: Nystagmus, Intentionstremor und skandierende Sprache findet man nicht so häufig wie ursprünglich angenommen. Charakteristischer ist dagegen die Symptomtrias von Marburg: temporale Ablassung der Sehnervenpapille, fehlende Bauchhautreflexe und spastische Lähmungen. Störungen der Blasenentleerung machen sich anfangs nur vorübergehend, später aber häufig als Dauerzustand bemerkbar.

Bei einzelnen Patienten treten auch Anfälle auf, fokal oder generalisiert. Gelegentlich sind sie sogar das Erstsymptom. Gleiches gilt für eine akut auftretende halluzinatorische Psychose. Die einzelnen psychischen Störungen – hirnorganisches Psychosyndrom, gelegentlich eine Demenz – entwickeln sich im Verlauf der Erkrankung. Inadäquate Euphorie verbunden mit Kritiklosigkeit machen sich besonders in Verbindung mit zerebellären Koordinationsstörungen bemerkbar („wer wackelt, der lacht“). Sonst beobachtet man depressive Verstimmungszustände.

Die Ursache ist bisher nicht bekannt. Es bestehen zahlreiche Hypothesen: Viruserkrankung, Stoffwechselstörungen, Zivilisationserkrankungen durch denaturierte Lebensmittel (EVERS) u. a. m. Heute wird eine virale

Infektion (Viren mit langer, z.T. jahrzehntelanger Inkubationszeit) diskutiert, ebenso eine Autoimmunkrankheit. Nach epidemiologischen Untersuchungen haben Umwelteinflüsse eine große Bedeutung.

Poliomyelitis

Die spinale Kinderlähmung (Heine-Medin-Krankheit) ist nach Einführung der oralen Schutzimpfung mit abgeschwächten Lebendvakzinen eine Seltenheit geworden. Übertragung durch Schmutz- und Schmierinfekte. Inkubationszeit: 3–20 Tage. Die Erkrankung verläuft in mehreren Phasen, unspezifische Vorkrankheit – allgemeiner Katarrh. Anschließend Fieberstadium, zweigipflig mit meningitischen Beschwerden. Danach innerhalb von einigen Tagen Lähmungsstadium. Sensibilitätsstörungen fehlen, da es sich um eine Erkrankung der Vorderhornganglienzellen handelt – 2. motorisches Neuron (Tab. 2). Die *schlaffen Lähmungen* treten meist asymmetrisch auf. Bei der *pontinen Form* kommt es zu motorischen Hirnnervenausfällen, z.B. einer Fazialislähmung.
Nach Entfieberung setzt auf dem Höhepunkt der Lähmungen das Rückbildungsstadium ein. In der Regel bildet sich ein Teil der Lähmungen innerhalb von Wochen zurück. Grad der Rückbildung nicht voraussehbar. Im Liquor bei Beginn der 2. Phase Zellerhöhung. Im Lähmungsstadium geht die Zellerhöhung zurück, dafür Eiweißerhöhung. Im Rückbildungsstadium normale Zellwerte. Die Viren sind schon im Anfangsstadium im Blut nachweisbar (Virämie). Später sind noch Ausscheidungen im Stuhl bis zu 3 Monaten nachweisbar.
Komplikationen: Im Spätstadium können bei unsachgemäßer Lagerung der gelähmten Extremitäten Gelenkkontrakturen, Spitzfußstellung auftreten. Im Bereich der Wirbelsäule kann sich eine Kyphoskoliose entwickeln – s. S. 35 ff.

Geschwülste

Die Geschwülste des Nervensystems nehmen gegenüber den übrigen des Körpers eine gewisse Sonderstellung ein: Die bösartigen Geschwülste bilden keine Metastasen, andererseits metastasieren eine Reihe von Körpergeschwülsten mit Vorliebe in das Nervensystem.

Hirngeschwülste

Eine Hirngeschwulst macht Lokalsymptome. Im weiteren Verlauf können Nachbarschafts- oder Fernsymptome entstehen als Folge der intrakraniellen Raumforderung (Hirndruck).
Die Lokalsymptome entstehen durch die Tumorlokalisation und durch charakteristische Tumorformen, die sich an bestimmten Orten entwickeln. Die Fernsymptome sind die Folge von Massenverschiebungen, Einklemmungen am Tentoriumschlitz und im Hinterhauptloch.
Hirndruckzeichen führen subjektiv zu Kopfschmerzen, schwallartigem

Nüchternerbrechen, besonders morgens; im weiteren Verlauf kommt es zu Benommenheit, allgemein psychischer Verlangsamung, die Patienten gähnen öfters, es entsteht ein Singultus, objektiv können die Röntgenleeraufnahmen des Schädels vertiefte Impressiones digitatae zeigen (Wolkenschädel) oder eine Drucksella. Bei Kindern und Jugendlichen, bei denen die Kalottennähte noch nicht fixiert sind, kommt es zur Nahterweiterung. Am Augenhintergrund entwickelt sich eine Stauungspapille, diese macht im Gegensatz zu einer Sehnervenentzündung im Anfang keine Sehverschlechterung. Das Syndrom der intrakraniellen Raumforderung entsteht bei intrakraniellen Geschwülsten jeglicher Art – s. Tab. 4 – bei intrazerebralen Hämatomen (S. 120), bei extrazerebralen Hämatomen (S. 121), auch bei luetischen Gummata, s. Lues (S. 124).

Tabelle 4. Unvollständige Aufstellung von Geschwülsten.

Tumorart	Wachstumstendenz	Charakter des Tumors	Erkrankungsalter
Medulloblastom	schnell	bösartig	3–12 Jahren
Glioblastoma multiforme	infiltrierend	bösartig	35–60 Jahren
Spongioblastome	lang infiltrierend	Mittelstellung	3–7 Jahren
Oligodendrogliome	langsam infiltrierend	Mittelstellung	30–45 Jahren
Neurinome	langsam expansiv	gutartig	35–40 Jahren
Meningeome	langsam expansiv	gutartig	35–50 Jahren
Sarkome	schnell	bösartig	in jedem Alter
Hypophysentumor	langsam	gutartig	30–50 Jahren
Kraniopharyngeome	langsam	gutartig	Pubertät bis 30 Jahre

6% aller intrakraniellen Geschwülste sind Metastasen von Körpergeschwülsten. Die meisten Metastasen kommen multiple vor, in einzelnen Fällen aber auch als Solitärgeschwülste, besonders bei Mammakarzinom und beim Hypernephrom. Bronchialkarzinom, Hypernephrom, Melanom und Schilddrüsenkarzinom metastasieren mit Vorliebe in das Gehirn, beim Mammakarzinom finden sich die Metastasen häufig im Bereich der Dura.

Rückenmarksgeschwülste

Bei den Geschwülsten im Bereich des Spinalkanals unterscheidet man zwischen extra- und intramedullären. Insgesamt sind die Geschwülste des Spinalkanals seltener als die Hirngeschwülste. Es überwiegen die gutartigen Geschwülste. An erster Stelle stehen dabei die Neurinome, dann folgen die Meningeome. Von allen Rückenmarksgeschwülsten sitzt etwa die Hälfte extramedullär und intradural. Hierbei handelt es sich insbesondere um Neurinome und Meningeome. Ein Drittel der Geschwülste sitzt extradural, unter diesen Geschwülsten überwiegen bös-

artige Geschwülste, z.B. Metastasen, Sarkome oder auch Hämangiome. Nur 10% aller Rückenmarksgeschwülste haben einen intramedullären Sitz.
Die Geschwülste führen zu einer Querschnittslähmung (S. 103/104). Bei den extramedullären Geschwülsten finden sich zu Beginn segmentale Schmerzen, die sich bei Erhöhung des intraspinalen Drucks, z.B. beim Husten, Pressen und Niesen verstärken. Es entwickelt sich dann je ein sensibles und motorisches Querschnittssyndrom – vollständig oder unvollständig – bei Druck von der Seite kann ein Brown-Séquard-Syndrom (S. 104) entstehen. Bei den intramedullären Geschwülsten findet man neben den spastischen Lähmungen dissoziierte Empfindungsstörungen. Dabei stehen Gliome, z.B. das Stiftgliom an erster Stelle.

Schädel-Hirn-Trauma

Je nach Schwere der Verletzung unterscheidet man reine Weichteilverletzungen wie z.B. Kopfschwartenhämatom, Kopfplatzwunde oder Schnittwunden, bei denen es auch einmal zu einer Verletzung peripherer Nerven kommen kann, z.B. bei Verletzungen der Augenbraue kann der Stirnast des 5. Hirnnerven (N. trigeminus) durchtrennt werden.
Schädelfrakturen können als Kalottenfraktur, als Schädelbasisfraktur oder als Impressionsfraktur auftreten.

Gedecktes Schädel-Hirn-Trauma

Bei den *gedeckten* Schädel-Hirn-Traumen kommt es zu einer Mitbeteiligung des Gehirns, entweder i.S. einer *Commotio cerebri* mit und ohne Fraktur oder einer *Contusio cerebri*, bei der nicht immer eine Fraktur vorhanden sein muß.
Bei den *offenen* Schädel-Hirn-Verletzungen sind immer Knochen und Dura verletzt.
Bei einer Commotio cerebri bzw. einem leichten gedeckten Schädel-Hirn-Trauma besteht keine substanzielle Hirnschädigung. Es kommt nur zu einer vorübergehenden funktionellen Hirnstammstörung, die zu einem Kommotionssyndrom führt. Charakteristisch ist eine sofort einsetzende Bewußtseinsstörung, die mit einer Erinnerungslücke gekoppelt ist, d.h. der Patient kann sich an Ereignisse, die unmittelbar dem Unfall vorausgegangen sind, nicht erinnern – *retrograde Amnesie* –, und/oder er kann sich an die nachfolgende Zeit nicht erinnern – *anterograde Amnesie*. Die Erinnerungslücke reicht bis zum lückenlosen Wiedereinsetzen des Erinnerungsvermögens. Die gesamte Erinnerungslücke deckt sich aber nicht mit der unmittelbaren Phase der primären Bewußtlosigkeit. Hinzu kommt noch die anschließende Phase einer Bewußtseinseintrübung (posttraumatischer Dämmerzustand).
Die Dauer der Bewußtlosigkeit spielt bei der Abgrenzung einer Commotio von einer Contusio cerebri eine entscheidende Rolle. Wielange jedoch bei einer Commotio cerebri oder einem leichten gedeckten

Schädel-Hirn-Trauma die primäre Bewußtlosigkeit dauern kann, darüber gibt es unterschiedliche Ansichten. Hier finden sich fließende Übergänge, so daß im Einzelfall die Abgrenzung schwierig wird. Aus diesem Grunde wurde von Neurochirurgen ein anderes Einteilungsschema gewählt, das sich in der praktischen, klinischen Tätigkeit nicht hat durchsetzen können. Danach liegt ein Schädel-Hirn-Trauma 1. Grades vor, wenn die Bewußtlosigkeit 5 Minuten nicht übersteigt und die postkommotionellen Beschwerden sich innerhalb von 5 Tagen zurückbilden. Dauert dagegen die Bewußtlosigkeit 30 Minuten und bilden sich die Beschwerden erst innerhalb von 30 Tagen zurück, dann spricht man von einem Schädel-Hirn-Trauma 2. Grades – bzw. von einem mittelschweren gedeckten Schädel-Hirn-Trauma. Nach der oben angeführten Einteilung entspricht das einer schweren Commotio cerebri. Typisch für eine Commotio cerebri sind die postkommotionellen Beschwerden: Erbrechen, Schwindel, lageabhängige Kopfschmerzen, letztere häufig witterungsabhängig. Die Dauer dieser Beschwerden hängt von dem Schweregrad der unmittelbaren Gewalteinwirkung und der vegetativen Ausgangslage des Verunfallten ab. Sie bilden sich aber vollständig wieder zurück. Versicherungsrechtlich längstens innerhalb von 2 Jahren.
Der Übergang zum Schädel-Hirn-Trauma 3. Grades = schweres gedecktes Schädel-Hirn-Trauma = *Contusio cerebri* ist fließend. Dabei kann die Bewußtlosigkeit Stunden, Tage, in manchen Fällen auch Wochen oder Monate anhalten. Das ist jedoch nicht obligatorisch. Es kommt zu einer Gewebsschädigung, z. B. entstehen bei einer Impressionsfraktur Prellungsherde durch unmittelbare herdförmige Hirnläsionen. Die posttraumatischen Beschwerden entsprechen den angegebenen postkommotionellen. Hinzukommen neurologische Ausfallserscheinungen oder psychische Störungen i. S. einer posttraumatischen Enzephalopathie bzw. einer traumatischen Hirnleistungsschwäche bzw. einem hirnorganischen Psychosyndrom. Im Vordergrund bestehen Gedächtnisstörungen, Nachlassen der Konzentration, rasche und vorzeitige Ermüdbarkeit, verstärkte Reizbarkeit, starke Wetterfühligkeit.

Offenes Schädel-Hirn-Trauma

Beim *offenen* Schädel-Hirn-Trauma sind Knochen, Dura mater u. Gehirn verletzt. *Beispiele:* Stich- und Schußverletzungen. Das Ausmaß der substanziellen Hirnschädigung hängt von der Art und dem Ausmaß der äußeren Gewalteinwirkung ab. Da in solchen Fällen zwischen Außenwelt und Schädelhöhle eine offene Verbindung entstanden ist, besteht Infektionsgefahr! (S. 104).

Intrakranielle Hämatome

Intrazerebrales Hämatom

Durch eine traumatische Hirnschädigung kann eine Verletzung eines Hirngefäßes entstehen. Diese führt zu einem primären intrazerebralen

Hämatom. Akut auftretende Hämatome sind häufig von den akuten hirnkontusionellen Hirnschädigungen nicht zu unterscheiden. Es entwickelt sich das Bild eines raumfordernden Prozesses; es entsteht das Syndrom einer intrakraniellen Raumforderung (S. 117/118).

Extrazerebrale Hämatome

Anders kommt es zur Entstehung und Entwicklung extrazerebraler Hämatome. Durch eine Verletzung der A. meningea media – ein Gefäß, welche von der A. carotis externa ausgeht, in die mittlere Schädelgrube eintritt und dort die Dura versorgt – entwickelt sich zwischen Dura mater und Schädelknochen ein **epidurales Hämatom.** Die arterielle Blutung führt schnell zur Entwicklung eines ständig zunehmendem Hämatoms mit nachfolgender Massenverschiebung, schnell ansteigendem Hirndruck und Einklemmungserscheinungen, wenn nicht rechtzeitig eine Druckentlastung – Ausräumung des Hämatoms – erfolgt. Der Verdacht auf eine derartige Blutung taucht in folgenden Fällen auf:

1. Nach einem Trauma klingt die primäre Bewußtlosigkeit vollständig ab. Nach einem kurzen Zeitraum, der in Ausnahmefällen bis zu mehreren Stunden anhalten kann – freies Intervall –, entwickelt sich eine zunehmende Bewußtseinsstörung in Richtung auf ein Koma.
2. Eine Schädelverletzung geht ohne primäre Bewußtlosigkeit einher – nach einer bestimmten Zeit (s. oben) tritt eine zunehmende Bewußtlosigkeit auf, wie bei 1.
3. Bei einer anhaltenden primären Bewußtlosigkeit verstärkt sich diese in der Folgezeit, d. h., der Patient wird in der Beobachtungszeit nicht wacher und wacher, sondern zunehmend komatöser. In solchen Fällen wird das freie Intervall verdeckt durch die anhaltende primäre Bewußtlosigkeit; in ähnlicher Weise kann sich auch starke Trunkenheit auswirken.

Durch eine venöse Blutung zwischen Dura und Arachnoidea infolge einer Verletzung von Hirn- bzw. Brückenvenen entsteht ein **subdurales Hämatom.** Das akute subdurale Hämatom ähnelt in seinem Verlauf dem epiduralen Hämatom – nur kann das freie Intervall länger anhalten; sonst gleicher Verlauf, nur nicht so dramatisch, wie beim epiduralen Hämatom. Anders ist dagegen die Entwicklung beim chronischen subduralen Hämatom. Hier kommt es erst nach einem längeren Intervall, von Wochen und Monaten, zu den klinischen Symptomen, die zunächst den Verdacht auf einen Hirntumor erwecken, d. h. es entwickelt sich langsam zunehmend das Syndrom einer intrakraniellen Raumforderung. Erst durch weitere Untersuchungen – das primäre Trauma ist in der Regel nicht bekannt – wird die Diagnose geklärt (Arteriographie).

Liquorfistel

Bei einer frontobasalen Schädel-Hirn-Verletzung mit Fraktur im Bereich der Schädelbasis können Nebenhöhlen, Siebbeinzellen eröffnet werden. Dabei wird gleichzeitig die Dura verletzt, die in diesem Bereich fest mit dem Knochen verbacken ist. Auf diese Weise kann eine Liquorfistel entstehen. Bedeutung hat die nasale oder rhinogene Liquorfistel mit Liquorabfluß aus der Nase. Dadurch kann eine aufsteigende Infektion entstehen mit einer Meningitis, Meningoenzephalitis oder einem frontalen Hirnabszeß.

Erkrankungen der Wirbelsäule – Bandscheibenprolaps

Erkrankungen und Veränderungen der Wirbelsäule s. orthopädischer Teil. Im Bereich der Wirbelsäule sind auch Fehlbildungen bekannt, s. Spina bifida, S. 76f.

Bandscheibenprolaps

Die Zwischenwirbelscheibe setzt sich zusammen aus einem Anulus fibrosus, einem Faserring, der im Zentrum einen Gallertkern einschließt, den Nucleus pulposus. Dieser stellt ein weiches – wie der Name schon sagt – gallertartiges Gewebe dar. Er wird von dem bindegewebigen fasrigen Faserring zusammengepreßt. Wirbelkörper und Bandscheiben werden außerdem von einem hinteren und vorderen Längsband fixiert. In der Zwischenwirbelscheibe entwickeln sich unter dem alltäglichen Belastungen im Laufe des Lebens degenerative Veränderungen, sie führen zu einem Elastizitätsverlust, ihre anfängliche Festigkeit läßt nach. Dadurch kommt es zu einer Lockerung. Diese Lockerung begünstigt das Auftreten von Gelenkveränderungen. Röntgenologisch erkennt man in solchen Fällen eine Verschmälerung des Zwischenwirbelraums, es bilden sich Randzacken an den Ansatzstellen des Längsbandes, s. S. 39f.
Außerdem kann es zu Zerreißungen des Faserringes kommen, nachrückendes Gallertgewebe kann sich dann als Protrusion vorschieben. Eine solche Bandscheibenprotrusion kann sich entweder nach dorsolateral – der häufigste Prolaps – oder nach dorsomedial entwickeln. Reißen Faserring und Längsband, dann kann das Bandscheibengewebe durch die Öffnung in den Wirbelkanal eindringen. Eine derartige Diskushernie führt zu charakteristischen Beschwerden und Ausfallserscheinungen.
Dorsolateralprolaps. Die Beschwerden setzen in der Regel akut ein. Es entsteht ein Schmerzsyndrom in dem Versorgungsgebiet der jeweiligen Nervenwurzel, auf die der Prolaps drückt. Diese Schmerzen können verstärkt werden durch Husten, Niesen und beim Pressen zum Stuhlgang. Es kommt zu einer reaktiven Verspannung der Rückenmuskulatur und zu einer Einschränkung der Beweglichkeit im Bereich der Lendenwirbelsäule, ein Dehnungsschmerz macht sich bemerkbar. Hauptsächlich findet man einen dorsolateralen Bandscheibenprolaps im Bereich der

unteren LWS – also im Bereich der Wurzeln L5 und S1. Das ist das typische Ischiassyndrom.
Bei einem Bandscheibenvorfall zwischen den 4. und 5. Lendenwirbel wird die 5. Lendenwurzel mechanisch irritiert und komprimiert: die sensiblen Ausfallserscheinungen (Hypalgesie und Hypästhesie) sind in Form eines „Generalstreifens" an der Außenseite des Ober- und Unterschenkels nachzuweisen, sie reichen bis zur großen Zehe. Motorisch findet sich in solchen Fällen eine Schwäche des Großzehenstreckers und der Fußhebung, so daß der Fersenstand nicht möglich ist. Diese Fußhebeschwäche darf nicht mit einer peripheren Peroneuslähmung verwechselt werden (S. 101). Ein Bandscheibenprolaps zwischen dem 5. Lenden- und 1. Sakralwirbel führt zu einer Irritation bzw. Ausschaltung der 1. Sakralwurzel. In diesem Fall findet sich das Schmerzband und die entsprechenden Sensibilitätsstörungen an der Beugeseite des Ober- und Unterschenkels. Die Sensibilitätsstörungen ziehen über die Ferse zur Kleinzehe zum lateralen Fußrand. Motorisch sind in diesem Fall die Plantarflexion der Großzehe und der übrigen Zehen gestört, so daß ein Zehenstand nicht möglich ist. Seltener entwickeln sich Prolapse in den höheren Bereichen der LWS. Bei einem Bandscheibenprolaps zwischen dem 3. und 4. Lendenwirbelkörper wird die 4. Lendenwurzel betroffen. Schmerzausstrahlung diesmal an der vorderen Streckseite des Beines hinunter bis zum Schienbein. Da die 4. Lendenwurzel zum N. femoralis gehört, besteht eine Streckerschwäche im Bereich des M. quadriceps femoris, das heißt, es bestehen Schwierigkeiten beim Treppensteigen und beim Aufrichten aus gebückter Stellung.
Im Gegensatz dazu führt ein **dorsomedialer Bandscheibenprolaps** zu einer Kompressionsschädigung der Cauda equina. Es entwickelt sich apoplektiform – also akut – ein massives Kaudasyndrom, es entstehen dabei eine Querschnittslähmung mit schlaffen Lähmungen an den unteren Extremitäten, sensible Ausfallserscheinungen, Störungen der Blasen-Mastdarm-Funktionen. Die motorischen Ausfallserscheinungen richten sich danach, in welcher Höhe es zu einem Vorfall gekommen ist.
Bandscheibenprolapse im *Bereich der Brustwirbelsäule* sind selten. Häufiger kommen jedoch Bandscheibenprotrusionen und Prolapse im *Bereich der Halswirbelsäule* zur Ausbildung, und zwar im Bereich der unteren HWS. Es entwickeln sich – je nach Sitz – ausstrahlende Schmerzen und Ausfallserscheinungen im Bereich der einzelnen abgehenden Halsnervenwurzeln. Daneben können aber auch Ausfallserscheinungen im Sinne einer zervikalen Myelopathie auftreten unter dem Bild eines extramedullären Halsmarktumors, besonders wenn es sich um einen dorsomedialen Prolaps handelt. Ausgeprägte Bandscheibenvorfälle können zu einer schweren Halsmarkkompression führen, zum Teil mit kompletter oder inkompletter Tetraplegie (S. 103). Auch ein Brown-Séquard-Syndrom (S. 104) kann durch einen zervikalen Bandscheiben-

prolaps entstehen. Diese Rückenmarkssymptomatik entsteht entweder durch direkte mechanische Schädigung der nervösen Elemente oder durch eine Zirkulationsstörung im Bereich der A. spinalis anterior. Das bedeutet, daß durch die mechanische Reizung oder Schädigung austretender Wurzeln und des Halsmarks unterschiedliche Beschwerden und Ausfallserscheinungen eintreten können, sie werden häufig begleitet von Nackenhinterkopfschmerzen und ausstrahlenden Schulter/Armschmerzen (HWS-Synchrom).

Neurolues

Die Lues, deren Erreger die Spirochaeta pallida ist, verläuft in mehreren Stadien. Bereits vor Beginn des 2., vor Ausbruch der Hautveränderungen, also 5 bis 12 Wochen nach der Infektion, können die Erreger die Hirnhäute erreichen. Man spricht dann von einer **Lues latens seropositiva,** wenn der neurologische Befund unauffällig, im Liquor aber Lymphozytose und Eiweißvermehrung besteht und WaR bzw. andere Antikörperreaktionen positiv sind. Ausreichende Behandlung mit Penicillin erforderlich.

Entwickeln sich neurologische Symptome, dann können die verschiedenen Verlaufsformen der Neurolues entstehen. Im Sekundärstadium entwickeln sich entzündliche Veränderungen an den Meningen und den Gefäßen. Die – **Lues cerebrospinalis** – entwickelt sich in diesem Stadium akut mit Lähmungen, Hirnnervenausfällen, Krampfanfällen und schweren Bewußtseinsstörungen, die bis zum Koma reichen können. Es entsteht so das Bild einer lueischen Meningoenzephalitis.

Im Tertiärstadium – also nach 2 Jahren und länger nach der Infektion – verläuft diese Erkrankung unterschiedlich, entweder als meningeale Form mit Hirnnervenausfällen, als vasale Form mit apoplektischen Insulten; bei der gummösen Form können Hirngummata Symptome eines Hirntumors machen. Die spinale Form kann verschiedene Systemerkrankungen des Rückenmarks nachahmen, s. S. 113. Die unterschiedlichen Verlaufsformen im Tertiärstadium zeigen entweder nur zerebrale Ausfallserscheinungen (Lues cerebralis) oder nur spinale (Lues spinalis) oder sowohl zerebrale als auch spinale (Lues cerebrospinalis). Im Liquor finden sich Zellvermehrungen, WaR im Liquor und im Blut 70 bis 90% positiv.

Bei der **Tabes dorsalis** handelt es sich um eine metaluetische Erkrankung, die im Tertiärstadium auftritt, sie beginnt etwa 8 bis 12 Jahre nach der Infektion, Männer erkranken viermal häufiger als Frauen. Die Erkrankung spielt sich spinal an den Eintrittszonen der Hinterwurzeln in die Hinterstränge ab, und zwar in einem Bereich, in dem es physiologisch zu einem Markscheidenverlust kommt. Es entwickeln sich degenerative Veränderungen der eintretenden Hinterwurzeln und der Hinterstränge; zerebral finden sich Veränderungen am Optikus und es entstehen charakteristische Pupillenstörungen.

Als Frühsymptom kann beim Mann Potenzverlust auftreten, im weiteren Krankheitsverlauf können Reizsymptome auftreten: blitzartig in die Beine einschießende Schmerzen (lanzinierende), tabische Organkrisen wie gastrische Krisen mit langanhaltendem Erbrechen, Nieren-, Ureter- und Blasenkrisen, es können unangenehme Parästhesien am Genitale auftreten, ferner eine Kälteüberempfindlichkeit meistens am Rumpf.
Neurologische Symptome: a) Hinterstrangsymptome, s. S. 104; b) Augenstörungen: charakteristisch sind Pupillenstörungen; meist sind die beiden Pupillen nicht gleich groß, sondern unterschiedlich groß, anisokor. Gelegentlich ist auch eine Pupille entrundet. Regelmäßig findet man aber eine fehlende Lichtreaktion bei erhaltener Konvergenzreaktion: reflektorische Pupillenstarre (Argyll-Robertson). Eine nicht obligatorische Optikusatrophie kann zu Sehstörungen führen.
Folgeerscheinungen sind schmerzlose, tiefe Geschwüre an der Fußsohle, Gelenkveränderungen i. S. einer tabischen Arthropathie. Der unbehandelte Liquor weist eine Zellerhöhung auf, der WaR ist im Liquor und Blut etwa zu 70% positiv, bei etwa 20% ist er im Liquor und Blut negativ.

Progressive Paralyse

Im Vordergrund stehen psychische Störungen, s. Psychiatrie. Häufigste neuroluetische Erkrankung (45%).
Manifestation: 10 bis 15 Jahre nach der Infektion,
Geschlechtsverteilung: Männer/Frauen 4 : 1.
Beginn: mit uncharakteristischen Beschwerden – pseudoneurasthenisches Vorstadium.
Verschiedene Verlaufsformen: am häufigsten die demente oder die expansive bzw. die halluzinatorische.

Neurologischer Befund

Häufig absolute Pupillenstarre, Licht- und Konvergenzreaktion negativ, dysarthrische Sprachstörungen. Bei etwa 10% der Patienten epileptische Anfälle, zum Teil als fokale; auch apoplektische Insulte, mit flüchtigen Hemiparesen können im Verlauf auftreten. Bei Kombination mit Hinterstrangsymptomen besteht eine *Tabo-Paralyse.*
Liquor: Zellzahl erhöht.
WaR im Liquor und Blut immer positiv.

Muskelerkrankungen (Myopathien)

Bei diesen Krankheitsbildern handelt es sich ursächlich nicht um einheitliche Erkrankungen. Unter dieser Bezeichnung werden Krankheitsbilder zusammengefaßt, bei denen sich die Erkrankung im Muskel abspielt. Störungen im Bereich des Nervensystems bestehen nicht. Charakteristisch kommt es zu einem Muskelschwund, zunächst einseitig, dann meist aber beidseitig, es entsteht eine Muskelschwäche bzw. Muskellähmung bei erhaltener Sensibilität. Im Gegensatz zu der neurogenen

Muskelatrophie (s. S. 101), z. B. fehlen Faszikulationen. Die Entwicklung der muskulär bedingten Lähmungen verläuft im allgemeinen langsam zunehmend, sie beginnen in der Regel schleichend; zeitweilig beobachtet man ein gehäuftes Auftreten in einzelnen Familien. Entscheidende Bedeutung für die Diagnostik haben Elektromyographie und Muskelbiopsie.

Dystrophia musculorum progressiva (progressive Muskeldystrophie)

Es handelt sich hierbei um die häufigste Muskelerkrankung, die auch am längsten bekannt ist. Bei dieser Erkrankung besteht ein genetisch bedingter, vererbter Enzymmangel im Bereich des Muskelstoffwechsels, dadurch entstehen langsam fortschreitende Funktionsstörungen. Die Entwicklung des Leidens zieht sich über viele Monate und Jahre hin. Zunächst erkranken die stammnahen Muskeln, d. h. die Muskeln des Schulter- und Beckengürtels (also Oberarm-Gesäßmuskulatur, Hüftbeuger). Durch den Untergang von Muskelgewebe entsteht ein Muskelschwund. An einzelnen Stellen wird das Muskelgewebe durch Fett- und Bindegewebe ersetzt. Eine anscheinend normale Muskelmasse kann dadurch vorgetäuscht werden. In anderen Fällen kommt es zu einer „Vermehrung der Muskelmasse", z. B. Pseudohypertrophie der Waden. Da sich die Erkrankung in bestimmten Muskelgruppen bevorzugt abspielt, entstehen bestimmte Haltungseigentümlichkeiten und Bewegungsabläufe. Zum Beispiel klettert ein Kind aus knieender Stellung in typischer Weise an seinen unteren Extremitäten hoch: der Gang wirkt durch Lähmung der Gesäßmuskulatur watschelnd, „Entengang". Im Bereich des Gesichtes kann es zu einer rüsselartigen Vorstülpung der Lippen kommen, die Schulterblätter treten flügelartig hervor (Lähmung der Schultergürtelmuskulatur).

In der Verlaufsentwicklung werden mehrere Gruppen und Sonderformen unterschieden: Die Schultergürtelform hat einen dominanten Vererbungsgang. Der Muskelschwund beginnt im Gesicht und in der Schultergürtelmuskulatur, er steigt herunter auf die Beckengürtelmuskulatur. Die Krankheitsentwicklung verläuft langsam, die Kranken können lange Zeit arbeitsfähig bleiben. Krankheitsbeginn zwischen dem 20. und 30. Lebensjahr.

Bei der Rumpfgürtelform beginnt der Muskelschwund im Bereich der Beckenmuskulatur, er steigt zu der Schultergürtelmuskulatur herauf, Krankheitsbeginn zwischen dem 10. und 20. Lebensjahr. Bei der geschlechtsgebundenen Form erkranken nur Knaben. Die maligne Verlaufsform endet in wenigen Jahren tödlich. Die Lähmungen beginnen im Beckengürtelbereich, die Erkrankung steigt sehr schnell nach oben in Richtung auf den Schultergürtel, Krankheitsbeginn: zwischen dem 2. und 6. Lebensjahr. Die gutartige Verlaufsform beginnt innerhalb der ersten beiden Lebensjahrzehnte, sie ist seltener als die bösartige und verläuft nicht so schnell, so daß die Gehfähigkeit längere Zeit erhalten bleibt.

Dystrophia myotonica

Zweithäufigste Muskelerkrankung. Auch hier dominanter Erbgang mit einer hohen Durchschlagskraft bei männlichen Krankheitsträgern, während weibliche Krankheitsträger eine geringere Penetranz aufweisen. Die Erkrankung beginnt in der Regel zwischen dem 20. und 30. Lebensjahr, auch ein früheres oder späteres Manifestationsalter ist bekannt; die Lebenserwartung ist verkürzt. Charakteristisch macht sich der Muskelschwund an den beiden Vorderarmen und Händen sowie an Unterschenkeln und Füßen bemerkbar. Sehr früh kommt es zu einem Muskelschwund im Bereich des Schläfenmuskels, der Augen- und Mundmuskulatur. Die Patienten bekommen einen charakteristischen Gesichtsausdruck, der gekennzeichnet ist durch ein herabhängendes Oberlid (Ptose), durch schlaffe Gesichtszüge. Die Muskulatur zeigt nach Kontraktion oder nach Beklopfen eine verzögerte Erschlaffung (myotone Reaktion). Zusätzliche Symptome: Kataraktbildung an den Augen, seltener Lidschlag, Keratitis, Einschränkung des Hörvermögens für hohe Frequenzen, endokrine Störungen; psychisch entwickelt sich ein organisches Psychosyndrom.

Myotonia congenita

Bei der Myotonia congenita handelt es sich ebenfalls um eine dominante vererbbare Erkrankung mit hoher Penetranz. Charakteristisch für diese Erkrankung ist eine myotone Reaktion im Bereich der quergestreiften Muskulatur, z.B. kann als Folge dieser myotonen Reaktion die Hand nicht plötzlich geöffnet werden, die Kranken können keine plötzlichen Bewegungen ausführen, erst nach mehrmaliger Wiederholung ist ein normaler Ablauf der Willkürbewegung möglich. Im Gegensatz zur Dystrophia myotonica kommt es nicht zum Muskelschwund, daher auch zu keiner vorzeitigen Invalidisierung.

Myasthenia gravis pseudoparalytica

Bei dieser Erkrankung handelt es sich nicht um eine Erkrankung der Muskelfibrillen, sondern um eine Ermüdungslähmung, bei zunehmender Belastung entwickelt sich eine myasthenische Reaktion, d.h., der Muskel ermüdet, erlahmt vollständig. Nach einer Ruhepause kann sich die Kontraktionsfähigkeit wieder vollständig herstellen. Besonders häufig sind befallen: Augenmuskulatur, Gaumensegel und Schlundmuskulatur, die Extremitätenmuskulatur bleibt auch nicht verschont. Das Manifestationsalter liegt zwischen dem 20. und 40. Lebensjahr, Ersterkrankungen können, namentlich bei Männern, auch später auftreten. Die Ermüdungserscheinungen entwickeln sich in der Regel im Laufe des Tages, sie nehmen gegen Abend zu. Frühzeitig machen sich Ermüdungslähmungen im Bereich der Lidheber, der Augenmuskulatur bemerkbar. Erste Symptome häufig: Ptose, Doppelbilder, aber auch Schluckstörungen; später können Ermüdungslähmungen in der Rumpf- und Extremitätenmuskulatur hinzukommen. Der Verlauf der Erkrankung ist unterschiedlich. Etwa 25% der Kranken erleben spontane Remissionen, die unterschiedlich lange andauern können. Wichtig für die Diagnose: Prüfung der elektrischen Erregbarkeit, Nachweis einer myasthenischen Reaktion, Elektromyogramm. Die myasthenische Reaktion kann durch Injektion eines Cholinesterasehemmers (Tensilontest) vorübergehend aufgehoben werden. Der neurologische Befund ist unauffällig. Die vorzeitige Ermüdbarkeit der Muskulatur ist auf eine biochemische Störung bei der neuromuskulären Reizübertragung zurückzuführen, es besteht eine Membranstörung im Bereich der motorischen Endplatte. Durch Autoimmunvorgänge ist die neuromuskuläre Übertragung verändert. Biochemisch besteht wahrscheinlich ein Mangel an Azetylcholin.

Erkrankungen peripherer Nerven – Polyneuropathien

Die Ausfallserscheinungen an den peripheren Nerven werden bestimmt durch sensible und motorische Störungen, dabei stehen erstere meistens im Vordergrund, sie werden als Mißempfindungen, Reizerscheinungen, Taubheitsgefühl, subjektiv daher als sehr unangenehm empfunden. Demgegenüber können die motorischen Ausfälle im Hintergrund stehen. Es handelt sich um ganz unterschiedliche Störungen – häufig nicht entzündlicher Natur. Aus diesem Grund spricht man von einer Polyneuropathie, wenn mehrere Nerven befallen sind und von einer Mononeuropathie, wenn es sich um einen Nerven handelt. Folgende Erkrankungen kommen ursächlich dafür in Frage: Stoffwechselstörungen, z. B. Diabetes mellitus, Urämie, Leberzirrhose. Vitaminmangel und Fehlernährungen führen ebenfalls zu derartigen Ausfallserscheinungen, desgleichen Vitamin-B-12 – Resorptionsstörungen. Ferner finden sich Polyneuropathien bei den verschiedenen Infektionskrankheiten z. B. beim Fleckfieber, der Diphtherie und der Lepra. Eine wichtige Ursache sind toxische Störungen, hier steht der Alkohol an erster Stelle, aber auch bestimmte Medikamente können Nervenlähmungen zur Folge haben. Mechanische Ursachen spielen bei den Armplexuslähmungen und bei den Ausfallserscheinungen im Bereich der großen Armnerven eine vorrangige Rolle, s. Tab. 5 und 6.

An den unteren Extremitäten liegt der Plexus lumbosacralis wesentlich geschützter als der Plexus brachialis. Aus diesem Grunde sind traumatische Plexusschädigungen in diesem Bereich seltener als im Bereich des Plexus brachialis.

Von Bedeutung ist der Ausfall des N. femoralis. Sein Ausfall macht sich besonders beim Treppensteigen bemerkbar, da er u. a. den M. quadriceps femoralis versorgt und damit das Bein in der Hüfte beugt und im Kniegelenk streckt. Der Nerv kann bei operativen Eingriffen geschädigt wer-

Tabelle 5. Armplexuslähmung.

	Segmente	Funktionsstörungen	Ursachen
obere Plexuslähmung = Erb-Lähmung	C_5-C_6	Das Anheben des Armes im Schultergelenk und die Außenrotation sind nicht möglich. Die Beugung im Ellenbogengelenk ist gemindert	Entbindungslähmung, falsche Lagerung bei Narkose, traumatische Schädigung, Rucksacklähmung
mittlere Plexuslähmung	C_5-C_6	Ausfall der vom N. radialis versorgten Streckenmuskulatur s. Tab. 6, N. radialis	Krückenlähmung, traumatische Einwirkungen
untere Plexuslähmung = Klumpke-Lähmung	C_8-Th_1	Ausfall der kleinen Handmuskulatur und der langen Fingerbeuger s. Tab. 6, Nn. radialis, ulnaris, medianus	Pancoast-Tumor, traumatische Schädigungen Entbindungslähmungen

den, z. B. bei der Blinddarm- oder Leistenbruchoperation. Auch eine plötzliche Überstreckung des Hüftgelenks kann durch Zerrung eine Femoralislähmung bewirken.
Bei den verschiedenen Polyneuropathien findet sich häufig eine Lähmung des N. peronaeus. Der Nerv versorgt die Zehenstreckmuskulatur, sein Ausfall führt zu einer Schwäche der Fußheber und damit zum Steppergang. Dieser Nerv kann durch Druck, z. B. durch zirkulären Gipsverband oder falsche Lagerung am Wadenbeinköpfchen geschädigt werden. Der Gegenspieler ist der N. tibialis, der die Unterschenkel- und Fußbeugemuskulatur versorgt. Bei Ausfallserscheinungen ist kein Zehenstand möglich.

Epilepsie

Bei den Epilepsien liegt eine abnorme Entladung bzw. krankhafte Erregung von Nervenzellen vor. Derartige Erregungen können in der Rinde oder in den tieferen Strukturen des Gehirns entstehen. Das Fehlen einer Erregungsbegrenzung fördert die Ausbreitung weiterer Entladungen von Nervenzellen. Veränderungen an der Zellenmembran können zu einer Steigerung der Erregbarkeit führen, wie z. B. Wasseranreicherung in der Zelle, Sauerstoffmangel, Schlafentzug. Die Erregbarkeit kann andererseits z. B. durch Entwässerung und durch Medikamente herabgesetzt werden. Da die Erregungsbegrenzung beim Anfallskranken fehlt, können sich die abnormen Entladungen der Nervenzellen auf benachbarte Hirnabschnitte ausbreiten und das gesamte Gehirn erfassen. Aus diesem Grunde können in einzelnen Fällen auch durch sensible oder sensorische Reize Anfälle ausgelöst werden, wie z. B. die fotogene Epi-

Tabelle 6. Periphere Lähmungen der oberen Extremitäten (unvollständige Übersicht).

Nerv	Segment	Muskelversorgung	Funktionen	häufigste Ursache
N. axillaris	C_5-C_6	M. deltoideus M. teres minor	Anheben des Armes bis zur Horizontalen, Außenrotation im Schultergelenk	vordere und untere Schulterluxation
N. musculo-cutaneus	C_5-C_7	M. biceps brachii M. coracobrachialis M. brachialis	Beugung im Ellenbogengelenk Supination des Unterarms	traumatisch, z. B. Beteiligung bei der oberen Plexuslähmung
N. radialis	C_5-C_8	M. triceps brachii	Streckung im Ellenbogengelenk	Oberarmschaftfraktur,
		M. brachioradialis	Beugung im Ellenbogengelenk	Druckschädigung,
		M. extensor carpi radialis	Streckung und radiale Abduktion im Handgelenk	Bleilähmung
		M. supinator	Supination des Unterarms und der Hand	s. auch mittlere Plexuslähmung
typ. Ausfallserscheinung: Fallhand		M. extensor digitorum	Streckung im Bereich der Fingergrundgelenke der Finger II bis V	
		M. extensor carpi ulnaris	Streckung im Handgelenk und ulnare Abduktion	
		M. extensor digiti V,	Kleinfingerstrecker	
		M. abductor pollicis longus	Abduktion des Daumen	
		M. extensor pollicis longus		
		M. extensor pollicis brevis	Daumenstreckung	
		M. extensor indicis proprius	Streckung des Zeigefingers	
N. ulnaris	C_8-Th_1	M. flexor carpi ulnaris	Beugung und ulnare Flexion im Handgelenk	Ellenbogenfraktur, sonstige traumatische Schädigungen
		M. flexor digitorum profund.	Beugung der Endglieder des IV. und V. Fingers	Dauerschädigungen bei Arbeiten mit Stanze, Bohrmaschine, Kompressor

Nerv	Segment	Muskelversorgung	Funktionen	häufigste Ursache
typ. Ausfallserscheinung: Krallenhand		M. abductur digiti V	Abduktion des Kleinfingers	
		M. opponens digiti V	Opposition des Kleinfingers	
		M. flexor digiti V brevis	Beugung im Grundgelenk des Kleinfingers	
		Mm. lumbricales	Beugung im Grundgelenk und Streckung in den übrigen Gelenken des Ring- und Kleinfingers	
		Mm. interossei	Spreizen und Zusammenbringen der Finger III bis V	
		M. adduktor pollicis	Adduktion des Daumens	
		M. flexor pollicis brevis	Beugung im Daumengrundgelenk	
N. medianus	$C_5 - Th_1$	M. pronator teres	Pronation des Unterarms	traumatische Schädigung
		M. flexor carpi	Beugung im Handgelenk und Abduktion nach radial	Schnittverletzungen am Handgelenk
		M. palmaris longus	Beugung im Handgelenk	*Karpaltunnelsyndrom:* = Kompression des Nerven im Handgelenk unter dem Lig. carpi transversum. Charakteristisches Beschwerdebild: meist gegen Morgen auftretendes ein- oder doppelseitig eingeschlafenes Gefühl der Hände mit oder ohne ziehende Schulterarmschmerzen (Brachialgia paraesthetica nocturna), tritt bei Frauen häufiger auf als bei Männern, bes. im Klimakterium und im Zusammenhang mit einer Schwangerschaft
		M. flexor digitorum superficialis	Beugung der Finger im Bereich der Mittelphalangen	
typ. Ausfallserscheinung: Schwurhand		M. flexor digitorum profundus	Beugung der Endphalangen, Endglieder des Zeige- und Mittelfingers	
		M. flexor pollicis longus		
		M. flexor pollicis brevis	Daumenbeugung	
		M. abductor pollicis brevis	Abduktion des Daumens	
		M. opponens pollicis brevis	Opposition des Daumens	
		M. lumbricalis	Beugung im Grundgelenk und Streckung in den übrigen Gelenken von Zeige- und Mittelfinger	

lepsie durch das Flimmern des Fernsehschirms oder durch wechselnde Lichtreize beim Befahren baumbestandener Alleen.
Epileptische Anfälle sind eine häufige Erkrankung, etwa 0,5% der Gesamtbevölkerung leidet daran; das sind etwa 15 Millionen Menschen, bei denen anfallsweise Zustände auftreten, die häufig mit einer Bewußtseinsstörung verbunden sind und mit motorischen Entladungen unterschiedlicher Ausprägung. Epilepsien sind Leidenszustände verschiedener Ätiologie, die durch wiederholtes Auftreten von Krampfanfällen gekennzeichnet sind. Für die Diagnose sind entscheidend Vorgeschichte, Kenntnis der verschiedenen Anfallsformen, Hirnstromableitung, wobei betont werden muß, daß ein normales Hirnstrombild eine Epilepsie nicht ausschließt.
Die Hirnkrampfanfälle werden nach unterschiedlichen Gesichtspunkten eingeteilt. Sind die Anfälle auf eine organische Hirnerkrankung zurückzuführen, dann spricht man von einer *symptomatischen* Epilepsie, d. h., der Anfall ist das Symptom einer Hirnerkrankung. Ist eine organische Ursache nicht nachweisbar, dann handelt es sich um eine Epilepsie unbekannter Ursache oder eine *kryptogene* bzw. *idiopathische* Epilepsie. – Seltener ist die *hereditäre* Epilepsie. Dabei beobachtet man bei mehreren Familienmitgliedern das Auftreten von Krampfanfällen. Leidet einer der Eltern an einem derartigen Anfallsleiden, dann beträgt die Erkrankungswahrscheinlichkeit bei den Kindern 4–8%. Da aber auch bei den symptomatischen Epilepsien eine „epileptische Prädisposition" eine Rolle spielt, ist die Wahrscheinlichkeit einer Erkrankung bei den Nachkommen und Geschwistern von Menschen mit einer erworbenen Epilepsie auch höher als in der Durchschnittsbevölkerung.
Eine andere Einteilung der Epilepsie geschieht nach den Anfallsformen:

Grand-mal-Epilepsie

Sie geht mit *generalisierten Krampfanfällen* einher, dem Anfall kann eine Aura (Vorbote) vorausgehen, der Anfall selbst entwickelt sich plötzlich. Bei Beginn des Anfalls wird häufig ein Initialschrei ausgestoßen, der durch eine Kontraktion der Atemmuskel entsteht bei fast geschlossener Stimmritze. Der Kranke stürzt wie vom Blitz getroffen zu Boden. Dabei kann es zu Verletzungen kommen. Die Augen sind meist weit geöffnet, die Augapfel stehen häufig nach oben oder zur Seite; Die Pupillen reagieren nicht auf Licht. In dieser Phase des Anfallsablaufs ist der gesamte Körper gestreckt (tonische Phase), das Gesicht wird blau zyanotisch. Dann setzen nach mehreren Sekunden rhythmisch-klonische Zuckungen ein in allen vier Extremitäten, dabei kommt es häufig zur Schaumbildung vor dem Mund, zum Zungenbiß und zum unwillkürlichen Urin- oder Stuhlabgang. Diese Krampfentladungen können Minuten anhalten, danach liegt der Kranke zunächst schlaff und bewegungslos da, verfällt entweder sofort in einen Terminalschlaf, der Minuten bis Stunden dauern kann oder nach einem derartigen Anfall besteht eine vorübergehende psychische Störung – ein postparoxysmaler Dämmerzustand. In diesem Dämmerzustand besteht eine Bewußtseinstrübung, der psychomotorische Ablauf ist verlangsamt, es kommt zur Verkennung von Situationen. Die Kranken können das Verhalten anderer Menschen fehldeuten, sie können sie als bedrohlich empfinden und sie mit Ratlosigkeit oder aggressiven Abwehrhandlungen beantworten.

Status epilepticus

Erlangt der Kranke nach Beendigung eines Krampfanfalls nicht mehr das Bewußtsein, wiederholen sich die Anfälle in kurzen Abständen, dann besteht ein generalisierter Status epilepticus. Erlangt der Kranke dagegen nach jedem Anfall wieder das Bewußtsein, handelt es sich um eine *Häufung von Krampfanfällen.* Ein Status epilepticus ist immer lebensgefährlich. Gelingt es nicht, ihn zu unterbrechen, dann besteht die Gefahr, daß der Kranke an einem zentralen Herz- und Kreislaufversagen stirbt.

Generalisierte Krampfanfälle können sich in jedem Lebensalter manifestieren. Die idiopathische Epilepsie entwickelt sich meistens um das 20. Lebensjahr. Wesentlich früher auftretende Krampfanfälle sind in der Regel Folge einer frühkindlichen Hirnschädigung oder einer sonstigen Hirnschädigung, die das Kleinkind nach der Geburt erlitten hat (Residualepilepsie).

In einzelnen Fällen treten generalisierte Krampfanfälle zu bestimmten Tageszeiten auf, so bekommen z. B. Kranke ihre Krampfanfälle nur nachts aus dem Schlaf heraus. Es handelt sich um eine *Schlafepilepsie.* In anderen Fällen machen sich die Anfälle beim Aufwachen oder in den ersten Morgenstunden bemerkbar – *Aufwachepilepsie.* Haben die Anfälle keine Beziehung zu bestimmten tageszeitlichen Rhythmen, dann spricht man von einer *diffusen Epilepsie.* Während es sich bei Schlaf- und Aufwachepilepsie sehr häufig um kryptogene Anfälle handelt, besteht bei den diffusen Epilepsien nicht selten ein symptomatisches Anfallsleiden. Ein derartiges Anfallsleiden ist die posttraumatische Epilepsie, die insbesondere nach offenen Schädelhirnverletzungen auftritt, weniger häufig nach geschlossenen. Der erste Anfall entwickelt sich etwa in 50% ein halbes Jahr nach dem Unfallereignis, $^4/_5$ aller Kranken mit einer posttraumatischen Epilepsie erleben ihren ersten Anfall innerhalb der ersten 2 Jahre. Macht sich der erste Anfall innerhalb weniger Minuten nach der Verletzung und innerhalb der ersten Woche bemerkbar, dann handelt es sich um eine *Frühepilepsie.* Das kann ein einmaliges, nicht wiederkehrendes Ereignis sein, in einzelnen Fällen kann aber dadurch das Risiko einer später auftretenden posttraumatischen Epilepsie erhöht sein.

Fokale Epilepsie

Den generalisierten Krampfanfällen stehen die *Herdanfälle* gegenüber. Bei der fokalen Epilepsie oder der Jackson-Epilepsie entwickeln sich die motorischen und sensiblen Entladungen in einer bestimmten Körperregion. Es kommt z.B. zu Zuckungen im Gesicht oder in der Hand bzw. im ganzen Arm. Im Gegensatz zu den generalisierten Krampfanfällen bleibt das Bewußtsein erhalten, der Kranke stürzt nicht hin. Ursache für diesen Anfallstyp sind immer Hirnschädigungen im Rindengebiet; es handelt sich in jedem Fall um eine symptomatische Epilepsie. Derartige Herdanfälle können auch generalisieren, es entwickelt sich danach ein generalisierter Anfall.

Schläfenlappenepilepsie

Eine Sonderstellung nimmt die Schläfenlappenepilepsie oder die psychomotorische Epilepsie, bzw. Temporallappenepilepsie ein. Derartige Anfälle haben in der Regel einen charakteristischen Ablauf. Zu Beginn des Anfalls tritt eine Aura auf, die dem Anfall vorausgeht. Die Kranken haben z.B. bestimmte Sinnes-Wahrnehmungen; aber auch vegetative Sensationen sind bekannt, wie Herzklopfen, Schwindel, Speichelfluß, häufig wird ein Wärme- oder Beklemmungsgefühl in der Magengegend angegeben. Im weiteren Verlauf entwickelt sich eine Bewußtseinseintrübung, sie erleben manchmal traumhafte, unwirkliche Zustände. Es treten stereotype Bewegungen und Handlungsabläufe auf, orale Automatismen. Man beobachtet Bewegungen der Kau-, Schluck-, Lippen- und Zungenmuskulatur begleitet von Schnalz- und Schnauzbewegungen. Verschiedene Gesten werden stereotyp wiederholt, Aufknöpfen einer Jacke, Aufräumen von Gegenständen, Wischbewegungen. Bei diesem Ablauf stürzen die Kranken nicht hin, sie können z.B. ziellos suchend im Zimmer herumlaufen, von einem Fuß auf den anderen treten. Typisch für eine Schläfenlappenepilepsie sind Dämmerzustände, für die Umgebung verhält sich ein Kranker geordnet, führt offenbar durchdachte Handlungen aus. Diese Zustände dauern entweder nur kurze Zeit (Dämmerattacke) oder sie halten Stunden oder Tage an (Dämmerzustand). Für diese Zustände besteht ein vollständiger Erinnerungsverlust (Amnesie).

„Kleine" epileptische Anfälle

Sie haben gemeinsam, daß sie weniger dramatisch ablaufen, daß sie sich häufig einstellen, daß sie altersgebunden sind. Sie setzen in einem bestimmten Lebensalter ein, sind also abhängig von Reifungsstadien des Gehirns.

Die **Blick-Nick-** und **Salaamkrämpfe** entwickeln sich in den ersten beiden Lebensjahren. Im Anfall kommt es zu ruckartigen nach vorn gerichteten

Kopfbewegungen in Form eines Nickens. Gleichzeitig werden die Arme nach vorne oder zur Seite geworfen oder es entsteht ein Zusammenzucken des Körpers, begleitet von Bewegungen der Arme oder der Beine. Die einzelnen Anfälle dauern nur Sekunden, in dieser Zeit verbunden mit Bewußtseinseintrübung. Charakteristisch treten diese Anfälle in Anfallsserien auf, um das 5. Lebensjahr sistieren sie, später entwickeln sich bei den Kindern weitere Anfälle von fokalem oder generalisiertem Typ. Ursächlich kommen pränatale oder perinatale Hirnschädigungen vor, s. ICD. Nicht selten bestehen Mißbildungen oder eine angeborene Stoffwechselerkrankung.

Die **myoklonisch-astatischen kleinen Anfälle** manifestieren sich im Alter zwischen 1 bis 9 Jahren, am häufigsten machen sie sich zwischen dem 2. und 4. Lebensjahr bemerkbar, sie sind dadurch gekennzeichnet, daß die Kinder einen plötzlichen Tonusverlust erleiden und wie vom Blitz getroffen zu Boden fallen, oder die Kinder sacken in sich zusammen. Diese Anfälle treten besonders bei Knaben auf, sie manifestieren sich häufig nach dem Erwachen aus dem Nacht- und Mittagschlaf. Die Prognose ist nicht so ungünstig wie bei den Blick-, Nick- und Salaamkrämpfen.

Die kleinen Anfälle des Schulalters machen sich in Form von **Absencen** bemerkbar. Das Manifestationsalter liegt zwischen 4 bis 14 Jahren mit einem Gipfel zwischen 6 bis 10 Jahren. Die Anfälle treten sehr häufig auf, können leicht durch Hyperventilation oder Aufregung ausgelöst werden. Der Anfall selbst dauert nur Sekunden, er ist gekennzeichnet durch eine kurzfristige Bewußtseinsstörung. Die Kranken unterbrechen plötzlich Handlungen, hören auf zu reden, sie starren kurze Zeit vor sich hin, dann nehmen sie ihre Tätigkeit dort wieder auf, wo sie sie vorher unterbrochen haben. Manchmal werden derartige Absencen auch von leichten motorischen Entladungen, leichten Zuckungen des Kopfes, des Gesichtes begleitet. Diese Absencen (Pyknolepsie) gehört in die Gruppe der kryptogenen Anfallsleiden. Meistens findet sich eine hereditäre Belastung, in der Regel heilt $^1/_3$ aus, bei einem weiteren Drittel entwickeln sich in der Pubertät und später generalisierte Anfälle (Mischepilepsie).

In der Pubertät zwischen dem 14. bis 17. Lebensjahr können Anfälle auftreten, die sich durch kurze, heftige Zuckungen im Bereich der Schultern und der Arme auszeichnen, die nur wenige Sekunden anhalten, dabei kein Hinstürzen, das Bewußtsein ist nicht gestört (**myoklonische Epilepsie**). Derartige Anfälle machen sich später in Kombination mit generalisierten Anfällen bemerkbar, dabei kann ein derartiger kleiner Anfall als motorische Aura eines generalisierten Anfalls auftreten. Auch diese Anfälle können durch Alkoholgenuß und Schlafentzug provoziert werden.

Zirkulationsstörungen des Gehirns

Hirngefäßerkrankungen haben in den letzten Jahrzehnten erheblich zugenommen. In der Bundesrepublik sterben jährlich etwa 100000 Menschen an einem apoplektischen Insult. Damit steht diese Todesursache an dritter Stelle. 15% aller Gesamttodesursachen sind darauf zurückzuführen.
Durch die Verbesserung der Diagnostik gelingt es nicht nur die verschiedenen Formen des apoplektischen Insultes besser zu erfassen, sondern auch andere Störungen wie Gefäßmißbildungen, extra- oder intrazerebrale Hämatome.

Ischämischer Insult

Bei den akut auftretenden Mangeldurchblutungen im Gehirn steht der ischämische Insult oder der weiße Hirninfarkt an erster Stelle. Seine häufigste Ursache ist zu 83% die Arteriosklerose. Dadurch entstehen stenosierende und obliterierende Gefäßprozesse. Da in einem Drittel der Fälle derartige Gefäßverschlüsse außerhalb des Gehirns auftreten, sind sie wegen ihrer Lage operativen Eingriffen zugänglich.
Der ischämische Insult macht sich mit oder ohne charakteristische Vorboten bemerkbar. Gelegentlich gehen ihm Kopfschmerzen oder allgemeines Unwohlsein voraus. Die nachfolgenden neurologischen Ausfallserscheinungen – das häufigste Symptom ist eine Hemiplegie – entwickeln sich meistens nicht schlagartig, sondern innerhalb von Stunden, dabei besteht eine unterschiedliche Beeinträchtigung der Bewußtseinslage. Sie kann von starker Benommenheit bis zum Koma reichen. Lediglich bei leichten Störungen der zerebralen Durchblutung finden sich keine Veränderungen der Bewußtseinslage.

Hämorrhagischer Insult

Er macht sich in etwa 15% der Fälle bemerkbar, bei ihm besteht ursächlich zu etwa 80% ein Bluthochdruck. Durch die Arteriosklerose kommt es zu typischen Gefäßwandveränderungen mit Elastizitätsverlust, durch einen Gefäßriß kommt es zu einer Blutung in das umgebende Hirngewebe (Rhexisblutung). Diese Blutungen können klein und umschrieben bleiben (Kugelblutungen). Werden sie größer, dann entsteht ein intrazerebrales Hämatom. Kommt die Blutung nicht zum Stillstand, durchbricht sie die Wände der Seitenventrikel, führt sie zur Ventrikeltamponade. Es handelt sich in der Regel um ein schweres Krankheitsbild, die Kranken sind häufig komatös, es entwickeln sich Streckkrämpfe, die Prognose ist sehr ungünstig, da derartige Massenblutungen zu 80% tödlich enden.

Embolischer Gefäßverschluß

In 5% der Fälle kommt es zu einem embolischen Gefäßverschluß, meistens liegt eine Erkrankung am Herzen vor, z.B. eine Mitralstenose oder Endokarditis; es lösen sich Wandthromben, diese geraten in den Hirnkreislauf. Die Folge sind akut einsetzende neurologische Ausfallserscheinungen, meistens ohne Bewußtseinsverlust.

Die neurologischen Ausfallerscheinungen bei einer zerebralen Mangeldurchblutung hängen davon ab, welcher Gefäßbereich nicht mehr für die Blut- und damit für die Sauerstoffversorgung des Gehirns zur Verfügung steht. Das Ausmaß der Störungen ist außerdem abhängig von der kollateralen Blutversorgung. Da die Hirngefäße durch Gefäßnetze miteinander verbunden sind, hängen Entstehung und Rückbildung von Funktionsstörungen weitgehend davon ab, wieweit dieser Kollateralkreislauf die beeinträchtigte Blutversorgung ausgleichen kann. So kann z.B. der Verschluß der Halsschlagader ohne Folgen bleiben, wenn die Halsschlagader der Gegenseite die Versorgung über die Verbindungsarterie zwischen den beiden vorderen Hirnarterien übernimmt. Andererseits kann der Ausfall einer relativ kleinen Arterie zum Beispiel der „Arterie des Schlaganfalls“ folgenschwere Auswirkungen haben, denn sie versorgt die innere Kapsel. Dort liegen auf engem Raum motorische und sensible Bahnen. Die Folge ist eine charakteristische Hemiplegie der Gegenseite. Der Muskeltonus ist anfangs schlaff. Erst später unter Umständen nach Tagen oder gar Wochen entwickelt sich eine Spastik, der Arm steht dann in einer Beuge- und das Bein in einer Streckhaltung. Die Lähmungen bilden sich im Arm langsamer als im Bein zurück.

Ausfälle einzelner Arterien im vorderen und hinteren Hirnkreislauf führen zu charakteristischen Ausfallserscheinungen. So spielen sich z.B. 15% der ischämischen Insulte im Versorgungsgebiet der beiden Vertebralarterien bzw. der Basilararterie ab. Derartige Durchblutungsstörungen bewirken dann Ausfallserscheinungen im Bereich des Hirnstamms (Medulla oblongata).

4. Beschäftigungstherapie in der Neurologie

Von A. Handrack

Einleitung

Die Behandlungshinweise und -ratschläge im nachfolgenden Teil entstammen der Praxis der funktionellen BT-Abteilung einer Neurologischen Klinik, die über ein sehr gemischtes Krankengut verfügt und in der etwa zwei Drittel aller Patienten beschäftigungstherapeutisch betreut werden. Innerhalb eines solchen Rahmens können die aufgezeigten Methoden als Standard gelten.
Im Laufe der Spezialisierung der medizinischen Disziplinen haben sich aber auch auf dem Gebiet der Neurologie weitere Aufteilungen ergeben: So gibt es in der Bundesrepublik inzwischen 27 Sonderabteilungen für Querschnittgelähmte und eine große Anzahl von Einrichtungen für Hirnverletzte, Anfallkranke, Zerebralparetiker, Parkinson- und Multiple-Sklerose-Patienten. Weiterhin sind noch etwa 44 neurochirurgische Kliniken im Bundesgebiet, deren Patientengut z. T. auch beschäftigungstherapeutisch betreut werden sollte.
Zwangsläufig ergibt sich hiernach eine Spezialisierung und Differenzierung der beschäftigungstherapeutischen Tätigkeitsmerkmale. Die Behandlungsschwerpunkte innerhalb eines Epilepsiezentrums werden anders aussehen als die in einer Querschnittabteilung.

Allgemeine Hinweise zur Einrichtung und zur Gestaltung der neurologischen Beschäftigungstherapie

Wie eingangs schon erwähnt, gibt es je nach neurologischem Spezialbereich differenzierbare Beschäftigungstherapiefunktionen verbunden mit jeweils besonderem Ausstattungsbedarf. Folgende Hinweise betreffen also nur universale Prinzipien, die entsprechend ergänzt oder abgewandelt werden müssen.

Die Behandlungsräume müssen für die Patienten auf kurzem Weg und ohne großen Zeitaufwand erreichbar sein. Optimal ist die Zusammenfassung aller Behandlungseinrichtungen (Krankengymnastik, Logopädie u. a.) unter einem Dach, um 1. die Gleichwertigkeit der Therapieformen zu unterstreichen und um 2. kollegiale Zusammenarbeit und Kontakthaltung zu ermöglichen.
Die Kosten für das Dauerinventar sind im Vergleich zu denen der Krankengymnastik gering, die Aufwendungen zur ständigen Ergänzung des Arbeitsmaterials sind dagegen höher. DIN-Normen zur baulichen Gestaltung im Beschäftigungstherapiebereich sind noch nicht veröffentlicht worden. Die Raumgröße hat sich nach der Anzahl der gleichzeitig zu behandelnden Patienten zu richten. Bei der Planung ist auf genügend Rangierfläche für Rollstuhlfahrer zu achten, eventuell ist eine Stellfläche für Bettpatienten bereitzuhalten. Unerläßlich

sind gute Licht-, Belüftungs- und Raumtemperaturverhältnisse (vgl. Industrienormen). Bodenbeläge müssen rutschfest (Freudenberg-Norament) sein, Treppenabgänge und niedrige Fensterbrüstungen sind wirksam abzusichern.
Nebenräume ausreichenden Zuschnitts dienen der Einzeltherapie, als Materiallager, als Büro- und Aufenthaltsräume und als Arbeitsräume für besondere Zwecke (Hilfsmittelherstellung, Lärm- und Schmutzarbeiten). Ideal im Sinne des Rehabilitationsgedankens ist das Vorhandensein von Räumen, die auf die Bedingungen des „Daily Living Activities"-Trainings zugeschnitten sind: Küche und Bad mit Spezialausstattung sowie kombiniertes Wohn/Schlafzimmer mit entsprechendem Mobiliar.
Das zu verwendende Handwerkszeug sollte funktionsgerecht und von guter Qualität (s. Zeitschrift „test") sein. Die für die einzelnen Techniken benötigten Gerätschaften werden als bekannt vorausgesetzt. Hauptaugenmerk muß auf die Beschaffung geeigneter funktioneller Übungsgeräte gelegt werden. In den USA, Kanada, Großbritannien und in Skandinavien bereitet das keine Probleme: Hier sind diese Geräte bis zur Serienreife entwickelt worden und werden von dort auch in die Bundesrepublik exportiert.

Organisation der Beschäftigungstherapieabteilung

Für die im Verbund mit anderen Fachdisziplinen arbeitenden Therapeuten ist es wichtig, dem Tagesablauf innerhalb des eigenen Bereiches eine geordnete Struktur zu verleihen, um Leerlauf oder Überbelastung auszuschalten. Da in der funktionellen Therapie überwiegend mit Einzelpatienten gearbeitet wird, sind die *Schlüsselzahlen* bezogen auf Therapeuten/Patientenanzahl interessant:

Nach Auffassung des Weltverbandes und nach interner Einschätzung kann man davon ausgehen, daß ein Therapeut mit Berufserfahrung tägl. bei maximal 10 bis 15 Patienten verantwortlich tätig sein kann. Im Hinblick auf die besondere Aufgabenstellung z. B. bei Patienten im Frühstadium oder im Weiterbehandlungsfall, generell also bei sehr intensiver Einzeltherapie muß sich das Verhältnis auf 1 : 8 bis 1 : 5 pro Tag verringern.
Da in den letzten Jahren die tarifliche Arbeitszeit immer kürzer geworden ist, hingegen die Stellenpläne aber nicht immer erweitert worden sind, und sich die Belegungsziffern nicht spürbar reduziert haben, kann es in den Abteilungen häufig zu zeitlichen und personellen Engpässen kommen. Hinzu kommt die ganz erhebliche Personalfluktuation.

Es ist deshalb ratsam, daß man sich in solchen Fällen nur auf die Aufgaben von wesentlicher Bedeutung konzentriert und Arbeitsaufträge sachfremder Natur zurückweist. Nicht selten weiß das Pflegepersonal es zu schätzen, tagsüber leergefegte Stationen und Betten zu beaufsichtigen, es neigt dann dazu, die Patienten ohne nähere Begründung zum „Basteln" zu schicken. Hier ist es angebracht, bei den verantwortlichen Ärzten auf die Einführung eines *Verordnungsbogens* zu dringen, der anamnestische Angaben über den Patienten enthält, in dem also Diagnose und Symptomatik knapp erläutert werden und der Aufschluß über die Indikationsstellung und besondere Behandlungsmaßnahmen geben muß (s. Muster).

Tabelle 1. Muster für Verordnungsbogen.

Städtische Krankenanstalten
Neurologische Abteilung

Verordnungsbogen

für beschäftigungstherapeutische Maßnahmen bei neurologischen, orthopädischen und chirurgischen Fällen in der Abt. für funktionelle Beschäftigungstherapie.

---

1. *Diagnose:*

2. *Symptomatik:*

Patient:

Zimmer:

---

3. *evtl. psychiatrische Beurteilung:*

4. *Datum*
   a) der Verletzung:

   b) der neurochirurgischen oder chirurg.-orthopäd. Eingriffe:

5. *Besondere Medikation:*
   (Nebenwirkungen)

6. *Krankengymnastik*
   ○ ja ○ nein

7. *Datum:*

____

Stationsarzt

Funktionelle Beschäftigungstherapie mit:

○ Selbsthilfetraining
○ Hilfsmittel(beratung)
○ Haushaltstest
○ Haushaltstraining

○ Kommunikationstraining
○ Konzentrationsübungen

○ Koordinationsübungen
○ Muskelkräftigung
○ Gelenkmobilisation
○ Feinmotorische Übungen
○ Belastungstraining
○ Stehtraining

○ Ablenkung, Freizeitnutzung
○ Gruppenbeschäftigung

Weitere Maßnahmen:

Besonders beachten:
(Anfälle, Diab. mellitus, Herzinsuffizienz)

Beschäftigungstherapeutin:

____

Krankengymnastin:

____

Logopädin:

____

Behandlungsbeginn:
____

Behandlungsende:
____

Abschlußbericht umseitig

Der Vorschlag kann auf wenig Gegenliebe stoßen, da im allgemeinen über die Zettel- und Formularflut im klinischen Bereich geklagt wird. Tatsächlich sollten die Formalien im Interesse patientenzentrierter Medizin gering gehalten werden.
Merke jedoch: Ohne ärztliche Verordnung keine Behandlungsmaßnahmen einleiten, schon gar nicht auf eigene Faust.

Ist es an einem Haus üblich, gemeinsame Besprechungen und Visiten abzuhalten, so empfiehlt es sich, über jeden Patienten ein *Behandlungsprotokoll* anzulegen, in dem chronologisch geordnet in aufschlußreicher und genauer Form die Feststellungen, Schlußfolgerungen und die aktuellen Therapiemaßnahmen notiert werden. (DIN-A-5-Kleinordner, gelochtes Stenopapier mit Mittelteilung, rechts z. B. aktuelles BT-Protokoll, links Visitenprotokoll).
Bei anstehender Entlassung kann ein ordentlich geführtes Behandlungsprotokoll als Grundlage für den Abschlußbericht dienen, der auf die Rückseite des Verordnungsbogens geschrieben und der Krankengeschichte beigefügt wird.

Hilfsmittel

Innerhalb der Neurologischen Klinik sollte ein *Hilfsmittelpool* zur Verfügung stehen, aus dessen Bestand Beschäftigungstherapeuten, Krankengymnasten und das Pflegepersonal bei Bedarf die Patienten für die Dauer des Klinikaufenthaltes versorgen können.

Als Grundausstattung sind notwendig: Rollstühle unterschiedlicher Dimension und Ausstattung, Rollstuhlzubehör der verschiedenen Fabrikate (wie Rückenbretter, Sitzeinlagen, Tische, Ersatzteile und Werkzeug, Patentventile, Luftpumpen, Schraubenschlüssel), Gehstützen und -hilfen (Stöcke, Unterarmstützen, Rollatoren, Delta-Gehräder), Bett-Tische, Aufrichtehilfen wie „Bettgalgen“ und „Strickleitern“, Bettkästen, Bettlesetische, Greifhilfen, Spezialgeschirr und -besteck u. a. Eßhilfen, rutschfeste Tischsets, Spezialservietten und vieles andere mehr. Die Aufzählung der altbewährten und der vielen neu entwickelten Hilfsmittel könnte Seiten füllen, was dem Rahmen dieses Überblicks nicht angepaßt wäre. Aus Kontrollgründen erscheint eine Karteiführung über Bestand, Ausgabe und Rückgabe der Hilfsmittel unerläßlich. Die Hilfsmittelapplikation sollte unbedingt schriftlich in der Patientenakte oder -kurve festgehalten werden, auf jeden Fall muß sie im BT-Bericht erscheinen, um dem Arzt Anhalt für eine Bescheinigung (zwecks Anschaffung) mit genauer medizinischer Begründung zu geben. Voranzugehen hat natürlich eine gründliche Erprobung der Geräte, um die *Gebrauchsfähigkeit* und das *Vertrautsein* für den Patienten sicherzustellen. Nicht selten landet ein gutgemeintes Hilfsmittel zuhause in der Rumpelkammer entweder, weil die Patienten sich dort besser zu helfen wissen oder weil sie die richtige Handhabung nicht erfaßt haben. Häufig machen auch die jeweiligen Kostenträger einen dicken Strich durch die Rechnung, indem sie aus eigenem Gutdünken die Kostenübernahme verweigern oder ein weniger geeignetes, dafür aber preisgünstigeres Hilfsmittel dem Patienten „verpassen“, eben nicht anpassen. In diesem Zusammenhang muß noch einmal darauf hingewiesen werden, daß solche Schwierigkeiten vermeidbar sind, wenn das klinikärztliche Gutachten sich ausführlich und exakt auf den Behinderungsgrad des Patienten bezieht und die Hilfsmittelbeschaffung dementsprechend begründen kann. Die Kassengutachter erheben dann in der Regel keine Rückfragen oder Einwände. Bei anderen ge-

setzlichen Rehabilitationsverfahren sind die Kostenträger allem Anschein nach noch ziemlich großzügig.
Merke: Sollten Patienten Sonderwünsche haben, so muß man sie darauf aufmerksam machen, daß die Kostenträger nicht gewillt sind, alle Auslagen zu tragen und daß auch der Klageweg über die Sozialgerichtsbarkeit nicht eben und immer erfolgversprechend erscheint. Mit diesen Problemen wird man in der Praxis häufiger konfrontiert und es kommt hier für den Arzt sehr auf die gewissenhafte Zuarbeit der Therapeuten an.

Anwendungen der Beschäftigungstherapie

Periphere Nervenschädigungen und Myopathien

Einige der charakteristischen Ausfallserscheinungen im peripheren motorischen Neuron lassen sich in Verbindung mit der Krankengymnastik auch funktionell beschäftigungstherapeutisch beüben. Je nach Ausgangslage werden insbesondere im Bereich der Oberen Extremitäten operative (Hand- bzw. Neurochirurgie) oder konservative Maßnahmen vorgenommen. Voraussetzung zur geeigneten Funktionsschulung sind die sorgfältige Statusaufnahme und die Inspektion der betroffenen Gliedmaßen.

Behandlungsziele (modifiziert nach Pfenniger 1976):
1. Verhütung von Fehlstellungen (z.B. Schienung u. Lagerung, s. S. 288 ff).
2. Tonus- u. Krafterhaltung der nicht gelähmten Muskulatur;
3. Erhaltung u. Anregung der Blutzirkulation und Abbau von Ödemen;
4. Stärkung der reinnervierten Muskulatur;
5. Förderung und Erhaltung des normalen Bewegungsumfangs;
6. Förderung der Tastfähigkeit;
7. Förderung der Koordination;
8. Verhütung von Trickbewegungen;
9. Gebrauchsschulung der betroffenen Extremität.

Die Heilungsdauer der peripheren Nervenverletzungen kann sich unterschiedlich lang hinziehen, jedenfalls sollten die Übungstätigkeiten möglichst abwechslungsreich gestaltet werden. In der Regel wird die Therapie ambulant krankengymnastisch fortgesetzt.
Anders verhält es sich bei Patienten mit Polyneuropathien, bei denen je nach Schweregrad zunächst Therapie am Bett und später, sich langsam steigernd, umfassende funktionelle Therapie in der Beschäftigungstherapieabteilung stattfindet. Hier kommen auch die *funktionellen Übungsgeräte* (Webrahmen u. a.) in kombinierter Form zur Geltung. Bei alkoholtoxisch bedingten Krankheitsfällen muß u. U. ein *Korsakow-Syndrom* therapeutisch erfaßt werden.
In der Auswirkung den peripheren Nervenschädigungen ähnlich stellen sich die *Myopathien* dar, bei denen aber überwiegend die Übungsbehandlung nur begrenzte Erfolge aufweisen kann. Verhütung von Kontrakturen, durchblutungsfördernde Maßnahmen, Hilfsmittelversorgung

und vor allen Dingen eingehende Beratung und Schulung der Angehörigen auf dem pflegerischen Sektor bei Hausaufenthalt stehen im Vordergrund. Abhängig von Intelligenz und Prognose kann bei geeigneten Patienten eine Berufsausbildung ins Auge gefaßt werden.

Informationen:
Deutsche Gesellschaft „Bekämpfung der Muskelkrankheiten e.V.", Hohenzollernstraße 11, 7800 Freiburg/Brsg.

Querschnittsläsionen (Synonyma Tetraplegie, Paraplegie und Rückenmarkslähmung)

Als zwingend erforderlich hat sich die Einrichtung von Sonderabteilungen oder selbständigen Zentren zur Rehabilitation Querschnittsgelähmter allein durch die Zunahme schwerer Arbeits-, Verkehrs- und Sportunfälle erwiesen (um 1000 Fälle pro Jahr).
Die therapeutischen Maßnahmen, die heute bei Querschnittsgelähmten zur Anwendung kommen, sind anerkennend als die „Hohe Schule" der Rehabilitation beschrieben worden. Diese Bezeichnung ist insofern zutreffend, wenn man damit die Möglichkeiten materiell und personell gut ausgestatteter Rehabilitationszentren neben denen herkömmlicher Krankenhäuser in Betracht zieht.
Wie schon dargelegt, können irreversible Querschnittssyndrome auch auch anderen als unfallbedingten Störungen der Rückenmarksfunktionen herrühren. Die Betroffenen können in der normalen Neurologischen Abteilung ausreichend behandelt werden, wenn gewissenhaft diejenigen Erfahrungen berücksichtigt werden, die in Rehabilitationszentren gesammelt worden sind.
In Anlehnung an die Struktur maßgeblicher englischer und amerikanischer Zentren wird auch bei uns vereinzelt die „therapeutische Teamarbeit" propagiert und durchgeführt, bei der Ärzte, Pflegekräfte, Beschäftigungstherapeuten, Krankengymnasten, Techniker, Psychologen, Sozialarbeiter und andere Fachkräfte selbstverantwortlich kooperieren. In der Regel wird man sich jedoch mit anderen Verhältnissen arrangieren müssen. Die Diskussion um den Stellenwert der Beschäftigungstherapie und Arbeitstherapie erweist sich als müßig, betrachtet man ihre rehabilitative Aufgabenstellung in der Querschnittsgelähmtentherapie.
Die im Behandlungsplan angegebenen Maßnahmen beziehen sich vorwiegend auf die klinische Rehabilitation der Querschnittslähmung auf traumatischer Grundlage. Das Verhältnis Männer/Frauen liegt bei 3 : 1, das Lebensalter zwischen dem 20. und 30. Lebensjahr.

Behandlungsplan:
Die Rehabilitation wird nach internationalen Erfahrungen meist in drei Phasen aufgeteilt:
Primär- oder Liegephase: Unfallrettung, Intensivpflege, selten neurochirurgische-

orthopädische Intervention, passive und aktive Trainingsmaßnahmen (z. B. Atemtraining),
Sekundär- oder Aufrichtephase: Belastungstraining, Mobilisation, Rollstuhlversorgung,
Tertiär- oder Endphase: Aktives systematisches Training, komplette Hilfsmittelausstattung, Behindertensport, Umschulung und andere entlassungsvorbereitende Maßnahmen.
Andere Einteilungen oder Stufenpläne sind ebenfalls üblich, das Gesamtverfahren kann in mehreren Institutionen ablaufen.

Die einzelnen Phasen, bei denen die Beschäftigungstherapie durchweg beteiligt ist, gehen fließend ineinander über. Die Rehabilitationsdauer liegt zwischen 1/2 bis 1 Jahr, in Einzelfällen länger.
Dem klinischen Bedürfnis entsprechend ergeben sich unterschiedliche Ansatzpunkte bei der Behandlung von Tetra- und Paraplegikern.

Tetraplegiker:
Im Rahmen der Teamarbeit zunächst
a) psychologische Betreuung, „moralische Aufrüstung",
b) Lagerung der Hände in Dorsalflexion, Faustschluß mit Daumenopposition, evtl. stundenweise Fixierung mittels „Flexionshandschuh" (s. S. 288 ff) oder Bandagen,
c) abgewogene Hilfsmittelversorgung, evtl. Prismenbrille, Bettspiegel, Lesegeräte und ähnliche Hilfsmittel.

Nach Reduzierung der Intensivmaßnahmen und nach Umlagern (nach ca. 10 Wochen), wenn möglich, aktive Übungen sowie

a) weitergehende, vielfältige Hilfsmittelversorgung, z. B. Funktionsschienen, Eßhilfen, Schreibhilfen usw.,
b) Hilfsmittelgebrauchsschulung im Sinne eines Selbsthilfetrainings bei Verrichtungen wie Nahrungsaufnahme, Körperpflege usw.

Nach der Aufrichtephase (12. Woche) erweiterte, aktive Übungen mittels

a) Rollstuhltrainings (bei C-5-Patienten Elektrorollstuhl),
b) Allg. Selbsthilfetrainings (Be- und Entkleiden, Toilettenbenutzung),
c) Balance- und Koordinationsschulung (evtl. Spiegel benutzen),
d) erweiterte Funktionsschulung, Förderung der Restfunktionen, der Trickbewegungen und der Geschicklichkeit,
e) Schreibmaschinentrainings, Schreibschulung,
f) Erlernen einfacher handwerklicher Techniken und von adaptierten Spielen, die im Sinne der Funktionsschulung (Greifen, Halten, Bewegen und Loslassen) angewendet werden sollen.

Weitere Erläuterungen in den Merksätzen.

Paraplegiker:
Im Rahmen der Teamarbeit wiederum

a) psycholog. Betreuung und stetige Kontakthaltung ermöglichen,
b) Orientierungshilfen für die unmittelbare Umgebung verschaffen,

c) Einsatz manueller Tätigkeiten, die funktionellen und ablenkenden Charakter haben und im Bett ohne wesentliche Umstände durchzuführen sind.

In der Aufrichte- bzw. Rollstuhlphase (um die 10. Woche) intensivierendes, aktives Trainingsprogramm in der Abteilung mit

a) Rollstuhltraining (Handhabung, Umsetzen usw.),
b) Selbsthilfetraining (Kleidung, Körperpflege, Hygiene),
c) Funktionellem Training (Balanceübungen, Kräftigungsmaßnahmen im Sinne der „Athletisierung" mit gezielt handwerklicher Betätigung, Stehtraining an geeigneten Geräten,
d) Haushaltstraining in der Übungsküche,
e) Ausübung einer realitätsbezogenen, möglicherweise dem vorherigen Beruf angepaßten Tätigkeit.

In der Endphase der Therapie entlassungsvorbereitende Maßnahmen mit

a) Beratung über spätere Lebensführung aus BT-Sicht, evtl. gemeinsamem Hausbesuch, Hilfsmittelbeschaffung, Behördenumgang,
b) Unterstützung sozialer Kontakte, Förderung von Gruppenaktivitäten,
c) „Umweltbewältigung", Benutzung öffentlicher Verkehrsmittel und Gebäude (soweit möglich),
d) Übergang zu arbeitstherapeutischen bzw. Umschulungsverfahren.

Ausführung der Behandlung

Art und Umfang unseres Beitrags gestatten nur eine Skizzierung der Beschäftigungstherapeutischen Möglichkeiten der Querschnittsgelähmtenbehandlung. Es soll aber nicht versäumt werden, noch einige Merkmale besonders herauszustellen.
Eine optimale Behandlung von Querschnittsgelähmten findet hier wie anderswo nur in speziell eingerichteten Rehabilitationszentren statt. Die Zahl der verfügbaren Betten hinkt aber immer noch hinter der tatsächlichen Bedarfszahl her. Erst durch konsequente Therapie kann die klinische Verweildauer gesenkt werden.
Das beschäftigungstherapeutische Übungsprogramm spielt, wenn es zweckgemäß in das Gesamtprogramm einbezogen ist, eine wichtige Rolle. Die Ausstattung der BT-Abteilung muß dem jeweils neuesten Standard angepaßt sein.
Es muß immer wieder darauf hingewiesen werden, daß der Patient nicht *Objekt* unserer Behandlungsversuche ist, sondern daß er als wichtigstes *Mitglied* des therapeutischen Teams zu gelten und mitzuwirken hat. Letztlich hängt der Behandlungserfolg allein davon ab. Wir haben also von Anfang an die Einstellung des Patienten in diesem Sinne zu beeinflussen. Die zu erreichenden Trainingsziele sind dem Betroffenen als wertvoll und unabdingbar darzustellen. Dazu bedarf es pädagogisch-didaktischen Feingefühls. Nicht jeder verfügt über die Autorität des Sir Ludwig Guttmann, der seinen Patienten gegen Ende der Liegephase sagen

konnte: „Die faulen Zeiten sind vorüber!" (Zit. nach Walsh, 1969) Man wird bei kleinen Anforderungen oder bei Einleitung neuer Übungsabschnitte hin und wieder auf psychische „Überreaktionen" im Sinne plötzlich depressiven oder ablehnend-aggressiven Verhaltens stoßen.
Die Gesamttherapie ist zeitgemäß *multidisziplinär:* Es ist weitgehend eine Frage der Koordination und des Organisationsgefüges der einzelnen Kliniken, welcher Berufszweig z. B. die Gesamthilfsmittelbeschaffung einschließlich die des Rollstuhls und die Gebrauchsschulung übernimmt.
Einzelne Therapiemerkmale sind immer als übergeordnet einzustufen, z. B. *Dekubitusschutzverhalten, Kontrakturverhütung, Blasen- und Abführtraining,* von deren zeitlicher Einteilung und Ausdehnung die Beschäftigungstherapie auch betroffen sein kann, bzw. die sie in ihr Programm einbeziehen muß. Durch strikte Einhaltung dieser *Prophylaxemaßnahmen,* die z. T. im Selbsthilfeverfahren durchgeführt werden müssen, wird es erst möglich, fällige Wiederaufnahmen zu verhindern oder hinauszuzögern.
In einzelnen Punkten der Therapie gibt es auseinanderstrebende Ansichten, bzw. ist mittlerweile ein Anschauungswandel eingetreten. Man könnte hier die Geh- und Stützapparateversorgung der unteren Extremitäten sowie die Funktionsschienenversorgung der oberen Extremitäten anführen. Vielfach wird die Apparateversorgung von den Patienten nicht toleriert und nach der Entlassung nicht mehr in Anspruch genommen. Der internationale Erfahrungsaustausch über die Anwendbarkeit im Einzelfall müßte auf jeden Fall verbessert werden. Wir wollen deshalb von einer Stellungnahme zugunsten der einen oder anderen Richtung absehen.
Auch über Aufteilung und Einsatz hinsichtlich Beschäftigungs-, Arbeits- und neuerdings Berufstherapie bestehen keine einheitlichen Vorstellungen oder Richtlinien. Eine Zusammenfassung dieser Sparten entspricht nicht den klinischen Bedürfnissen und Möglichkeiten, es konnten, abgesehen von Modelleinrichtungen, bisher keine praktikablen Lösungen geschaffen werden (s. a. S. 166, „Arbeitstherapie – Tower-Modell").
Als besondere *Problemfälle* für den kontinuierlichen Verlauf der Rehabilitation können Personen mit langfristig angelegten sozialen und psychischen Verhaltensanomalien gelten, z. B. wenn sie möglicherweise in einer akut psychotischen Krise einen Suizidversuch mit resultierendem Querschnittssyndrom unternommen haben. Chronische Alkoholiker können ebenso dazugezählt werden. Psychosen und Suchtverhalten können, sie müssen aber nicht durch das Unglück kupiert werden. Immer wieder werden sog. „Krankenhausgänger" gezüchtet, die mit sich und der Welt uneins, mit kurzen Unterbrechungen von einer Klinik in die nächste kommen.
Eine nicht geringe Anzahl der Hals-Wirbelsäulen-Traumen ist mit Hirnverletzungen verknüpft, die zusätzliche Aufmerksamkeit des Therapeuten erfordern (s. S. 155).

Merke:

1. Wichtig zum Verständnis aller Formen des Querschnittssyndroms sind Kenntnisse der topographisch- und funktionell-anatomischen Verhältnisse, insbesondere Kenntnisse über die Rückenmarksfunktionen.
2. Die Arbeitsinhalte der Nachbarberufe müssen in den Grundzügen, wenn nicht beherrscht, so doch zumindest bekannt sein. Auf die besonderen Belange der *Teamarbeit* ist bereits hingewiesen worden (V. PAESLACK 1975).
3. Rehabilitationsverlauf u. Rehabilitationspotential sind abhängig von der anlagebedingten Begabung des Querschnittsgelähmten, der prämorbiden Situation und der sozialen Stellung (MEINECKE 1965). Mit jedem Segment, um das die Läsion höher liegt, sinkt der Anteil der Wiedereingegliederten (KOCH 1972). Durch die Querschnittslähmung wird aus keinem Arbeitsunwilligen ein Arbeitswilliger (GUTTMANN 1956). Persönliche Eigenschaften wie Disziplin, Energie und Selbstüberwindung lassen sich kaum anerziehen, psychische und soziale Defekte sind selten auszubügeln.
4. Als Beitrag zur Ermittlung des Rehabilitationspotentials sollte die Beschäftigungstherapie während der einzelnen Übungsetappen aussagefähige Testbögen über Erfolg bzw. Mißerfolg der Funktionsschulung erstellen.
5. Gruppentherapeutische Aktivitäten sollten nicht vernachlässigt werden. In der begrenzten Kliniksphäre können Spannungen und Eifersüchteleien entstehen, Gemeinschaftsgefühl und Solidarität müssen daher gefördert werden.
6. Technische Wissenschaften im Dienste der Rehabilitation (KFZ-, Elektro-, Elektroniktechnologie und Bauwesen) haben zahlreiche Möglichkeiten erschlossen, selbst für Schwerstbehinderte, die in allen Lebensbereichen vor dem für unüberwindbar gehaltenen Barrieren zu verringern, und diesem Personenkreis eine zumindest partielle Selbständigkeit zu verschaffen, erwähnt seien nur das Possum- das Pilot-System und Erzeugnisse der Valida-Reha GmbH. Allerdings fehlen für die Umsetzung in den Alltag die meisten Voraussetzungen. Für den Bereich der Beschäftigungstherapie kommen besonders die Entwicklung kleiner Hilfsmittel und Auswahl und Adaptierung (Anpassung) seriengefertigter Gebrauchsgegenstände des täglichen Lebens in Betracht (Loseblattsammlung „Praktische Hilfen für Körperbehinderte", hrsg. von Deutsche Vereinigung f. d. Rehabilitation Behinderter e.V.).
7. Im Bewußtsein der Öffentlichkeit wird hierzulande die Behindertensituation konsequent verdrängt. Man sollte deshalb nicht versäumen, die Dauerbehinderten auf Vereinigungen hinzuweisen, die berechtigte Anliegen und gesetzlich verankerte Ansprüche des einzelnen und der Gruppe gegenüber der Öffentlichkeit (Politik, Medien) mit Nachdruck vertreten können. Die Probleme der medizinischen und sozialen Nachsorge für Querschnittsgelähmte sind bis jetzt nur ansatzweise in Angriff genommen worden.

Ein „Verzeichnis der Einrichtungen zur Erst- und Weiterbehandlung von Querschnittsgelähmten" hat das Bundesministerium für Jugend, Familie und Gesundheit, Kennedy-Allee 105 – 107, 5300 Bonn-Bad Godesberg, herausgebracht.
Über Behindertenvereinigungen gibt Auskunft die Bundesarbeitsgemeinschaft „Hilfe für Behinderte", Kirchfeldstraße 149, 4000 Düsseldorf.
Auskunft über Therapiefragen erhält man auch vom Arbeitsausschuß „Querschnittslähmungen" der Deutschen Vereinigung für die Rehabilitation Behinderter e.V., Friedrich-Ebert-Anlage 9, 6900 Heidelberg 1.

Spina bifida (Synonyma Myelozele, Meningomyelozele und andere Bezeichnungen)

Ein nicht minder anspruchsvolles Betätigungsfeld ist die Therapie der querschnittsgelähmten Kinder und Jugendlichen mit angeborenen Fehlbildungen der Wirbelsäule unter Beteiligung des Rückenmarks. Die große Variabilität der Ausfallserscheinungen (abhängig von Defektausmaß und -höhe) kann den Einsatz vieler Fachrichtungen der klinischen Medizin erfordern: Neurochirurgie, chirurgische und technische Orthopädie, Urologie und Pädiatrie.
Eingliederungsfristen lassen sich hier nicht angeben. Die Beschäftigungstherapie, die so früh wie möglich einzusetzen hat, erfolgt unter ähnlichem Aspekt wie bei der CP angegeben. Krankengymnastische Behandlung steht in den ersten Lebensjahren im Vordergrund, Bobath und Vojta sind Methoden der Wahl.
Ein hoher Prozentsatz der Kinder weist zusätzlich einen Hydrozephalus auf, dessen Ausbildung allerdings rechtzeitig durch Einsatz eines Drainagesystems nach Spitz-Holter oder Pudenz-Heyer verhindert werden kann.

Behandlungsplan:

Der optimale Zeitpunkt für die Rehabilitation dieser Kinder liegt in Abhängigkeit von der Intelligenz um das vierte Lebensjahr (RÖSCH 1976).
Die technische Orthopädie sieht ihre Aufgabe darin, dem einzelnen Kind einen Bewegungsradius zu verschaffen, der dem des gesunden möglichst nahekommt. Damit wird der allgemeinen Feststellung Rechnung getragen, daß die Entwicklung der geistigen Mobilität weitgehend synchron mit der der körperlichen verläuft. Durch die häufigen chirurgisch-orthopädischen Interventionen mit unterschiedlicher Liegezeit kann ein Stillstand einsetzen, der mit Maßnahmen der Beschäftigungstherapie (Spieltherapie, Sprachanbahnung, psychologischen Hospitalismusbekämpfung) entgegengewirkt werden muß. Geistige Entwicklungsmöglichkeiten und Begabungsschwerpunkte sind besonders auszuloten, um die spätere schulische Laufbahn nicht unnötig zu verzögern oder fehlzuplanen. Das Behandlungspersonal muß eine gute Verhaltensbeobachtung entwickeln, um evtl. Komplikationen z.B. von seiten des Drainagesystems rechtzeitig zu bemerken.
In der funktionellen Therapie treten später dann ähnliche Maßnahmen wie bei der Erwachsenentherapie in den Vordergrund. Angestrebt wird, soweit möglich, die Betreuung im Elternhaus und lediglich ambulante Behandlung. (S. a. Beitrag A. AUGUSTIN: „Entwicklungsorientierte Behandlung".)
Die schulische Ausbildung findet in Körperbehinderteneinrichtungen statt, eine gymnasiale Ausbildung wird in Hessisch-Lichtenau (Internat) angeboten.
Informationsmaterial durch die „Arbeitsgemeinschaft Spina bifida und Hydrocephalus (ASbH) e.V.", Kaiserstraße 4, 5750 Menden.

Enzephalomyelitis disseminata (Synonym Multiple Sklerose [„MS“])

Eine große Anzahl der in der Neurologie durch die Beschäftigungstherapieabteilung zu betreuenden Patienten wird durch die Gruppe der MS-Patienten repräsentiert. Als Therapeut lernt man die ganze Skala der Erscheinungsformen dieses Leidens kennen: Sie umfaßt Patienten mit leichten Gangstörungen, Rollstuhlabhängige bis hin zu Bettlägerigen, mithin Dauerpflegefällen.

Bei Neuaufnahmen im akuten Schub verbieten sich aus therapeutischen Gründen körperliche und psychische Belastungsmomente, die Patienten haben Bettruhe einzuhalten. Eine absolute Kontraindikation für beschäftigungstherapeutische Maßnahmen (in dosierter Form) ergibt sich daraus jedoch noch nicht (s. Behandlungsplan). In den meisten Fällen erhalten nach Ablauf einer umfangreichen Diagnostik mit gesichertem Ergebnis der Patient und seine Angehörigen vom Arzt Aufklärung über die Erkrankung, verbunden mit bestimmten Verhaltensmaßregeln. Es schließt sich eine klinische Behandlung von meist mehrwöchiger Dauer an. In vielen Fällen erzwingt der Krankheitsverlauf in unregelmäßigen (etwa jährlichen) Abständen eine Wiederaufnahme, so daß man den Patienten und seine Eigenheiten recht gut kennenlernen kann.

Behandlungsplan: In erster Linie sind die Maßnahmen symptomengebunden, sie lassen sich aber durch gemeinsame Nenner kennzeichnen, die man nach ihrer Reihenfolge in Mobilisierung, Stabilisierung und Intensivierung einteilen kann. Die Hilfsmittelversorgung nimmt einen nicht unwesentlichen Raum ein. Bei Zeichen eines frischen Schubes ist Beschäftigungstherapie auch in der *Bettphase* indiziert. Sie umfaßt hier

1. die Erleichterung der Eingewöhnung in die veränderte Umgebung (Krankenhaussituation) mit
a) Orientierungshilfen für die unmittelbare Umgebung (Hilfsmittelversorgung, im Folgenden Hmv genannt, angebracht),
b) Selbsthilfemaßnahmen (Hmv),
c) Auflockerung, Ablenkung, Informationen ü. d. aktuelle Tagesgeschehen,
d) Motivationsförderung (Erläuterung des BT-Programms).

(Zustandsbericht mit Registrierung der allgemeinen Belastbarkeit und des Gesamtverhaltens.)

2. In der Rollstuhl- bzw. Aufstehphase erweitertes Selbsthilfetraining mit Verbesserung der personellen Unabhängigkeit in den Bereichen
a) Nahrungsaufnahme (Hmv),
b) Körperpflege (Hmv),
c) Be- und Entkleiden (Hmv),
d) Fortbewegung (Rollstuhltraining, Gehhilfen).

(Fortlaufende Protokollierung.)

3. Trainingsphase, funktionelle Therapie in der Abteilung mit
a) Förderung der Restfunktionen im grob- und feinmotorischem Bereich,

b) Steigerung der Gesamtbelastbarkeit verbunden mit längerer Übungs- bzw. Arbeitsdauer unter Berücksichtigung der Konzentrations- und Aufnahmebereitschaft,
c) Intensivierung des „D-L-A-Trainings", beinhaltend Überprüfung und Einübung der Fähigkeiten zur selbständigen Lebensführung mit Haushaltsplanung, Einkaufen, Küchentraining, Benutzung der öffentlichen Verkehrsmittel, Schriftverkehr und
d) vorläufiger Beurteilung der Arbeitsfähigkeit des Patienten aus der Sicht der Beschäftigungstherapie.

Abschlußbericht: Beschäftigungstherapeutischer Eingangsbefund, Behandlungsmaßnahmen und -verlauf, Entlassungsbefund (Näheres s. Behandlungsbericht, S. 141).

Ausführung der Behandlung

Nach unserer Erfahrung ist die Motivation der Multiple-Sklerose-Patienten zur beschäftigungstherapeutischen Betätigung überwiegend gut. Gelegentliche Stimmungstiefs wirken sich aber rasch negativ auf die Leistung und auf die Gesamthaltung aus. Derartige Situationen müssen rechtzeitig erkannt, durch eventuelle Änderungen der therapeutischen Anforderungen und durch psychologische Unterstützung des Gesamtteams überbrückt werden.
Zu Therapiebeginn ist es wichtig, dem Patienten Sinn und Nutzen der beschäftigungstherapeutischen Maßnahmen eingehend zu erläutern, und ihm zunächst eine gut zu bewältigende Tätigkeit anzubieten, um das „Erfolgserlebnis", eine Bestätigung der eigenen Leistungsfähigkeit, zu sichern.
Beim Bettlägerigen gehört es mit zu den Aufgaben der Beschäftigungstherapeuten, auf korrekte Lagerung der spastisch oder schlaff gelähmten Extremitäten zu achten, gegebenenfalls das Pflegepersonal an das notwendige Wenden oder Umlagern zu erinnern und dabei mitzuwirken.
Besonders vielgestaltig ist die Problematik der MS-Patienten mit Intentionstremor, Aktionsmyoklonien und anderen Formen der Bewegungsunruhe, die in schweren Fällen eine totale Pflegeabhängigkeit bedingen. Die herkömmlichen Behandlungsformen krankengymnastischer, beschäftigungstherapeutischer und medikamentöser Art haben hier einen ziemlich schwierigen, wenn nicht aussichtslosen Stand. Bei leichteren Formen kann man bei Widerstandsübungen kurzfristig eine Verringerung des Intentionstremors beobachten (z.B. in der Beschäftigungstherapie: Greifen, Halten und Zielen anhand von großen, schweren Steckspielen und beim Malen gegen Widerstand durch Gummizug).
In der Literatur finden sich Hinweise auf die sog. Frenkelsche kompensatorische Übungstherapie, „bei der versucht wird, noch vorhandene unzerstörte sensible Bahnen für die Tätigkeit der funktionsuntüchtigen Bahnen heranzuziehen. Die statischen Funktionen werden hierbei geschult, indem versucht wird, eine ausgefallene oder gestörte Bewegungs-

form an eine noch einwandfrei mögliche anzuschließen und so der gestörten Innervation eine neue Bahnung zu schaffen" (von Arnim 1975, Gardiner 1968).
Gehunfähige Patienten mit ausgeprägter Rumpfataxie müssen beim Sitzen auf dem Stuhl oder Rollstuhl mittels Oberkörpergurtfixierung gesichert werden. Bei der Nahrungsaufnahme der Patienten mit extremer Bewegungsunsicherheit ist lediglich ein kippsicherer, verschließbarer Becher mit Schnabelmundstück und Griffen als Hilfsmittel empfehlenswert.
Ausgewählte Patienten mit gesicherter Indikation werden in der Neurochirurgie stereotaktisch operiert.
Auch für die Beschäftigungstherapeuten ist es bei Kenntnis des präoperativen Zustands interessant, die Patienten zur Nachbehandlung zu bekommen. Aus eigener Anschauung kann über psychische Änderungen hinsichtlich Antrieb und Stimmungslage sowie über mehr oder minder gemäßigte Bewegungsunruhe unter Inkaufnahme einer leichten Parese berichtet werden. Damit sei angedeutet, daß die Therapie auch nach Stereotaxie in manchen Fällen keineswegs unter erleichterten Bedingungen stattfindet, sondern daß die Problematik nur andere Vorzeichen bekommen hat.

Merke:

1. Die Aufklärung über Diagnose und Prognose obliegt allein dem Arzt. Wenn anderweitig als Mittel der Beschäftigungstherapie Buch- und Informationsverabreichung, die Initiierung einer Gesprächsrunde über die Erkrankung usw. angeregt werden, muß dies mit äußerster Vorsicht aufgenommen werden. Man kann damit mehr Schaden anrichten als Nutzen stiften. Gerade in der wissenschaftlichen Auseinandersetzung über Genese, Verlaufsformen und Therapie der Encephalomyelitis disseminata befindet sich noch alles „im Fluß". Der Erfahrung nach neigen manche MS-Patienten zu einer gewissen Leichtgläubigkeit gegenüber den diversen, teilweise obskuren Behandlungsmethoden, die in der „Regenbogenpresse" einer breiten Öffentlichkeit zugänglich gemacht werden.
2. Allgemein empfohlen werden kann der Beitritt zur „Deutschen Multiple Sklerose Gesellschaft", Auf der Körnerwiese 5, 6000 Frankfurt/Main, die auch regionale Zentren unterhält. Ehrenamtliche Fürsorger und Helfer können z.B. die Situation des alleinstehenden Patienten im Auge behalten und bei individueller Notlage eingreifen.
3. Der Gemeinschaftsgedanke unter den MS-Patienten ist auch seitens der Beschäftigungstherapie und zwar durch Zusammenfassen der betreffenden Patienten zu Gruppentätigkeiten ablenkenden, unterhaltsamen Inhalts, Spazierfahrten, Kaffeenachmittagen usw. Eine ganze Anzahl der Patienten hält auch außerklinisch regelmäßig gemeinsamen Kontakt durch Telefonrunden, Besuche und Korrespondenz aufrecht.
4. Die psychischen Symptome dürfen nicht zu sehr in den Vordergrund gestellt werden. Im Zusammenhang mit beschäftigungstherapeutischer Übungstätigkeit spielen sie eine zunächst untergeordnete Rolle. Wichtig ist, daß die Patienten sich nicht selbst überfordern, nicht zuviel an Eigenleistung erwarten und nicht über ihr zumeist schnell versiegendes Kräftereservoir deprimiert sind.

Parkinson-Syndrom (Synonyma Parkinsonismus, Paralysis agitans, Schüttellähmung)

Wohl kein anderes Erscheinungsbild auf der neurologischen Station ist so unverkennbar und so eindrucksvoll wie das des Parkinson-Patienten. Bemerkenswert prägnant sind wohl auch die Umschreibungen, die deutschsprachige Autoren für einzelne Symptome dieser Erkrankung gewählt haben: Sie sprechen vom „Pillendreher"-Phänomen und „Münzzähl"-Tremor (Handzittern), vom „Salben"- und „Masken"-Gesicht (Aussehen, Mimik), vom „Taschenmesser"-, „Wachskerzen"- und „Zahnrad"-Phänomen (Rigorsymptome), der Patient erscheine motorisch wie „eingemauert" oder wie in einer „Zwangsjacke steckend". Sehr anschaulich sind auch die Selbstzeugnisse der Betroffenen über ihre krankheitsbedingten Behinderungen wie z.B. die Äußerungen W. von Humboldts: „Anziehen, Essen, einen Knopf zumachen, ein Schubfach aufzuschließen, eine Stelle in einem Buch aufzuschlagen, alles dauert sechsmal so lange als sonst." Ein erkrankter Arzt benennt die Verschiebung der Lebenswichtigkeiten im Tagesgeschehen: „Zähneputzen, Naseschneuzen, Händewaschen, Mundwischen, Tellerrücken und eine Fülle derartiger Dinge, die normalerweise beiläufig vonstatten gehen, rücken nun zur Bedeutung „existenzwichtiger" Hantierungen auf. Sie bekommen den hohen Rang alles andere verdrängender Probleme." (Kapp u. Leickert 1971). Obwohl bei uns die Streuungsdichte des Parkinson-Syndroms etwa derjenigen der Multiplen Sklerose nahekommt, erscheinen doch vergleichsweise weniger Patienten zur stationären Behandlung, da ein Gutteil ambulant behandelt werden kann. Wir bekommen also nur eine Auswahl der schwereren Erscheinungsformen zu Gesicht, in überwiegender Anzahl sind es Personen im Rentenalter, die wegen einer Progredienz des Leidens und/oder aus sozialer Indikation zur Aufnahme kommen.

Behandlungsplan: Anzustreben ist ein symptomengebundenes Behandlungsprogramm, bei dem jedoch Grundprinzipien beachtet werden müssen, die am Ende in den Merksätzen herausgestellt werden. Die Behandlungsvorschläge basieren auf Therapieerfahrungen mit überwiegend mobilen Patienten, die die beschäftigungstherapeutische Abteilung zu Fuß aufsuchen können.

Eine Einteilung der Patienten nach Schweregraden kann sich z.B. an den jeweiligen Selbsthilfemöglichkeiten orientieren.

Die Beschäftigungstherapie umfaßt hier:

1. Kontaktanbahnung
a) durch persönliches Gespräch mit
b) Erläuterung des Therapieprogramms und
c) evtl. Einbeziehung der Mitpatienten.

2. Selbsthilfetest und -training
a) mit evtl. einhergehender Hilfsmittelversorgung (Hmv),

b) zusätzl. Orientierungshilfen über die unmittelbare Umgebung („Umweltbewältigung“, Krankenzimmer, Stationseinrichtungen wie Speiseraum, Fahrstuhl, sanitäre und therapeutische Einrichtungen) und Hinweise zu den örtlichen Gepflogenheiten,
c) Überprüfung der Nahrungsaufnahme mit evtl. Eßtraining vor dem Spiegel (einzeln) und Hmv,
d) Be- und Entkleiden (sehr wesentlich ist eine geordnete Erscheinung für Gruppenzusammenkünfte).

(Protokollierung mit Registrierung der allg. Mobilität und nicht zuletzt der psychischen Verfassung [Stimmung, Antrieb] aus der Sicht der Beschäftigungstherapie.)

3. Aktive Übungsphase (funktionelle Beschäftigungstherapie, s. Verordnungsbogen) mit
a) Gelenkmobilisation,
b) Steigerung der Gesamtmotorik bzw. -beweglichkeit in Schultergürtel-, Arm- und Kopfbereich,
c) Verbesserung der Reaktionsfähigkeit, der Handgeschicklichkeit,
d) Belastbarkeitssteigerung,
e) Schreibübungen,
f) Sprechübungen.
4. Gruppenaktivitäten (3–5 Teilnehmer) zur Kontaktförderung, Auflockerung und Freizeitnutzung mit
a) Haushaltstraining,
b) Spaziergängen und motorikfördernden Rasenspielen
c) und Gesellschaftsspielen,
5. entlassungsvorbereitende Maßnahmen mit
a) optimaler Hilfsmittelversorgung,
b) Intensivierung des Selbsthilfetrainings,
c) Hobbyfindung zur Freizeitgestaltung,
d) Beratung der Angehörigen über Fragen der „Lebenshilfe“ und über den praktischen Umgang mit Parkinson-Patienten.

(Beschäftigungstherapeutischer Entlassungsbericht.)

Ausführung der Behandlung

Der Therapeut sollte sich nicht von dem manchmal vorkommenden mürrisch-verschlossenen Äußeren und der mühsamen Entschlußfähigkeit zur Tätigkeitsaufnahme der Patienten irritieren lassen. Diese Erscheinungen können als krankheitsbedingt gelten, sie sind überwiegend erfolgreich therapeutisch erfaßbar. Mit den fortschreitenden körperlichen Einschränkungen nehmen auch die begleitenden (reaktiven) Verstimmungen zu, die bei Behandlungserfolg spürbar in den Hintergrund treten können. Erfahrungsgemäß benötigen die Parkinson-Patienten aufmerksame Zuwendung und Antrieb von seiten der Therapeuten, sie können aber auch nach entsprechender Einführung in der Patientengruppe Eigeninitiative und -aktivität entwickeln.
Schon bei der Aufnahme ist in der Klinik auf die Zusammenlegung von

Patienten mit graduell unterschiedlicher Behinderung zu achten, es ist unzweckmäßig und therapeutisch sinnlos, die sog. „schweren" Fälle von „leichten" getrennt oder sie gar isoliert unterzubringen. Gerade das gegenseitige Beobachten und Anspornen muß gefördert werden, ebenso Rücksichtnahme und Hilfsbereitschaft. Bei der Gruppenzusammenstellung in der Beschäftigungstherapie spielt das eine große Rolle, der Parkinson-Patient benötigt sehr oft das Gefühl der Geborgenheit und Sicherheit, um aus sich „herausgehen" zu können oder um zu irgendeiner Aktivität überhaupt zu kommen. Über mangelnden Einsatz bei den funktionellen Tätigkeiten kann eigentlich selten geklagt werden, die Patienten sind meist sehr bemüht, die Übungen und Arbeiten durchzuführen, um einen Leistungszuwachs zu erreichen. Stimmungstiefs können sich natürlich antriebs- und leistungsmindernd bemerkbar machen. Zusätzliche Belastungseinschränkungen können sekundär durch innere Leiden, orthopädische Handikaps und/oder durch medikamentöse Fehldosierung auftreten.

Merke:

1. Die von der Krankengymnastik eingeleitete Gang- und Haltungsschulung muß aktiv von der Beschäftigungstherapie unterstützt werden. Zur näheren Information sollte man die Übungsvorgänge beobachten und ihre Merkmale (Schritte zählen zum „Tritt fassen" und Umdrehen, Kommandieren beim Hinsetzen und Aufstehen) auf allen Wegstrecken, die man mit den Patienten zurücklegt, anwenden.
2. Der Patient muß auf die Therapie „eingestimmt" werden, er muß sie als genauso notwendig wie die tägliche Medikamentengabe empfinden. Untätiges Herumsitzen ohne äußere und innere Anreize kommt nur der Krankheitsprogredienz entgegen. Bei den Schmerzen und beim Unwohlsein, worüber Parkinson-Patienten häufig klagen, gibt es neben den körperlichen Ursachen rein psychische Komponenten. Besteht eine aktive Teilnahme an allen Therapieformen, kann die Klagebereitschaft deutlich abnehmen.
3. Vor Therapieaufnahme ist der äußere Aspekt des Patienten zu überprüfen. Alle drei Hauptsymptome (Akinese, Rigor und Tremor) können je nach Schweregrad eine mehr oder weniger grobe Vernachlässigung der äußeren Erscheinung verursachen. Der Beschäftigungstherapeut stellt die Selbsthilfemöglichkeiten (unter Berücksichtigung des Eigenantriebs und der Selbstbeurteilung) des Patienten fest, organisiert entsprechende Übungen und beschafft geeignete Hilfsmittel einschließlich praktischer Kleidung, Schuhwerks, Servietten usw. Die Versorgung mit Gehhilfen oder gar mit einem Rollstuhl muß kritisch überdacht werden, sie kann eine Verwöhnungssituation bzw. eine unnötige Immobilisierung darstellen.
4. Neben der Einzeltherapie sind Gruppentätigkeiten einzuleiten, die nicht unbedingt handwerklich produktiv ausgerichtet sein müssen. Inhaltlich sollen sie in erster Linie einer Harmonisierung des Lebensgefühls der Patienten, also einer Entkrampfung und Lockerung in eher psychologischem Sinn dienen. Es kann ein beeindruckender Moment sein, wenn man einen Parkinson-Patienten mit sonst „versteinerter Miene" zum ersten Mal lächeln oder gar lachen sieht und hört, eben weil es für ihn so mühsam oder fast unmöglich ist.
5. Die Entlassung des Patienten in eigene Wohnverhältnisse oder die Verlegung

in ein Heim sind nie ganz unproblematisch. Häufig muß man sie im Sinne einer vorsichtigen „Abnabelung“ vornehmen, da sich der Patient in der Klinikumgebung gut eingelebt hat, Vertrauen zu dem Behandlungsteam zu schöpfen und eine positive Lebenseinstellung zu gewinnen vermochte. Es ist daher dringend geboten, auch die Angehörigen oder andere betreuende Personen auf einzelne Behandlungsmerkmale aufmerksam zu machen und sie entsprechend anzuleiten. Eine optimal dosierte Anti-Parkinson-Medikation ist meist nur mit einhergehender Übungstherapie langfristig wirksam. In Kenntnis der häuslichen oder der Heimverhältnisse kann man nur zu jährlichen „Auffrischungs“-Behandlungen raten. Die ambulante Therapie der Parkinson-Kranken kann auch für die BT ein ideales Betätigungsfeld sein.

Überregionale Selbsthilfevereinigungen der Parkinsonkranken gibt es nicht. Das größte europäische Behandlungszentrum ist die „Königin-Elena-Klinik“, Klinikstraße 16, 3500 Kassel. Der leitende Arzt, Dr. G. W. Völler, hat die bekannte „Parkinson-Fibel“ mit Ratschlägen für Therapie und Lebensführung herausgebracht. Ebenfalls sehr zu empfehlen ist das „abc für Parkinson-Kranke“ von Prof. W. Umbach und H. Teirich-Leube aus der Reihe der Thieme-Ratgeber.

Hirnläsionen

Die augenfälligste Folge einer Hirnfunktionsstörung stellt für uns unabhängig von der Ursache die Halbseitenlähmung dar. Wie bereits dargelegt, können im Gefolge der körperlich motorischen Behinderung aber auch als Kardinalsymptome Veränderungen bzw. Minderleistungen auf psychischem und intellektuellem Gebiet auftreten. Die Summierung und der Schweregrad aller Ausfallserscheinungen können für die Prognose ausschlaggebende Bedeutung haben.
Nicht alle Hemiplegiker werden dem Bereich der Neurologie zugeführt, je nach Ausgangssituation sind Patienten auf Inneren, Geriatrischen und Unfall- bzw. neurochirurgischen Stationen vorzufinden. Scheint die Wiederherstellung der Erwerbsfähigkeit zumindest als teilweise gesichert, kann bei jüngeren Patienten eine Verlegung in ein Rehabilitationszentrum ins Auge gefaßt werden.
Behandlungsplan: Viele Wege führen zum Erfolg, sollte man angesichts der unterschiedlichen Behandlungsverfahren meinen, die bisher vorgeschlagen worden sind. An dieser Stelle sei auf die Arbeiten von Behrend (1975) hingewiesen, der sich besonders intensiv um die Nutzbarmachung *audiovisueller Medien* und um die *Musiktherapie* in der Rehabilitationsmedizin bemüht.
Von Skeptikern beargwöhnt, von Anhängern meist vorbehaltlos propagiert: Das Behandlungskonzept nach Bobath (1973), s. auch CP-Therapie, das in den letzten Jahren größere Verbreitung gefunden hat. Mittels sehr aktiver, „zupackender“ Maßnahmen wird der Patient nachhaltig veranlaßt, die durch die Spastizität hervorgerufenen abnormen, fehlerhaften Bewegungsmuster zu vermeiden und dafür allmählich normales

Bewegungsverhalten zur Wiedergewinnung besserer Haltungsstabilität und Geschicklichkeit bei allen Verrichtungen des täglichen Lebens einzusetzen. Über mehr oder weniger umfangreiche Tests wird das Bewegungsverhalten des Patienten einer qualitativen Analyse unterzogen, nach deren Ergebnis die Behandlungsverfahren ausgerichtet werden.

Wie schon betont wurde, soll die Bobath-Methode sehr umfassende Wirkung erzielen. Der hie und da auftauchende Vorwurf des Dogmatismus kann sich eigentlich nur auf die äußeren Merkmale der Therapie beziehen, deren konsequente Beachtung gefordert wird: Regelmäßige therapeutische Lagerung, Meidung unnötiger Gehhilfen, Funktions- und Lagerungsschienen für Arm und Bein und Unterlassen gutgemeinter, dem Therapieziel aber abträglicher Hilfestellungen.

Die therapeutischen Möglichkeiten sind nach der Überzeugung von Bobath (1973) nicht einseitig: „Die Behandlung eines Patienten kann nicht in näheren Einzelheiten beschrieben werden, da man seine eigene Technik entwickeln und sie auch den Reaktionen des Patienten anpassen muß. Der Therapeut muß auf die Reaktion des Patienten auf eine Stellung oder eine Bewegung hin warten und der nächste Schritt in der Behandlung hängt davon ab, was der Therapeut dabei fühlt und beobachtet. Durch Hemmen abnormer Reaktionen und wenn möglich, durch Erleichtern der normaleren wird der Patient allmählich normalere motorische Antworten auf die therapeutische Handhabung entwickeln. Mit der Zeit lernt der Patient, dieselben Bewegungsmuster aktiv und ohne Hilfe auszuführen."

Merke:

1. Nur eine aktive, die Gesamthaltung des Patienten in körperlichem und psychologischem Sinn beeinflussende Mobilisierung wird Erfolg haben. Das Einbeziehen der Beschäftigungstherapie in das Bobath-Konzept liegt deswegen nahe. Dafür erforderlich sind: Erarbeiten der Terminologie, Einstieg in die Theorie, Verwertung eigener Erfahrungen, (falls notwendig) Abkehr von überkommenen Therapieansichten, Auswahl und Adaptierung der Merkmale für das funktionelle beschäftigungstherapeutische Training, gemeinsame Therapiestrategie mit Krankengymnasten und Pflegepersonal.
2. Der Therapiebeginn wird inzwischen möglichst früh angesetzt, um zusätzlichen Komplikationen, z. B. von seiten des Vegetativums, einer Thrombosierung des plegischen Beines oder einer Hospitalisierung im psychologischen Sinn vorzubeugen. Bei schweren internistischen Befunden wird man einen Aufschub bis zu deren Stabilisierung in Kauf nehmen müssen.
3. Neben der körperlichen Behinderung müssen häufig zusätzlich Beeinträchtigungen der Wahrnehmungsfunktionen, unterschiedliche Gedächtnis- und Merkfähigkeitsstörungen und eine Verminderung von Konzentration und Ausdauer beachtet und therapeutisch erfaßt werden. Hier sollte deshalb ein ganzer Katalog von Test- und Übungsprogrammen verfügbar sein. Den Aphasieproblemen ist im folgenden ein eigener Abschnitt gewidmet.
4. Sog. „Dekompensation": Eine Hemmung der psychischen und physiologischen Kontrollmechanismen, die sich durch Affektlabilität, Einkoten und Einnässen äußert, ist häufig Ausdruck der „Regression", ein „Hospitalisierungseffekt".

Gerade Patienten mit Kommunikationsstörungen werden in einen Hilflosenstatus gedrängt, vom Personal geduzt und gegängelt, von Mitpatienten nachgeäfft, von Angehörigen mit Ratlosigkeit und Unverständnis betrachtet. (Manchmal führt das Gebaren der Patienten zur Einweisung in die Psychiatrische Klinik.) Diesen widrigen Umständen muß durch entsprechende Hinweise bzw. Aufklärung entgegengewirkt werden.

Organisation: Bund Deutscher Hirnbeschädigter, Postfach 565, 5300 Bonn-Bad Godesberg.

Aphasien (Kommunikationstraining)

Diagnostik und Therapie der *Sprach*störungen (Aphasien) sind, wenn sie sinnvollerweise in größerem Umfang betrieben werden, eine multidisziplinäre Aufgabe. Beteiligt sind neben den klinisch medizinischen Sparten die klinische Fachpsychologie, Logopädie, Beschäftigungstherapie, Krankengymnastik u. a.

Man kann davon ausgehen, daß langfristig gesehen das Auftreten und der Verbleib von Sprachstörungen prognostisch ungünstige Zeichen darstellen, sowohl in medizinischer als auch in sozialer Hinsicht. Um so mehr muß den Betroffenen Betreuung mit therapeutischen Intentionen zuteil werden, an der die Beschäftigungstherapie einen vielseitigen Anteil haben kann.

Die Funktionsstörungen, die durch umschriebene oder ausgedehnte Läsionen der Hirnrinde ausgelöst werden, können das gesamte Verhaltensspektrum des Menschen beeinträchtigen. McDonald Critchley, der den Begriff „Aphasiologie" geprägt hat, meinte: „Sprachfunktionen sind nicht in bestimmten Feldern der Hirnrinde lokalisiert, sondern Sprache ist eine Funktion des gesamten Gehirns, denn Sprache ist Ausdruck der gesamten Persönlichkeit, und diese wiederum repräsentiert die Gesamtheit der Hirnfunktionen", (zit. nach Creutzfeldt 1975). Von dieser Feststellung ausgehend kann man nicht erwarten, daß es geläufige Therapieschemata gibt, mit denen die Sprachstörung und die oft in ihrem Gefolge vorhandenen Beeinträchtigungen der visuellen, akustischen, taktilen und anderen Wahrnehmungsfunktionen, des überlegten Handelns sowie mögliche Verhaltensänderungen sogleich erfaßt und kompensiert werden können.

Ausführung der Behandlung

Zunächst müssen die Störungen en bloc erfaßt werden, man wird dazu erprobte Testverfahren anwenden: Zur groben Orientierung ist das Prüfschema nach Mumenthaler (1976) gut geeignet. Eingehende Differenzierung erlauben der Token-Test (Poeck u. Mitarb. 1973), der Satzordnungstest (Sot, Th. v. Stockert 1974) oder die Schemata nach Weigl (1975) und nach Linck (1973). Rechnen, Schreiben, Lesen, auch praktische Gebrauchsbewegungen (Apraxietest nach Brown u. Kaplan 1975) müssen ebenfalls eingehend überprüft werden. Die Aphasiesyndrome werden von den einzelnen Autoren unterschiedlich klassifiziert.

Behandlungsplan:

1. Unabhängig vom Vertrautsein mit diesem Patientenkreis empfiehlt sich für die Beschäftigungstherapie pragmatisches Vorgehen, wie es auch bei den anderen Behandlungsplänen angedeutet worden ist: Das Einleben bei Neuaufnahme kann mehr oder weniger *reguliert* verlaufen, das räumliche Orientierungsvermögen des Patienten wird überprüft, er wird mit der neuen Umgebung vertraut gemacht, Hilfsmittel und Einrichtungen werden vorgeführt und ihre Handhabung bzw. Benutzung wird geschult. Die Bezugspersonen, mit denen er in nächster Zeit Kontakt haben wird (Zimmernachbarn, Personal) werden vorgestellt und über evtl. auftretende Verständigungsprobleme informiert.
2. Die Bewußtseinslage (Reagibilität) und das Allgemeinbefinden bestimmen beim Bettpatienten den Behandlungsbeginn, die Behandlungsdauer richtet sich nach der körperlichen Belastbarkeit und nach dem Gesamttherapieplan. Möglicherweise ist es günstig, nach den Krankengymnastikübungen (Spasmenlockerung) die beschäftigungstherapeutische Funktions- und Gebrauchsschulung durchzuführen und nach der mittäglichen Ruhepause die Sprachschulung, auf jeden Fall ist anzuraten, ein ungefähres Tagesprofil der *individuellen Leistungsfähigkeit* und Belastbarkeit zu ermitteln.
3. Voraussetzung zur Therapieaufnahme sind umfangreiche Informationen über die Anamnese, anhand derer man die prämorbide Persönlichkeit, das „soziale Umfeld“, Interessengebiete usw. zumindest einzuschätzen vermag. Erst dann ergeben sich Anknüpfungspunkte für Einzelgespräche, für Gruppenaktivitäten und auch für die Werktherapie.
4. Für die Arbeit mit Aphasikern muß ein umfangreicher Fundus an Test- und therapeutisch-didaktischem Material (Schreib-, Lese-, Kombinationsspiele usw.) vorhanden sein, das teils im Handel erhältlich, teils mit eigenen Mitteln herstellbar ist. Technische Hilfsmittel (Tonbandgerät, Videorekorder, Language Master u. a.) sind für therapeutische Zwecke nur sparsam und überlegt einzusetzen. Die Aufzeichnungsgeräte sind als beruflich-didaktische und als diagnostische Instrumente gut verwertbar.
5. Gleichwertig neben der Einzeltherapie ist die *Gruppentherapie*, wenn sie gezielt mit geeigneten Patienten vorgenommen wird: Mittels *Rollenspiel* werden Situationen aus dem Alltagsleben, in denen sprachliche Verständigung erforderlich ist, nachgestellt und, soweit notwendig, mit Hilfestellung der Therapeuten bewältigt bzw. trainiert. Häufig wird man gewahr, was J. Eisenson (1957) lakonisch feststellte: „A well adjusted individual who becomes aphasic probably has a better chance of ultimate adjustment than a neurotic individual who becomes aphasic.“
6. Entscheidende Bedeutung muß der Aufklärung der Angehörigen über Ursache und Art der Störungen beigemessen werden (zweckmäßig: Merkblatt). Die häusliche Atmosphäre, das Verhalten der Angehörigen sind für den weiteren Verlauf die wichtigsten Faktoren. Nach Möglichkeit sollte frühzeitig eine ambulante Therapie in die Wege geleitet werden. Die Arbeiter- u. Angestellten-Ersatz-Krankenkassen haben inzwischen mit den niedergelassenen Logopäden vertragliche Vereinbarungen getroffen.
7. J. M. R. Delgado (1971) weist auf einen wichtigen Aspekt hin, unter dem die Therapie mit aphasisch gestörten Patienten stattfindet: „Die Literatur über die

Reduzierung der Sinneseindrücke ist sehr umfangreich und zeigt, daß die Großhirnrinde einen steten Fluß von Anregungen braucht, damit normale Verhaltensweisen erhalten bleiben. Wir sollten daher erkennen, daß unsere zerebralen und geistigen Funktionen durch die Nabelschnur der sensorischen Eindrücke erhalten werden; sie werden zerstört, wenn man sie von der Umwelt trennt."

Informationen:
Rundschrift „Aphasietherapie", Hrsg. Renate Braun, Biesfelder Straße 3, 5000 Köln 80.
Abteilung für Sprachstörungen a. d. Rheinischen Landesklinik Bonn (Ltd. Abt.-Arzt Dr. H. A. Linck), Kaiser Karl Ring 20, 5300 Bonn.
Arbeitsgemeinschaft Aphasie-Forschung u. -Therapie innerhalb der Gesellschaft für Hirntraumatologie und klinische Hirnpathologie, c/o Prof. Dr. K. Poeck, Abt. Neurologie der Klinischen Anstalten, Goethestraße 27–29, 5100 Aachen.
Verband der Beschäftigungstherapeuten (Ergotherapeuten) der Bundesrepublik Deutschland e.V., Fachkreis Neurologie, Stiftung Rehabilitation, Postfach 101409, 6900 Heidelberg.

Infantile Zerebralparese (Synonyma Spastiker, Zerebral Bewegungsgestörte, CP, Morbus Little)

Das Tätigkeitsfeld der Beschäftigungstherapie in der CP-Therapie gehört unzweifelhaft zu den Rehabilitationssparten, deren Aufbau und Entwicklung noch lange nicht abgeschlossen sind. Dabei haben hierzulande die Bemühungen um Förderung und Besserstellung dieser Behindertengruppe nach Kriegsende vergleichsweise früh eingesetzt. Dank der Privatinitiative engagierter Eltern, Mediziner und Pädagogen entstanden auf der Basis von Vereinigungen und Stiftungen örtliche Therapiezentren unterschiedlicher Größenordnung und Ausstattung. (Die staatlichen Initiativen lassen sich nur höchst unterschiedlich bewerten, sie reichen von wohlwollender Zustimmung und Förderung bis hin zu vereinzelten Sanktionen gegenüber neuheitlichen Therapievorhaben.)
Beschäftigungstherapieabteilungen sind vorzugsweise im klinischen Bereich (Neuropädiatrie, Orthopädie) und in Spastikerzentren und -abteilungen eingerichtet. Ambulante Behandlung und Beratung durch unsere Berufsgruppe finden noch viel zu selten statt.
Eine dominierende Funktion innerhalb der Therapieformen nimmt die Krankengymnastik bzw. Physiotherapie ein. Diesem Berufszweig fällt das Verdienst um zahlreiche Innovationen in Theorie und Praxis der CP-Therapie zu, man denke in diesem Zusammenhang an die Einführung der Bobath- und der Vojta-Methode, auch an das therapeutische Reiten, an therapeutisches Schwimmen oder an Yoga. Mehr oder weniger ist die Beschäftigungstherapie bislang in diesem vorbezeichneten Fahrwasser geschwommen, obschon seit geraumer Zeit das Bemühen um ein eigenes Tätigkeitsprofil von seiten des Berufsverbandes und regionaler Arbeitsgruppen akzentuiert wird. Große Bedarfslücken zeichnen sich in den Bereichen Berufsausbildung und -fortbildung ab, die als

Grundlage zur qualifizierten Betätigung auf diesem Sektor dienen müssen. Auch für Therapeuten bleiben letztlich die Entwicklungsmöglichkeiten begrenzt, wenn nicht die Techniken beherrscht werden. Die meist von administrativer Seite ausgehenden Restriktionen, die der Beschäftigungstherapie bei Bewilligung von Fortbildungslehrgängen zu schaffen machen, können nur nachdrücklich als rehabilitationsfeindlich verurteilt werden.

Kriterien der beschäftigungstherapeutischen Arbeit bei CP:
Im Vergleich zu anderen Einsatzgebieten ist hier die Therapie sehr langfristig, ganzheitlich und intensiv ausgerichtet. Mehr oder weniger geringe Unterschiede ergeben sich bei der praktischen Arbeit auf dem ambulanten Sektor und bei der Arbeit auf klinisch-stationärem Terrain. Eine wesentliche Inanspruchnahme der ambulanten Beschäftigungstherapie kann z.B. durch eingehende Beratung und Anleitung der Eltern in Therapie- und Hilfsmittelfragen bestehen (s. Bd. II, Kap. 9).
Überwiegend ist der Schweregrad der Schädigung als maßgeblicher Faktor für den Aufenthalt in Klinik oder Heim anzusehen, daneben spielt aber auch die Berücksichtigung der (ungünstigen) sozialen, häuslichen Verhältnisse eine Rolle bei langen Behandlungs- und Aufenthaltsfristen. Hier ergeben sich nebenbei positive Momente für die Therapieverlaufskontrolle, mithin für das Sammeln von Erfahrungs- und Vergleichswerten über alle Varianten der beschäftigungstherapeutischen Verfahren bei der CP.
Vielleicht lassen einige Vorbemerkungen erahnen, daß für berufliche und persönliche Entwicklung der Beschäftigungstherapeuten kritische Selbstbeobachtung und -prüfung vor langfristiger Arbeitsaufnahme, spezifisch bei mehrfach behinderten Kindern und Jugendlichen, von erstrangiger Bedeutung sein müssen. Ein Hospitationsaufenthalt in einer Klinik oder in einem Heim ist erfahrungsgemäß geboten. Das praktische Erarbeiten der Therapieprinzipien erfordert in besonderem Maße intellektuelle und physische Mobilität und Persönlichkeitsfaktoren wie überdurchschnittliche Geduld und Ausdauer. Ausschließlich soziale Motive oder die vage Annahme, daß „man auch mit behinderten Kindern etwas Schönes und Gutes vollbringen kann“, sind zwar positiv zu bewerten, können aber keine grundlegenden Bezugspunkte für die beschäftigungstherapeutische Arbeit sein.
Nicht verschwiegen werden soll, daß von Einrichtung zu Einrichtung unterschiedliche therapeutische „Stilmittel“ und Gepflogenheiten existieren, und daß bei vielen Institutionen als Einstellungsbedingung das Beherrschen einer bestimmten Grundtechnik auch für die Beschäftigungstherapie gilt. Kein Kenner der Materie wird die bemerkenswerte Inhomogenität der Anschauungen über das Savoir-faire der notwendigen Therapie bei CP abstreiten. Eine wertende Stellungnahme ist in diesem Überblick fehl am Platz. Erwähnt und hervorgehoben müssen aber die methodischen Test- und Behandlungsverfahren nach Bobath und Vojta sowie nach Frostig und Montessori, die sich einen festen Platz unter den Rehabilitationsmaßnahmen erobert haben. Verbindendes Merkmal dieser Pioniere der Kindertherapie ist das Sammeln von empirischen Daten während der praktischen Arbeit und das darauf fußende Ausbauen ihrer Behandlungsmethoden zu jeweils umfassenden Konzepten.
Auf breiter Front durchgesetzt hat sich die Behandlungsmethodik nach Bobath. Gemäß Berta und Dr. Karel Bobaths Definition ist die CP die konsequente Folge einer schädigenden Einwirkung auf das sich entwickelnde Nervensystem. Ab-

normal sind Muskeltonus, Bewegungskoordination und -empfindung (Sensomobilität), die Muskelkraft ist zunächst nicht gestört. Das von Bobath entwickelte Behandlungskonzept konzentriert sich auf Bewegungsmuster („Patterns"), nicht auf die Funktion einzelner Muskeln. Pathologische Bewegungsmuster werden mittels inhibierender (hemmender) Techniken unter Kontrolle gebracht. Der Haltungstonus bei schlaffen Lähmungstypen kann normalisiert werden, indem verschiedene Möglichkeiten des „tapping" und propriozeptive Stimulation zur Anwendung kommen, mit daraufhin einsetzender Tonuserhöhung und Förderung der reziproken Innervation. Mangelnde Fähigkeiten müssen vor Therapiebeginn einer Analyse unterzogen werden, im Einklang damit werden realistische Therapieziele ins Auge gefaßt und mit den Befunden verglichen. MATTHIASS (1975): Jedes CP-Kind hat seine eigene Problematik. Eine Behandlung wird nur dann erfolgreich sein, wenn wir auf die Verhältnisse dieses einen Kindes eingehen. Nach meiner Überzeugung bietet die Konzeption von Bobath auch heute noch den größten Spielraum in der Anpassung an das einzelne Kind, um dieser Forderung gerecht werden zu können."

Bei der Frage der Frühestbehandlung geben Pragmatiker vielfach der von Vojta erarbeiteten entwicklungsphysiologischen Therapie den Vorzug, bei der durch Aktivierung der reflexveranlagten Fortbewegungen wie des Reflexkriechens und des Reflexumdrehens neue Koordinationseigenschaften zu bilden versucht werden.

Hier soll 1. die automatische Steuerung der Körperlage, 2. entsprechende Aufrichtemechanismen und 3. die dazugehörige phasische Beweglichkeit in Form von Schreit-, Kopf- und anderen Bewegungen gefördert werden (Angaben nach MATTHIASS 1975).

Die amerikanische Psychologin M. Frostig entwickelte ein umfangreiches Programm der Optimierung von Wahrnehmungsfunktionen im (Klein-)Kindesalter, das über die Anwendung im Vor/Grundschulbereich hinaus auch bei Kindern mit Hirnschädigungen (in modifizierter Form) therapeutisch genutzt wird. Das Frostig-Programm umfaßt die Teile Wahrnehmungstraining, Bewegungserziehung, Individualprogramm des Wahrnehmungstrainings und einen Entwicklungstest der visuellen Wahrnehmung (FEW). Die italienische Ärztin und Pädagogin M. Montessori, zunächst in der Minderbegabtenerziehung tätig, baute die dabei gewonnenen Erfahrungen zu einem System der allgemeinen Erziehung aus, in dem kindliche Selbsttätigkeit und Selbsterziehung die unmittelbare Führung durch den Erzieher weitgehend ersetzen sollen. Das bekannte Monfessori-Material wird zur differenzierenden Sinnesschulung verwendet, bei der das Sensorium mit umweltbezogenen konkreten Geräuschen, Gerüchen, Oberflächenbeschaffenheiten, Körperformen, Gewichten und Farben in Kontakt kommt.

Schülern und Praktikanten sei das gemeinsame, kritische Erarbeiten nicht nur dieser Basisprogramme empfohlen. Ein reichhaltiges Literatur- und Filmprogramm kann dabei behilflich sein.

Bei der Ausstattung der Beschäftigungstherapieabteilung werden zusätzliche Schwerpunkte hinsichtlich des Arbeitsmaterials, des Mobiliars, der Hilfsmittel einschließlich Rollstühle, Bauchliegebretter usw. berücksichtigt werden müssen. Nicht außer acht gelassen werden darf auch das Schreibmaschinentraining, für das IBM seit langem brauchbare technische Bedingungen geschaffen hat.

Voraussetzung zur praktischen Tätigkeit sind auch Kenntnisse über die normalen Entwicklungs- und Reifungsvorgänge (*Chronophysiologie* nach Hellbrügge) des kindlichen Organismus, des psychischen und des motorischen Verhaltens und der Persönlichkeit. HASSENSTEIN (1973) meint einschränkend zu entsprechenden Tabellen: „Diese Altersangaben darf man aber nicht als Richtwerte auf einzelne Kinder anwenden, und zwar aus zwei Gründen: weil sich die Werte auch bei ganz gesund entwickelten Kindern außerordentlich stark unterscheiden und weil sich auch die *Durchschnittswerte* eigentümlicherweise zumindest seit einigen Jahrzehnten dauernd erheblich ändern. Wer an der Entwicklungsgeschichte von Säuglingen und Kleinkindern interessiert ist, muß also jeweils in der neuesten Literatur nachlesen.“

Wird diese Empfehlung beherzigt, kann grundsätzlich über diesen Weg ein besseres Verständnis des komplexen Problemkreises der zerebralen Schädigungen erreicht werden. Die Variabilität der Ausfallserscheinungen verlangt ein differenziert ausgearbeitetes Test- und Behandlungsprogramm der Beschäftigungstherapie das sich adäquat in die Kette anderer Rehabilitationsmaßnahmen (Krankengymnastik, Logopädie, Sonderpädagogik) einfügen muß. Ebenso präsent sein müssen in der Beschäftigungstherapie die Grundtechniken dieser eben erwähnten „helping professions“, denn bei ganzheitlich ausgerichteten Therapiekonzepten ist eine genaue Tätigkeitsabgrenzung nur hinderlich, z. B. bei der Bobath-Methode und bei verhaltenstherapeutischen Techniken. Kompetenzlücken im Therapeutischen Team sind zu vermeiden, laufender Gedankenaustausch über beobachtete Fortschritte, Stagnation oder Rückschritte ist unerläßlich. Nicht selten werden diskrepante Beobachtungen der einzelnen Berufsgruppen über die individuelle Entwicklung geäußert, was manchmal eine Korrektur eigener Vorstellungen und der damit verbundenen therapeutischen Ansätze in positiver Weise bedingen kann.

Der Behandlungsplan nach Thom erfaßt den wesentlichen Inhalt der Beschäftigungstherapie:

1. Schulung und Verbesserung der Koordination von (angewandten) Bewegungen, vorzugsweise im Bereich der Oberen Extremitäten.
2. Erkennen und Überwinden von Störungen der sensiblen und taktilen Sinnesorgane.
3. Umfassende Schulung zur Selbsthilfe.
4. Vermittlung von grundlegenden praktischen Lebenserfahrungen.
5. Allgemein geistig-seelische Erziehung.
6. Vorbereitung und Unterstützung der Sprachtherapie.
7. Vorberufliche Schulung.
8. Unterweisung und Anleitung der Eltern und des Pflegepersonals. (Angaben nach Lange 1976.)

Besonders im klinischen Bereich ist Augenmerk auf die *Psychohygiene* zu richten, in Ermangelung dieses therapeutischen Faktors kommt es unweigerlich zu Hospitalisierungssymptomen, die stets ein Krisensignal für die Entwicklungskontinuität darstellen. Das Ausbleiben von Umwelterfahrungen durch Immobilität während der Liegephasen nach größeren operativen Eingriffen kann sich stark hemmend auf wesentliche psychische Entwicklungsvorgänge auswirken, ein Umstand, der noch immer nicht genügend Berücksichtigung findet. Wichtig ist, daß bei Verlegung der Kinder die jeweils behandelnden Therapeuten einander kontaktieren und daß ein kooperativer Meinungsaustausch über die anzusetzende Therapie stattfindet.

Weitere Probleme können sich durch Verhaltensschwierigkeiten in der Gruppe ergeben, die auch gezielt angegangen werden müssen. An dieser Stelle sei erwähnt, daß in einigen CP-Behandlungszentren auch Kinder zur Aufnahme kommen, bei denen nichtneurologische Behinderungen vorliegen, die aber für ihre Förderung ebenfalls ein differenziertes Beschäftigungstherapieprogramm benötigen. Es kann

also der Vorstellung vorgebeugt werden, daß die Arbeit in einer derartigen Einrichtung einseitig orientiert ist und möglicherweise unbefriedigend verläuft.
Ratschläge (auch für die Therapie) und Literatur kann man in Deutschland vom Bundesverband für spastisch Gelähmte und andere Körperbehinderte e.V., Kölner Landstraße 375, 4000 Düsseldorf 13, und aus der Schweiz von der „Schweizerischen Stiftung für das cerebral gelähmte Kind", Postfach 2234, CH-3001 Bern, auf Anfrage erhalten.

Epilepsie (Synonyma Anfalls- oder Hirnkrampfleiden, Fallsucht und Morbus sacer)

Das Dilemma der Rehabilitation kann besonders am Beispiel der Anfallskranken verdeutlicht werden: Probleme der medizinischen Rehabilitation können inzwischen bei sehr vielen Betroffenen in zufriedenstellender Weise gelöst werden, bei der beruflichen und sozialen Wiedereingliederung stößt man jedoch auf unüberwindbar scheinende Hindernisse. Hier spielen gesellschaftliche Anschauungen und Vorurteile über das Wesen dieser Erkrankungsformen eine sehr bedeutende Rolle. Aber auch von der Warte der Nervenheilkunde aus ergeben sich unterschiedliche Blickwinkel: Hin und wieder kann es für das weitere Schicksal eines Patienten sehr bedeutsam sein, ob er sich nach einem Anfall in einer (geschlossenen) Psychiatrie-Aufnahme-Abteilung oder in einer (offenen) Neurologie-Abteilung wiederfindet. Der Makel, in der „Klapsmühle X" als Patient gewesen zu sein, läßt sich kaum abstreifen. Tatsächlich liegen innerinstitutionelle und -medizinische Schwierigkeiten offen: An erster Stelle sind die mangelnde personelle Ausstattung wie die unzulängliche fachliche Qualifizierung der Kliniken zur optimalen Behandlung eben der Anfallskranken zu nennen, in Verbindung damit auch die beim Klinikpersonal grassierenden, abwertenden Vorstellungen über den „typischen" Epileptiker in seiner „klassischen" Erscheinungsform. Insbesondere für die Beschäftigungstherapie gilt es, zu einer möglichst wertneutralen Einstellung gegenüber diesem Personenkreis zu finden, so schwierig das im Einzelfall erscheinen mag.
Zugegebenermaßen ist es für die funktionell ausgerichtete Beschäftigungstherapieabteilung in der Akutneurologie nicht sonderlich einfach, geeignete Beschäftigungs- und Übungsmöglichkeiten für Epileptiker in das Therapieprogramm einzubauen, zumal dann, wenn sie in der Patientenrunde zahlenmäßig unterrepräsentiert sind. Bei symptomatischen Anfallsformen wird meist eine einhergehende körperliche Behinderung therapeutisch erfaßt werden. Es liegt nahe, daß man der überwiegenden Anzahl der Anfallkranken, die der klinischen Behandlung bedürfen, nur in speziell eingerichteten Abteilungen und Zentren (beschäftigungs-) therapeutisch gerecht werden kann. Das gilt für Kinder und Jugendliche wie für Erwachsene.
Ein nicht geringer Teil der Anfallspatienten in der Akutneurologie sind Alkoholiker, die intra- oder postdelirant Krampfanfälle aufweisen. Nach

Beendigung der intensivmedizinischen Bemühungen verbleiben sie zur weiteren Beobachtung auf der Station und sollen beschäftigungstherapeutisch betreut werden. Zu diesem Zeitpunkt machen sich die Eigenheiten der Alkoholikerpersönlichkeit bemerkbar: Der Patient fühlt sich nach Abklingen der körperlichen Symptome im Krankenhaus völlig fehl am Platz und ist dementsprechend therapieunwillig, er lehnt den ganzen „Zirkus", der angeblich mit ihm veranstaltet wird, ab. Bei einer derartigen Einstellung kann natürlich auch beschäftigungstherapeutischer Aufwand illusorisch sein. Häufig müssen diese Patienten, da sie rückfällig werden, aus disziplinarischen Gründen entlassen werden.
Bei guter Motivation der Patienten (jetzt unabhängig von Anfallsgenese und -form) kann die Beschäftigungstherapie als wichtiger Rehabilitationsfaktor angesehen werden.

Behandlungsplan (Erwachsene):

Voraussetzung zur Behandlungsaufnahme ist die umfassende Information der Beschäftigungstherapeuten mit anamnestischen Daten, die Hinweise zur möglichen Anfallsform sowie psychologische und soziale Angaben zur Person beinhalten. Nur dann können eventuelle Vorsichtsmaßregeln, Beobachtungsmerkmale und das Therapieprogramm im Therapeutenkreis besprochen und entwickelt werden.
Es muß zum Beispiel sorgfältig abgewogen werden, ob der Patient ein Individualtraining benötigt, oder ob eher eine Gruppenbeschäftigung in Frage kommt.

Bei beiden Therapieformen muß gewährleistet sein,

1. daß der Arbeitsinhalt möglichst realitätsbezogen und weder unterfordernd noch überfordernd ist. Dem Patienten ist eindringlich klarzumachen, welche Funktion die Beschäftigungstherapie im Hinblick auf eine Umschulung oder auf eine Erwerbsaufnahme zu erfüllen hat. Bei nur medikamentöser Neueinstellung sollen, wenn möglich, berufsnahe oder -verwandte Tätigkeiten ausgewählt werden.
2. daß dem Patienten ein möglichst ausgefüllter Tagesablauf mit anregendem und abwechslungsreichem Inhalt verschafft wird mit der Zielsetzung, auch nach der Entlassung diesen geregelten Rhythmus beizubehalten.
3. daß zunächst ausreichende Beobachtungen des Verhaltens Einzelner in psychischer, motorischer und sozialer Hinsicht möglich sind.
   Bei Patienten, die langfristig unter psychiatrischem Aspekt behandelt werden müssen, ist eine frühzeitige Tätigkeitsaufnahme in der Arbeitstherapie anzustreben. Man muß sich in Kenntnis des therapeutischen Klimas psychiatrischer Abteilungen vor Augen halten, daß die Ermöglichung sozialer Kontakte und die eventuelle Vermittlung eines Erfolgserlebnisses über vollbrachte Leistungen wichtiger sind als das Sich-Selbst-Überlassen-Sein in der abstumpfenden Atmosphäre der Stationen.

Behandlungsplan (Kinder):

Anzumerken ist, daß häufig kombiniert mit Krampfanfällen noch Dauerbehinderungen motorischer und psychischer Art vorhanden sind. Verhaltensabweichungen können primär krankheitsbedingt, sekundär durch Umwelteinflüsse entstanden sein.

Die Indikation zu Krankenhaus- oder Heimaufenthalt bietet der Schweregrad der Krankheit und/oder die negative familiäre Situation.

Hier soll die Beschäftigungstherapie zunächst

1. Hospitalisationsschäden nach Plan zu verhindern oder abzubauen versuchen (zumeist wird die Beschäftigungstherapie in ein verhaltenstherapeutisches Programm einbezogen),
2. ein individuelles Test- und Förderungsprogramm in Zusammenarbeit mit den anderen Berufsgruppen (Krankengymnastik, Logopädie, Sonderpädagogik) durchführen (s. auch CP-Therapie),
3. durch genaue Beobachtung mit ihrem Verlaufs- und Zustandsprotokoll bei medikamentöser Neueinstellung oder bei Abwägung neurochirurgischer Eingriffe assistierend mitwirken.

Merke:

Anfallskranke müssen lernen, mit ihrem Leiden umzugehen und zu leben. Da sie „ihre Krankheit im Spiegel ihrer Umwelt erleben" (Matthes 1975), kommt es häufig zu sekundären Verhaltensstörungen, die während des Klinikaufenthaltes nicht durch Unbedachtsamkeit in der Kommunikation bzw. durch Fehleinschätzung der Persönlichkeit verstärkt werden dürfen.
In Gruppen mit Patienten anderer Behinderungsformen fühlen sich Epileptiker schnell isoliert und mißachtet. Das Übertragen von angemessenen Aufgaben und organisatorischer Durchführung von gruppenbezogenen Vorarbeiten kann ihre Position und ihr Selbstwertgefühl innerhalb der Gemeinschaft fördern.
Bei langen Behandlungszeiträumen darf der Umweltbezug nicht verlorengehen, hier sind im Therapieprogramm der Besuch kultureller Veranstaltungen, Einkaufsfahrten (in Gruppen, mit Betreuer, oder selbständig) einzuplanen. Im Hinblick auf die Entlassung muß intensive Hobbyfindung betrieben werden, eventuell kann auf außerklinische Betreuungsmöglichkeiten wie auf Behindertenvereinigungen hingewiesen werden, bzw. sollte eine Inanspruchnahme dieser Kontaktmöglichkeiten in die Wege geleitet werden.
Übermäßige Vorsicht und Schutzgebaren während der Therapie und im Umgang mit den Patienten wirken sich negativ prägend aus. Nach wie vor gilt natürlich bei Patienten mit gesichertem Anfallsleiden, daß sie nicht zu Arbeiten an ungeschützten, rotierenden, schneidenden, stanzenden, pressenden und zerkleinernden Maschinen herangezogen werden dürfen. Nach der Unfallverhütungsvorschrift darf der Arbeitsplatz eines Epileptikers mit einem nicht größeren als dem alltäglichen Gefahrenrisiko verbunden sein, eine für die Beschäftigungstherapie ungenügend auslegbare Vorschrift. Im Zweifelsfall sollte man sich beim Arzt über mögliche Gefahrenmomente erkundigen.
Verhalten beim Anfall (Grand mal): Keine Panikstimmung unter den Anwesenden aufkommen lassen. Die Anfallsdauer ist auf zwei bis vier Minuten beschränkt, bei Einmünden in den Status epilepticus ist der zuständige Arzt zu benachrichtigen, der entsprechende Gegenmaßnahmen einleiten wird. Wichtig ist es weiterhin, selbst Ruhe zu bewahren und Manipulationen am Patienten zu verhindern. Flachlagerung und Kleider lockern sind die einzig gegebenen Möglichkeiten, die Zungenbißverhütung ist zu erwägen. Zu achten ist auf eine genaue Anfallsbeschreibung und die Schilderung der vorhergehenden Situation, um eventuelle anfallsprovozierende Konditionen festzustellen.
Die Aufklärung und Erläuterungen über das Leiden gegenüber dem Betroffenen

müssen dem Arzt überlassen bleiben, insbesondere bei Erstauftreten sollte man sich einer Stellungnahme enthalten.
Weitergehende Informationen sind einer Reihe von Veröffentlichungen medizinischen, psychologischen und sonderpädagogischen Inhalts zu entnehmen. Hinweise darüber erhält man auf Anfrage von der „Deutschen Sektion der Internationalen Liga gegen Epilepsie", Landstraße 1, 7642 Kork, und von der „Hilfe f. d. anfallskranke Kind", Holländerey 5c, 2300 Kiel-Kronshagen.
„Epilepsie-Kuratorium" der Deutschen Forschungsgemeinschaft, Vorsitzender: Prof. Dr. Caspar Kulenkampff, Geschäftsstelle: Wissenschaftszentrum Ahrstraße 45, 5300 Bonn-Bad Godesberg.

Arbeitserprobung durch die Beschäftigungstherapie (Beispiel: Tower-System)

Im Hinblick auf die neue Ausbildungsordnung erscheint ein kurzer Überblick der beschäftigungstherapeutischen Einsatzmöglichkeiten auf dem hier angesprochenen arbeitstherapeutischen Sektor notwendig.

Nach Komplettierung aller Orientierungsdaten (betreffend körperliche und psychische Belastbarkeit, Auffassungs- und Konzentrationsvermögen, Ausdauer, Geschicklichkeit, soziales Verhalten), die schon in der ersten Phase des Therapieprogramms gesammelt worden sind, kann bei Annahme eines günstigen Rehabilitationspotentials mit der Arbeitserprobung und eventueller Berufsfindung begonnen werden. Es können stationäre und ambulante Patienten erfaßt werden. Da diese Tests noch im klinischen Bereich stattfinden, sind ihnen hinsichtlich des Umfangs und des Aussagewerts bestimmte Grenzen gesetzt. Es ist verständlich, daß sich unsere Testmöglichkeiten auf Patienten mit handwerklich-technischer oder einfacher Büro-Berufsausbildung beziehen. Problematisch wird es bei Berufsangehörigen des wissenschaftlich-akademischen Bereiches, bei vormaligen Inhabern einer „führenden Schreibtischposition" oder auch bei Studenten. Die Anregung, ein systematisiertes Arbeitstestprogramm in größerem Maßstab in die klinische Rehabilitation einzuführen, kam aus den USA: das „Institute for the Crippled and Disabled" in New York entwickelte das Tower-System und förderte durch Kurse mit Beschäftigungs- und Arbeitstherapeuten dessen Einführung in die amerikanischen Rehabilitationseinrichtungen. Tower bedeutet *T*esting, *O*rientation and *W*ork *E*valuation in *R*ehabilitation.
Im Rehabilitationszentrum der Universität Köln ist das Tower-System erstmals auf deutsche Verhältnisse „umgeeicht" worden. Die regionalen Arbeitsmarktbedingungen spielten dabei eine nicht unwesentliche Rolle. Bei der Analyse der zugänglichen Unterlagen schälen sich die allgemeinen Einführungsbedingungen etwa so heraus:

1. In erster Linie kommen in Betracht Beschäftigungs/Arbeitstherapieabteilung im Verbundsystem größerer Behandlungszentren mit einer für einen erweiterten Rehabilitationsgedanken zugänglichen Verwaltung und ärztl. Leitung.
2. Standort: Großstadt, bzw. Großstadtnähe, industrienahe Bezirke mit entsprechendem Patientengut.
3. Mitarbeiter: Gut ausgebildete Beschäftigungs- und Arbeitstherapeuten mit geeigneter Persönlichkeit und Motivation zur langfristigen Mitarbeit.

Beschäftigungstherapie bei infauster Prognose

Man kann sich fragen, was der nachfolgende Absatz in den Erläuterungen über einen Rehabilitationsberuf zu suchen hat: Die Behandlung des Sterbenden.
Das Thema ist in den letzten Jahren aus der Tabuzone des Schweigens in eine Phase (nicht immer) wünschenswerter Publizität geraten und steht noch in permanenter Diskussion.
An dieser Stelle sollen nur einzelne Aspekte erläutert werden, die erfahrungsgemäß für die Praxis der Beschäftigungstherapie im klinischen Bereich wichtig sein können.

Nicht nur in Hospitälern, sondern auch auf Akutstationen des neurologischen und neuropädiatrischen Sektors ist der Beschäftigungstherapieeinsatz bei Patienten obligat, deren Krankenhausaufenthalt eindeutig final determiniert ist. Es kann sich um Fälle mit Multimorbidität handeln, die neurologischen Ausfälle müssen nicht einmal im Vordergrund stehen. Häufig trifft man auf Patienten (ohne Bevorzugung einer Altersstufe) mit chronisch degenerativen Veränderungen des Nerven- und des Gefäßsystems, mit inoperablen Hirntumoren, mit schweren Unfallverletzungen (Schädel-Hirn-Traumen, Querschnittsläsionen), oder vorbehandelt mit neurochirurgischen Palliativmaßnahmen bei kanzerogenen Schmerzzuständen.
Ganz sicher sind auch eindeutige Grenzen für die Dauer des beschäftigungstherapeutischen Einsatzes bei diesem Personenkreis gegeben, sie müssen aber von Fall zu Fall differenzierend und variabel gesehen werden. Der Umgang mit Sterbenden fällt niemandem leicht, die dabei entstehende Problematik läßt sich nur schwierig auf rationaler Ebene verarbeiten.
Nach Kübler-Ross macht der Patient in den Tagen und Wochen vor dem Tod meist fünf verschiedene Stadien durch: 1. Weigerung, sich das Sterbenmüssen einzugestehen („Nein, nicht ich"), 2. Periode des Zornes und der Erbitterung („Warum gerade ich?"), 3. Feilschen um Lebensverlängerung („Ja, wenn es sein muß, aber schenkt mir noch ein Jahr und ich will ein guter Christ sein"), 4. Depression und Trauer über verlorene Dinge, der Sterbende trennt sich psychisch von seinen Angehörigen, 5. Schicksalsergebenheit. Nicht alle Sterbenden durchlaufen die Stadien in strenger Reihenfolge, manche überspringen eine Stufe oder fallen wieder in ein früheres Stadium zurück. Kübler-Ross: „Andere wollen nicht friedlich sterben, sondern kämpfend ihr Leben beenden und wir sollten sie nicht davon abhalten". Nach der amerikanischen Studie von Kübler-Ross sind sich 80% aller unheilbar Kranken ihrer Lage bewußt (1971). Vielleicht lassen sich aus der Erfahrung einige Regeln für die Beschäftigungstherapie herleiten:

1. Das Therapieprogramm muß in Kenntnis der Diagnose eine stetige Verschlechterung des Kräftezustands, der Ansprechbarkeit und der allgemeinen Befindlichkeit vorausplanend berücksichtigen. Jegliche Anforderung muß unauffällig reduziert werden können, viel Abwechslung erscheint geboten.
2. Kurze aber regelmäßige Behandlungsphasen sind sehr wichtig: Der Patient benötigt vertrauensvollen Kontakt zu einer Bezugsperson, solange es ihm seine Bewußtseinslage erlaubt. Kleine Fortschritte müssen ermutigend unterstützt werden. Die beschäftigungstherapeutischen Maßnahmen dürfen einen wirkungsvollen Kontrast zu der oft beschworenen „sterilen, inhumanen Klinikatmosphäre" ergeben.

3. Erlahmendes Interesse an Umweltbeziehungen muß reaktiviert werden. Bei schwer sprach- oder sprechbehinderten Patienten (Aphasie, Bulbärparalyse etc.) müssen alle Kommunikationsmöglichkeiten ausgelotet und evtl. durch Hilfsmittel verbessert werden.
   Das übrige Behandlungsteam, Verwandte und Mitpatienten müssen entsprechend angeleitet werden.
4. Die Kommunikation muß von seiten des Teams kontrolliert und sachlich verlaufen. Einige Patienten können bis zur letzten Lebensphase wachsam und mißtrauisch reagieren, vordergründiges Ausweichen wird sofort bemerkt, vielsagendes Schweigen wird negativ interpretiert, Depressionen setzen daraufhin ein. Wichtig ist eine für alle verbindliche, gemeinsam entwickelte Gesprächsführung durch das Team.
5. Soweit es geht, sollten die Selbsthilfemöglichkeiten (besonders der Bettpatienten) mobilisiert werden. Mitpatienten und Verwandte (diese besonders im Hinblick auf eine noch mögliche Entlassung) können zu kleinen Handreichungen motiviert und angeleitet werden, da das Pflegepersonal nicht immer präsent sein kann.

Die amerikanische Therapeutin Margaret Oelrich, Leiterin der Rehabilitationsabteilung (!) des City of Hope Medical Center von Duarte, Kalifornien, resümiert am Ende ihres beziehungsreich mit einer Sanduhr illustrierten Artikels „The Patient with a Fatal Illness“ (1974): „Im Gesundheitswesen Beschäftigte, die mit Patienten im Terminalstadium Umgang haben, müssen sich mit der Furcht und der Angst vor dem Tod auseinandersetzen. Viele sind abgeneigt, sich mit diesem komplexen Thema zu befassen, das als Tabu ähnlich wie Sex im Viktorianischen Zeitalter betrachtet wird. Psychologische Mechanismen und emotionale Reaktionen treten bei unheilbarer Erkrankung in den Vordergrund. Die Beschäftigungstherapie geleitet den Patienten in eine konstruktive Phase zum besseren Verständnis und Verarbeitung dieser Reaktionen.
Angemessene Aktivität, Erhaltung der Selbsthilfemöglichkeiten und des Selbstwertgefühls können beim Abbau von Angst und Depression hilfreich sein. Sie stellen für die Beschäftigungstherapie die Hauptaufgaben dar.“

Zusammenfassung

Es wurde in den vorhergehenden Abschnitten versucht, einen Überblick der beschäftigungstherapeutischen Möglichkeiten bei häufigen neurologischen Krankheitsbildern zu vermitteln. Eine ins einzelne gehende Darstellung der Praktiken und Techniken mußte hier aus Platzgründen entfallen, sie kann aber z.T. den Beiträgen anderer Mitarbeiter und der angegebenen Fachliteratur entnommen werden. Vergleichsweise ist allerdings eine Akzentverschiebung vom Musisch-Kreativen hin zu aktiven Trainingsmaßnahmen bei Verrichtungen des täglichen Lebens und zur Rehabilitationstechnik zu berücksichtigen. Stets sollte versucht werden, den Gesamtaspekt der Behinderung zu erfassen, das Behandeln von Symptomen allein genügt nicht.

Die Beschäftigungs- respektive Ergotherapie ist primär in den Bereich der medizinischen Rehabilitation zu rücken, wobei ihre gezielte Anwendung auch einen kostensparenden Effekt besitzt: Die klinische Aufenthaltszeit kann sich verkürzen, die Voraussetzungen zur (Wieder-)Aufnahme einer Erwerbstätigkeit werden gefördert, von einer Hospitalisierung kann häufig Abstand genommen werden.

Mit Nachdruck muß aber darauf hingewiesen werden, daß unsere Arbeit um vieles *wirksamer* sein könnte, bestünde tatsächlich im medizinisch-sozialen Bereich eine „Rehabilitationskette", die eine lückenlose Eingliederung ermöglichte. Der Leistungsrahmen, wie er vom *Rehabilitationsangleichungsgesetz* vorgesehen ist, wird von den Trägerorganisationen nur zu geringem Teil ausgefüllt. Im Bereich der Beschäftigungstherapie bestehen vor allem Schwierigkeiten bei der Beschaffung geeigneter Hilfsmittel und bei der Ambulanten Therapie.
Die von Fachleuten wie Paeslack („Skandalöse Erstversorgung bei Querschnittsgelähmten"), Mathies („Die Rheuma-Pleite") oder Biesalski („Katastrophale Unterversorgung der Stimm- und Sprachgestörten") für ihre Bereiche angegebenen Mängel decken sich mit Beobachtungen im eigenen Arbeitsgebiet.

Es bleibt nur zu hoffen, daß neben anderen strukturellen Verbesserungen im Gesundheits- und Rehabilitationswesen auch eine umfassendere Beteiligung der Beschäftigungs- bzw. Ergotherapie stattfinden wird.

Filmverzeichnisse

Katalog ärztlicher Fortbildungsfilme, Deutscher Ärzte Verlag, Köln 1977.
Bundesarbeitsgemeinschaft „Hilfe für Behinderte" e.V., Abt. Filmdienst, Kirchfeldstraße 149, 4000 Düsseldorf 1.
Schweiz. Stiftung f. d. cerebral gelähmte Kind, Sekretariat, Postfach 2234, CH-3001 Bern.
Institut für den Wissenschaftl. Film, Nonnenstieg 72, 3400 Göttingen.
International Rehabilitation Film Review Library, 20 West 40th Street, New York, N. Y. 100 18, USA.

Literatur

Aebi, U.: Das normalbegabte zerebral bewegungsgestörte Kind. Huber, Bern 1974

von Arnim, D.: In: Multiple Sklerose, hrsg. von F. W. Bronisch. Enke, Stuttgart 1975

Arns, W., A. Hüter: Krankengymnastik bei neurologischen Erkrankungen, Pflaum, München 1975

Bauer, E. W.: Ein Stuhl zwischen den Stühlen. Socio-Medico, Planegg 1974

Bayerisches Staatsministerium für Arbeit und Sozialordnung: Handbuch der Rehabilitation für Behinderte in Bayern. München 1975

Behrend, R. Ch.: Multimediale Rehabilitation. In: Rehabilitation, Bd. I, hrsg. von K.-A. Jochheim, J. F. Scholz. Thieme, Stuttgart 1975

Bobath, B.: Die Hemiplegie Erwachsener, Thieme, Stuttgart 1973

Bobath, B.: Abnorme Haltungsreflexe bei Gehirnschäden, 3. Aufl. Thieme, Stuttgart 1976

Bobath-Lehrgänge: Fortbildungszentrum HERMITAGE, CH-7310 Bad Ragaz

Bronisch, F. W.: Multiple Sklerose. Enke, Stuttgart 1975

Brown, J. W.: Aphasie, Apraxie und Agnosie. Fischer, Stuttgart 1975

Creutzfeld, O. D.: Die Hirnrinde. In: Das menschliche Gehirn. Colloquium, Berlin 1975

Critchley, McD.: zit. nach O. D. Creutzfeld 1975

Cull, J. G., R. E. Hardy: Physical Medicine and Rehabilitation Approaches in Spinal Cord Injury. Thomas, Springfield/Ill. 1977

Degen, R.: Die kindlichen Anfallsleiden. Hippokrates, Stuttgart 1976

Delgado, J. M. R.: Gehirnschrittmacher. Ullstein, Berlin 1971

Eisenson, J.: Aphasie in Adults. In: Handbook of Speech Pathology, hrsg. von L. E. Travis. Appleton, New York 1957

Ford, J. R., B. Duckworth: Physical Management for the Quadriplegic Patient. Davis, Philadelphia 1974

Freudenberg, D.: Leistungs- und Verhaltens-

störungen bei kindlicher Epilepsie. Karger, Basel 1968
Gardiner, M. D.: Grundlagen der Übungstherapie. Thieme, Stuttgart 1974
Gastaut, H.: Wörterbuch der Epilepsie. Hippokrates, Stuttgart 1976
Guttmann, L.: zit. nach J. J. Walsh 1969
Hassenstein, B.: Verhaltensbiologie des Kindes. Piper, München 1973
Heil, K. D.: Programmierte Einführung in die Psychologie. Rowohlt, Hamburg 1978
Jay, P. E.: Hilf Dir selbst. Ratschläge für Hemiplegiker. Huber, Bern 1969
Jochheim, K.-A., J. F. Scholz: Rehabilitation, Bd. I und Bd. III. Thieme, Stuttgart 1975
Kapp, W., K. H. Leickert: Das Parkinson-Syndrom. Schattauer, Stuttgart 1971
Kind, H.: Leitfaden für die psychiatrische Untersuchung. Springer, Berlin 1973
Klee, E.: Behinderten-Report I und II. Fischer, Frankfurt 1974/1976
Koch, I.: Die medizinische Rehabilitation der Querschnittgelähmten. VEB Volk und Gesundheit, Berlin 1972
Kübler-Ross, E.: Interviews mit Sterbenden. Kreuz Verlag, Stuttgart
Lange, H. J.: Beschäft.-Ther. Rehab. (1976)
Linck, H.-A.: Ätiologie u. Arten der Aphasie. Beschäft.-Ther. Rehab. 3 (1973)
Matthes, A.: Epilepsie, 2. Aufl. Thieme, Stuttgart 1975; 3. Aufl. 1977
Matthes, A.: Ärztlicher Rat für Anfallkranke, 2. Aufl. Thieme, Stuttgart 1976
Mattiaß, H.-H.: Rehabilitation von Patienten mit infantiler Zerebralparese. In: Rehabilitation, Bd. III, hrsg. von K.-A. Jochheim, J. F. Scholz. Thieme, Stuttgart 1975
Mumenthaler, M.: Neurologie, 5. Aufl. Thieme, Stuttgart 1976
Mumenthaler, M., H. Schliack: Läsionen peripherer Nerven, 2. Aufl. Thieme, Stuttgart 1973; 3. Aufl. 1977
Neundörfer, B.: Die Parkinsonsche Krankheit. Ein Lehrbuch für Patienten und ihre Angehörigen. Fischer, Stuttgart 1978
Oelrich, M.: The patient with a fatal illness. Occup. Ther. No. 7 (1974)
Office of Health Economics: Multiple Sklerose. Schattauer, Stuttgart 1977
Paeslack, V. u. Mitarb.: Querschnittlähmung. Kohlhammer, Stuttgart 1968
Pampus, I.: Rehabilitation Hirnverletzter. Kohlhammer, Stuttgart 1974
Pampus, I.: Ärztlicher Rat für Querschnittgelähmte. Thieme, Stuttgart 1978
Pfenniger, B.: Ergotherapie in der Handchirurgie. Institut für Ergotherapie, Kantonsspital Basel 1976
Poeck, K., W. Hartje, M. Kerschensteiner, B. Orgass: Sprachverständnisstörungen bei aphasischen und nichtaphasischen Hirnkranken. Dtsch. med. Wschr. 98 (1973) 139–147
Rösch, H.: Orthopädische Hilfsmittel bei Querschnittslähmungen im Kindesalter. Med.-Orthop. Techn. 3 (1976)
Schadé, J. P.: Einführung in die Neurologie. Fischer, Stuttgart 1973
Schirmer, W.: Einführung in die Neurochirurgie. Urban & Schwarzenberg, München 1975
Schweizerische Kommission für Rehabilitation: Hemiplegie-Merkblatt
Sparty, L.: Rehabilitationsverzeichnis. Rehabilitationsverlag, Bonn-Bad Godesberg 1975
von Stockert, Th. R.: Satzordnungstest (SOT). Nervenarzt 45 (1974)
Suchenwirth, R.: Taschenbuch der klinischen Neurologie. Fischer, Stuttgart 1977
Thimm, W.: Mit Behinderten leben. Herder, Freiburg 1977
Umbach, W., H. Teirich-Leube: abc für Parkinson-Kranke, 2. Aufl. Thieme, Stuttgart 1972
Vojta, V.: Die cerebralen Bewegungsstörungen im Säuglingsalter, 2. Aufl. Enke, Stuttgart 1976
Völler, G. W.: Parkinson-Fibel, 3. Aufl. Fischer, Wolfenbüttel 1975
Wagner-Fischer, A.-M.: Ärztlicher Rat für Halbseitengelähmte Thieme, Stuttgart 1973
Walsh, J. J.: abc für Querschnittsgelähmte. Thieme, Stuttgart 1969
Weigl, E.: Aphasie-Prüfschema. In: Lehrbuch der Logopädie, hrsg. von K.-P. Bekker, M. Sovak. Kiepenheuer & Witsch, Köln 1975
Wilson, D. J. u. Mitarb.: Spinal Cord Injury. Slack, Thorofare, N. J. 1974
Wirth, G.: Sprech- und Sprachstörungen. Deutscher Ärzte-Verlag, Köln 1977

5. Beschäftigungstherapie bei der Behandlung von Tuberkulose

Von W. Langer

Die Tuberkulose

In der ersten Auflage dieses Buches aus dem Jahre 1959 war der Tuberkulose ein größerer Raum gegeben als in der vorliegenden. Das hatte seinen Grund in der Tatsache, daß damals der Erkrankung eine größere Bedeutung beigemessen wurde als heute. So konnte damals die Erkrankung selbst ausführlich geschildert werden, die Einzelheiten des klinischen und pathologisch-anatomischen Verlaufes wurden aufgeführt und der Hinweis gegeben, daß die Beschäftigungstherapeutin nicht ohne die einfachsten, grundlegenden Kenntnisse des Fachgebietes, in dem sie tätig sein will, auskommen könnte. Heute nun wird erwartet, daß die Beschäftigungstherapeutin ihre speziellen Kenntnisse des jeweiligen Einsatzes anderweitig erwirbt. So soll in der Folge vorwiegend auch nur von der Beschäftigungstherapie *bei der Behandlung von Tuberkulosekranken* die Rede sein. Dabei werden kurze klinische Daten zum Verständnis des Gesagten nicht zu umgehen sein.

Es wäre ein gefährlicher Irrtum, von der Tuberkulose als überwundener Krankheit zu sprechen. Die Tuberkulose – lange Jahre ein reines Spezialgebiet allein in der Medizin – hat von ihrem Charakter als Seuche und als Infektionskrankheit grundsätzlich nichts verloren. Sie hat auch nichts von ihrer Gefährlichkeit verloren. Das wird deutlich, wenn man Verläufe sieht, von denen man glaubte, sie gehörten endgültig der Vergangenheit an.

Der Optimismus rührt daher, daß gerade in den letzten Jahren durch Ausmerzung der Rindertuberkulose etwa 10% Neuerkrankungen von vornherein verhindert werden. Zusätzlich und noch bedeutungsvoller wirkt es sich aus, daß ebenfalls gerade in den letzten Jahren eine Reihe hochwirksamer Medikamente gefunden wurde, die bei richtiger Anwendung und bei entsprechender Mitarbeit des Patienten ungeahnt hohe Erfolgszahlen ermöglichen. Wenn wir uns trotzdem für noch nicht absehbare Zeit mit der Tuberkulose beschäftigen müssen, dann liegt das nicht zuletzt an organisatorischen Fragen der Erfassung und Erkennung und – so bitter es sein mag – an der noch viel zu oft anzutreffenden mangelnden Einsicht und Verhaltensweise der Erkrankten.

Gerade wegen des chronischen und schubweisen Verlaufes der Erkrankung – wenn nicht in den Anfängen nach allen Regeln moderner Therapie verfahren wird – können wir die Tuberkulose auch heute noch nicht aus dem Kreise unserer Betrachtung lassen. Die Tatsache, daß die Sterblichkeit an Tuberkulose erheblich abgesunken ist, besagt allein noch gar nichts; sie zeigt im Gegenteil die Problematik der Überlebenden, unter denen wir immer wieder Infektionsträger finden. Wichtig ist allein die Zahl der Erkrankten und insbesondere die Zahl der Neuinfektionen. An diesen Zahlen hat sich nur wenig geändert, so daß die Probleme selbst, von gewissen Korrekturen abgesehen, auch heute noch die gleichen sind wie vor 13 Jahren.

Nach wie vor ist die Tuberkulose eine chronisch verlaufende Infektionskrankheit, deren Erreger sich in vielerlei Hinsicht von anderen Keimen unterscheiden und dadurch der Erkrankung ihre eigene Gesetzmäßigkeit geben, ihre Spezifität, wie es in der Fachsprache heißt. Die Gefahr liegt darin, daß das Hauptkontingent auf die Lungentuberkulosen entfällt, womit der Weiterverbreitung Tür und Tor geöffnet sind, wenn der Erkrankungsherd Anschluß an das Bronchialsystem findet und damit mit dem Hustenstoß Erreger in der Luft verbreitet und von anderen Individuen aspiriert werden können. Für den Erkrankten selbst besteht die zusätzliche Gefahr, daß durch Einbruch der Erreger in die Blut- und Lymphbahnen Streuungen und Ausbreitungen in weitere Organe erfolgen können. Diese sog. hämatogenen oder lymphogenen Aussaaten – extrapulmonale Tuberkulosen – bedürfen besonderer diagnostischer und therapeutischer Maßnahmen, die in die Orthopädie, die Gynäkologie, die Urologie und andere Fachgebiete ausstrahlen. Es versteht sich, daß gerade diese Formen der Tuberkulose für ihre Träger von ganz wesentlicher Bedeutung zu sein pflegen.

Der Charakter der Tuberkulose als chronische Infektionskrankheit mit mehr oder weniger großer Schädigung, Zerstörung und Einschmelzung der befallenen Gewebe oder Organe bringt es zwangsläufig mit sich, daß der Gesamtorganismus des Kranken wesentlich in Mitleidenschaft gezogen wird. Wir dürfen deshalb bei einer Tuberkulose nie nur das erkrankte Organ sehen, sondern müssen in Erkennung der Tatsache, daß die Tuberkulose eine Allgemeinerkrankung ist, den ganzen Menschen sehen.

Es liegt auf der Hand, daß eine so schwere und chronisch ablaufende Infektionskrankheit zwingend Veranlassung gibt, weitere schädigende Faktoren zu erkennen und nach Möglichkeit zu behandeln. Besonderes Augenmerk wird der Tuberkulosearzt immer der Zuckerkrankheit (Diabetes mellitus) zuzuwenden haben, die nicht selten eine höchst unerwünschte Komplikation darstellt. Beide Erkrankungen bedürfen dann – jede für sich – intensiver Behandlung, wobei die besonderen Gefahren dieser Kombinationskrankheiten dem Tuberkulosearzt seit langem bekannt und von ihm gefürchtet sind. Eine weitere Gefährdung erwächst dem Herzen des Lungentuberkulösen dadurch, daß mehr oder weniger große Lungenteile aus der Atemfunktion ausgeschaltet werden. Handelt es sich hierbei um größeren Gewebszerfall, so ist der Ausfall – so paradox es klingen mag – keinesfalls so groß, als wenn die Lunge von zahlreichen Herden übersät ist. Besonders kritisch wird die Situation aber dann,

wenn größere oder zahlreiche Lungenherde zur Abheilung kommen. Jede Gewebszerstörung kann nur durch Narbe heilen. Die der Lungennarbe innewohnende Schrumpfungstendenz hat zur Folge, daß das umgebende, an sich funktionstüchtige Lungengewebe in die Narbe einbezogen und so in der näheren und weiteren Umgebung zum Ausgleich überbläht wird. Damit kommt es zum sogenannten Emphysem, das für die Lungenfunktion in diesem Zusammenhang deshalb von besonderem Interesse ist, weil es am Gasaustausch nicht mehr oder nicht mehr genügend teilhat. So können wir immer wieder erleben, daß auch schwere und ausgedehnte Lungentuberkulosen mit gehöriger Narbenbildung abheilen. Durch die geschilderte Entwicklung ist der Funktionsausfall aber so groß, daß die genügende Sauerstoffversorgung mehr oder weniger gestört ist. Wir sprechen in diesem Fall von einem sog. „Lungenkrüppel", wobei alle Stadien von leichter Atemnot bis zur schweren Ruhedyspnoe zur Beobachtung kommen können. Ein gleiches erleben wir häufig bei Operationen, nach denen durch Narbenbildungen oder bei Resektionen durch Ausfüllung des leeren Raumes mit der Restlunge eine Überblähung des verbleibenden Lungengewebes resultiert. Durch jedes Emphysem wird der Strömungswiderstand im Lungen- oder kleinen Kreislauf deutlich erhöht und fordert dem rechten Herzen eine zusätzliche Belastung ab. Eine gewisse Zeitlang wird das rechte Herz allein diese Mehrbelastung auszugleichen versuchen, bis es in seinen Anstrengungen erlahmt. Wir sprechen in diesem Zusammenhang von einer kardiopulmonalen Dekompensation, die in allen Einzelheiten festzustellen heute durch entsprechende technische Apparaturen jederzeit möglich ist.
Die angegebenen Möglichkeiten bewirken, daß eine Vielzahl von Kranken ihrer Tuberkulose nicht mehr erliegt, sondern bis zur Stabilisierung der tuberkulösen Prozesse gebracht werden kann. Das Opfer, das die Tuberkulösen dafür allzuhäufig bringen, sind als Folge der Narben und des Emphysems Schädigungen der Lungenfunktion, des Herzens und des Kreislaufes in verschiedenen Schweregraden. Dabei ist zu berücksichtigen, daß durch die längere Überlebenszeit in zunehmendem Maße auch ältere Menschen in Frage kommen, bei denen durch den altersbedingten Elastizitätsverlust die Entwicklung eines Lungenemphysems noch schneller und gefahrdrohender vor sich geht als bei jüngeren Menschen.
Neben der konservativen Therapie mit ihren vielen Möglichkeiten hat auch heute noch die chirurgische Behandlung ihren Raum. Die alten Kollapsverfahren finden kaum noch Anwendung. Die Resektionsbehandlung ist an ihre Stelle getreten. Auch bei ihr tritt uns das Problem des Emphysems entgegen, weil die Restlunge, will sie den Thorax ausfüllen, sich zwangsläufig überblähen muß.
Die internationale Fachwelt ist sich darüber klar und einig, daß die ideale Forderung zur Behandlung einer frischen oder wieder aktivierten Tuberkulose die der Heilstättenbehandlung ist. Der Grundgedanke dabei ist der, dem erkrankten Menschen die Möglichkeit der Ansteckung seiner

Umgebung zu nehmen und dem Kranken selbst alle überhaupt möglichen Behandlungsmaßnahmen zukommen zu lassen, um eine Abheilung des Befundes zu erreichen, die ihn vor dem Rückfall (Rezidiv) schützt. Art und Verlauf dieser Infektionskrankheit bedingen es, daß dazu lange Zeiträume erforderlich sind. Und wenn alle derzeit möglichen Verfahren durchgeführt worden sind, müssen wir doch bei ausgedehnten Prozessen immer damit rechnen, daß auch bei Sanierung des Befundes funktionelle Ausfälle eintreten, die das Leben und die Erwerbsfähigkeit des Kranken entscheidend beeinflussen und sie in andere Bahnen lenken können.
Zahlreiche Faktoren tragen dazu bei, daß die moderne Tuberkulosebekämpfung und -behandlung schon aufgrund der ihr jetzt gebotenen Möglichkeiten andere Wege geht als noch vor wenigen Jahrzehnten. War es damals der Weisheit letzter Schluß, den Kranken völlig ruhigzustellen durch fast pausenloses Liegen auf dem Liegestuhl, möglichst im Mittel- und Hochgebirgsklima, so wissen wir seit längerem, daß eine Tuberkulose praktisch überall ausgeheilt werden kann, wenn wir ihr nur die dazu erforderliche Zeit lassen. Sicherlich hat die Ansicht sehr viel für sich, daß eine Tuberkulose möglichst in dem Klima und in der Landschaft ausgeheilt werden sollte, in der sie erworben wurde und in der der Kranke auch später zu leben gezwungen ist.

Allgemeine Möglichkeiten der Beschäftigungstherapie

Wenn wir nach dieser Einführung uns nunmehr der Beschäftigungstherapie in der Tuberkulose zuwenden, so müssen wir uns klar darüber sein, daß eine etwa schematische Aufzählung der Möglichkeiten dem Sinn unseres Vorhabens durchaus zuwider wäre. Die Fülle der sich anbietenden Möglichkeiten kann nur dann ausgeschöpft werden, wenn die Grundgedanken zum Verständnis gebracht werden und wenn aus der gewonnenen Erkenntnis der Einbau der Beschäftigungstherapie in den Heilplan des Tuberkulösen mit all ihren Möglichkeiten sinnvoll erfolgt.
Schon im Laufe der zwanziger Jahre haben erfahrene Heilstättenärzte sich Gedanken darüber gemacht, ob die bis dahin als Standardmethoden durchgeführten therapeutischen Maßnahmen ausreichend und richtig wären. Sie kamen zwangsläufig zu der Erkenntnis und Feststellung, daß Kranke, die monate- und jahrelang absolute Ruhe gepflegt hatten, über die Entwöhnung jeglicher körperlicher Arbeit hinaus auch im rein körperlichen Training so verkümmert waren, daß auch bei guten Heilerfolgen bereits kurze Zeit nach der Entlassung aus der Heilstätte Rückfälle auftraten. Sie sahen, daß wohl z. T. erhebliche Gewichtszunahmen zu verzeichnen waren und die Kranken sich rein äußerlich in einem ausgezeichneten Zustand zu befinden schienen, sie sahen auch, daß die örtlichen Befunde weitgehend rückgebildet oder scheinbar abgeheilt waren

und glaubten dementsprechend, das erwünschte Ziel erreicht zu haben. Aber schon die einfachsten Ansprüche des täglichen Lebens nach der Entlassung außerhalb des Heilstättenmilieus genügten allzuoft, um nach kurzer Zeit den Erfolg zunichte zu machen, der in langfristiger Heilstättenbehandlung erzielt worden war. Es bedarf keiner allzu große Phantasie, um sich den seelischen Schock der Kranken vorzustellen und die Enttäuschung für den Patienten und seinen behandelnden Arzt.
Viele Veröffentlichungen in der deutschen und internationalen Literatur weisen immer wieder darauf hin, daß die Zahl der Rückfälle im ersten Jahr nach Abschluß der Heilstättenkur besonders groß ist, wobei wiederum der Gipfel der Rezidive bei Rekonvaleszenten zwischen 3 bis 6 Monaten liegt. Erst im zweiten Jahr nach Beendigung der Heilstättenkur nimmt die Zahl der Rückfälle dann meßbar ab.
Wir wissen heute, daß die absolute körperliche und auch seelische Inaktivität nicht nur zu einer Schwächung der gesamten Muskulatur, sondern auch zu einem Erlahmen aller Organfunktionen führt. Das wiederum hindert den Körper, seine Abwehrkräfte zu mobilisieren. Insbesondere die Forschungen über die Einflüsse der Hormone des Hypophysenvorderlappens und der Nebennierenrinde haben bewiesen, daß dem Gesamtkörper Forderungen abverlangt werden müssen, wenn er zu Reaktionen irgendwelcher Art fähig sein soll. So kamen in Deutschland WOHLFAHRT, ALEXANDER u. a. bereits in den zwanziger Jahren zu der klaren Erkenntnis, daß gerade der tuberkulöse Kranke „gefordert" werden müßte. WOHLFAHRT propagierte Freiluftgymnastik unter Anleitung einer ausgebildeten Fachkraft und Stimm- und sog. Stauübungen. Dabei handelte es sich um „forcierte Ausatmungsübungen gegen Widerstand unter gleichzeitiger kraftvoller Entwicklung melodischer Töne". Er bezeichnete die Therapie als „an sich recht anstrengend" und an anderer Stelle als „heroisch", sah aber deutliche Erfolge. ALEXANDER, DORN und BRIEGER können als die Vorkämpfer der Beschäftigungs- und Arbeitstherapie bei Tuberkulösen in Deutschland angesehen werden. Warum sie in der damaligen Zeit kein Gehör fanden, soll nicht zur Diskussion gestellt werden, obwohl in anderen Ländern der Erde bereits auf diesem Gebiet intensiv gearbeitet wurde (England, Amerika, Schweiz). Finden wir doch heute in Deutschland noch erstaunlich wenig Verständnis für diese Dinge, und erst jetzt kommen diese Gedanken zum Durchbruch, nunmehr allerdings unter dem Sammelbegriff der „Rehabilitation".

Übergang zum Arbeitstraining

Wenn wir *heute* von Beschäftigungstherapie sprechen, so meinen wir, einen fest umrissenen Begriff zur Verfügung zu haben. Tatsächlich sind aber auf dem Gebiet der Tuberkulose die Begriffe Beschäftigungs- und Arbeitstherapie keinesfalls sicher trennbar. Es ist für das Gebiet der Tuberkulose kein glücklicher Gedanke gewesen, den Versuch zur Unterteilung der Beschäftigungs- und Arbeitstherapie so scharf herauszustellen, und es wäre vielleicht besser gewesen, die Dinge auf sich beruhen zu lassen und die fließenden Übergänge zwischen Beschäftigungstherapie, Arbeitstherapie und Arbeitstraining anzuerkennen. Sie sind nach unserer Ansicht unvermeidbar, und es wird gezeigt werden, wie Beschäftigungs-, Arbeitstherapie und Arbeitstraining häufig zwangsläufig und zwanglos ineinander übergehen können. Dazu kommt, daß die Erfahrung in Deutschland und die Durchsicht der deutschen und der Weltliteratur zeigt, daß feste Begriffsbestimmungen für die Beschäftigungstherapie und für die Arbeitstherapie bei Tuberkulösen keinesfalls einheitlich bestehen. Während schon im deutschen Raum häufig Beschäftigungs- und Arbeitstherapie bei Tuberkulösen in einem Atemzug genannt werden, wird aus dem amerikanischen und englischen Schrifttum klar, daß diese eine scharfe Trennung der Begriffe überhaupt nicht kennen. In der italienischen Literatur wiederum gehen die Begriffe etwas durcheinander, und es findet sich hier das Arbeitstraining mit einbegriffen. Den gleichen Eindruck vermittelt die Durchsicht der Literatur für Spanien, Jugoslawien und Japan. Die Literatur der Ostländer führt von den angeführten Gedankengängen weiter ab. Bei ihnen stehen betont im Vordergrund Umschulung und Tendenz zum möglichst weitgehenden Wiedereinsatz in die Arbeit, allerdings durchaus unter Gesichtspunkten, wie sie der Behandlung und Bekämpfung der Tuberkulose zukommen. Ausgenommen davon bleibt lediglich die Umschulung, für die die genannten Tätigkeiten eine Vorstufe darstellen sollen.

Eine strenge und in sich abgeschlossene Begrenzung der Beschäftigungstherapie beim Tuberkulösen wird also kaum möglich, ja nicht einmal erwünscht sein. Wollten wir auf dem Gebiet der Tuberkulose eine strenge Trennung unbedingt einhalten, wie sie andernorts, insbesondere in der Schweiz mit ihren jahrzehntelangen Erfahrungen und ihren Möglichkeiten, vertreten wird, so müßten wir der Reihenfolge des Erstrebten Gewalt antun; denn wir sehen in der Beschäftigungstherapie nur den Beginn eines sinnvollen Vorgehens, das uns über die Arbeitstherapie zum Arbeitstraining führt mit dem Ziel, den Kranken für den alten oder neuen Arbeitsplatz oder für die Umschulung vorzubereiten. Wir müssen uns also für die Praxis bewußt bleiben, daß fließende Übergänge vorhanden sind, die sich nicht ausschalten lassen und auch gar nicht als störend empfunden werden. Es wird immer auf die Größe und auf die Einrichtungen einer Beschäftigungstherapieabteilung in einem Tuberkulosekrankenhaus ankommen, um daraus herzuleiten, wie weit ihre Möglichkeiten reichen.

Daß mit dem Sammelbegriff Rehabilitation etwas Neues in die Diskussion gekommen ist, hat die Schwierigkeiten der Begriffsbestimmung keinesfalls verringert. Vielleicht kann in diesem schwierigen Fragenkomplex ein Beispiel, der Praxis entnommen, klären, worauf es uns ankommen muß: Ein junger Patient im Alter von 22 Jahren mit einer erheblichen Tuberkulose muß sich einer eingreifenden Thorakoplastik unterziehen, deren stationäre Nachbehandlung für viele Monate erhebliche Mühen erforderlich macht. Nach leidlicher Stabilisierung des Zustandes wird der Patient der Beschäftigungstherapie zugeführt, wo er in besonders vorsichtiger steigender Dosierung belastet wird. Mit der Besserung seines Befindens, der Wiederkehr seiner Kräfte und seiner früher vorhandenen Zielstrebigkeit treibt er – immer unter strenger ärztlicher Kontrolle – die Belastung bis zu einem achtstündigen Arbeitstraining. Er tut dies, weil inzwischen seine Aufnahme zur Umschulung in einer Versehrtenberufsfachschule für kaufmännische Berufe feststeht und ihm bekannt ist, daß dort hohe Anforderungen gestellt werden. Etwa ein halbes Jahr nach Beginn der Umschulung zeigt die Nachuntersuchung einen weiterhin guten und stabilisierten Befund. Der Patient selbst gibt spontan an, daß er ohne das vorangegangene „harte Training" – wie er sich ausdrückt – den Anforderungen der Schule in körperlicher und geistiger Hinsicht nicht gewachsen wäre und schließt dann den Dank für die ihm gegebenen Möglichkeiten und so segensreichen Einrichtungen an.

Es wäre mit Sicherheit falsch, im vorliegenden Fall lediglich von einer Beschäftigungstherapie zu sprechen. Für den Patienten ist es mehr gewesen, nämlich Arbeitstherapie und Arbeitstraining, so daß sich ein solcher Erfolg einstellen konnte und auch für die Dauer geblieben ist, wie es beschrieben wurde.

Es wird auch heute noch allzu oft der Satz gesprochen: „Tuberkulose ist Schicksal". Jedes Schlagwort enthält ein Körnchen Wahrheit, ist aber gleichzeitig geeignet, Verwirrung anzustiften. Jede Krankheit ist Schicksal, wenn man es so will. Die Tuberkulose aber bedeutet aufgrund der ihr innewohnenden Eigenarten und ihres chronischen Verlaufes einen so wesentlichen Eingriff in die seelischen, körperlichen, gesellschaftlichen, sozialen und in alle anderen Sphären des Betroffenen, daß nur die Berücksichtigung aller Faktoren einen Heilplan mit Aussicht auf weitgehenden Erfolg ermöglicht. Alter und Geschlecht spielen eine nicht unwesentliche Rolle, die vorher ausgeübte oder später angestrebte Tätigkeit ist von wesentlicher Bedeutung, Familien- und Ehefragen belasten den Kranken, und jeder einzelne wird darüber hinaus eine Vielfalt mannigfacher Probleme auf sich zukommen sehen. Es bedarf also die Gesamtsituation eines an Tuberkulose Erkrankten der Berücksichtigung und eingehender Überlegungen. Dabei sind heute über das rein Medizinisch-Ärztliche hinaus Gedankengänge über das weitere soziologische Schicksal des Kranken nicht mehr auszuschließen. Die Überlegungen des weiteren Lebensschicksals des Betroffenen in jeder Hinsicht müssen zur Diskussion stehen und finden ihre Zusammenfassung in dem vom Ausland übernommenen Begriff der „*Rehabilitation*". Rehabilitation heißt nach der Definition der Konferenz für die Wiederanpassung des Tuberkulosekranken (Washington 1946): „Die Wiederanpassung bedeutet: die Wiederherstellung des Tuberkulosekranken zur vollen psychischen, geistigen, sozialen, beruflichen und wirtschaftlichen Kraft, deren er fähig ist." „Die berufliche

Wiederanpassung umfaßt alle Einrichtungen, die notwendig sind, um einen Tuberkulosekranken auf eine Beschäftigung (gemeint ist Arbeit, s.o.) vorzubereiten, die seinem Gesundheitszustande und seiner Leistungsfähigkeit entspricht." Auch aus dieser Definition ergibt sich, daß jeder Kranke als Einzelschicksal anzusehen, zu behandeln und zu beraten ist und daß in jedem Einzelfall genaue individuelle Überlegungen und Planungen notwendig sind, um über die rein somatische Heilung hinaus, soweit es möglich ist, einen vollen Erfolg zu erzielen. In dieses Gesamtbild der Rehabilitation nun bauen sich alle dafür erforderlichen Möglichkeiten und Maßnahmen, je nach Lage des Falles, ein, wobei sich gewisse Überschneidungen nicht vermeiden lassen, wie wir gesehen haben.

Planung

Es kann keiner Diskussion unterliegen, daß am Beginn nach Feststellung einer Tuberkulose die rein ärztliche Behandlung stehen muß. Solange der Tuberkulöse akut erkrankt ist mit allen Erscheinungen und Symptomen des frischen infektiösen Befundes, wird nur die ärztliche Tätigkeit mit Unterstützung der Schwestern und des sonstigen Pflegepersonals sich auswirken. Erst nach Abklingen der akuten Erscheinungen können Überlegungen darüber angestellt werden, ob nun Maßnahmen in Betracht kommen, die nicht unmittelbar mit der Behandlung der Krankheit selbst und ihren Erscheinungen zu tun haben. Und hier setzt bereits die *Planung* ein, die *für den gesamten Krankenhausaufenthalt* und darüber hinaus für Jahre und vielleicht für das ganze Leben des Kranken von entscheidender Bedeutung sein kann. Dieser Plan soll dahin führen, dem Kranken das Ziel zu zeigen, das er häufig nicht mehr sieht, wenn er vom Schock der Mitteilung einer Erkrankung getroffen ist. Wie zu allen Zeiten neigt auch heute der Tuberkulosekranke noch dazu, nach Feststellung seiner Erkrankung im ersten Affekt zu glauben, daß nun sein weiteres Leben für ihn vertan und daß er in der Folgezeit zu nichts mehr nütze wäre. Es ist also vorwiegend zu Beginn der Erkrankung und genau so, wenn nicht noch mehr, beim Eintritt eines Rückfalles der seelische Schock zu beobachten und zu beachten. Dazu bedarf es keiner ausführlichen und eingreifenden Testverfahren, vielmehr sind dies Tatsachen und Beobachtungen, die jedem Tuberkulosearzt schon im Beginn seiner Ausbildung und Tätigkeit zwangsläufig auffallen. Der Gedanke, nichts mehr leisten zu können, kann bei dem Kranken so stark sein, daß er sich den Heilmaßnahmen und der erstrebten Stabilisierung des Lebens u.U. eindeutig hindernd in den Weg stellt. Wenngleich die Beschäftigungstherapeutin erst später an den Kranken herankommt, soll bereits hier betont werden, daß ihr in diesem Punkt eine der wesentlichsten Aufgaben erwächst; denn die angeführten Gedankengänge verfolgen den Kranken lange und sind häufig noch nicht bei ihm abgeklungen, wenn er der Beschäftigungstherapie zugeführt wird. Und hier nun versetzen Kenntnisse und Erfahrungen die Beschäftigungstherapeutin in die Lage, maßgebend einzugreifen und den Pessimismus des Kranken zu durchbrechen oder weiter zu besiegen. Wir werden hören, daß es uns bei der Beschäftigungstherapie am Tuberkulösen nicht nur darauf ankommt, ihm eine Tätigkeit zu geben oder ihn gar nur abzulenken, sondern daß wir ein ganz bestimmtes *Ziel* verfolgen. Das besteht darin, im Endeffekt *unter ärztlicher Anweisung und Kontrolle die Sicherung der fortschreitenden Stabilisierung des tuberkulösen Befundes gleichsam zu testen und im Fortgang die Leistungsfähigkeit des Genesenden zu prüfen.* Nur so sind wir in der Lage, Schlüsse für das fernere Leben des Kranken und insbesondere seine Einsatzfähigkeit und spätere Tätigkeit nach der Entlassung aus der Heilstätte zu ziehen. Der Entlassungsbericht nach durchgeführter Kur soll – so ist es der Wunsch der Kostenträger – eine Antwort über die weitere Verwendungsfähigkeit des Rekonvaleszenten geben. Wie kann das möglich sein, ohne wenigstens in einfacher Form – wenn schon nicht anders möglich – einen Eindruck über die Belastungsfähigkeit des Patienten gewonnen zu haben? Hier klafft noch immer eine große Lücke, sehr zum Schaden der Tuberkulosekranken. Häufig genug wird versucht, sie etwa mit der Angabe auszufüllen: nach 6 Wochen Schonung beschränkt arbeitsfähig o. ä. Damit kann niemand und keine Stelle etwas anfangen, am wenigsten der Rekonvaleszent.

Es spielt zunächst gar keine Rolle, ob der Kranke selbst weiß, was er will oder ob ihm oder uns bereits ein Berufsbild für die Zukunft vorschwebt. Wesentlich und wichtig ist zunächst allein die Tatsache, das Vertrauen des Patienten zu sich selbst und zu einer zunächst nur leichten Tätigkeit herzustellen, um je nach den Gegebenheiten die Möglichkeit zu haben, darauf in späterer Zeit weiter aufzubauen. Der Patient weiß sehr genau, daß seine echten Probleme in jedem Fall erst nach der Entlassung aus der Heilstätte auf ihn zukommen. All denen, die sich mit diesen Dingen seit vielen Jahren beschäftigen, ist in gleicher Weise immer zwingender klar geworden, daß die nachgehende Fürsorge im weitesten Sinne des Wortes mindestens ebenso wesentlich ist wie die geschlossene Behandlung des Kranken in einem entsprechenden Haus. Das Bundessozialhilfegesetz (BSHG) hat diesen Dingen eingehende Aufmerksamkeit gewidmet und viele Probleme gelöst.

Daß die Beschäftigungstherapie einen mehr oder weniger wesentlichen Anteil in der Gesamtbehandlung des tuberkulösen Kranken einnehmen kann, ergibt sich eigentlich von selbst. Betont wird es an dieser Stelle nur, weil Stimmen laut geworden sind, die glauben, Beschäftigungstherapie und Krankengymnastik gleichsam in einen Topf werfen zu können. Beweisen diese Ansichten zwar nur ein geringes Maß an Sachkenntnis, so kann ihnen doch von vornherein nicht energisch genug entgegengetreten werden.

Die Krankengymnastik hat seit langem ihr klar begrenztes Aufgabengebiet, das als bekannt vorausgesetzt werden muß. Auf dem Gebiet der Tuberkulose erwachsen der Krankengymnastik – häufig ähnlich wie in der Orthopädie – Aufgaben besonderer Art, wenn sie mit chirurgischem Vorgehen in Zusammenhang stehen. Der Zeitpunkt des Einsatzes der Beschäftigungstherapie wird beim Tuberkulosekranken häufig später zu erfolgen haben, es wird aber auch oft genug vorkommen, daß Krankengymnastik und Beschäftigungstherapie gleichzeitig bei ein und demselben Kranken zum Einsatz kommen und zwar unter Gesichtspunkten, wie sie im einleitenden Teil dieses Buches abgehandelt sind. Es ist also festzustellen, daß Krankengymnastik und Beschäftigungstherapie überhaupt nicht in Konkurrenz treten können, sich allenfalls überschneiden, häufig aber ergänzen.

Eine interessante und häufig in der Praxis erprobte Perspektive soll in diesem Zusammenhang eingefügt werden: Der operierende Tuberkulosearzt weiß, daß der tuberkulöse Befund für eine Operation bestimmte Voraussetzungen mitbringen muß, die u.a. in einer gewissen Stabilisierung bestehen müssen. Gleichzeitig soll sich der Patient in einem solchen allgemein körperlichen Zustand befinden, daß er den vorgesehenen Eingriff ohne nennenswerte Schwierigkeiten oder Komplikationen übersteht. Die Funktionen des Herzens und des Kreislaufes sind dabei von entscheidender Bedeutung, und es erscheint logisch, daß ein sozusagen trainierter Körper mit einer Operation schneller und leichter fertig wird als ein untrainierter. Die Operationen bei tuberkulösen Kranken stehen selten unter einer zwingenden oder gar vitalen Indikation. Vielmehr wird der tuberkulöse Kranke über Wochen und Monate auf eine Operation vorbereitet. Wir haben häufig in dieser Vorbereitungszeit die Patienten der Beschäftigungstherapie zugeführt mit der deutlichen Anweisung, im Sinne eines Trainings tätig zu sein. Die sich daraus ergebenden Beobachtungen sind höchst interessant. In einzelnen Fällen kam es zu einer, wenn auch mäßigen Aktivierung des Befundes, die uns der Beweis dafür war, daß der günstigste Zeitpunkt für eine Operation noch nicht gekommen war. Es war für den Patienten und für uns keine Enttäuschung, unter Beendigung der Beschäftigungstherapie den Zeitpunkt der vorgesehenen Operation hinauszuschieben. Die gegenteilige, in der überwiegenden Mehrzahl der Fälle eintretende Beobachtung zeigte uns, daß die so vorbereiteten und in gewisser Weise trainierten Patienten die Eingriffe eindeutig leichter überstanden.

Immer wieder aber muß betont werden, daß das Ziel, das sich der Tuberkulosearzt in der heutigen Zeit setzen muß, immer nur das sein kann und soll, über die Beschäftigungstherapie hinaus im Sinne des Arbeitstrainings die verbliebene Leistung so weit zu steigern und gleichzeitig auszutesten, daß sie für den Kranken die Grundlage des Aufbaues weiterer beruflicher Tätigkeit in späterer Zeit sein kann. Und wenn eine regelrechte und regelmäßige Berufsausübung nicht mehr möglich ist, so wird das Training u.a. in hohem Maße auch den Patienten zugute kommen, die als nicht mehr arbeitsfähig entlassen werden müssen.

Wenden wir uns nun wieder dem eigentlichen Thema, der Beschäfti-

gungstherapie beim Tuberkulösen, zu, so bedarf es trotz des bereits Gesagten noch weiterer Erklärungen. Die Kernfragen dabei müssen sein: *Warum* wollen wir einen *Tuberkulösen beschäftigen* und *wie* wollen wir ihn *beschäftigen?* Es kann dabei nicht ausbleiben, daß schon bei gleichem Organbefall eine *erhebliche Differenzierung* erforderlich wird und daß insbesondere bei verschiedenem Organbefall ins einzelne gehende Überlegungen notwendig werden. Der Sinn einer Beschäftigungstherapie beim Tuberkulösen kann niemals allein in einer sog. Ablenkung liegen. Das hieße, den Wert unserer Maßnahmen entscheidend zu verkleinern und würde denen entgegenkommen, die noch heute meinen, die Beschäftigungstherapie wäre etwa einer „Bastelstunde" gleichzusetzen.
Die menschliche Erfahrung lehrt, daß es immer gut ist, einen gegebenen Fall so anzusehen, als wenn er persönliches Schicksal wäre. So ist es sehr leicht vorstellbar, daß die Mitteilung an den Kranken, er leide an einer Tuberkulose, für diesen einen schweren psychischen Schock bedeutet und daß er fast regelmäßig damit zunächst für sein Leben, für seine persönliche und berufliche Zukunft weitgehend resigniert. Dementsprechende Gefühlsausbrüche sind heute noch genauso häufig wie in den früheren Jahren und Jahrzehnten. Hinzu kommt, daß bei Ausbreitung der Tuberkulose fast jeder Erkrankte Beispiele seines Lebenskreises nennen kann, wo es nicht zu einer Sanierung und somit zu einer grundlegenden Störung des Gesamtlebens und der Gesamtsituation des Betroffenen gekommen ist. Es ist ja eine Erfahrungstatsache, daß vorwiegend die Nichtgeheilten – häufig aus eigenem Verschulden – mit allen ihren negativen Erfahrungen und Einwirkungen bekannt werden, während die zahlenmäßig weit überwiegenden Fälle der sanierten und wieder in den normalen Alltag eingegliederten Menschen unbekannt bleiben, schon weil sie auf jede Weise versuchen, ihre Erkrankung nicht bekannt werden zu lassen.
Im Beginn der Erkrankung bzw. der Heilstättenaufnahme wird also immer eine möglichst überzeugende Beseitigung des psychischen Schokkes und der sich daraus ergebenden pessimistischen Gefühlsäußerungen stehen. Dabei wird der Arzt besonderen Wert darauf legen müssen, den Patienten zur Einsicht zu führen und ihn eindeutig darauf hinzuweisen, daß er selbst maßgebend an seiner Gesundung mitzuwirken hätte. Wenn die Möglichkeiten der Beschäftigungstherapie und weitergehenden Rehabilitation gegeben sind, wird der Patient den Hinweis darauf, daß Wiedererlangung der Gesundheit und Rehabilitation Hand in Hand gehen müssen, dankbar und hoffnungsfroh empfinden.
Die entsprechende Erstbehandlung, in heutiger Zeit besonders eindrucksvoll durch den Einsatz der Chemotherapie und der Antibiotika, wird in den weitaus meisten Fällen dazu führen, daß der körperliche Zustand des Kranken sich bald so bessert, daß er weitgehend frei von subjektiven Erscheinungen und Beschwerden wird. Damit in Zusammenhang steht – nicht zuletzt durch die Gewöhnung an den Gedanken der Erkrankung –

eine seelische Beruhigung, die leider allzu oft in sachlich unbegründeten Optimismus umschlägt. Insofern hatten es die früheren Tuberkuloseärzte wesentlich leichter, als die Symptome und Beschwerden nur langsam und zögernd abklangen. Der Kranke wurde durch das wochen- und monatelange Warten auf den Erfolg der Behandlung augenfällig auf den Ernst der Situation und auf das Chronische seines Leidens hingewiesen. Etwas Weiteres kommt hinzu: Das Tempo der Zeit und der Irrglaube, man hätte keine Zeit, ist nie so stark in Erscheinung getreten wie in unserer Gegenwart. Verschont davon ist keine Bevölkerungsschicht, und es ist ein offenes Geheimnis, daß auch Kranke aus den sozial höheren und hohen Schichten trotz Fortfalls aller sozialen und wirtschaftlichen Sorgen nicht von dem Irrglauben abzubringen sind, die nun einmal erforderliche Zeit zur Sanierung nicht aufbringen zu können. So sehen wir auch bei diesen Patienten häufig genug Rezidive, die sich bei sozial schlechter gestellten Bevölkerungsschichten bei gleichem Zeitmangel aus einer gewissen sozialen Notlage vielleicht noch entschuldigen lassen. Es ist ein schwerer und häufig fast aussichtsloser Kampf des Tuberkulosearztes, gegen die Zeitumstände mit Vernunftgründen anzugehen. Daß diese Beobachtungen des Zeitmangels nicht nur in Deutschland bestehen, sondern in allen Kulturländern die gleichen sind, ist allgemein bekannt.
An diesem oft kritischen Punkt setzt die Beschäftigungstherapie an und ein. Im Gegensatz zu dem vorher Gesagten könnte nun angenommen werden, daß sie also doch eine Ablenkungstherapie ist. Nach dem Gesagten und im *jetzigen* Zusammenhang das abzustreiten, wäre falsch und kann jetzt *z. T.* zugegeben werden, weil nunmehr Fehlschlüsse daraus nicht mehr hergeleitet werden können. Jedoch kann nicht eindringlich genug betont werden, daß diese Ablenkung nicht vorwiegend oder gar allein aus der ärztlichen Sicht her wünschenswert ist, sondern daß vielmehr die Patienten, die von den Dingen wissen, von sich aus die Möglichkeit der Beschäftigungstherapie begrüßen und wünschen. Wer das Leben in einer Heilstätte kennt, weiß, daß die Eigenbeschäftigung der meisten Patienten kaum über Illustrierte, Tageszeitungen, Radio, Fernsehen, Unterhaltung über die Krankheit und Kritik über das Krankenhaus mit allen Einrichtungen und Personen hinausgeht. Ein nicht kleiner Prozentsatz von Patienten fühlt sich solcher gleichbleibenden Thematik gegenüber unbefriedigt und sehnt sich nach einer sinnvollen Beschäftigung in klarer Erkennung der Tatsache, daß das andere nicht sinnvoll und schon gar nicht wichtig und für die Gesundung von Bedeutung ist. Daß die anderen, weniger Einsichtigen durch das Beispiel oder auch durch die zwangsläufige Vereinsamung zu sinnvoller Betätigung angeregt werden, ist eine häufig beobachtete Tatsache, die wir besonders begrüßen; denn der zunächst uneinsichtige, gelangweilt herumlungernde oder herumsitzende Patient, der nichts Rechtes mit sich anzufangen weiß, neigt leicht zu den gefürchteten Nörgeleien und Quengeleien und wird damit sich selbst und seiner Umgebung zur Last und Qual. Wie im Großen stellt er

auch im kleinen Rahmen der Heilstätte eine gewisse Gefahr dar, die zum mindesten zu einer Belästigung und Störung der Mitpatienten, der Ärzte und Schwestern führen kann. Sein Interesse wachzurufen und ihn einzureihen in eine Gemeinschaft positiv an sich und gegen die Krankheit arbeitender Mitpatienten, ist eine nicht immer leichte Aufgabe, kann aber bei bestehender günstiger Möglichkeit der Beschäftigungstherapie aus den anfangs gesagten Gründen eine lohnende Aufgabe sein. So beginnt bei entsprechenden Voraussetzungen und bei richtiger Einstellung des ganzen Krankenhauses zur Beschäftigungstherapie für den Patienten fast unmerklich ein Weg zu einer Behandlung, die ihm häufig genug unbekannt und völlig neu ist, der er sich aber – vielleicht auch wegen des Neuen – besonders interessiert zuwendet. Daß er dann nach Kenntnis sämtlicher Möglichkeiten aus sich heraus diese Therapie überzeugt und gerne durchführt, ist Aufgabe der Ärzte und der Beschäftigungstherapeutin, worüber später zu sprechen sein wird.
Es ist also zunächst die psychische Situation, in die wir eingreifen wollen, wobei uns die Beschäftigungstherapie von großem Wert ist. Und wenn es nur die jedem Menschen eigene Neugierde ist, die den Patienten treibt, trotz inneren Widerstandes zu sehen, was die anderen machen, so lehrt uns doch die Erfahrung, daß kaum ein Patient sich dem Sinn der Therapie auf die Dauer verschließen kann.
Es sollte im Vorstehenden zum Ausdruck gekommen sein, daß Beschäftigungstherapie eigentlich niemals im strengen Sinne des Wortes *verordnet* werden kann. Jeder Zwang auf den Patienten vereinbart sich mit dem Gedanken der Beschäftigungstherapie in keiner Weise. Was wir immer anstreben müssen, ist nach entsprechender Aufklärung über den Sinn des gesamten Rehabilitationsgedankens die Einsicht des Patienten, seinen Teil zur Gesundung beizutragen. Uns ist aber auch seit Jahren kein Fall mehr bekannt geworden, daß ein Patient diese Therapie unbegründet abgelehnt hätte.

Die Beschäftigungstherapeutin und ihr Patient

Die große und entscheidende Aufgabe der Beschäftigungstherapeutin setzt eigentlich in dem Augenblick ein, in dem der Patient die dafür vorgesehenen Räume betritt und somit von seinem Arzt der Beschäftigungstherapeutin anempfohlen und anvertraut wird. Bei der Fülle der Berufe im allgemeinen und bei der großen Zahl der Unterschiede der sozialen Stellungen, der Charaktere, der Erziehung usw. aller Patienten steht letztlich ein Mensch vor der Beschäftigungstherapeutin, der gerade eben erst den Schock und die ersten Folgen der Erst- oder Wiedererkrankung überwunden hat. Er soll und muß nun mit Klugheit und Verständnis einer Therapie zugeführt werden, von der er bisher wenig oder gar nichts wußte und der er in jedem Fall – entsprechend der Mentalität des Menschen im allgemeinen – als etwas Ungewohntem mehr oder weniger skeptisch gegenübersteht. Darüber hinaus soll dieser Patient mit Tätigkeiten vertraut werden, die ihm in seinem gesunden Leben häufig völlig fremd waren und deren Techniken zu erlernen ihm aussichtslos erscheint. Ich möchte hier von der „Sternstunde" der Beschäftigungstherapeutin sprechen, wenn ihr der Patient zugeführt wird und sie die ersten Minuten im Gespräch mit ihm verbringt. In dieser Stunde kann alles gewonnen und vieles verdorben werden, nicht nur im Hinblick auf die Beschäftigungstherapie selbst, sondern darüber hinaus – und das ist wesentlich entscheidender – für den ferneren Lebensweg eines solchen Kranken. Die Beschäftigungstherapeutin hat zu bedenken und wird vom zuweisenden Arzt erfahren haben, daß der Kranke über seinen Befund und seinen weiteren Weg bereits aufgeklärt ist. Der Patient wird bereits vorher in Gesprächen mit seinem Arzt und der Krankenhausfürsorge versucht haben, Klarheit in seine soziale Zukunft zu bringen. All das muß die Beschäftigungstherapeutin wissen und berücksichtigen und in ihr erstes Gespräch mit einbauen, insbesondere dann, wenn sie weiß, daß der Kranke seinen alten Beruf nicht mehr ausüben oder an seinen alten Arbeitsplatz nicht mehr zurückkehren kann. Noch entscheidender wird diese Rücksprache sein, wenn dem Kranken bewußt ist, daß er in ein geordnetes Arbeitsverhältnis überhaupt nicht mehr zurückkehren kann und vielleicht mit jungen Jahren zu einem Rentnerdasein verurteilt ist. Wichtig ist auch das Gespräch für einen Patienten, dem eine Umschulung irgendwelcher Form bevorsteht, weil dieser von sich aus in der Beschäftigungstherapie schon einen Anbeginn der angestrebten Rehabilitation sieht. Jeder Fall liegt anders und bedarf einer ganz klaren, ruhigen und individuellen Behandlung. Es sollte jeder Beschäftigungstherapeutin eindringlich klar sein, daß die zur Beschäftigungstherapie gehörenden Techniken, das Führen von Büchern, organisatorische oder sonstige Dinge erlernbar und bei Fehlern jederzeit einer Korrektur fähig sind. Sie muß sich aber noch mehr klar darüber sein, daß die psychologische Führung eines Kranken und besonders eines Tuberkulösen gerade in der ersten Stunde und auch später kaum erlernbar ist, vielmehr Bestandteil ihres Wesens sein muß. Schon bei der Wahl dieses Berufes muß sich die Bewerberin klar werden, ob sie in dieser Hinsicht die Voraussetzungen mitbringt, die sicher wichtiger als vieles andere sind. Ist es schon im allgemeinen Leben falsch, die Verschiedenartigkeit der Menschen nicht zu erkennen oder sie gar zu ignorieren, so kann sich ein gleiches Verhalten im Verhältnis der Beschäftigungstherapeutin zu ihrem Patienten sehr ungünstig auswirken. Bei klarer Erkenntnis der Notwendigkeit aber, in jedem Patienten eine Einzelpersönlichkeit und ein Einzelschicksal zu sehen, kann der erreichte Erfolg der Beschäftigungstherapeutin die Freude an ihrer Tätigkeit stets gleichbleibend erhalten.

Die wenigsten Patienten wissen genau, welcher Beschäftigung sie sich zuwenden sollen. Hier bedarf es der nimmermüden Betreuung und Anleitung durch die Beschäftigungstherapeutin, bis der Kranke die Tätigkeit gefunden hat, die ihm zusagt und die ihm Freude macht, welche sich wiederum auf die Arbeit auswirkt. Es wäre grundfalsch, zu glauben, daß die Patienten stets nach einem Werkstoff greifen, der ihrer früheren Tätigkeit gleicht oder ähnlich ist. Häufig genug kann gerade das Gegenteil beobachtet werden, und es ist immer wieder erstaunlich, zu sehen, welche den Patienten selbst unbekannten Fähigkeiten bis zu ausgesprochen künstlerischen in ihnen schlummern. Irgendwelcher Zwang in der Zuweisung einer Beschäftigung sollte in jedem Fall vermieden werden, und es gehört zu den selbstverständlichen Voraussetzungen einer gut ausgebildeten und geschickt vorgehenden Beschäftigungstherapeutin, daß sie gemeinsam mit dem Patienten eine Tätigkeit aussucht, die diesem liegt. Das braucht keineswegs immer die zunächst vom Patienten erwählte zu sein. Ein Überwechseln (ggf. auch ein mehrfaches) in andere Tätigkeitsfelder ist für keinen der Beteiligten nachteilig. Von ausgesprochenem Schaden aber wäre es, wenn der Patient mit einer Tätigkeit belastet würde, von der er feststellt, daß sie ihm im Endeffekt doch nicht liegt. Die Variationen in einer gut geleiteten Beschäftigungstherapie können und sollen so zahlreich sein, daß sich für jeden Patienten irgendwie die geeignete Tätigkeit herausfinden läßt.

Kehren wir nochmals zurück zu der Ansicht, Beschäftigungstherapie wäre nur Ablenkung. Schon wenn die Beschäftigungstherapie bei Tuberkulösen nur eine Ablenkung wäre, wäre sie bereits von unschätzbarem Wert und hätte damit allein in vollem Maße ihre Berechtigung. Kann schon der Mensch in gesunden Zeiten eine Reihe von guten Tagen schwer ertragen, wie das Sprichwort sagt, so handelt es sich bei diesen guten Tagen immer nur um wenige und seien es auch mehrere Wochen. Beim Tuberkulosekranken aber zählt der Heilstättenaufenthalt nicht nach Tagen und Wochen, sondern nach Monaten und Jahren. Diese Zeit ohne jedwede Betätigung außer den genannten geisttötenden Unterhaltungen zu verbringen, ist für den Kranken fast noch unerträglicher als für den Gesunden. Hat der Gesunde jederzeit die Möglichkeit, beim Überdruß der Untätigkeit seine Arbeit wieder aufzunehmen, so ist der Kranke eben zur Untätigkeit verurteilt und weiß, daß er für lange Zeit in einer Heilstätte bleiben muß, unfreiwillig und fern von seinem bisherigen Lebenskreis. Dabei muß immer wieder betont werden, daß der tuberkulöse Lungenkranke selten Schmerzen empfindet und nach Beseitigung der Hauptsymptome infolge der Behandlung, der Pflege und der guten Ernährung sich durchaus wohl fühlt. Die Folge sind Langeweile und eine gewisse unfruchtbare Betriebsamkeit, die in jedem Fall der weiteren Sanierung der Erkrankung entgegenarbeitet. Hinzu kommen gerade bei jüngeren Menschen Disziplinlosigkeiten und Störungen der nun einmal erforderlichen Kurordnung, die für alle Beteiligten höchst unerfreuliche disziplinarische Maßnahmen erforderlich machen. Führen sie gar dazu, daß der Kranke aus disziplinarischen Gründen entlassen werden muß, so ist dem Sinn jeder Tuberkulosebehandlung genau entgegengehandelt.

Auch in dieser Hinsicht also ist eine Ablenkung von der Eintönigkeit des Tagesablaufs von manchmal kurerfolgsentscheidender Wichtigkeit.
In diesem Zusammenhang ist auf die gerade in Laienkreisen so oft diskutierte Psyche und Sexualität des Tuberkulosekranken einzugehen. Es gehört zu der unausrottbaren Ansicht der Allgemeinheit, daß der tuberkulöse Mensch von besonderer und extrem starker Sexualität sei. Diesen zu Unrecht gegen den Tuberkulosekranken erhobenen Vorwurf auszurotten, haben sich viele Fachleute bemüht, erwiesenermaßen bislang ohne Erfolg. Die Herkunft eines solchen Irrglaubens ist leicht zu erklären. Da häufig, insbesondere in früheren Jahren, in der Mehrzahl jüngere, vordem gesunde Menschen an einer Tuberkulose erkranken, liegt es auf der Hand, daß sie nach Überwindung der ersten Symptome, bei völliger Schmerzfreiheit, nach einigen Wochen der Pflege, Ruhe und guten Ernährung in einen allgemein körperlichen Zustand kommen, der ihnen wie der eines langfristigen Urlaubers erscheinen muß. Dieses subjektive körperliche Wohlbefinden, verbunden mit der vorliegenden Abgeschlossenheit von der Umwelt ist sicher eine der Hauptursachen, daß die Patienten auf „dumme Gedanken" kommen und somit der herrschenden Ansicht Vorschub leisten. Das insbesondere dann, wenn bekannt und beschrieben wird, daß von den Patienten in abgeschlossenen Heilstätten „wahre Meisterstücke des Ein- und Aussteigens" vollbracht werden. Das Problem liegt sicher nicht wesentlich anders als beim kasernierten Soldaten. Hinzu kommt eine Möglichkeit, die wie folgt gesehen wird: „Neben der räumlichen Abgeschlossenheit des Tuberkulösen schafft die unsichtbare soziale und psychologische Scheidewand zwischen den Kranken und ihrer gesunden Umwelt eine Situation, aus der sich die Sexualität als einer von vielen Auswegen anbietet. Durch Erfolge beim anderen Geschlecht soll das verletzte Selbstgefühl und eine vermeintliche Geringerwertigkeit in den Augen des Gesunden hinwegbewiesen werden. Es ist vielfach die beim Tuberkulösen häufig sich bemerkbar machende Gefühlsbetontheit und das mitmenschliche Nähebedürfnis, die in den Liebesbeziehungen des seelisch Vereinsamten den Partner besonders begehrenswert erscheinen lassen" (SWEEDE).
Es kann einer jungen, noch unerfahrenen Beschäftigungstherapeutin nicht angelegentlich genug klar gemacht werden, daß sie sehr leicht und sehr oft in Gefahr kommt, das Opfer dieser „Gefühlsbetontheit und des mitmenschlichen Nähebedürfnisses" zu werden. Hier kann nur eine freundliche, aber klare, entschiedene und kompromißlose Abwehrhaltung von Erfolg sein und mancherlei schwierige Komplikationen verhindern. Die Erfahrung lehrt, daß auch in diesen Fällen in besonderem Maße das Wort von dem kleinen Finger und der ganzen Hand seine volle Gültigkeit hat.
Von einer besonderen Psyche des Tuberkulösen zu sprechen, ist ebenso verfehlt und durch nichts bewiesen. Weder gehört ein besonderes psychisches Zustandsbild zum Tuberkulösen, noch entwickelt sich beim nor-

mal ablaufenden Krankheitsbild eine besondere psychische Situation. Wohl ist es möglich und häufig zu beobachten, daß das prämorbide Charakterbild durch den psychischen Schock im Beginn der Erkrankung stärker in Erscheinung tritt. Diese Erscheinungen aber pflegen in kurzer Zeit zur Norm zurückzugehen, häufig früher, als es der Rückbildung des Befundes entspricht. Treffen wird auf psychische Abnormitäten, so ergibt die sorgfältige und gezielte Anamnese fast stets, daß bereits vor der Erkrankung gleiche Abwegigkeiten vorhanden waren. Das trifft insbesondere auf den Alkoholismus zu. Daß allerdings latente psychiatrische Leiden, insbesondere die Schizophrenie, durch oder während einer tuberkulösen Erkrankung, insbesondere nach Operationen, akut und erstmalig in Erscheinung treten können, ist eine Beobachtung, die des öfteren gemacht wurde.

Fassen wir also zusammen, so ist es im Sinne der Gerechtigkeit unbedingt erforderlich, exakt herauszustellen, daß es eine besondere Psyche und eine besondere Sexualität beim Tuberkulösen im allgemeinen Sinne nicht gibt.

Die Wechselbeziehung Körper – Seele, über die gerade in den letzten Jahren allgemein sehr viel gesprochen und geschrieben wurde, ist allerdings ein Phänomen, dem die Tuberkulose in ihrem Ablauf besonders stark unterworfen ist. Wir prägten den Satz: Hunger, Durst, Kälte und Arbeit sind bei weitem für eine Tuberkulose nicht so gefährlich wie seelische Disharmonie jeglicher Form. H. Huebschmann hat sich mit diesem Problem ausführlich beschäftigt und treffend dargestellt, daß bei seelischen Belastungen Entstehung oder Aktivierung einer Tuberkulose, insofern die Möglichkeit dazu vorhanden ist, häufig beobachtet wird. Wie eng die Zusammenhänge sind, können wir immer wieder an eindrucksvollen Beispielen erleben und erkennen.

Diese Tatsachen sind wichtig, und es ergibt sich klar, daß sich bei der Fülle der möglichen seelischen Belastungen für einen Menschen, je nach seiner Allgemeineinstellung, seiner psychischen Stärke und nach seinem Temperament, Beobachtungen in Vielzahl anführen lassen. Sie müssen jedem bekannt sein, der mit tuberkulosekranken Menschen Umgang hat oder sie gar betreuen muß. Auch die Beschäftigungstherapeutin ist keinesfalls sicher davor, daß ihr ein Patient plötzlich sein Herz ausschüttet. Sie muß dann wissen, was sie mit derartigen Aussprachen anzufangen hat. In so gelagerten Fällen wird dabei immer wieder deutlich, daß im allgemeinen weniger der momentane seelische Schock das Schicksal einer Tuberkulose entscheidend beeinflussen kann, sondern daß es vielmehr die chronischen seelischen Leidenszustände und Komplikationen sind, die einer Tuberkulose Vorschub leisten oder bei ihrem Vorhandensein sich besonders ungünstig auswirken können. Wir müssen bewußt gerade auf diese Dinge besonderen Wert legen und sie besonders herausstellen, weil ohne ihr Erkennen und Bewertung die Beherrschung einer Tuberkulose erheblich erschwert, wenn nicht gelegentlich sogar unmöglich werden soll. Das psychische Trauma gehört zur Anamnese und seine Beseitigung zur Therapie, mindestens mit der gleichen Wertigkeit wie alle übrigen medizinischen Maßnahmen.

Wenn wir diesen Dingen aber so entscheidenden Wert beimessen, dann ergibt sich von selbst, daß wir alles tun müssen, um psychische Belastungen entweder zu vermeiden oder sie zu beseitigen, soweit es überhaupt in unseren Kräften steht. *Ein* psychisches Trauma liegt praktisch aber immer vor: das der Sorge um die Zukunft, um den Beruf, um die Familie und um das Leben. Und diese seelische Belastung, die sich über lange Zeit hinziehen kann, muß uns mit ernster Sorge erfüllen, weil sie durchaus in das Gebiet der chronisch seelischen Leidenszustände einmünden kann. Hier klärend, beratend und wenn irgend möglich helfend einzugreifen, gehört unausweichlich nicht nur zu den Aufgaben des Arztes, sondern jeder Therapeutin, also auch der Beschäftigungstherapeutin, die mit tuberkulösen Kranken umgeht.

In der Heilstätte wird es bei entsprechend sorgfältiger und gezielter Anamnese fast immer möglich sein, in dieser Richtung Klarheit zu gewinnen oder sie im Laufe der Behandlung zu erreichen, wenn sich der gelegentlich beim ersten Bekanntwerden mißtrauische Patient erst später seinem Arzt erschließt. Gleichzeitig muß die soziale Anamnese erfaßt werden, die dann wiederum in Zusammenarbeit mit der Krankenhausfürsorge gründlicher Ausarbeitung bedarf. In diese ersten Gespräche, die in gleicher Weise auch der Krankenhausfürsorge obliegen, welche in keinem Tuberkulosekrankenhaus fehlen sollte, gehören die Hinweise über den Rehabilitationsgedanken im allgemeinen und über die am Ort bestehenden Rehabilitationsmöglichkeiten im besonderen, gleichgültig, ob sie vom Arzt oder von der Fürsorge gegeben werden. Das sei betont, weil der Fürsorgerin und der Beschäftigungstherapeutin gegenüber als Frau mancher Patient eher aufgeschlossen ist als dem Arzt, in dem er zunächst doch eher eine Respektsperson sieht.

Somit beginnt bereits mit der Aufnahme in der Tuberkuloseheilstätte über das rein Ärztliche hinaus die zielstrebige Einwirkung auf den Patienten, der sich – häufig zu seiner Überraschung und Freude – in seiner allgemeinen und sozialen Notlage nicht mehr allein sieht und fühlt und schneller zu der Überzeugung kommt, daß ihm nicht nur gesundheitlich geholfen werden kann und soll, sondern daß gerade all diesen Dingen, die ihn am schwersten mitbelasten, intensiver Aufmerksamkeit geschenkt wird. Wenn dann dabei erneut in geschickter Weise der Hinweis auf die im Hause vorhandene Beschäftigungstherapie eingeflochten wird, die ihm später offen steht, so sieht der Patient bereits etwas ganz Positives vor sich und erkennt darin den Beweis für die tatsächlich angestrebte Fürsorge, die ihn nach Möglichkeit irgendwie wieder in den Arbeitsprozeß führen soll.

Der Patient muß auch sogleich oder später mit den weitergehenden Gedankengängen der Rehabilitation vertraut gemacht werden. Dazu gehört außer der sozialen Betreuung während seines Heilstättenaufenthaltes und der Beschäftigungstherapie mit ihrer weitergehenden Möglichkeit der Arbeitstherapie und des Arbeitstrainings der Hinweis auf weitere Maßnahmen, die ihm offen stehen: Berufsberatung in Verbindung mit dem Schwerbeschädigtenvermittler des zuständigen Arbeitsamtes, erforderlichenfalls arbeitspsychologische Testung, Arbeitsvermittlung in Verbindung der Arbeitsämter untereinander, Umschulung u. a.

Wenn in dieser Weise vorgegangen wird, sollte die Beobachtung nicht mehr überraschen, die wir häufig genug machen konnten, nämlich daß die Patienten nach anfangs vorgeschriebener zeitbeschränkter Teilnahme an der Beschäftigungstherapie von sich aus die Zeit verlängern und möglichst dicht an eine achtstündige Belastung herankommen wollen, um sich zu trainieren und um festzustellen, ob sie einer körperlichen Belastung, wenn auch nur bedingt und in zeitlicher Hinsicht beschränkt, gewachsen sind. Sie fassen dann ihre Tätigkeit in der Beschäftigungstherapie mit allem Ernst bereits als Arbeitsversuch und als Arbeit auf. Wir brauchen dann keine Schlagworte mehr, die auch in das Gebiet der Rehabilitation hineingetragen werden, als da sind: Recht auf Arbeit, Pflicht zur Arbeit oder umgekehrt. So verwischen sich auch von seiten des Patienten die Begriffe Beschäftigungstherapie, Arbeitstherapie und Arbeitstraining, und es wäre mit Sicherheit falsch, hier irgendwie störend einzugreifen. Damit schließt sich in der Begriffsbestimmung der Kreis in gleicher Weise bei den Verordnenden und bei den Patienten. Es wird noch darauf zurückzukommen sein, wie sich ein derartiges, vom Patienten gewünschtes Arbeitstraining mit dem Ziel einer einigermaßen sicheren Austestung seiner Belastungsfähigkeit in der Praxis eines Heilstättenbetriebes ohne große Schwierigkeiten durchführen läßt.

Um zur ausgesprochenen Beschäftigungstherapie zurückzukommen, so sehen wir in ihr bei strenger Auslegung des Begriffes nur einen Stein im Mosaik der Rehabilitation; denn wäre Ablenkung allein wesentlicher Bestandteil der Beschäftigungstherapie, käme es uns nicht so sehr auf eine ausgerichtete strenge Ordnung an. Es käme uns nicht darauf an, wie und womit sich die Patienten beschäftigen, und wir hätten dann auch nicht das unbedingte Recht, von einer Therapie zu sprechen. Ablenkung im engen Sinne des Wortes bedeuten unserer Ansicht nach alle diese Dinge, die den Patienten in einer modernen Heilstätte heutzutage sowieso geboten werden bzw. geboten werden müssen: Radio, Fernsehen, Kino, mehr oder weniger wertvolle kulturelle Darbietungen, Selbstbeschäftigung mit Spielen aller Art. Diese Möglichkeiten der Ablenkung können beliebig vermehrt werden und stellen zweifelsohne eine zwingende Notwendigkeit zur Vertreibung der Langeweile und eine nicht unerhebliche Erleichterung in der Führung von Heilstättenpatienten dar. So hat sich u. a. die Erstellung eines Kleingolfplatzes außerordentlich bewährt und wird von den Patienten dankbar empfunden. Daß wir damit den Patienten in frischer Luft eine, wenn auch geringe, so doch eindeutige körper-

liche Belastung zumuten, wird von diesen zwar nicht klar erkannt, vom ärztlichen Standpunkt aber als wesentlich und wertvoll empfunden. Auch die Erstellung einer Bocciabahn z.B. wird den gleichen Effekt haben, und es liegen bereits auch neuere günstige Erfahrungen mit Gymnastik und leichter sportlicher Betätigung (Ballspiele) vor. Für dergleichen geeignete Patienten sorgfältig auszuwählen und nur unter der Aufsicht eines im Versehrtensport erfahrenen Tuberkulosearztes einzusetzen, ist besonders wichtig, sollen nicht Komplikationen provoziert werden. Das wird besonders deutlich dann, wenn man die Patienten im Spiel beobachtet und feststellt, wie sie in ihrer Freude an der Bewegung und am Spiel schnell vergessen, daß sie als Kranke nur mit einer beschränkten körperlichen Leistung gefordert werden können und sollen.
Gerade aber die Ansicht, daß es sich bei der Beschäftigungstherapie um eine ernste und wesentliche *Therapie* handelt, zwingt uns dazu, sie ebenso fest in den Rahmen unseres Heilplanes einzubauen wie jede andere therapeutische Maßnahme auch. Sie zwingt uns des weiteren dazu, in ihrer Ausführung unter ärztlicher Überwachung exakt zu sein, den Erfolg oder Mißerfolg dieser therapeutischen Maßnahme regelmäßig zu überwachen und daraus weitere Behandlungsschlüsse zu ziehen. Daraus ergibt sich zwangsläufig die Notwendigkeit eines klaren Aufbaues der Beschäftigungstherapieabteilung. In früheren Auflagen wurde darüber ausführlich gesprochen. Das scheint jetzt nicht mehr erforderlich, da die Beschäftigungstherapie kein Neuland mehr ist und an anderen Stellen entsprechende, ausreichende Hinweise gegeben sind.

Literatur

Alexander, H., K. Alexander: Arbeitsbehandlung. Thieme, Leipzig 1932

Böhme, H.: Die Rehabilitation der Tbc-Kranken. Med. wiss. Beitr. Krankenhaus Bochum 6 (1955) 41

Böhme, H.: Erfahrungen über den Arbeitseinsatz von Tuberkulosekranken in Bochum. Gesundheitsfürsorge 5 (1955) 43 bis 46

Huebschmann, H.: Psyche und Tuberkulose. Enke, Stuttgart 1952

Huebschmann, H.: Soziale Krankheitsfaktoren. Beitr. Klin. Tuberk. 111 (1954) H. 6

Rollier, A.: Die Heliotherapie. Urban & Schwarzenberg, München 1951

Sweede, I.: Die Wiedereingliederung klinisch geheilter Tuberkulöser in das Erwerbsleben. Duncker & Humblot, Berlin 1956

Vojtek, V.: Rehabilitation – Teil der komplexen Behandlung in Tuberkuloseheilstätten für Kinder. Rozhl. Tuberk. 14 (1954) 385–390

Wohlfahrt: Diskussionsbemerkungen beim Deutschen Tuberkulose-Kongreß in Bad Kissingen 1931

6. Beschäftigungstherapie in der Geriatrie

Von J. Böger

Allgemeine Grundlagen der geriatrischen Beschäftigungstherapie

Geriatrie ist die Lehre von der Behandlung der Krankheiten im höheren Lebensalter. Wenn auch erst zögernd, so hat doch seit ca. 20 Jahren die Beschäftigungstherapie ihren Platz gefunden bei der Behandlung alter Menschen. Gerade weil alte Menschen nicht eine einheitliche Gruppe bilden, kommt ihnen ein weitgefächertes beschäftigungstherapeutisches Angebot sehr entgegen. Es gibt alt gewordene Akademiker, aber auch alt gewordene Hilfsschüler. Man findet frühgealterte neben normalaltrigen Menschen. Der altgewordene Introvertierte steht neben dem gealterten Extrovertierten, der Handarbeiter neben dem Kopfarbeiter. Wir finden im Alter Menschen mit körperlichen oder geistigen Schäden, aber auch gesunde Menschen. Unter ihnen gibt es Persönlichkeiten, die ihr Leben meisterten, ihr Lebensziel erreichten und dann, bedingt durch den Eintritt ins Rentenalter, abtreten mußten. Sie hatten ein erfülltes Leben. Es gibt andere, die als Lebensschwächlinge oder Prügelknaben des Lebens alt wurden. Es gibt Schwerbehinderte, die mit ihrer Behinderung ein Leben lang leben mußten und alterten. Wiederum gibt es andere, die erst im Alter einen größeren Schaden (z.B. Schlaganfall) erlitten. Sie sind nach den Lebensjahren alle alt (sog. Kalendarisches Alter), was aber auch das einzig Gemeinsame ist. Dieses muß sich der Therapeut immer wieder vor Augen halten, will er den Abbau ihrer Persönlichkeit nicht beschleunigen helfen. Für keinen Therapeuten darf der alte Patient zum Opa oder zur Oma werden. In der Therapie werden diese Verniedlichungen und Vereinfachungen in der Anrede zum Hemmnis. Aber in der sehr differenzierten Vielfalt alter Menschen liegt der besondere Reiz für den Therapeuten. Diese zu erkennen, zu bejahen, setzt menschliche Reife, Einfühlungsvermögen und fachlich reichhaltiges, fundiertes Können voraus.

Die Persönlichkeit des alten Menschen zeigt bei allen Unterschieden in den jeweiligen individuellen Charakteren drei durch den Altersgang bedingte Tendenzen:

- Abnahme der Merkfähigkeit,
- Verlangsamung der Motorik,
- Denkerstarrung.

Diese drei Alternsveränderungen können vorzeitig, rechtzeitig oder verspätet auftreten. Sie können gleichzeitig in Erscheinung treten, aber sich auch zeitlich verschieden manifestieren. Die Abnahme der Merkfähigkeit und Verlangsamung der Motorik können als Schutzfunktionen des alternden Menschen gegenüber Reizüberflutung und falscher Reizverarbeitung gedeutet werden. Die Denkerstarrung bewirkt eine eindeutig negative Persönlichkeitsänderung.

Das Erleben des eigenen Altwerdens (Altern nach BÜRGER) kann positive, aber auch negative seelische Akzente setzen. Nicht allen Menschen gelingt es, zu einem gütigen, verstehenden Weisen zu altern. Die einzelnen sozialen Ausgliederungen oder sonstigen Absterbephasen, wie Pensionierung, Verlust des Ehepartners, Übersiedlung in ein Altersheim müssen erlebt und verarbeitet (d.h. oft nicht verarbeitet) werden. Jede dieser sozialen Ausgliederungsphasen kann tiefgreifende seelische Erschütterungen mit z.T. psychiatrischen Verhaltensweisen als Folge auslösen. Sie können auch organische Schäden mit echten somatischen Alterskrankheiten manifestieren helfen. Umgekehrt können Krankheiten soziale Ausgliederungen zur Folge haben. Hat der alternde Mensch sich erst mit seinem Schicksal abgefunden, mündet sein Leben meistens in eine abgeklärte, heitere Ruhe. Diese finden wir jedoch oft erst im eigentlichen Senium, d.h. jenseits des 80. Lebensjahres.

Die Erhaltung der manuellen Fähigkeiten ist eine wesentliche Aufgabe der Beschäftigungstherapie bei alten Menschen, da sehr wesentliche Wirkungen von ihr ausgehen (s. S. 194). Das tägliche Üben der manuellen Fähigkeiten hält den Alternden aktiv, z.T. produktiv, und zeigt ihm demonstrativ seine Daseinsberechtigung. An dieser zweifeln alte Menschen oft in den verbliebenen Leistungsstufen, insbesondere dann, wenn sie meinen, zu nichts mehr nütze zu sein. In der heutigen Leistungsgesellschaft hatten diese Menschen bisher nur ein Leistungsstreben gekannt, aus dem sie durch Ruhestand oder Krankheit ausgegliedert wurden. Jetzt ist ihnen eine Welt zusammengebrochen. Sie sollten aber mit Hilfe der Beschäftigungstherapie erkennen lernen, daß schon das Tätigsein an sich, also ohne Marktwert, das Spielen, das Gestalten dem natürlichen Drang des Menschen nach Actio und Reactio eigen ist. Sie sollten erkennen lernen, daß der Mensch, erst dann in vollem Sinn ein Mensch ist, wenn er spielt und gestaltet. In der Erhaltung des spielerischen Gestaltungstriebes auch im Alter liegt eine besondere Form des menschlichen Freiseins, eine Freiheit, Mensch zu sein (SCHILLER).

Die gestaltende Kraft des alternden Menschen schöpft aus Vorstellung und Phantasie. Sie übt den Willen zum Gestalten des Werkstoffes und des Werkvorganges. Dieses Zusammengehen von gestaltender Kraft und Willen hilft darüber hinaus im Unterbewußtsein bei der Überwindung der eigenen Alterungsprobleme. Sie gibt auch dem Alten eine ihm nicht bewußte Möglichkeit der Selbstdarstellung, der Nutzung des kleinsten verbliebenen Restes von Geltungstrieb. Aufgrund der Bindung von gestaltender Kraft an Geltungsdrang und Willen kommt es zur Erhaltung der geistigen Substanz.

Durch solches Üben unterliegt die geistige Substanz alter Menschen einem Training, das der Verflachung, der Versandung entgegenwirkt.

Darüber hinaus besteht aber für den Alterspatienten die Möglichkeit, daß er durch seine Ideen, seine Anregungen, aber auch durch sein Vorbild an Tätigsein, manchmal auch durch das erstellte Werkstück sich verschenkt an seine Mitmenschen, Mitpatienten, Besucher, Kinder. Letztere Möglichkeit wird dem Alterskranken oft nicht bewußt. Sie sollte aber von der Beschäftigungstherapie bewußt als Motivation in Anspruch genommen werden. Gelingt es, Vergeistigung und Phantasie in der Beschäftigungstherapie mit Alterskranken wirksam und spürbar zu machen, werden gestalterische Kräfte freigesetzt, die ein geistiges und materielles Sichverschenken ermöglichen. Welche gestaltenden Kräfte auch im hohen Lebensalter noch wirksam sind, sehen wir an den Spätwerken eines Leonardo da Vinci oder einer Grandma Moses in der naiven Malerei, die erst im Alter von etwa 70 Jahren als Dilettantin anfing, zu malen.

Die ästhetische Erziehung ist sogar im höheren Lebensalter möglich, da auch in dieser Altersstufe der Sachtrieb und Formtrieb vorhanden sind und gestalterisch eingesetzt werden können. Erst bei hochgradig abgebauten Patienten (senile Demenz) besteht durch ihre Krankheitsveränderung diese Möglichkeit nicht mehr. Dem Alterskranken die Welt des Schönen und Ästhetischen trotz eigener Hinfälligkeit zu eröffnen, ermöglicht der Beschäftigungstherapie, der Einsamkeit und Leere entgegenzuwirken. Indem der Alterskranke der stillen und befreienden Ordnung des Schönen geöffnet wird, verläßt ihn Unrast und Angst. Aus dieser Befreiung ist ihm der Weg zur Güte möglich.

Die Beschäftigungstherapie bei alten Menschen kann nicht im üblichen Sinne als „Spiel" gelten. Dennoch ist sicher, daß die Gesetze des Spieles wesentlich in ihr enthalten sind. Wie das Spiel liegt das Wesen der Beschäftigungstherapie außerhalb der reinen Zweckbestimmung, der nützlichen Nüchternheit des täglichen Lebens. In der praktischen Durchführung muß jeder tierische Ernst dem Spielerischen, dem „Leicht"-sinn weichen, um befriedigend, lockernd und ermutigend zu sein. Daher gehört in den beschäftigungstherapeutischen Plan neben der spielerischen Gestaltung die Pflege von Spielen. Die Kunst zu spielen müßte durch die Beschäftigungstherapie bei Alternskranken geübt und gefördert werden. Jede spielerische Tätigkeit setzt Phantasie, Geist und Willen frei. Spielerisch ordnet man sich so der Gruppe ein. Auf dem Wege des Spielens gelingt auch bei alten Menschen eine Sozialisation. In diesem Sinne ist Beschäftigungstherapie echte Gruppentherapie, in der fruchtbare Spannung und Freude herrschen und in der man das Bewußtsein erhält: „Man gehört ja noch dazu".

Bei der engen Verflechtung von Körper und Seele ist eine *stimulierende Wechselwirkung* durch beschäftigungstherapeutische Maßnahmen möglich. Wahrnehmen des Lebens um sich, Beobachten der Vorgänge an sich können das Gefühlsleben und die Stimmung wesentlich beeinflussen. Die gestalterische Beschäftigung mit einem Gegenstand wird zu einer Auseinandersetzung mit ihm, die die Phantasie anregt. Dadurch wird das

Handeln und Tätigsein gefördert. Auf diese Art und Weise wirkt die Beschäftigungstherapie dem Altern und dem Erleben des eigenen Altwerdens entgegen. Die Freude am selbstgeschaffenen schönen Gegenstand kann erheblich zur Erhaltung von Lebensmut und Lebensfreude beitragen. Auch einfaches Tun ohne jeden künstlerischen Einschlag kann schon das Gefühl einer Daseinsberechtigung vermitteln. Außerdem verliert das Leben des alterskranken Patienten durch die Beschäftigung nicht seinen Rhythmus.

Physiologische Wirkungen der Beschäftigungstherapie

Die physiologischen Wirkungen der Beschäftigungstherapie auf den alternden Organismus bestehen vorwiegend in einer Hemmung der Alternsvorgänge sowohl der Intensität als auch dem zeitlichen Ablauf nach. Auf dem Umweg über eine Besserung der Herz-Kreislauf-Verhältnisse, der Kapillarisierung und Tonisierung alternder Gewebe kommt es zur Hebung des Allgemeinzustandes. So wird der Inaktivitätsatrophie entgegengewirkt, Bewegungsabläufe und Gelenkmobilität bleiben erhalten. Durch eine bessere Stoffwechselregulation kommt es zum Ausgleich im Vegetativum. Das Erhalten von Aktivität und Reaktivität ist bei alten Menschen besonders wichtig. Die Freude an vollbrachter Tätigkeit stärkt das unterminierte Selbstvertrauen der Alten und wirkt ihrer Neigung zu Depressionen entgegen. Unter beschäftigungstherapeutischem Einfluß altert der Mensch harmonischer. Der alternsbedingte Abbau seiner Gesamtpersönlichkeit wird verzögert und hinausgeschoben.

Präventive Aufgaben der Beschäftigungstherapie in Altenheimen

Die Gesamtheit der Wirkungen der Beschäftigungstherapie hat vor allem in den skandinavischen Ländern schon dazu geführt, sie als präventive Maßnahmen sowohl in Altenheimen als auch bei alleinstehenden alten Menschen einzusetzen. Durch motorisierte Beschäftigungstherapeutinnen werden regelmäßig alte Menschen in ihrer Wohnung aufgesucht, mit Material versorgt und beraten. Diese Form der Behandlung zu Hause erhält das Leistungsvermögen, bringt Zeitvertreib und Ablenkung und wirkt der Vereinsamung entgegen. Aufgrund der Erkenntnis, daß auch in den nächsten Jahren niemals genügend Beschäftigungstherapeutinnen zur Verfügung stehen werden, sind auf Anregung von Böger in West-Berlin Vorträge und Demonstrationen aus dem Bereich der Beschäftigungstherapie in die Ausbildungskurse der Alten- und Hauskrankenpflegerinnen eingebaut worden. Diese Maßnahmen haben den Sinn, bei Alten- und Hauskrankenpflegerinnen Verständnis für beschäftigungstherapeutische Arbeit zu erwecken und Kontakte ihrer Patienten in der Wohnung mit Beschäftigungstherapeutinnen aufrechtzuerhalten.

Allgemeine Beschäftigungstherapie in Hospitälern und Pflegeheimen

Die allgemeine Beschäftigungstherapie hat in den letzten 10 Jahren auch in den geriatrischen Hospitälern und Pflegeheimen der Bundesrepublik Eingang gefunden. Über die schon genannten Wirkungen hinaus werden in diesen Einrichtungen Zeitvertreib und Ablenkung sowie Gruppentherapie durch bewußte Gruppenbildung angestrebt. Hier hat die Beschäftigungstherapie die Aufgabe, durch Bettbeschäftigung und besonderen Ausbau einer kulturellen Beschäftigung das Leben noch als lebenswert erleben zu lassen. Hierfür können gezielte Film- und Fernsehprogramme, Patientenbüchereien, Vorlesestunden, gemeinsam vorbereitete und gestaltete Feiern dienen. Von Patienten gespielte Sketche, gemeinsame Ausfahrten (auch mit Rollstuhlfahrern) in Ausflugslokale dienen derselben Aufgabe. Die Erziehung alter Menschen zur gegenseitigen Hilfe muß durch die Sozialisation in der Gruppentherapie erreicht werden. Aus dieser Sicht kommt der religiösen Betreuung, dem religiösen Einzel- oder Gruppengespräch eine therapeutische Bedeutung zu.

Gezielte adaptierende Beschäftigungstherapie bei Alterskrankheiten

Zerebralsklerose

Die Zerebralsklerose ist eine besondere Form der arteriosklerotischen Veränderungen der Gehirngefäße. Sie äußert sich in Durchblutungsstörungen der Gehirnarterien. Die Symptome der Zerebralsklerose sind veränderte geistige Beweglichkeit, Frischgedächtnis, Orientierung, Angst- und Furchtsymptome, Depression, emotionale Instabilität, veränderte Motivierung von Initiativen, veränderte Kooperation, veränterte Geselligkeit, veränderte Selbstpflege, verlangsamte Fortbewegung, Appetitstörung, temporäre Schwindelzustände und eine zunehmende apathische Müdigkeit. Bei hochgradiger Zerebralsklerose finden wir Unfähigkeit zur Konzentration und vernünftigen Antworten oder Reaktionen, meist im Sinne einer totalen Verwirrung. Nicht selten gibt es im Extremfalle Selbstmordgedanken und Todeswünsche, die Patienten sind panisch beunruhigt und in ihrem Sprechen unzusammenhängend (Inkohärenz). Es treten häufig heftige emotionale Schwankungen sowie starke unangepaßte Affekte auf. Für ihr Handeln haben die Patienten oft kein Motiv, und es besteht überhaupt keine Initiative. Bezüglich der Zusammenarbeit üben sie nicht selten einen aktiven Widerstand aus. Die Patienten zeigen diese Symptome nicht immer, es besteht eine sehr starke

Variationsmöglichkeit, ein Teil der Symptome kann weniger stark, ein anderer dafür um so stärker ausgebildet sein. Die hochgradig zerebralsklerotisch veränderten Patienten sind zu keiner Beschäftigungstherapie fähig, und ihr Zustand ist durch sie auch nicht zu bessern. Wegen der fast immer fließenden Übergänge sind jedoch gezielte Ansätze einer Beschäftigungstherapie nach folgenden Gedanken sinnvoll.

Bei beginnender Zerebralsklerose geht es darum, durch körperliche Aktivierung die allgemeine und zerebrale Durchblutung anzuregen und damit das Fortschreiten der Krankheit zumindest zu verlangsamen.

Der Patient sollte all die Funktionen trainieren, die seine Selbständigkeit erhalten und wenn möglich einmal gekonnte und später verschüttete Fähigkeiten wiedererlangen. Der Patient darf auf keinen Fall überfordert werden, da ihm dadurch sein Leistungsabfall sowie seine Gedächtnis- und Merkstörung bewußt werden und oft Anlaß zu depressiven Verstimmungen sind. Ist es zu einer depressiven Verstimmung gekommen, besteht häufig Suizidgefahr, so daß der Patient ständig beobachtet werden sollte, besonders wenn er mit Werkzeug arbeitet.

Der zerebralsklerotische Patient stellt sich schwer auf neue Anforderungen ein, deshalb sollten abrupte Übergänge zu anderen Techniken vermieden und statt dessen durch leichte Abwandlungen Übergänge gefunden werden.

Bei weit fortgeschrittener Zerebralsklerose ähnelt das Krankheitsbild dem der senilen Demenz mit starken Persönlichkeitsveränderungen. Hierbei sind Störungen des Bewußtseins durch Beschäftigungstherapie kaum beeinflußbar, jedoch sind Beeinträchtigungen der Stimmungen und Gefühle eine Indikation zur Beschäftigungstherapie.

Um sein Selbstwertgefühl zu erhalten, sollte der Patient Gelegenheit haben, kleinere Arbeiten auf der Station und in der Abteilung zu verrichten und einfache Dienstleistungen bei bettlägerigen Patienten zu übernehmen. So kann der Kontakt zu seiner Umgebung aufrecht erhalten werden, den er sonst durch seine Wesensveränderungen leicht verliert.

Ein Patient mit fortgeschrittener Zerebralsklerose neigt dazu, sich zu vernachlässigen. Die Beschäftigungstherapeutin sollte ihn zu seiner persönlichen Pflege und Hygiene anleiten (z. B. auch dazu, seine Zahnprothese zu tragen), um zu vermeiden, daß sich andere durch sein Ungepflegtsein von ihm fernhalten.

Wenn auch das krankhafte Fortschreiten der Zerebralsklerose in vielen Fällen nicht zu vermeiden ist, so ist unter medikamentöser Behandlung im Zusammenwirken mit den Maßnahmen der Beschäftigungstherapie eine weitgehende Bremsung des Krankheitsablaufes möglich.

Greisenschwachsinn (Senile Demenz)

Greisenschwachsinn, senile Demenz, ist der Zerebralsklerose nicht unähnlich. Im Gegensatz zur Hirnarteriosklerose kommt es zu einem unmittelbaren Altersschwund des Hirngewebes.

Die beschäftigungstherapeutischen Maßnahmen ähneln weitgehend denjenigen bei der Zerebralsklerose. Wenn auch die Therapieaussichten sehr geschmälert sind, sollte ein beschäftigungstherapeutischer Versuch immer gewagt werden.

Apoplexie

Unter Apoplexie wird ein Gehirnschlag oder ein Schlaganfall verstanden. Die Symptome der Apoplexie sind vom Sitz der Schädigung abhängig. Die Bewußtseinsstörung kann gering sein oder fehlen, aber auch total bestehen. Das gleiche ist von den Lähmungen zu sagen; sie sind meistens auf eine Körperseite beschränkt, oft kann auch nur der Tonus der gelähmten Muskulatur herabgesetzt sein.

Nach Lösung der Schocksymptomatik muß ein gezielter Einsatz der Beschäftigungstherapie stattfinden. Die beschäftigungstherapeutischen Maßnahmen sind erschwert durch eine Affektinkontinenz des Patienten, der meistens auch kein Krankheitsgefühl empfindet. Nicht selten finden wird ein mangelhaftes Körpergefühl für seine betroffene Seite, außerdem eine geistige Verlangsamung mit rascher Ermüdbarkeit und Antriebsarmut. Gelegentlich wird auch eine Autoaggression angetroffen. Dennoch sollte die Beschäftigungstherapie in der Bettphase des Patienten zum Einsatz kommen, um die zwischenmenschliche Kontaktaufnahme zu ermöglichen. Wird dem Patienten selbst sein Krankheitszustand bewußt, so muß er das zwischenmenschliche Engagement aller Mitarbeiter am Krankenbett, also auch der Beschäftigungstherapeutin vorfinden. An erster Stelle steht der verbale Kontakt, der auch der Beruhigung des Patienten dient und ihm ein Gefühl des Behütetseins vermittelt. Zur Verhinderung späterer größerer Schäden ist eine intensive Lagerungsbehandlung zur Vermeidung der Spitzfüße oder der Fallhandbildung notwendig. Nicht selten muß gerade für die Hand eine entsprechende Lagerungsschiene von der Beschäftigungstherapeutin hergestellt werden. Sobald die akute Lebensgefahr und das nachfolgende Schockstadium überwunden sind, kann ein gezielter beschäftigungstherapeutischer Versuch unternommen werden, da sich erst jetzt die Art und der Umfang der entstandenen Lähmungen herausstellen.

In dieser Phase ist es wichtig, mit dem Patienten ein kleines Selbsthilfeprogramm durchzugehen. Er muß lernen, die Klingel zu benutzen und im Bett zu essen. Bei einer Fazialislähmung muß er darauf achten, möglichst die Nahrung auf der gesunden Seite zu kauen und zu schlucken, um ein Herauslaufen zu vermeiden. Gelingt ihm dies nicht, sollte er sich wenigstens mit Hilfe einer Serviette sauber halten. Auch das Achten auf korrekte Lage der gelähmten Seite sollte einem Apoplektiker schon in dieser Zeit beigebracht werden. Wenn das Lagegefühl für die kranke Seite nicht vorhanden ist, muß er seine Haltung und Lagerung wenigstens durch die Augen kontrollieren.

In der Bettphase kann mit leichten beschäftigungstherapeutischen Techniken begonnen werden, wie z. B. Rundweben. In der Aufsitzphase (Sitzen an der Bettkante) sollen dem Patienten auf alle Fälle die Füße unterstützt werden, um das nötige Bodengefühl zu vermitteln, außerdem das Kontaktempfinden wiederherzustellen und das Balancegefühl wieder einzuspielen. Während die kranke Hand stützt, kann der Patient mit der gesunden Hand arbeiten. Dabei ist das Werkstück am Tisch fixiert, oder er wendet eine Technik an, bei der er nur mit einer Hand zu arbeiten braucht (evtl. Steckspiel). Sinn und Zweck dieser Übung besteht darin, den Patienten so frühzeitig wie möglich an ein aktives Selbsttun heranzuführen, um somit Selbstbestätigung und Lebenswillen wieder aufzubauen. Die Beschäftigungstherapie kann vom Bett oder vom Sitzen am Bett in den speziellen Beschäftigungstherapieraum verlagert werden, sobald die orthostatischen Regulationsstörungen überwunden sind und der Patient länger als eine halbe Stunde aufsitzen kann. Die so frühzeitige räumliche Verlagerung der Therapie dient der neuen Kontaktaufnahme des Patienten und seiner Selbstbestätigung. Er ermöglicht eine vollkommene isolierte Individualtherapie, ohne daß Störungen von Bettnachbarn sich auswirken. In dieser Phase muß der Patient das Gefühl haben, er sei der Mittelpunkt aller Bemühungen. Da es nicht ausgeschlossen ist, daß er gelegentliche orthostatische Durchblutungsstörungen bekommt, ist es nützlich, seiner Blutdrucklage entsprechend orthostatisch regulierende Kreislaufmittel einzusetzen. So hat sich die sofortige Gabe von Sympatoltropfen durch die Beschäftigungstherapeutin bewährt. Da auch gelegentlich anginapectoris-artige Beschwerden auftreten können, ist die Bereitstellung von Nitrolingualkapseln im Beschäftigungstherapieraum sinnvoll.

Bei der Motorik des Hemiplektikers dominiert das Phänomen der Synkinese, d.h. der Mitbewegung. Die Muskeln der Extremität können nur in bestimmten Kombinationen eingesetzt werden. Bei anders kombinierten oder auch isolierten Bewegungen kann der gleiche Muskel nicht zur Kontraktion gebracht werden. Jedoch haben alle diese Bewegungen die gleiche Form. Man unterscheidet nach Richter und Doersch zwei Typen:

1. den Extensionstyp und
2. den Flexionstyp (an der oberen Extremität findet sich fast immer der Flexionstyp).

In der funktionellen Beschäftigungstherapie muß der muskuläre Behandlungsplan Hand in Hand mit der krankengymnastischen Übung gehen und sich mit dieser u. U. überschneiden. Die Übungen sollten zweckmäßigerweise von zentral nach peripher fortschreiten:

1. Kräftigung der Rumpfmuskulatur,
2. Kräftigung und Stabilisation des Schultergürtels,
3. Kräftigung der Extension des Armes und der Supination,
4. Stabilisation des Armes und Kräftigung der Handgelenkextensoren,
5. Aktivierung der Hand,
6. Koordination von Arm- und differenzierter Fingerbewegungen.

Der Patient soll als erstes die Grundsynergien (d.h. das Zusammenwirken von Muskeln) ausführen lernen. Diese werden dann im Laufe der Übungshandlungen aufgebrochen, um langsam wieder der Willkürbewegung Platz zu machen. Es hat sich als günstig erwiesen, wenn die krankengymnastische Behandlung zeitlich direkt vor der funktionellen Beschäftigungstherapie liegt. Durch die Behandlung ist der Hemiplektiker muskulär gelockert und die Spasmen sind weitgehend gelöst.
In der Beschäftigungstherapie wird nie eine isolierte Bewegung, sondern durch die ausgewählte Tätigkeit immer eine ganze Gliederkette geübt. Hierbei soll dann die Arbeit so ausgesucht und an die Werkzeuge adaptiert werden, daß die Kräftigung einer bestimmten Muskelgruppe (z.B. beim Hemiplektiker die Extensoren am Arm) im Vordergrund steht. Gerade für die erste Zeit bewährten sich große bilaterale, symmetrisch ausgeführte Bewegungen, die den Widerstand auf der Extensorenseite haben. Durch die bilaterale (z.B. bimanuelle) Arbeit stimuliert der gesunde den kranken Arm. Durch die großen Bewegungen reizt der Agonist in seiner Endstellung den Antagonisten. Die geschädigte Extremität wird durch die gesunde geführt und bekommt so wieder langsam das Gefühl für die normale Bewegung. Der jeweilige Widerstand kann durch das Material, die Stellung der Arbeit zum Patienten und auch durch variable Gewichte vermehrt oder vermindert werden. Es hat sich gezeigt, daß der Widerstand so groß sein muß, daß er bei der gewünschten Bewegung 10- bis 15mal durch den gesamten Bewegungsumfang überwunden werden kann, ehe eine Pause von einer Minute eingelegt werden soll. Die Anzahl der Wiederholungen richtet sich nach dem Befund. Nach Richter u. Dörsch, aber auch nach unseren Erfahrungen, ist es besonders wichtig, die Erhöhung der Gewichte und die Stellung des Patienten zur Arbeit, z.B. durch Steilerstellung des Schrägbettes, zu variieren, da hier die Extensoren in beiden Bewegungsphasen aktiv arbeiten müssen. Zur Adaption an den verschiedenen Werkzeugen kann man Doppelgriffe anbringen, die zur Kleinfingerseite konisch vergrößert sind, z.B. bei den Schleifböcken, deren Griffe zuerst waagerecht zum Block sind und dann später senkrecht sein können. Die Handgelenke sollten durch elastische, gepolsterte Riemen in Extension gehalten werden. Bei ungenügendem Faustschluß ist die Hand am Griff zu fixieren. Sofern der Patient noch nicht in der Lage ist, Beugung und Streckung des Armes aktiv auszuführen, kann man durch ein passives Mitgehen bzw. Mitführen das Gefühl für die gewünschte Bewegung geben. Nach einer gewissen Zeit wird man feststellen, daß der Arm auch aktiv wieder etwas mitmacht. Solange nicht die Bewegung im kranken Arm aktiv bis zur maximalen Endstellung gebracht werden kann, sollte der Arm von der Therapeutin geführt werden. Die Führung hat im Flexionstyp auf der Extensorenseite zu erfolgen. Es hat sich als sinnvoll erwiesen, wenn der Patient die Arbeit in der von der Therapeutin vorgesehenen Technik mit aussucht, mit vorbereitet. Da-

durch wird eine Konzentration außerhalb der eigenen Person verlangt. Dieses Mitdurchdenken seiner Arbeit hebt das Persönlichkeitsgefühl des Patienten und das Selbstvertrauen. Auch hat sich der Hemiplegiker zu merken, wo sein Arbeitsplatz, seine Arbeit und die verschiedenen Werkzeuge liegen. Hierdurch wird die Eigeninitiative angeregt bzw. entwickelt. Um Überforderungen zu vermeiden und orthostatische Regulationsstörungen rechtzeitig zu erkennen, muß er bei der Arbeit beobachtet werden. Für die gewünschten bilateralen symmetrischen (bimanuellen) ausgeführten Bewegungsmuster eignen sich besonders:

- Sägen und Schleifen,
- Weben am Hochstuhl,
- Feilen und Hobeln, und im fortgeschrittenen Stadium
- bimanuelle Malübungen an einer Schrägtafel, die später zu isolierten beidseitigen Handmalübungen variiert werden können.

In vielen Fällen ist die Hand das Letzte, was sich erholt. Besonders die feinen koordinierten Bewegungen können zumeist nicht wieder ausgeführt werden. Die Wiederherstellung folgt meist keinem festen Schema, häufig kommt aber der Faustschluß als erste Handfunktion wieder zurück. Die Stellung des Handgelenkes in Dorsalextension ist wichtig für den Faustschluß (daher in der Bettphase die Anlage einer Unterarmschiene in Dorsalflexion). Um auch eine gute Handfunktion zu erhalten, muß auch die Fingerextension besonders geübt werden. Schwergeschädigte Patienten sind meist nicht in der Lage, die Finger aktiv zu strecken. Das Halten eines Gegenstandes scheint den Faustschluß zu aktivieren, je mehr der Patient versucht, die Hand zu öffnen. Wird der abduzierte Daumen aus der Handinnenfläche passiv abduziert (Bobath) und das Handgelenk gestreckt, kann es zu einer Verlängerungssynergie mit Fingerextension kommen, die man in verschiedenen Stellungen üben kann. Nach Rückkehr einer gewissen Funktion der Finger soll die Extension und Flexion durch Arbeiten, die eine aktive Bewegung in beiden Bewegungsrichtungen verlangen, geübt werden. Lederriemen fitzeln und weben am einfachen Rahmen eignen sich gut hierzu, als Adaption wird eine Widerstandskammer verwendet, mit der der Faden herausgezogen wird. Nicht selten ist ein Spitzgriff in dieser Behandlungsphase eine noch zu differenzierte Bewegung und kann einen Spasmus steigern. Sobald die Hand in jeder Armstellung geschlossen und geöffnet werden kann, sollte man mit Mal- und Schreibübungen in großen bilateralen Bewegungen beginnen. Tritt jedoch eine Spastizität ein, so sind diese Übungen zurückzustellen. Als Adaption für den Bleistift der geschädigten Hand wird dieser durch einen Vollgummiball gesteckt.

Da die meisten Lähmungen mit Sensibilitätsstörungen einhergehen, ist die Übung des Tastempfindens bei geschlossenen Augen besonders wichtig. Bei verbundenen Augen werden verschiedene Stoffe abgetastet, benannt und vom Patienten zugeordnet bzw. später selber klassifiziert. Vor der Entlassung in die Häuslichkeit sollte ein Selbsthilfetraining evtl. mit

Hilfsmitteln intensiv durch die Beschäftigungstherapeutin vorbereitet werden.
In nicht wenigen Fällen wird es notwendig sein, die Hand-Augen-Koordination wieder zu üben und die Einengung des Gesichtsfeldes kompensieren zu lernen.
Die mannigfaltigen Verrichtungen des täglichen Lebens, denen der Hemiplegiker gegenüber steht, z.B. Klingel, Wasserhahn, Lichtschalter usw. betätigen, müssen immer und immer wieder geübt werden. Der selbständigen Durchführung der Körperhygiene ist besondere Aufmerksamkeit zu schenken (Waschen, Baden, Duschen, Toilette) wie auch dem An- und Ausziehen. Über die funktionelle Behandlung und das Selbsttraining hinaus bildet die Beschäftigungstherapie durch ihre handwerklichen Möglichkeiten u.U. bereits den Grundstock zu einer späteren Berufsschulung oder Umschulung. Es ist von großer Bedeutung, die Angehörigen des Kranken in jeder Behandlungsphase über seinen Zustand zu unterrichten. Sie sollen seine besondere Situation verstehen und nicht glauben, der Kranke würde unter geistigen Störungen leiden. Der Apoplektiker benötigt nach der Rückkehr in sein Heim eine verständnisvolle Umgebung, welche die Beschäftigungstherapeutin nach vorangegangenen Hausbesuchen mit vorbereiten helfen kann. Nicht selten wird es ratsam sein, die Behandlung noch ambulant eine Zeitlang fortzusetzen, damit nicht mühsam Erlerntes wieder verloren geht.

Arthrosis deformans

Die Arthrosis deformans oder Arthrose ist eine degenerative Gelenkserkrankung. Sie entsteht vorwiegend aus einem Mißverhältnis zwischen Beanspruchung und Beschaffenheit bzw. Leistungsfähigkeit der einzelnen Gelenkanteile und Gewebe. Hinzu kommt ein Faktor der individuellen Gewebsqualität. Sie kann schon in jüngeren Jahren auftreten, vorwiegend kommt sie jedoch im höheren Lebensalter vor. Ätiologie und Pathogenese sind ein komplexes Geschehen. Beschäftigungstherapeutisch ist die Arthrosis deformans von Bedeutung als Erkrankung der Hüftgelenke und der Kniegelenke. Nur in den Anfangsstadien kann ein beschäftigungstherapeutischer Versuch gemacht werden. Als Therapiemittel kommen vorwiegend in Frage der Kufenwebstuhl bzw. das Treten einer Nähmaschine. Beschäftigungstherapeutische Maßnahmen treten bei der Arthrosis deformans gegenüber anderen Maßnahmen der physikalischen Therapie, insbesondere hydrotherapeutischen Maßnahmen, in den Hintergrund.

Progredient chronische Polyarthritis (P. c. P.)

Die progredient chronische Polyarthritis – heute als P. c. P. bezeichnet – ist eine chronische Erkrankung der Gelenke und tritt auch bei älteren Menschen auf.
Die Krankheit kann sich nach Jesserer erst im vorgerückten Alter, d.h.

um das 60. Lebensjahr oder noch später manifestieren, aber auch schon länger bestehen und zu mehr oder weniger schweren Veränderungen geführt oder sich auch erschöpft haben, also „ausgebrannt“ sein. Schließlich kann auch ein an einer P. c. P. leidender Kranker Folgen einer langdauernden Kortisonmedikation aufweisen bzw. das Bild eines chronischen Kortisonismus zeigen. Die eigentliche Altersarthritis tritt erst nach dem 60. Lebensjahr auf.
Im akut entzündlichen und schmerzhaften Stadium kann die Beschäftigungstherapie gelegentlich mit Hilfe individueller Lagerungsschienen zur Anwendung kommen. Das Hauptgebiet der Beschäftigungstherapie ist jedoch die nicht entzündliche und nicht wesentlich schmerzhafte Phase der P. c. P.

In der Behandlung der P. c. P. stehen vier beschäftigungstherapeutische Ziele im Vordergrund:

1. *Gelenkmobilisation* und Erweiterung des Bewegungsausmaßes oder zumindest Erhaltung der vorhandenen Beweglichkeit und Vermeidung von weiteren Kontrakturen. Bei dieser Behandlung soll immer wieder aktiv der maximale schmerzarme Bewegungsradius angestrebt werden, aber ohne Kraft und Belastung, da sonst die Anstrengung für das Gelenk zu groß ist. Zeichen einer Überanstrengung sind Schmerz, Rötung und Schwellung im Gelenk.
2. *Muskelkräftigung* oder wenigstens die Vermeidung von weiteren Muskelatrophien. Die Muskeln werden mit Kraft und Anstrengung trainiert, ohne dabei das maximale Bewegungsmaß auszunützen. Daraus ergibt sich, daß unkontrollierte Zug- und Schwungbewegungen (z. B. Hämmern) bei der P. c. P. verboten sind. Die auszuübenden Funktionen werden häufig wiederholt, mit vielen Pausen, um den Muskeln Gelegenheit zu geben, ihre vermehrten Ermüdungsprodukte abzubauen.
3. *Schonstellungen und Deformitäten* und die durch sie hervorgerufenen fehlerhaften Bewegungsabläufe
   - *aktiv auszugleichen:* Die Antagonisten derjenigen Muskeln, deren Gelenke in Fehlstellung stehen, werden gekräftigt, um dadurch eine aktive Korrektur zu erreichen;
   - *passiv auszugleichen:* Bei einem bereits luxierten Gelenk ist durch Fehlen der stabilen Gelenkachse der Muskelzug so verändert, daß eine Kontraktion nicht mehr die gewünschte Bewegung erreicht. In diesem Fall werden die betroffenen Gelenke mit Lagerungsschienen (so achsengerecht wie möglich) und mit stabilisierenden Funktionsschienen versorgt;
   - *zu vermeiden:* Bei der Behandlung der P. c. P. wird im erhöhten Maße auf eine korrekte physiologische Lagerung bzw. Körper- und Arbeitshaltung Wert gelegt. Statische Muskelarbeit (z. B. Sitzen) darf nie länger als eine Stunde ohne Unterbrechung anhalten.

4. *Koordinations- und Geschicklichkeitstraining* aller erhaltenen Funktionen und das *Ausbilden von Ersatzfunktionen:* Da die P. c. P. vorwiegend generalisiert auftritt, bedarf ihre Behandlung eines bilateralen Trainings. Dabei wird zwar die Handdominanz berücksichtigt, aber nie darf nur die Schulung der funktionsbesseren Hand im Vordergrund stehen. Ein Polyarthritiker muß mit beiden Händen so geschickt wie möglich werden, um auf jede Verschlimmerung nach einem neuen Schub vorbereitet zu sein.

Die Durchführung der Behandlung wird durch drei Faktoren beeinträchtigt:

– *durch Schmerzen oder auch durch die Furcht vor den Schmerzen.* Durch Beobachten und Einfühlen in den Patienten muß es der Beschäftigungstherapeutin gelingen, so erfolgreich und trotzdem so schmerzerträglich wie möglich zu üben. Wenn der Schmerz länger als eine Stunde nach der Behandlung anhält, ist sie zu intensiv gewesen.
– *durch gestörte Thermoregulation und periphere Durchblutungsstörungen.* Der Polyarthritiker muß besonders vor Kälte und Zug geschützt werden. Er darf nicht mit kaltem und gleichzeitig feuchtem Material arbeiten. Nasses Material (wie z.B. Ton) muß immer erwärmt werden und hat dann eine durchblutungsfördernde und gelenklockernde Wirkung.
– *durch schnelle Ermüdbarkeit der Patienten.* Der Patient braucht viele Pausen während seiner Übungen. Am günstigsten ist es, wenn mehrere Male täglich behandelt wird. Das spezielle Behandlungsziel jedes einzelnen Patienten geht aus seiner individuellen Funktionsstörung hervor.

Bei der Materialauswahl ist zu beachten, daß es nicht kalt und hart ist und nur wenig Widerstand bietet. Daraus ergeben sich folgende Möglichkeiten der Techniken: *Ausgleichen der ulnaren Deviation* durch passives Gegenlagern beim Arbeiten auf der Töpferscheibe, beim Drucken mit einem Spezialmodell, beim Tonausrollen mit einem Nudelholz (an den Außenseiten der Handgriffe sind Scheiben befestigt), beim Flachdrücken der ausgerollten Streifen und, wegen des großen Widerstandes nur in Ausnahmefällen, beim Schleifen mit Spezialmodell.
Zusätzlich werden Schreibübungen auf der elektrischen Schreibmaschine und leichte handwerkliche Arbeiten empfohlen. Die Grundgelenke der Hand können dabei zugunsten eines Geschicklichkeitstrainings zunächst vernachlässigt werden. Später schließen sich Übungsschienen zu gezielten Bewegungen der Finger oder Trainingsschienen für die Fingerstreckmuskulatur an, z.T. müssen auch Hilfsmittel entwickelt werden, die zur Selbsthilfe beitragen sollen (siehe Selbsthilfetraining).
Inwieweit neuere operative Behandlungsmöglichkeiten auch bei der Alterspolyarthritis möglich sind, wird erst in weiterer Zukunft sich ergeben.

Altersinvolution der Wirbelsäule

Die altersbedingten Veränderungen der Wirbelsäule können sich manifestieren in einer Alterskyphose, in der Osteoporose der Wirbelkörper, ferner in einer Spondylosis deformans der Wirbelkörper. Alterungsbedingte Rückbildungserscheinungen wirken sich aus am Wirbelkörper, am Bandapparat und an den Bandscheiben.

Eine weitere Folge der Altersrückbildung ist eine unzureichende Bildung von Knochengrundsubstanz als Folge verminderter Osteoplastentätigkeit, und somit kommt es zu einem Mangel an Knochengewebe. Die Osteoporose findet sich sowohl an den Wirbelkörpern als auch an allen anderen Knochen des alternden Menschen. Statik und Stabilität der Knochen sind dadurch herabgesetzt. Die beschäftigungstherapeutischen Zielsetzungen gehen in folgende Richtungen:

- *Erhaltung der vorhandenen Beweglichkeit und Belastbarkeit,*
- *Training der stabilisierenden Muskulatur,*
- *durch eine allgemeine Beschäftigungstherapie Teilhaben am Gruppenerlebnis.*

Schenkelhalsfraktur

Infolge der Osteoporose und eines zusätzlichen Traumas ist das Auftreten einer Schenkelhalsfraktur im höheren Lebensalter besonders häufig. Nach operativen Maßnahmen die heute vorwiegend in einer Frühnagelung bestehen – seltener in einer Lagerungsbehandlung – ist es das Ziel, die inaktiv gewordene Muskulatur funktionell wieder zu trainieren. Es sind beschäftigungstherapeutisch Übungen durchführbar wie bei der Arthrosis deformans.

Altersherz und herzkranke alte Menschen

In den höheren Lebensaltern finden wir altgewordene herzkranke Patienten und solche, die infolge ihres Altersherzens (einer besonderen Veränderung des sonst gesunden, altgewordenen Herzens) unter Belastung Zeichen einer Herzinsuffizienz mehr oder minder starken Ausmaßes zeigen.

Die Zielsetzung der Beschäftigungstherapie ist ein Training der Belastbarkeit und eine Ablenkungstherapie sowie die Wiedereingliederung in eine Gruppe. In dieser Patientengruppe finden sich auch sehr viele alte Menschen mit einem überstandenen Herzinfarkt. Bei der Durchführung der Beschäftigungstherapie ist die ständige Beobachtung des Patienten während der Behandlung notwendig. Insbesondere sind auch Schwächezustände, Schweißausbrüche, Herzschmerzen, Atemnot, Blaßwerden des Nasen-Mund-Dreiecks oder Zunahme der Blaufärbung der Lippen zu beachten. Die Therapie kann nach Anweisung des Arztes schon in der Bett- und Lagerungsphase beginnen, sie ist im Sinne eines aufbauenden

Trainings durchzuführen. Gerade bei diesen Patienten ist das tägliche Gespräch mit dem behandelnden Arzt vonnöten. Es schließt sich die Behandlung im Zimmer, später durch Gruppenbeschäftigung an. Immer ist darauf zu achten, ob eine Verschlechterung des Zustandes eintritt. Kreislaufmittel und koronarwirksame Medikamente sind auch im Beschäftigungstherapieraum ständig bereit zu halten.

Leberkrankheiten

Durch ihr Leiden und die lange notwendige Bettruhe neigen auch Leberkranke im Alter zu Depressionen. Ziel der Beschäftigungstherapie ist die Ablenkung, wobei die Behandlung in der Bettphase einsetzen sollte und später auch als Gruppentherapie durchgeführt werden kann.

Nierenerkrankungen

Als Nierenerkrankungen im Alter finden sich vorwiegend Nephrosklerosen und Schrumpfnieren. Ihnen ist eigentümlich, daß sie die harnpflichtigen Substanzen nicht in ausreichender Menge ausscheiden können. Bei erhöhter Retension harnpflichtiger Substanzen im Blut kommt es sehr leicht zu Sensoriumstrübungen. Oft ist eine intermittierende Infusionstherapie erforderlich. Bei schweren Graden ist einer Peritonealdialyse oder die Anwendung einer künstlichen Niere zur Ausschwemmung der harnpflichtigen Substanzen vonnöten. Die Beschäftigungstherapie hat die Aufgabe, zwischen den einzelnen Dialyseprogrammen den Patienten von seiner Erkrankung abzulenken und ihn nach Möglichkeit durch Gruppenbeschäftigung vor einer Isolierung zu bewahren. Es kommen Maßnahmen der allgemeinen Beschäftigungstherapie, insbesondere das wiederholte persönliche Gespräch in Frage, eine genaue Abstimmung mit dem behandelnden Arzt ist erforderlich (s. Herzkranke).

Diabetes mellitus

Da diese Krankheit durch den medizinischen Fortschritt risikoärmer geworden ist, finden wir heute neben dem ausgesprochenen Alterdiabetes auch viele altgewordene Diabetiker vor. Die Beschäftigungstherapie hat als Aufgabe die Ablenkung, ferner die Aktivierung des Muskelstoffwechsels sowie das Einüben einer diabetischen Diät (im Zusammenwirken mit einer Diätassistentin). Für die zu entlassenden Diabetiker ist es notwendig, eine Selbstversorgung unter beschäftigungstherapeutischer Aufsicht zu proben. Hierunter fallen Auswahl der geeigneten Nahrungsmittel, Zubereitung der Nahrungsmittel, Abwiegen für jeden einzelnen pro Mahlzeit, Anordnung der Portionen.

Tumorleiden

Tumore im Alter wachsen meist sehr langsam. Der Tod des Menschen wird eher durch eine Herzinsuffizienz herbeigeführt und nicht direkt durch das Tumorleiden selber.

In den höchsten Lebensaltern kommen operative und röntgenologische Behandlungsmethoden meistens nicht mehr in Frage; durch ihr langsames Wachstum verursachen die Tumore relativ selten Schmerzen. Erst im präfinalen Stadium setzt ein rapider Abbau ein, und es können Schmerzen stärkerer Art auftreten. In der Vorphase besteht die Zielsetzung der Beschäftigungstherapie darin, den Patienten von seinem Krankheitserlebnis abzulenken, ihn vor einer Isolierung zu bewahren und durch Gruppentherapie in der Gemeinschaft zu halten.
Im wesentlichen kommen Maßnahmen der allgemeinen Beschäftigungstherapie in Frage. Darüber hinaus ist eine psychologische Hinwendung, freundlicher Umgang und der Ansporn zur eigenen Tätigkeit sinnvoll. Auch Tumorkranke im Alter haben noch eine ausgesprochene Gestaltungskraft und können ihre zwischenmenschlichen Bedürfnisse in der Hilfe für den Mitpatienten verwirklichen.

Beschäftigungstherapie als Maßnahme eines aufbauenden Trainings im Alter

Im Zusammenwirken mit der Krankengymnastik ist die kardiale Leistungsbreite aufzubauen. In der Einzeltherapie hat die Beschäftigungstherapie primär die Aufgabe, durch tägliche Steigerung des Leistungsvermögens die kardiale Leistungsbreite auszutesten und zu erweitern.
Am Anfang, d.h. in der Bettphase, stehen kurze, leicht durchzuführende Techniken, die nur die distalen Gelenke beanspruchen. Sie führen zu keiner körperlichen Kraftanstrengung und sollen den peripheren Kreislauf anregen. Treten keine kardialen Insuffizienzerscheinungen auf, so kann von Tag zu Tag die zeitliche Belastungsdauer gesteigert werden, aber auch der Intensitätsgrad des Arbeitens durch
- Einbeziehen auch der proximalen Gelenke,
- schwerer zu verarbeitendes Material (z.B. Peddigrohr),
- eine kompliziertere Technik.

Erst wenn der Patient zwei Stunden sitzen oder eine ausreichende Gehstrecke bewältigen kann, sollte er in die Gruppe übernommen und dort (allerdings ohne Leistungsvergleich) beschäftigt werden.
Holzsägen, Hobeln usw. eignen sich nicht, da bei dieser Funktion durch ruckartiges Pressen der intrapulmonale Druck steigen kann.
Während der Behandlung muß der Patient lernen, mit seinem Herzen ökonomisch zu leben, die Grenzen seiner Leistungsfähigkeit zu erkennen und sich ihnen anzupassen.
Das aufbauende Training muß münden in eine Selbsthilfe im Alter. Die Selbsthilfe muß folgendes umfassen:
- das Selbstessen, evtl. Mahlzeiten zubereiten,
- die Körperpflege,

– das An- und Ausziehen,
– das Haushaltstraining.

Über den Umgang mit Aphasikern im Alter

Die große Anzahl der sprachgestörten Apoplektiker macht es zur Pflicht, daß jede Medizinalperson sich über den Umgang mit diesen sprachgeschädigten Menschen Gedanken macht. Die Forschungen in der Logopädie bei Hochbetagten und bei Apoplektikern sind noch nicht soweit fundiert und abgeschlossen, daß sie als generelle Übungsregeln sowohl für den Arzt als auch für die Krankenschwester oder den Beschäftigungstherapeuten gelten können. Auch ein gezielter Einsatz voll ausgebildeter Logopäden ist noch im Experimentalstadium. Methodik und Erfolg ihrer Therapie sind noch nicht geklärt. Dennoch bleibt einem jeden von uns im Krankenhaus Tätigen die Pflicht, sich mit diesen durch Schlaganfall hervorgerufenen Aphasikern zu verständigen. Denn nur durch Verständigung erhält er das Leben eines Menschen; sein Leben bleibt menschlich. Aus langjährigen Beobachtungen und Erfahrungen sind hier einige Gedanken dargestellt, die gewisse Hilfen im Umgang mit Aphasikern bieten können.

Definition der Aphasie und ihre Ursachen

Aphasie ist zu definieren als eine durch Hirnschädigung hervorgerufene Störung der Sprache. Alle sprachlichen Teilfunktionen – wie Sprachverständnis, expressive Sprache, Wortfindung, Satzbau und Grammatik, Lesen und Schreiben – können von dieser Störung betroffen sein.
Eine Aphasie entsteht durch eine Schädigung der für Sprachleistungen verantwortlichen zerebralen Zentren in der dominanten, d.h. der überwertigen Hirnhemisphäre, so z.B. bei allen Rechtshändern in der linken Hemisphäre, bei den Linkshändern in der rechten Hirnhälfte. Hinsichtlich der Entstehung nehmen Hirngefäßerkrankungen mit den Folgen des Schlaganfalls die erste Stelle ein. Es folgen Hirntraumen, Hirntumoren, entzündliche und hirnatrophische Prozesse. Aphasien als Störungen im Sprachsystem können bei völlig unversehrten Sprechwerkzeugen, also der Sprachmuskulatur, auftreten und müssen klar abgegrenzt werden von den Sprachstörungen im Sinne von Artikulationsstörungen. Letztere faßt man unter dem Begriff der Dysarthrien zusammen.

Aphasieformen

Aufgrund der Ausprägung oder Kombination von Einzelsymptomen lassen sich in der Gesamtheit der aphasischen Störungen mehrere Syndrome mit im wesentlichen gleichbleibenden Charakteristika erkennen. Aufgrund dieser Tatsache kann man mit einiger Sicherheit eine unterschiedliche Lokalisation der Läsion in der sprachdominanten Hirnhälfte feststellen. Für den therapeutischen Alltag genügt es, wenn man *fünf klar voneinander abgrenzbare Formen aphasischer Störungen unterscheidet:*

1. Motorische Aphasie = Broca-Aphasie,
2. sensorische Aphasie = Wernecke-Aphasie,
3. amnestische, Aphasie,
4. globale oder gemischte Aphasie,
5. Leitungsaphasie oder Aphasie mit Nachsprechstörungen.

Zunächst muß man ausdrücklich darauf hinweisen, daß bei allen Aphasiearten mehr oder weniger stark *ausgeprägte Sprachverständnisstörungen* zu finden sind. In der früheren Literatur findet man noch häufig Einteilungen in rezeptive Störungen, d.h. Störungen des Sprachverständnisses und expressive Störungen, d.h. Störungen der sprachlichen Ausdrucksfähigkeit. Dieses entspricht nicht den tatsächlichen Sachverhalten im Alter. Bei jeder Aphasie finden wir ganz typische Störungen der expressiven Sprache. Auf diese Charakteristika der expressiven Sprache gründet sich in erster Linie die nachfolgend beschriebene Einteilung nach W. Bailo.

Motorische Aphasie = Broca-Aphasie

Sie ist benannt nach Broca, der 1861 erstmals diese Sprachstörung beschrieb und sie dem entsprechenden zerebralen Zentrum zuordnete.
Diese Kranken können kaum spontan sprechen oder nur in Phrasen ein bis zwei Wörter mühsam abgehackt hervorbringen. Sie sprechen mit übergroßer Anstrengung. Rhythmus und Sprachmelodie sind stark beeinträchtigt. Diese motorische Aphasie ist nahezu immer mit einer *artikulatorischen Störung,* einer *Dysarthrie* verbunden. Sie zeigt aber auch andere wesentliche inhaltliche Störungen, z.B. in Grammatik und Satzbau, die oft völlig außer Kontrolle geraten. Die Struktur der Sätze ist auf die nötigsten Substantive, Verben und Adjektive beschränkt. Diese werden hauptsächlich nur in ihrer Grundform verwendet.
Sogenannte grammatikalische Funktionsformwörter fehlen. Man spricht dann von *Agrammatismus* oder *Telegrammstil.* Die hervorgebrachten Wörter sind oft durch *Wortauslassungen* oder *Verwechslungen* oder *Wiederholungen* entstellt. Dieses nennt man *phonematische Paraphasie* (früher: literale Paraphasie). Ein Patient mit einer solchen motorischen Aphasie mag beispielsweise statt Katze = Tasche, Tusche oder auch Lasche sagen. Die Kontrolle der eigenen Sprache ist meist sehr gut, d.h. *die Kranken bemerken ihre Fehler.* Sie bemühen sich, dieselben zu korrigieren. Aber dadurch, daß sie ihre Fehler erkennen, erregen sie sich über ihre Fehler, so daß es sehr leicht zu Blutdrucksteigerungen oder auch als Reaktion zu Depressionen und erst recht zum „Wortsalat“ kommen kann. Das *Sprachverständnis,* auch gegenüber dem Gesunden, ist schon in einem normalen Gespräch *merkbar beeinträchtigt.*

Sensorische Aphasie = Wernecke-Aphasie

1874 beschrieb Wernecke diese Aphasieart. Sie ist durch eine ausgeprägte *Sprachverständnisstörung* charakterisiert. Ausgesprochene Fehlleistungen finden sich in der expressiven Sprache. Die Kranken sprechen spontan sehr viel, flüssig und mit guter Artikulation auch mit normaler Sprachmelodie und ungestörtem Rhythmus. Sie verwenden alle Wortarten und vor allem sehr viele *nichtssagende Füllwörter.* Ihre Rede ist aber durch zahlreiche Paraphrasien entstellt, welche die Kranken meist nicht bemerken und zu korrigieren versuchen. Dieses führt im Extremfall dazu, daß der Gesprächspartner das Gesagte nur erahnen kann. Bei der sensorischen oder Wernecke-Aphasie werden viele Wörter unserer Sprache gebraucht, aber nicht in sinnvollem Zusammenhang, sondern meist grob vom Zielwort abweichend. So kann eine Tasse auch als Pfeife oder Brille bezeichnet werden. Im Dialog mit diesen Wernecke-Aphasikern kann man Fragen, Ausrufungen oder Feststellungen nur erahnen, da der Inhalt im einzelnen kaum zu verstehen ist. Es hat nicht selten den Anschein, als ob die Gesprächspartner verschiedene Sprachen sprächen und sich wechselseitig nicht verständen.
Neben den Paraphrasien kommt es bei der sensorischen Aphasie häufig zur *Perseveration,* d.h. Wortwiederholungen. Ein weiteres Phänomen zeigt sich in einer Überproduktion mit Anhängen von Silben am Ende eines Wortes. Die *Kontrolle der eigenen Sprache ist bei sensorischen Aphasikern immer gestört* bis gänzlich aufgehoben. Sehr oft besitzen die Kranken *keinerlei Einsichtsfähigkeit und Kritik für ihre Störungen.* Dadurch gestaltet sich der Umgang mit ihnen besonders schwierig. Jedoch kehrt das Sprachverständnis, das anfangs sehr stark beeinträchtigt war, im Laufe der Rehabilitation meist eher zurück als die Sprachkontrolle.

Amnestische Aphasie

Patienten mit dieser Sprachstörung können gut artikulieren, sprechen meist flüssig, auch mit normaler Geschwindigkeit und längeren Phasen von vier bis sechs Wörtern. Sprachrhythmus und Sprachmelodie sind erhalten, Grammatik und Satzbau kaum gestört. Im Vordergrund stehen jedoch *Wortfindungsstörungen* bzw. *Benennungsstörungen,* die ihnen bewußt werden. Die *Nichtverfügbarkeit der Begriffe* führt zu einer unpräzisen Sprache. Die Patienten bemerken dieses, erregen sich und versuchen durch Umschreibung oder allgemeine Redewendungen das Gespräch fortzuführen. Die Umschreibung des fehlenden Begriffes kann durch eine Angabe des Verwendungszweckes deutlich gemacht werden, z.B. für einen Kirchturmhahn sagt ein Patient: Kikiriki – oder für einen Türschlüssel sagt er: Tür – oder anstelle Zahnbürste zeigt er auf den Mund im Sinne des Zähneputzens. Anamnestische Aphasiker können z.B. auch eine Tasse als Becher oder Glas bezeichnen. Sie können in der Gesellschaft etwas anstößig wirken, wenn sie sagen wollen, sie haben die und die Dame gekannt – aber stattdessen sagen, sie haben sie gehabt. Von großer Bedeutung ist die Reaktion der gesunden Zuhörer auf solche Fehlleistungen.

Globale oder gemischte Aphasien

Dieses sind die schwersten Formen der Aphasie, denn sie beinhalten Züge der *motorischen Aphasie* mit großen Sprechstörungen und *schweren Artikulationen,* ferner *Agrammatismus, Störung des Rhythmus* und der *Sprachmelodie.* Ferner kommt hinzu *grobe Verständigungsstörung* und *eine eigene schlechte Sprachkontrolle.* Meistens sind vorhanden Automatismen, die ständig ohne Sinnzusammenhang verwendet werden. Die Konversation ist äußerst erschwert und wird meistens von Automatismen wie sisisi, jajaja, eueueu, nanana bestritten. Die Patienten haben aber nicht selten den Eindruck als würde der Gesprächspartner sie verstehen.

Leitungsaphasie oder Aphasie mit Nachsprechstörungen

Dieses ist eine sehr seltene Aphasieart, insbesondere auch bei Apoplektikern sehr selten. Das Nachsprechen ist gestört, dagegen sind Sprachverständnis vorhanden. Es kommt allerdings auch nicht selten zu einer *Störung der Spontansprache.*
Diese, im Vorstehenden genannten Aphasien lösen zwei sehr wichtige Reaktionen aus: Einmal beim Patienten selber, zweitens beim Mitpatienten oder Therapeuten, Schwester und dergleichen. Die dadurch ausgelösten psychischen Phänomene sind von entscheidender Bedeutung für die Rehabilitationsfähigkeit. Sie sind Folge dieser durch eine Hirnschädigung hervorgerufenen Aphasien und sind nicht selbständige psychische Phänomene, die neben der Aphasie durch den Schlaganfall hervorgerufen worden sind (s. Tab. 1).

Psychische Störungen bei Aphasikern gleich welcher Genese

Wir müssen davon ausgehen, daß jeder Aphasiker ein Hirnverletzter ist – sei es durch einen Unfall, durch einen Hirnschuß oder durch eine Apoplexie; das heißt: er leidet nicht an einer isolierten Störung der Sprache, sondern zusätzlich an Beeinträchtigungen, wie man sie allgemein auch bei Hirnverletzten findet. Diese zusätzlichen seelischen Störungen sollten beim Umgang mit diesen Patienten stets Berücksichtigung finden, wenn man diesen Kranken gerecht werden und ihre Reaktionen richtig verstehen will. *Die psychischen Beeinträchtigungen lassen sich in zwei Gruppen gliedern:*
I. psychische Funktionsausfälle im Leistungsbereich *und*
II. seelische Störungen im Antriebs- und Affektbereich.
Zu I: Im Leistungsbereich fällt auf, daß ausgeprägte *Merk- und Gedächtnisstörungen* vorhanden sind. Während das Altgedächtnis noch

Tabelle 1. Aphasien.

Motorische Aphasie (Broca 1861)	Sensorische Aphasie (Wernecke 1874)	Amnestische Aphasie	Globale oder gemischte Aphasie	Leitungs-Aphasie mit Nachsprechstörungen
expressiv	expressiv und rezeptiv	expressiv	expressiv	expressiv
Sprachverständnisstörung	Sprachverständnisstörung	Sprachverständnisstörung	Sprachverständnisstörung	Sprachverständnisstörung
Dominante Hirnhälfte, keine Spontanansprache oder mühsam 1–2 Worte, artikulatorische Dysarthrie, Verben fehlen, Telegrammstil, Wortauslassungen, Verwechslungen, Wortsalat	nichtssagende Füllwörter, Paraphrasien, Wortwiederholungen, kein sinnvoller Zusammenhang, Tasse-Brille-Pfeife, Sprachverständnis kehrt öfter zurück als Sprachkontrolle	Wortfindungsstörung, Benennungsstörung, Nichtverfügbarkeit der Begriffe, Hahn-Kikeriki, Tasse-Becher-Glas, Zahnbürste-putzen	schwerste Form, motorisch und sensorisch, schwerste Verständigungsstörung, Automatismen wie: si, si-, si -si, eu-eu-eu	selten, Nachsprechen gestört, Störung der Spontansprache
Eigenkontrolle: vorhanden	Eigenkontrolle: fehlt	Eigenkontrolle: vorhanden	Eigenkontrolle: schlecht	Eigenkontrolle: vorhanden

nahezu intakt ist, ist dagegen das Einprägen neuer Merkinhalte erschwert. Ferner leiden diese Kranken unter einer herabgesetzten Fähigkeit, sich über einen längeren Zeitraum zu *konzentrieren*. Sie sind wenig *belastbar* und *ermüden vorzeitig*. Die Auffassung ist verzögert, das seelische Tempo meist enorm verlangsamt. Apoplektiker mit einer Aphasie können ebenso wie Hirnverletzte sich nur schwer von einem Gedankengang auf einen anderen umstellen. Sie reagieren wenig flexibel und sehr starr.

Zu II: Die seelischen Störungen betreffen vorwiegend den *Antriebs- und Affektbereich*. Sie werden unter dem Begriff *organische Wesensveränderungen* zusammengefaßt. Man findet sowohl eine *Verarmung des psychischen Antriebes, herabgesetzte Initiative* bis zur hochgradigen Apathie und *Lethargie*. Viele Kranke sind in ihrer emotionalen Erlebnisfähigkeit und affektiven Ansprechbarkeit reduziert. Nicht selten zeigen sie deutliches Desinteresse gegenüber ihrer Krankheit, der kranken Körperhälfte, der Familie, ihrer beruflichen oder persönlichen Perspektive. Man findet aber auch nicht selten bei einer mangelnden Krankheitseinsicht eine *Euphorie* mit gehobener Stimmung ohne Tiefgang. Andere Patienten dagegen sind überempfindlich, *affekt- und stimmungslabil* und leiden unter dem Zwang zum Weinen ohne sichtlichen Anlaß. Sie sind rührselig und reagieren bei Kleinigkeiten aufgeregt und gereizt. Selbstverständlich finden wir auch bei diesen Apoplektikern depressive Verstimmungsreaktionen. Bei keiner Sprachstörung beschränkt sich die Therapie allein auf die Behebung des Fehlers. Hinzukommen muß die Prophylaxe und die Behandlung der sekundären Schäden im zwischenmenschlichen Bereich. Dieses setzt nicht nur Kenntnisse über das Zustandekommen der Störungen bei den Patienten voraus, sondern ebenso Wissen über das Verhalten seiner Kommunikationspartner, die den Patienten sprechen hören, das Gehörte verstehen oder nicht verstehen, es interpretieren und daraus Rückschlüsse auf die Persönlichkeit des Sprechers ziehen. Schließlich wählen auch die Mitpatienten, Schwestern und Ärzte Formen der sprachlichen Verständigung mit diesen Kranken. Nicht nur Art und Schwere der Sprachstörungen beeinflussen die Reaktion der Umwelt, sondern ebenso wirken diese wiederum auf das sprachliche Verhalten des Sprachgestörten zurück. Bei der Kommunikation mit derartigen Kranken sollte man sich stets zwei Dinge vor Augen halten:

- Ein Sprachgestörter ist weder infantil noch schwachsinnig, oft noch nicht einmal eindeutig intellektuell abgebaut.
- Der Verlust der Sprache gehört zum Schlimmsten, was einen Menschen treffen kann. Ihm wird nicht nur dadurch die Möglichkeit genommen sich anderen mitzuteilen, sondern infolge seiner Sprachstörung ist er besonders massiven Vorurteilen und Fehleinschätzungen anderer Mitpatienten, Ärzten und Schwestern ausgeliefert. Man sollte deswegen Verständnis aufbringen, wenn Aphasiker resignieren, depressiv oder aggressiv reagieren. Man sollte sie aber nicht bemitleiden;

dieses tun die Angehörigen schon zur Genüge. Aphasiker werden am besten gefördert, indem sie in ihrer Selbständigkeit gefördert werden.

Diese Kranken sollten immer wieder aufgefordert werden – auch wenn sie halbseitig gelähmt sind –, alles das allein zu tun, wozu sie annähernd selbständig ohne Gefährdung für sich selbst in der Lage sind (Brille aufsetzen und absetzen, vom Stuhl aufstehen oder Heruntergefallenes aufheben usw.). Nach über 20jährigem Umgang mit sprachgeschädigten Apoplektikern erscheinen mir folgende Gedankengänge von Bedeutung:

Wir sollten die Sprachgestörten, wo immer es geht, zum Sprechen ermuntern, indem wir so oft wie möglich in sprachlichen Kontakt zu ihnen treten und wir sie immer wieder mit der Sprache konfrontieren. Jedoch sollten wir dabei stets bedenken, daß fast alle Aphasiker Sprachverständnisstörungen haben. Daher ist es wichtig, sich immer zu vergewissern, ob der Kranke auch verstanden hat. Zu diesem Zwecke sollten unterstützende Hilfsmittel wie Gesten, Zeichnungen, schriftliche Mitteilungen (z.B. wenn der Patient besser lesen als sprechen kann) benutzt werden. Will man beispielsweise mit ihm einen Termin vereinbaren, so erkläre man ihm an einer großen Uhr, an der er deutlich die Zeiger erkennen kann oder an einem Kalender, das, was man von ihm will, schreibe ihm den Termin auf einen Zettel und gebe ihm diesen in die Hand. Niemals sollte vergessen werden, das reduzierte Tempo des Kranken einzubeziehen. Wer selbst in Eile ist, der ist ein schlechter Therapeut. Nehmen wir Kontakt mit diesen Patienten auf, so müssen wir selbst innerlich ruhig sein, genügend Zeit mitbringen, ihm uns offen, d.h. Auge in Auge zuwenden, so daß er in jedem Fall noch eine Hörkontrolle durch Ablesen von unseren Lippen übernehmen kann. Beim Sprechen selbst müssen wir das Gespräch langsam führen, ihm genügend Zeit lassen, das Gesagte zu verstehen und eine Antwort zu überlegen. Nur so bringen wir den Kranken in die Lage, das in der Therapie mühsam Erlernte auch anzuwenden. Er wird sofort resignieren oder aggressiv reagieren oder sogar jeden Sprachversuch einstellen, wenn wir nicht mit Geduld und totaler Zuwendung auf ihn eingehen. Langsames Sprechen mit natürlichem Tonfall ist wichtig, also nicht überpointiert, denn gerade letzteres beeindruckt den Patienten leicht im Sinne eines Leistungsdruckes und führt zu einer psychischen Sperre, so daß er überhaupt nichts mehr versteht. Daher geben kurze Sätze und knappe, aber präzise Informationen die beste Verständigungsmöglichkeit. Das Gespräch sollte nicht mit Alternativfragen geführt werden. Man sollte langsam aber beständig den Patienten zur Satzbildung anregen und sich deutlich bemühen, daß seine Antworten nicht nur aus ja oder nein bestehen.

Von besonderer Bedeutung ist das Sprechen mit den Aphasikern abseits von Lärm und Unruhe, etwa außerhalb eines großen Krankenzimmers, wo sie durch viele Umstände irritiert sind. Wesentlich ist, sich ihm selbst

total und ohne Hetze widmen zu können, wobei sich der Kranke setzen sollte.
Jeder Therapeut sollte genau und geduldig zuhören, den Patienten ernst nehmen und ihm nicht ins Wort fallen; auch nicht in der falsch verstandenen Absicht ihm zu helfen, wenn er gerade im Begriff ist, das entsprechende Wort auszusprechen. Es gibt Gelegenheiten, wo der Kranke nicht weiter weiß und der Therapeut seine Intension halb erraten hat, dann ist es sinnvoll, gezielte Fragen zu stellen, auf die der Patient nur mit ja oder nein antworten muß. Es ist immer sinnvoll, das vom Patienten Gesagte durch den Therapeuten nochmals zusammenfassen zu lassen, etwa in dem Sinne, daß man sagt: habe ich Sie so richtig verstanden? Hierdurch beugt man Mißverständnissen vor und ermuntert auch den Patienten zur eigenen Sprache oder Gestik, zum Schreiben oder Zeichnen. Bei sprachgestörten Apoplektikern scheint mir besonders der Hautkontakt zusätzlich zur verbalen Kommunikation von Bedeutung zu erscheinen. Das Geben der Hand, das Streicheln über die Stirn sind Zeichen der zwischenmenschlichen Annahme und der Ermunterung, des Trostes und der Aufforderung. Keine Sprechmaschine kann einen Apoplektiker zum Reden bringen, sondern nur ein Mensch, der sich dem Kranken wirklich zuwendet.

Aphasiebehandlung im Alter

I. Der alte Patient ist weder infantil noch schwachsinnig. Daher muß er immer als erwachsene Persönlichkeit behandelt werden.
II. Aphasiker sollten mit verträglichen (nicht dominierenden) Patienten zusammengelegt werden, die viel und ermunternd mit ihm sprechen (Einzelzimmer bedeuten Sprachtod).
III. Bei gezielten Sprachübungen sollte nach Möglichkeit der Patient mit dem Therapeuten allein sein.
IV. Die beste Therapiebrücke sind: Augenkontakt – Hautkontakt (beruhigende Berührung).
V. Eine Aphasieprüfung nach Schema ist zu Anfang der Behandlung sinnlos, später kann es zur graduellen Beurteilung des Rehabilitationserfolges angewandt werden. Es sollte jedoch niemals zu statistischen Zwecken benutzt werden.
VI. Bei Lähmungen der Schreibhand ist von Anfang an eine Schreibumschulung auf die gesunde Seite mitanzustreben.
VII. Eine gezielte Sprachtherapie durch Therapeuten sollte schon in der „Bettphase" beginnen. Diese sollte sich im wesentlichen nach folgendem Aufbau richten:
   1. Begrüßung mit „Guten Tag", Handgeben, dabei in die Augen sehen.
   2. Therapeut sollte sich setzen, damit Patient nicht „aufschauen" muß.
   3. Therapeut sollte sich vorstellen, sagen, daß er regelmäßig täg-

lich (möglichst zur selben Uhrzeit) wiederkommt, um sich mit ihm zu unterhalten.
Zur besseren Vertrauensaufnahme muß man sich Zeit mitbringen, nicht selbst in Eile sein, Beruhigung ausstrahlen, evtl. als Geste das Gesicht des Patienten abtrocknen oder zu trinken geben.

4. Täglich aus der Tageszeitung Überschriften vorlesen, damit der Patient „aktuell" bleibt. Dieses fördert auch das „Erwachsenbleiben".
5. Die gesunde Hand des Patienten sollte man zur Kontrolle des Verstandenhabens einsetzen. „Danke, Sie haben mich verstanden". Oder: „Danke, Sie haben das gut gemacht".
6. Am Anfang der Therapie steht das Benennen von Gegenständen im Patientenzimmer (d. h., was er sieht) und das Angeben ihrer Gebrauchsbestimmung. Später läßt man den Begriff auch mit der gesunden Hand schreiben. Stößt man beim Erkennen auf Widerstand des Patienten oder Unvermögen, so sollte immer eine augenärztliche Untersuchung Augenerkrankungen, z. B. eine durch Schlaganfall bedingte Hemianopsie oder ein Glaukom, ausschließen. Gelegentlich gibt es auch erblindete Apoplektiker.
7. Sobald Ermüdungserscheinungen auftreten, sollte die Therapie für den Tag beendet werden. Dabei loben, streicheln, Handgeben zum Abschied.
8. Der alte Mensch darf nie das Gefühl haben, daß er wie ein Kind „verschaukelt" wird. Rechenübungen sind nur bedingt sinnvoll, da ein Apoplektiker selten wieder geschäftsfähig wird.
9. Es hat sich bisher in zwanzigjähriger Praxis gezeigt, daß nicht mehr das Sprechen und das Sätzebilden geübt werden sollten, sondern durch Einprägung neuer Engramme oder Wiedererweckung verschütteter Begriffe des täglichen Lebens das spätere Sprechen als Kontaktmittel vorbereitet werden muß. Der Patient soll sich verständigen lernen und nicht primär sprechen im klassischen Sinne.
10. Man soll durch Begriffe-Sprechen oder durch Begriffe-Schreiben ihm den Kontakt zur Umwelt ermöglichen helfen. Zu diesem Zweck ist es notwendig, immer daran zu denken, daß infolge des Insultes
    a) der Patient den „Hirnschock" überwinden muß,
    b) Lebensmut entwickeln muß trotz organischer Wesensveränderungen;
    c) Stimmungslabilität medikamentös behandelt werden sollte;
    d) durch Aufforderung soviel Verrichtungen des täglichen Lebens beizeiten selbst zu üben (Fördern durch Fordern!) sind;
    e) die tägliche Leistungsmöglichkeit des Patienten durch Herz-

insuffizienz, Coronarinsuffizienz, Blutdruckschwankungen, Obstipation oder volle Blase sehr schwankend ist.

f) Bevor der Therapeut den Patienten besucht, sollte er sich bei der Stationsschwester nach der Nachtruhe oder dem sonstigen täglichen Befinden erkundigen und danach Dauer und Intensität der täglichen Therapie richten. Oft kann es geraten sein, keine Sprachübungen zu machen, sondern dafür gemeinsam Musik, die entspannt, zu hören.

11. Erst wenn sich das Vertrauen zwischen Patient und Therapeut stabilisiert hat, kann man zu Heidelberger Sprachspielen, Bildbeschreibungen, Ravensburger Spiele, Lese-Memory übergehen sowie Begriffsbestimmungen mit alphabetisch geordnetem Anschauungsmaterial, Zuordnung von Artikeln und Substantiven zu Tätigkeitsworten üben.
    Man kann auch später durch Maria-Montessori-Material die Eigenkritik trainieren.
12. Recht früh läßt sich durch den Rhythmus des Singens oder Aufsagens von Gedichten aus der Jugendzeit (Altgedächtnis) den Sprechanstoß fördern. Lieder und Gedichte sollten nicht sentimental sein, da sie die Psycholabilität beeinflussen.

Zum Abschluß möchte ich betonen, daß es wegen der verschiedenen Aphasieformen, ihrer Kombinationsmöglichkeit, wegen des Herz- und Kreislaufbefindens des Patienten immer unterschiedliche Grade des Rehabilitationserfolges geben wird.
Das Rehabilitationsziel ist meines Erachtens dann erreicht, wenn der Patient sich wieder mit seiner Umwelt verständigen kann. Das „wie" ist dabei unwichtig. Dieses bedeutet aber auch
1. eine völlige Umschulung unseres gesamten Krankenhauspersonals,
2. ein Miteinbeziehen der Angehörigen.

Beide Personengruppen können die Rehabilitation auf Dauer nicht nur erschweren, sondern in Frage stellen.
Zur eigenen Erfolgsbeurteilung, diagnostischen Sicherheit oder auch diagnostischen Korrektur kann der anliegende Bogen der Aphasieprüfung dienen. Er ist aber nur ein Hilfsmittel.

Kritik an einigen Arbeitshilfen für Aphasiker nach Apoplexie

Echte Hilfsmittel für ältere Menschen bei der Therapie sind hier bisher nicht bekannt (das muß nicht bedeuten, daß es sie anderorts nicht gibt). Die Heidelberger Sprachspiele sind z.T. für Kinder ab 3. Lebensjahr zusammengesetzt. Das dort gebotene Material ist gut, wenn sehr starkes Vertrauen zwischen Patienten und Therapeuten aufgebaut worden ist. Es ist auch geeignet bei Artikulationsstörungen. Bildbeschreibungen mit Lebensbezug für ältere Menschen, die ein Erkennen, ein Farburteil und eine Aussage ermöglichen, sind mir nur für Kinder bekannt.

Ravensburger Spiele: „Sehen und begreifen" sind sowohl für die Einzel- als auch Gruppentherapie geeignet.
Ravensburger Spiele: Hören – Was ist das?
In Kombination mit einer Schallplatte oder Kassette sind sowohl als Einzeltherapie wie auch für die Gruppe geeignet zum Erkennen von Geräuschen (Geräuschkulisse des täglichen Lebens).
Das Ravensburger Lese-Memory ist auch geeignet für Einzel- und Gruppentherapie.
Zur Prüfung und Training von Syntax eignet sich teilweise das Anschauungsmaterial aus dem Leselehrgang des Pädagogischen Seminars Berlin (1971), obwohl es für Kinder gedacht ist. In diesem Anschauungsmaterial finden sich auch Vorlagen für Betriebsbestimmungen mit alphabetisch geordnetem Anschauungsmaterial. Fotokopien eignen sich nicht für Aphasieschulungen. Dieses sowohl der relativ bedingten altersgemäßen Sehschwäche wegen als auch der mangelhaften Farbigkeit.

Allgemein-geriatrischer Indikationskatalog

Funktionelle Behandlung bei Alterskranken

a) Grobmotorik

Ziel: Koordination zwischen oberer und unterer Extremität und den Extremitäten untereinander.
Bei Ausfall einer Extremität umtrainieren auf die gesunde Seite; Kräftigungsübungen der geschwächten oder ausgefallenen Muskulatur. Mobilisationsübungen der eingeschränkten Gelenksbeweglichkeit. Ausbildung bimanueller Fähigkeiten, Ausbilden von Ersatzfunktionen durch Ausnutzung von Ausweich- oder Trickbewegungen.
Therapiemittel: Funktionelle Webübungsplätze. Material wie Holz, Metall, Stein, Ton, Gips. Bimanuelles Malen.
Therapieform: Einzel- sowie Gruppentherapie. Zunächst Einzelbehandlung, um den Patienten kennenzulernen und auf ihn individuell eingehen zu können. Der Patient hat dabei die Möglichkeit, das Material und sich selbst im Umgang mit demselben zu erleben.
Unter grobmotorischen Übungen versteht man einen fließenden Bewegungsablauf unter Einbeziehung des ganzen Körpers. Man erreicht dies durch Benutzen funktioneller Webgeräte, wobei ein rhythmisches Einsetzen von oberer und unterer Extremität gegeben ist. Ferner durch gezielte Bearbeitung oben aufgeführter Therapiemittel im Stehen.

b) Feinmotorik

Ziel: Beherrschen der Augen – Hand – Koordination.
Beherrschen fließender Bewegungen im Bereich der Arme und Hände. Koordination der Finger untereinander. Beüben der Schreibfähigkeit.

Therapiemittel: Funktionelle Steckspiele (Solitär, Mensch-ärgere-Dich-nicht usw.). Arbeiten mit folgenden Materialien: Pappe, Peddigrohr, Perlen, Draht, Wolle, Papier, Mosaiksteine, Näh- und Schreibmaterial, Pinsel, Farben, Ton, Teig, Klavierspielen.
Therapieformen: Einzel- und Gruppentherapie.
Die Behandlung kann bereits in der Bettphase beginnen, um den Patienten zu aktivieren. Sie kann später in entsprechenden Therapieräumen weitergeführt werden.

c) Selbsthilfetraining

Ziel: Wiedergewinnung und Erhaltung größtmöglicher Selbständigkeit im persönlichen Bereich, u. U. mit Hilfsmitteln oder einer Hilfsperson. Unter dem Ziel versteht man dabei nicht unbedingt die Rückführung in den gewohnten häuslichen Bereich, sondern unter bestimmten Voraussetzungen auch die Einführung in eine andere adäquate Umgebung (Altersheim, Altenwohnheim).
Therapiemittel: Intensives Training von An- und Ausziehen, Körperpflege, Essen, Schreiben, Haushaltsführung (Einkaufen, Kochen, Abwaschen, Putzen, Betten machen), Verhalten im Straßenverkehr.
Therapieform: Selbstpflege und Hygiene in Einzeltherapie, Gruppentherapie nur beim Kochen und Baden, nachdem einzeln durchgetestet wurde.

d) Geistig intellektuelles Training

Ziel: Erhaltung des Altgedächtnisses, Training des Neugedächtnisses, zeitliche und örtliche Orientierungsfähigkeit, gezieltes vorausschauendes Planen und Organisieren bestimmter Handlungen.
Therapiemittel: Training der Merkfähigkeit, der Konzentration, der Orientierung durch handwerkliche Techniken, Zeichnen, Schreiben, Nacherzählen, Konzentrationsspiele, Interessenausbau.
Therapieform: Einzeltherapie, Spiele in Gruppen.
Es ist wichtig, den Patienten nicht zu überfordern, da ihm sonst Gedächtnis- und Merkstörungen bewußt werden und Anlaß zu depressiver Verstimmung geben können.

e) Sinnvolle Freizeitgestaltung und Hobbyfindung

Ziel: den alten Menschen vor Isolation bewahren, Freude am Aktivsein, Erhalten des Selbstwertgefühls.
Therapiemittel: Pflege von Sozialkontakten, Besuch von Veranstaltungen, Bilden von Kommunikations- und Interessengruppen, Anbieten von Kursen. Einbeziehung der offenen Altenhilfe und der Altentagesstätten bzw. Altenzentren.
Therapieform: Unbedingt in Gruppen.

f) Psychische Behandlung

Ziel: Psychische Stabilisation, Motivation, Aktivität, Freude am Dasein.
Therapiemittel: Jede Fähigkeit, an der der Patient Interesse und Freude hat und die ihm ein Erfolgserlebnis vermittelt.
Therapieform: Bei jeder Behandlungsart sollte je nach Stimmungslage der Patienten entsprechend auf die Psyche eingewirkt werden.
(Entnommen aus: Beschäft.-Ther., Rehabil. 3/1976.)

Geriatrische Beschäftigungstherapie in der offenen Altenarbeit

In den letzten 10–15 Jahren hat sich unter dem Motto: „Tätiger Lebensabend" eine Vielfalt von Aktivitäten älterer Menschen entwickelt. Diese Aktivitäten bestätigen dem Senioren, daß er noch „dabei" ist, daß er noch ein Recht auf Begegnung hat, daß er berechtigt ist, sich seinen Teil vom Leben noch zu nehmen. Diese Teil- und Anteilnahme von vielen älteren Menschen selbst wird von Wissenschaftlern aller kommunikativen Bereiche als eine Präventive gegen Vereinsamung, progressives Altern, als Erhaltung der Lebensfähigkeit und Lebensqualität gesehen. Diese Aktivitäten werden in zunehmendem Maße nicht nur von alleinstehenden älteren Personen, sondern auch von Ehepaaren gesucht.
Die Bewußtseinslage unserer älteren Mitbürger ist weithin anders als noch vor 20 Jahren. Wenn sie auch schon pensioniert sind, wollen sie doch auf ihre Art noch „dazugehören". Diesem Trend in der Lebensauffassung älterer Mitbürger auf Lebensqualität und Forderungen an den Lebensabend (dem dritten Leben) hin kommt immer mehr Bedeutung zu, auch deshalb, weil er von präventiver Bedeutung ist.
So haben sich weithin in fast allen Landschaften Deutschlands Begegnungsstätten für alte Menschen gebildet, die teils als lose Zusammenschlüsse, teils im Rahmen der Volkshochschulen, der Kirchen, kommunaler und sozialer Einrichtungen oder in der offenen Altenarbeit der Wohlfahrtsverbände tätig sind. An dieser Stelle muß auf die Pionierarbeit der „Lebensabendbewegung e.V., Kassel" hingewiesen werden.
Mit viel „good will", Engagement und Gottvertrauen hat sich eine mannigfaltige Fülle „Tätigseins" entwickelt, die auch von dem geriatrisch tätigen Arzt als eine besondere Form der Therapie bzw. der Beschäftigungstherapie anerkannt werden muß.
Im Rahmen dieser Aktivitäten wird es noch lange Zeit dauern, bis ausgebildete Beschäftigungstherapeuten für den Bereich der offenen Altenhilfe zur Verfügung stehen. Gerade deswegen soll aber durch diese Ausführungen auf die besondere Problematik hingewiesen werden und denen, die in diesem Bereich schon tätig sind, eine „Hilfe" dargeboten werden. Das Ziel der Beschäftigungstherapie in der offenen Altenarbeit, sei es in Se-

niorenzentren, Altenheimen, Altentagesstätten oder anderen Begegnungseinrichtungen, gilt dem körperlichen und geistigen „Fitbleiben", der Erlebnisfähigkeit, der Übung und der Kreativität sowie dem Gemeinschaftserlebnis. Hier ist es gerade die Beschäftigung in der Gruppe und mit einer Gruppe, welche die Aktivitäten des täglichen Lebens alternder Menschen fordert und damit fördert. Es wird vorgebeugt:

- den Orientierungsstörungen,
- den Auffassungsstörungen,
- den Konzentrationsstörungen,
- der Neigung zum eingeengten Denken,
- der Neigung zum beginnenden Autismus, d.h. zur Zurückgezogenheit zu sich selber bei mangelndem oder fehlendem Umweltkontakt.

Hierdurch wird auch im Alter Zwängen, Phobien, Hypochrondrie und Insuffizienzgefühlen vorgebeugt. Auch ein gesteigertes Selbstwertgefühl, überhöhter Leistungsanspruch, aber auch zu geringe Leistungsmotivation kann in geordnete Bahnen gelenkt werden.

Allgemeine beschäftigungstherapeutische Ziele sind

Entscheidungsprozesse und Auseinandersetzungen mit anderen Menschen im Sinne der Kontaktförderung herbeizuführen, Antrieb und Aktivität zu fördern, Tagesablauf zu strukturieren und zeitliche Orientierung zu üben, Interesse für neue Bereiche zu erwecken und die Aktivitäten des täglichen Lebens zu erhalten.

Alle beschäftigungstherapeutischen Möglichkeiten können auch im Alter eingesetzt werden:

Textilisches Gestalten, auch Töpfern und Weben sowie Flechten, Holzarbeiten, Metallarbeiten, Emaillieren, Schmuck herstellen, Nähen und Schneidern, bildnerisches Gestalten.

Der Verinnerlichung dienen: Lesen von Büchern zur Übung der Konzentrationsfähigkeit, der Merkfähigkeit und als Gedächtnistraining mit emotionaler Stimmungslage. Weiter auch Schallplatten hören, *die Kontaktanbahnung fördern* und Gemeinsamkeit beim Zusammenstellen von Musik bei Tanzfesten oder ähnlichem anstatt Auseinandersetzung in der Gruppe ermöglichen. Auch das Spielen eigener Instrumente ermöglicht die Kontaktanbahnung, bietet ein Ventil für Aggressionen und stellt eine sehr gute averbale Ausdrucksmöglichkeit dar. Bei Kaffeefahrten bietet sich ebenfalls die Möglichkeit der Kontaktanbahnung; ferner ist das Führen von nicht sachbezogenen Gesprächen ermöglicht; auch soziales Verhalten läßt sich hierbei fördern. Aufgelockerte Stimmung trägt zur allgemeinen Förderung des Gemeinschaftsgefühls bei solchen Fahrten bei. Dazu zählen auch die Tanzabende, die neben Auflockerung, Entspannung und Kontaktanbahnung auch die Grenze der physischen Belastbarkeit erfahrbar machen können. Tanzabende bieten einen guten Anreiz zur eigenen körperlichen Pflege; sie erfordern die Entscheidung hinzugehen, sich den „Rivalitäten" zu stellen und sich der Umwelt ggf.

anzupassen. Sich auseinanderzusetzen mit unbekannten Inhalten, eigene Beiträge zur Diskussion mit anderen zu liefern und sogar eigene Interessen gegen soziale Normen durchzusetzen, das sind die lohnenden Wagnisse, vor die jeder gestellt ist. Dieses führt zur Schaffung neuer Kommunikationsbereiche und ein Ansprechen neuer Interessen. Dieses insgesamt erhält vital. Auch Spielabende in Seniorengemeinschaften bringen Auflockerung und Spannung. Sie fördern nicht nur die Gemeinschaft, sondern sind auch ein Ventil für Aggressionen, sie schaffen Wettbewerbssituationen und damit Auseinandersetzungen in der Gemeinschaft, die kontrolliert ablaufen können. Sie geben *Mut zu anderen sozialen Rollen*, einem Rollenwechsel und üben gleichzeitig die Möglichkeit, die Öffentlichkeit zu ertragen, soziale Ängste zu überwinden, wie auch schlechthin auf sich selbst aufzupassen, insbesondere sich nicht gehen zu lassen. Ausflüge, Museumsbesuche sind möglich, da sie die Beschäftigung mit anderen Dingen fördern, da sie die „daily activity", z.B. fahren mit U-Bahn oder Bus, herausfordern. Man muß sich konzentrieren und engagieren lernen. Schwimmsport, Einzelausgänge, Spaziergänge sind vor allen Dingen ein gutes Training für die körperliche Leistungsfähigkeit. *Auch eine innere Unruhe,* eine motorische Unruhe kann durch Spazierengehen, Tanzabende, Bastelstunden, Spielabende, abreagiert werden. Im bildnerischen Gestalten ist Kreativität gefordert; hierfür eignen sich alle Formen der Beschäftigung mit Schmuck, Töpfern und Malen. Kreatives oder anderes sinnvolles Tun ist das beste Stimulans gegen Altersresignation.

Diese Formen der Beschäftigungstherapie sind sowohl als Einzel- als auch als Gruppenmaßnahme möglich. Sie trainieren die Belastbarkeit, Planungs- und Kritikfähigkeit, gewöhnen an Verantwortung in der Öffentlichkeit und führen zu Erfolgserlebnissen. Sie wecken und üben die oft im alten Menschen steckende Kreativität, gepaart mit spielerischer Phantasie. Sie fördern Kontakte, lockern auf und erhalten die „daily activities". Sie leiten die motorische Unruhe und Aggressionen ab und verschaffen Ablenkung.

Die therapeutischen Ziele der geriatrischen Beschäftigungstherapie in der offenen Altenarbeit sind also folgende:

1. Ablenkung, Entspannung, Auflockerung,
2. Erfolgserlebnis,
3. planvolles Handeln,
4. Durchhaltevermögen und Belastbarkeit,
5. Kritikfähigkeit,
6. Auseinandersetzungen mit neuen Inhalten,
7. Verantwortung,
8. Selbstdisziplin,
9. Kontaktförderung,
10. Auseinandersetzung in und mit der Gruppe,
11. Ertragen der Öffentlichkeit,
12. spielerische Phantasie und Kreativität.

In der Zeit der Freizeitgestaltung des „dritten Lebens“ bekommt das *Hobby* steigende Bedeutung. Ein kreatives Hobby befriedigt auch Kontaktbedürfnisse verschiedener Art. Insbesondere wird es auch möglich, den Lebensrhythmus kreativ zu unterbrechen. Das Bewußtsein „Man kann ja noch“ oder „Ich bin ja noch nicht so ausgebrannt, daß ich garnichts mehr kann, zu nichts mehr Nutze bin“ wird geweckt und gestärkt. Oft kommt es sogar noch im hohen Alter zu einer Arrondierung der Persönlichkeit durch kreative und künstlerische Aktivitäten.
Die soziale Aufgabe der Beschäftigungstherapie in der offenen Altenpflege besteht in der Förderung der Kommunikation und Selbstbestätigung. Es bietet sich Gelegenheit, die Isolation zu durchbrechen, sich dem Wechsel des Milieus und der Ansichten auszusetzen. Durch kreative und rezeptive Erfahrung können seelische und religiöse Probleme gestaltet und bewältigt werden.

So bietet die Beschäftigungstherapie in der Geriatrie die Möglichkeit:

1. Durch Fordern – fördern,
2. Durch Kontakt – Leben,
3. Durch Tätigsein – reifen.

Anwendbare Techniken in der Beschäftigungstherapie der offenen Altenpflege sind:

I. Konzentrationsübungen
Spiele,
Musizieren,
Textiles Gestalten,
Nähen und Stricken,
Weben,
Holz- und Metallarbeiten,
Schreiben,
Malen,

II. Auseinandersetzung mit alten und neuen Inhalten
Dichterlesungen,
Konzertbesuche,
Theaterbesuche,
Museumsbesuche,
Dia- und Filmabende,
Studium,
Gespräche.

III. Auseinandersetzung mit und in der Gemeinschaft
Spielabende,
Tanzabende,
Chorgesang,
Arbeiten an einer Gemeinschaftsaufgabe (z. B. Heimzeitung).

IV. Spielerische Phantasie und Spontaneität
Malen – Zeichnen,
Töpfern,
Metallarbeiten,
Emaillieren,
Batik,
Holzarbeiten,
Musizieren.

Literatur

Bobath, B.: Adult Hemiplegia, Evaluation and Treatment. Heinemann, London 1970

Böger, J.: Älterwerden mit Bedacht. Morusverlag, Berlin 1967

Böger, J.: Die physiologischen Wirkungen der BT. Gesundheitsfürsorge 9 (1958) 151

Buytendijk, F. J. I.: Wesen und Sinn des Spiels. Berlin 1933

Hertel, E., J. Sebbel: Die operative Behandlung polyarthritischer Deformitäten und ihre beschäftigungstherapeutischen Probleme. Beschäft.-Ther., Rehabil. 1/1971

Hiepe: Der Patient im Liege- und Pflegeheim aus ärztlicher Sicht. Beschäft.-Ther., Rehabil. 3/1971

Holch, E.: Probleme und Ziel in der Arbeit mit jüngeren chronischen Kranken. Beschäft.-Ther., Rehabil. 3/1971

Janz, H. W., F. Hillers: Beschäftigungstherapie in der Psychiatrie. In: Beschäftigungstherapie, hrsg. von G. Jentschura. Thieme, Stuttgart 1959 (S. 212); 2. Aufl., 1974

Jesserer, H.: Die chronische Polyarthritis im Alter. Z. Alternsforsch. 25 (1971) 21

Lindner: Beschäftigungstherapie in der Rheumaklinik. Beschäft.-Ther., Rehabil. 1/1970

Peter, E., U. Slatosch: Die chronische P. c. P. und ihre Behandlung unter besonderer Berücksichtigung der BT. Beschäft.-Ther., Rehabil. 4/1971

Plagemann, P.: Anatomisch-pathologische Voraussetzungen, unter denen eine Aphasie entstehen kann. Beschäft.-Ther., Rehabil. 4/1967

Premassing: Aufgaben und Möglichkeiten einer zeitgemäßen Altenhilfe. Beschäft.-Ther., Rehabil. 3/1971

Richter, J., E. Poersch: Rehabilitation des Schlaganfalles. Beschäft.-Ther., Rehabil. 3/1967

Schiller, F.: Über die ästhetische Erziehung des Menschen. Aus Schillers philosophischen Schriften und Gedichten, hrsg. von F. Kühnemann. Phil. Bibliothek, Bd. 103, Leipzig o. J.

Schulze: Vorbereitung auf das Alter. Beschäft.-Ther., Rehabil. 3/1971

Wenzlik, R.: Problematik und Möglichkeiten bei der Durchführung der BT im Liege- und Pflegeheim. Beschäft.-Ther., Rehabil. 4/1971

Zimmermann: Erkenntnisse und Einsichten über die Aphasie. Beschäft.-Ther., Rehabil. 4/1967

7. Beschäftigungstherapie in der beruflichen Rehabilitation

Von E. WIEDEMANN

Vorbemerkung

Im folgenden wird der bisher noch vielfach benutzte Begriff „Beschäftigungstherapie" gebraucht, obwohl in letzter Zeit in der sachverständigen Öffentlichkeit – ganz besonders aber im Bereich der Rehabilitation – mit guten Gründen die Einführung des international zunehmend üblichen Ausdrucks „Ergotherapie" erwogen und empfohlen wird. Dies erscheint uns erforderlich, um die sprachliche Kontinuität in diesem Buche zu wahren, aber auch, um dem Ausgang der Diskussion über die endgültig zu wählende Bezeichnung nicht vorzugreifen.

Auf den ersten Blick erscheint das Thema „Beschäftigungstherapie in der beruflichen Rehabilitation" etwas zu eng gefaßt und man fragt sich, ob nicht etwa der Formulierung „Beschäftigungstherapie in der Rehabilitation" der Vorzug gebührt hätte. Bedenkt man aber, daß die Beschäftigungstherapie per se ein Instrument der Rehabilitation ist, so kann man sie eigentlich gar nicht anders als „in der Rehabilitation" stehend betrachten. Dies wird auch in allen Abschnitten dieses Buches deutlich. Wenn die Beschäftigungstherapie in diesem Kapitel im Hinblick auf ihre Rolle „in der beruflichen Rehabilitation" untersucht wird, so geschieht dies neben dem genannten noch aus zwei weiteren Gründen:

Aus einem praktischen:

Die berufliche Rehabilitation hat in den letzten Jahren zunehmend an Bedeutung gewonnen und rechtfertigt eine gesonderte Darstellung ihrer Ansprüche an die Beschäftigungstherapie.

Aus einem didaktischen:

Unter dem Aspekt der beruflichen Rehabilitation lassen sich Zielvorstellungen der Beschäftigungstherapie und ihre Bezüge zu kooperierenden rehabilitativen Bereichen in besonders einleuchtender Weise darstellen.

Allgemeines zur beruflichen Rehabilitation

Auch angesichts des eben Gesagten ist es nicht überflüssig, an dieser Stelle erst einmal zu fragen, inwieweit die Beschäftigungstherapie in der beruflichen Rehabilitation überhaupt einen sinnvollen Platz hat. Die Beantwortung dieser setzt aber die Klärung einer anderen Frage voraus, nämlich: Was ist berufliche Rehabilitation?

Berufliche Rehabilitation ist eine Aufgabe, die es in dem medizinisch-sozialen Prozeß, als den man die Rehabilitation insgesamt bezeichnen kann, zu bewältigen gilt. Bei der beruflichen Rehabilitation, wie sie etwa

an einem Berufsförderungswerk betrieben wird, stehen die auf die berufliche Ein- oder Wiedereingliederung des Behinderten gerichteten rehabilitativen Aktivitäten im Vordergrund. Das bedeutet aber nicht, daß solche Aktivitäten nicht auch anderswo ablaufen können – etwa dort, wo Bestrebungen zur medizinischen oder sozialen (Re-) Integration vorrangig sind.
Berufliche Rehabilitation im weiteren Sinne – und sie ist fortan gemeint – beinhaltet alle im Verlauf einer Rehabilitation ergriffenen Maßnahmen, die der Erreichung des Zieles der beruflichen (Wieder-) Eingliederung direkt dienen. Sie ist also kein fest umrissener oder immer gleichartiger Vorgang, sondern ein variabler Teil des Kontinuums Rehabilitation, der sich zeitlich-kurrikulär nicht eingrenzen läßt.
Ausgehend von dieser Fragestellung läßt sich die Frage nach der Position der Beschäftigungstherapie in der beruflichen Rehabilitation allgemein beantworten.

Standort der Beschäftigungstherapie in der beruflichen Rehabilitation

Die Beschäftigungstherapie ist ein rehabilitatives Instrumentarium, welches Kindern, Jugendlichen, Erwachsenen und Alten zur Verfügung steht. Sie hat im Rehabilitationsprozeß viele Ansatzpunkte. Wenn man die erste und die letzte Personengruppe ausnimmt, fallen beschäftigungstherapeutische Aktivitäten zeitmäßig oft in eine Phase des Rehabilitationsvorganges, in dem gleichzeitig beruflich-rehabilitative Maßnahmen erforderlich sind. Dann ist es selbstverständlich, daß man beide Arten von Aktivitäten im Hinblick auf Durchführung und Zielsetzung koordiniert, um auf diese Weise zu einem möglichst hohen rehabilitativen Wirkungsgrad zu kommen. Dabei hat die Beschäftigungstherapie eine therapeutische und eine konditionierende Funktion. Beide Aufgaben lassen sich in der Praxis nie eindeutig trennen, weil sowohl der Auftrag zur Therapie, als auch der zur Konditionierung während des ganzen Rehabilitationsprozesses bestehen und weil beide hinsichtlich der einzusetzenden Methoden und Mittel keine wesentlichen Unterschiede aufweisen. Indessen kann man von einer Schwerpunktverschiebung sprechen, weil in den meisten Fällen zu Beginn beschäftigungstherapeutischer Aktivitäten therapeutische Aspekte überwiegen, während in der Schlußphase die konditionierende Absicht im Vordergrund steht.
Die berufliche Rehabilitation ist ein Vorgang, dessen einzelne Phasen je nach der Situation des Behinderten an vielen verschiedenen oder an einigen wenigen Einrichtungen ablaufen können. Es ist möglich, daß alle in einem bestimmten Falle zur beruflichen Wiedereingliederung erforderlichen Maßnahmen an einer einzigen Institution durchgeführt werden. Immer aber handelt es sich um ein Unternehmen, in dessen Verlauf der Behinderte zum ersten Mal seit Eintritt seines Leidens, oder – wie das

etwa bei angeborenen Behinderungen der Fall ist – überhaupt zum ersten Mal in seinem Leben, einer psychophysischen Belastung ausgesetzt wird, die derjenigen gleicht, mit der er im Berufsleben zu rechnen hat. Das bedeutet, daß während der beruflichen Rehabilitation die Wirksamkeit aller bis dahin unternommenen Maßnahmen einem Test unter den Bedingungen jener Wirklichkeit unterzogen wird, der sich der Rehabilitand bald darauf, nämlich bei seinem (Wieder-) Eintritt ins Wettbewerbsleben, stellen muß. Diese Situation ist nicht stets gegeben, wenn Maßnahmen beruflich-rehabilitativer Art ablaufen, sondern im Normalfalle während der beruflichen Rehabilitation in einem Berufsförderungswerk oder in einem Rehabilitationskrankenhaus mit beruflicher Rehabilitation, also dann, wenn die berufliche Rehabilitation im Vordergrund des rehabilitativen Geschehens steht. Wie gut man auch die der beruflichen Rehabilitation vorgeschalteten rehabilitativen Aktivitäten planen mag, so hat diese Planung in den meisten Fällen doch nur vorläufigen Charakter, weil sie auf einer unvollständigen Zielsetzung basiert. Eine endgültige Zielformulierung wird erst mit der Einführung einer bis vor Beginn der eigentlichen beruflichen Rehabilitation im Berufsförderungswerk oder im Rehabilitationskrankenhaus meist unbekannten Größe möglich: dem angestrebten Beruf, welcher der Restleistungsfähigkeit, der Eignung und den Neigungen des Rehabilitanden entspricht.
Daraus ergibt sich die Notwendigkeit, den Rehabilitationsplan bei Bekanntwerden des Berufsziels zu revidieren und gegebenenfalls zu modifizieren. D.h., es ist zu überprüfen, von welchem Teil des Therapieangebots der Rehabilitand unter dem neuen Gesichtspunkt des jetzt bekannten Ausbildungsziels – weiterhin verstärkt, vermindert, erneut oder überhaupt zum ersten Mal – Gebrauch machen muß, um mit Erfolg eingegliedert werden zu können.
Aus dem Gesagten erhellt, warum sich die berufliche Rehabilitation nicht auf bloße Ausbildungsmaßnahmen beschränken kann und daß sie mit einem breiten Fächer diagnostischer und therapeutischer Hilfen verbunden sein muß, die während des gesamten Ausbildungsprozesses zur Verfügung stehen und dem jeweiligen Bedarf entsprechend eingesetzt werden können. In dieses Angebot gehört auch die Beschäftigungstherapie. Damit ist auch erklärt, warum der Beschäftigungstherapie in der beruflichen Rehabilitation wesentliche Bedeutung zukommt und warum sie nicht nur da ihre Aufgabe hat, wo es um allgemein therapeutische, roborierende, aktivierende und konditionierende Aktivitäten geht, sondern auch dort, wo bereits berufliche Rehabilitation betrieben wird. Dies wird deutlich, wenn man sich vor Augen hält, was es etwa für einen Rollstuhlfahrer bedeutet, sich energetisch den Erfordernissen eines Berufsausbildungsplatzes anzupassen, an dem er eine vollwertige Leistung erbringen soll. Um ihm das zu ermöglichen, muß er nicht nur in der Lage sein, die von ihm geforderte Arbeit zu leisten; er muß ebenso über die Fähigkeit verfügen, möglichst viele der zur Erhaltung seines persönlichen

Wohles erforderlichen Leistungen selber und in einer Weise zu erbringen, die noch Raum für eine zufriedenstellende Selbstverwirklichung im privaten Bereich läßt. In der Praxis kann das bedeuten, daß etwa die Resultate des bis zum Beginn der beruflichen Rehabilitation betriebenen Selbsthilfetrainings für das zufriedenstellende Funktionieren eines nicht im Arbeitsprozeß stehenden Rehabilitanden ausreichen, daß sie aber nicht dem Konditionsgrad entsprechen, den man für einen in Arbeit stehenden fordern muß, der z. B. mit seiner Zeit und seiner Energie besonders haushälterisch umzugehen hat. Dafür benötigt der Rehabilitand die langfristige und immer wieder abrufbare Hilfe der Beschäftigungstherapie.

Die Forderung nach der Verfügbarkeit der Beschäftigungstherapie in der beruflichen Rehabilitation ist neu. Ihre Berechtigung ergibt sich aus den in der beruflichen Rehabilitation mittlerweise gewonnenen praktischen Erfahrungen, die deutlich machen, daß viele Behinderte den Übergang vom Patienten zum Rehabilitanden, d. h. von der überwiegend patientenorientierten zur überwiegend eingliederungsorientierten Phase des Rehabilitationsprozesses nur dann bewältigen können, wenn ihnen während dieser Zeit, in der sie sich besonderen psychischen und physischen Anforderungen – z. T. unter ganz neuen Aspekten – gegenübersehen, die Hilfe des Beschäftigungstherapeuten sicher ist. Diese Hilfe darf sich nicht nur auf die Zeit des Überganges oder auf den Beginn der beruflichen Rehabilitation beschränken, sie muß während der ganzen Berufsausbildung ebenso zur Verfügung stehen, wie es etwa auch für die ausbildungsbegleitende Heilbehandlung durch den Arzt zutrifft. Es versteht sich, daß dies nicht für alle Rehabilitanden gilt, und auch, daß die Intensität beschäftigungstherapeutischer Bemühungen mit fortschreitender Ausbildung in der Regel abnimmt.

Ein weiterer, unsere Forderung stützender Grund ist durch die Notwendigkeit gegeben, den vor Beginn der beruflichen Rehabilitation beim Patienten erreichten Konditionsgrad aufrechtzuerhalten. Es ist häufig zu beobachten, daß die Erfolge rehabilitativ-therapeutischer Maßnahmen, die in einer vorhergehenden Phase des Rehabilitationsprozesses erarbeitet wurden, in einem nachfolgenden Abschnitt zum Teil wieder verloren gehen, weil für den Rehabilitanden andere Anforderungen im Vordergrund stehen und neue Schwerpunkte gebildet werden. Um dies zu verhindern, sind „Auffrischungsmaßnahmen“ erforderlich, um früher erreichte Therapieerfolge zu sichern. Für manche Behinderungsgruppen sind geradezu beschäftigungstherapeutische Routineprogramme denkbar, die eine derartige, resultatsstabilisierende Wirkung haben würden.

Zeitpunkt, Dauer, Art und Ziel des Einsatzes der Beschäftigungstherapie in der beruflichen Rehabilitation kann nur verstanden und bestimmt werden, wenn Klarheit darüber besteht, von welchen Vorstellungen die berufliche Rehabilitation ausgeht und welcher Möglichkeiten sie sich bedient.

Durchführung der beruflichen Rehabilitation

In der beruflichen Rehabilitation ist die berufliche Anpassung vorrangiges Ziel. Das bedeutet, daß alle diesem Vorrang parallel laufenden Aktivitäten medizinischer, psychologischer und sozialbetreuerischer Art so geplant und durchgeführt werden müssen, daß sie das Erreichen dieses Ziels unterstützen. Eine solche Forderung läßt sich verwirklichen, ohne daß dabei Widersprüche entstehen, da die berufliche Rehabilitation in ihrer Gesamtheit letztlich auch nur eine von vielen therapeutischen Maßnahmen darstellt, welche man zur Wiederherstellung des körperlichen und seelischen Wohlbefindens des Behinderten einsetzt.

Berufliche Rehabilitation kann bedeuten:

1. eine Wiederanpassung des Rehabilitanden an seinen Arbeitsplatz und/oder eine Neuanpassung des Arbeitsplatzes an den Rehabilitanden,
2. eine innerbetriebliche Umschulung des Rehabilitanden,
3. die Eingliederung des Rehabilitanden in eine beschützende Werkstatt,
4. die an einem Berufsförderungswerk für Behinderte durchgeführte berufliche Rehabilitation mit ausbildungsbegleitender Diagnostik, Therapie und Überwachung durch Ärzte, Psychologen, Pädagogen, Sozial- und Beschäftigungs- sowie Berufstherapeuten usw.

Maßnahmen, die Elemente der beruflichen Rehabilitation in mehr oder minder großem Umfange enthalten, können – immer unter der Voraussetzung, daß das Eingliederungsziel und damit der anzustrebende Beruf im Einzelfalle bekannt sind – an allen Einrichtungen, die sich mit der Integration von Behinderten befassen, durchgeführt werden. Diese Einrichtungen gliedern sich in fünf Gruppen:

Gruppe 1:
Rehabilitationskrankenhäuser (Akut- und Langzeitkrankenhäuser mit Abteilungen für Orthopädie-Traumatologie, Innere Medizin, Neurologie und Sozialpsychiatrie, eventuell mit Spezialdepartments für Querschnittsgelähmte und dialysebedürftige Nierenkranke o. ä.)

Gruppe 2:
Rehabilitationskrankenhäuser mit beruflicher Rehabilitation (bieten Leistungen wie Häuser der Gruppe 1, aber zusätzlich Möglichkeiten zur beruflichen Fortbildung und Qualifizierung sowie Vorbereitung auf eine volle Berufsausbildung in einem Berufsförderungswerk)

Gruppe 3:
Berufsbildungseinrichtung für Behinderte (dabei handelt es sich einmal um Berufsförderungswerke für Erwachsene, zum anderen um Berufsbildungswerke für Jugendliche, die neben einem effektiven Ausbildungs- und [in letzterem Falle] Bildungsinstrument auch über ein breites Therapieangebot verfügen müssen, zu dem außer Beschäftigungstherapie z. B. auch Sozialtherapie, Logopädie und Physiotherapie gehören)

Gruppe 4:
Schulbildungseinrichtungen für Behinderte (umfassende Sonderschule und weiterführende Schulen sowie Gesamtschule)

Gruppe 5:
Werkstätten für Behinderte (hier handelt es sich um Einrichtungen, die jenen mehrfach und/oder geistig Behinderten dienen, für die sich Berufsausbildung anderer Art nicht eignet, wobei sich jedoch Anstalten mit vorwiegendem Pflege- und Bewahrungscharakter verbieten)
Daß die Beschäftigungstherapie in allen fünf Bereichen ihren Platz haben sollte, ist selbstverständlich. Wichtig ist aber die – weiter oben im allgemeinen Rahmen bereits vorweggenommene – Feststellung, daß die Beschäftigungstherapie, sobald das Berufsziel absehbar ist, in jedem Eingliederungsprozeß zu einem wichtigen Träger berufsgerichteter rehabilitativer Maßnahmen wird. Dies ist besonders dann der Fall, wenn die Beschäftigungstherapie überwiegend durch arbeitstherapeutische Aktivitäten gekennzeichnet ist, die ja ihrerseits bereits Elemente der Berufstherapie beinhalten und Verbindung und Übergang zur letzteren darstellen. Da nun gerade die Berufstherapie einerseits und die Arbeitstherapie – die wir, wie bereits zum Ausdruck gebracht, der Beschäftigungstherapie zuordnen – andererseits, für die berufliche Rehabilitation hohe Bedeutung haben, soll deren Abgrenzung gegeneinander besprochen werden.

Gegenüberstellung von Beschäftigungs- und Berufstherapie

Es gehört zu den Aufgaben der Beschäftigungstherapie, den Patienten in einen Bereich hineinzuführen, in dem von ihm Tätigkeiten erwartet und gefordert werden, die nicht nur beschäftigungsartigen, sondern bereits den wesentlichen Bedingungen der Erwerbsarbeit entsprechenden Charakter tragen. D.h., der Rehabilitand hat sich einem geplanten Tagesablauf anzupassen, wobei ihm innerhalb einer bestimmten Zeit eine Leistung abgefordert wird, die quantitativen und auch qualitativen Anforderungen gerecht werden muß. Dabei handelt es sich um Tätigkeiten, die nach arbeitstherapeutischen Gesichtspunkten geplant werden; sie sollen im wesentlichen zur Festigung der Persönlichkeit, zur Alltagskonditionierung und zur Vermittlung berufsspezifischer Fertigkeiten beitragen. Daneben soll über eine Förderung der Belastungsfähigkeit hinsichtlich Zeit und Intensität, durch Haushaltstraining, Anregungen zur Freizeitgestaltung und Reflexion von Gruppengeschehen eine optimale Realitätsanpassung erzielt werden. In dieser Phase der Beschäftigungstherapie lassen sich Erkenntnisse hinsichtlich der beruflichen Eignung und Neigung derjenigen Rehabilitanden gewinnen, bei denen eine berufliche Umorientierung notwendig ist. Solcherart gewonnene Informationen stellen eine wertvolle Ergänzung, Abrundung oder Sicherung der bei der Arbeitserprobungs- und Berufsfindungsmaßnahme gewonnenen oder noch zu gewinnenden Resultate dar. Zur Erklärung muß hier festgestellt werden, daß die im folgenden zu besprechende Berufstherapie, die in vielen Fällen die Durchführung der Arbeitserprobungs- und Berufsfindungsmaßnahme mit einschließt, in ihrer zeitlichen Position zur Beschäftigungstherapie nicht immer fest zugeordnet ist, d. h. sie kann zwar kaum vor der Beschäftigungstherapie, aber nach oder parallel zu ihr ablaufen. Letzteres gilt beispielsweise auch für die Soziotherapie.

Beschäftigungstherapie (einschließlich Arbeitstherapie) und Berufstherapie sind getrennt zu sehen. Die therapeutischen Aktivitäten sind bei letzterer im Gegensatz zur Beschäftigungstherapie so konzipiert, daß sie nicht nur teilweise, sondern ausschließlich und unmittelbar der Erreichung des Berufsziels dienen. Es handelt sich dabei um:

1. das *Bildungstraining*, welches gleichzeitig ein therapeutischer und berufsbildender Vorgang ist. Es setzt so frühzeitig wie möglich bei oder nach Behandlungsbeginn ein. Die geistigen Fähigkeiten werden als aktivierender und stabilisierender Faktor der Berufstherapie ebenso trainiert wie beispielsweise die Bewegungen, die Körperfunktionen oder die Sprache im Rahmen anderer rehabilitationsmedizinischer Therapien.
2. die *Vermittlung praktischer und theoretischer beruflicher Bildungselemente* entweder im Sinne eines reaktivierenden Vorgangs hinsichtlich des zu erhaltenden seitherigen Berufs oder einer Vorbereitung für das zu erreichende neue Berufsfeld.
3. die *Berufs- und Arbeitsplatzerprobung*, die sich in eine Eignungsuntersuchung und eine praktische Erprobungsmaßnahme aufgliedert.
4. *eingehende Berufs- und Arbeitsplatzinformationen* zur Motivierung des Patienten, um Unsicherheit mit allen ihren Folgen nicht aufkommen zu lassen, bzw. um sie abzufangen und auszuräumen; damit werden notwendiges Selbstvertrauen und Selbstsicherheit gefördert und gefestigt.

Beschäftigungstherapie und kooperierende Bereiche

Nachdem bereits dargelegt wurde, unter welchen verschiedenen Zielvorstellungen Beschäftigungstherapie betrieben werden kann, in welchen institutionellen Bereichen sie erforderlich ist und wo sie im Regelfalle in eine andere Therapieform übergeht oder zu ihr parallel läuft, sollen nun kurz die mit ihr kooperierenden Bereiche genannt und die Art ihrer Beziehung zueinander beschrieben werden.

Als Modell eignet sich dazu am besten eine Einrichtung der Gruppe 2 oder 3 (s. S. 228), weil hier die mit der beruflichen Rehabilitation befaßten Disziplinen am umfassendsten vertreten sind und weil hier ein unmißverständliches Ziel, nämlich die Vermittlung einer vollwertigen Berufsausbildung angestrebt wird. Die berufliche Rehabilitation ist ein gleichzeitig auf mehreren Ebenen ablaufender Vorgang. Diese Ebenen sind die der

1. Berufsausbildung,
2. ausbildungsbegleitenden medizinischen Diagnostik und Therapie,
3. ausbildungsbegleitenden psychologischen Diagnostik und Therapie,
4. Sozialbetreuung.

Auf jeder dieser Ebenen ist eine Reihe von Fachleuten tätig. Beispielhaft und in ungeordneter Reihenfolge seien genannt: Psychologe, Psychotherapeut, Soziotherapeut, Pädagoge, Techniker, Spezialist für medizinische und arbeitstechnische Hilfsmittel, Orthopädie, Arzt für Allgemeinmedizin, Arbeitsmediziner, Internist, Chirurg (Orthopädie-Traumatologie), Neurologe, Psychiater, Pfleger(-in), Logopäde, Physiotherapeut, Rehabilitationsberater, Berufstherapeut und Beschäftigungstherapeuten(-in).

Unter Einbeziehung des Rehabilitanden selbst bilden diese Personen die Rehabilitationsteams, welche den Rehabilitationsplan entwerfen, durchführen und bei Auftreten von Komplikationen modifizieren. Um das Talent, die Erfahrung und die Ideen jedes Mitglieds nutzen zu können, ist nicht nur der ständige, gegenseitige Kontakt erforderlich, sondern auch, daß bei den im Rehabilitationsablauf fast immer auftretenden Schwierigkeiten derjenige, der entsprechende Gefahrensignale zuerst feststellt, das Recht und die Fähigkeit hat, korrigierende Maßnahmen vorzuschlagen oder zu veranlassen – auch wenn diese sich dann nicht nur in seinem eigenen, engeren Fachbereich abspielen werden. Dies trifft auch für den Beschäftigungstherapeuten zu. Auf welche Ziele hin sich diese Tätigkeit im Bereich der beruflichen Rehabilitation im Regelfalle richtet, geht aus Tab. 1 hervor, die ein Beispiel für das Ausbildungsprogramm an einem modernen Berufsförderungswerk zeigt.

Die Bedeutung der Beschäftigungstherapie in der beruflichen Rehabilitation wächst in dem Maße, in dem die fortschreitende Entwicklung (insbesondere auf dem Gebiet der Medizin), der Hilfsmittel im weitesten Sinne und der Unterrichtstechnologie) sowie die wachsende Distanz zwischen Mensch und Produkt, etwa durch zunehmende Automation in der Produktion, immer mehr auch dem Schwerbehinderten die Chance der beruflichen Rehabilitation erschließt. Dadurch, daß immer mehr Arbeitsplätze entstehen, die zwar einen hohen beruflichen Qualifikationsgrad, aber nur in geringem Maße physische Anstrengungen erfordern, ist die volle berufliche Eingliederung auch für Querschnittsgelähmte, Apoplektiker, Bluter, Spastiker, Epileptiker, Mehrfachamputierte und andere Schwerbehinderte in steigendem Umfang möglich.

Tabelle 1. Liste von Ausbildungsprogrammen an einem Berufsförderungswerk (Berufsförderungswerk der Stiftung Rehabilitation Heidelberg 1972)

Beruf	Ausbildungsdauer (Monate)
Berufe mit Kammerprüfung (IHK)	
Gewerblich-technische Berufe	
Elektroniker, Fachrichtung Industrieelektronik	18
Elektroniker, Fachrichtung Funkelektronik	18
Elektroniker, Fachrichtung Energieelektronik	18
Güteprüfer (Facharbeiterprüfung)	18
Güteprüfer (Fachprüfung)	12
Teilkonstrukteur/Maschinenbau	18
Teilkonstrukteur/Bau	18
Kaufmännische Berufe	
Industriekaufmann	18
Bürokaufmann	18
Büropraktiker (Kaufmannsgehilfenprüfung)	18
Büropraktiker (Fachprüfung)	12
Datenverarbeitungsberufe	
Datenverarbeitungskaufmann/Programmierer	18
Datenverarbeitungskaufmann/Programmierer (Blinde)	18
EDV-Operator	14–18
Datentypist(in), Lochkartenbearbeiter(in)	8
Berufe mit Staatsprüfung	
Technikerberufe	
Bautechniker, staatlich geprüft	18
Elektrotechniker, staatlich geprüft	18
Maschinenbautechniker, staatlich geprüft	18
Arbeitsvorbereiter für numerische gesteuerte Maschinen, staatlich geprüft	18
Sonstige Berufe	
Betriebswirt, staatlich geprüft	18
Organisationsprogrammierer (EDV), staatlich geprüft	18
Medizinisch-technischer Assistent	18
Berufe mit Hochschulexamen	
Betriebswirt (graduiert)	
Fachrichtung Organisation und Datenverarbeitung	30
Fachrichtung Marketing	30
Fachrichtung Rechnungswesen	30
Fachrichtung Personalwesen	30
Fachrichtung Steuer- und Rechnungswesen	30
Ingenieur (graduiert) Fachrichtung Elektronik	30
Ingenieur (graduiert) Fachrichtung Hochbau und Konstruktion	30
Ingenieur (graduiert) Fachrichtung Maschinenbau	30
Diplompädagoge (Rehabilitationspädagogik)	30

Ablauf der Beschäftigungstherapie*

Um das bisher Aufgeführte zu konkretisieren und um das Nachfolgende zu erklären, soll nun der Ablauf einer beschäftigungstherapeutischen Maßnahme skizziert werden. Sie umfaßt folgende Abschnitte:

Anamnese

Sie wird durch Befragung des Rehabilitanden und seiner Angehörigen, durch das Studium des bereits vorliegenden Teils der Krankengeschichte und durch das Einholen von Informationen bei behandelnden Ärzten, Psychologen, Pädagogen, Physiotherapeuten, Sozialarbeitern, Berufstherapeuten usw. gewonnen. Im einzelnen handelt es sich dabei um:

Medizinische Anamnese

Sie enthält vor allem Angaben über früher durchgemachte Krankheiten, erbliche Dispositionen, Eintritt, Verlauf und Behandlung des gegenwärtigen Leidens und augenblickliches Befinden. Zusätzlich sollte eine *systemische Anamnese* erhoben werden, bei der unter Berücksichtigung der bereits bekannten Patientenangaben gezielt nach besonderen Erscheinungen von seiten Haut, Kopf, Augen, Nase, Ohren, Atmungsorganen, Hals, kardiovaskulärem System, gastrointestinalem System, Urogenitalsystem, Bewegungsapparat, Zentralnervensystem und endokrinem System gefragt wird.

Sozialanamnese

Hier sind Angaben über den Familienstand des Rehabilitanden, über sein Verhältnis zu einzelnen Familienmitgliedern, über Abhängigkeiten (wirtschaftliche und emotionale) sowie über Beziehungen zur menschlichen Umwelt im allgemeinen wesentlich.

Berufs- und Leistungsanamnese

Diese sollte Auskunft geben über schulischen und beruflichen Ausbildungsgang des Rehabilitanden, über ausgeübte Berufe und sonstige Tätigkeiten. Wesentlich sind auch Angaben über Leistungen im Freizeitbereich, wie z.B. Sport, Schachspiel, Wandern usw.

Häusliche (architektonische) Anamnese

Von Wichtigkeit sind hier Beschreibungen über Lage sowie Außen- und Innenbereich der Wohnung (ebenerdig, zweckmäßige Gestaltung und Plazierung von Küchenarbeitsplätzen, Toilette, Bad, Türen, Bett).

---

* Für die Bearbeitung dieses Abschnitts hat der Autor Frl. Adelheid Lohmar, Leiterin der Abt. Ergotherapie am Südwestdeutschen Rehabilitationskrankenhaus Karlsbad-Langensteinbach, besonders zu danken.

Rehabilitationsanamnese

Sie enthält eine kurz gefaßte Darstellung der seit Eintritt der Behinderung durchgeführten und der noch laufenden rehabilitativen Maßnahmen einschließlich einer Erfolgsbeurteilung.

Untersuchung nach beschäftigungstherapeutischen Gesichtspunkten

Eine derartige Untersuchung sollte im Rahmen eines ohne Zeitdruck durchgeführten Kontaktgespräches stattfinden und auf die Beantwortung nachfolgender Fragen abzielen:

- Welche körperlichen Funktionsbeschränkungen liegen vor?
- Sind Einschränkungen und/oder Veränderungen im geistig-seelischen Bereich feststellbar, z.B. im Hinblick auf Konzentrationsfähigkeit, Ausdauer, Auffassungsgabe, Aktivität, Motivation, Affektverarbeitung und Sozialverhalten?
- Wie ist der Grad der Selbständigkeit bei den Verrichtungen des täglichen Lebens (An- und Ausziehen, Essen, Frisieren, Rasieren, Waschen, auf der Toilette, usw.)? (Abb. 1).
- Wie ist der Grad der Selbständigkeit bei der Bewältigung von Haushaltsarbeiten (besonders wichtig bei Frauen und alleinstehenden Männern)?
- Wo liegen die speziellen Interessensgebiete des Rehabilitanden?
- Wie stellt sich der Rehabilitand seine Zukunft vor?

Ziel und Durchführung der Therapie

Darüber wird an anderen Stellen dieses Buches ausführlich geschrieben. Hier sei nur kurz auf einige Gesichtspunkte hingewiesen, denen aus der Sicht der beruflichen Rehabilitation besondere Bedeutung zukommt.

- Funktionelles Training (z.B. Umschulung von Rechts- auf Linkstätigkeit, Einhänder- und Ohnhändertraining, Erlernen des Maschineschreibens)
- Selbsthilfetraining (z.B. An- und Ausziehen, Waschen, Betätigen von Verschlüssen, Besteigen und Verlassen von Verkehrsmitteln, Toilettenbenutzung)
- Haushaltstraining (z.B. Einübung mit einschlägigen Hilfsmitteln)
- Konzentrationstraining (z.B. Rechnen, Konzentrationsspiele, Maschineschreiben; ggf. in Zusammenarbeit mit dem Psychologen)
- Training zur Steigerung der psychischen und physischen Belastbarkeit (z.B. Gruppenaktivitäten, Steigerung der Arbeitsstundenzahl; ggf. in Zusammenarbeit mit dem Psychologen)
- Motivationsförderung (z.B. Durchführung kleiner Teilaufgaben aus einzelnen Berufsbereichen in spielerischer Art; ggf. in Zusammenarbeit mit dem Psychologen).

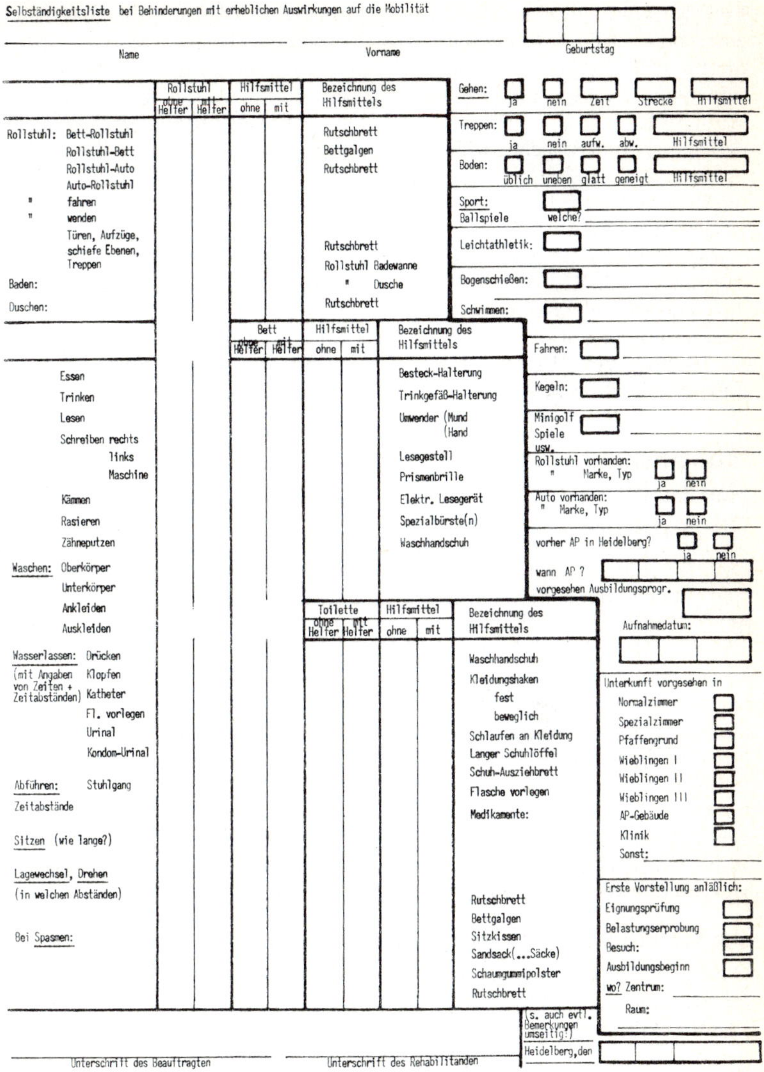

Selbständigkeitsliste bei Behinderungen mit erheblichen Auswirkungen auf die Mobilität

Name | Vorname | Geburtstag

	Rollstuhl ohne Helfer	Rollstuhl mit Helfer	Hilfsmittel ohne	Hilfsmittel mit	Bezeichnung des Hilfsmittels
Rollstuhl: Bett-Rollstuhl					Rutschbrett
Rollstuhl-Bett					Bettgalgen
Rollstuhl-Auto					Rutschbrett
Auto-Rollstuhl					
" fahren					
" wenden					
Türen, Aufzüge, schiefe Ebenen, Treppen					Rutschbrett
					Rollstuhl Badewanne
Baden:					" Dusche
Duschen:					Rutschbrett

	Bett ohne Helfer	Bett mit Helfer	Hilfsmittel ohne	Hilfsmittel mit	Bezeichnung des Hilfsmittels
Essen					Besteck-Halterung
Trinken					Trinkgefäß-Halterung
Lesen					Umwender (Mund (Hand
Schreiben rechts					
links					Lesegestell
Maschine					Prismenbrille
Kämmen					Elektr. Lesegerät
Rasieren					Spezialbürste(n)
Zähneputzen					Waschhandschuh
Waschen: Oberkörper					
Unterkörper					
Ankleiden					
Auskleiden					

	Toilette ohne Helfer	Toilette mit Helfer	Hilfsmittel ohne	Hilfsmittel mit	Bezeichnung des Hilfsmittels
Wasserlassen: Drücken					Waschhandschuh
(mit Angaben von Zeiten + Zeitabständen) Klopfen					Kleidungshaken
Katheter					fest
Fl. vorlegen					beweglich
Urinal					Schlaufen an Kleidung
Kondom-Urinal					Langer Schuhlöffel
Abführen: Stuhlgang					Schuh-Ausziehbrett
Zeitabstände					Flasche vorlegen
Sitzen (wie lange?)					Medikamente:
Lagewechsel, Drehen (in welchen Abständen)					
Bei Spasmen:					Rutschbrett
					Bettgalgen
					Sitzkissen
					Sandsack(...Säcke)
					Schaumgummipolster
					Rutschbrett

Gehen: ja / nein / Zeit / Strecke / Hilfsmittel

Treppen: ja / nein / aufw. / abw. / Hilfsmittel

Boden: üblich / uneben / glatt / geneigt / Hilfsmittel

Sport: Ballspiele welche?

Leichtathletik:

Bogenschießen:

Schwimmen:

Fahren:

Kegeln:

Minigolf Spiele usw.

Rollstuhl vorhanden: " Marke, Typ ja / nein

Auto vorhanden: " Marke, Typ ja / nein

vorher AP in Heidelberg? ja / nein

wann AP ?

vorgesehen Ausbildungsprogr.

Aufnahmedatum:

Unterkunft vorgesehen in
- Normalzimmer
- Spezialzimmer
- Pfaffengrund
- Wieblingen I
- Wieblingen II
- Wieblingen III
- AP-Gebäude
- Klinik
- Sonst:

Erste Vorstellung anläßlich:
- Eignungsprüfung
- Belastungserprobung
- Besuch:
- Ausbildungsbeginn

wo? Zentrum:

Raum:

(s. auch evtl. Bemerkungen umseitig!)

Heidelberg, den

Unterschrift des Beauftragten | Unterschrift des Rehabilitanden

Abb. 1. Beispiel für die schematische Erfassung der Selbständigkeit von Behinderten mit eingeschränkter Mobilität (Berufsförderungswerk Heidelberg, 1972).

Laufende und abschließende Beurteilung des Therapieerfolges

Eine fortlaufende Kontrolle und rückblickende Wertung des Erfolges einer beschäftigungstherapeutischen Maßnahme ist wichtig, weil sich daraus nicht nur Hinweise auf die Gestaltung des weiteren Rehabilitationsplans ergeben, sondern auch auf notwendige Aktivitäten. Aus diesem Grunde sollten regelmäßig Verlaufsberichte angefertigt werden, aus denen z.B. hervorgeht, welche Ergebnisse das funktionelle Training liefert (verkürzt sich die Zeit, wieviel wird für einzelne Übungen benötigt?), in welchem Umfang Selbständigkeit erreicht wird (zufriedenstellende Eigenaktivität?), wie sich das Konzentrationsvermögen entwickelt (Vergleichstests mit gesunden Personen) und ob die Belastungsfähigkeit zunimmt (z.B. Registrierung von Zeit, Pulsfrequenz, Blutdruck, usw. während einer Belastung).
In einer abschließenden Stellungnahme sollte eine allgemeine Bewertung der Maßnahme, ein Urteil über die Kooperationswilligkeit des Patienten und ein Vorschlag zur weiteren Rehabilitationsstrategie enthalten sein.

Besondere Forderungen an den in der beruflichen Rehabilitation tätigen Beschäftigungstherapeuten

Dem Beschäftigungstherapeuten kommen in der beruflichen Rehabilitation neben seiner bekannten und an anderer Stelle dieses Buches beschriebenen Aufgabe spezielle Funktionen zu. Z.B. muß er in der Lage sein, seine Erfahrungen mit bestimmten Rehabilitanden bei dem wegen seiner Bedeutung für die weitere Rehabilitationsplanung wichtigen Vorgang der Arbeitserprobungs- und Berufsfindungsmaßnahme mit einfließen zu lassen; er muß fähig sein, Methoden und Techniken der Rehabilitation hinsichtlich ihres Wertes für seinen Patienten zu beurteilen und er muß in Fällen mit spezieller Problematik auf dem Wege über eigene Entwicklung individuell angepaßter Hilfsmittel befriedigende Lösungen erarbeiten können. Einige der wichtigsten Eigenschaften, die er besitzen sollte, um bei der beruflichen Rehabilitation wirkungsvoll mitarbeiten zu können, werden nachfolgend aufgeführt und kurz erläutert.

Verständnis für das Rehabilitationsziel

Das bedeutet einmal eine ausreichende Kenntnis der wichtigsten Berufsbilder, und zwar nicht nur der in einem bestimmten Rehabilitationsprogramm enthaltenen, sondern auch derjenigen, denen auf dem allgemeinen Arbeitsmarkt eine gegenwärtige und zukünftige Bedeutung zukommt. Selbstverständlich ist damit nicht eine unnötige Kenntnis technischer Details gemeint, sondern lediglich ein hinlängliches Vertrautsein mit typischen Belastungsformen und Grundtätigkeiten, die ja ohnehin

meist ganzen Berufsgruppen gemeinsam sind – man denke etwa an Elektronik oder kaufmännische Berufe.
Zum andern ist die Kenntnis und das Verständnis allgemeiner Prinzipien, wie sie sich aus der Praxis der beruflichen Rehabilitation fortlaufend und in Abhängigkeit vom jeweiligen Erkenntnisstand ergeben, erforderlich. Solche Grundsätze sind:

1. Jedem Rehabilitanden soll möglichst ein im Vergleich zu seinem früheren Niveau höherwertiges berufliches Können vermittelt werden. Es soll also nicht nur die frühere, sondern eine maximale Leistungsentwicklung angestrebt werden (dies gilt für psychisch Behinderte in der Regel nicht).
2. Das berufliche Können des Rehabilitanden soll möglichst über dem durchschnittlichen Können der vergleichbaren Nichtbehinderten liegen.
3. Dem Behinderten soll ein Beruf vermittelt werden, der nicht nur seiner Eignung, sondern auch seiner Neigung entspricht.
4. Das Ausbildungsziel muß in Übereinstimmung mit der Leistungsfähigkeit des Rehabilitanden stehen. Der Weg dorthin darf keine gesundheitliche Gefährdung mit sich bringen.
5. Ziel der beruflichen Rehabilitation soll nicht nur der Dauerarbeitsplatz, sondern möglichst der berufliche und soziale Aufstieg sein.

Kenntnis des Untersuchungsganges, durch den das Restleistungsvermögen bestimmt wird

Daß der Beschäftigungstherapeut ggf. in der Lage sein muß, bei der Arbeitserprobungs- und Berufsfindungsmaßnahme beratend mitzuwirken, wurde bereits erwähnt. Eine derartige Kompetenz setzt voraus, daß er mit den wichtigsten Variablen, die das Rehabilitationsbild bestimmen, vertraut ist. Im Wesentlichen handelt es sich dabei um eine präkonditionierende Variable, welche die Situation vor Behinderungseintritt wiedergibt und um eine unabhängige Variable, durch welche ein Bild der Behinderung selbst gegeben wird.
Beide Variable werden beschrieben durch die Größen:

1. Persönlichkeit,
2. Familie,
3. sonstiges soziales Umfeld,
4. Behinderung,
5. Gesundheit.

Es ist erforderlich, daß der Beschäftigungstherapeut die wichtigsten Schritte bei der Arbeitserprobungs- und Berufsfindungsmaßnahme kennt. Diese sind: 1. Einholung aller verfügbaren Unterlagen über den prospektiven Rehabilitanden, eventuell auch Aufnahme von Kontakten mit Vorbehandelnden, 2. Gespräche des Rehabilitanden mit dem Arzt, Psychologen, Berufspädagogen, Sozial- und Arbeitsberater zur gegen-

seitigen Information, 3. Ärztliche Untersuchung unter Berücksichtigung arbeitsmedizinischer Aspekte und Erhebung seiner Anamnese, die sozialmedizinische Gesichtspunkte in besonderer Weise berücksichtigt, 4. Psychologische Eignungsuntersuchung, die zu einer Klärung der Begabungsstruktur und der Motivation führen soll.
Neben diesen Maßnahmen läuft in drei Stufen ein weiteres Programm ab, welches den zukünftigen Rehabilitanden in die Ausbildungspraxis hineinführt. Dabei handelt es sich um:

Stufe 1:
Informatorischer Rundgang durch verschiedene Ausbildungsbereiche. Absicht: Der Proband soll sich eigene Eindrücke von verschiedenen Ausbildungsberufen verschaffen können.

Stufe 2:
Erprobung. Absicht: In einem zentralen Arbeitserprobungsprogramm führt der Proband praktisch-manuelle und schriftlich-zeichnerische Arbeiten durch, um Gelegenheit zu erhalten, den in Aussicht genommenen Beruf kennenzulernen und zu zeigen, ob er Grundfähigkeiten mitbringt oder sich aneignen kann. Dabei ergeben sich auch Eindrücke hinsichtlich seines Interesses, des Verhaltens in der Gruppe, seiner Anstelligkeit, usw.

Stufe 3:
Der Proband nimmt versuchsweise am vorgesehenen Ausbildungsprogramm teil. Absicht: Gedankenaustausch mit bereits in Ausbildung stehenden Behinderten, Festigung der Motivation.

Fähigkeit zum Erkennen von Interventionsindikationen

Neben dem Beherrschen der praktischen Anwendung der Beschäftigungstherapie ist für den Berufstherapeuten in der beruflichen Rehabilitation die Fähigkeit zum Erkennen von physischen und/oder psychischen Krisen des Rehabilitanden von Wichtigkeit, da oft schon eine kurzfristige Unterbrechung der Berufsausbildung das Erreichen des Ausbildungszieles unmöglich machen oder zumindest für längere Zeit verzögern kann. Aus diesem Grund muß er in der Lage sein – ebenso wie andere Mitglieder des Rehabilitationsteams – Gefahrensignale frühzeitig zu erkennen, um selbst geeignete Maßnahmen treffen und ggf. das Tätigwerden anderer Rehabilitationsdienste veranlassen zu können.

Krisen der erwähnten Art entstehen oft durch:
- eine Verschlimmerung des Grundleidens,
- das Auftreten interkurrenter Erkrankungen,
- übertriebene oder falsch angesetzte Therapie (medikamentöse Therapie, Physiotherapie, Psychotherapie usw.),

- Überforderungen in der Ausbildung (Prüfungen, Wettbewerbsdruck, überschießender Ehrgeiz, usw.),
- Schwierigkeiten im persönlich-familiären Bereich.

Die Wahrnehmung, richtige Erkennung und Einordnung solcher Störungen setzt – neben einer ausreichenden Kenntnis der Krankengeschichte und der Diagnosen des betreffenden Rehabilitanden – auf seiten des Beschäftigungstherapeuten auch ein Vertrautsein mit den Wirkungen und Nebenwirkungen wichtiger Medikamente (z.B. Digitalisglykoside, Kortikosteroide, Tuberkulostatika, Antikonvulsiva, blutverflüssigende Mittel, Antidiabetika und Psychopharmaka) voraus, sowie eine nicht detaillierte, aber hinreichende Kenntnis über die wichtigsten, in der beruflichen Rehabilitation vorkommenden Behinderungsarten. Auf diese kann hier nicht eingegangen werden, Tab. 2 gibt indessen eine Vorstellung der diesbezüglichen Gruppierung.

Kenntnis der Möglichkeiten und Mittel des Rehabilitationssystems

Rehabilitationsdienste

Neben den Möglichkeiten und Grenzen seines eigenen Instrumentariums sollte der Beschäftigungstherapeut das Therapie- und Hilfsangebot seiner

Tabelle 2. Zusammensetzung der Rehabilitanden an einer Einrichtung für die berufliche Rehabilitation gemischter Behindertengruppen (ermittelt aus einer Gruppe von 1153 Rehabilitanden des Berufsförderungswerkes Heidelberg im Jahr 1971. Geordnet in Anlehnung an die ICD*).

Behinderung		prozentualer Anteil
I.	Infektiöse und parasitäre Erkrankungen einschließlich Tuberkulose	8,9
II.	Tumoren	0,9
III.	Allergische Erkrankungen, Störungen der Ernährung des Stoffwechsels und der inneren Sekretion	1,8
IV.	Krankheiten des Blutes und der blutbildenden Organe	0,2
V.	Seelische Störungen	3,7
VI.	Krankheiten des Nervensystems und der Sinnesorgane	13,6
VII.	Krankheiten des Kreislaufsystems	6,8
VIII.	Krankheiten der Atmungsorgane	4,6
IX.	Krankheiten der Verdauungsorgane	5,6
X.	Krankheiten der Harn- und Geschlechtsorgane	1,0
XI.	Komplikationen in der Schwangerschaft, bei Entbindung und im Wochenbett	0,1
XII.	Krankheiten der Haut und des Unterzellgewebes	4,5
XIII.	Krankheiten des Skeletts, der Muskeln und des Bindegewebes	24,6
XIV.	Angeborene Mißbildungen	3,0
XV.	Besondere perinatale Erkrankungen	0,1
XVI.	Sonstige Krankheiten und Behinderungsursachen	1,4
XVII.	Sonstige Schäden durch Unfall oder Gewalt	19,4

* ICD = International Classification of Diseases, Injuries and Causes of Death

Institution kennen, damit er es – wie oben erwähnt – dem Rehabilitanden im Bedarfsfalle verfügbar machen kann. Da diese Therapie- und Hilfsmöglichkeiten durch die im Rehabilitationsteam vertretenen Personen repräsentiert werden, ist eine entsprechende fortlaufende Orientierung des Beschäftigungstherapeuten durch seine Mitarbeit auf der Ebene dieses Organs schon gewährleistet. In Tab. 3 wird eine Übersicht über die wichtigsten, im Raum der Rehabilitation erforderlichen Dienste gegeben; diese sind den Rehabilitationseinrichtungen der weiter oben angegebenen Gruppen 1–5, die ja alle – allerdings in jeweils variierendem Umfang – Träger beruflich-rehabilitierender Aktivitäten sein können, so zugeordnet, wie es ihre Funktion im Rehabilitationsprozeß normalerweise erfordert.

Tabelle 3. Beispiel für die Verteilung verschiedener Fachdienste auf Rehabilitationseinrichtungen der Gruppen 1–5 (s. S. 228 ff).

Abteilung für — Gruppe	1	2	3	4	5
Innere Medizin	+	+	+	–	+
Neurologie-Psychiatrie (Sozialpsychiatrie)	+	+	+	–	+
Orthopädie-Traumatologie	+	+	+	–	+
Besondere Therapieformen (z. B. bei Querschnittslähmungen, dialysebedürftigen Nierenkranken usw.)	+	+	–	–	+
Berufsausbildung	–	–	+	–	–
Berufstherapie (einschließlich technische Rehabilitationshilfen)	+	+	–	–	+
Logopädie	+	+	+	+	+
Orthopädiemechanik	+	+	+	+	+
Physiotherapie	+	+	+	+	+
Rehabilitationsberatung	+	+	+	+	+
Sozialarbeit	+	+	–	–	+
Soziotherapie	+	+	+	–	+
Unterrichtstechnologie (Mediendidaktik)	–	–	+	–	–
Beschäftigungstherapie (einschließlich Arbeitstherapie)	+	+	+	+	+

Biotelemetrie

Der Beschäftigungstherapeut soll auch hinsichtlich technischer Entwicklungen informiert sein, die außerhalb seines unmittelbaren Bereiches in der beruflichen Rehabilitation eine wesentliche Rolle spielen. Dabei handelte es sich vor allem um biotelemetrische Methoden und moderne Instruktionsmedien.

Da in der beruflichen Rehabilitation und insbesondere auch im Bereich der Beschäftigungstherapie der Patient Belastungssituationen ausgesetzt wird, die denen gleichen, mit denen er sich am späteren Arbeitsplatz abzufinden hat, muß seine Reaktion auf diese Belastungen in allen fraglichen Fällen erfaßt werden, damit evtl. dadurch drohende, gesundheitsschädigende Folgen sofort erkannt und damit verhütet oder beseitigt werden können. Bei Herz-Kreislauf-Geschädigten z. B. erfordert dies u. a.

den Einsatz biotelemetrischer Kontrollsysteme, durch die objektive, aussagefähige Meßgrößen, wie etwa Elektrokardiogramm, Blutdruck, Hauttemperatur und Atemfrequenz während der Belastung registriert werden können. Dies geschieht dadurch, daß Meßwerte enthaltende Signale am Patienten abgenommen und auf einen von ihm getragenen Sender geleitet werden, der sie auf drahtlosem Wege einer zentralen Empfangsstation übermittelt, wo dann die empfangenen Signale zur Auswertung kommen und wichtige Aussagen hinsichtlich der Belastbarkeit erlauben.

Unterrichtstechnologie

In den letzten Jahren hat die Unterrichtstechnologie wesentliche Fortschritte erzielt. Das hat für die berufliche Rehabilitation eine besondere Bedeutung. Da es sich bei den Rehabilitanden um Menschen verschiedenen Alters, mit unterschiedlicher Vorbildung und auch infolge ihrer Behinderungen stark differierender Lernfähigkeit handelt, ist gerade bei ihnen eine individuelle, auf ihre besonderen Bedürfnisse und Gegebenheiten abgestellte Unterrichtsgestaltung die ausschlaggebende Voraussetzung für erfolgreiches Lernen und damit für die Erreichung des Berufszieles. Wollte man diesen Erfordernissen im Rahmen der Möglichkeiten, wie sie ein konventioneller Lehrapparat bietet, Rechnung tragen, so wäre dies einerseits mit einem – unter den gegebenen Bedingungen nicht realisierbaren – Aufwand an Lehrpersonal verbunden, andererseits wären spezielle Aufgaben, wie sie z. B. die Unterrichtung von Blinden, Tauben und Mehrfachgelähmten mit sich bringt, überhaupt nicht zu bewältigen.
Aus diesem Grund kann sich die berufliche Rehabilitation nicht auf den Einsatz des herkömmlichen Frontalunterrichts beschränken. Sie muß sich stärker als andere Lehranstalten des Medienunterrichts bedienen. Dazu gehört die Einbeziehung von Dias, Filmen, Tonbändern und Fernsehen (letzteres auch unter Verwendung eigener, in den Studios des Reha-Instituts entwickelter Programme), in dem Lernenden und dem Lehrstoff angepaßte Medienverbund-Programme. Ebenfalls dazu gehört die Benützung von elektronischen Datenverarbeitungsanlagen bei der computerunterstützten Ausbildung (CUA). Dieses System erlaubt es dem Rehabilitanden, über ein sog. Schreibmaschinen-Terminal, welches zusätzlich über einen Bildschirm verfügen kann, mit dem Computer in direkten Dialog zu treten, um sich von der Maschine – die selbstverständlich entsprechend programmiert sein muß – individualisierten tutorialen Unterricht, also gewissermaßen „Privatunterricht" geben zu lassen. Dieses System, welches den Lehrer nicht ersetzen, sondern unterstützen soll, hat sich in der Praxis der beruflichen Rehabilitation bereits bewährt und wird von den Rehabilitanden, gleichgültig wie ihre Vorbildung sein mag, gern akzeptiert. Es bietet u. a. folgende Vorteile:

- Der Rehabilitand kann Unterrichtszeit und Unterrichtsdauer selbst bestimmen.

- Der Computer paßt sich seiner Lerngeschwindigkeit an und wiederholt nicht bewältigte Lernschritte beliebig oft.
- Der Computer, der alle Stärken und Schwächen seines Partners in dem betreffenden Unterrichtsfach registriert, ist in der Lage, eine „gerechte“ Beurteilung des Studenten zu gewährleisten, da er den Lernerfolg nicht stichprobenartig (wie etwa bei Prüfungsarbeiten), sondern fortlaufend überwacht.
- Streßfaktoren, wie Wettbewerbsdruck, Prüfungsangst, Angst vor Bloßstellung, die z.B. bei der beruflichen Rehabilitation von Rehabilitanden mit psychovegetativen Komponenten, bei Epileptikern und Psychosekranken eine erhebliche Rolle spielen, entfallen weitgehend.
- Der Pädagoge wird von der Rolle des Drillmeisters befreit und erhält dadurch Gelegenheit, sein Verhältnis zum Studenten mehr individuell-partnerschaftlich zu gestalten.

Da der Computer als Instruktionsmedium über den bloßen Fachunterricht hinaus auch für andere Arten von Informationsvermittlung geeignet ist, z.B. für Gesundheitserziehung, sollte sich auch die Beschäftigungstherapie – da, wo die Voraussetzungen gegeben sind – seiner Möglichkeiten bedienen. Aufgrund der besonderen Erfahrungen und Einsichten, die der Beschäftigungstherapeut hinsichtlich der Leistungsfähigkeit und der Handikaps des Rehabilitanden gewinnt, ist er auch in besonderer Weise qualifiziert, bei der Neu- und Weiterentwicklung technischer Geräte, z.B. von Lehr- und Lernhilfen, mitzuwirken.
Ein weiteres interessantes Hilfsmittel ist im Optacon gegeben, einem Gerät, welches Blinden erlaubt, statt Brailleschrift normale Schwarz-Weiß-Texte zu lesen. Es besteht aus einer Miniaturfernsehkamera, die vom Blinden über die zu lesende Zeile geführt wird, wobei die Buchstabenbilder in elektrische und diese in mechanische Impulse umgewandelt werden, welche der Blinde mit der Fingerbeere wahrzunehmen vermag, indem er den Finger auf ein Vibrationsfeld mit 144 senkrecht stehenden Stiften legt, welche auf einer Fläche von ca. 1 cm^2 montiert sind und dem jeweiligen Buchstabenbild entsprechend in Schwingung versetzt werden.

Bereitschaft zur Teamarbeit

Die Rehabilitation, insbesondere die berufliche Rehabilitation, exemplifiziert in besonders deutlicher Weise Sinn und Notwendigkeit der Teamarbeit. Betrachtet man allein die medizinischen Probleme des Behinderten, so ergibt sich schon aus dieser Sicht die Notwendigkeit des Einsatzes und des Zusammenwirkens zahlreicher Disziplinen. Bezieht man die soziale Dimension mit ein, so kommen noch weitere Fachgruppen, deren Wissen, Erfahrungen, Methoden und Techniken für die Erreichung des Rehabilitationszieles erforderlich sind, hinzu. Die Verwirklichung dieses Ziels kann also nur das Resultat einer gemeinsamen, wohlkoordinierten Anstrengung sein. Diese wiederum ist nur möglich, wenn alle Träger rehabilitativer Aktivitäten mit ihren Partnern, zu denen auch der Rehabilitand selbst gehört, in dauernder Kommunikation stehen, welche innerhalb eines gut durchdachten und geplanten Rückkoppelungssystems abläuft, in dem auch der Beschäftigungstherapeut seinen festen Platz hat. Damit ist gleichzeitig gewährleistet, daß seine Inanspruchnahme auch bei wissenschaftlichen Aufgaben möglich ist, die – der Natur des Gegenstandes entsprechend – ebenfalls vorwiegend auf interdisziplinärer Basis durchgeführt werden müssen.

Lernbereitschaft

Der Fortschritt auf dem Gebiet der Medizin und der mit ihr kooperierenden Bereiche führt zu einer fortlaufenden Indikationserweiterung für die berufliche Rehabilitation und zu einer Verbesserung der Rehabilitationsprognose. Durch die ständige Einführung neuer Erkenntnisse, Methoden und Techniken ist ein immerwährender Normenwandel gegeben, der sich da, wo sie sich in enge Beziehung zur beruflichen Rehabilitation begibt, auch auf die Beschäftigungstherapie auswirken muß. Was damit gemeint ist, wird deutlich, wenn man sich vergegenwärtigt, welch eine rapide Entwicklung die berufliche Rehabilitation etwa seit dem Jahre 1955 genommen hat, also seit der Zeit, in der in unserem Lande die Beschäftigungstherapie ein fester Bestandteil der Rehabilitationsmedizin geworden ist. Das verlangt vom Beschäftigungstherapeuten in der beruflichen Rehabilitation einen hohen Grad von Bereitschaft zu ständiger Weiterbildung und Umorientierung. Gleichzeitig sieht er sich in diesem in Gegenwart und sicherlich auch Zukunft an Innovationen reichen Prozeß einer ständigen intellektuellen Herausforderung gegenüber, die dazu beitragen dürfte, daß ihm seine berufliche Tätigkeit stets als besonders befriedigend und interessant erscheinen wird.

Literatur

Bailo, W.: Beschäft.-Ther. Rehabil. 3/1976

Budjuhn, A.: Ergotherapie. Unveröffentlichte Studie der Stiftung Rehabilitation, Heidelberg 1972

Müller, M.: Determinanten des Verstehens und Beurteilens der Sprache Sprachgestörter durch Sprachgesunde. Rehabilitation (Stuttg.) H. 4 (1976)

Pietron, A.: Berufstherapie. Unveröffentlichte Studie der Stiftung Rehabilitation Heidelberg, Heidelberg 1972

Rehabilitation. Schriftenreihe der Medizinisch-pharmazeutischen Studiengesellschaft e.V., Frankfurt am Main 1965

Stengel, Franziska: Gedächtnis spielend trainieren. Amandus-Verlag, Wien

Suchman, E. A.: Model for Research and Evaluation on Rehabilitation. In: Sociology and Rehabilitation, hrsg. von M. B. Sussman. American Sociological Association. New York 1966

Weisbach, K.: Die Wiederherstellung der Arbeitskraft. Schwabe, Basel 1961

Wiedemann, E.: Die Medizin in der beruflichen Rehabilitation – Standortbestimmung und Zukunftsprojektion. Medicus Verlag, Berlin 1970

Zielinski, J.: Der Computer als Instrument im individualisierten Unterrichtsprozeß. Rudolf Müller, Köln-Braunsfeld 1971

8. Technik der Beschäftigungstherapie

Von Monika Lehmann

Beschäftigungstherapeutische Techniken in der funktionellen Behandlung

Ausgangspunkt jeder beschäftigungstherapeutischen Maßnahme ist der zu betreuende Patient. Seine Bedürfnisse und Erwartungen gilt es abzuklären und zusammen mit den Zielvorstellungen des Therapeuten daraus die Behandlungsschritte zu erarbeiten. Die Unabhängigkeit von fremder Hilfe bei alltäglichen Verrichtungen wird angestrebt, sowie die optimale Wiederherstellung gestörter Funktionen. Handwerkliches Arbeiten, Hantieren und Umgehen mit Werkstoffen und Geräten sind, funktionell richtig genutzt, Formen der Übungsbehandlung. Der physiologische Bewegungsablauf ganzer Gliederketten wird geschult, passive Maßnahmen und isolierte Bewegungen einzelner Gelenke werden dagegen nur vereinzelt angewandt. Die Konzentration und Vorfreude auf das entstehende Arbeitsstück tragen dazu bei, daß die Bewegungen zunehmend automatisch ablaufen und sich einschleifen können.

Eine Steigerung der Anforderungen bei Funktionsverbesserung und Zunahme der Muskelkraft ist möglich durch Übungen gegen Widerstand, den der Werkstoff bieten kann (z. B. härteres oder dickeres Holz), oder der durch technische Mittel (Gewichte, Rollenzüge oder Federn) erreicht werden kann. Elastisches Material, wie z. B. schaumstoffumwickelte Werkzeuggriffe, bietet Widerstand, ebenso die verformbaren Substanzen wie Knetmasse, Ton, Sand und Wasser.

Dosierungsmöglichkeiten ergeben sich aus:
- Größe der unterstützenden Kraft,
- Größe der widerstandgebenden Kraft,
- Häufigkeit und Tempo der Bewegungen und
- Dauer der Übungs- und Entspannungsphasen.

Eine funktionelle Einzelbehandlung dauert in der Regel 30–45 Minuten, zahlreiche Übungsprogramme, z. B. Selbsthilfetraining/Kochen und Prothesentraining erfordern zwei oder mehr Behandlungseinheiten nacheinander. Der Patient arbeitet in der Gemeinschaft mit anderen, er hat die Möglichkeit zu Kontaktaufnahmen und Gesprächen, er wird angeregt zu selbständigem und kreativem Tun und sein Erlebnisbereich vergrößert sich. Ablenkung vom Krankheitsgeschehen bessert die Grundstimmung und beschleunigt den Gesundungsprozeß.

Am Beispiel einzelner handwerklicher Techniken werden im folgenden die physiologischen Bewegungen und ihre Anwendung zur Verfolgung therapeutischer Ziele beschrieben.

Die Grundarbeitshaltungen wiederholen sich jedoch ständig und werden zunächst vorweggenommen. Zur Unterstützung der Behandlung werden technische Hilfen benötigt, die ihrerseits bei der jeweiligen Arbeitshaltung oder handwerklichen Technik, für die sie eingesetzt werden, erwähnt werden.

Die Grundarbeitshaltung und technische Behandlungshilfen

Der bettlägerige Patient

Liegend im Bett ist für den Kranken der Bewegungsradius stark eingeengt. Im allgemeinen sind nur der obere Bereich des Bettes und der Nachttisch bequem erreichbar. Entsprechend äußert sich der körperliche Zustand des lange liegenden Patienten in:
niedrigem Muskeltonus durch Inaktivitätsathrophie und bei geringem Gebrauch der Arme in Elevations- und Außenrotationsschwächen. Die Verarmung an Umwelteindrücken kann sich auch auf das seelische Verhalten auswirken. Unabhängig von gezielter Übungsbehandlung wirkt hier jede beschäftigungstherapeutische Tätigkeit aktivierend und funktionsverbessernd auf die verschiedenen Lebensbereiche.
Der kleine persönliche Bereich des Patienten, das Bett, sollte respektiert und sorgfältig geschützt werden.
Grundsätzlich wird bei allen Tätigkeiten das Bett gut abgedeckt, eine feste Ablage für Material und Geräte in Griffnähe geschaffen und bei Bedarf eine Greifzange zum Aufheben heruntergefallener Gegenstände gegeben.
Es werden für die Ausübung beschäftigungstherapeutischer Tätigkeiten a) *unterstützende Lagerungen* und b) *technische Hilfen* für das Arbeiten im Bett nötig. Auf die unterschiedlichen Lagerungsarten Kranker aus therapeutischen Gründen, sowie auf technische Hilfen für die Krankenpflege kann an dieser Stelle nicht eingegangen werden*.

Der flach liegende Patient

a) *Unterstützende Lagerung:* Bei Ermüdungserscheinungen der Arme eignen sich Keilkissen oder Sandsäcke zur Unterstützung der Anteversion, unter die Knie kann eine Rolle gegeben werden, und zum Abstützen für die Füße ein Bettkasten. Kleine Kissen oder eine Nackenrolle für den Kopf sind erst nach Rücksprache mit dem Arzt angezeigt.
b) *Technische Hilfen:* Der flach liegende Patient soll zur Vergrößerung des Blickfeldes einen *Bettspiegel* bekommen, den er selbst einstellen kann, um Bettnachbar, Tür oder Fenster sehen zu können. Die Rufklingel muß in erreichbarer Nähe befestigt sein; für Schwerbehinderte ist zu ihrer Bedienung eine Adaptation nötig: bei der Verwendung eines groß-

* Siehe z.B. Wagner-Fischer, A. M.: Ärztlicher Rat für Halbseitengelähmte. Thieme, Stuttgart 1973.

flächigen Wipp- oder Kippschalters (Elektrofachgeschäft) kann der Impuls durch leichten Druck auch von z. B. Kinn oder Schulter gegeben werden.
Ein *Lesegestell* (Abb. 1) und/oder eine *Prismenbrille* (Hilfsmittelbedarf) sind Hilfen zum Lesen bei Flachlage, ferner gibt es Geräte, die Behinderten das Umblättern der Seiten abnehmen.
Das Lesegestell wird am Kopfende des Bettes befestigt. Es ist aus Rohren verschiedener Dicke zusammengesetzt. An eine Trägerplatte, die in allen Ebenen beweglich ist, kann ein halboffener Plexiglaskasten geschraubt werden, der den Lesestoff aufnimmt. Anstelle des Kastens können auch Klammern oder elastische Bänder ein Buch halten.
Mit der Prismenbrille ist es im übrigen möglich, in Brust- oder Bauchhöhe auf einem Bettisch (s. Abb. 2 u. 4) zu lesen, spielen oder werken.

Halbhohe Lagerung

Der Rücken wird vom Becken an aufwärts unterstützt; Nackenrolle und wiederum Knierolle, Fußbettkasten und eventuell Armkissen sind günstig.
b) Eine Arbeitsfläche für die Betätigung im Bett wird der Lage des Patienten entsprechend angebracht. Sie sollte in Blickrichtung der Augen liegen – mindestens in einem Abstand von 30 cm. Für den halbhoch liegenden Patienten sollte sie schrägstellbar sein.
Der *Bettisch* (Abb. 2) ist in der Höhe verstellbar, an jedem Bein einzeln, und ein Teil der Platte ist aufklappbar sowie schräg festzustellen. Die dabei waagerecht bleibende Umrandung ist als Ablage gedacht, z. B. für die Farben beim Malen.
Ein *Webrahmen* wird für das Arbeiten im Bett mit zwei Stützen (Abb. 3 a) versehen, die seitlich neben dem Kranken auf der Matratze stehen, so daß der Rahmen nicht auf dem Körper des Kranken ruht.
Er wird dann mit Rahmenstützen (zwei – seitlich am Kopfende, eine zum Fußende) oder einfacher noch mit drei Bändern festgezurrt (Abb. 3 b).

Seitliche Lagerung

a) Sie ist für Betätigungen im Bett sehr wenig geeignet, da nur der oben liegende Arm etwas Bewegungsfreiheit hat. Als Arbeitsfläche ist, mit Tüchern geschützt, die Matratze geeignet. Der Kranke sollte dazu möglichst weit an der dem Rücken zugewandten Bettkante liegen, dort unterstützt werden und ein Kissen unter das Knie und Unterschenkel des oben liegenden, angewinkelten Beines bekommen.
b) Liegt der Kranke eher an der der Bauchseite zugewandten Bettkante, so kann ein neben das Bett gestellter gleichhoher Tisch als Arbeitsfläche gut sein, oder eine unter die Matratze geschobene große Platte. Als Betätigung sind im wesentlichen nur Arbeiten möglich, die einhändig aus-

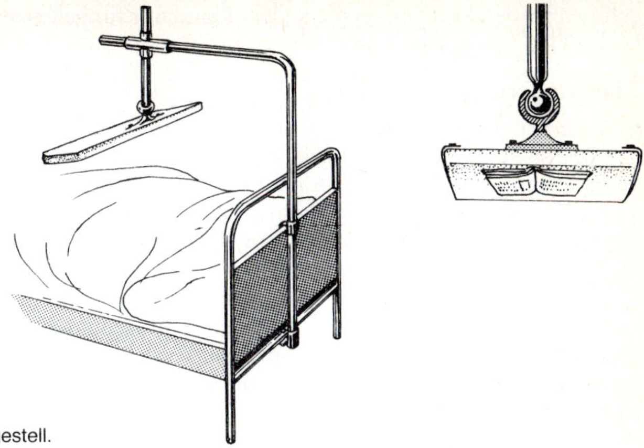

Abb. 1. Lesegestell.

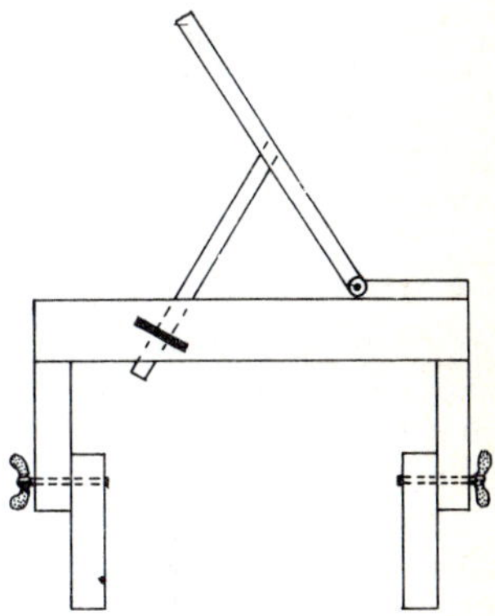

Abb. 2. Bettisch.

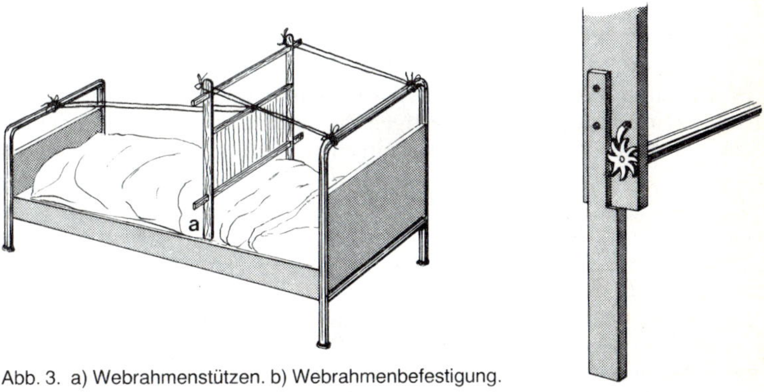

Abb. 3. a) Webrahmenstützen. b) Webrahmenbefestigung.

geführt werden können, da die andere Hand nur für gelegentliche Haltefunktionen benutzt werden kann.

Bauchlagerung

a) Auch der auf dem Bauch liegende Patient ist in seinem Blick- und Aktionsradius stark eingeengt. Ein keilförmiges Kissen in Rumpfbreite kann, unter Vermeidung einer Hyperlordosierung im Lendenbereich, den Armen vermehrte Bewegungsfreiheit geben; ferner ist eine Polsterung im distalen Unterschenkelbereich günstig für eine leichte Kniebeugung und dafür, die Füße herabhängen zu lassen.
b) Das Bett sollte so gestellt werden, daß der Kranke in den Raum sehen kann (im Bedarfsfall Kopf- oder Fußteil herausnehmen). Betätigungen wie selbständiges Essen, Lesen, Spiel sind auf die Dauer nur möglich, wenn unterhalb der Blickrichtung eine Arbeitsfläche geschaffen werden kann, der Kopf unterstützt wird und die Arme frei bewegt werden können, wie im Stryker- oder „Sandwichbett" für Rückenmarksverletzte. Es kann flächig gearbeitet werden, nicht aber in die Höhe; die Arbeitsplatzgestaltung muß ermöglichen, daß der Patient sich zwischenzeitlich zum Ausruhen hinlegen kann. Sind Kopf- oder Fußteil des Bettes herausnehmbar, so kann auch eine Arbeitsfläche durch einen vor dem Bett stehenden niedrigen Tisch geschaffen werden.

Langsitz im Bett

a) Sitzen im Langsitz (mit gestreckten Beinen) ist auf die Dauer ohne eine dicke Knierolle und einen Bettkasten sehr ermüdend. Der Rücken muß in seiner ganzen Länge, den physiologischen Krümmungen entsprechend unterstützt werden.
b) Für den im Bett Sitzenden ist ein Bettisch die günstigste Arbeitsfläche (Abb. 4). Ein einfaches Gestell kann, mit einer Arbeitsplatte versehen, ausreichend sein. Ein Gummibelag an den Ecken sorgt für rutschfeste Auflage.
Für viele Arbeiten, z.B. Flechten und Nähen, ist nur ein Abdecktuch nötig, um die Bettwäsche zu schonen.
Zwischen die seitlichen Gitter kann an Kinderbetten ebenfalls ein Betttisch gehängt werden, Kindern wie Erwachsenen kann provisorisch ein Pappkarton mit einem tunnelartigen Ausschnitt für die Beine nützlich sein, auf den ein Haushaltstablett aufgelegt wird.

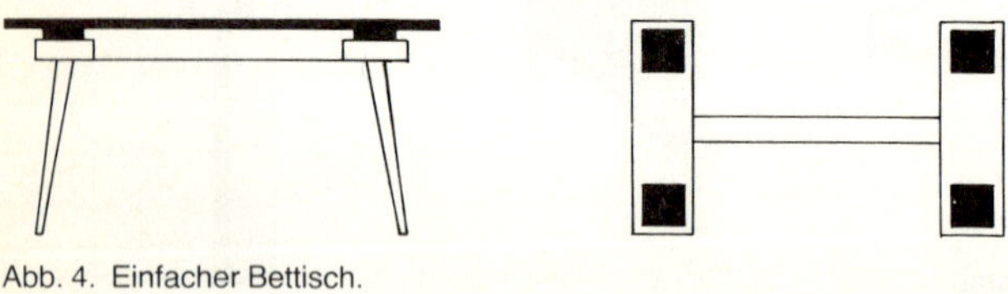

Abb. 4. Einfacher Bettisch.

Sitzen an der Bettkante

Dies bedeutet nach längerer Liegezeit eine verstärkte Kreislaufbelastung. Das Sitztraining wird stufenweise aufgebaut. Zum Anfang sind unter Umständen kreislauffördernde Medikamente angezeigt und aufsteigende, an den Füßen beginnende Beinbandagen helfen, venösen Rückstau zu verhindern. Um die Füße aufstellen zu können, ist eine Fußbank nötig. Da es schwer möglich ist, den Rücken gut zu stützen, sollte möglichst rasch auf das Sitzen außerhalb des Bettes auf dem Stuhl übergegangen werden.

Sitzhaltungen

a) *Richtiges Sitzen* erfordert der Körpergröße angepaßte Stühle und eine entsprechende Höhe der Arbeitsfläche. Modernes Schulgestühl kann dem unterschiedlichen Längenwachstum der Kinder angepaßt werden. Für die verschiedenen Körpergrößen Erwachsener sollte eine Anpassung der Standardstühle durch Sitzkissen und Fußbank erfolgen. Der Stuhl ist, der durchschnittlichen Unterschenkellänge entsprechend, 45–50 cm hoch und gestattet die Auflage der Oberschenkel über deren gesamte Länge bei einer Tiefe von ca. 60 cm; die Rückenlehne ist nach hinten geneigt und beginnt am Rumpf, oberhalb des Beckenkammes.
b) *Zum sicheren Sitzen* und zur Vermeidung von Fehlhaltungen sind *Sondereinrichtungen* möglich: beispielsweise in Spezialfahrstühle (s. Fachhandel) können individuell angepaßte *Sitzschalen* (Fa. Hauenstein) eingesetzt werden, die Rückenlehnen können verlängert und bis zum Liegen verstellbar sein. Bei mangelnder Kopfkontrolle sind Unterstützungen durch Glissonschlingen, Kopfring oder seitliche Polster möglich. Armlehnen gibt es in zahlreichen Längen und Formen, und Körper, wie Extremitäten können durch *Gurte und Riemen* an jeder Stelle bedarfsgerecht gestützt und gehalten werden. Soll freieres und selbständiges Sitzen trainiert und gefördert werden, so sind nach und nach Unterstützungen fortzulassen. Sitzen auf einem Hocker mit kleiner Grundfläche wäre als Ziel denkbar.
Bei Behinderungen im Bereich der Hüften sind spezielle Koxarthrose/Arthrodesenstühle zu empfehlen sowie Katapultsitze, die das Aufstehen erleichtern (s. Fachhandel).
Zur Unterstützung der Armhebung und -bewegung gibt es die Möglichkeit, den Arm in Armschalen einer *Kugellagerarmstütze* (Fachhandel Fa. Ortopedia) zu legen, die beweglich gelagert ist und unter Verminderung von Kraftverlust durch Haftreibung auch bei geringen Muskelleistungen Bewegung zuläßt. Diese Stützen sind auf dem Tisch oder an einem Rollstuhl zu befestigen. Für die gleiche Zielsetzung gibt es im Fachhandel *Armschlingen,* die mit Rollensystem umgelenkt durch Gegengewichte Schwerkraft überwinden helfen, oder mit Federzügen aufgehängt werden.

Die Tischhöhe von 70–75 cm ist üblich für Eß- und Schreibtische, während bei Arbeitstischen die Platte 10–15 cm über dem 90 Grad angewinkelten Unterarm liegen soll. Im Fachhandel gibt es höhenverstellbare Tische, z. B. den sogenannten „Kölner Tisch", der zusätzlich schrägstellbar ist und eine Magnethaftplatte hat, ferner stufenlos höhenverstellbare Teleskoptische (s. Anhang).

Stehen und Knieen

a) Das Arbeiten im *Stehen* ist über längere Zeit nur dann möglich, wenn es mit Bewegung oder mit Sitzen abwechselt. Es ist als Ausgangsstellung nur für denjenigen geeignet, der die Stellung ohne Ausweichbewegungen gut halten kann. Die Arbeitsplatzhöhe soll der Größe des Patienten angepaßt sein und liegt, sofern das Auge die Arbeit genau kontrollieren muß (z. B. Stehpult), ca. 30 cm unterhalb der Augenhöhe.
Je ausladender die Bewegung der Arme beim Arbeiten im Stand ist, desto stärker wird die Bein- und Fußmuskulatur zur Erhaltung des Gleichgewichts beansprucht, um die Körperstabilität wieder herzustellen. Das Stehen ist ein gutes Training für die gesamte untere Extremität, vor allem, wenn der Patient die Bewegungen und die wechselnde isometrische Anspannung der Muskulatur, abgelenkt durch die Arbeit, automatisch ablaufen läßt. Beim Arbeiten im Stehen ist passendes Schuhwerk wichtig.
b) Zur Unterstützung des Stehens gibt es im Fachhandel *Kippliegen*, die bis zur Senkrechten aufrichtbar sind, sowie *Stabilisatoren* und *Stehständer*. Je nach Fähigkeit des Patienten, Gleichgewicht zu halten, kann er an verschiedenen Stellen mehr oder minder stark fixiert werden.
Kniestand ist eine Haltung, die, abgesehen von der Entspannung der Unterschenkelmuskulatur, dem Stand ähnlich ist. Sie wird von Erwachsenen meistens als unangenehm empfunden, kann aber, vor allem bei Kindern, während der Behandlung auf der Matte zur Übung der Stabilisierung von Rumpf und Hüfte als Grundstellung genommen werden.
Vom Kniestand ausgehend kann ein Bein durch Beugung in Hüfte und Knie aufgestellt werden, was die Schwierigkeit, die Balance zu halten, erschwert. Fersensitz, Seitsitz, Schneidersitz und Yogasitz sind weitere Haltungen, die zu beherrschen und abwechselnd einzunehmen, ein Therapieziel bei der Arbeit mit Kindern sein kann.

Greifen und Halten

Die Hauptfunktionen der Hand sind Greifen und Halten. Verschiedene Greifformen werden unterschieden:

1. Der *Spitzgriff* wird vor allem benutzt, um kleine Gegenstände, zum Beispiel Perlen, zu fassen. Daumen- und Fingerspitze werden aufeinandergesetzt, alle Fingergelenke sind dabei leicht gebeugt.
2. Der *Dreifingergriff* ist die gebräuchlichste Greifform der Hand. Hierbei wird der Daumen fast gestreckt gehalten, Zeige- und Mittelfinger

leicht gebeugt. Dieser Griff erfordert besonders viel Koordination der Finger, er ist kräftiger und stabiler als der Spitzgriff.

3. Der *Seit-* oder *Schlüsselgriff* wird für besonders kräftiges Fassen einer kleinen Fläche benutzt, z.B. bei einem Schlüssel oder beim Aufziehen einer Uhr. Der Daumen wird gegen die radiale Zeigefingerseite adduziert und gebeugt.
4. Der *Faustschluß* ist unerläßlich zum Halten von Werkzeug, aber auch um sich festzuhalten, z.B. in einem Autobus. Ein kraftvoller Faustschluß ist nur in Verbindung mit Dorsalextension im Handgelenk möglich.
   a) Ein zylindrischer Gegenstand wird von den gebeugten Fingern gegen die Mittelhand gedrückt und gehalten. Der Griff kann auch ohne den Daumen ausgeführt werden, bei guter Abduktion und Opposition des Daumens wird der Griff jedoch fester und stabiler.
   b) Etwas abgewandt ist der Griff beim Halten z.B. eines Schraubenziehers. Der Zeigefinger liegt gestreckt dem Werkzeuggriff an, ebenso der Daumen und noch teilweise der Mittelfinger. Die Auflagefläche am Werkzeug wird so vergrößert.
   c) Um eine Kugel wird die Hand gleichmäßig geschlossen, d.h. die Mittelhand leicht gewölbt, Kleinfinger wie auch Daumen opponiert und alle Finger gespreizt.
5. Der *Hakengriff* ist funktionell wichtig zum Tragen von schweren Koffern oder Taschen. Die Finger bilden durch Beugung der Mittel- und Endgelenke einen „Haken", in den ein Henkel oder Griff gehängt wird. Der Daumen ist bei diesem Griff ohne Bedeutung.

Technische Hilfen zum Greifen oder zur Verstärkung bestimmter Greifformen werden bei den jeweiligen Techniken erwähnt, zu deren Ausübung sie benutzt werden.

Beispiele handwerklicher Techniken

Bei der Auswahl handwerklicher Techniken und Arbeitsabläufe zu therapeutischen Zwecken ist darauf zu achten, daß der Übungseffekt ohne allzu drastische oder gewaltsame Abänderungen erreicht wird.
Bei den als Beispiel ausgesuchten Techniken werden jeweils drei Kriterien betrachtet:

I. Die Arbeitshaltungen und physiologischen Bewegungsabläufe
II. Veränderungen der Arbeitshaltung und Auswahl von Werkstoffen und Geräten aus therapeutischen Gründen. Technische Hilfen zur funktionellen Behandlung
III. Indikationen zur Auswahl der jeweiligen Technik.

(S. auch Tab. 1.)

Tabelle 1. Beschäftigungstherapeutische Maßnahmen, bezogen auf verschiedene Körperpartien.

Gelenk	handwerkliche Technik besonders geeignet für die Übung	Wirkung auf das betreffende Gelenk oder Muskelgruppen	Wirkung auf angrenzende Gelenke: Schulter	Wirkung auf angrenzende Gelenke: Ellenbogen	Wirkung auf angrenzende Gelenke: Hand	Wirkung auf angrenzende Gelenke: Finger	Ausweichbewegung meiden an	bei bleibenden Einschränkungen: Selbsthilfetraining nötig bei	bei bleibenden Einschränkungen: Hilfsmittel
Wirbelsäule	Weben im Stand oder Bauchlage, Hochwebstuhl	– + /	+ /	+	–	–	Becken	Be- und Entkleiden der Beine und Füße	Schuh- und Strumpfanzieher, Kleidermaßanfertigungen
Schulter	Flachweben, breite Arbeit, Hochwebstuhl;	+ /	+ /	+ /	–	–	Wirbelsäule Schultergürtel	Kämmen, Bürsten, Waschen, Kleider schließen	Kammverlängerung, Kleideränderung
	grobe Holzarbeiten: Sägen, Hobeln,	+ /	+ /	+ /	–	–			
	Flechten	+ /	+ /	+ /	– + /	– + /			
Ellenbogen	Techniken wie oben, dazu Spezialwebrahmen;	+ /	+ /	+ /	–	–	Oberarm	Essen, Trinken, Tragen von Taschen usw., Hygiene, Kosmetik	Verlängerung oder Abwinkelung vom Eßbesteck, Rasierhilfe, Schraubenzieher
	Schrauben	+ /	–						
Hand	Spezialwebrahmen;	+ /	+ /	+ /	+ /	–	Unterarm	Waschen, Toilettenbenutzung	Abgewinkelte Waschhilfe
	Laubsägen;	– + /	– + /	– + /	– + /	–			
	Drucken	– + /	– + /	–	– + /	–			
Finger	Tonarbeit;	+ /	+ /	–	+ /	+ /	Schulter Ellenbogen	Essen, Trinken, Knöpfe schließen, Hygiene, Kosmetik, Haushalt	Essenhilfe, Verschlüsse ändern, Schreibhilfe, Griffverdickungen, -änderung
	Knüpfen;	– + /	–	–	– + /	– + /			
	Sticken, Nähen;	–	–	+	+	–			
	Malen, Zeichnen;	–	+	+	+	–			
	Schreiben;	–	–	–	+	–			
	Spiele;	+ /	–	+	+	+ /			
	Maschine schreiben	+ /	–	–	+	+ /			

Erklärung der Zeichen: – = stabilisierend, + = mobilisierend, / = kräftigend.

Tabelle 1. Beschäftigungstherapeutische Maßnahmen, bezogen auf verschiedene Körperpartien (Fortsetzung).

Gelenk	handwerkliche Technik besonders geeignet für die Übung	Wirkung auf das betreffende Gelenk oder Muskelgruppen	Wirkung auf angrenzende Gelenke				Ausweichbewegung meiden an	bei bleibenden Einschränkungen	
			Schulter	Ellenbogen	Hand	Finger		Selbsthilfetraining nötig bei	Hilfsmittel
Hüfte	Stehend arbeiten:		Stabilisierung der unteren Extremität, Gleichgewichtsübung				Festhalten mit den Händen	Bekleiden der Beine und Füße, Pflege der Füße, Bad und Toilettenbenutzung	Kleideränderung, Strumpfanzieher, Schuhlöffel, elastische Schuhbänder; Toilettenerhöhung, Arthrodesenstuhl
	großflächig;	–							
	Spezialwebvorrichtung;	+ /							
	Fahrradsäge	+ /							
Knie	wie oben, Hüfte dazu;	+ /	alle Gelenke der unteren Extremität mobilisierend				Becken, Hüfte	wie oben	wie oben
	Kufenwebstuhl;								
	Töpferscheibe	+ /							
Fuß	wie oben, Knie dazu;	+ /	wie oben, Knie				Oberschenkel		
	Pedalsäge, -nähmaschine, Trittwebstuhl	– + /							

Erklärung der Zeichen: – = stabilisierend, + = mobilisierend, / = kräftigend.

Flechten und Knüpfen

Mit diesen Begriffen bezeichnet man die Verarbeitung von Fäden verschiedenen Materials zu Bändern, Matten, Körben und Netzen.
Zu I.: Das Flechten von Bändern, kleinen Körben und das Knüpfen von Netzen sind feinmotorische Arbeiten. Die Ausgangshaltung ist das Sitzen, die Arme werden in entsprechender Stellung in Schoß- oder Tischhöhe gehalten. Die Flechtfäden werden im Spitz- oder Dreifingergriff genommen und durch eine Bewegung der Finger oder Hände über- und untereinander sowie umeinander gelegt.
Zu II.: Die Wahl der Arbeitshöhe ist ausschlaggebend für die Grundarbeitshaltung. Um eine Aufrichtung der Wirbelsäule und eine Hebung der Arme zu erreichen, wird die Arbeit erhöht angebracht. Zur stufenweisen Belastungssteigerung kann die Erhöhung in Etappen erfolgen.
Wahl des Werkstoffes: Der direkte Kontakt der volaren Fingerseiten mit dem Flechtmaterial stellt eine Hautreizung dar. Die Oberflächenbeschaffenheit, Elastizität und Härte von Wolle, Bast, Sisal oder Peddigrohr kann bei gesunder Oberflächensensibilität wahrgenommen und verbalisierend bewußt gemacht werden. Der Umgang mit unterschiedlichen Werkstoffen schult die Sensibilität.
Technische Hilfen für die Behandlung sollen den Übungseffekt verstärken. So erreicht z.B. *das Bunnelbrett* (Abb. 5a u. b), bedarfsgerecht individuell angepaßt, bei Abduktion und Opposition des Daumens, die isolierte Beugung einzelner distaler Fingergelenke.

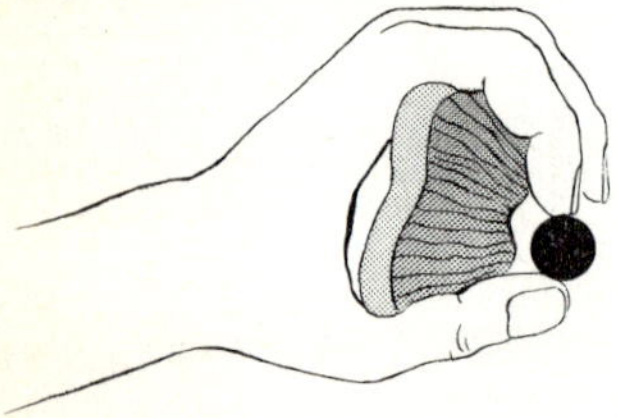

a

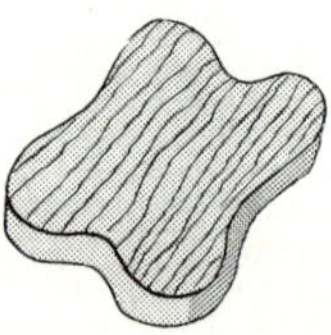

b

Abb. 5. Bunnelbrett.

Die Grundgröße des Bunnelbrettchens ist 8 × 6 × 1 cm, die Einbuchtungen sollen sich der Fingerform anpassen, ein Verrutschen des Brettchens verhindern und den Abstand der Finger zum Spitzgriff festlegen.
Ein halbiertes und mit Lederscharnier versehenes *Rundholz* (Abb. 6), je nach Bedarf und Dicke oder Polsterung verschieden, ermöglicht ein

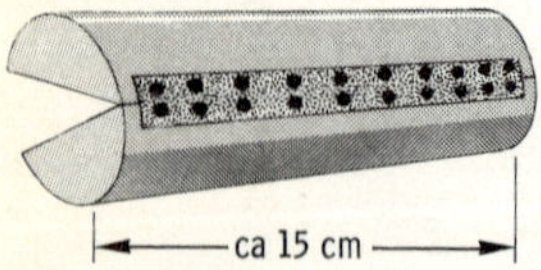

Abb. 6. Greifhilfe.

Greifen von Flechtmaterial auch bei unvollständigem Faustschluß, evtl. gegen den Widerstand von Polstermaterial.
Für Einhänder ist es eine Hilfe, das Werkstück zu fixieren oder mit Gewichten zu beschweren. Korbflechtarbeiten kann man zusätzlichen Halt geben, indem eine Ahle durch den Bodenmittelpunkt in eine Holzplatte gebohrt wird. Der Korb bleibt drehbar.
Zu III: Indikation zur Auswahl der Technik ergeben sich vor allem aus den Materialeigenschaften. Besonders geeignet ist die Technik zur Schulung der Sensibilität und Abhärtung der Haut. Flechtart und Musterbildung erfordern feinmotorisches Zusammenspiel der Finger, Koordination von Auge und Hand sowie Konzentration. Eine Kraftsteigerung ist erreichbar durch die Auswahl von zunächst feinerem schmiegsamen Material, z.B. dünnes Peddigrohr, bis hin zu großen Weidenruten, bei deren Verarbeitung erhebliche Finger- und Handkraft gefordert wird. Die Technik ist leicht erlernbar und auch ohne Augenkontrolle durchzuführen. Hierbei sind besonders schnell Erfolgserlebnisse zu erreichen. Flechten mit Peddigrohr ist eine saubere Arbeit und somit auch für Bettpatienten gut geeignet.

Flechten auf dem Rahmen

Zu I.: Die Bewegungsabläufe unterscheiden sich nach der Größe der Rahmen voneinander. Das Flechten auf Rundflechtrahmen erfordert nur ein geringes Bewegungsausmaß. Die Bemerkungen zum Flechten allgemein treffen auch hier zu. Das Arbeiten an einem Flechtrahmen ist dem Weben ähnlich (s. unten).
Zur Fachbildung müssen die Kettfäden, jedoch im Unterschied zum Weben, einzeln aufgefädelt werden; das bedeutet, daß die Arme über eine Zeitspanne hinweg, bei geringer Bewegung der Finger und des Hangelenkes, in Anteversionsstellung gehalten werden müssen.
Zu II.: Der Flechtrahmen kann schräg oder senkrecht aufgestellt werden (Abb. 7). Die seitlichen Rundhölzer stecken in gebohrten Klötzen, die an der Arbeitsplatte mit Zwingen befestigt sind. Die Arme müssen gehoben

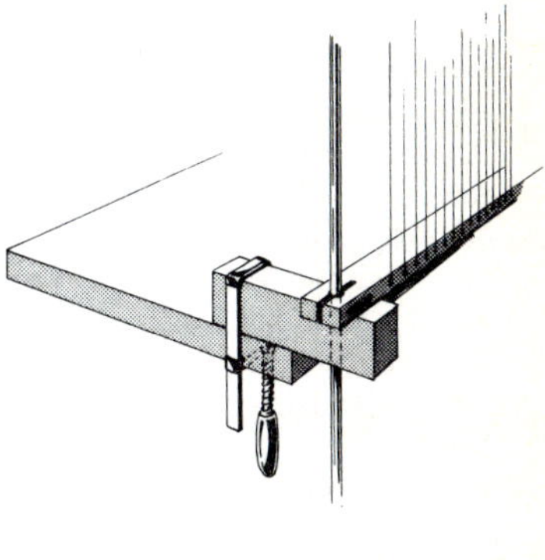

Abb. 7. Flechtrahmen.

und in erhobener Stellung gehalten und bewegt werden (s. Weben). Den Fachstab, der zum Auffädeln der Fäden und zur Fachbildung dient, kann man an seinem einen Ende der erforderlichen Grifform anpassen. Er wird im Faustschluß gehalten.
Die Griffanpassung kann mit *Kustoform, Polyform* (s. Handschienen) oder Kork erfolgen. Kustoform ist ein kiesartiges Material, geschmolzen verbindet es sich zu einem durchscheinenden Brei und kann im abgekühlten, wieder weißlichen Zustand um oder an einen Gegenstand gelegt, mit leichtem Druck zu einem speziellen Griff geformt werden. Beliebige Ausformung auch zu einer Handschlaufe ist möglich. Kork kann mit Werkzeug der Holzbearbeitung angepaßt werden, es ist leicht, warm und hautfreundlich.
Die Trennung der Fäden, die nach dem Stopfprinzip auf die Nadel aufgefädelt werden, kann durch zwei kontrastierende Farben erleichtert werden.
Zu III.: Die Indikation wird bestimmt durch die Arbeitsweise des Hantierens mit erhobenen (bei senkrecht befestigtem Rahmen) oder vorgehobenen Armen (bei flachliegendem Rahmen) in relativer Bewegungsarmut. Die dazu erforderliche Anspannung wirkt sich kräftigend auf Schultergürtel und Schultermuskulatur aus. Die kürzere Phase der anschließenden Bewegung wirkt entspannend.

Weben

Weben ist eine Technik zur Verarbeitung von Garnen zu Geweben auf von Hand oder Fuß betriebenen Webvorrichtungen. Der Tischwebrahmen wird in Beschäftigungstherapieabteilungen am häufigsten gebraucht. Der Arbeitsablauf soll an einem auf einen Tisch aufgelegten Rahmen mittlerer Größe beschrieben werden.
Zu I.: Die physiologische Arbeitshaltung ist das Sitzen, das Bewegungsausmaß ist bestimmt durch die Breite des Rahmens und des Webstückes. Die regelmäßige Wiederkehr der Arbeitsvorgänge führt zu einem natürlichen Bewegungsrhythmus. Beim Vorgang des Webens ergeben sich folgende Bewegungsabläufe:

1. Der Webkamm wird zur Trennung der Fäden am Kammhalter in die obere oder untere Position gebracht:
   Anteversion beider gestreckter Arme gegen die Stumme aus verschiedenen Widerständen (Schwerkraft, Webmaterial, Kettspannung, Kammgewicht).
2. Die Garnnadel wird in das Fach geschoben und auf der gegenüberliegenden Seite herausgezogen.
   Nach Anteversion beider Arme Abduktion des einen Armes und Bewegung in Adduktion, nachfolgend Gegenbewegung auf der anderen Seite.
3. Die Garnnadel wird abgelegt.

4. Der Kamm wird gefaßt, herangezogen und angeschlagen. Anteversion beider Arme in Ellenbogenstreckung und Retroversion mit Ellenbogenbeugung.

Zu II.: Veränderungen durch die Wahl des Rahmens. Mit der *Breite* des Rahmens bzw. des Webstückes steht die Veränderung des Bewegungsausmaßes in direkt proportionalem Verhältnis. In gleicher Weise wirkt sich die Länge der Webnadel aus.
Veränderung durch die Stellung des Rahmens. Der in der Höhe verstellbare Arbeitsplatz wird am besten ermöglicht durch eine Konsole, eine Webrahmenauflage, die in drei Dimensionen verstellbar ist. Sie kann dadurch an verschiedene Webrahmenbreiten und stufenlos an die erforderliche Arbeitshöhe angepaßt werden (Fa. Nitzbon, s. Bezugsquellenverzeichnis).
Der Hochwebstuhl und der hochgehängte Rahmen unterscheiden sich in ihrer Wirkung auf die Körperhaltung nur wenig voneinander: An beiden Geräten ist ein aufrechtes Sitzen nötig, die Arme werden beim Arbeiten je nach Höhe des Rahmens erhoben, die senkrechte Stellung erfordert zusätzlich Rotationsbewegungen in der Schulter.
Die Fachbildung erfolgt beim Hochwebstuhl, wie bei jedem mehrschäftigen Webstuhl durch Tritte, die mit den Füßen niedergedrückt werden. Zu den der Breite des Stuhls entsprechend ausgreifenden Bewegungen der Arme, kommen die rhythmischen Bewegungen der Beine im Sinne einer Tretfunktion.
Wahl des Webmaterials. Die verschiedenen Webgarne erfordern aufgrund ihrer Oberflächenbeschaffenheit und Elastizität einen unterschiedlichen Kraftaufwand bei der Bearbeitung.
Spezielle Übungsgeräte in Verbindung mit Webrahmen. Der zum Weben erforderliche Fachwechsel erfolgt durch Heben und Senken des Webkammes. Dieser mechanische Vorgang ist – mit speziellen Zusatzgeräten – eine Möglichkeit, einzelne Bewegungen isoliert zu üben: Beispiel (Abb. 8) *der Kufenwebstuhl.*
Hierbei wird bei Beugung und Streckung des Kniegelenkes durch Zugwirkung der Webkamm bewegt. Auf der gebogenen Laufschiene (Kufe), können die Rollschuhe festgeschnallt am Fuß auf- und abwärts bewegt werden. Eine Schnur überträgt die Zugwirkung über ein Rollensystem auf den Webkamm. Je nach Behandlungsziel am Kufenwebstuhl wird die Führung der Züge und damit die Zugrichtung verändert.

Folgende Übungsmöglichkeiten bestehen:
- Beugung für beide Beine,
- Streckung für beide Beine,
- Beugung des einen und Streckung des anderen Beines.

Es ist immer beidseitig zu arbeiten; zum Sitzen ist ein Motorradsattelsitz zu empfehlen, der genügend Bewegungsfreiheit für die Hüfte läßt, den Rücken aber unterstützt.

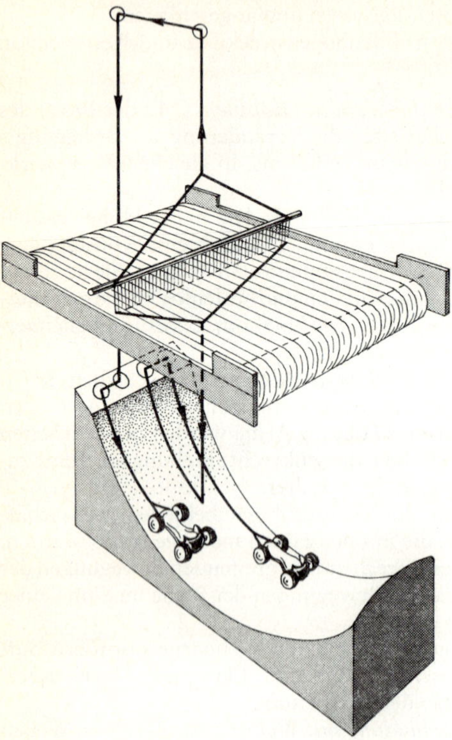

Abb. 8. Kufenwebstuhl.

Es gibt spezielle Übungsgeräte, zum Beispiel für:
- Abduktion und Adduktion der Hüfte,
- Plantar- und Dorsalextension im Fuß,
- Volar-Dorsalextension der Hand,
- Radial-Ulnarabduktion der Hand,

ferner ein Übungsgerät für die Bettbehandlung mit Variationsmöglichkeiten zum Training zahlreicher Einzel- und Komplexbewegungen.
Firma Nitzbon, Hamburg, bietet für die funktionelle Behandlung einen Tischwellenwebrahmen mit diversen Griffanpassungen als Übungsgerät an.
Zu III.: Das Weben ist eine Technik, die in der Beschäftigungstherapie sehr vielseitig einzusetzen ist. Die verschiedenen Abwandlungen am Webrahmen ermöglichen die spezielle Übung einzelner Funktionen, wobei der charakteristische rhythmische Bewegungsablauf erhalten bleiben und der Arbeitsgang nicht sinnwidrig erschwert werden soll. Grundsätzlich ist die Technik leicht erlernbar, Musterweben jedoch erfordert,

je nach Schwere, Aufmerksamkeit und Konzentration. Auch das sollte therapeutisch genutzt werden.

Holzarbeiten

Bei der Handhabung der verschiedenen Werkzeuge für die Holzbearbeitung sind unterschiedliche Arbeitshaltungen und Bewegungen nötig. Einige Beispiele sollen zeigen, wie mit Hilfe von Veränderungen an Werkzeuggriffen funktionell unterschiedliche Ziele verfolgt werden.

1. *Sägen* mit einem Fuchsschwanz geschieht in der Regel zum Durchtrennen größerer Holzstücke, erfordert Kraft in der Stoßrichtung und wird zur Erhöhung des Andruckes am besten im Stehen ausgeführt.
   Beim Sägevorgang wechseln ständig Ante- und Retroversion in der Schulter und Beugung und Streckung im Ellenbogen.
   Die Hand umfaßt den Griff im Faustschluß und der Unterarm wird in Mittelstellung gehalten.
   Der Kraftaufwand kann durch Auswahl dickeren und/oder härteren Holzes gesteigert werden.
   Bei Bewegungsstörungen eines Armes ist oft ein bimanualer Fuchsschwanz (Abb. 9) gut zu gebrauchen, der die Bewegung des kranken Armes durch Führen mit dem gesunden in die physiologisch richtige Bewegung bahnt und unterstützt.
   (S. auch propriozeptive Erleichterungsmethoden, S. 271.)
   Feinsägen gibt es im Fachhandel mit umklappbarem Griffteil. Sie sind so für Rechts- und Linkshänder gleich gut brauchbar. Zur Bewegungsübung der unteren Extremitäten gibt es eine Fahrradsäge, bei der der Tretvorgang auf eine laubsägenartige Bügelsäge übertragen wird (Fa. Fichtmüller), sowie eine Pedaltretsäge.
   Elektrische Bügelsägen ermöglichen Behinderten, ohne Kraftaufwand zu sägen. Ebenfalls ist kaum Kraft, jedoch Geschicklichkeit nötig zum Durchtrennen von Styropor mit einer elektrischen Thermosäge.

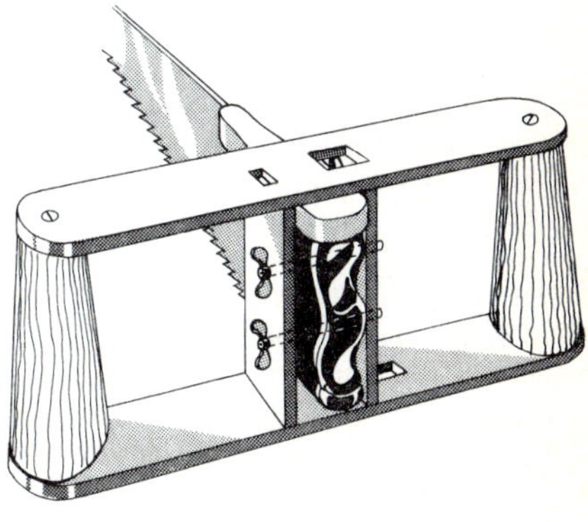

Abb. 9. Bimanualer Fuchsschwanz.

Wegen der großen Unfallgefahr wird von elektrischen Band- oder Kreissägen für Patienten an dieser Stelle abgeraten. Alle Werkzeuggriffe von Handsägen können von Beschäftigungstherapeuten den Bedürfnissen des Patienten angepaßt werden.

2. *Feilen und Raspeln* ist auch im Sitzen möglich, je höher der Sitz, desto leichter ist es, Druck zu geben. Hierbei bestimmt die eine (dominierende) Hand Kraft, Art und Richtung der Bewegung, während die zweite (Haltehand) nur mitgeführt wird und Bewegung sowie Andruck unterstützt. Die Hand umfaßt den Feilengriff, der der Handform angepaßt werden kann, der Unterarm steht in Mittelstellung, die auf die Feilenspitze aufgelegte andere Hand in Pronationsstellung. Zusatzgriffe für die Feilenspitze können benutzt werden, um auch der zweiten Hand eine bestimmte Stellung zu geben oder um sie zu schützen.
   Der Umgang mit Feile und Raspel wirkt mobilisierend und kräftigend auf die gesamte obere Extremität.
3. *Hohlbeitelarbeiten* erfordern je nach Härte des Holzes unterschiedlichen Kraftaufwand. Auch bei dieser Technik ist eine Hand dominierend, jedoch wird bei der groben Bearbeitung z. B. eines Holzklotzes für die zweite Hand das Hantieren mit einem Holzhammer nötig, der auf das Hohlbeitel geschlagen wird. Hierbei wird vorwiegend beidhändig gearbeitet, und Ellenbogen- und Handgelenksbewegungen sowie Faustschluß in beiden Händen sind nötig.
4. *Schleifen* größerer Holzstücke eignet sich gut zur Bewegungsschulung des Schultergürtels und -gelenkes. Die Bewegung kann gleichmäßig rhythmisch ausgeführt werden und ihr Ausmaß und ihre Richtung werden durch die Größe und Lage des zu bearbeitenden Materials bestimmt. Auch beim Schleifen hängt der Erfolg der Arbeit entscheidend ab von der Kraft des Andrucks wie auch der Häufigkeit der Bewegung. Verschiedene spezielle Schleifböcke erfordern eine bestimmte Stellung von Unterarm und Hand eines oder beider Arme (Abb. 10a–c).
   Die Schleifklötze der Abb. 10a und b sind für bilaterales Üben gedacht, die Hände werden im Faustschluß gehalten, bei a in Mittelstellung, bei b in Pronationsstellung der Unterarme. Der Schleifblock, Abb. 10c, fördert die Dorsalextension des Handgelenkes, Beugung der Finger im Mittelgelenk, er kann für ein- wie auch beidhändiges Arbeiten benutzt werden.

Keramikarbeiten

Materialien wie Sand, Lehm, Ton, Gips, Knete und Pappmaché fordern heraus zur Formung. Vor allem Ton ist geeignet zur Herstellung dauerhafter Plastiken und Gefäße.

Zu I.: Er ist ohne weitere Hilfsgeräte allein mit den Händen formbar und gibt dem Druck einzelner Finger oder der ganzen Handfläche je nach

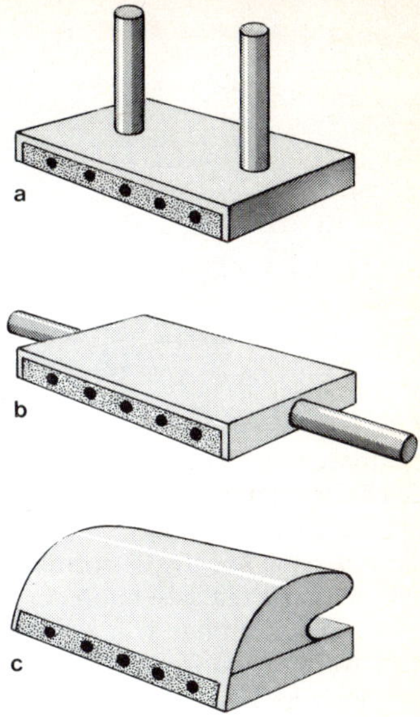

Abb. 10. Adaptierte Schleifklötze.

Konsistenz leicht oder weniger leicht nach. Die Arbeitshaltung ist das Sitzen, wobei der Arbeitsplatz leicht erhöht werden kann, damit eine Seitenansicht des entstehenden Gegenstandes gewährleistet ist.

Zu II.: Der Kontakt der Finger mit dem Material stellt einen Hautreiz dar, der durch Beigaben gröberen Schamottes oder durch Erwärmung noch gesteigert werden kann. Bei der in Aufbautechnik entstehenden Arbeit stellt das allmählich höher werdende Produkt zunehmende Anforderungen an die haltende Funktion der Arme, die Aufrichtung des Rumpfes und auch an die Geschicklichkeit des Patienten.

Als Werkzeuge werden Draht oder Messer zum Zertrennen, sowie Formhölzchen zum Glätten und Mustern der Wandung gebraucht, die bei Bedarf anzupassen sind.

Das keramische Material kann zur Bearbeitung erwärmt werden. Das Ausrollen der Tonwülste geschieht in Fingerstreckung und damit gehört das Formen von Ton zu den wenigen Übungsmöglichkeiten einer passiven Fingerstreckung gegen Widerstand (Ton) in Pronation und Dorsalextension, die durch die Verwendung von einer verstellbaren, Kunststoff beschichteten *Arbeitsfläche* (Abb. 11) noch erhöht werden kann.

Eine Anschlagleiste A verhindert ein Verrutschen der Arbeitsfläche. Eine Höhenverstellung (nicht abgebildet) kann nach dem Lochstabprinzip erfolgen.

Zu III.: Keramikarbeiten eignen sich besonders gut zur Abhärtung der Finger- und Handinnenflächen. Ein rascher Wechsel von Ausrollen und

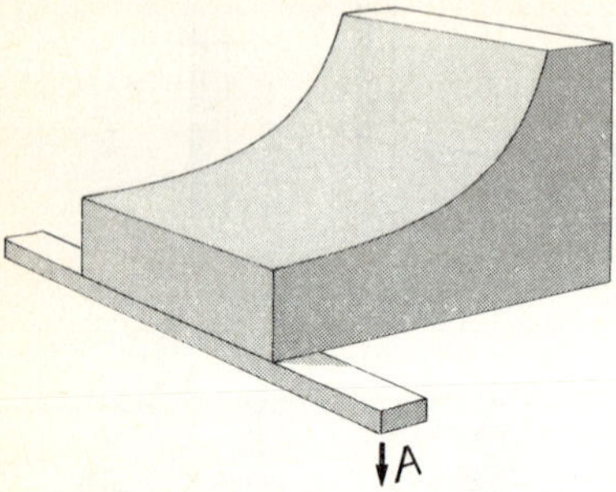

Abb. 11. Ausrollfläche.

Aufbauen der Tonwülste fördert die Mobilisation der Finger. Es ist eine leicht erlernbare Technik, wird beidhändig ausgeführt und beansprucht die Augen nur gering.
Durch seine leichte Verformbarkeit ist Ton ein gutes Ausdrucksmittel. Modellieren mit Ton kann eine Hilfe bei der Verarbeitung von Konflikten und zum Abbau von Aggressionen sein.
Der Aufbau von Gefäßen mit Hilfe einer Töpferscheibe erfordert zusätzlich kräftige Bewegungen der Beine im Sinne einer Mobilisation der Knie- und Fußgelenke, und etwas Übung, um zu einem befriedigendem Ergebnis zu führen.

Bildnerisches und musisches Gestalten

Die im folgenden tabellarisch (Tab. 2) aufgeführten Techniken dienen bei der funktionellen Behandlung im überwiegenden Maße der Übung der oberen Extremität. Während für einen Künstler der Schaffensvorgang vorwiegend Mittel zum Zweck – dem Erstellen eines Kunstwerkes – ist, liegt in der funktionellen Beschäftigungstherapie der Schwerpunkt auf dem bloßen Umgang mit bildbarem Material und dazu notwendigem Werkzeug, und das entstandene Werk tritt dahinter zurück. Auch der kunsterzieherische Aspekt soll hierbei unberücksichtigt bleiben. Bildnerisches und musisches Gestalten eignet sich besonders gut für die Behandlung in Gruppen. Bildnerische Techniken lassen sich in folgende Hauptgruppen unterteilen:
1. *Maltechniken.* Der Pinsel oder ein anderes Malgerät, z. B. ein Tjanting beim Malen mit Batikwachs, werden im Dreifingergriff gehalten. Die Bewegungen erfolgen aus dem Schulter-, Ellenbogen- und Handgelenk.
2. *Graphische Techniken.* Das Zeichengerät wird wie beim Schreiben (s. dort) gehalten. Wie bei den Maltechniken ist auch hier für die Größe des Bewegungsausmaßes die Größe der zu füllenden Fläche entscheidend.
3. *Kratztechniken – Radierungen.* Das Gerät zum Kratzen – eine Nadel, ein Nagel oder ein Messer – muß, der Beschaffenheit der zu bearbei-

Tabelle 2. Bildnerisches Gestalten in der funktionellen Therapie.

Technik	zur Übung der/des	Hand-habung	Kraft-aufwand	Oberfläche
Wachsbatik	Schulter, Ellenbogen	reziprok	gering	glatt
Kleisterpapier	w. o.	reziprok	gering	glatt
Fingermalen	w. o., Fingerstrecken	reziprok	gering	glatt
Fadenspanntechnik	w. o., Spitzgriff	reziprok	vermehrt	verschieden
Linoldruck	Ellenbogen, Hand	statisch	vermehrt	verschieden
Applikationen	Sensibilität	reziprok	gering	verschieden
Materialdurchrieb	Sensibilität, Kräftigung	statisch	vermehrt	verschieden
Modellieren: Ton	Sensibilität, Finger	reziprok	vermehrt	rauh
Modellieren: Pappmaché	Sensibilität, Finger	reziprok	gering	glatt
Reißbild: Papier	Pro- u. Supination	reziprok	gering	glatt
Reißbild: Karton	Schlüsselgriff	statisch	groß	glatt
Messerschnitt	Faustschluß	statisch	vermehrt	glatt
Korkschnitt	w. o.	statisch	vermehrt	rauh
Linolschnitt	w. o.	statisch	vermehrt	glatt
Holzschnitt	w. o.	statisch	groß	rauh
Kratztechniken	Dreifingergriff	statisch	vermehrt	rauh
Wachsradierung	w. o.	statisch	gering	glatt
Sand-Sgraffito	w. o.	statisch	vermehrt	rauh
Zeichnen: Kohle	w. o.	statisch	gering	glatt
Zeichnen: Wachs	w. o.	statisch	vermehrt	glatt
Federzeichnen	w. o., Geschicklichkeit	statisch	gering	glatt
Scherenschnitt	Opposition	reziprok	vermehrt	glatt
Mosaik	Spitzgriff	reziprok	gering	rauh
Faltschnitt	Fingerstrecken, Opposition	reziprok	vermehrt	glatt
Stäbchenbild	Spitzgriff	reziprok	gering	rauh
Schnitzen: Holz	Dreifingergriff	statisch	vermehrt	rauh
Modellbau	Feinmotorik	reziprok	vermehrt	verschieden

Nach einer bisher unveröffentlichten Arbeit von *Sabine Prollius*, München.

tenden Fläche entsprechend, *fest* gehalten werden, um die Farboberfläche zu ritzen.

4. *Drucktechniken.* Druckmodel können in vielen verschiedenen Formen und aus unterschiedlichem Material hergestellt werden. Mit adaptierten Griffen sind Druckmodel gut bei der funktionellen Behandlung zu benutzen (Abb. 12 a–f).

5. *Sonstiges.* Applikationen, plastische und Relieftechniken, Scherenschnitt, Faltarbeiten und dekorative Techniken.

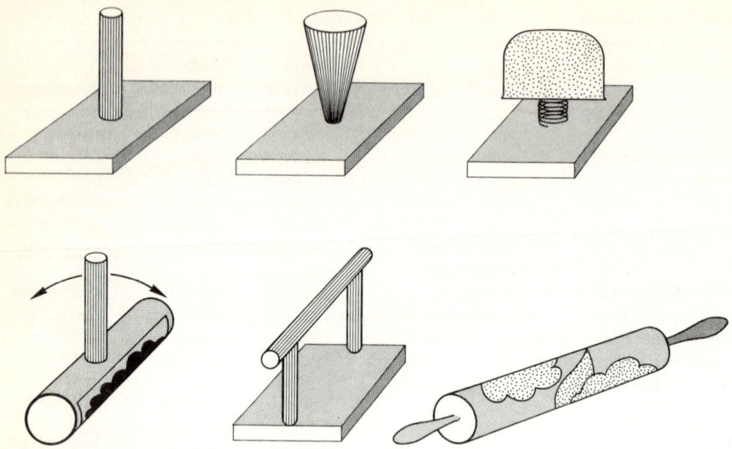

Abb. 12. Adaptierte Griffe an Druckmodeln.

Kommunikationsmittel

Schreiben

Das Erlernen oder Wiedererlernen des Schreibens, der Umgang mit verschiedenen Schreibgeräten und das Erproben von Schreibhilfen nimmt einen breiten Raum in der Beschäftigungstherapie ein.

Handschreiben

Zu I.: Bei aufgelegtem Unterarm wird der Stift gehalten und der gesamte Arm durch Rotation in der Schulter geführt, während die eigentliche Schreibbewegung sich aus dem Handgelenk heraus vollzieht.
Bei Ohnhändern ist die Schreibhaltung grundsätzlich ähnlich, der Unterschenkel wird aufgelegt und der Stift zwischen den Zehen gehalten, durch Bewegungen von Vor- und Mittelfuß geführt.
Beim Schreiben mit dem Mund oder auch sehr kurzen oberen Extremitäten ist vor allem auf den nötigen Augenabstand von mindestens 30 cm zu achten.
Zu II.: Den Handschreibübungen sollen Übungen zum Erlernen der groben Schriftformen vorangehen, beispielsweise beidhändige großflächige Malarbeiten, Mustern von Flächen und der Umgang mit verschiedenen Mal- und Schreibgeräten. Im Einzelfall werden Hilfsmittel zum Halten des Schreibgerätes nötig sein. Abb. 13 zeigt eine *einfache Halterung* für den Stift mit einer Mittelhandklammer, die speziell angepaßt werden sollte. Es wird damit in normaler Schreibhaltung gearbeitet. Nach ähnlichem Prinzip sind Mittelhandklammern mit volarem Klemm- oder Einsteckteil gebräuchlich. Abb. 14a Einsatz zum Handschreiben,

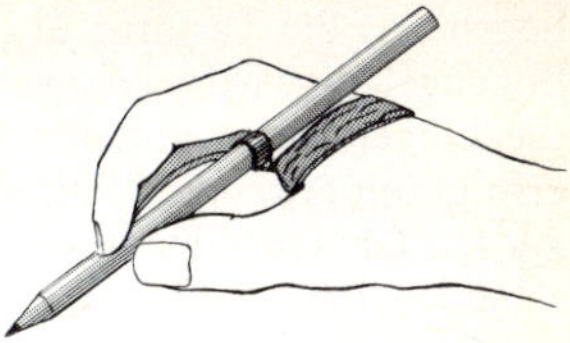

Abb. 13. Stifthalterung mit Handklammer.

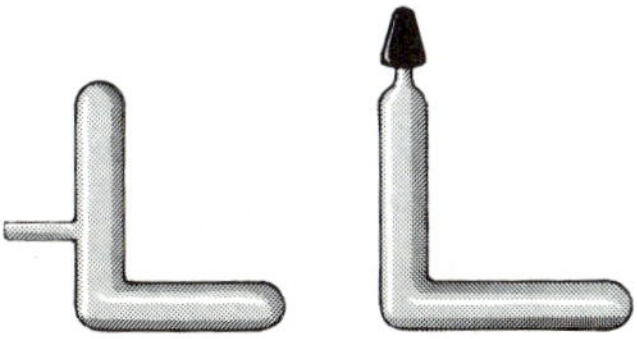

Abb. 14. Einsätze für Handschienen zum Schreibmaschineschreiben.

b Maschineschreiben für Patienten mit schlaffen Paresen. Besteckteile können eventuell leicht abgenickt, direkt eingesteckt werden (s. Selbsthilfe und Handschienenherstellung, Abb. 43).
Verschiedene Hilfsmittel zum Halten des Schreibgerätes gibt es auch im Fachhandel.
Bei fehlender Haltefunktion ist ferner, z. B. bei Tetraplegikern, das Einklemmen des Stiftes zwischen den Fingern und Schreiben in Supination möglich.
Zum besseren Aufgreifen des Schreibgerätes ist es in solchen Fällen – wie auch für Prothesenträger – günstig, den Stift in einem neigbaren Ständer (Bürobedarf) oder einem speziell gebohrten Holzklotz abzulegen.
Für Einhänder sind im Fachhandel *Schreibplatten* erhältlich, wie Technische Zeichner sie verwenden; im Hilfsmittelbedarf gibt es Schreibplatten mit *Magnetklemmleisten*, ferner magnetisch haftende *Lineale;* gut fixiert ist auch das Skizzenpapier mit *Rollenhalter* und Schreibfläche (Schreibwarenhandel).
Schreibgeräte: Filzstifte sind gut geeignet bei schwacher Handmuskulatur und geringem Andruck. Die Filzspitzen sind häufig dem massiven Andruck hypertoner Muskulatur nicht gewachsen, ebenso Federfüllhalter. Bei Behinderten, die Tintenstifte vorziehen, hat sich die Kugelschreibermine mit flüssiger Tinte gut bewährt (u. a. Montblanc), ebenso Minen mit Kunststoffspitze.

Maschineschreiben

Zu I.: Beim *Schreiben mit der Schreibmaschine* ist sowohl beim Hand- wie auch beim Fußschreiben das Sitzen die Ausgangsstellung. Beim Handschreiben soll der Schreibmaschinentisch um so viel niedriger

liegen, als die Tastatur über der normalen Tischhöhe liegt. Das Ellenbogengelenk wird gebeugt gehalten, die Unterarme in Pronationsstellung, die Finger ruhen auf den Tasten der Grundposition, das Anschlagen erfolgt mit gebeugten Fingern.
Zu II.: Die Grundposition ist beim Einhänder je nach Arbeitshand verschieden, beim Fehlen einzelner Finger sollte sie entsprechend der Anzahl und Grundhaltung der Finger angepaßt werden (s. auch Schreiben mit Dysmelien; Beschäft.-Ther. Rehabil. 4/1976). Als Arbeitsmittel ist das im Heckners Verlag erschienene Heft „Maschineschreiben für Einhänder" zu empfehlen.
Beim *Schreiben mit den Zehen* steht die Maschine auf dem Boden, es wird in sitzender Haltung geschrieben und die Ferse aufgestellt. Für das Fußschreiben gibt es Orientierungshilfen zum sicheren Auffinden der Tasten. Es ist in jedem Fall wünschenswert, ein „Blindschreiben" zu erreichen.
Weitere *technische Hilfen* sind von Schreibmaschinenherstellern (vor allem IBM, Deutschland) entwickelt worden: Abdeckplatten, die auf das Tastenfeld gesetzt, ein Abrutschen auf den benachbarten Buchstaben verhindern, Ansatzgeräte für die Verwendung von Endlospapieren und Konzepthalter. Auch Diktiergeräte und Rechenmaschinen können angepaßt werden.
Vom Arbeitskreis für biophysikalische Prothetik, Gartenstr. 45, 5600 Wuppertal 1, sind Variationen von Schreibanlagen entwickelt worden, bei denen das Tastenfeld in Lage und Größe den individuellen Bedürfnissen angepaßt werden kann. Die Firma Leuthäusser, 8631 Wiesenfeld/Coburg, stellt Schulmöbel her, die in mehreren Ebenen verstellbar sind und im Baukastensystem zusammengestellt, auch speziellen Anforderungen Behinderter gerecht werden.
Bei Paresen der Hände und Unfähigkeit der Finger, einzelne Tasten anzuschlagen, haben sich *Schreibmaschinenhämmerchen* (Abb. 14a u. b) bewährt. Sie werden aus Plexidur nach Schnitt hergestellt und angepaßt. Typ a wird in Pronationsstellung der Hand benutzt und stabilisiert einen Finger. Die Handklammer greift um die Mittelhand, Fingerteil 1 ist mit

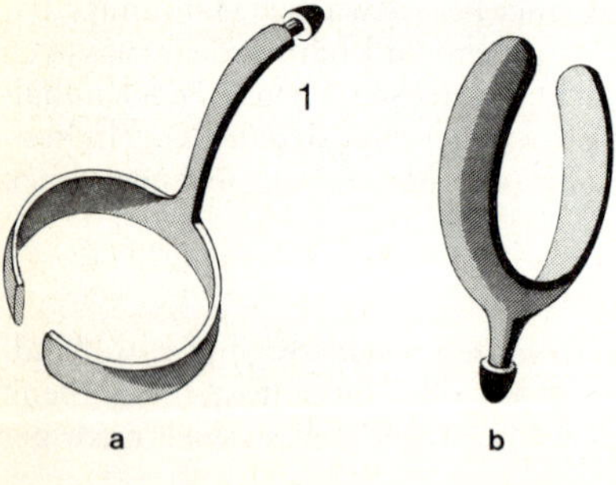

Abb. 15a u. b. Schreibmaschinenhämmerchen.

einer Gummi- oder Filzspitze versehen und um so viel länger als der Finger, als es nötig ist, damit die übrigen Finger nicht versehentlich andere Tasten berühren können. Typ b wird in Mittelstellung bis leichter Supinationsstellung der Hand benutzt.
Sollen Schreibmaschinenhämmerchen in Verbindung mit stabilisierenden Unterarmschienen benutzt werden (s. Handschienen), so werden sie nach Abb. 14 gefertigt.
Zu III.: Schreiben eignet sich als Training der Feinmotorik der Hand; es fördert Ausdauer und Konzentration. Für Sprach- und Hörbehinderte ist es oft die einzige Möglichkeit, sich zu verständigen. Das Wiedererlernen des Schreibens ist nötig nach zerebralen und peripheren Schädigungen des dominierenden Armes und ist häufig verbunden mit allgemeiner Umschulung der gesunden Seite.
Für Schwerstbehinderte gibt es die Möglichkeit, mittels elektronischer Impulsgabe über ein Schreibgerät (Fa. Carba) zu kommunizieren (s. Beschäft.-Ther., Rehabil. 1/77).

Telefonieren

Seit der Einführung des Tastentelefons für jedermann ist das Telefonieren für Behinderte einfacher geworden, da der Vorgang des Wählens vielfach große Mühe bereitete oder gar nicht möglich war. Als weitere

Abb. 16. Telefon, für Behinderte angepaßt (Fa. Meyra).

Hilfe gibt es Nummernspeicher. Auf Tastendruck wird die gespeicherte Nummernfolge automatisch eingegeben. Die Fa. Meyra hat einen Telefonhörerhalter mit Gabelbeschwerer entwickelt (Abb. 16), der an jedes Normaltelefon paßt. Als Hilfen beim Wählen können auch die Schreibmaschinenhämmerchen gelten (s. Abb. 15).
(Telefonnummernspeicher: Fa. Zettler GmbH, Landshuter Str. 20, 1000 Berlin 30.)

Funktionelles Spielzeug

Spielen ist die Hauptaktivität des Kindes; im Spiel und an Spielzeug sammelt das Kind lebenswichtige Erfahrungen.
Bewegungsgestörten Kindern – vor allem bei Behinderungen der Greiffunktionen – ist das für die Gesamtentwicklung so wichtige Betasten, Greifen und Heranholen und damit das „Erfassen und Begreifen" im eigentlichen und übertragenen Sinn nicht möglich, und der Erlebnisbereich wird eingeschränkt.
Übliches Spielzeug ist für diese Kinder oft nicht zu verwenden, da sie es nicht richtig gebrauchen können. Der Arbeitsausschuß „Gutes Spielzeug" (s. Anhang) gibt ein Handbuch und ein Verzeichnis mit Hinweisen für die richtige Auswahl von Spielzeug heraus. Das von diesem Ausschuß geprüfte Spielzeug trägt das Prädikat „spiel gut" und ist teilweise auch für die Behandlung behinderter Kinder gut geeignet.
In manchen Fällen körperlicher Behinderung muß das Spielzeug den individuellen Bedürfnissen des Kindes angepaßt werden; Spezialspielzeug wird nötig, wenigstens aber Spezialvorrichtungen.
Als Beispiel: Ein Kind mit frühkindlicher Hirnschädigung und Behinderungen im Greifen (und vor allem im Loslassen von Gegenständen) wird wenig Freude haben können an einem Tischtennisball, den es zwar umfassen, oft aber willkürlich nicht wieder loslassen kann; eine schwere Metallkugel aber fällt fast von selber aus der sich öffnenden Hand und kann die Kugelbahn herunterrollen.
Die Freude ist ein wichtiger Faktor im kindlichen Spiel. Das behinderte Kind erlebt häufig Mißerfolge bei seinen Bewegungs- und Spielversuchen, so daß es dazu neigt, sein Bemühen aufzugeben und zu resignieren. Das gelenkte Spiel mit diesen Kindern soll immer wieder auf Erfolge und Erfahrungszuwachs ausgerichtet sein, und das Spielzeug muß dafür sehr sorgfältig ausgewählt werden.
Bei Kindern mit schwer kontrollierbaren Bewegungen ist es nötig, dem Spielzeug einen zusätzlichen Halt zu geben, es am Verrutschen oder Umfallen zu hindern, um dem Kind die Enttäuschung zu ersparen, das Aufgebaute bei der nächsten Bewegung wieder umzustoßen.
Es eignen sich hierfür besonders Spiele im Auf-, Einsteck- oder Einlegeverfahren. Besonders dauerhaft ist Holzspielzeug von guter Qualität.
Beispiel 1 (Abb. 17) zeigt einen großen hölzernen Igel, in den das Kind die zigarrendicken Stacheln einstecken kann.

Abb. 17. Igel.

Beispiel 2 (Abb. 18): Verschiedenfarbige Kugeln gleicher Größe, oder umgekehrt: gleichfarbige Kugeln verschiedener Größe werden auf eine Stange gesteckt.

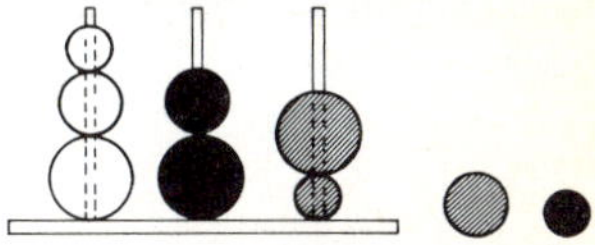

Abb. 18. Kugeln.

Beispiel 3 (Abb. 19): Holzleisten geben den fahrenden Autos eine Führungsschiene und den an der Straße stehenden Bäumen Halt.
Beispiel 4 (Abb. 20): Nach diesem Muster eines Rasters aus Holzleisten können viele Zuordnungsspiele für Farben, Formen, Worte, Bilder usw. hergestellt werden aus Klötzen.

Abb. 19. Führungsschienen.

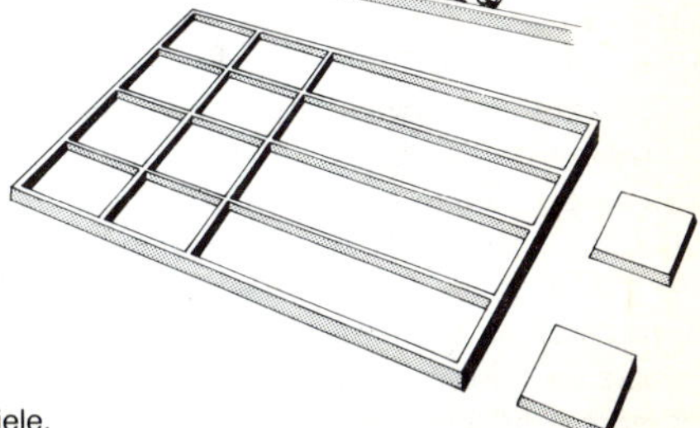

Abb. 20. Unterlage für Zuordnungsspiele.

Bei manchen Kindern wird es genügen, diese Spiele mit einem rutschfesten Belag zu versehen, z.B. mit Noppengummi oder mit einem Magneten. Mit Magnetbuchstaben, Form- und Farbplättchen kann auf einer farbig lackierten Eisenplatte gespielt werden.
Alle diese Spiele können auch für bettlägerige Kinder gut verwendet werden, da sie auch bei schräger oder fast senkrechter Stellung im Raum nicht umfallen. (Weitere funktionelle Spielzeuge siehe auch: Beschäft.-Ther., Rehabil. Nr. 2/67–4/67; 2/68, 3/68; 2/70, 3/70; 4/71.)

Funktionelles Spielzeug ist vorwiegend zur Behandlung gedacht. Für den Therapeuten ist es eine Hilfe, um das Kind bestimmte Funktionen üben zu lassen. Der Übungscharakter eines Spieles sollte dem Kind jedoch nicht allzu deutlich bewußt gemacht werden, um nicht die kindgemäße Aktivität im Spiel in Lustlosigkeit umzuwandeln. Die gewünschte Funktion soll zur Handhabung des Spielgerätes erforderlich sein, damit die Therapeutin nicht ständig verbal, mimisch und manuell unterstützend eingreifen muß.
Beispiel 5 (Abb. 21): Die auf den Kärtchen des Puzzles befestigten Dübel oder Perlen erfordern den Spitzgriff oder Dreifingergriff beim Einlegen.

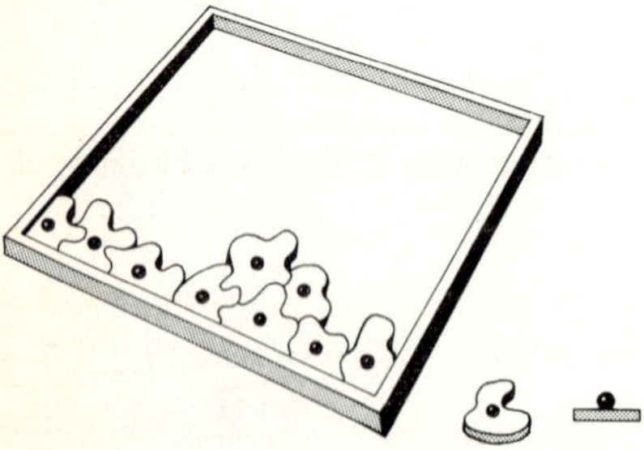

Abb. 21. Spezialpuzzlespiel.

Das Hammerspiel oder das Aufziehen von Perlen auf eine Schnur und viele Arten von Konstruktionsspielen üben die Zusammenarbeit beider Hände. Ebenso werden beide Hände gebraucht, um große Gegenstände zu tragen und mit dem Ball zu spielen.
An einer großen „Anziehpuppe“ kann das Kind lernen zu knöpfen, Schleifen zu binden oder Schnallen zu schließen. Das Stehtraining wird dem Kind mehr Freude machen, wenn es dabei z.B. hinter dem Ladentisch eines Kaufladens die Spielkameraden bedienen kann. Kleine Schiffe, Fische und anderes Badespielzeug werden es dem Kind erleichtern, über längere Zeit seine verletzte Hand zu baden und im Wasser zu üben.
Als Spezialspielzeug zur sensomotorischen Wahrnehmungsförderung ist vom Spastikerzentrum Augsburg (Butzstr. 19a, 8900 Augsburg 22) der baukastenähnliche „*Pertra*“-*Spielsatz* entwickelt worden. „Pertra“ steht für Perzeptionstraining nach Frostig. Das Spielmaterial bietet vielfältige Spiel- und Übungsmöglichkeiten bei Kindern mit Perzeptionsstörungen.
Der Therapeut soll immer bemüht sein, die Kinder bei der Behandlung nicht zu überfordern, ihnen genügend Möglichkeit auch zu freiem Spiel zu geben und regelmäßig unbehinderte Kinder vergleichend beobachten.

Propriozeptive Erleichterungsmethoden

Die Anwendung propriozeptiver Erleichterungsmethoden nach Kabat und Knott* (Kabat-Kaiser Institut, Kalifornien) setzt sich in der krankengymnastischen Behandlung auch in der Bundesrepublik zunehmend durch. Es handelt sich um Methoden der erleichterten Wegbereitung/Bahnung einer Bewegung bei neuromuskulären Schädigungen (auch PNF-Methode*). Man kann unterscheiden in:

I. direkte exterozeptive Stimulation (Reizung/Anregung), z.B. Hautkontakt, Pinseln, Eis, Wärme;
II. direkte propriozeptive Stimulation, z.B. Druck, Dehnung, Widerstand;
III. Ausnutzung von Bewegungsmustern (Patterns), also Reflexmechanismen und Komplexbewegungen.

Die Techniken zielen ab auf optimale Ausnutzung aller zur Verfügung stehenden Reizwirkungen, um die größtmögliche Reizantwort = Muskelleistung zu erreichen. Richtig angewandt stellen sie eine äußerst wirksame Behandlungsmaßnahme dar, die auch in der Beschäftigungstherapie verstärkt angewendet werden sollte. Auf den neurophysiologischen Unterbau einzugehen, führt an dieser Stelle zu weit, für Beschäftigungstherapeuten gibt es im übrigen noch wenig deutschsprachige Literatur. D. Gardiner und vor allem Jean Ayres weisen auf Anwendungen in der Beschäftigungstherapie hin.
Im folgenden wird an Beispielen gezeigt, in welcher Form verschiedene Erleichterungsmethoden in der funktionellen Beschäftigungstherapie bereits benutzt werden. Es soll an dieser Stelle hiermit ein Anstoß gegeben werden zu weiterer Verbreitung, zu Forschungen und Veröffentlichungen zum gezielten Einsatz der propriozeptiven Erleichterungsmethoden.

Direkte exterozeptive Stimmulation

Sie wird praktisch bei jeder aktiven Greiffunktion benutzt. Die Berührung des zu greifenden Gegenstandes mit Hand- und Fingerinnenseiten erleichtert das Zufassen. Ständig wechselnde Berührungsreize (verschiedene Größen, Formen, Oberflächenbeschaffenheit, Temperatur) helfen, die Reizwirkung zu erhalten. Adaptierte Griffe vergrößern die Kontaktfläche und somit den Reiz. Hautkontakt entsteht ferner an den Auflagepunkten der Extremität auf der Tischplatte oder beispielsweise in Armschlingen, durch Verbände oder auch Kleidung. Soll der Hautkontakt als Therapiehilfe genutzt werden, so sollte er möglichst nur der Muskulatur anliegen, deren Aktivität gewünscht wird. Im umgekehrten Fall soll Hautkontakt und Druck dort gemieden werden, wo die darunter

* Knott, M., D. Voss: Proprioceptive Neuromuskular Facilitation. Hoeber u. Harper, New York 1963.

liegende Muskulatur ohnehin hyperton ist, z. B. bei Spastizität. Anregend wirken weiterhin leichtes Klopfen, Streichen, Pinseln mit einem langborstigen weichen Pinsel, Bestreichen mit Eis oder Eisbehandlung der entsprechenden Hautregionen.

Direkte propriozeptive Stimulation

Sie wendet sich an die tiefer liegenden Rezeptoren, die in praktisch allen Weichteilen der Extremitäten liegen. Einzelne reagieren auf Druck/Kompression, andere auf Dehnung oder Widerstand. So wirkt beispielsweise Druck auf den Handballen erleichternd auf die Ellenbogenstreckung. Bei zahlreichen Tätigkeiten, vor allem in der Holzbearbeitung wird diese *Kompression* als Verstärkung der Reizantwort ausgenutzt. Hobel, Sägen, Raspeln und Feilen wirken auf Stoß und somit optimal. Zusätzlich anregend wirkt bei diesen handwerklichen Techniken die vorangehende ausholende Bewegung, als kurzzeitige *Aktivität der Antagonisten*. Wird im weiteren auch noch darauf geachtet, daß die Bewegungen weit ausladend sind, bis zum Gelenkanschlag reichen, so verstärkt der *Dehnungsreiz* auf die Muskelfasern die antagonistische Gegenbewegung. Durch die Verwendung *langer* Sägeblätter, langer Arbeitsstücke, großer Arbeitsflächen ist dieses zu erreichen. Bei Stoffdruckarbeiten, großflächigem Malen oder funktionellen Spielen treten Dehnungsreize ebenso auf, wie bei der Verwendung langer Garnnadeln und breiter Arbeitsstücke beim Weben. Bei allen oben erwähnten handwerklichen Techniken tritt Widerstand in Form von Materialwiderstand auf und kann therapeutisch eingesetzt werden (s. auch Beispiele handwerklicher Techniken, S. 251 ff). Sind bei zunehmender Muskelleistung die Möglichkeiten des jeweils maximalen Widerstandes durch die Materialeigenschaften erschöpft, so ist zusätzlicher Widerstand einzusetzen. Besonders gut anzupassen ist der manuelle Kontakt (Hautreizung), verbunden mit Widerstand (somit auch Druck). Wechselseitig entsprechend der Bewegungsrichtung wird die Hand des Therapeuten auf den Extremitätenabschnitt aufgelegt. Bei Bewegungsempfindungsstörungen hilft ebenfalls leichter Gegendruck, die Idee der gewünschten Bewegung zu bekommen.
Wird nicht manueller Widerstand angewendet, so können Manschetten angelegt und über Rollenzüge Gegengewichte mitbewegt werden. Am Webrahmen beispielsweise können Federn angebracht werden, um Widerstand bei der Vor- und Rückführung des Kammes zu erreichen (jeweils rechts und links zwischen Kettbaum und Kamm, sowie Kamm und Warenbaum).

Ausnutzung von Bewegungsmustern

Bisher wurde bereits ausschließlich eingegangen auf die großen Massenbewegungen, die nach Kabat besonders wirkungsvoll sind. Nach Möglichkeit sollen sie *diagonal und spiralig* ablaufen. Erfolgt die Gegenbewegung genau umgekehrt, so sind in diesem Fall mit erfolgter Hin-

und Rückbewegung der Extremität einmal sämtliche Muskelgruppen tätig geworden.

1. Beispiel: Übungsfolge für Schulter und Ellenbogen
   a) Armhebung / Außenrotation / Ellenbogenstreckung / Pronation (angewandt z. B. bei Haushaltsarbeiten, wie Fensterputzen, Wäsche aufhängen, beim Ballspielen, Weben am Hochwebstuhl)
   b) Absenken / Innenrotation / Ellenbogenbeugung / Supination (Kirschen vom Baum pflücken und essen). Hierbei ist ein Umdenken erforderlich, da in Supinationshaltung im allgemeinen nicht gegriffen wird, im übrigen wiederum Anwendung z. B. am Hochwebstuhl.
2. Beispiel: Übungsfolge für Hand und Finger
   a) Pronation / Dorsalextension / Faustschluß
   b) Supination / Volarflexion / Handöffnung, Fingerstreckung.

Bewegungsmuster, die das Handgelenk und die Finger mobilisierend einbeziehen, sind in der Beschäftigungstherapie selten. In den meisten Fällen wird das Handgelenk in leichter Dorsalextension fixiert, und die Finger halten einen Gegenstand. Allein bei Anordnung von Greif- und Steckspielen sowie bei kleinen Flecht- und Stickarbeiten ist an die exakte Übungsfolge (Ergreifen in Pronation – Ablegen in Supination) zu denken, wobei das Handgelenk manuell fixiert werden soll, beziehungsweise Widerstand gegeben werden soll.
Zur Erhöhung des Widerstandes gibt es im Fachhandel (Fa. Nitzbon, Hamburg) beispielsweise für Druckmodell zum Linolstempeldruck verschiedene Gewichte (Beispiele für Grifformen s. Abb. 12).
Für Greifübungen gegen Widerstand eignen sich ferner schaumstoffumwickelte Griffe aller Geräte, sogenannte „Zuckerzangen", aus Federstahlband gebogene Greifzangen unterschiedlicher Form und Stärke (Abb. 22 a). Die „paradoxe Zange", ebenfalls für die Übung mit Greifspielen zu nutzen, wirkt entgegen der normalen Funktion: sie faßt beim Strecken der Finger. Ein Gummiband zwischen den Greifbacken erschwert das Zufassen (Widerstand) (Abb. 22 b).

Verstärkungen

Kommandoartig werden bei der Behandlung zur sprachlichen Verstärkung die Worte *ziehen, stoßen* und *halten* verwendet. Auch diese wirken anspornend und somit verstärkend; sie können im übrigen helfen, den bei vielen Arbeitsgängen vorhandenen Bewegungsrhythmus zu finden, der seinerseits wiederum verstärkend wirkt.

Bilaterales Arbeiten

Bei Arbeiten im täglichen Leben, die große körperliche Kraft erfordern, wird zu ihrer Bewältigung oft der ganze Körper verstärkend eingesetzt. So geht man in die Hocke, um Schweres anzuheben und hochzustemmen,

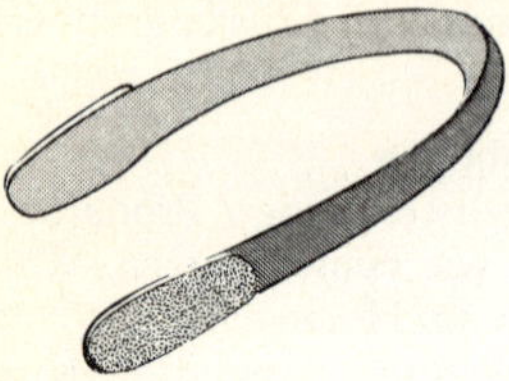
a

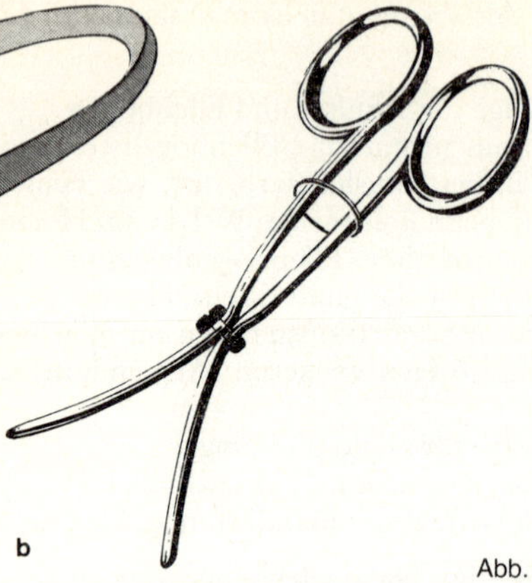
b

Abb. 22 a u. b. Zangenformen.

reckt sich, um etwas hoch oben Gelegenes zu erreichen und trägt große Gegenstände mit beiden Händen. Bilaterales Üben verstärkt die Reaktion der schwächeren beider Extremitäten. Bei unzähligen Tätigkeiten der Selbsthilfe (sich Kleiden, Essen, Speisen zubereiten, Putzen, Betten beziehen etc.) sowie bei handwerklichen Tätigkeiten (Weben, Feilen, Hobeln, Flechten, Töpfern) wird bimanual gearbeitet, teilweise sogar symmetrisch. Durch Griffanpassungen werden der bimanuale Fuchsschwanz (Abb. 9) sowie Schleifklötze (Abb. 10) und Druckmodell (Abb. 12) zu Geräten, die diese Gruppe sinnvoll ergänzen. Zu erwähnen sei noch, daß bei bilateralen Tätigkeiten der gesunden Seite Widerstand gegeben werden sollte, einerseits führt dieses zu propriozeptiver Erleichterung, andererseits wird somit verhindert, daß die kräftigere Seite die Arbeit der schwächeren mit übernimmt.

Hilfe zur Selbsthilfe

Die weitgehende Unabhängigkeit von fremder Hilfe ist für Kranke aus allen medizinischen Fachgebieten gleich wichtig. Selbständigkeit stärkt das Selbstbewußtsein und hebt das Selbstwertgefühl; für Alleinstehende ist sie eine Existenzfrage. Bei physischen Behinderungen müssen zum Erreichen der Selbständigkeit oft Trickbewegungen und Ersatzfunktionen gelernt werden oder es sind Behelfe nötig. Zahlreiche Firmen bieten heute *Hilfsmittel für Körperbehinderte* an (s. Anhang). Den Patienten bei der Auswahl zu beraten, den Umgang mit diesen Hilfen zu üben und Hilfsgeräte den individuellen Bedürfnissen des einzelnen anzupassen bzw. spezielle Hilfen zu ersinnen, sind Aufgaben der Beschäftigungstherapeutin (vgl. Wagner-Fischer 1973, Essel u. Sebbel 1971, Jay u. Mitarb. 1969).

Es ist jedoch anzustreben, so wenig Hilfsmittel wie möglich und nur so viel als nötig zu benutzen, um nicht wiederum von diesen abhängig zu sein.
Zur Feststellung des Grades der Behinderung sowie für Fortschrittsberichte benutzen die meisten Abteilungen für Beschäftigungstherapie *Selbsthilfetestbögen.* Diese funktionellen Tests beziehen sich auf die Fähigkeiten des Patienten, in seiner Umgebung 1. ohne Hilfen, 2. mit Hilfe von Hilfsmitteln oder 3. mit Hilfspersonen zu leben. Sie bilden die Grundlage für den Behandlungsplan der Beschäftigungstherapeutin im Hinblick auf das Selbsthilfetraining.
Im folgenden soll vor allem auf *technische Hilfen* hingewiesen werden, die Kranken aller Altersgruppen, Bettlägerigen und Behinderten größere Unabhängigkeit von fremder Hilfe geben. Sofern nicht besonders angegeben, sind die Hilfsmittel (kursiv gedruckt) im Fachhandel zu beziehen.

Hilfen zur Unabhängigkeit von fremder Hilfe

Essen und Trinken

Bei Schwerbehinderten und Bettlägerigen besteht meistens der Wunsch, Art und Rhythmus der Nahrungsaufnahme selbst zu bestimmen. Ein Bettisch mit verstellbarer Höhe (s. Abb. 2) rutschfestem Belag oder einem Ausschnitt für den Teller, gibt dem Geschirr den nötigen Halt. Ein über dem Bett angebrachter *Bettspiegel* ermöglicht Liegenden die Sicht auf ihren Teller. Aufsetzbare *Tellerranderhöhungen* erleichtern das Beladen des Bestecks und verhindern ein Überlaufen der Speisen. Besonders für Einhänder sind *Frühstücksbretter* (Abb. 23) zu empfehlen, auf denen Brot und Aufschnitte von kurzen Drahtstiften beim Hantieren gehalten werden.

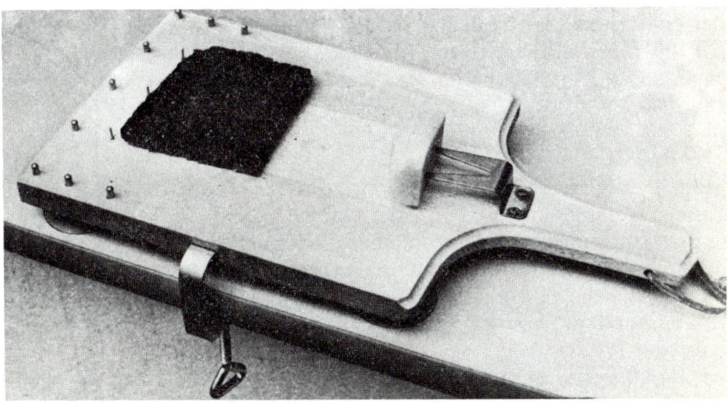

Abb. 23. Frühstücksbrett (Fa. Thomas).

Spezielle *Eßbestecke* gibt es für Spastiker, Kinder und Erwachsene; für Einhänder sind verschiedene Gabel-Messer-Löffel-Kombinationen im Handel, und es gibt Besteck mit abgewinkelten Griffen und verschiedenen Grifformen. *Besteckhalter* aus Kunststoff sind für mittelgroße Hände vorgebogen, im Fachhandel zu beziehen. In einigen Fällen, bei Handfehlbildungen, Lähmungen oder Fingeramputationen, wird es nötig sein, Besteckgriffe oder -halterungen individuell zu adaptieren. Dazu gehören vor allem Verdickungen und Abwinkelungen der Besteckgriffe. Griffverdickungen lassen sich aus Balsaholz schnitzen oder aus Kork; Knetmaterialien, die an der Luft oder im Ofen holzhart austrocknen, eignen sich zur Herstellung von speziell angeformten Griffen, ebenso Kustoform oder Gießharz. Abwinkelungen können bei Plastiklöffeln über einer Wärmequelle (Herdplatte) vorgenommen werden oder bei leichtem Metallbesteck im Schraubstock gebogen werden. Besteckhalter sollten der Hand angepaßt werden und für möglichst viele Besteckarten zu verwenden sein (s. Handschienenherstellung, Abb. 43, S. 295).
Kann ein Behinderter weder Hände noch Füße zum selbständigen Essen benutzen, so kann die *Eßmaschine* (Arbeitszentrum für Behinderte, CH-4802 Strengelbach) vom Gefüttertwerden durch eine Person unabhängig machen.
Die *Loseblattsammlung* der Deutschen Vereinigung für die Rehabilitation Behinderter, Friedrich Ebert Anlage 9, 6900 Heidelberg, informiert umfassend und firmenunabhängig über die auf dem Markt befindlichen Hilfsmittel und ihre Anwendungsbereiche.
Hilfen zum Trinken sind Schnabeltassen, die es für Rechts- und Linkshänder, wie auch mit zwei Henkeln gibt; ferner Becher mit Deckel- und Trinkschnabel sowie Trinkröhrchen aus Glas oder Plexiglas, biegsame *Trinkhalme* (flex-straw-Plastikhalme), die mit einer aufgebogenen *Büroklammer* (Abb. 24) am Tassenrand gehalten werden können, oder ein Trinkschlauch. Bei schlaffen Paresen der Arme kann die am Rollstuhl fixierbare Kugellagerarmstütze (Herst. Arb.-Gemeinsch. Milchsuppe, Basel; Fa. Orthopädia, Kiel) eine Hilfe beim Essen, Trinken und Schreiben sein.

Körperpflege

Weitgehende Unabhängigkeit bei persönlicher Hygiene ist für jeden Kranken wichtig.
Im Bett ist dem liegenden Patienten das Waschen seines ganzen Körpers kaum möglich. Um seine Selbständigkeit zu fördern, sollte er aber angeregt werden, die Pflege der Haare, der Fingernägel und der Haut, das Rasieren und die übrige Kosmetik selbst zu übernehmen (MÜLLER-KAMERHUIS 1969).
Am Waschbecken ist für sitzende Behinderte ein leicht schräg verstellbarer Spiegel günstig. Bei mangelnder Arm- und Handkraft sollten Wasserhähne einen schwenkbaren Öffnungshebel haben; Kalt- und Warm-

Abb. 24. Trinkbecher mit Handhalterung, gebogene Büroklammer zum Halten des Strohhalmes.

wasser mischbar. Waschhandschuhe erleichtern das Waschen; sie können zusätzlich über dem Handgelenk gerafft und so am Abrutschen gehindert werden. Ohnhänder können Waschhandschuhe über den Fuß ziehen.

Für Rollstuhlfahrer soll das Waschbecken unterfahrbar sowie an Zu- und Abwasserrohren wärmeisoliert sein. Die Firma Fischer und Kastner bietet einen höhenverstellbaren Waschtisch an.

Seife ist für Einhänder leichter zu benutzen, wenn sie an einer Kordel gehalten (Badeseife, Drogerie), auf eine kleine Fläche mit zahlreichen Saugnäpfen (Oktopus, Drogerie) gelegt oder in ein Nylonsäckchen gesteckt, am Wasserhahn befestigt wird.

Nagelbürste mit Saugnäpfen und *Nagelpflegegerät* sind zusätzliche Hilfen für Einhänder. Zahnbürste und Rasierapparat, auch elektrische Geräte, können mit einer Griffveränderung oder Handhalterung versehen oder an der Wand angebracht werden. Die Nagelschere (Abb. 25) ist für Handbehinderte benutzbar, die eine normale Schere nicht handhaben können.

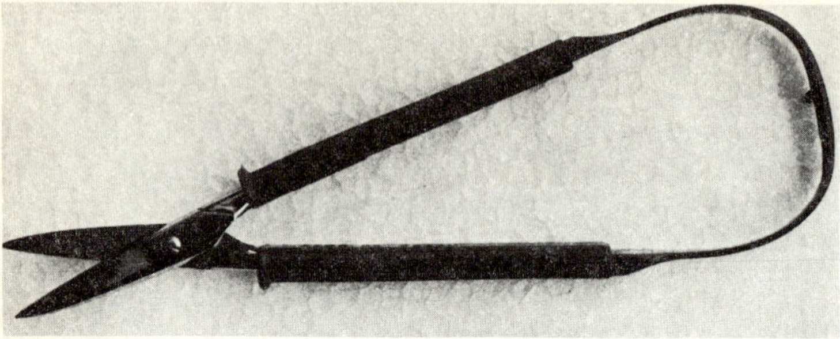

Abb. 25. Nagelschere für Handbehinderte (Fa. Thomas).

Bei Bewegungseinschränkungen der Arme sind häufig *Verlängerungen* (Abb. 26) an Kamm, Bürste und eine lange Badebürste nötig. Für Verlängerungen eignet sich gut PVC-Rohr (Installationsbedarf), das, über einer Wärmequelle erweicht, gut biegbar ist. In Drogerien gibt es bereits verschiedene Hilfen zum Waschen des Rückens, die gut für Behinderte zu verwenden sind.

Duschen und Badewanne. Behinderten ist Duschen als Mittel zur Körperpflege anzuraten. Es ist dem Baden in der Wanne vorzuziehen. Der Raumbedarf für einen Duschplatz ist gering, und das meist so problema-

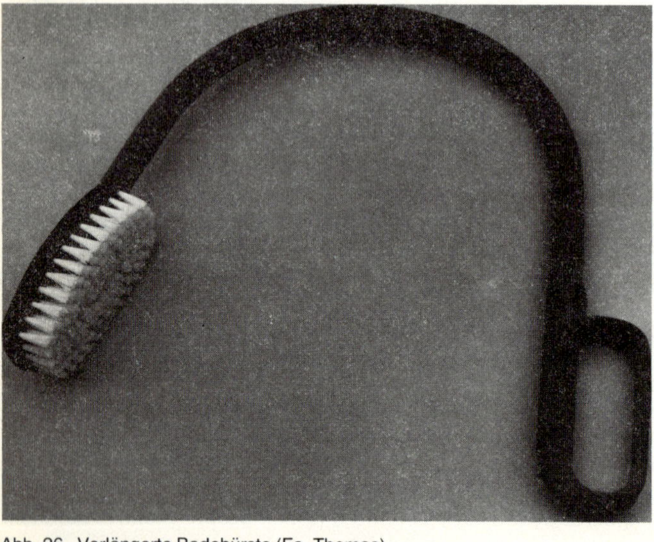

Abb. 26. Verlängerte Badebürste (Fa. Thomas).

tische Überwinden des Wannenrandes entfällt, da das Duschbecken, soweit überhaupt nötig, nur eine kleine Einfassung hat.
Für Dusche und Badewanne sind rutschfeste *Matten* und evtl. Sitzmöglichkeiten zu empfehlen, ebenfalls Griffe zum Festhalten (s. Hilfsmittelbedarf).
Das Abtrocknen kann dem Behinderten erleichtert werden mit einem Bademantel oder einem Badeumhang, der an einer Kapuze hängend auch mit dem Kopf abgenommen werden kann. An Waschlappen und Handtücher genähte Schlaufen sind oft eine brauchbare Hilfe.
Toilette. Bei zahlreichen Behinderungen (Hüftsteife, Hemiplegie) ergeben sich für die Benutzung der Toilette schon allein dadurch Schwierigkeiten, daß die Becken zu tief liegen. Eine Sitzerhöhung und Griffleisten zum Festhalten sind hier hilfreich. Steh- und gehunfähige Fahrstuhlbenutzer müssen mit dem Fahrstuhl neben das WC fahren, um übersteigen zu können. In den meist engen Badezimmern und Toiletten ist dies selten möglich. Daher sind oft Umbauten nötig, günstigenfalls kann zugunsten einer Duschecke auf die herkömmliche Badewanne verzichtet werden. Der gewonnene Raum reicht oft für den Platz neben dem WC oder sogar als Wendeplatz für den Fahrstuhl aus. Es ist als Notlösung anzusehen, wenn auf den im Krankenzimmer aufgestellten Toilettenstuhl ausgewichen werden muß, und eventuell ein Wohnungswechsel zu empfehlen.
Mit Hilfe von einem automatischen WC, „Clos-o-mat", das mit einem Wasserstrahl reinigt und mit Warmluft trocknet, können auch Schwerbehinderte von fremder Hilfe unabhängig sein. Für denselben Personenkreis gibt es auch Hilfen zum Einführen von Vaginaltampons und Suppositorien (Fa. Ruhrtaler Verbandsstoff).

An- und Auskleiden

Das selbständige An- und Auskleiden ist für Behinderte meist zeitraubend und körperlich anstrengend. Praktische Kleidung, Hilfsgeräte, Tricks und Übung sind Hilfen zur Selbsthilfe.
Die Kleidung sollte aus dem allgemeinen Angebot an Textilien so ausgewählt werden, daß der Behinderte sie selbst an- und ablegen und sich unbeengt darin bewegen kann. Kleidungsstücke aus naturreinen Fasern oder Mischfasern sind oft besser geeignet als solche aus Kunstfasern, weil sie körpereigene Ausdünstungen besser absorbieren, leicht zu pflegen und dehnbar sind.
Verschlüsse sollten *vorn* zu schließen sein, unter Augenkontrolle oder gegebenenfalls auf der kranken Seite. Knöpfe, Schnallen, Haken und Ösen sowie Druckknöpfe sind einfacher zu handhaben, wenn sie möglichst groß sind. Besonders zweckmäßig sind Reißverschlüsse. Am Zugteil erleichtert ein Schlüsselring oder Lederband (in der Farbe des Kleidungsstückes) das Bedienen. Reißverschlüsse sollten immer möglichst lang sein, um durch weites Öffnen der Kleidung ein leichteres Anziehen

zu ermöglichen, zudem eignen sich Metall- oder dicke Kunststoffreißverschlüsse besser als die üblichen schmalen.
Knöpfe lassen sich an Hemden und Blusen durch *Klettenverschluß* ersetzen *(„Velcro")* oder durch Druckknöpfe auf der Knopfblende unsichtbar vernäht; der Knopf wird dann auf dem Knopfloch festgenäht (Abb. 27). „Velcro"-Verschluß ist auch elastisch (Elastogrip) erhältlich. Schwie-

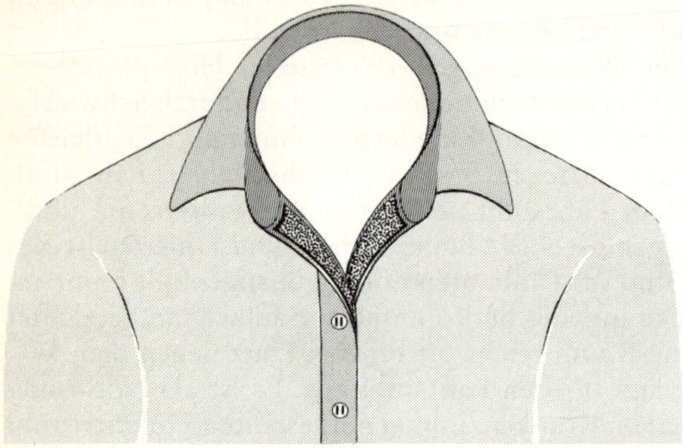

Abb. 27. Veränderter Kleidungsverschluß mit „Velcro".

rigkeiten haben Herren vor allem am obersten Hemdenknopf und auch an Manschettenknöpfen. Hier kann ein kleines Stück elastisches Gummiband zwischen Ober- und Unterteil des Manschettenknopfes genäht, ein Durchschlüpfen ermöglichen.
Die Knöpfhilfe (Abb. 28) ist aus gebogenem Federstahldraht hergestellt, evtl. sind zwei Größen für die unterschiedlichen Knopfgrößen nötig. Die

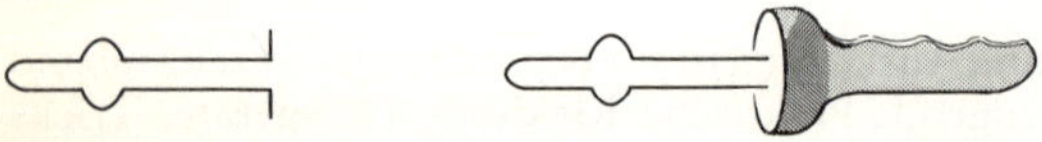

Abb. 28. Knöpfhilfe.

Drahtenden werden umgebogen, und es wird ein Griff (Kustoform oder Polyform) gebildet (auch im Fachhandel).
Für Damen ist das Schließen des Büstenhalters oft mühevoll. Es gibt vorn zu schließende und auch elastische Modelle, die man über den Kopf ziehen kann, nachdem der Rückenverschluß zusammengenäht wurde.
Folgende Verschlußmethode ist vielseitig und für Hosen- und Rockbund, Mieder und Büstenhalter zu verwenden, weil hierbei die zu verbindenden Teile fest und auch mit einer Hand zusammengezogen werden können: Auf ein Stück Band wird je etwa 5 cm Klettenverschluß (zwei zusammengehörende Teile) genäht; das Band sollte so lang sein, daß es bequem durch einen am zweiten Bundteil befestigten Ring gezogen und auf den ersten Teil wieder angedrückt werden kann (Abb. 29).
Bei Schienen und Apparaten für Gelähmte sind an der Innennaht des

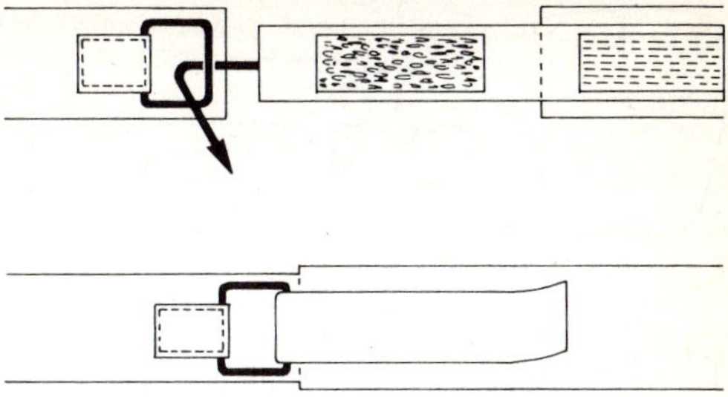

Abb. 29. Verschlußmethode.

Hosenbeines oder Ärmels Reißverschlüsse günstig; sie erleichtern das Be- oder Entkleiden.

Schuhe. Für Gehbehinderte sind Schnürschuhe ratsam, weil sie festen Halt geben. *Elastische Schnürsenkel* (Fa. Bergal) oder rundes Gummiband machen ein erneutes Schnüren überflüssig, die Lasche muß dann evtl. an einer Seite angenäht werden. Schnürung der Schuhe für Einhänder s. Abb. 30.

Handbehinderten sollten Slip- oder Schnallenschuhe empfohlen werden. Verlängerte Schuhanzieher gibt es im Fachhandel (s. Anhang).

Strümpfe. Bei Hüft- und Knieversteifungen lassen sich Strümpfe leichter mit einer Anziehhilfe über den Fuß ziehen. Zur Herstellung eines Strumpfanziehers wird aus einem Fünfliter-Plastikeimer die Form ausgeschnitten (Abb. 31 a); der obere umgebogene Rand des Eimers bleibt erhalten. Die Schnittkanten sind zu glätten. Durch die in die oberen beiden Laschen gestanzten Löcher wird das je 1,50 m lange Baumwollband gezogen (Abb. 31 b) und mit je einem Strumpfhalter (Velvet) versehen. Die Bänder wer-

Abb. 30. Schuhschnürung.

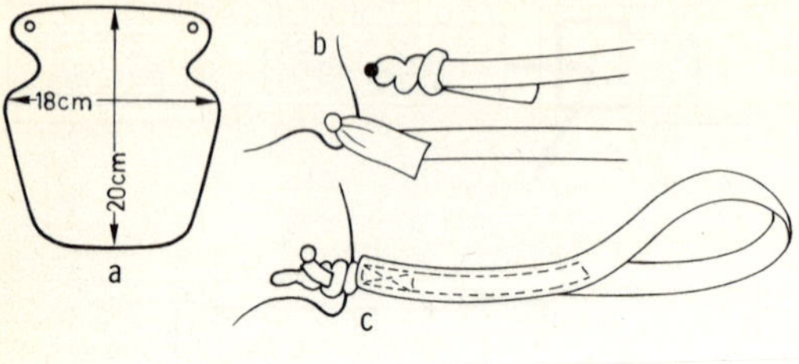

Abb. 31. Strumpfanzieher.

den so zusammengenäht, daß eine Schlaufe zum Festhalten bleibt (Abb. 31c).
Über die Plastikform gezogen und festgeklammert, kann der Strumpf an den Bändern zum Fuß heruntergelassen werden. Etwas Puder erleichtert das Hineinschlüpfen.

Wohnung

Zur Rehabilitation hat der Europarat Entschließungen für den alten- und behindertengerechten Bau von öffentlichen Gebäuden und Wohnungen herausgegeben.

Für Wohnungen für Schwerbehinderte sind u. a. vorgesehen: *
- höhenverstellbare WC, Waschbecken und Arbeitsplatten,
- möglichst nur auswechselbare Armaturen,
- Spezialeinbauküchen,
- Notstromaggregat für Heizung, Aufzug, Feuermelder, Rufanlage, Treppenhausbeleuchtung,
- breite Türen ohne Türschwellen,
- geeigneter Fußbodenbelag.

Weitere Informationen erteilt die Deutsche Vereinigung für die Rehabilitation Behinderter e.V., Heidelberg.
Das Fachbuch „Planen und Bauen für Behinderte", H. Kuldschun und E. Rossmann, Deutsche Verlags-Anstalt, befaßt sich ausführlich mit diesem Fachgebiet. An dieser Stelle kann nur auf wenige Einzelheiten eingegangen werden.
Einen Schlüssel im Schloß umzudrehen ist Behinderten oft nicht möglich, weil es viel Kraft auf kleiner Fläche erfordert. Eine *Schlüsselhebelverlängerung* schafft Abhilfe. Bei Abb. 32 besteht sie aus Messingblech, klappt bei Nichtbenutzung über den Schlüssel und ist fest mit ihm verbunden durch eine Blechöse. Andere Hilfen gibt es auch im Fachhandel.

---

* Unter DIN Nr. 18025 liegt beim Deutschen Normenausschuß ein Entwurf für die Maße von Wohnungen für Schwerbehinderte und Rollstuhlbenutzer vor (s. Z. Beschäft.-Ther., Rehabil. Nr. 4/1969); vgl. auch: „Der Körperbehinderte – ein Stiefkind der modernen Wohnungs- und Städteplanung". Beschäft.-Ther., Rehabil. 3/1969.

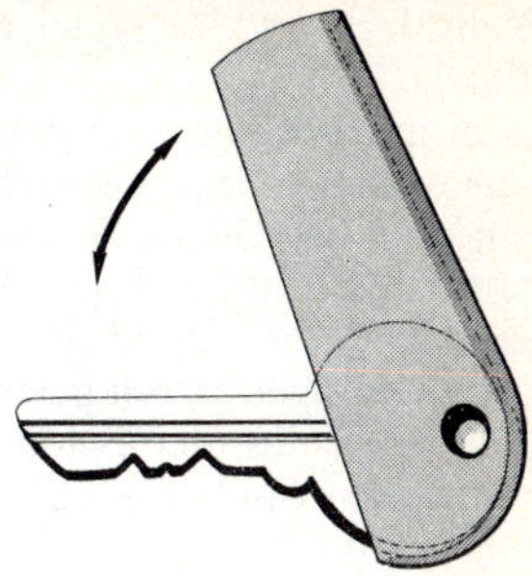

Abb. 32. Schlüsselhebelverlängerung.

Die Einrichtung sollte auf das Notwendigste beschränkt sein, damit genug Bewegungsraum bleibt. Zu viel Mobiliar kann einengend wirken; andererseits bieten nahe beieinander stehende Möbel manchem gehbehinderten Kranken die Möglichkeit, an ihnen entlang zu gehen, wenn er sonst auf Gehstützen angewiesen ist.
Polstermöbel sind für Behinderte oftmals zu tief und zu weich. Gehbehinderte und Hemiplegiker z.B. werden besser einen Stuhl benutzen, vielleicht mit einer zusätzlichen Seitenlehne. Für Hüftversteifte gibt es Arthrodesenstühle, die der Behinderung angepaßt werden können oder spezielle Sitzkissen; ferner Katapultsitze zum leichteren Aufstehen (s. Fachhandel).
Für Fahrstuhlbenutzer sind Unebenheiten jeder Art, auch schon Teppichkanten, hinderlich. Sisalteppichboden beispielsweise ist leicht zu pflegen und gut zu begehen und zu befahren. Alle Arbeitsflächen müssen für den Patienten unterfahrbar und Schränke, Regale sowie deren Inhalt müssen erreichbar sein. Es empfiehlt sich, die Schränke innen bis Ellenbogenhöhe mit Schubladen oder herausziehbaren Körben zu versehen und dem Patienten für die Kleiderbügel einen Greifhaken mit langem Stiel zu geben.

Haushalt

Die im folgenden aufgeführten Hilfen gelten vor allem für Behinderte, die einen Haushalt selbständig führen müssen. Sorgfältige Haushaltsplanung und geeignete Arbeitsgeräte für den Behinderten bedeuten Zeit- und Energieeinsparung.

Pflege der Wohnung

Bei der Anschaffung eines *Staubsaugers* soll nicht an falscher Stelle gespart werden. Ein starkes Gerät erspart wiederholtes Behandeln der gleichen Stelle; es gibt Ansatzstücke, mit denen nicht umgeschaltet werden muß, wenn das Gerät zwischen Teppich und glattem Boden wechselt. Ferner gibt es einen Mop mit biegsamem Stiel, so daß man Möbel auch stehend unterfahren kann.

Kehrblech und -schaufel mit langem Stiel machen das Bücken überflüssig.
Naß wischen kann ein Behinderter leichter mit einem Wassermop; der mit Wasser vollgesaugte Schwamm wird durch einen Hebelmechanismus am Stiel des Gerätes ausgedrückt. Der Wassereimer sollte auf Rollen fahrbar sein („Putzboy“, Fa. Haeberle, Postfach 800524, 7000 Stuttgart). Der Wischlappen ist leichter auszuwringen, wenn er, um den Eimergriff herumgelegt, mit beiden Händen umeinander gedreht wird.
Bohnern sollte der Behinderte mit einer Maschine; Fußbodenpflegemittel, dem Spülwasser beigegeben, sind vorteilhaft. Im übrigen muß für Gehbehinderte der Fußboden rutschfest sein. Bei Lähmungen eines Armes können Besen, Mop oder auch Gartengeräte mit einem Handschuh an der behinderten Hand befestigt werden (Abb. 33 a) oder aus thermoplastischem Material (s. Tab. 3, S. 298) ein Griff individuell angebracht werden (Abb. 33 b).

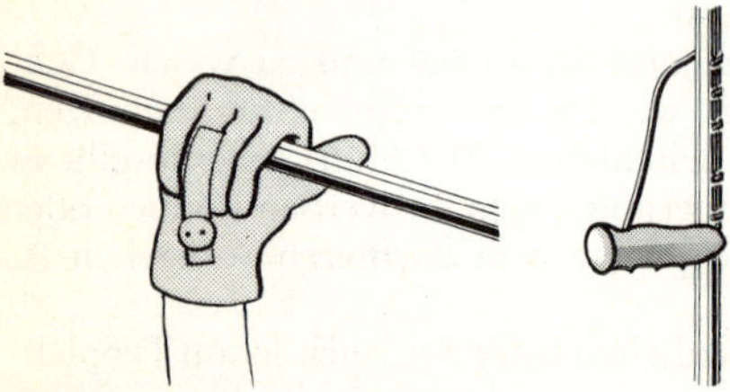

Abb. 33 a u. b. Haltevorrichtung für Handbehinderte.

Fensterputzen kann mit einem breiten Gummischaber an langem Stiel (Werkzeug professioneller Fensterputzer) erleichtert werden.

Arbeiten in der Küche

Die optimale Anordnung der Küchenmöbel zueinander ermöglicht einen reibungslosen Ablauf der Küchenarbeit und erspart unnötige Wege. Alle größeren Küchenmöbelfirmen können bei Küchenplanung, auch Umstellung vorhandener Küchen auf Behinderte fundiert beraten. Einige Firmen (z.B. Fokus, Format, Osta, Thomas) haben rollstuhlgerechte Küchen geplant und können auf spezielle Wünsche, zum Beispiel Höhenverstellbarkeit eingehen. Wichtig für Rollstuhlfahrer sind unterfahrbare Arbeitsflächen, gute Erreichbarkeit aller Geräte und des Zubehörs. Für Unterschränke haben sich vor allem Schübe, auf Rollen herausziehbar, bewährt, ebenso für Herde. Geschirr kann in beschichteten Drahtkörben, ähnlich denen in Spülmaschinen untergebracht werden.
Planvolles Arbeiten ist vor allem für Rollstuhlbenutzer wichtig, da ein zwischenzeitliches Heranholen vergessener Zutaten besonders aufwendig ist. So sind denn auch Arbeitsplanung und Umgang mit technischen Hilfen die Hauptziele des funktionellen Haushaltstraining in der Beschäftigungstherapie.

Besonders für *Einhänder* gibt es zahlreiche *Hilfsgeräte:* z. B. mechanische und elektrische Dosenöffner, Hilfen zum Öffnen von Schraubgläsern (beides Haushaltswarengeschäfte); ferner Kartoffelschälgeräte, festmontierte Schälmesser, doppelseitige Saugnäpfe oder rutschfeste Matten, Topfhalter für den Herd oder am Wasserhahn, Eiteiler, *Frühstücksbrett* (s. Abb. 23), fixierbar am Tisch, und vieles mehr; (Hilfsmittelkataloge anfordern).
Zum Handabwasch eignen sich im Becken festsaugbare Bürsten oder solche, die mit einer Handbrause kombiniert sind.

Einkauf

Der Behinderte sollte die Möglichkeiten rationeller Vorratshaltung ausschöpfen. Großeinkauf bietet Preisvorteile; und im allgemeinen kann auch kostenlose Lieferung erfolgen. Ausreichender Lagerraum und ein Tiefkühlgerät sind Vorbedingung. Im übrigen sei auf die großen Einkaufstaschen auf einem Rollengestell hingewiesen.

Wäsche

Für einen Haushalt mit mehreren Personen wird eine vollautomatische Waschmaschine notwendig sein. Ein eingebauter oder zusätzlicher Wäschetrockner wirkt arbeitersparend, da viele Wäschestücke schrankfertig entnommen werden können. Für die Handwäsche erspart eine Trockenschleuder das viel Handkraft erfordernde Wringen und verkürzt den Trockenprozeß.
Ein Dampfbügeleisen kann Arbeitsgänge sparen helfen, sofern es für viele Behinderte nicht zu groß und zu schwer ist. Gegebenenfalls ist der Handgriff anzupassen. Einseitig Behinderte können die Wäschestücke gestrafft mit Stecknadeln am Bügelbrett feststecken. Damit die Bügeleisenschnur nicht ständig über die Wäsche gleitet, kann sie in einem Halter seitlich am Bügelbrett laufen. Das Bügelbrett soll höhenverstellbar sein, um die Arbeit im Sitzen zu ermöglichen.
Bettenbeziehen wird durch spezielle Bettwäsche leichter; praktisch ist auch Wäsche mit sogenanntem Hotelverschluß, also ohne Knöpfe sowie sogenannte „Immerstraff"-Laken. Beimischungen synthetischer Garne ersparen häufig das Mangeln der Bettwäsche.
Für *Näharbeiten* seien wiederum *Hilfe für Einhänder* erwähnt. Es gibt einen fixierbaren Stopfpilz, ebenso einen Stickrahmen, Nadeleinfädelgeräte und Linkshänderscheren (s. auch Nähhilfe für Einhänder, Beschäft.-Ther., Rehabil. 1/77).

Garten

Neben Betätigung bietet ein Garten Erholung und Entspannung und sollte auch dem Behinderten zugänglich gemacht werden. Für Fahrstuhlbenutzer bedeutet das eine ebenerdige Ausfahrt aus dem Haus und pla-

nierte Wege. Bei einigen Behinderten (z. B. Zustand nach Apoplexie) muß pralle Sonne gemieden werden; daher sind Schattenplätze wichtig.
Für Gartenarbeit sind Änderungen an Geräten möglich, z. B. Halterungen, die zusätzlich angebracht werden. Es gibt einen Spaten, der beidhändig benutzt werden kann und leicht zu handhaben ist (Fa. Wolff, Terrex-Spaten).

Sport

Einige Sportarten sind für Behinderte erlernbar, und die Versehrtensportvereine unterstützen diese Aktivitäten der Behinderten. Die Beschäftigungstherapeutin weist den Behinderten auf diese Möglichkeit hin und wird gegebenenfalls helfen, passende Sportgeräte auszusuchen und zu adaptieren.

Spiel

Das Angebot an Gesellschaftsspielen für Erwachsene ist in den letzten Jahren sehr umfangreich geworden, ebenso auch das Spieleangebot in Lehr- und Lernspielen für Kinder. Es sollen hier nur einige Spiele erwähnt werden, die auch für Behinderte mit Bewegungsstörungen geeignet sind, weil sie als Steck- oder Einsteckspiele zu bekommen (s. auch funktionelles Spielzeug, S. 268), oder auf Spielfeldern aus gebohrten Holzplatten und Dübeln zu solchen zu machen sind. Schachspiele gibt es als Reiseschach in kleinen Formaten, magnetisch oder einsteckbar, ebenso „Solitär" (auch „Springeinsiedlerspiel" oder „Solitario" genannt), auch „Superhirn" oder „Mastermind" und „Trimula" sind empfehlenswert. Viele der herkömmlichen Brettspiele, z. B. Mühle, Mensch-ärgere-Dich-nicht, Barricade, Go, Gobang, sind selber herzustellen. Schachbretter gibt es für Blinde mit tastbaren Höhendifferenzen der hellen zu den dunklen Feldern, ebenso Würfel mit erhabenen Punkten. Zum Kartenspielen gibt es für Einhänder *Kartenhalter* (Hilfsmittelbedarf); Spielkarten stehen auch recht sicher zwischen den Borsten einer großen Kleiderbürste.

Fortbewegung

Geräte für Kinder. Die Entwicklung des Kindes wird entscheidend gehemmt, wenn sein Drang nach Bewegung nicht befriedigt werden kann. Soweit möglich, sollte ihm selbständiges Sichbewegen ermöglicht werden. *Das Rollbrett* (Abb. 34) gibt Kindern im BBF-Gips oder solchen, die

Abb. 34. Rollbrett.

nicht sitzen dürfen, auf glattem Boden eine Chance, die Umwelt zu erobern, Gesehenes zu erreichen oder Neues zu entdecken. Krabbel- oder Gehwagen, Schede-Rad und einige *Spezialfahrstühle* (s. Fachhandel) sind Fahrzeuge zum selbständigen Fortbewegen der Kinder, ebenso Dreiräder und Sicherheitsräder für größere Kinder, Jugendliche und Erwachsene.

Der Fahrstuhl als Fortbewegungsmittel für Gehbehinderte und Gelähmte ist so zu wählen, daß er auf die individuellen Bedürfnisse des Behinderten abgestimmt ist: Grundsätzlich ist zu unterscheiden, ob der Behinderte den Fahrstuhl aus eigener Kraft fahren kann, ob er vorwiegend geschoben wird, oder ob er einen Wagen mit Elektro- oder Benzinmotorantrieb benötigt. Verschiedene Firmen (s. Anhang) bieten *Faltfahrstühle* mit Zusatzgeräten an und geben Erläuterungen für die Bestellung. Unter den Selbstfahrerstühlen gibt es solche mit Einarmantrieb, Leichtmetallstühle, Sportstühle, um nur einige zu nennen. Die Herstellerfirmen bieten meistens die Bauteile so an, daß entsprechend den Anforderungen an den Stuhl, die Größe und das Gewicht des Behinderten ein individuell paßgerechter Stuhl zusammengesetzt werden kann, sofern Beratung und Information ausreichend sind.

Elektrofahrstühle werden mit wiederaufladbaren 12-V-Batterien betrieben. Die Antriebs- und Steuerungssysteme können sehr verschiedenartig sein und individuell an die Bedürfnisse der meist Schwerbehinderten angepaßt werden*.

Auto: PKW mit automatischem Getriebe können bei oft nur geringen Veränderungen an den Armaturen von Körperbehinderten gefahren werden. Handgas, Rückenbremse, Handhalterung oder Drehknopf für das Lenkrad seien erwähnt. Das Deutsche Rote Kreuz hat in einigen Städten Versehrtenfahrschulen, die hinsichtlich der Armaturen beraten können. Auskünfte über die erforderlichen Auflagen kann auch der zuständige Technische Überwachungsverein geben, der auch die technische Prüfung und Zulassung übernimmt.

Reisen

Der Allgemeine Deutsche Automobilclub (ADAC) gibt einen Prospekt „Hotelführer für Körperbehinderte" heraus mit detaillierten Angaben über die dort vorgesehenen Arten der Hilfen für Behinderte. Eine weitere Liste mit Hotels für Behinderte ist zu beziehen über: Bundesarbeitsgemeinschaft „Hilfe für Behinderte e.V.", 4 Düsseldorf, Kirchfeldstraße 149.

---

* S. auch Beschäft.-Ther., Rehabil. 1/76, Gesichtspunkte der Rollstuhlversorgung sowie Aufbau des Rollstuhls. Berichte über ein Arbeitsseminar in Heidelberg, Stiftung Rehabilitation.

Orthopädisch funktionelle Handschienen

Die Herstellung einfacher Handschienen, die vorübergehend getragen werden, kann eine Beschäftigungstherapeutin übernehmen. Sie arbeitet hierbei nach Anweisung und Verordnung des Arztes und häufig in Zusammenarbeit mit einem Orthopädiemechaniker. Diese Aufstellung soll die gängigsten Handschienen zeigen. Auf eine detaillierte Anweisung zur Herstellung von Schienen muß an dieser Stelle verzichtet werden.

Indikation

Eine Schienenversorgung ist angezeigt bei funktionellen Behinderungen durch:
- Fehlstellungen der Gelenke,
- Kontrakturen,
- periphere Nervenschädigungen,
- operative Maßnahmen.

Bunnel hat folgende Richtlinien für die Schienenherstellung gegeben:
- einheitliche standardisierte Form,
- leichtes Material,
- leistungsfähiges, d.h. genügend starkes Material.

Die Schiene soll leicht anzupassen, leicht zu reinigen, leicht abzuändern und unauffällig sein und so beschaffen, daß der Patient sie selbständig an- und ablegen kann.

Schienenarten

Ihrer Funktion und Aufgabe nach werden folgende Schienen unterschieden:

Lagerungs- und Stützschienen

Sie dienen der vorübergehenden Ruhigstellung aus verschiedenen Gründen. Einzelne Gelenke werden in physiologischer Gebrauchsstellung fixiert, z.B. bei PCP zur Ausschaltung des Bewegungsschmerzes oder nach erfolgter Tenodese am Handgelenk, zu weiterer Fixierung nach Gipsabnahme bei beginnender Übungsbehandlung der Finger.
Diese Schienen sind auch als Nachtlagerungsschienen geeignet, sie werden im allgemeinen aus thermoplastischem Material (s. Tab. 3) hergestellt, zur besseren Belüftung der Haut gelocht und, soweit nötig, mit Filz oder Leder gefüttert. (Beispiel: Schnittherstellung und Schiene, Abb. 44.)
Die Ballagerungsschiene (Abb. 35) lagert das Handgelenk in Dorsalextension, und die um den Ball gelegten Finger stehen in leichter Beugestellung. Ein Keil aus dickem Filz hält den Daumen in abduzierter und leicht opponierter Stellung. Die Schiene besteht aus Plexidur oder PVC, wird im allgemeinen gepolstert und kann auch ohne Anpassung an ein Gipsmodell nach einem Grundschnitt hergestellt werden. In Einzelfällen

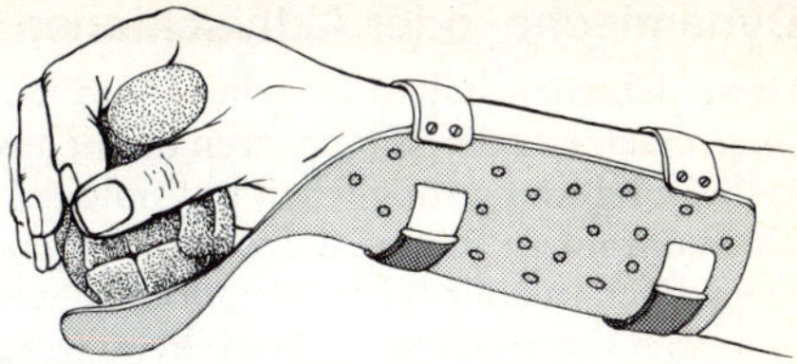

Abb. 35. Ballagerungsschiene.

kann sie nach Lockerungsübungen auch bei hypertoner Beugemuskulatur angelegt werden. Die erfolgreiche Behandlung zerebral Bewegungsgestörter mit Schienen jeder Art gilt jedoch als umstritten.

Der Tetraplegikerhandschuh (Abb. 36) ist aus Narbenschafleder nach Maß gefertigt und wird mit Fell oder Schaumstoff gepolstert. Je nach Zustandsbild wird er prophylaktisch bei Mangelinnervierung der Hände als Sofortlagerung verabreicht. Hand und Finger werden zur Ausbildung einer „Funktionshand" fixiert. (Dorsalextension mindestens 30 Grad, Grund- und Mittelgelenksbeugung 90 Grad, Endgelenke gestreckt, Daumen abduziert und opponiert). Diese Stellung erlaubt zu einem späteren Zeitpunkt Trickbewegungen im Sinne einer Greiffunktion bei erhaltener aktiver Dorsalextension. Zur Fixierung des Handgelenkes ist ein im entsprechenden Winkel gebogenes Plexidur- oder Metallteil eingearbeitet*.

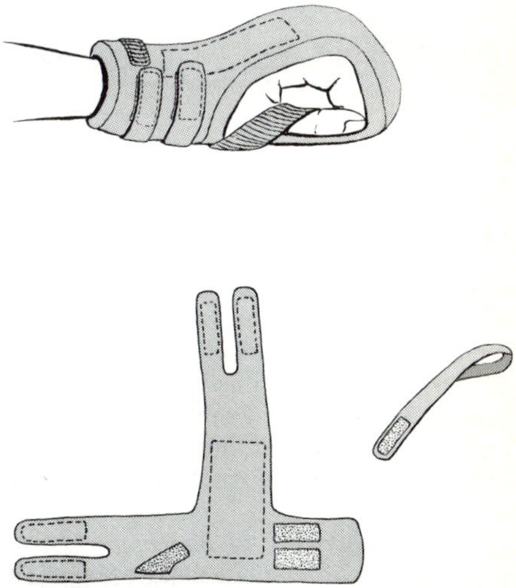

Abb. 36. Tetraplegikerhandschuh.

* S. auch: Die Hand des Tetraplegikers. Beschäft.-Ther., Rehabil. 2/1976 und Engen-Schiene, Erfahrungen mit einer Flexor-Hindge-Schiene für Tetraplegiker, Beschäft.-Ther., Rehabil. 3/1977.

Dynamische- oder Aktivschienen

Diese Schienen halten einzelne Gliedmaßenanteile in korrigierter Stellung, ersetzen oder unterstützen damit ausgefallene oder schwache Muskelleistung und ermöglichen physiologische Funktionen. Hierbei ist vor allem darauf zu achten, daß die erlaubten oder gewünschten Funktionen tatsächlich in vollem Umfang möglich werden können, die Schienen einwandfrei sitzen, Gelenke weitgehend frei gelassen sind, und das Material der ständigen Benutzung bei alltäglichen Verrichtungen gewachsen ist.

Der Opponenssplint (Abb. 37) stellt den Daumen passiv den Fingern gegenüber. Bei Schädigung des N. medianus wird durch diese Korrektur eine Oppositionsstellung in leichter Abduktion und damit der Spitzgriff

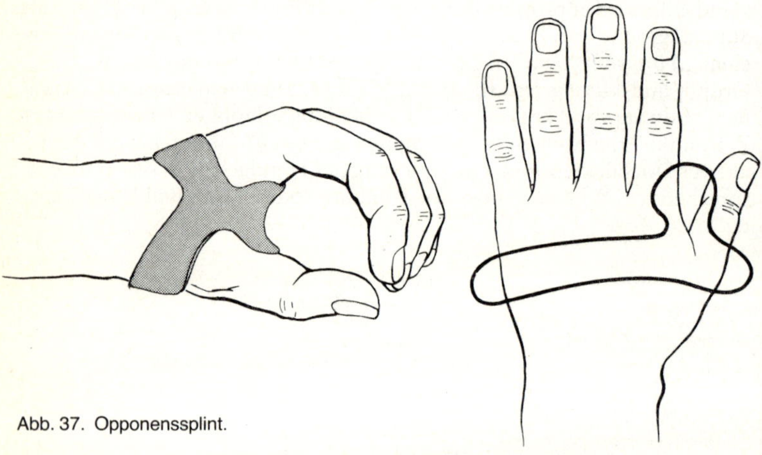

Abb. 37. Opponenssplint.

möglich. Der den Daumen korrigierende Schienenanteil wirkt dorsalseitig zwischen Daumensattel- und -grundgelenk. Aus *Plexidur* sollte der Splint über ein Gipsmodell geformt werden, die Klammerwirkung macht einen Verschluß überflüssig. Material aus der Gruppe der *Poly-Isoprene* ist nicht gleich biegungsstabil und braucht einen Verschluß.

Der *Opponenszügel* (ohne Abb.) verbessert die Daumenstellung durch einen elastischen Zug von Daumen zu einer Ledermanschette am Handgelenk.

Die Oppenheimer Radialisschiene (Abb. 38) und die Radialisschiene nach Thomas unterstützen leicht federnd die Dorsalextension des Handgelenkes, und ein zusätzlicher Zügel die Abduktion nach radial des Daumens. Die Federwirkung wird durch Federstahldraht erreicht, der nach Maß gebogen und mit Riemen am Arm befestigt wird.

Die Basler Ulnarisschiene nach Epprecht (Abb. 39) beugt die Finger-

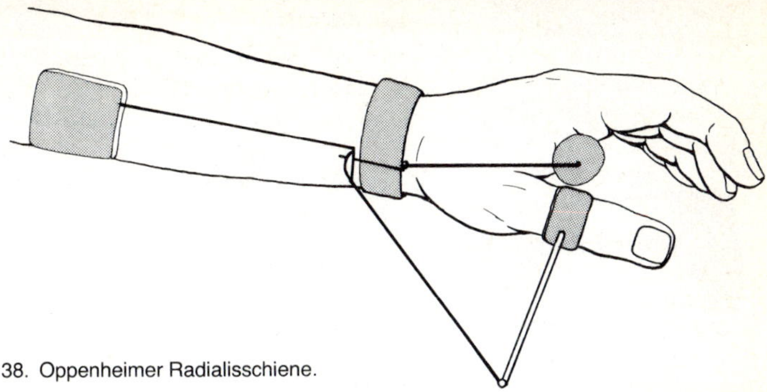

Abb. 38. Oppenheimer Radialisschiene.

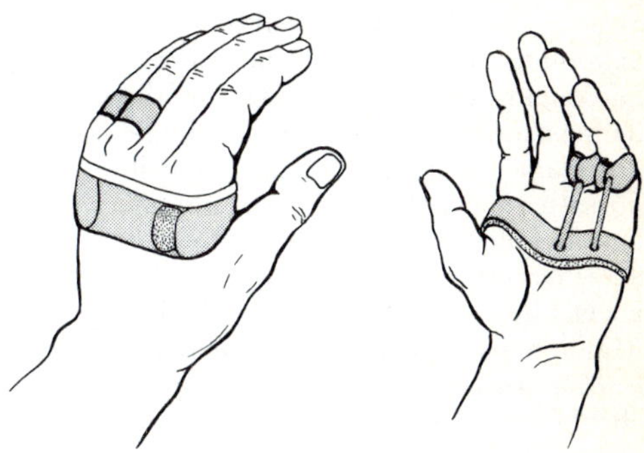

Abb. 39.
Basler Ulnarisschiene.

grundgelenke der Finger IV und V passiv und ermöglicht auf diese Weise eine Streckung der Fingermittelgelenke. Sie wirkt einer Überstreckung entgegen. Auf alle vier Langfinger angewandt, ersetzt diese Schiene Teilfunktionen der Intrinsicmuskulatur und ermöglicht Greiffunktionen. Sie ist aus Plexidur oder PVC, in Verbindung mit Lederschlaufen und Gummizügeln, hergestellt.
Alle bisher erwähnten Schienen helfen, die Gebrauchsstellung der Hand zu erhalten und wirken der Überdehnung der Kapseln, Bänder, Sehnen und Nerven entgegen. Es ist möglich, Kombinationen verschiedener Schienen bei kombinierten Verletzungen zu konstruieren.

Redressierende Schienen

Hierbei handelt es sich um Schienen zur Lösung von Gelenkkontrakturen. Quengeln oder auch Redressieren sind Behandlungsmaßnahmen, die zu einer allmählichen Dehnung der verkürzten Weichteile eines Gelenkes führen. Die korrigierende Wirkung kann durch
a) *elastischen Zug oder Druck* erreicht werden. Beispiel: (Abb. 40), *die*

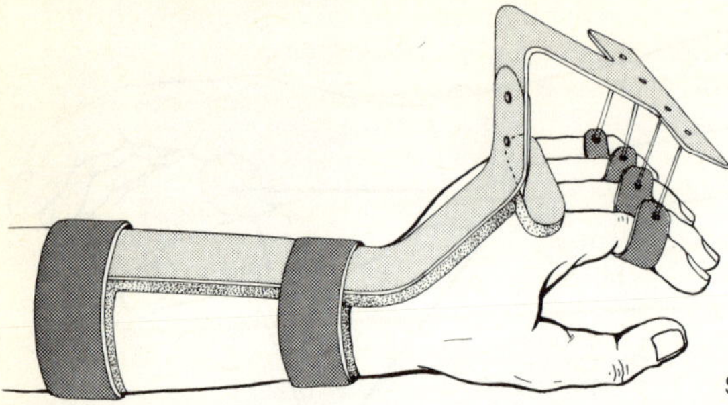

Abb. 40. Streckquengelschiene.

Streckquengelschiene soll die in Beugestellung kontrakten Mittelgelenke passiv strecken. Zur Dehnung wird eine Kraft angewendet, die zwar gering ist, aber unablässig wirkt. Es eignen sich gut Gummiringe, deren Spannung durch Anzahl und Länge dosierbar ist, sowie Spiralfedern. Die Zugkraft muß rechtwinklig auf die jeweilige Phalanx einwirken. Nur dann ist auch der druckfreie Sitz der Lederschlaufen gesichert. Möglichst dicht am Drehpunkt (in diesem Fall – Mittelgelenke) liegt proximal dorsalseitig eine Druckpelotte, um unerwünschte Ausweichbewegungen auszuschalten (in diesem Fall – Überstreckung der Grundgelenke). Schienen mit elastischer Zugwirkung sollten möglichst häufig am Tage jeweils kurz angelegt werden. Als Beispiel: stündlich einmal für ca. 15 Minuten, sodann sollte mobilisiert werden*.

b) *Unelastische redressierende Maßnahmen* sind bei gleicher Zielsetzung ebenfalls anzuwenden. Die nach Lockerungsübungen erreichte optimale Dehnstellung wird in einer Schiene unelastisch fixiert und jeweils immer dann verändert, wenn durch Nachlassen des reflektorischen Muskelwiderstandes und Dehnung der Weichteile eine Korrektur möglich ist. Die Tragezeiten sind bei dieser Schienenart länger, sollten aber ebenfalls mit Pausenzeiten abwechseln. Als Beispiel: Eine Stunde anlegen, eine Stunde mobilisieren.

Die Behandlung mit redressierenden Schienen muß gut überwacht und die Schienen regelmäßig den sich verändernden Gegebenheiten angepaßt werden. Zur Vermeidung von Komplikationen, zum Beispiel Druckstellen und Abschnürungen, sollte wiederholt überprüft werden, ob die Schiene korrekt angelegt wird.

Fertigschienen

Die Fa. Ortopedia, Kiel, stellt Bunnel-Fertigschienen her zur Quengelung des Handgelenkes und der Fingergelenke, sowie Schienen für periphere Nervenschädigungen.

---

* S. auch Beschäft.-Ther., Rehabil. 3/1977, Variation einer Fingerquengelschiene.

Halbfertige, noch anzupassende Schienen aus Aluminiumlegierungen werden in Basel (Arbeitsgemeinschaft Milchsuppe) gefertigt. Ihre Verwendung vereinfacht die Arbeit an Handschienen.

Schienenherstellung

Vorüberlegungen und Planung

Schienentyp und Ziel der Schienenbehandlung werden im allgemeinen durch die Diagnose und die Verordnung festgelegt sein. Im Einzelfall werden jedoch Befund und Zustandsbild sowie Zielvorstellungen des Patienten und des Therapeuten Erweiterungen der Standardversorgung mit sich bringen.

In Schienenschnitt und -form wird Rücksicht genommen auf die Gegebenheiten des Patienten, beispielsweise Kontrakturen, Fehlstellungen, Wunden, Narben, Amputationen. Mehrfachverletzungen erfordern häufig eine Kombination verschiedener Handschienentypen. Die spezifischen Eigenschaften des für die Schienenherstellung ausgewählten Materials bestimmen den Ablauf und die Verfahren der Herstellung sowie die weitere Verwendung (s. Tab. 3).

Handschienen funktionieren nach mechanischen Gesetzmäßigkeiten. Sie wirken an Hand und Fingern als *Hebel*, auf die verschiedene Kräfte (Schwerkraft, Muskelkraft) treffen.

Das Hebelgesetz unterscheidet einarmige und zweiarmige Hebel. Liegt beispielsweise der Unterarm so auf einer Tischplatte, daß die Hand frei darüber hinaus an der Kante herabhängen kann, so bildet das Handgelenk den Drehpunkt für die auf die Hand wirkende Kraft, die Mittelhand ist der *einarmige Hebel*. Das Produkt aus Kraft mal Hebelarm wird als Drehmoment bezeichnet (Abb. 41a).

Bei *zweiarmigen Hebeln* liegt ein Drehpunkt B zwischen zwei Endpunkten A und C (Abb. 41b). Es gilt das Hebelgesetz: Kraft × Kraftarm = Last × Lastarm. Die beiden Drehmomente M 1 (K × k) und M 2 (L × l) sind gleich groß.

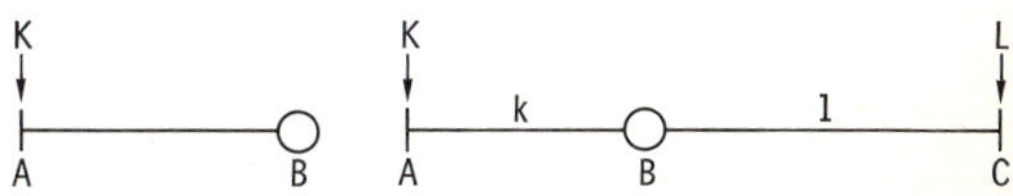

Abb. 41. a) Einarmiger Hebel. b) Zweiarmiger Hebel.

Eine Handschiene übergreift stets eines oder mehrere Gelenke, sie wirkt auf die Extremitätenabschnitte als zweiarmiger Hebel. Ein Drehmoment (M 1) ist im allgemeinen vorgegeben.

Beispiel: Die Fallhand bei Radialisparese (Schiene s. Abb. 38). Die Schiene reicht vom proximalen Drittel des Unterarmes bis zu den Fingergrundgelenken, den Drehpunkt bildet das Handgelenk. Drehmoment M 1 ist das Produkt aus Eigengewicht der Hand × Länge der Mittelhand, es wirkt in volarer Richtung. Drehmoment M 2 ist in der Verteilung der Werte

variabel, da der Endpunkt des Hebels am Unterarm nicht festgelegt ist, es wirkt ebenfalls in volarer Richtung. Um die einwirkende Kraft so gut als möglich zu verteilen, wird der Hebel so lang als möglich gewählt.
Das übliche Maß für eine Unterarmschiene liegt bei 2/3 Unterarmlänge. Um die Bewegungsfreiheit im Ellenbogengelenk nicht zu beeinträchtigen, sollte es bei adipösen Patienten und Kleinkindern geringer sein.
Neben der Möglichkeit, Druck durch die Länge des Hebelarmes zu vermindern, bietet es sich an, die auftretende Kraft auf eine möglichst große Fläche einwirken zu lassen.

Physikalisches Gesetz: $\frac{\text{Kraft}}{\text{Fläche}} = \text{Druck}$

In diesem Fall werden breite Riemen, großflächige Schienenteile und abgerundete Kanten empfohlen. Dem steht die Überlegung entgegen, dem Patienten soviel Bewegungsfreiheit als möglich zu erlauben. Vergrößerte Auflageflächen können aber wiederum dadurch behindernd wirken, daß sie durch *Haftreibung* der Drehfähigkeit des Unterarmes einen Widerstand entgegen setzen, der durch Polstermaterial noch verstärkt wird.
Den Bewegungsrichtungen der auftretenden Kräfte bietet die Schiene einen Gegenhalt durch die Auflagefläche auf der Unterseite des Unterarmes und eine rollenförmige Auflage unterhalb der Fingergrundgelenke. Diesen beiden Schienenendpunkten steht dorsalseitig ein Riemen über dem Handgelenk als dritter Druckpunkt gegenüber. Muß diese Schiene noch auf weitere Abweichungen (z. B. nach ulnar) korrigierend einwirken, so ergeben sich zusätzliche Druckpunkte. Oftmals ist es nicht möglich, direkt auf einem Gelenk zu fixieren, so daß der nur noch gelenknahe Druckpunkt Änderungen der Drehmomente bedingt, die zu berücksichtigen sind.
Eine Handschiene herzustellen, die in Sitz, Funktion und Aussehen befriedigt, erfordert Materialerfahrung, handwerkliche Fertigkeiten und Übung darin, funktionelle Gegebenheiten zu erkennen und gedanklich wie praktisch umzusetzen.

Schnittmuster

Eine paßgerechte Handschiene ist nur nach einem Schnittmuster zu erstellen. Verschiedene Wege sind dazu möglich:
1. Nach einer Umrißzeichnung der flach aufgelegten Hand, verbunden mit mehreren Umfangsmessungen und Übertragung von *Haut- und Gelenklinien (Abb. 42)*, eventuell Winkelmessungen der Gelenke und Besonderheiten (Wunden, Narben usw.). Wenn es möglich ist, auf der Hand selber die Schienenlinienführung anzuzeichnen, kann sie direkt auf, um die Hand gelegtes, durchscheinendes Papier übernommen werden. Die Schnittherstellung wird so wesentlich erleichtert. Eine einfache *Eßhilfe (Abb. 43)* kann auf diese Weise hergestellt werden. Die Handspange umgreift die Mittelhand von radial unter Beachtung der Beugefalten der

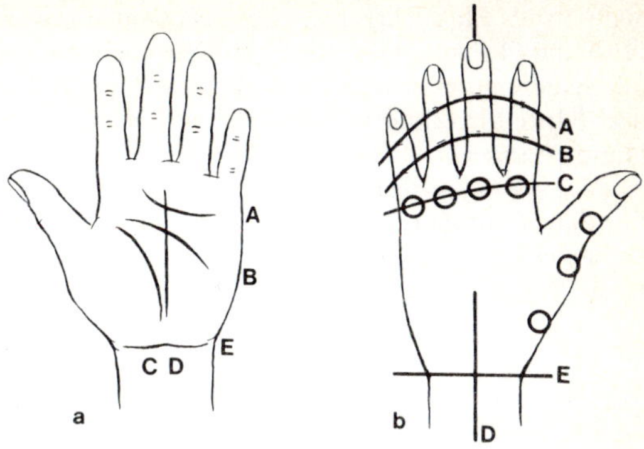

Abb. 42 a u. b. Haut- und Gelenklinien.
a A = distale Handfalte
B = proximale Handfalte
C = Daumenfalte
D = Mittellinie
E = Handgelenksfalte
b A = Endgelenke
B = Mittelgelenke
C = Grundgelenke
D = Mittellinie
E = Handgelenk

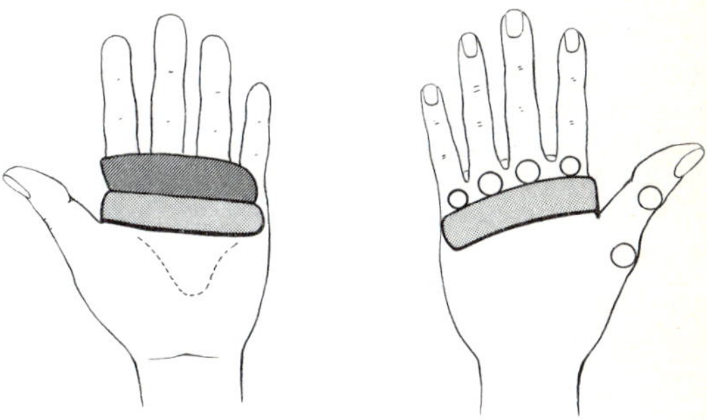

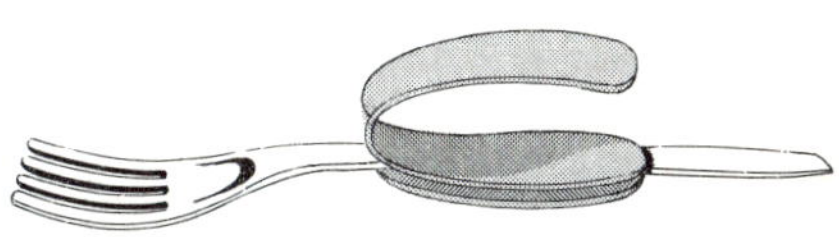

Abb. 43. Eßhilfe.

Handinnenfläche sowie der Bewegungsfreiheit des Daumens. Dorsalseitig verläuft die Schiene parallel zur Grundgelenkslinie. Verlängerungen zur Stabilisierung des Handgelenkes sind denkbar.

2. Sofern Hand und Finger in einer bestimmten Position fixiert werden sollen, ist es günstig, den Schnitt in eben dieser Stellung zu entwickeln*. Als Beispiel dient eine Lagerungsschiene in Mittelstellung der Finger. Es ist denkbar, die Hand auf einem speziell ausgesuchten Holzklotz oder

* Barr, Natalie R.: The Hand, Principles and Techniques of Simple Splint-Marking in Rehabilitation. Butterworth, London 1975.

auch Sandsack zu lagern; in diesem Fall wird eine zylindrische Form (4–6 cm ∅ für mittelgroße Hände Erwachsener, und ca. 12 cm Länge) mit Seidenpapier umschlossen und von der Hand so erfaßt, daß Daumen und Mittelfingerkuppe sich knapp berühren können (Abb. 44 a). Die Hand-, Finger- und Daumenkonturen werden umzeichnet - - - -, (b) und für die Schnittlinie ______ begradigt und ca. 1 cm weiter gefaßt (c). Für die Gesamtlänge der Schiene erfolgt nach Auflage der Hand auf das Papier einer Verlängerung auf ca. $^2/_3$ der Unterarmlänge. Die Weite in Höhe des Handgelenkes (HG) und Unterarmes (UA) entspricht $^1/_2$–$^2/_3$ des jeweiligen Umfanges.
Die Daumenschnittlinie ergibt eine der physiologischen Daumenballenlinie entsprechende Form (Abb. 44 d).
3. Am Gipsabdruck entsteht das Schnittmuster nach einer Zeichnung der Schiene auf dem Gipsmodell. Das Seidenpapier wird angelegt und die Linienführung übernommen.
In allen drei Fällen ist die Schnittherstellung zeitraubend. Es sollte sehr sorgfältig gearbeitet werden, der Schnitt solange bearbeitet werden, bis er genau der Zeichnung am Modell entspricht. Die Korrektur eines nicht exakt passenden Schnittes ist in jedem Fall einfacher, als Verbesserungen an der fertigen Schiene. Von der Verwendung vorgegebener Schnittmuster sei unbedingt abzuraten.

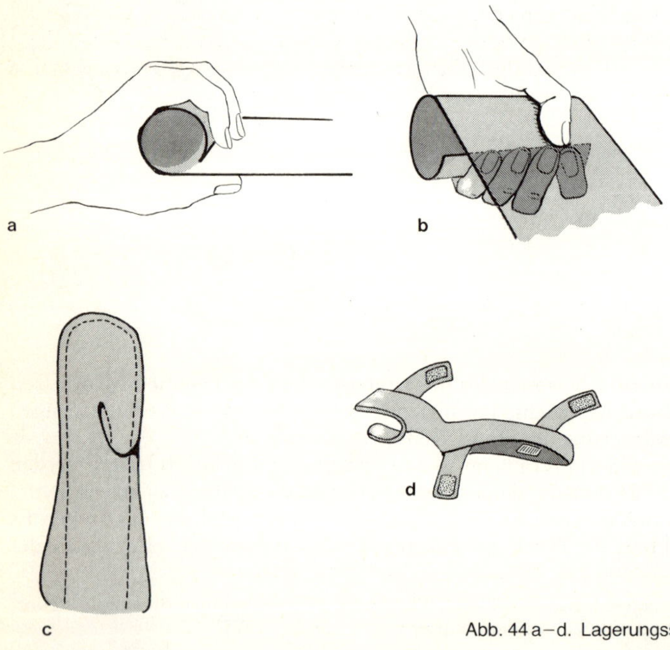

Abb. 44 a–d. Lagerungsschiene.

Gipsabdruck

Schienenmaterial, das bei Temperaturen von ca. 150° C verformbar wird, oder solches aus Acrylharz (s. Tab. 3), das unter Abgabe von Verdunstungskälte abbindet, ist nur an einem Gipsmodell in korrigierter Stellung anformbar.
Es ist empfehlenswert, die gewünschte Korrekturstellung probehalber einzunehmen, sowie Art und Sitz der Schiene vorab festzulegen, da die fertige Gipshülse möglichst an der Seite aufgeschnitten werden soll, die von der geplanten Schiene nicht berührt wird. Nun wird die Haut eingefettet (eventuelle Wunden abgedeckt), bei starker Behaarung zusätzlich ein Mullschlauchverband über den Arm gezogen, nicht jedoch gepolstert, damit der Abdruck möglichst unverfälscht ist; günstigenfalls soll sich die Hautfältelung abzeichnen. Als Hilfe zum Schneiden kann eine Führungsschnur oder ein Lederriemen angelegt werden. Jetzt werden etwa 6, der gewünschten Gipslänge entsprechende, 10 cm breite Gipsbindenlagen nacheinander kurz durch Wasser gezogen, sich überlappend um Arm und Hand gelegt und gut anmodelliert. Abschließend werden ein bis zwei 6 cm breite Gipsbinden locker zirkulär angewickelt, nochmals verstrichen und die gewünschte Handstellung fixiert.
Beginnt der Gips abzubinden, sich zu erwärmen und leicht fest zu werden, so sollten die Schnittlinie sowie auf ihr einige Querstriche markiert werden. Der Gips wird dann mit einer Verbandsschere an dieser Linie entlang aufgeschnitten oder mit einem Messer auf dem eingelegten Lederriemen. Bis zum endgültigen Erstarren wird der Gips nochmals zusammengehalten und erst dann aufgebogen und gelöst.
Die fertige Gipshülse wird nun an der Schnittstelle und den Fingeröffnungen mit einer weiteren Gipsbinde geschlossen, mehrmals mit Seifenlauge ausgespült und mit Gipsbrei ausgegossen. Als Halterung für die nachfolgenden Arbeiten kann eine Eisenstange eingelassen werden.
Nach einigen Stunden Trockenzeit wird die äußere Hülle vorsichtig entfernt und das Positiv leicht geglättet.

Bearbeitung der verschiedenen Werkstoffe zur Schienenherstellung

Poly-Isoprene (die einzelnen Firmennamen in Tab. 3 bezeichnen Material, das in allen Eigenschaften einander ähnlich ist, Unterschiede bestehen in Plattengröße, Farbe, Oberfläche, gelocht und ungelocht, und im Preis) bieten den Vorteil einer raschen und problemlosen Verarbeitung. Sie können in erwärmtem Zustand mit der Schere geschnitten werden, in heißem Wasser erweicht und bei hautverträglichen Temperaturen von ca. 60° C der Hand angeformt werden. Wieder erwärmt kann es nachgeformt und mit einem Föhn erhitzt, auch mit weiteren Schichten verschmolzen werden. Es ist dehnbar und leicht in mehreren Ebenen biegbar.

Tabelle 3. Bearbeitung von Schienenmaterial.

Handelsname	Handelsform	verformbar durch	Bearbeitung des Rohlings	anformbar	Verwendung	besonders zu beachten
Plexidur	Platten verschiedener Dicke, 2–3 mm,	Wärmeeinwirkung ca. 140°	Aussägen, Feilen der Kanten, Lochen großer Flächen, biegen	an Gipsmodell	wenig elastische Teile aller Handschienen	hält dauerhaft Form und Aussehen
PVC Schein- o-lit	Platten wie oben, rot, grau	w. o.	w. o.	an Gipsmodell	wie oben, vor allem Schienen für Kinder	etwas elastischer als Plexidur
Poly Isoprene: Prenyl Orthoplast San Splint Tempoplass	Platten, weiß und hautfarben	warmes Wasser ca. 70°–100° Heißluft	in angewärmtem Zustand mit der Schere schneiden, sonst wie oben	kann an der Hand direkt angeformt werden	Lagerungschienen	bei Wärme leicht verformbar, schmutzempfindlich, dehnbar
Polyform	Platten, hellgrau ca. 3 mm	w. o. ab 60°	w. o.	w. o.	w. o. Fingerschienen	w. o. jedoch härter, gut wiederverwendbar
Bofors	Binden, Matten	Aceton 1 Min.	in Aceton lösen, anwickeln, wenn gehärtet, w. o.	ja (Verdunstungskälte)	Schienen, die zirkulär umfassen	gutes Anformen möglich
PVC Rohr	Rohr, verschiedener Durchmesser	Wärme	über Wärme weiten, flachdrücken	–	Hilfsmittel: Griffverdickungen	

Tabelle 3. Bearbeitung von Schienenmaterial (Fortsetzung).

Handelsname	Handelsform	verformbar durch	Bearbeitung des Rohlings	anformbar	Verwendung	besonders zu beachten
Kustoform	kiesartig weiß	Wärme 50°–120°	schmelzen in Teflonpfanne	abgekühlt manuell formen	Hilfsmittel: Griffe	nicht spülmaschinenfest
Stahlband	Bänder	biegen	abtrennen durch Umknicken, nieten	–	Schienung von Handgelenk und Finger	
Federstahl-draht	Draht, verschie-denen ∅, 0,8–3 mm	biegen	Bolzenschneider biegen	–	Oppenheimer Radialisschiene, Fingerschiene	an wiederholten Biegestellen Bruch
Gießharz Plasticron	flüssig mit Härter Matten	gießen	vermischen und in Schichten gießen	–	Griffanpassungen	hitzebeständig
Kork	Platten	schneiden	sägen, schnitzen	–	Griffanpassungen	leichtes Material
Leder	Felle	schneiden	kleben, nähen	–	Polster Riemen	hautfreundlich, dehnbar, formbar
Schaumstoff Moosgummi Filz	Platten Schlauch Platten		schneiden, nähen, kleben		Polstermaterial	

Die Nachteile liegen in einer geringen statischen Beanspruchbarkeit, und den beim Gebrauch auftretenden Abnutzungserscheinungen.
Das Material *Polyform* unterscheidet sich von der erstgenannten Gruppe durch etwas größere Härte beim Erkalten und die Wiederverwendbarkeit auch kleiner Reste. Sie können im heißen Wasser verknetet und auch zu dünnen Platten ausgerollt werden, diese sind für kleine Kinderschienen verwendbar. Es ist ein beliebiges Ausformen auch aus z. B. einer Kugel möglich.
Das nach dem Schienenschnittmuster ausgeschnittene Material wird am Modell eventuell unter Zuhilfenahme von elastischen Binden angeformt. Ist Material überflüssig, so kann es eingeschnitten und zu „Abnähern" zusammengenommen werden. Die Seiten, z. B. am Unterarm, sollten hochgezogen werden. Es entsteht so *Formstabilität,* die durch ein Umkippen der Kanten, z. B. Abschluß am distalen Unterarm, noch verstärkt werden kann. Es sind oft mehrere Verschlüsse nötig. Dazu kann das Material mit einer Lederlochzange gelocht und Riemen mit Hohlnieten angebracht werden.
Plexidur- und PVC-Formen müssen nach Schnittmusterzeichnung ausgesägt werden (Laubsäge/Bandsäge). Die Kanten werden gefeilt, geglättet und abgerundet (Ziehklinge). Die Werkstoffe werden in Heißluft (Ofen, Herdplatte, Punktbrenner) geschmeidig gemacht und am Gipsmodell der Zeichnung entsprechend angeformt. Das Material erstarrt schnell. Es kann fast unbegrenzt nachgeformt werden. Es hält dauerhaft die einmal festgelegte Form, gibt einer Klammerwirkung leicht federnd nach, so daß Verschlüsse oft überflüssig sind, und es ist wenig auffällig. Bei Gefahr von Druckstellen erweist sich dieses durchschneidende Material als vorteilhaft.
Wenngleich die Verarbeitung aufwendig ist, kann Plexidur für viele Schienenarten, vor allem auch Kinderschienen bisher nicht ersetzt werden.

Kontrolle der Schiene

Die Beschäftigungstherapeutin kontrolliert nach dem Anpassen der Schiene an die Hand des Patienten genau, ob die Schiene
– überall gleichmäßig anliegt und Druck und Stauung vermeidet,
– die Gelenke möglichst wenig einengt,
– selbständig angelegt und abgenommen werden kann.

Der Patient sollte mit der Schiene dem Arzt vorgestellt werden und von diesem Anweisungen für die Benutzung derselben erhalten. Der Sitz der Schiene muß regelmäßig, etwa alle 14 Tage, überwacht und ggf. verändert werden.

Abrechnung von Kosten für Schienen

Sofern das Tragen der in der Beschäftigungstherapie gefertigten Handschienen einen Teil der Behandlung im Krankenhaus darstellt (z. B. zur Vorbehandlung einer Kontraktur bei Sehnenverkürzung zur operativen

Sehnenplastik), so werden die entstehenden Kosten von Material und Arbeitsleistung in der Regel durch den Pflegekostensatz gedeckt und die Schiene, nachdem sie durch die Wiederherstellungsoperation überflüssig geworden ist, wieder an die Beschäftigungstherapeutin zurückgegeben.
Häufiger wird der Fall eintreten, daß ein Patient mit einer Schiene, z.B. Oppenheimer Schiene bei Radialisparese, entlassen wird und diese bis zur völligen Regeneration der Nerven trägt.
Die Abrechnung mit Krankenkassen oder Versorgungsämtern für solche Schienen wird bisher unterschiedlich gehandhabt und ist nicht einheitlich geregelt.
Die in der Beschäftigungstherapie hergestellten Handschienen passen in ihrer Einfachheit häufig nicht in die für die Bundesländer einheitliche Liste, nach der Schienen der Orthopädiemechanikerwerkstätten berechnet werden. Es ist erstrebenswert, für diesen Punkt eine Lösung zu finden, da bisher die in Beschäftigungstherapiewerkstätten gefertigten Schienen nur mit den entstandenen Materialkosten für die Kassen in Rechnung gestellt werden und somit auch von den Kliniken die Kosten für Arbeitsaufwand nicht berücksichtigt werden.

Organisation einer Abteilung für Beschäftigungstherapie

Aufbau

Voraussetzungen für den Aufbau einer Abteilung ist die Bereitschaft der ärztlichen und wirtschaftlichen Leiter einer Klinik, diese Vorhaben zu unterstützen. Es ist zu ermitteln, wieviele Patienten mit welchen Diagnosen und Zustandsbildern voraussichtlich behandelt, welche beschäftigungstherapeutischen Ziele gesetzt werden können und ob die Patienten einzeln oder vorwiegend in Gruppen behandelt werden sollen. Aus diesen Angaben kann die Zahl der benötigten Arbeitskräfte ermittelt werden. Bei Einzelbehandlungen können, je nach Schwere der Krankheitsbilder, 6–12 Patienten pro Tag von einer Beschäftigungstherapeutin betreut werden, bei Gruppenbehandlung höchstens 10–12 Patienten zugleich. Es können bis zu drei Gruppen am Tag, bei je 1½–2 Stunden Dauer, nacheinander arbeiten. Die Größe und Ausstattung einer Abteilung ist in erster Linie abhängig von der Anzahl der zu behandelnden Patienten und dem Schwerpunkt der Arbeit, in zweiter Linie von den im Investitionsplan der Klinik vorgesehenen Mitteln. Zur weiteren Unterhaltung der Abteilung ist ein Etat zur Wiederbeschaffung von verarbeitetem und verbrauchtem Werkmaterial nötig, der erst dann festgesetzt werden kann, wenn die Grundausstattung komplett und die Zeit der Einarbeitung vorüber ist.
Wenigstens *ein* eigener *Raum* muß der Beschäftigungstherapeutin zur Verfügung stehen. Er sollte sich möglichst in dem Haus befinden, in dem

die zu betreuenden Kranken untergebracht sind (bei Gehbehinderten ist das eine unerläßliche Forderung), oder er sollte für jeden Patienten gut erreichbar sein. Auch ist zu empfehlen, daß die Behandlungsräume aller im therapeutischen Team Tätigen nahe beieinander liegen. Der Raum muß hell, gut belüftet, heizbar und rutschfest ausgelegt sein; er muß eine mindestens 70 cm breite Eingangstür ohne Türschwellen haben (80 cm für die Durchfahrt mit einem Fahrstuhl, mindestens 1 m für ein Bett), über Wasser- und Telefonanschluß verfügen, und in unmittelbarer Nähe sollte auch ein WC sein.
Jeder in sich abgeschlossene Behandlungs- bzw. Arbeitsraum braucht eine Arbeitskraft, wenn nicht wenigstens durch ein breites Fenster zum Nebenraum Sichtkontakt möglich ist. Ein weiterer Raum als Vorrats- oder Lagerraum für Material und Abstellplatz für Geräte ist notwendig. Er muß gut belüftet und trocken sein, Kunstlicht ist als Lichtquelle ausreichend, und es genügen Regale zur Einrichtung.

Einrichtungsgegenstände für die Behandlung Erwachsener

Für jeden Patienten ist ein eigener Arbeitsplatz erforderlich, gleichgültig, ob er einzeln oder in der Gruppe behandelt wird. Die Zahl der benötigten Arbeitsplätze ergibt sich aus der Zahl der in der Abteilung tätigen Therapeutinnen und der Zahl an Patienten, die gleichzeitig betreut werden müssen.
Zum Arbeitsplatz gehört eine Arbeitsfläche von 80×60 cm und ein Raum von mindestens 60 cm Tiefe hinter dem Arbeitsplatz für den Sitz. Der beste Lichteinfall ist der von vorn oder von links, auf jeden Fall *vor* dem Arbeitsplatz. *Werktische* sollen stabil sein, als Auflageplatte ist Buchenholz empfehlenswert, das man wegen der guten Haltbarkeit auch für Schulmöbel verwendet (s. Anhang). Zu jedem Arbeitsplatz gehört ein physiologisch richtiger *Stuhl*. Vierbeinige stapelbare Hocker sind eine gute Ergänzung. *Schrankraum* ist notwendig für die übersichtliche Unterbringung von Werkmaterial, Geräten und angefangenen sowie fertiggestellten Patientenarbeiten. Ein verschließbarer Schreibtisch für Verwaltungsarbeiten ist erforderlich, besser noch ein kleines Büro. Je nach Verwendungszweck werden verschiedene Schrank- bzw. Regaltiefen gebraucht:

50 cm	für Garderobe (Bügeltiefe),
50 cm	für Patientenarbeiten,
50 cm	für Kartons und Papiere,
30 cm	für Werkzeuge,
30–25 cm	für Bücher.

Zahlreiche Schubladen erleichtern die Übersicht.
Zur Grundeinrichtung gehören außerdem:

Ein Waschbecken mit Spiegel, eine größere Wanne zum Einweichen von

Korbarbeiten, beide mit Mischhahn und auch für Behinderte gut erreichbar; ferner Waschschüsseln, eine Grundausstattung von Reinigungsgeräten, eine Leiter und ein Erste-Hilfe-Kasten.

Grundausstattung an Werkzeugen und Geräten

Für größere Holzarbeiten braucht man eine Hobelbank sowie eine Grundausstattung an Werkzeug:
2 Hobel, 1 Satz verschieden schwere Hämmer, 2 Gummi- oder Holzhämmer, ca. 10 Paare verschieden langer Schraubzwingen, 1 Fuchsschwanz, 2 Feinsägen, 1 Gehrungssäge, 2–6 Laubsägen mit Zubehör, 1 Furniersäge, 1 Satz Stechbeitel, 1 Schleifstein, 2 Abziehsteine, 2 Raspeln, 4–6 Feilen, 1 Satz Schlüsselfeilen, 2 Handbohrmaschinen mit Bohreinsätzen, 1 Bohrwinde, 2–6 Orte (Pfriem, Ahle), 2–6 Seitenschneider, 2 Satz verschiedene Zangen, 1 Satz Schraubenzieher, 2 Zollstöcke, 2 Anschlagwinkel, 2 Eisenwinkel, 2 Eisenlineale, 1 Stechzirkel, 2 Zirkel, 2 Lochzangen, Locheisen, 2 Falzbeine, 2–6 Papp- und Papiermesser, 8–12 Scheren verschiedener Sorte, 1 Linkshänderschere, 1 Sortiment Schleifpapier.

Für die Bearbeitung von Metall zusätzlich

2–3 Treibhämmer, 1–2 Schraubstöcke, 2 Blechscheren, 1 Metallsäge, 2 Satz Zangen für Drahtbiegearbeiten, Hart- und Hirnholzklötze, Sandsäcke.

Zum Weben

1 Hochwebstuhl, 2 Webrahmen 80 cm breit, 4 Webrahmen 60 cm, 4 Webrahmen 40–50 cm, 4 Rahmen zum Flechten, mehrere Rundflechtrahmen.
Zu jedem Rahmen gehören mindestens zwei Garnnadeln und ein Fachstab; weitere Webrahmen können auf passenden Untergestellen im Raum stehen. Zur Vorbereitung von Ketten für größere Stühle empfiehlt sich ein Schärgestell oder Schärrahmen mit Zubehör (s. Fachhandel).

Ergänzungen

Eine mechanische Schreibmaschine, bei Behinderten auch eine elektrische, ist zu Übungszwecken nötig, ebenso eine Nähmaschine, ein Bügeleisen mit -brett und eine Waage. Wünschenswert sind eine elektrische Bohrmaschine, Radioapparat und Plattenspieler, Tonbandgerät und Diaprojektor sowie ein Photoapparat. Ein Keramikbrennofen, ein Emailofen sowie ein Bunsenbrenner sollten nur angeschafft werden, wenn dafür aus Gründen der Sicherheit ein weiterer Raum zur Verfügung steht.
Elektrische Maschinen sind nur unter besonderer Beachtung der Sicherheitsvorschriften und Schutzmaßnahmen und vom Patienten nur unter Aufsicht der Therapeutin zu benutzen.

Für die Behandlung von Bettpatienten sind spezielle Tische (Hilfsmittelbedarf) und Hilfen nötig. (s. dort) Anlagen funktioneller Übungsgeräte wie Deckenschienen oder Webarbeitsplätze, Wandtafel und Stehtische müssen gesondert berücksichtigt werden. Komplette Anlagen stellt die Firma Nitzbon, Hamburg her.

Werkmaterial

Grundausstattung für Holzarbeiten

1 Bohle Kiefer, 4–6 cm stark; 5 m^2 Sperrholz, 5 mm; 2 m^2 Sperrholz 10 mm oder Tischlerplatte 12–16 mm; je 5 Buchendübel der Stärken 4–20 mm; beliebig viele Leistenabschnitte, Kiefer; Edelholzabschnitte, Holzleim, Lacke.

Für textile Techniken

1 Sortiment Webwolle, mindestens 2 Farbtöne in den Grundfarben sowie schwarz und weiß, je 500 g desgleichen in Smyrna- und Ryawollen, Baumwolle und Leinen. Zusätzlich Hanfgarn, Baumwollcord, Sisal, Häkel- und Stickgarne.
Stoffe: Verschiedene Sorten für Näh-, Stick- und Stoffdruckarbeiten, Stoffreste.
Kurzwaren: Garne verschiedener Qualität und Sorte, Nadeln, Knöpfe, Gummiband, Bänder und Verschlüsse.

Für Lederarbeiten

Rauh- und Glattleder sowie Futterleder verschiedener Arten, Lederriemchen zum Umflechten, Sattlergarn und -nadeln, Schnallen und Verschlüsse, Hohlnieten, Ösen und Druckknöpfe.
Ergänzend weiterhin Punziereisen, Lederfarben und -pflegemittel.

Für Metallarbeiten

Kupfer- und Messingbleche verschiedener Stärken, Kupfer-, Messing- und versilberter Kupferdraht, Putz- und Poliermittel, Nieten.

Für Keramikarbeiten

Tonmehle weiß und rot, sowie Schamotte und Mangan oder fertig angesetzte Tonmasse; 1 Farbsortiment Engoben und, sofern in der Abteilung selber gebrannt werden kann, ein Sortiment farbige Glasuren.

Für Korbflechtarbeit

Peddigrohr der Stärken 2–6 mm, Peddigrohrschiene, flach, evtl. zusätzliche Weide, Buriband, Bondotrohr.

Für bildnerisches Gestalten

Papiere verschiedener Sorten und Farben, Seiden-, Transparent- und Kreppapier, verschiedene Folien, Kartons und Pappen. Außerdem

Klebstoff, Papier- und Alleskleber, Pinsel, Borsten- und Haarpinsel und solche für Lack- und Ölfarben, Schreibfedern, verschiedene Farbstifte, Linolschnittmesser, Farbwalzen, Druck- und Wassermalfarben, Plakatfarbe, Kleister- bzw. Pulverfarben.

Für Papier und Papparbeiten

Pappen und Kartons verschiedener Dicke, Bezugspapiere, Buchbinderleinen, Heftband, Haftgarn und Leim. Tischler- oder Spanplatten ab 20 mm Dicke eignen sich als Preßbretter.

Spiele

Je nach Alter der Patienten und Ziel der Behandlung ist ein Sortiment verschiedener Brettspiele zu empfehlen, ferner Würfelspiele und Puzzles, Geduld- und Ratespiele.

Lagerung von Werkmaterial

Holz sollte trocken gelagert werden, liegend und (zur besseren Belüftung) mit Zwischenbrettchen geschichtet oder stehend.
Flechtmaterial für Korbwaren wird bei Einwirkung von zu großer Lufttrockenheit spröde und brüchig, daher ist die Lagerung in einem ungeheizten Raum empfohlen.
Tonmehl wird in Säcken geliefert und gelagert, gebrauchsfertige Tone dagegen müssen feucht gehalten werden und werden (in feuchte Tücher geschlagen) in Plastikeimern oder in Hartpappetonnen, die mit Kunststoff beschichtet sind, aufbewahrt.
Garne und Stoffe sind durch Plastikhüllen geschützt, Leder aufgerollt in Schränken oder Regalen zu lagern.

Die vergrößerte Abteilung

Besteht eine Abteilung für Beschäftigungstherapie aus zwei Behandlungsräumen, sollte einer so eingerichtet werden, daß er für solche Arbeiten genutzt werden kann, die Ruhe und Konzentration erfordern, wie Lesen, Schreiben, musisches und bildnerisches Gestalten sowie Handarbeiten, der zweite vorwiegend für gröbere Werkarbeiten, wie Holz-, Metallbearbeitung oder maschinelle Arbeiten.
Je mehr Räume zur Verfügung stehen, um so mehr können Werkräume mit Spezialeinrichtungen für bestimmte Techniken geplant werden, so z.B. ein Raum für Keramikarbeiten und einer Töpferscheibe und einem Brennofen oder ein Webraum mit Webstühlen*.
Eine *Übungsküche* ist eine vielseitig einzusetzende Einrichtung (s. auch Beschäft.-Ther., Rehabil. Nr. 2/69). In allen Arbeitsgebieten der Beschäftigungstherapie ist das Kochen ein wichtiger Schritt zur Rehabili-

---

* S. Beschäft.-Ther., Rehabil. 1/78 M. Schaal, Die Organisation einer Beschäftigungstherapeutischen Schulabteilung.

tation geworden. Kochen und Backen und die damit verbundene Planung des Einkaufs und der Zubereitung, das Anrichten und der gemeinsame Verzehr sind Arbeitsgänge, die auch gruppentherapeutisch gut einzusetzen sind. In einer Abteilung für körperbehinderte Patienten sollte die Küche mit allen gebräuchlichen Hilfsmitteln ausgestattet sein, die auf diese Weise in der Praxis erprobt werden können.
In einem *Versuchsbadezimmer* ist mit Einsatz entsprechender Hilsmittel weitere Gelegenheit zum Training der Selbsthilfe gegeben.

Einrichtung einer Abteilung für die Behandlung von Kindern

Die dem Entwicklungsstand und Alter des Kindes entsprechenden unterschiedlichen Bedürfnisse erfordern in der Beschäftigungstherapie ein vielfältiges und möglichst variables Inventar für die Kinderabteilung. Der „Arbeitsausschuß Gutes Spielzeug" (s. Anhang) gibt Hinweise für das richtige Spielzeug jeden Alters. An Arbeitsmitteln werden in der Abteilung für Beschäftigungstherapie vor allem Matten benötigt, ferner möglichst vielseitig zu verwendende Kindermöbel, für die Behandlung bewegungsgestörter Kinder Sitz- und Stehhilfen (s. Hasi-Sicherheitsmöbel) sowie eine Rolle Sandsäcke und Kissen.
Für die in der Kinderarbeit tätige Beschäftigungstherapeutin sollen ein kompletter Satz Werkzeug (s. S. 303) zur Verfügung stehen sowie Werkmaterial zur Herstellung von Spezialspielzeug, Hilfen für die Behandlung, und gegebenenfalls Handschienen.
Kinder im 1. Lebensjahr werden im Bett oder auf dem Wickeltisch behandelt. Als Arbeitsmittel eignet sich jedes gute Babyspielzeug.
Kinder vom 2. bis 3. Lebensjahr brauchen der Größe entsprechende Tische und Stühlchen oder einen Platz auf der Matte (für jedes Kind ca. 1 m^2). Bei funktioneller Behandlung wird neben entwicklungsgemäßem Spielzeug auch Spezialspielzeug nötig (S. 268).
Kinder im 4. und 5. Lebensjahr benötigen außer Spielzeug bereits Alltagsgegenstände zum Erlernen der altersgemäßen Selbständigkeit, ferner Mal- und Zeichengeräte und plastisches Material.
Im Vorschulalter werden einfache handwerkliche Techniken für die Übungsbehandlung gestörter Funktionen herangezogen. Werkmaterial wird wertvoll, das sonst als „wertlos" gilt: Naturprodukte wie Blätter, Zweige, Eicheln und Kastanien, Sand, Steine und Reste oder Abschnitte von Holz, Leder, Fell, Stoff, Pappe, Draht sowie Fäden aller Art.
An Werkzeugen sind erforderlich: Scheren, Messer, Nadeln, Tusch- und Malgeräte, Klebstoff, Farben, vielerlei Stifte sowie große Mengen an Papier. Formbare Stoffe, wie Knete, Ton, Pappmaché und Sand sind wichtig.
Vom 7. Lebensjahr an wird, den Fertigkeiten der Kinder entsprechend, die Auswahl von Werkzeug und Material vergrößert. In die Behandlung werden handwerkliche Techniken als Übungsziel einbezogen, so daß eine Abteilung, in der größere Schulkinder und Jugendliche

behandelt werden, ähnlich ausgestattet ist wie eine Abteilung für Erwachsene.
Zur Ordnung und Übersicht müssen verschiedene Vorgänge in der Abteilung für Beschäftigungstherapie in einer Kartei, in Büchern oder Schnellheftern festgehalten werden.

Verwaltungsarbeiten

(1) *Die Verordnungsbogen,* die Auskunft geben über die Personalien der Patienten, die Diagnose und die vom Arzt vorgesehene Behandlung, sind im allgemeinen gleichzeitig eine Dokumentation des Behandlungsverlaufes und der Behandlungszeiten in der Beschäftigungstherapie. In Karteikästen oder Schnellheftern sollten diese Bögen, für Patienten unzugänglich, aufbewahrt werden. Die Angaben werden ergänzt durch Formblätter zu beispielsweise Gelenk- und Muskelfunktionsprüfungen, zu Testergebnissen, Selbsthilfetests sowie Schriftwechsel. Bei Entlassung des Patienten sollte das Aktenstück dem ärztlichen Krankenblatt oder einer Archivkartei zugeordnet werden. Diese Verordnungsbögen dienen gleichzeitig als Grundlage einer
(2) *statistischen Erfassung* der Patientenzahlen. Als viertel-, halb- oder jährlicher Kurzbericht kann eine solche Aufstellung dazu dienen, Patientenzahlen, Diagnosen, Durchschnittsalter, durchschnittliche Behandlungszeit und -dauer zu erfassen und in Beziehung zu der vorhandenen Zahl an Arbeitskräften zu setzen. Daraus ergibt sich ein Patientenschlüssel. Vergleichend zu anderen Zeitabschnitten oder anderen Kliniken kann eine solche Statistik Unterschiede hervorheben oder Veränderungen der Relation aufzeigen.
(3) Zur *Anwesenheitskontrolle* der Patienten hat sich ein Kalendarium als Strichliste bewährt. Ein „Tagebuch", das neben der Anwesenheit des Patienten noch die geleistete Arbeit und sein Verhalten registriert, ist ebenso denkbar.
(4) Eine Kartei oder Liste erfaßt die Gegenstände, die zum *Inventar* gehören, eine weitere das *Verbrauchsmaterial.* Beide müssen mindestens einmal, bei der jährlichen Inventur, überprüft und ggf. vervollständigt werden.
(5) Ein weiteres Buch ist nötig für *entliehene Gegenstände.* Dazu gehören Werkzeug, Spiele und vor allem auch Bücher, die an Patienten oder Personal ausgegeben werden.
(6) *Das Kassenbuch* oder der Quittungsblock registrieren die Einnahmen durch Verkauf von Werkmaterial und Werkarbeiten an Patienten oder Angestellte. In einigen Kliniken läuft der Verkauf auch über die Hauptkasse des Hauses.
(7) Der *Einkauf aus einer Handkasse,* z.B. für Feste, Lebensmittel zum Küchentraining und kleinere Einkäufe muß meist monatlich mit entsprechenden Belegen abgerechnet werden.
(8) Die Herstellung von Fotos, Filmen, Handschienen sowie der Vertrieb

von Hilfsmitteln und die Organisation von Verkaufsausstellungen müssen meist geplant und ggf. besonders beantragt werden.
(9) In einigen Häusern gibt es außerdem bestimmte Formulare oder Bücher für Instandsetzungsarbeiten, Reparaturen und Bestellungen, ebenso für Arbeitsleistungen außerhalb der Klinik, wie z. B. Brennen von Keramikarbeiten.

Abrechnungsverfahren

Kosten, die durch die Einrichtung oder Vergrößerung einer Abteilung für Beschäftigungstherapie entstehen, sind einmalig und ihre Höhe ist abhängig von Funktion, Größe und Aufgabe der Beschäftigungstherapie an der jeweiligen Institution. Weiterhin entstehen ständig Kosten für Arbeitsmittel. Die Grundausstattung an Werkmaterial muß ergänzt werden, wobei nur ein Teil der entstehenden Kosten durch den Verkauf fertiggestellter Produkte gedeckt wird, der andere jedoch, der durch den Verbrauch von Arbeitsmitteln entsteht, aus einem besonderen Etat aufgefüllt werden muß. Er sollte so veranschlagt werden, daß neues Material unabhängig von den Einnahmen eingekauft werden kann. Die Chancen des Mengenrabattes sind dabei zu berücksichtigen.
Im allgemeinen wird die Therapeutin versuchen, den Patienten unter Berücksichtigung der therapeutischen Faktoren an eine Werkarbeit heranzuführen, die ihn so interessiert, daß er sie gegen Bezahlung der Materialkosten auch erwerben möchte. Besteht von seiten des Patienten kein Bedarf an den von ihm gefertigten Gegenständen (dies geschieht oft in Häusern für langfristig Kranke), so wird die Beschäftigungstherapeutin entweder eine ständig geöffnete kleine **Verkaufsausstellung** für Angehörige, Personal und Besucher bereit haben oder die Gegenstände gesammelt bei einem „Bazar“ in den eigenen Räumen verkaufen.
Daß eine Abteilung für Beschäftigungstherapie selten kostendeckend arbeiten kann, ergibt sich von selbst aus ihrer Zielsetzung, bei der kommerzielle Überlegungen an letzter Stelle stehen.
In der Regel gehören beschäftigungstherapeutische Abteilungen zu Kliniken, Heimen oder Einrichtungen zur Rehabilitation; die Beschäftigungstherapeuten werden nach tarifrechtlichen Bestimmungen entlohnt.
Die freiberuflich tätigen Beschäftigungstherapeuten sind bisher in der Minderheit. Einige arbeiten im Auftrag der freien Wohlfahrtsverbände und auch staatlicher Institutionen auf Honorarbasis, wenige haben sich in einer eigenen Praxis niedergelassen. Vertreter des Berufsverbandes der Beschäftigungstherapeuten sowie der Spitzenverbände der Krankenkassen stehen derzeit noch in Verhandlungen. Bis zu endgültigen vertraglichen Abschlüssen über die Zulassung von Beschäftigungstherapeuten zur Kassenabrechnung, Art und Einrichtung von Freien Praxen sowie Vergütung beschäftigungstherapeutischer Leistungen, wurden mit Jahresbeginn 1978 Übergangsregelungen mit einigen Kassen geschaffen, die eine freiberufliche Tätigkeit möglich machen (s. auch SCHAEFGEN: Die

beschäftigungstherapeutische Praxis – eine neue Dimension in der Beschäftigungstherapie. Beschäft.-Ther., Rehabil. 3 [1978]).

Anhang

Ausbildungsstätten für Beschäftigungstherapeuten in der Bundesrepublik Deutschland

Staatlich anerkannte Schule für Beschäftigungs- und Arbeitstherapie am Annastift e.V., Heimchenstraße 1–6, 3000 Hannover
Staatlich anerkannte Schule für Beschäftigungs- und Arbeitstherapie an der Klinik und Reha-Zentrum, 3417 Wahlsburg-Lippoldsberg
Staatlich anerkannte Schule für Beschäftigungs- und Arbeitstherapie der Landeshauptstadt, Bogenhauser Kirchplatz 3, 8000 München 80
Staatlich anerkannte Schule für Beschäftigungs- und Arbeitstherapie am Oskar-Helene-Heim, Clayallee 229, 1000 Berlin 33
Staatlich anerkannte Schule für Beschäftigungs- und Arbeitstherapie an der Karl-Bonhoeffer-Klinik, Oranienburger Straße 285, 1000 Berlin 26
Staatlich anerkannte Schule für Beschäftigungs- und Arbeitstherapie am Evangelischen Waldkrankenhaus, 1000 Berlin 20
Staatlich anerkannte Schule für Beschäftigungs- und Arbeitstherapie am Städtischen Krankenhaus, Gotenstraße, 6230 Frankfurt/Main-Höchst
Staatlich anerkannte Schule für Beschäftigungs- und Arbeitstherapie an der Rheinischen Landes- und Hochschulklinik für Psychiatrie, Hufelandstraße 55, 4300 Essen 1
Staatlich anerkannte Schule für Beschäftigungs- und Arbeitstherapie am Südwestdeutschen Reha-Krankenhaus, 7516 Karlsbad-Langensteinbach
Staatlich anerkannte Schule für Beschäftigungs- und Arbeitstherapie am Rheinischen Landeskrankenhaus, Meckerstraße 15, 5160 Düren
Staatlich anerkannte Schule für Beschäftigungs- und Arbeitstherapie im Deutschen Roten Kreuz, Potsdamer Straße 41, 4000 Düsseldorf-Reisholz
Staatlich anerkannte Schule für Beschäftigungs- und Arbeitstherapie bei der Stiftung Tannenhof, Remscheider Straße 76, 5630 Reimscheid 12
Staatlich anerkannte Schule für Beschäftigungs- und Arbeitstherapie am BFW des DGB, Kanzleistraße 20, 7000 Stuttgart

Berufsverband der Beschäftigungstherapeuten

Verband staatlich anerkannter Beschäftigungstherapeuten der Bundesrepublik Deutschland e.V., Stiftung Rehabilitation, Postfach 101409, 6900 Heidelberg 1
Deutsche Vertreterin im Weltverband der Beschäftigungstherapeuten ist Ute Schmid-Carlshausen, Berufsgenossenschaftliches Unfallkrankenhaus, 2050 Hamburg-Bergedorf

Namen und Adressen der Leiter der Fachkreise und Ausschüsse erscheinen in jeder Ausgabe der Fachzeitschrift.

Organisationen, die Hilfsmittel für Behinderte beschaffen, prüfen und firmenunabhängige Kataloge zusammenstellen

Deutsche Vereinigung für die Rehabilitation Behinderter e.V. (Loseblattsammlung), Friedrich-Ebert-Anlage 9, 6900 Heidelberg 1
Schweizerische Rheumaliga, Seestraße 12c, CH-8002 Zürich
ICTA Information Centre (Loseblattsammlung), Fack S 16103, Bromma, Schweden

Verlage für einschlägige Literatur

ADAC Touristik und Grenzverkehr, Hotelführer für Körperbehinderte, Königinstraße 9–11a, 8000 München 22
Arbeitsausschuß Gutes Spielzeug e.V., Marktplatz 14, 7900 Ulm
Beltz-Verlag, Weinheim, Berlin, Basel (Arbeitshilfen für Diagnostik und Therapie, Tests)
Bundesministerium für Jugend, Familie und Gesundheit, Herausgeber verschiedener Schriften zur gesundheitlichen Aufklärung bei verschiedenen Verlagen
Christophorus-Verlag Herder GmbH, Hermann-Herder-Straße 4, 7800 Freiburg (Werkbücher)
Crüwell-Verlag, Postfach 1283, 4600 Dortmund (Pädagogik, Sonderpädagogik, Wahrnehmungstraining)
Don Bosco Verlag, München (Pädagogik)
Ensslin & Laiblin Verlag, Reutlingen (Pädagogik)
Heckners Verlag, Postfach 260, 3340 Wolfenbüttel (Maschinenschreiben für Einhänder)
Herder Verlag, Herrmann-Herder-Straße 4, 7800 Freiburg (Spiel- und Arbeitsmittel für Vorschule und Schule)
Kemper-Verlag, 6900 Heidelberg (Werkbücher)
Otto Maier Verlag, Postfach 1860, 7980 Ravensburg (Spiele, Bücher)
Marhold, Carl, Verlag, Hessenallee 12, 1000 Berlin 19 (Sonderpädagogische Bücher)
Mefa Verlag + Werkstätten, Postfach 466, 5180 Eschweiler (Hilfsmittel)
Pflaum, Richard, Verlag, Lazarettstraße 4, 8000 München 2 (Krankengymnastik)
Reinhard, Ernst, Verlag, Postfach, 8000 München 38 (Heilpädagogische Bücher)
Vereinigte ASS Spielkarten, Postfach 1160, 7022 Leinfelden (Spiele)
Webe mit Verlag (Handwebzeitschrift), 7065 Manolzweiler

Zeitschriften

Beschäftigungstherapie und Rehabilitation. Carl Winter, Universitätsverlag, Heidelberg
Die Rehabilitation. Thieme Verlag, Stuttgart
Das behinderte Kind. Mefa Verlag, Eschweiler
Krankengymnastik, Pflaum Verlag, München

Bezugsquellen

Fa. Abben, Carl, Bekassinenau 129, 2000 Hamburg-Rahlstedt (Wolle, Garne)
Arbeitsausschuß „Gutes Spielzeug", Neue Straße 92, 7900 Ulm (Spielzeug)
Fa. Diehl, R., Postfach 762, 7300 Esslingen (Werkmittel)
Fa. Flötotto, Postfach 6004, 4830 Gütersloh 16 (Schulmöbel, Tische, Sitze)
Fa. Hourdeaux Bergmann, Postfach 23, 8620 Lichtenfels (Werkmaterial)
Fa. HWG, Postfach 45, 5410 Höhr-Grenzhausen (Webzubehör, Bücher)
Kirchner, Postfach 1408, 3550 Marburg (Webrahmen)
Latz, Herrmann, 3401 Eddigehausen (Stickstoff, Garne)
Leuwico, C. & H. Leuthäusser, 8631 Wiesenfeld/Coburg (verstellbare Tische)
Fa. MEZ, Postfach 100, 7800 Freiburg (Stick- und Nähgarne)
Fa. Naber, C., Postfach 12, 2800 Lilienthal (Tonbrennöfen)
Fa. Nagel, Theodor, Billstraße 118, 2000 Hamburg 28 (Edelholz, Furniere)
Fa. Nitzbon, Metallbau, Osterade 14, 2050 Hamburg (funktionelle Arbeitsplätze)
Fa. Ott, Georg, Postfach 693, 7900 Ulm (Werkraum Einrichtung)
Fa. Schafmeister OHG, 4930 Detmold-Remminghausen (Werkmittel, Bienenwachs)
Fa. Traub, Lange Straße 32, 7050 Waiblingen (Wolle)
Fa. Dr. Wiehler, Bahnhofstraße 45, 2150 Buxtehude (Stickstoff, Wolle)
Fa. Widmaier, B., Waldstraße 36, 7301 Aichschieß (Stoffe)

Hilfsmittel für Behinderte

Albrecht, Skalitzerstraße 131/132, 1000 Berlin 36 (Krankenfahrzeuge)
Arbeitszentrum für Behinderte, CH-4802 Strengelbach (Eßmaschine, Autositzstuhl)
Berufsförderungswerk Hamburg, August-Krogmann-Straße 8, 2000 Hamburg 72 (Fokus-Küche)
Besam GmbH, Holstenstraße 79–81, 2000 Hamburg 50 (elektronische Türöffnung)
Binder, G., Postfach 20, 7031 Holzgerlingen (Velcro-Verschluß)

Blatter, Dr., Staubstraße 1, CH-8038 Zürich (Hilfsmittel)
Braun B., Carl-Braun-Straße 1, 3508 Melsungen (Lochstäbe, Geräte)
Carba, CH-3079 Liebefeld-Bern (Steuergeräte, Lesehilfe)
Demoll, H. G., Stuifenstraße 8, 7000 Stuttgart 1 (elektrische Schreibmaschine)
Deutsche clos-o-matic, Goldgrubenstraße 25, 6000 Frankfurt 50 (automatisches WC)
Deutsche Friedrich-Schiller-Stiftung, Havelstraße 16, 6100 Darmstadt (Bücher im Großdruck)
Deutsche Orthopädische Werke, General-Pape-Straße 1–4, 1000 Berlin 42 (Krankenfahrzeuge)
Drabert, Wilhelmstraße 13–17, 4950 Minden (Arthrodesenstühle, Fahrgeräte)
Fichtmüller, W. O., 7502 Malsch (Behandlungsgeräte, und u.a. Vertretung für Nottingham und Blomqvist)
Fischer + Kastner, Offenbacher Landstraße 21, 6000 Frankfurt (höhenverstellbarer Waschtisch)
Henckels, 5650 Solingen (Gabeln für Einhänder)
Hauenstein KG, Postfach 2146, 8000 München-Neuaubing 66 (Sicherheitsmöbel)
Haverich, Elpke 111b, 4800 Bielefeld (Krankenfahrzeuge)
Hof zum Berge, 4351 Henrichenberg (Spastikerstühle)
Hoyer, Vorstadt zum Garten 5, 6360 Friedberg (Krankenlifter)
Knickmann, Mittelweg, 2000 Hamburg 13 (Lehrmittel, Eßgeräte)
Kochmann, Walter, Ansbacher Straße 30, 1000 Berlin 30 (Krankenhausbedarf)
Kowalewski, Otto, Rendsburger Straße 20, 2350 Neumünster (Arthrodesenkissen)
Meyer, W., Postfach 103, 4973 Vlotho (Krankenfahrzeuge)
Orthopädisches Hospital, Hans-Knudsen-Plads 3, DK-2100 Kopenhagen (Hilfsmittel)
Ortopedia, Salzredder 3, 2300 Kiel (Hilfsmittel, Rollstühle)
Osta Werke Berlin, Motzenerstraße 35, 1000 Berlin 48 (Behindertenküchen)
Petri & Lehr, Bernhardstraße 79, 6050 Offenbach (Krankenfahrzeuge)
Rehaforum, Osterather Straße 7, 5000 Köln 60, Hilfsmittel
Thomas, Walkmühlenstraße 3, 2140 Bremervörde (Hilfsmittel)
Weinert, H., Subbelratherstraße 205, 5000 Köln 30 („Kölner Tisch", Fahrrad)
Zick, Hans Haus, Apparatebau, Am Stephanshügel 10, 6250 Limburg (Telefonhörerhalter)

Schienenmaterial

Berkemann, H., Lottestraße 57, 2000 Hamburg 54 (Tempoplass, Moosgummi)

Binder, G., 7031 Holzgerlingen (Velcro-Verschluß)
Braun Apparatebau, 3508 Melsungen (PVC Schlauch)
Johnson & Johnson, Robert-Koch-Straße 15, 2000 Hamburg-Norderstedt (Orthoplast)
Kraemer, F. W., Postfach 38, 5630 Remscheid-Haddenbach (Plexidur, Federstahldraht, Punkterhitzer)
Link & Co., Postfach 394, 7200 Tuttlingen (Kunststoffe)
Lohmann GmbH & Co. KG, Postfach 120 110, 5450 Neuwied (Polstermaterial)
Maschke, Postfach 641, 7100 Heilbronn (Leder, Spastikerbälle)
Rehaforum GmbH, Osteratherstraße 7, 5000 Köln 60 (Polyform)
Röhm & Haas, Mainzerstraße 42, 6100 Darmstadt (Plexidur)
Roth-Gummi, Hanauer Landstraße 222, 6000 Frankfurt (Moosgummischlauch)
Ruhrtaler Verbandstoffabrik, Postfach 42, 5802 Wetter 4 (San Splint, Bofors, Kustoform)
Schein, H., Postfach 110609, 5630 Remscheid 11 (PVC, Schein-o-lit, Nieten, Federstahldraht)
Springer, H., Am Nordhafen 6, 1000 Berlin 65 (Polyaethylen, Plexidur etc.)
Teufel, J., Neckarstraße 189, 7000 Stuttgart 70 (Otholen, Noppengummi)

Literatur

Arbeitsausschuß Informationskartei, Adressenkartei, Nachschlagwerk, Berufsverband der Beschäftigungstherapeuten der BRD e.V. 1975

Ayres, J.: Proprioceptive Erleichterungsmethoden, Paper, erhalten 1968 in der Abteilung für funktionelle Beschäftigungstherapie am Bürgerspital, Basel, Schweiz

Barr, Natalie R.: The Hand. Principles and Techniques of Simple Splint-Marking in Rehabilitation. Butterworth, London 1975

Boyes, J. H.: Bunnel's Surgery of the Hand, 4. Aufl. Pitman, London 1964

Essel, E., J. Sebbel: Hilfsmittel für PCP. Beschäft.-Ther., Rehabil. 4/1971

Gardiner, M. D.: Grundlagen der Übungstherapie. Thieme Stuttgart 1968; 2. Aufl. 1974

Hils, K.: Therapeutische Faktoren im Werken und Formen. Wissenschaftliche Buchgesellschaft, Darmstadt 1971

Jay, P. E., E. Walker, A. Ellison: Hilf dir selbst. Ratschläge für Hemiplegiker. Huber, Bern 1969

Jentschura, G.: Beschäftigungstherapie. Thieme, Stuttgart 1959; 2. Aufl. 1974

Müller-Kamerhuis, M.: Kosmetik in der Beschäftigungstherapie. Beschäft.-Ther., Rehabil. 1/1969

Pfenninger, B.: Ergotherapie in der Handchirurgie. Institut für Ergotherapie, Kantonspital, Basel 1976

Schücking, B., G. Huchthausen: Leitfaden der Beschäftigungs- und Arbeitstherapie. Steinkopff, Darmstadt 1961

Wagner-Fischer, A. M.: Gedanken zur Versorgung mit Alltagshilfen. Beschäft.-Ther., Rehabil. 3/1968

Wagner-Fischer, A. M.: Ärztlicher Rat für Halbseitengelähmte. Thieme, Stuttgart 1973

9. Anhang: Gesetzliche Vorschriften

Gesetz über den Beruf des Beschäftigungs- und Arbeitstherapeuten (Beschäftigungs- und Arbeitstherapeutengesetz – BeArbThG)

Vom 25. Mai 1976

Der Bundestag hat mit Zustimmung des Bundesrates das folgende Gesetz beschlossen:

I. Abschnitt
Die Erlaubnis

§ 1

Wer eine Tätigkeit unter der Berufsbezeichnung „Beschäftigungs- und Arbeitstherapeut" oder „Beschäftigungs- und Arbeitstherapeutin" ausüben will, bedarf der Erlaubnis.

§ 2

(1) Eine Erlaubnis nach § 1 wird erteilt, wenn der Antragsteller

1. nach einer dreijährigen Ausbildung die staatliche Prüfung für Beschäftigungs- und Arbeitstherapeuten bestanden hat,
2. sich nicht eines Verhaltens schuldig gemacht hat, aus dem sich die Unzuverlässigkeit zur Ausübung des Berufs ergibt, und
3. nicht wegen eines körperlichen Gebrechens, wegen Schwäche seiner geistigen oder körperlichen Kräfte oder wegen einer Sucht zur Ausübung des Berufs unfähig oder ungeeignet ist.

(2) Durch eine außerhalb des Geltungsbereiches dieses Gesetzes erworbene abgeschlossene Ausbildung wird die Voraussetzung nach Absatz 1 Nr. 1 erfüllt, wenn die Gleichwertigkeit des Ausbildungsstandes anerkannt wird.

§ 3

(1) Die Erlaubnis ist zurückzunehmen, wenn bei ihrer Erteilung die Voraussetzung nach § 2 Abs. 1 Nr. 2 nicht vorgelegen hat, die staatliche Prüfung nicht bestanden oder die Ausbildung nach § 2 Abs. 2 nicht abgeschlossen war. Die Erlaubnis kann zurückgenommen werden, wenn bei ihrer Erteilung eine der Voraussetzungen nach § 2 Abs. 1 Nr. 3 nicht vorgelegen hat.
(2) Die Erlaubnis ist zu widerrufen, wenn nachträglich die Voraussetzung nach § 2 Abs. 1 Nr. 2 weggefallen ist.
(3) Die Erlaubnis kann widerrufen werden, wenn nachträglich eine der Voraussetzungen nach § 2 Abs. 1 Nr. 3 weggefallen ist.
(4) In den Fällen der Absätze 1 bis 3 ist der Betroffene vor der Entscheidung zu hören.

§ 4

(1) Die Ausbildung nach diesem Gesetz wird an staatlich anerkannten Schulen für Beschäftigungs- und Arbeitstherapeuten durchgeführt.
(2) Zur Ausbildung wird zugelassen, wer eine abgeschlossene Realschulbildung, eine andere gleichwertige Ausbildung oder eine nach Hauptschulabschluß abgeschlossene Berufsausbildung von mindestens zweijähriger Dauer nachweist.
(3) Auf die Dauer der Ausbildung werden angerechnet:
1. Unterbrechungen durch Ferien und
2. Unterbrechungen durch Schwangerschaft, Krankheit oder aus anderen, vom Auszubildenden nicht zu vertretenden Gründen bis zur Gesamtdauer von zwölf Wochen.

(4) Die zuständige Behörde kann auf Antrag eine andere Ausbildung im Umfange ihrer Gleichwertigkeit auf die Ausbildung für Beschäftigungs- und Arbeitstherapeuten anrechnen, wenn die Durchführung der Ausbildung und die Erreichung des Ausbildungszieles dadurch nicht gefährdet werden. Eine nach bundesgesetzlichen Vorschriften abgeschlossene Ausbildung als Krankengymnast oder eine nach landesrechtlichen Vorschriften abgeschlossene Ausbildung als Erzieher ist mit mindestens einem Jahr anzurechnen.

§ 5

Der Bundesminister für Jugend, Familie und Gesundheit regelt durch Rechtsverordnung mit Zustimmung des Bundesrates in einer Ausbildungs- und Prüfungsordnung für Beschäftigungs- und Arbeitstherapeuten die Mindestanforderungen an die Ausbildung, das Nähere über die staatliche Prüfung und die Urkunde für die Erlaubnis nach § 1. In der Rechtsverordnung ist vorzusehen, daß der Auszubildende während der Ausbildung an theoretischem und praktischem Unterricht und an einer praktischen Ausbildung teilzunehmen hat. In der Rechtsverordnung kann vorgesehen werden, daß der Schüler bei der Zulassung zur staatlichen Prüfung eine außerhalb der Ausbildung erworbene, bestimmten Erfordernissen entsprechende Ausbildung in Erster Hilfe nachzuweisen hat.

II. Abschnitt
Zuständigkeiten

§ 6

(1) Die Entscheidungen nach § 2 Abs. 1 und § 3 Abs. 1 trifft die zuständige Behörde des Landes, in dem der Antragsteller die Prüfung abgelegt hat.
(2) Die Entscheidungen nach § 2 Abs. 1 in Verbindung mit § 2 Abs. 2 und nach § 3 Abs. 2 und 3 trifft die zuständige Behörde des Landes, in dem der Antragsteller oder der Inhaber der Erlaubnis
1. seinen Wohnsitz hat,
2. wenn die Zuständigkeit nach Nummer 1 nicht gegeben ist, seinen Wohnsitz begründen will, oder
3. wenn eine Zuständigkeit nach Nummer 1 oder 2 nicht gegeben ist, zuletzt seinen Wohnsitz gehabt hat.

(3) Die Entscheidung über die Anrechnung einer Ausbildung nach § 4 Abs. 4 trifft die zuständige Behörde des Landes, in dem der Bewerber an einer Ausbildung teilnehmen will.

(4) Die Landesregierung bestimmt die zur Durchführung dieses Gesetzes zuständigen Behörden.

III. Abschnitt
Bußgeldvorschrift

§ 7

(1) Ordnungswidrig handelt, wer ohne Erlaubnis nach § 1 oder § 8 Abs. 1 die Berufsbezeichnung „Beschäftigungs- und Arbeitstherapeut" oder „Beschäftigungs- und Arbeitstherapeutin" oder ohne Erlaubnis nach § 8 Abs. 2 Satz 1 die Berufsbezeichnung „Beschäftigungstherapeut", „Beschäftigungstherapeutin", „Beschäftigungs- und Arbeitstherapeut (Ergotherapeut)" oder „Beschäftigungs- und Arbeitstherapeutin (Ergotherapeutin)" führt.
(2) Die Ordnungswidrigkeit kann mit einer Geldbuße bis zu fünftausend Deutsche Mark geahndet werden.

IV. Abschnitt
Übergangsvorschriften

§ 8

(1) Als Erlaubnis im Sinne des § 1 gelten:
1. eine auf Grund der in § 10 bezeichneten Bestimmungen erteilte staatliche Anerkennung als „Beschäftigungstherapeut" oder „Beschäftigungstherapeutin",
2. eine durch ein Prüfungs- und Anerkennungszeugnis der Höheren Fachschule für Beschäftigungs- und Arbeitstherapie (Ergotherapie) der Landeshauptstadt München vor Inkrafttreten dieses Gesetzes oder nach Inkrafttreten dieses Gesetzes auf Grund einer vor seinem Inkrafttreten begonnenen Ausbildung verliehene Anerkennung als „Beschäftigungs- und Arbeitstherapeut (Ergotherapeut)" oder „Beschäftigungs- und Arbeitstherapeutin (Ergotherapeutin) und
3. eine durch ein Prüfungs- und Anerkennungszeugnis der Städtischen Fachschule für Beschäftigungstherapie in München verliehene Anerkennung als „Beschäftigungstherapeut" oder „Beschäftigungstherapeutin".

(2) Eine in Absatz 1 genannte Anerkennung gilt auch als Erlaubnis, statt der Berufsbezeichnung nach § 1 die durch die Anerkennung erworbene Berufsbezeichnung weiterzuführen. § 3 gilt entsprechend.
(3) Eine Ausbildung als „Beschäftigungstherapeut" oder „Beschäftigungstherapeutin", die vor Inkrafttreten dieses Gesetzes auf Grund der in § 10 bezeichneten Bestimmungen begonnen worden ist, wird nach diesen Bestimmungen abgeschlossen. Die Anerkennung wird in diesen Fällen ebenfalls nach diesen Bestimmungen erteilt.
(4) Wer beim Inkrafttreten dieses Gesetzes mindestens fünf Jahre in der Beschäftigungs- und Arbeitstherapie tätig war, erhält beim Vorliegen der Voraussetzungen des § 2 Abs. 1 Nr. 2 und 3 die Erlaubnis nach § 1, wenn er innerhalb von fünf Jahren nach Inkrafttreten dieses Gesetzes die staatliche Prüfung nach diesem Gesetz ablegt.

V. Abschnitt
Schlußvorschriften

§ 9

Dieses Gesetz gilt nach Maßgabe des § 13 Abs. 1 des Dritten Überleitungsgesetzes vom 4. Januar 1952 (Bundesgesetzbl. I S. 1) auch im Land Berlin. Rechtsverordnungen, die auf Grund dieses Gesetzes erlassen werden, gelten im Land Berlin nach § 14 des Dritten Überleitungsgesetzes.

§ 10

Dieses Gesetz tritt am 1. Januar 1977 in Kraft. Gleichzeitig treten, soweit sich nicht aus § 8 Abs. 3 etwas anderes ergibt, außer Kraft:

1. die Allgemeine Anweisung des Senators für Gesundheit und Umweltschutz Berlin über die Ausbildung, staatliche Prüfung und Anerkennung von Beschäftigungstherapeuten vom 9. Juli 1974 (Amtsblatt für Berlin S. 1052).
2. die vorläufigen Vorschriften des Hessischen Ministers für Arbeit, Volkswohlfahrt und Gesundheitswesen über die staatliche Anerkennung von Beschäftigungstherapeuten vom 28. November 1963 (StAnz. für das Land Hessen, S. 1393) mit Ausnahme des § 4,
3. der Erlaß des Niedersächsischen Sozialministers über die staatliche Anerkennung als Beschäftigungstherapeut und die Errichtung von Lehranstalten für Beschäftigungstherapie vom 24. März 1958 (Nds. MBl. S. 299), zuletzt geändert durch den Erlaß des Niedersächsischen Sozialministers vom 22. April 1970 (Nds. MBl. S. 477), mit Ausnahme des § 4, und die Prüfungsordnung für Beschäftigungstherapeuten zu Abschnitt IV § 8 Abs. 3 des Erlasses vom 24. März 1958.

Das vorstehende Gesetz wird hiermit verkündet.

Bonn, den 25. Mai 1976

Der Bundespräsident
Scheel

Der Bundeskanzler
Schmidt

Der Bundesminister
für Jugend, Familie und Gesundheit
Katharina Focke

Ausbildungs- und Prüfungsordnung für Beschäftigungs- und Arbeitstherapeuten (BeArbThAPrO)

Vom 23. März 1977

Auf Grund des § 5 des Beschäftigungs- und Arbeitstherapeutengesetzes vom 25. Mai 1976 (BGBl. I S. 1246) wird mit Zustimmung des Bundesrates verordnet:

§ 1

Ausbildung

(1) Die dreijährige Ausbildung für Beschäftigungs- und Arbeitstherapeuten umfaßt mindestens den in Anlage 1 aufgeführten theoretischen und praktischen Unterricht und die in Anlage 2 aufgeführte praktische Ausbildung.
(2) Der Auszubildende hat seine regelmäßige und erfolgreiche Teilnahme an den nach Absatz 1 vorgeschriebenen Ausbildungsveranstaltungen durch eine Bescheinigung nach dem Muster der Anlage 3 nachzuweisen.

§ 2

Staatliche Prüfung

(1) Die staatliche Prüfung umfaßt einen schriftlichen und einen praktischen Teil.
(2) Gegenstand der staatlichen Prüfung sind die in der Anlage 4 genannten Fächer.
(3) Der Prüfling legt die Prüfung vor dem Prüfungsausschuß bei der Schule ab, an der er die Ausbildung abgeschlossen hat. Die zuständige Behörde, in deren Bereich die Prüfung oder ein Teil der Prüfung abgelegt werden soll, kann aus wichtigem Grund Ausnahmen zulassen. Die Vorsitzenden der beteiligten Prüfungsausschüsse sind vorher zu hören. Bei Personen, die beantragen, die Prüfung auf Grund des § 8 Abs. 4 des Gesetzes abzulegen, bestimmt die zuständige Behörde den zuständigen Prüfungsausschuß.

§ 3

Prüfungsausschuß

(1) Bei jeder Schule wird ein Prüfungsausschuß gebildet, der aus folgenden Mitgliedern besteht:
1. einem Medizinalbeamten als Vorsitzenden,
2. einem Beauftragten der Schulverwaltung, wenn die Schule nach den Schulgesetzen eines Landes der staatlichen Aufsicht durch die Schulverwaltung untersteht,
3. folgenden Fachprüfern:
   a) einem an der Schule unterrichtenden Arzt,
   b) mindestens einem an der Schule unterrichtenden Beschäftigungs- und Arbeitstherapeuten,
   c) weiteren an der Schule tätigen Lehrkräften,
   d) dem Leiter der Schule.

(2) Die zuständige Behörde kann abweichend von Absatz 1 Nr. 1 einen dem Prüfungsausschuß angehörenden Beauftragten der Schulverwaltung zum Vorsitzenden bestellen.
(3) Jedes Mitglied des Prüfungsausschusses hat einen oder mehrere Stellvertreter. Die zuständige Behörde bestellt, soweit nicht in Absatz 1 bereits festgelegt, die Mitglieder des Prüfungsausschusses sowie deren Stellvertreter. Von der Bestellung der Lehrkräfte und deren Stellvertreter ist der Leiter der Schule zu hören. Der Vorsitzende bestimmt auf Vorschlag des Leiters der Schule die Fachprüfer und deren Stellvertreter für die einzelnen Fächer.

§ 4

Zulassung zur Prüfung

(1) Der Vorsitzende entscheidet auf Antrag des Prüflings über die Zulassung zur Prüfung und setzt die Prüfungstermine im Benehmen mit dem Leiter der Schule fest.

(2) Die Zulassung zur Prüfung wird erteilt, wenn folgende Nachweise vorliegen:

1. ein Geburtsschein oder eine Geburtsurkunde und gegebenenfalls eine Heiratsurkunde,
2. die Bescheinigung nach § 1 Abs. 2 über die Teilnahme an den vorgeschriebenen Ausbildungsveranstaltungen,
3. eine Bescheinigung der Schule, daß die Ausbildung nicht über die in § 4 Abs. 3 des Gesetzes festgelegten Zeiten hinaus unterbrochen worden ist und
4. ein Nachweis über eine Ausbildung in Erster Hilfe, durch die in mindestens sechzehn Stunden durch theoretischen Unterricht und praktische Unterweisung gründliches Wissen und praktisches Können in Erster Hilfe vermittelt worden sind. Als ein solcher Nachweis gilt insbesondere eine Bescheinigung des Arbeiter-Samariter-Bundes Deutschland e.V., des Deutschen Roten Kreuzes, der Johanniter-Unfallhilfe oder des Malteser-Hilfsdienstes e.V. oder eine Bescheinigung eines Trägers der öffentlichen Verwaltung, insbesondere der Verwaltungen der Bundeswehr, des Bundesgrenzschutzes und der Polizeien der Länder über die Teilnahme an einer Ausbildung in Erster Hilfe oder ein gleichwertiger Nachweis sowie ein Zeugnis oder eine Bescheinigung über eine Ausbildung, in deren Rahmen entsprechende Kenntnisse und Fähigkeiten in Erster Hilfe vermittelt worden sind.

(3) Bei Personen, die beantragen, die Prüfungen auf Grund des § 8 Abs. 4 des Gesetzes abzulegen, tritt an die Stelle der in Absatz 2 Nr. 2 bis 4 genannten Nachweise der Nachweis darüber, daß der Antragsteller am 1. Januar 1977 mindestens fünf Jahre in der Beschäftigungs- und Arbeitstherapie tätig war.
(4) Die Zulassung sowie die Prüfungstermine sollen dem Prüfling spätestens zwei Wochen vor Prüfungsbeginn schriftlich mitgeteilt werden.

§ 5
Schriftlicher Teil der Prüfung

(1) Der schriftliche Teil der Prüfung erstreckt sich auf die in Anlage 4 Nr. 1.1 bis 1.9 genannten Fächer. Der Prüfling hat in drei Aufsichtsarbeiten schriftlich gestellte Fragen aus jedem dieser Fächer zu beantworten. Die Aufsichtsarbeiten betreffen die folgenden Fächergruppen:

1. Biologie, Anatomie und Physiologie,
   Allgemeine Krankheitslehre,
   Spezielle Krankheitslehre,
2. Soziologie,
   Psychologie,
   Pädagogik und Sonderpädagogik,
3. Grundlagen der Arbeitsmedizin,
   Grundlagen der Arbeitstherapie,
   Berufs-, Staatsbürger- und Gesetzeskunde;

die Aufsichtsarbeiten dauern für die unter Nummer 1 genannte Fächergruppe vier, für die unter Nummer 2 genannte drei und für die unter Nummer 3 genannte zwei Stunden und sind an mindestens zwei, höchstens drei aufeinanderfolgenden Tagen zu erledigen. Die Aufsichtsführenden werden vom Vorsitzenden des Prüfungsausschusses bestellt.
(2) Die Aufgaben für die Aufsichtsarbeiten werden von dem Vorsitzenden des Prüfungsausschusses im Benehmen mit dem Leiter der Schule bestimmt. Jede Aufsichtsarbeit ist von mindestens zwei Fachprüfern zu benoten. Aus den Noten der

Fachprüfer bildet der Vorsitzende des Prüfungsausschusses im Einvernehmen mit den Fachprüfern die Note für die einzelne Aufsichtsarbeit.

§ 6
Praktischer Teil der Prüfung

(1) Der praktische Teil der Prüfung erstreckt sich auf die in Anlage 4 Nr. 2.1 und 2.2 genannten Fächer.
(2) In dem Fach „Handwerkliche und gestalterische Techniken" hat der Prüfling ein von ihm unter Aufsicht gefertigtes Werkstück vorzulegen und dabei unter Darlegung seines Planes für den Arbeitsvorgang zu beschreiben, in welcher Weise und mit welcher Zielsetzung Behinderte verschiedener Gruppen und Grade bei der Herstellung von Werkstücken der gleichen Art Aktivitäten entwickeln können.
(3) In dem Prüfungsfach „Angewandte Beschäftigungs- und angewandte Arbeitstherapie" hat der Prüfling an einem ihm bekannten Patienten oder an einer Gruppe von solchen die Anwendung der Beschäftigungstherapie vorzuführen. Er hat einen schriftlichen Bericht über den beschäftigungstherapeutischen Behandlungsplan und die Durchführung der Behandlung vorzulegen. In der Arbeitstherapie hat der Prüfling die Lern- und Leistungsfähigkeit eines oder mehrerer Patienten einschließlich der zur Feststellung angewandten Methoden darzulegen und in einem schriftlichen Bericht die Möglichkeit der späteren Vermittlung in den Arbeitsprozeß aufzuzeigen. Ergänzende Prüfungsfragen sollen auch aus den der Beschäftigungs- und Arbeitstherapie zugrunde liegenden und verwandten Fachgebieten, die Gegenstand der Ausbildung sind, gestellt werden.
(4) Die Aufgaben für die Prüfung in dem Fach „Handwerkliche und gestalterische Techniken" und die Zeiträume für die Herstellung der Werkstücke, die angemessen festzusetzen sind, werden jeweils für eine Gruppe von Prüflingen vom Vorsitzenden des Prüfungsausschusses im Benehmen mit dem Leiter der Schule bestimmt. Der Prüfling wählt seine Aufgabe durch Ziehung eines Loses. Die Auswahl der Patienten für das Fach „Angewandte Beschäftigungs- und angewandte Arbeitstherapie" erfolgt durch den Leiter der Schule im Einvernehmen mit einem dem Prüfungsausschuß angehörenden Beschäftigungs- und Arbeitstherapeuten. Die Patienten sind dem Prüfling mehrere Tage vor der Prüfung und so rechtzeitig zuzuweisen, daß ihm genügend Zeit für seine Arbeiten zur Verfügung steht. Der praktische Teil der Prüfung soll für den einzelnen Prüfling in sechzehn Stunden erledigt sein. Dabei wird die Zeit für die Fertigung des Werkstückes und die Erarbeitung der schriftlichen Berichte nicht mitgerechnet.
(5) Der praktische Teil der Prüfung wird in dem einzelnen Fach von mindestens zwei Fachprüfern abgenommen und nach § 8 benotet. Aus den Noten der Fachprüfer bildet der Vorsitzende des Prüfungsausschusses im Einvernehmen mit den Fachprüfern eine Note für das Fach.

§ 7
Niederschrift

Über die Prüfung ist eine Niederschrift zu fertigen, aus der Gegenstand, Ablauf und Ergebnis der Prüfung und etwa vorkommende Unregelmäßigkeiten hervorgehen.

§ 8
Benotung

Die schriftlichen Aufsichtsarbeiten sowie die Leistungen in den Fächern in der praktischen Prüfung werden wie folgt benotet:

„sehr gut“ (1), wenn die Leistung den Anforderungen in besonderem Maße entspricht,
„gut“ (2), wenn die Leistung den Anforderungen voll entspricht,
„befriedigend“ (3), wenn die Leistung im allgemeinen den Anforderungen entspricht,
„ausreichend“ (4), wenn die Leistung zwar Mängel aufweist, aber im ganzen den Anforderungen noch entspricht,
„mangelhaft“ (5), wenn die Leistung den Anforderungen nicht entspricht, jedoch erkennen läßt, daß die notwendigen Grundkenntnisse vorhanden sind und die Mängel in absehbarer Zeit behoben werden können,
„ungenügend“ (6), wenn die Leistung den Anforderungen nicht entspricht und selbst die Grundkenntnisse so lückenhaft sind, daß die Mängel in absehbarer Zeit nicht behoben werden können.

§ 9
Bestehen und Wiederholung der Prüfung

(1) Die Prüfung ist bestanden, wenn beide Prüfungsteile bestanden sind. Die schriftliche Prüfung ist bestanden, wenn die Noten für die einzelnen Aufsichtsarbeiten mindestens „ausreichend“ betragen. Der praktische Teil der Prüfung ist bestanden, wenn die Prüfungsleistung in jedem Fach mindestens „ausreichend“ beträgt.
(2) Über die bestandene staatliche Prüfung wird ein Zeugnis nach dem Muster der Anlage 5 erteilt, auf dem die Prüfungsnoten einzutragen sind. Über das Nichtbestehen erhält der Prüfling vom Vorsitzenden des Prüfungsausschusses eine schriftliche Mitteilung, in der die Prüfungsnoten anzugeben sind.
(3) Jede Aufsichtsarbeit und jedes Fach der praktischen Prüfung kann zweimal wiederholt werden, wenn der Prüfling die Note „mangelhaft“ oder „ungenügend“ erhalten hat.
(4) Hat der Prüfling alle Aufsichtsarbeiten und alle Fächer der praktischen Prüfung zu wiederholen, so darf er zur Prüfung nur zugelassen werden, wenn er an einer weiteren Ausbildung teilgenommen hat, deren Dauer und Inhalt vom Vorsitzenden des Prüfungsausschusses bestimmt werden. Die Dauer der weiteren Ausbildung darf ein halbes Jahr nicht überschreiten. Die Wiederholungsprüfung muß spätestens zwölf Monate nach der letzten Prüfung abgeschlossen sein. Ausnahmen kann die zuständige Behörde in begründeten Fällen zulassen.

§ 10
Rücktritt von der Prüfung

(1) Tritt ein Prüfling nach seiner Zulassung von der Prüfung zurück, so hat er die Gründe für seinen Rücktritt unverzüglich dem Vorsitzenden des Prüfungsausschusses schriftlich mitzuteilen. Genehmigt der Vorsitzende den Rücktritt, so gilt die Prüfung als nicht unternommen. Die Genehmigung ist schriftlich und nur dann zu erteilen, wenn ein wichtiger, vom Prüfling nicht zu vertretender Grund vorliegt. Im Falle einer Krankheit kann die Vorlage einer ärztlichen Bescheinigung verlangt werden.
(2) Wird die Genehmigung für den Rücktritt nicht erteilt oder unterläßt es der Prüfling, die Gründe für seinen Rücktritt unverzüglich mitzuteilen, so gilt die Prüfung als nicht bestanden.

§ 11
Versäumnisfolgen

(1) Versäumt ein Prüfling einen Prüfungstermin oder gibt er eine Aufsichtsarbeit nicht oder nicht rechtzeitig ab oder unterbricht er die Prüfung, hat er die Gründe hierfür unverzüglich dem Vorsitzenden des Prüfungsausschusses mitzuteilen. Genehmigt der Vorsitzende die Versäumung des Prüfungstermins oder die nicht oder nicht rechtzeitig erfolgte Abgabe der Aufsichtsarbeit oder die Unterbrechung der Prüfung, so gilt der Teil der Prüfung als nicht unternommen. Die Genehmigung ist nur zu erteilen, wenn ein wichtiger, vom Prüfling nicht zu vertretender Grund vorliegt. Im Falle einer Krankheit kann die Vorlage einer ärztlichen Bescheinigung verlangt werden.
(2) Wird die Genehmigung nach Absatz 1 nicht erteilt oder unterläßt es der Prüfling, die Gründe unverzüglich mitzuteilen, so gilt der betreffende Teil der Prüfung als nicht bestanden.

§ 12
Ordnungsverstöße und Täuschungsversuche

Der Vorsitzende des Prüfungsausschusses kann bei Prüflingen, die die ordnungsgemäße Durchführung der Prüfung in erheblichem Maße gestört oder sich eines Täuschungsversuches schuldig gemacht haben, den betreffenden Teil der Prüfung für „nicht bestanden" erklären. Eine solche Erklärung ist nach Ablauf von drei Jahren nach Abschluß der Prüfung nicht mehr zulässig.

§ 13
Prüfungsunterlagen

Auf Antrag ist dem Prüfungsteilnehmer Einsicht in seine Prüfungsunterlagen zu gewähren. Schriftliche Aufsichtsarbeiten sind drei, Anträge auf Zulassung zur Prüfung und Prüfungsniederschriften zehn Jahre aufzubewahren.

§ 14
Erlaubniserteilung

Liegen die Voraussetzungen des Gesetzes für die Erteilung der Erlaubnis zur Führung der Berufsbezeichnung „Beschäftigungs- und Arbeitstherapeut" vor, so stellt die zuständige Behörde die Erlaubnisurkunde nach dem Muster der Anlage 6 aus.

§ 15
Berlin-Klausel

Diese Verordnung gilt nach § 14 des Dritten Überleitungsgesetzes in Verbindung mit § 9 des Beschäftigungs- und Arbeitstherapeutengesetzes auch im Land Berlin.

§ 16
Inkrafttreten

Diese Verordnung tritt am Tage nach der Verkündung in Kraft.

Bonn, den 23. März 1977

Der Bundesminister
für Jugend, Familie und Gesundheit
Antje Huber

Anlage 1 (zu § 1 Abs. 1)

Theoretischer und praktischer Unterricht

	Stunden
1. Berufs-, Gesetzes- und Staatsbürgerkunde	60
1.1 Gesetz über den Beruf des Beschäftigungs- und Arbeitstherapeuten, Geschichte des Berufs	
1.2 Aufgaben des Beschäftigungs- und Arbeitstherapeuten	
1.3 Gesetzliche Regelungen für die übrigen Berufe des Gesundheitswesens	
1.4 Strafrechtliche und bürgerlich-rechtliche Bestimmungen, die für die Ausübung des Berufes von Bedeutung sind	
1.5 Einführung in die Seuchen- und die Arznei- und Betäubungsmittelgesetzgebung	
1.6 Einführung in das Arbeits- und Sozialrecht einschließlich Rehabilitationsgesetze und Jugendschutzrecht; Unfallverhütungsvorschriften	
1.7 Grundbegriffe der Krankenhausbetriebs- und -verwaltungslehre	
1.8 Das öffentliche Gesundheitswesen und Dokumentation, Statistik und Datenverarbeitung in der Medizin	
1.9 Grundlagen der staatlichen Ordnung in der Bundesrepublik Deutschland	
2. Gesundheitslehre und Hygiene	60
2.1 Die Gesundheit und ihre Wechselbeziehungen	
2.2 Gesundheit und Lebensalter	
2.3 Gesundheitserziehung, Gesundheitsvorsorge, Früherkennung von Krankheiten	
2.4 Allgemeine Hygiene und Umweltschutz	
2.5 Persönliche Hygiene	
2.6 Hygiene im klinischen und außerklinischen Bereich	
2.7 Antisepsis, Desinfektion, Asepsis, Sterilisation, Entwesung	
2.8 Verhütung und Bekämpfung von nosokomialen Infektionen in Krankenhäusern, Heimen und ähnlichen Einrichtungen	
3. Biologie, Anatomie und Physiologie	180
3.1 Biologie	
3.1.1 Zelle und Gewebe	
3.1.2 Fortpflanzung, Wachstum, Reifung	
3.1.3 Vererbung und Evolution	
3.2 Anatomie und Physiologie	
3.2.1 des Stütz- und Bewegungssystems	
3.2.2 der inneren Organe	
3.2.3 des zentralen und peripheren Nervensystems einschließlich Sinnesorgane	
3.3 Funktionelle Anatomie	
4. Allgemeine Krankheitslehre	60
4.1 Krankheit und Krankheitsursachen	

Stunden

4.2 Reaktionen, Entzündungen
4.3 Re- und Degeneration
4.4 Hypertrophie, Atrophie und Nekrose
4.5 Thrombose, Embolie, Infarkt
4.6 Wunden, Blutungen, Wundheilung
4.7 Lähmungen und Störungen der Sinnesorgane
4.8 Störungen der körperlichen und der geistigen Entwicklung

5. **Spezielle Krankheitslehre einschließlich diagnostischer, therapeutischer, präventiver und rehabilitativer Maßnahmen in der** 260
5.1 Augenheilkunde
5.2 Chirurgie
5.3 Geriatrie
5.4 Inneren Medizin
5.5 Kinder- und Jugendpsychiatrie
5.6 Neurologie
5.7 Orthopädie
5.8 Pädiatrie
5.9 Psychiatrie
unter Berücksichtigung der Psychosomatik sowie interdisziplinärer Fragen

6. **Einführung in die Arzneimittellehre** 20
6.1 Herkunft, Bedeutung und Wirkung der Arzneimittel
6.2 Arzneiformen und Arzneimittelgruppen
6.3 Bezeichnung und Aufbewahrung von Arzneimitteln

7. **Soziologie** 40
7.1 Allgemeine Fragen der Soziologie
7.1.1 Grundbegriffe der Soziologie
7.1.2 Bevölkerungsstruktur
7.1.3 Individuum, Familie und Gesellschaft
7.2 Medizinische Soziologie
7.2.1 Kranke und Behinderte in der Gesellschaft
7.2.2 Fragen der sozialen Eingliederung

8. **Psychologie** 100
8.1 Allgemeine Fragen der Psychologie
8.1.1 Grundbegriffe der Psychologie
8.1.2 Entwicklungspsychologie
8.1.3 Lernpsychologie
8.1.4 Sozialpsychologie
8.2 Klinische Psychologie
8.2.1 Umgang mit Kranken und Behinderten
8.2.2 Einführung in die Psychodiagnostik
8.2.3 Einführung in die Verhaltenstherapie und andere psychotherapeutische Verfahren
8.3 Grundlagen der Arbeitspsychologie
8.4 Grundlagen der Betriebspsychologie

	Stunden
9. Pädagogik und Sonderpädagogik	60
9.1 Allgemeine Fragen der Pädagogik	
9.1.1 Grundbegriffe der Pädagogik	
9.1.2 Intentionale und funktionale Erziehung	
9.1.3 Erziehungsmittel und -methoden	
9.1.4 Lehr- und Lernverhalten	
9.2 Sonderpädagogik	
9.2.1 Grundbegriffe der Sonderpädagogik	
9.2.2 Erziehungsziele und Erziehungsschwierigkeiten	
9.2.3 Sonderpädagogische Maßnahmen	
10. Handwerkliche und gestalterische Techniken	800
10.1 Planung von Arbeitsvorgängen im Hinblick auf die Beschäftigungs- und Arbeitstherapie	
10.2 Bildnerisches Gestalten	
10.3 Technisches Zeichnen mit Lesen von Werkplänen	
10.4 Arbeiten mit verschiedenen Materialien	
10.4.1 Arbeiten mit textilem Material	
10.4.2 Arbeiten mit Holz	
10.4.3 Arbeiten mit Metallen	
10.4.4 Arbeiten mit Ton	
10.4.5 Arbeiten mit Papier und Pappe	
10.4.6 Arbeiten mit Leder und Rohr	
10.4.7 Arbeiten mit Kunststoffen und sonstigem Material	
10.5 Büroarbeiten	
11. Bewegungserziehung, Spiel und musische Gestaltung	100
11.1 Bewegungserziehung	
11.2 Darstellungs- und Gesellschaftsspiele	
11.3 Musisches Gestalten	
11.4 Tanz- und Bewegungsspiele	
11.5 Anleitung und technische Hilfsmittel zur Freizeitgestaltung	
11.6 Gestalten von Festen und Feiern	
12. Hilfen zur Bewältigung von Verrichtungen des täglichen Lebens des Kranken oder Behinderten	80
12.1 Selbsthilfetraining	
12.2 Haushaltstraining	
13. Fachspezifische Behandlungstechniken, insbesondere in der Chirurgie, Orthopädie, Neurologie, Psychiatrie, Kinder- und Jugendpsychiatrie, Pädiatrie und Geriatrie, einschließlich Aufstellen von Behandlungsplänen und Anwenden von Prothesen, Orthesen und anderen Rehabilitationshilfen	240
14. Sprache und Schrifttum	100
14.1 Vortrag und Diskussion	
14.2 Schriftliche Berichterstattung und Dokumentation	
14.3 Arbeiten mit deutscher und fremdsprachlicher Fachliteratur	

		Stunden
15.	**Grundlagen der Arbeitsmedizin**	60
15.1	Arbeitsphysiologie einschließlich Training und Trainierbarkeit	
15.2	Analyse von Arbeitsplatz- und Berufsbelastung; Leistungstests und Checklisten	
15.3	Gewerbehygiene und Berufskrankheiten	
15.4	Unfallverhütung	
16.	**Einführung in die Arbeitswelt**	40
16.1	Arbeitsbereiche	
16.2	Arbeitsstätte und Arbeitsplatz	
16.3	Arbeitszeit, Arbeitsabläufe, Arbeitsentgelt	
16.4	Maschinen- und Produktionskunde	
17.	**Grundlagen der Arbeitstherapie**	40
17.1	Bedeutung der Arbeit im Rehabilitationsprozeß	
17.2	Allgemeine Arbeitsfähigkeiten	
17.3	Sozialkommunikativer Arbeitsanteil	
17.4	Instrumenteller Arbeitsanteil	
18.	**Spezielle arbeitstherapeutische Aufgaben**	60
18.1	Organisation der Arbeit nach therapeutischen Stufenkonzepten	
18.2	Auftragsgewinnung	
18.3	Terminplanung	
18.4	Milieugestaltung in der Arbeitstherapie	
18.5	Leistungserfassung und Bezahlung	
18.6	Fragen der Berufsfindung	
18.7	Zusammenarbeit mit anderen Fachkräften innerhalb und außerhalb der Einrichtung	
	Insgesamt	2 360

Anlage 2 (zu § 1 Abs. 1)

Praktische Ausbildung

		Stunden
1.	Praxis der Beschäftigungstherapie (einschließlich Prüfung der Belastbarkeit von Patienten) in Zusammenarbeit mit den Angehörigen des therapeutischen Teams auf den Gebieten der Orthopädie und der Psychiatrie sowie auf einem oder mehreren der nachfolgend genannten Gebiete: Augenheilkunde, Chirurgie, Geriatrie, Innere Medizin, Kinder- und Jugendpsychiatrie, Neurologie, Pädiatrie	1200
2.	Praxis der Arbeitstherapie (einschließlich Prüfung der Belastbarkeit von Patienten) in Zusammenhang mit den Angehörigen des therapeutischen Teams mit Patienten in Einrichtungen der medizinischen, sozialen und beruflichen Rehabilitation	500
3.	Begehen von verschiedenen Betrieben und Tätigkeiten in verschiedenen Betrieben zum Zwecke arbeitspraktischer Erfahrung	160
	Insgesamt	1 860

Anlage 3 (zu § 1 Abs. 2)

....
(Bezeichnung der Schule)

Bescheinigung über die Teilnahme an den Ausbildungsveranstaltungen

Familienname (ggf. auch Geburtsname) ....

Vornamen ....

geboren am .... in ....

hat in der Zeit vom .... bis ....

regelmäßig und mit Erfolg an dem theoretischen und praktischen Unterricht und der praktischen Ausbildung nach § 1 Abs. 1 der BeArbThAPrO teilgenommen.

(Stempel) ...., den ....

....

....
(Unterschrift der Schulleitung)

Anlage 4 (zu § 2 Abs. 2)

Prüfungsfächer für die

1. schriftliche Prüfung
   - 1.1 Biologie, Anatomie und Physiologie
   - 1.2 Allgemeine Krankheitslehre
   - 1.3 Spezielle Krankheitslehre
   - 1.4 Soziologie
   - 1.5 Psychologie
   - 1.6 Pädagogik und Sonderpädagogik
   - 1.7 Berufs-, Staatsbürger- und Gesetzeskunde
   - 1.8 Grundlagen der Arbeitsmedizin
   - 1.9 Grundlagen der Arbeitstherapie
2. praktische Prüfung
   - 2.1 Handwerkliche und gestalterische Techniken
   - 2.2 Angewandte Beschäftigungs- und angewandte Arbeitstherapie

Anlage 5 (zu § 9 Abs. 2 Satz 1)

Der Vorsitzende
des Prüfungsausschusses

Zeugnis
über die staatliche Prüfung für Beschäftigungs- und Arbeitstherapeuten

Familienname (ggf. auch Geburtsname) ....

Vornamen ....

geboren am .... in ....

hat am .... die staatliche Prüfung für Beschäftigungs- und Arbeitstherapeuten nach § 2 Abs. 1 Nr. 1 des Beschäftigungs- und Arbeitstherapeutengesetzes vor dem staatlichen Prüfungsausschuß bei der staatlich anerkannten Schule für Beschäftigungs- und Arbeitstherapeuten in ....

.... bestanden.

Er/Sie hat folgende Prüfungsnoten erhalten:

1. im schriftlichen Teil der Prüfung für die Aufsichtsarbeiten in der Fächergruppe
   Biologie, Anatomie und Physiologie,
   Allgemeine Krankheitslehre,
   Spezielle Krankheitslehre, „........................"

   in der Fächergruppe
   Soziologie, Psychologie,
   Pädagogik und Sonderpädagogik, „........................"

   in der Fächergruppe
   Grundlagen der Arbeitsmedizin,
   Grundlagen der Arbeitstherapie,
   Berufs-, Staatsbürger- und
   Gesetzeskunde, „........................"

2. im praktischen Teil für die Leistungen
   in dem Fach
   Handwerkliche und gestalterische
   Techniken, „........................"

   in dem Fach
   Angewandte Beschäftigungs- und
   angewandte Arbeitstherapie „........................"

(Siegel) ...., den ....

....
(Unterschrift des Vorsitzenden
des Prüfungsausschusses)

Anlage 6 (zu § 14)

Urkunde
über die Erlaubnis zur Führung der Berufsbezeichnung „Beschäftigungs- und Arbeitstherapeut"

Herr/Frau/Fräulein*) ....

geboren am .... in ....

erhält auf Grund des Beschäftigungs- und Arbeitstherapeutengesetzes vom 25. Mai 1976 (BGBl. I S. 1246) mit Wirkung vom heutigen Tage die Erlaubnis, eine Tätigkeit unter der Berufsbezeichnung

„Beschäftigungs- und Arbeitstherapeut(in)"

auszuüben.

(Siegel) ...., den ....

....
(Unterschrift)

*) Nichtzutreffendes streichen

Sachverzeichnis

T

Sozialmedizin

Einführung in die Ergebnisse und Probleme der Medizin-Soziologie und Sozialmedizin mit Schlüssel zum Gegenstandskatalog

2., überarbeitete und erweiterte Auflage

Von Prof. Dr. H. Schaefer, Heidelberg
Prof. Dr. M. Blohmke, Heidelberg

1978. 584 S., 36 Abb., 55 Tab.
⟨flexibles Taschenbuch⟩ DM 24,80
ISBN 3 13 473802 3

Gesundheitsvorsorge Krankheitsfrüherkennung

2., überarbeitete Auflage

Von Prof. Dr. W. Steuer, Stuttgart

1978. 392 S., 63 Abb., 68 Tab.
⟨flexibles Taschenbuch⟩ DM 19,80
ISBN 313 475102 X

Sportmedizin

Einführung für Ärzte, Lehrer, Trainer Studenten und Sportler

5., neubearbeitete und erweiterte Auflage

Von Prof. Dr. W. Heipertz, Frankfurt

Unter Mitarbeit von Prof. Dr. D. Böhmer Frankfurt

1976. 139 S., 24 Abb., 2 Tab.
⟨flexibles Taschenbuch⟩ DM 12,80
ISBN 3 13 347905 0

Grundlagen der Übungstherapie

in Krankengymnastik und Rehabilitation

2., durchgesehene Auflage

Von M. Dena Gardiner, F.C.S.P., London

1974. 312 S., 182 Abb.
⟨flexibles Taschenbuch⟩ DM 14,80
ISBN 3 13 436502 2

Georg Thieme Verlag Stuttgart